The ICS Ancient Chinese Texts Concordance Series
Classical works No.8
先秦兩漢古籍逐字索引叢刊經部第八種

周易逐字索引

A CONCORDANCE TO THE ZHOUYI

香港中文大學中國文化研究所
先秦兩漢古籍逐字索引叢刊

叢刊主編：劉殿爵	陳方正
計劃主任：何志華	
顧　　問：張雙慶	黃坤堯　　朱國藩
版本顧問：沈　津	
程式統籌：何玉成	
系統主任：何國杰	
程式顧問：梁光漢	
研究助理：陳麗珠	
程式助理：梁偉明	
資料處理：黃祿添	洪瑞强

本《逐字索引》乃據「先秦兩漢一切傳世文獻電腦化資料庫」編纂而成，而資料庫之建立，有賴香港大學及理工撥款委員會資助，謹此致謝。

CUHK.ICS.
The Ancient Chinese Texts Concordance Series

SERIES EDITORS	D.C. Lau	Chen Fong Ching	
PROJECT DIRECTOR	Ho Che Wah		
CONSULTANTS	Chang Song Hing	Wong Kuan Io	Chu Kwok Fan
TEXT CONSULTANT	Shum Chun		
COMPUTER PROJECT MANAGER	Ho Yuk Shing		
COMPUTER PROJECT OFFICER	Ho Kwok Kit		
PROGRAMMING CONSULTANT	Leung Kwong Han		
RESEARCH ASSISTANT	Uppathamchat Nimitra		
PROGRAMMING ASSISTANT	Leung Wai Ming		
DATA PROCESSING	Wong Luk Tim	Hung Sui Keung	

THIS CONCORDANCE IS COMPILED FROM THE ANCIENT CHINESE TEXTS DATABASE, WHICH IS ESTABLISHED WITH A RESEARCH AWARD FROM THE UNIVERSITY AND POLYTECHNIC GRANTS COMMITTEE OF HONG KONG, FOR WHICH WE WISH TO ACKNOWLEDGE OUR GRATITUDE.

經部：八
周易逐字索引

執行編輯 ： 何志華		
研究助理 ： 陳麗珠		
校　　對 ： 姚道生	林　安	鄧文偉
系統設計 ： 何國杰		
程式助理 ： 梁偉明		

Classical works No. 8
The Concordance to the ZhouYi

EXECUTIVE EDITOR	Ho Che Wah		
RESEARCH ASSISTANT	Uppathamchat Nimitra		
PROOF-READERS	Yiu To Sang	Lam On	Tang Man Wai
SYSTEM DESIGN	Ho Kwok Kit		
PROGRAMMING ASSISTANT	Leung Wai Ming		

香港中文大學中國文化研究所
The Chinese University of Hong Kong
Institute of Chinese Studies

The ICS Ancient Chinese Texts Concordance Series
Classical works No. 8
先秦兩漢古籍逐字索引叢刊經部第八種

周易逐字索引

A CONCORDANCE TO THE ZHOUYI

商務印書館
The Commercial Press

CUHK ICS THE ANCIENT CHINESE TEXTS CONCORDANCE SERIES

Classical works No. 8
A Concordance to the Zhouyi

Series editors:	D. C. Lau Chen Fong Ching
Publication editor:	Chan Man Hung
Executive editor:	Ho Che Wah
Published by:	THE COMMERCIAL PRESS (HONG KONG) LTD.
	8/F., Eastern Central Plaza, 3 Yiu Hing Road,
	Shau Kei Wan, Hong Kong.
	http://www.commercialpress.com.hk
Distributed by:	SUP PUBLISHING LOGISTICS (H.K.) LTD.
	3/F., C&C Building, 36 Ting Lai Road,
	Tai Po, New Territories.
Printed by:	ELEGANCE PRINTING & BOOK BINDING CO., LTD.
	Block A, 4/F., Hoi Bun Industrial Building,
	6 Wing Yip St., Kwun Tong, Kln.
Edition/Impression:	1st Edition / 2nd Impression July 2006
	© The Commercial Press (H.K.) Ltd.

ISBN 13 - 978 962 07 4281 1
ISBN 10 - 962 07 4281 8
Printed in Hong Kong

香港中文大學中國文化研究所
先秦兩漢古籍逐字索引叢刊

經部第八種
周易逐字索引

叢刊主編：劉殿爵　陳方正
出版策劃：陳萬雄
執行編輯：何志華
出 版 者：商務印書館（香港）有限公司
　　　　　香港筲箕灣耀興道3號東滙廣場8樓
　　　　　http://www.commercialpress.com.hk
發　　行：香港聯合書刊物流有限公司
　　　　　香港新界大埔汀麗路36號中華商務印刷大廈3字樓
印 刷 者：美雅印刷製本有限公司
　　　　　九龍官塘榮業街6號海濱工業大廈4樓A室
版　　次：2006年7月第1版第2次印刷
　　　　　© 商務印書館（香港）有限公司
ISBN 13 - 978 962 07 4281 1
ISBN 10 - 962 07 4281 8
Printed in Hong Kong

主編者簡介

劉殿爵教授（Prof. D. C. Lau）早歲肄業於香港大學中文系，嗣赴蘇格蘭格拉斯哥大學攻讀西洋哲學，畢業後執教於倫敦大學達二十八年之久，一九七八年應邀回港出任香港中文大學中文系講座教授。劉教授於一九八九年榮休，隨即出任中國文化研究所榮譽教授至今。劉教授興趣在哲學及語言學，以準確嚴謹的態度翻譯古代典籍，其中《論語》、《孟子》、《老子》三書之英譯，已成海外研究中國哲學必讀之書。

陳方正博士(Dr. Chen Fong Ching)，一九六二年哈佛(Harvard)大學物理學學士，一九六四年拔蘭（Brandeis）大學理學碩士，一九六六年獲理學博士，隨後執教於香港中文大學物理系，一九八六年任中國文化研究所所長至今。陳博士一九九零年創辦學術文化雙月刊《二十一世紀》，致力探討中國文化之建設。

目　次

出版說明
Preface
凡例
Guide to the use of the Concordance
漢語拼音檢字表 1
威妥碼 — 漢語拼音對照表 17
筆畫檢字表 19
通用字表 24
徵引書目 26
誤字改正說明表 27
增字、刪字改正說明表 28
周易原文 1-89
1 ䷀〔乾下乾上〕 1
2 ䷁〔坤下坤上〕 3
3 ䷂〔震下坎上〕 5
4 ䷃〔坎下艮上〕 6
5 ䷄〔乾下坎上〕 7
6 ䷅〔坎下乾上〕 9
7 ䷆〔坎下坤上〕 10
8 ䷇〔坤下坎上〕 11
9 ䷈〔乾下巽上〕 12
10 ䷉〔兌下乾上〕 13
11 ䷊〔乾下坤上〕 14
12 ䷋〔坤下乾上〕 16
13 ䷌〔離下乾上〕 17
14 ䷍〔乾下離上〕 18
15 ䷎〔艮下坤上〕 19
16 ䷏〔坤下震上〕 20
17 ䷐〔震下兌上〕 21
18 （䷽）〔䷑〕〔巽下艮上〕 23
19 ䷒〔兌下坤上〕 24
20 ䷓〔坤下巽上〕 25
21 ䷔〔震下離上〕 26
22 ䷕〔離下艮上〕 27

23 ䷖〔坤下艮上〕 28
24 ䷗〔震下坤上〕 29
25 ䷘〔震下乾上〕 30
26 ䷙〔乾下艮上〕 31
27 ䷚〔震下艮上〕 33
28 ䷛〔巽下兌上〕 34
29 (䷜)〔䷜〕〔坎下坎上〕 35
30 ䷝〔離下離上〕 36
31 ䷞〔艮下兌上〕 37
32 ䷟〔巽下震上〕 38
33 ䷠〔艮下乾上〕 40
34 ䷡〔乾下震上〕 41
35 ䷢〔坤下離上〕 42
36 ䷣〔離下坤上〕 43
37 ䷤〔離下巽上〕 44
38 ䷥〔兌下離上〕 45
39 (䷦)〔䷦〕〔艮下坎上〕 46
40 ䷧〔坎下震上〕 47
41 ䷨〔兌下艮上〕 48
42 ䷩〔震下巽上〕 50
43 ䷪〔乾下兌上〕 51
44 ䷫〔巽下乾上〕 52
45 ䷬〔坤下兌上〕 53
46 ䷭〔巽下坤上〕 54
47 ䷮〔坎下兌上〕 55
48 ䷯〔巽下坎上〕 56
49 ䷰〔離下兌上〕 58
50 ䷱〔巽下離上〕 59
51 ䷲〔震下震上〕 60
52 ䷳〔艮下艮上〕 61
53 ䷴〔艮下巽上〕 62
54 ䷵〔兌下震上〕 63
55 ䷶〔離下震上〕 65
56 ䷷〔艮下離上〕 66
57 ䷸〔巽下巽上〕 67
58 ䷹〔兌下兌上〕 68
59 ䷺〔坎下巽上〕 69
60 ䷻〔兌下坎上〕 70
61 ䷼〔兌下巽上〕 71
62 ䷽〔艮下震上〕 73

63 ䷾〔離下坎上〕 74
64 ䷿〔坎下離上〕 75
65 《繫辭上》 76
66 《繫辭下》 81
67 《說卦》 85
68 《序卦》 87
69 《雜卦》 89
逐字索引 91-273
附錄(Appendix)：
全書用字頻數表 275-278

出版說明

一九八八年，香港中文大學中國文化研究所獲香港「大學及理工撥款委員會」撥款資助，並得香港中文大學電算機服務中心提供技術支援，建立「漢及以前全部傳世文獻電腦化資料庫」，決定以三年時間，將漢及以前全部傳世文獻共約八百萬字輸入電腦。資料庫建立後，將陸續編印《香港中文大學中國文化研究所先秦兩漢古籍逐字索引叢刊》，以便利語言學、文學，及古史學之研究。

《香港中文大學先秦兩漢古籍逐字索引叢刊》之編輯工作，將分兩階段進行，首階段先行處理未有「逐字索引」之古籍，至於已有「逐字索引」者，將於次一階段重新編輯出版，以求達致更高之準確度，與及提供更爲詳審之異文校勘紀錄。

「逐字索引」作爲學術研究工具書，對治學幫助極大。西方出版界、學術界均極重視索引之編輯工作，早於十三世紀，聖丘休（Hugh of St. Cher）已編成《拉丁文聖經通檢》。

我國蔡耀堂（廷幹）於民國十一年(1922)編刊《老解老》一書，以武英殿聚珍版《道德經》全文爲底本，先正文，後逐字索引，以原書之每字爲目，下列所有出現該字之句子，並標出句子所出現之章次，此種表示原句位置之方法，雖未詳細至表示原句之頁次、行次，然已具備逐字索引之功能。《老解老》一書爲非賣品，今日坊間已不常見，然而蔡氏草創引得之編纂，其功實不可泯滅。我國大規模編輯引得，須至一九三零年，美國資助之哈佛燕京學社引得編纂處之成立然後開始。此引得編纂處，由洪業先生主持，費時多年，爲中國六十多種傳統文獻，編輯引得，功績斐然。然而漢學資料卷帙浩繁，未編成引得之古籍仍遠較已編成者爲多。本計劃希望能利用今日科技之先進產品 —— 電腦，重新整理古代傳世文獻；利用電腦程式，將先秦兩漢近八百萬字傳世文獻，悉數編爲「逐字索引」。俾使學者能據以掌握文獻資料，進行更高層次及更具創意之研究工作。

一九三二年，洪業先生著《引得說》，以「引得」對譯 Index，音義兼顧，巧妙工整。Index 原意謂「指點」，引伸而爲一種學術工具，日本人譯爲「索引」。而洪先生又將西方另一種逐字索引之學術工具 Concordance 譯爲「堪靠燈」。Index 與 Concordance 截然不同；前者所重視者乃原書之意義名物，只收重要之字、詞，不收虛字及連繫詞等，故用處有限；後者則就文獻中所見之字，全部收納，大小不遺，故有助於文辭訓詁，語法句式之研究及字書之編纂。洪先生將選索性之 Index 譯作「引得」，將字字可索的 Concordance 譯作「堪靠燈」，足見卓識，然其後於一九三零年間，主持哈佛燕京學社編纂工作，所編成之大部分《引得》，反屬全索之「堪靠燈」，以致名實混淆，實爲可惜。今爲別於選索之引得(Index)，本計劃將全索之 Concordance 稱爲「逐字索引」。

利用電腦編纂古籍逐字索引，本計劃經驗尚淺，是書倘有失誤之處，尚望學者方家不吝指正。

PREFACE

In 1988, the Institute of Chinese Studies of The Chinese University of Hong Kong put forward a proposal for the establishment of a computerized database of the entire body of extant Han and pre-Han traditional Chinese texts. This project received a grant from the UPGC and was given technical support by the Computer Services Centre of The Chinese University of Hong Kong. The project was to be completed in three years.

From such a database, a series of concordances to individual ancient Chinese texts will be compiled and published in printed form. Scholars whether they are interested in Chinese literature, history, philosophy, linguistics, or lexicography, will find in this series of concordances a valuable tool for their research.

The *ICS Ancient Chinese Texts Concordance Series* is planned in two stages. In the first stage, texts without existing concordances will be dealt with. In the second stage, texts with existing concordances will be redone with a view to greater accuracy and more adequate textual notes.

In the Western tradition, the concordance was looked upon as one of the most useful tools for research. As early as c. 1230, appeared the concordance to the *Vulgate*, compiled by Hugh of St. Cher.

In China, the first concordance to appear was *Laozi Laojielao* in the early nineteen twenties. Cai Yaotang who produced it was in all probability unaware of the Western tradition of concordances.

As the *Laojielao* was not for sale, it had probably a very limited circulation. However, Cai Yaotang's contribution to the compilation of concordances to Chinese texts should not go unmentioned.

The *Harvard-Yenching Sinological Concordance Series* was begun in the 1930s under the direction of Dr. William Hung. Unfortunately, work on this series was cut short by the Second World War. Although some sixty concordances were published, a far greater number of texts remains to be done. However, with the advent of the computer the establishment of a database of all extant ancient works become a distinct possibility. Once such a database is established, a series of concordances can be compiled to cover the entire field of ancient Chinese studies.

Back in 1932, William Hung in his "*What is Index ?*" used the term 引得 for "Index" in preference to the Japanese 索引, and the term 堪靠燈 for concordance. However, when he came to compile the *Harvard Yenching Sinological Concordance Series*, he abandoned the term 堪靠燈 and used the term 引得 for both index and concordance. This was unfortunate as this blurs the difference between a concordance and an index. The former, because of its exhaustive listing of the occurrence of every word, is a far more powerful tool for research than the latter. To underline this difference we decided to use 逐字索引 for concordance.

The *ICS Ancient Chinese Texts Concordance Series* is compiled from the computerized database. As we intend to extend our work to cover subsequent ages, any ideas and suggestions which may be of help to us in our future work are welcome.

凡　例

一．《周易》正文：

1．本《逐字索引》所附正文據清嘉慶二十年(1816)江西南昌府學重刊之宋本《周易注疏》。

2．(　)表示刪字；〔　〕表示增字。除用以表示增刪字外，凡誤字之改正，例如 a 字改正爲 b 字，亦以(a)〔b〕方式表示。

例如：童蒙〔來〕求我　　4/6/21

表示重刊宋本《周易注疏》脫「來」字。讀者翻檢《增字、刪字改正說明表》，即知增字之依據爲王念孫說，見王引之《經義述聞》(總頁9)。

例如：(玉)〔王〕用三驅　　8/12/5

表示重刊宋本《周易注疏》作「玉」，乃誤字，今改正爲「王」。讀者翻檢《誤字改正說明表》，即知改字之依據爲《唐石經》(總頁6)。

3．本《逐字索引》據別本，及其他文獻對校原底本，或改正底本原文，或只標注異文。有關此等文獻之版本名稱，以及本《逐字索引》標注其出處之方法，均列《徵引書目》中。

4．本《逐字索引》所收之字一律劃一用正體，以昭和四十九年大修館書店發行之《大漢和辭典》，及一九八六至一九九零年湖北辭書出版社、四川辭書出版社出版之《漢語大字典》所收之正體爲準，遇有異體或譌體，一律代以正體。

例如：進退无恆　　1/2/17

重刊宋本《周易注疏》原作「進退无恒」，據《大漢和辭典》，「恆」、「恒」乃異體字，音義無別，今代以正體「恆」字。爲便讀者了解底本原貌，凡異體之改正，均列《通用字表》中。

5．異文校勘主要參考阮元《周易注疏校勘記》及馬王堆漢墓帛書整理小組《馬王堆帛書〈六十四卦〉釋文》（見《文物》一九八四年第三期）、張政烺《馬王堆帛書〈周易·繫辭〉校讀》、陳松長《帛書〈繫辭〉初探》（張、陳兩文並見陳鼓應主編《道家文化研究》第三輯，上海古籍出版社，一九九三年）。凡據馬王堆帛書紀錄之異文，異文後附Ⓜ號。

5.1.異文紀錄欄

a．凡正文文字右上方標有數碼者，表示當頁下端有注文。

例如：「大人」造[11]也　　　1/1/25

當頁注 11 注出「造」字有異文「聚」。

b．數碼前加 ‧ ‧，表示範圍。

例如：利用行師‧征邑國‧[5]　　　15/20/17

當頁注 5 注出「征國」爲「征邑國」三字之異文。

c．異文多於一種者：加 A. B. 以區別之。

例如：磐[11]桓　　　3/5/22

當頁注 11 下注出異文：

A.盤 B.槃

表示兩種不同異文分見不同別本。

d．異文後所加按語，外括〈　〉號。

例如：以正邦[12]也　　　39/46/26

當頁注 12 注出異文後，再加按語：

國〈陸德明云：爲漢朝諱。〉

5.2.校勘除選錄不同版本所見異文之外，亦選錄其他文獻引錄所見異文。

5.3.讀者欲知異文詳細情況，可參阮元《周易注疏校勘記》。凡據別本，及其他文獻所紀錄之異文，於標注異文後，均列明出處，包括書名、篇名、頁次，有關所據文獻之版本名稱，及標注其出處之方法，請參《徵引書目》。

二．逐字索引編排：

1．以單字爲綱，旁列該字在全文出現之頻數（書末另附《全書用字頻數表》〔附錄〕，按頻數次序列出全書單字），下按原文先後列明該字出現之全部例句，句中遇該字則代以「○」號。

2．全部《逐字索引》按漢語拼音排列；一字多音者，只於最常用讀音下，列出全部例句，異讀請參《漢語拼音檢字表》。

3．每一例句後加上編號 a/b/c 表明於原文中位置，例如 1/2/3，「1」表示原文的篇次、「2」表示頁次、「3」表示行次。

三．檢字表：

備有《漢語拼音檢字表》、《筆畫檢字表》兩種：

1．漢語拼音據《辭源》修訂本（一九七九年至一九八三年北京商務印書館）及《漢語大字典》。一字多音者，按不同讀音在音序中分別列出；例如「說」字有 shuō, shuì, yuè, tuō 四讀，分列四處。聲母、韻母相同之字，按陰平、陽平、上、去四聲先後排列。讀音未詳者，一律置於表末。

2．《逐字索引》中某字所出現之頁數，在《漢語拼音檢字表》中所列該字任一讀音下皆可檢得。

3．筆畫數目、部首歸類均據《康熙字典》。畫數相同之字，其先後次序依部首排列。

4．另附《威妥碼 － 漢語拼音對照表》，以方便使用威妥碼拼音之讀者。

Guide to the use of the Concordance

1. Text

1.1 The text printed with the concordance is based on the *Chongkan Songben ZhouYi zhushu* 重刊宋本周易注疏, Song Edition of the Commentaries and Subcommentaries to the *ZhouYi* re-cut by Ruan Yuan 阮元 in 1816.

1.2 Round brackets signify deletions while square brackets signify additions. This device is also used for emendations. An emendation of character a to character b is indicated by (a) 〔b〕. e.g.,

童蒙〔來〕求我 4/6/21

The character 來 missing in the *ZhouYi zhushu* edition, is added on the authority of the comment by Wang Nian-sun in the *ZhouYi* section of Wang yin-zhi's *Jingyi Shuwen* (p.9).

A list of all deletions and additions is appended on p.28, where the authority for each emendation is given.

（玉）〔王〕用三驅 8/12/5

The character 玉 in the *ZhouYi zhushu* edition has been emended to 王 on the authority of *Tang shijing* (p.6).

A list of all emendations is appended on p.27 where the authority for each is given.

1.3 Where the text has been emended on the authority of other editions or the parallel text found in other works, such emendations are either incorporated into the text or entered as footnotes. For explanations, the reader is referred to the Bibliography on p.26.

1.4 For all concordanced characters only the standard form is used. Variant or incorrect forms have been replaced by the standard forms as given in

Morohashi Tetsuji's *Dai Kan-Wa jiten*, (Tokyo : Taishūkan shōten, 1974), and the *Hanyu da zidian* (Hubei cishu chubanshe and Sichuan cishu chubanshe 1986-1990) e.g.,

進退无恆 1/2/17

The *ZhouYi zhushu* edition has 恒 which, being a variant form, has been replaced by the standard form 恆 as given in the *Dai Kan-Wa jiten*. A list of all variant forms that have been in this way replaced is appended on p.24.

1.5 The textual notes are mainly based on Ruan Yuan's *ZhouYi zhushu jiaokanji*, and Mawangdui hanmu zhengli xiaozu's *Mawangdui Boshu liushisigua shiwen* (*Wenwu* No. 3, 1984), and Zhang zhenglang's *Mawangdui Boshu ZhouYi xici jiaodu* and Chen songchang's *Boshu xici chutan* (Both works appear in the *Dao jia wenhua yanjiu*, Vol. 3 edited by Chen Guying, Shanghai guji chubanshe, 1993). The sign Ⓜ indicates readings from the *Mawangdui Boshu*.

1.5.1.a A figure on the upper right hand corner of a character indicates that a collation note is to be found at the bottom of the page, e.g.,

「大人」造[11]也 1/1/25

the superscript [11] refers to note 11 at the bottom of the page.

1.5.1.b A range marker ‣ ◂ is added to the figure superscribed to indicate the total number of characters affected, e.g.,

利用行師‣征邑國◂[5] 15/20/17

The range marker indicates that note 5 covers the three characters 征邑國.

1.5.1.c Where there are more than one variant reading, these are indicated by A, B, e.g.,

磐[11]桓 3/5/22

Note 11 reads A.盤 B.槃, showing that for 磐 one version reads 盤, while another version reads 槃.

1.5.1.d A comment on a collation note is marked off by the sign〈 〉, e.g.,

以正邦[12]也　　39/46/26

Note 12 reads: 國〈陸德明云：爲漢朝諱。〉.

1.5.2 Besides readings from other editions, readings from quotations found in other works are also included.

1.5.3 For further information on variant readings given in the collation notes the reader is referred to Ruan Yuan's *ZhouYi zhushu jiaokanji*, and for further information on references to sources the reader is referred to Bibliography on p.26.

2. Concordance

2.1 In the entries the concordanced character is replaced by the ○ sign. The entries are arranged according to the order of appearance in the text. The frequency of appearance of the character concerned in the whole text is shown, and a list of all the concordanced characters in frequency order is appended. (Appendix)

2.2 The entries are listed according to Hanyupinyin. In the body of the concordance only the most common pronunciation of a character is listed under which all occurrences of the character are located.

2.3 Figures in three columns show the chapter, page and line in which the first character in the text cited appears, e.g., 1/2/3,

1 denotes the chapter.
2 denotes the page.
3 denotes the line.

3. Index

A Stroke Index and an Index arranged according to Hanyupinyin are included.

3.1 The pronunciation given in the *Ciyuan* (The Commercial Press, Beijing, 1979-1983) and the *Hanyu da zidian* is used. Where a character has two or more pronunciations, it can be found under any of these in the Index. For example : 說 which has four pronunciations : shuō, shuì, yuè, tuō is to be found under any one of these four entries. Characters with the same pronunciation but different tones are listed according to tone order. Characters of which the pronunciation is unknown are relegated to the end of the Index.

3.2 In the body of the Concordance only the most common pronunciation of a character is listed , but in the Index all alternative pronunciations of the character are given.

3.3 In the stroke Index, characters with the same number of strokes appear under the radicals in the same order as given in the *Kangxi zidian*.

3.4 A correspondence table between the Hanyupinyin and the Wade-Giles systems is also provided.

漢語拼音檢字表

āi
哀 91

ài
愛 91
噫(yī) 232

ān
安 91
陰(yīn) 239

ba
罷(bà) 91

bā
八 91

bá
拔 91

bà
罷 91

bái
白 91

bǎi
百 91

bài
敗 91

bān
班 91

bǎn
反(fǎn) 117

bàn
半 91
辨(biàn) 93

bāng
邦 91
彭(péng) 167

bàng
並(bìng) 94
蚌 91
旁(páng) 167

bāo
包 91
苞 92

bǎo
保 92
飽 92
寶 92

bào
豹 92
報 92
暴 92

bēi
陂 92
卑 92
背(bèi) 92

běi
北 92

bèi
北(běi) 92
貝 92
拔(bá) 91
背 92
悖 92
倍 92
備 92
憊 92

bēn
奔 92
賁(bì) 93

běn
本 92

bèn
奔(bēn) 92

bèng
蚌(bàng) 91

bí
鼻 92

bǐ
匕 92
比 93
妣 93
彼 93
卑(bēi) 92

bì
必 93
陂(bēi) 92
服(fú) 120
拂(fú) 120
閉 93
畢 93
敝 93
賁 93
跛(bǒ) 94
辟(pì) 167

biǎn
辨(biàn) 93

biàn
辨 93
辯 93
變 93

biē
鱉 94

bīn
賓 94
頻(pín) 167

bìn
賓(bīn) 94

bīng
冰 94
兵 94

bǐng
炳 94
柄 94

bìng
並 94
柄(bǐng) 94
病 94

bō
剝 94
發(fā) 116

bó
百(bǎi) 91
帛 94
茀(fú) 120
剝(bō) 94
悖(bèi) 92
博 94
駁 94
暴(bào) 92
薄 94

bǒ
跛 94

bò
辟(pì) 167
薄(bó) 94

bū
逋 95

bǔ
卜 95
補 95

bù
不 95
布 98

cái
才 98
材 98
財 98
裁 98

cān
參(shēn) 183

cán
戔 98
慚 98

càn
參(shēn) 183

cāng
蒼 98

cáng
臧(zāng) 253
藏 98

cǎng
蒼(cāng) 98

cǎo
草 98

cè
測 98
策 98
惻 98

cēn
參(shēn) 183

chá
察 98

chán
漸(jiàn) 142

chǎn
諂 99
闡 99

cháng
長 99
尙(shàng) 182
常 99
嘗 99
裳 99

chàng
鬯 99
暢 99

cháo
巢 99
朝(zhāo) 255

chē
車 99

chě
尺(chǐ) 101

chè
宅(zhái) 254
坼 99
掣 99

chén
臣 99
陳 99

chèn
稱(chēng) 99

chēng
稱 99

chéng
成 100
承 100
城 100
乘 100
盛 100
誠 100
懲 100

chèng
稱(chēng) 99

chī
離(lí) 154

chí
治(zhì) 266
遲 101

chǐ
尺 101
赤(chì) 101
恥 101
褫 101

chì
赤 101
勑(lài) 153
飭 101

chōng
憧 101

chóng
重(zhòng) 269
崇 101

chǒng
龍(lóng) 159
寵 101

chóu
愁 101
酬 101
疇 101

chǒu
醜 101

chòu
臭 101

chū
出 101
初 101

chú
助(zhù) 270
除 102
著(zhù) 270
諸(zhū) 269

chǔ
杵 102
處 102

chù
畜 102
處(chǔ) 102
觸 102

chuān
川 102

chuán
遄 102

chuáng
床 102

chuí
垂 102

chún
純 102
醇 103

chuò
掇(duó) 112

cī
疵 103

cí
子(zǐ) 270
茲(zī) 270
辭 103

cǐ
此 103

cì
次 103

cōng
從(cóng) 103
聰 103

cóng
從 103
叢 103

còu
族(zú) 272

cù
取(qǔ) 174
卒(zú) 272
戚(qī) 168
酢(zuò) 273
數(shù) 190
趣(qù) 174

cuàn
竄 103

cuī
衰(shuāi) 190
摧 103

cuì
卒(zú) 272
萃 103
粹 104

cún
存 104

cuò
昔(xī) 209
摧(cuī) 103
錯 104

dà
大 104

dài
大(dà) 104
代 106
毒(dú) 111
待 106
怠 106
殆 106
帶 106
逮 106

dān
眈 106

dàn
窞 106

dāng
當 106

dàng
湯(tāng) 194
當(dāng) 106
盪 106

dǎo
道(dào) 106

dào
盜 106
敦(dūn) 112
道 106

dé
得 107
德 108

dēng
登 109

děng
等 109

dī
羝 109

dí
的(dì) 110
敵 109
適(shì) 189
蹢(zhí) 264
覿 109

dì
地 109
弟 110
的 110
帝 110
娣 110
蹄(tí) 195

diān
顛 110

diǎn
典 110

diàn
田(tián) 196
佃(tián) 197
電 110

diāo
敦(dūn) 112

diǎo
鳥(niǎo) 166

dié
迭 110
咥(xì) 210
涉(shè) 183
窒(zhì) 266
耋 110
渫(xiè) 215

dǐng
頂 110
鼎 110

dìng
定 111

dōng
東 111

dòng
動 111
棟 111

dǒu
斗 111

dòu
瀆(dú) 112

dú
毒 111
獨 111
瀆 112

dǔ
篤 112
覩 112

dù
土(tǔ) 198
度 112
塗(tú) 198

duàn
斷 112

duī
敦(dūn) 112

duì
兌 112
敦(dūn) 112
對 112

dūn
純(chún) 102
敦 112

dùn
豚(tún) 198
敦(dūn) 112
遯 112

duō
多 112

duó
度(dù) 112
掇 112
奪 112

duǒ
朵 112

duò
沱(tuó) 198

è
曷(hé) 130
啞 113
惡 113
遏 113

ěn
眼(yǎn) 221

ér
而 113
濡(rú) 179

ěr
耳 116
爾 116
邇 116

èr
二 116
貳 116

fā
發 116

fá
伐 116
罰 116

fǎ
法 116

fà
髮 117

fān
反(fǎn) 117
蕃(fán) 117
藩 117

fán
凡 117
蕃 117

fǎn
反 117

fàn
反(fǎn) 117
犯 117
範 117

fāng
方 117

fáng
方(fāng) 117
防 117

fēi
非 117
飛 117
匪(fěi) 118

féi
肥 118
腓 118
賁(bì) 93

fěi
非(fēi) 117
匪 118

fèi
廢 118

fēn
分 118
匪(fěi) 118
紛 118

fén
賁(bì) 93
焚 118
豶 118

fèn
分(fēn) 118
忿 118
賁(bì) 93
焚(fén) 118
奮 118

fēng
風 118
封 118
豐 118

féng
馮 118

fèng
奉 118
風(fēng) 118

fōu
不(bù) 95

fǒu
不(bù) 95
缶 118

否 118

fū
夫 119
不(bù) 95
孚 119
尃 120
膚 120

fú
夫(fū) 119
弗 120
伏 120
孚(fū) 119
服 120
拂 120
茀 120
紱 120
福 120
輻 120

fǔ
父(fù) 121
斧 120
附(fù) 121
釜 120
俯 120
輔 120

fù
父 121
伏(fú) 120
孚(fū) 119
附 121
服(fú) 120
負 121
婦 121
報(bào) 92
復 121
富 121
腹 121
鮒 122
輹 122
覆 122

gǎi
改 122

gài
蓋 122

gān
干 122
甘 122
乾(qián) 172

gǎn
敢 122
感 122

gàn
幹 122

gāng
亢(kàng) 150
剛 122

gāo
咎(jiù) 146
高 123
膏 123
槁(gǎo) 123

gǎo
槁 123

gào
告 123
膏(gāo) 123
誥 123

gē
戈 123
歌 123

gé
革 123
假(jiǎ) 140
葛 123

gě
合(hé) 130
蓋(gài) 122

gè
各 123

gèn
艮 124

gēng
庚 124
耕 124

gèng
恆(héng) 131

gōng
弓 124
工 124
公 124
功 124
攻 124
肱 124
恭 125
躬 124
宮 124
訟(sòng) 192

gǒng
鞏 125

gòng
恐(kǒng) 151
貢 125

gōu
拘(jū) 147
溝 125
鉤 125
構(gòu) 125

gǒu
狗 125
苟 125

gòu
姤 125
媾 125
構 125
講(jiǎng) 142

gū
孤 125
家(jiā) 140

gǔ
古 125
谷 125
角(jué) 148
股 125
苦(kǔ) 152
罟 125
鼓 125
穀 125
蠱 125

gù
告(gào) 123
固 125
故 125
牿 127
梏 127

guā
瓜 127

guǎ
寡 127

guà
卦 127
掛 127

guāi
乖 127

guān
官 127
棺 127
綸(lún) 160
關 127
觀 127

guàn
貫 128
棺(guān) 127
盥 128
關(guān) 127
觀(guān) 127

guāng
光 128

guǎng
廣 128

guī
圭 128
龜 128
歸 128

guǐ
鬼 128
簋 128

guì
貴 128

guō
過(guò) 129

guó
國 129

guǒ
果 129
椁 129

guò
過 129

hài
害 129
蓋(gài) 122

hán
汗(hàn) 129
含 129
寒 129
幹(gàn) 122

hàn
汗 129
含(hán) 129
感(gǎn) 122

熯 129
翰 129

háng
行(xíng) 216

hàng
行(xíng) 216

háo
號 130

hǎo
好 130

hào
好(hǎo) 130
號(háo) 130

hē
何(hé) 130

hé
合 130
何 130
和 130
河 130
曷 130
害(hài) 129
盍 130
嗑(kè) 151
蓋(gài) 122
闔 130

hè
何(hé) 130
和(hé) 130
嗃 130
葛(gé) 123
鶴 130

hēi
黑 130

hēng
亨 131

héng
恆 131

hóng
弘 132
鴻 132

hòng
鴻(hóng) 132

hóu
侯 132

hòu
后 132
厚 132
後 132

hū
乎 132
武(wǔ) 208
惡(è) 113

hú
狐 133
弧 133
號(háo) 130

hǔ
虎 133

hù
戶 133

huā
華(huá) 133

huá
華 133

huà
化 133
華(huá) 133
畫 134

huái
懷 134

huán
桓 134
萑(zhuī) 270
圜(yuán) 219

huǎn
緩 134

huàn
患 134
渙 134

huāng
荒 134

huáng
隍 134
黃 134

huī
揮 134
撝 134
煇 134
暉 134
輝 134
徽 134

huǐ
悔 135
烜(xuǎn) 219
毀 135

huì
沬(mèi) 161
晦 135
惠 135
喙 135
會 135
彙 135
誨 135

hūn
婚 135
閽 135

hún
魂 135

huó
越(yuè) 251

huǒ
火 135

huò
或 135
貨 136
獲 136
穫 136
蠖 136

jī
机 136
居(jū) 147
其(qí) 168
奇(qí) 171
倚(yǐ) 237
基 136
幾(jǐ) 137
掣(chè) 99
期(qī) 168
資(zī) 270
箕 136
齊(qí) 171
稽 136
積 136
機 136
擊 136
雞 136
躋 136
齎 136

jí
及 136
汲 137
即 136
革(gé) 123
亟 137
疾 137
棘 137
極 137
楫 137
蒺 137
瘠 137
藉(jiè) 144

jǐ
己 137
脊 137
幾 137
棘(jí) 137
濟(jì) 140

jì
无 137
吉 137
忌 139
近(jìn) 144
其(qí) 168
既 139
寂 140
祭 140
幾(jǐ) 137
結(jié) 143
棘(jí) 137
資(zī) 270
際 140
齊(qí) 171
稷 140
濟 140
繼 140

jiā
加 140
家 140
嘉 140

jiá
頰 140

jiǎ
甲 140
假 140

jià
假(jiǎ) 140
稼 140

jiān
戔(cán) 98
咸(xián) 211
兼 141
堅 141

間 141
漸(jiàn) 142
艱 141

jiǎn
前(qián) 172
齊(qí) 171
儉 141
險(xiǎn) 212
蹇 141
簡 141

jiàn
見 141
洊 142
建 142
健 142
間(jiān) 141
漸 142
賤 142
薦 142

jiāng
將 142
疆 142

jiǎng
講 142

jiàng
將(jiāng) 142
强(qiáng) 173
疆(jiāng) 142

jiāo
交 142
郊 142
教(jiào) 143
驕 143

jiǎo
校(jiào) 143
矯 143

jiào
校 143
教 143

jie
家(jiā) 140

jiē
皆 143
接 143
階 143

jié
接(jiē) 143
絜 143
結 143
節 143

jiě
解 143

jiè
介 143
戒 143
解(jiě) 143
誡 144
藉 144

jīn
金 144
禁(jìn) 144

jǐn
盡(jìn) 144
謹 144

jìn
近 144
晉 144
浸 144
進 144
禁 144
盡 144
薦(jiàn) 142

jīng
經 144
精 144
驚 144

jǐng
井 144

jìng
徑 145
敬 145
靜 145

jiū
究 145

jiǔ
九 145
久 146
酒 146

jiù
臼 146
疚 147
咎 146
就 147
舊 147

jū
且(qiě) 173
車(chē) 99
居 147
拘 147

jú
告(gào) 123
繘 147

jǔ
去(qù) 174
舉 148

jù
足(zú) 272
聚 148
據 148
屨 148
懼 148

juàn
倦 148

juē
祖(zǔ) 272
嗟 148

jué
決 148
角 148
屈(qū) 174
桷 148
梏(gù) 127
掘 148
絕 148
厥 148
爵 148
闕(què) 175
矍 148

jūn
旬(xún) 220
均 150
君 148
龜(guī) 128

jùn
浚 150

kāi
開 150

kǎn
坎 150

kàn
衎 150

kāng
康 150

kàng
亢 150
康(kāng) 150

kǎo
考 150
槁(gǎo) 123

kào
槁(gǎo) 123

kē
科 150

kě
可 150

kè
可(kě) 150
克 151
客 151
嗑 151

kǒng
恐 151

kǒu
口 151

kòu
寇 151

kū
刳 152
枯 152
掘(jué) 148

kǔ
苦 152

kuā
華(huá) 133

kuài
夬 152
快 152
會(huì) 135

kuān
寬 152

kuāng
筐 152

kuàng
兄(xiōng) 218
況 152

kuī
虧 152
闚 152

kuí
刲 152
頍 152
揆 152
睽 152

kuì
歸(guī) 128
饋 152

kūn
坤 152

kùn
困 153

kuò
括 153
會(huì) 135

lái
來(lài) 153

lài
來 153
勑 153
厲(lì) 156

lán
蘭 153

làn
爛 154

láng
筤 154

láo
勞 154

lǎo
老 154

lao
勞(láo) 154
樂(yuè) 251

lè
扐 154
樂(yuè) 251

léi
雷 154
羸 154

lěi
耒 154
藟 154

lèi
類 154

lí
蔾 154
麗(lì) 157
離 154

lǐ
里 154
理 155
禮 155

lì
力 155
立 155
利 155
莅 156
厤 156
厲 156
離(lí) 154
麗 157

lián
連 157
漣 157

liàn
攣(luán) 160

liáng
良 157

liǎng
良(liáng) 157
兩 157

liàng
兩(liǎng) 157

liáo
勞(láo) 154

liè
列 157
洌 157

lín
林 157
鄰 157
臨 157

lìn
吝 157
臨(lín) 157

líng
陵 158
靈 158

liú
留 158
流 158
游(yóu) 242

liǔ
留(liú) 158

liù
六 158
陸(lù) 159

lóng
隆 159
龍 159

lǒng
龍(lóng) 159

lóu
漏(lòu) 159

lòu
漏 159

lú
慮(lǜ) 160
廬 159

lǔ
鹵 159

lù
六(liù) 158
谷(gǔ) 125
角(jué) 148
鹿 159
陸 159
路 159
祿 159
慮(lǜ) 160

lǚ
旅 159
屢 159
履 159

lǜ
律 160
率(shuài) 190
慮 160

luán
攣 160

luàn
亂 160

lūn
輪(lún) 160

lún
綸 160
輪 160

luó
蠃(luǒ) 160

luǒ
果(guǒ) 129
蓏 160
蠃 160

luò
洛 160
路(lù) 159
樂(yuè) 251

mǎ
馬 160

mǎn
滿 160

màn
慢 160
幕(mù) 164

máng
龍(lóng) 159

mǎng
莽 160

máo
茅 160

mào
茂 161
冒 161

méi
脢 161

měi
美 161

mèi
- 沫 161
- 妹 161
- 袂 161
- 昧 161

mēn
- 悶(mèn) 161

mén
- 門 161
- 亹(wěi) 203

mèn
- 悶 161
- 滿(mǎn) 160

méng
- 蒙 161

mí
- 迷 161
- 彌 161
- 靡(mǐ) 161

mǐ
- 辟(pì) 167
- 彌(mí) 161
- 靡 161

mì
- 密 161

miǎn
- 免 161

miàn
- 面 161

miǎo
- 妙(miào) 162
- 眇 162

miào
- 妙 162
- 眇(miǎo) 162
- 廟 162

miè
- 滅 162
- 蔑 162

mín
- 民 162

míng
- 名 162
- 明 162
- 冥 163
- 鳴 163

mìng
- 命 163

mó
- 莫(mò) 163
- 無(wú) 207
- 摩 163
- 靡(mǐ) 161

mò
- 末 163
- 百(bǎi) 91
- 沒 163
- 冒(mào) 161
- 莫 163
- 幕(mù) 164
- 默 164
- 纆 164

móu
- 謀 164

mǔ
- 母 164
- 拇 164

mù
- 木 164
- 目 164
- 牧 164
- 莫(mò) 163
- 幕 164

ná
- 南(nán) 165

nà
- 內(nèi) 165
- 納 164

nǎi
- 乃 164

nài
- 能(néng) 165

nán
- 男 165
- 南 165
- 難 165

nàn
- 難(nán) 165

náng
- 囊 165

náo
- 撓 165
- 橈 165

nèi
- 內 165

néng
- 而(ér) 113
- 能 165

ní
- 泥 166
- 柅 166

nǐ
- 泥(ní) 166
- 疑(yí) 232
- 擬 166

nì
- 泥(ní) 166
- 逆 166

nián
- 年 166

niǎo
- 鳥 166

niè
- 泥(ní) 166
- 臲 166

níng
- 冰(bīng) 94
- 疑(yí) 232
- 寧 166
- 凝 166

nìng
- 寧(níng) 166

niú
- 牛 166

nóng
- 農 166

nòu
- 耨 166

nǚ
- 女 166

nǜ
- 女(nǚ) 166

nuán
- 濡(rú) 179

nuó
- 難(nán) 165

ǒu
- 耦 167

pán
- 磐 167
- 鞶 167

pàn
- 反(fǎn) 117
- 半(bàn) 91
- 叛 167

páng
- 方(fāng) 117
- 旁 167
- 彭(péng) 167

páo
- 包(bāo) 91

pèi
- 沛 167
- 配 167

pēng
- 亨(hēng) 131
- 彭(péng) 167

péng
- 朋 167
- 彭 167

pěng
- 奉(fèng) 118

pí
- 比(bǐ) 93
- 陂(bēi) 92
- 辟(pì) 167
- 罷(bà) 91
- 蕃(fán) 117

pǐ
- 匹 167
- 否(fǒu) 118

pì
- 匹(pǐ) 167
- 辟 167
- 闢 167

piān
- 偏 167
- 翩 167

篇 167

pián
平(píng) 167
辯(biàn) 93

piàn
辨(biàn) 93

pín
頻 167

pǐn
品 167

pìn
牝 167

píng
平 167
瓶 168
馮(féng) 118

pō
陂(bēi) 92

pó
皤 168

póu
裒 168

pǒu
附(fù) 121
蔀 168

pū
剝(bō) 94

pú
僕 168

pǔ
普 168

pù
暴(bào) 92

qī
七 168
妻 168
戚 168
期 168

qí
岐 168
圻 168
其 168
奇 171
俟(sì) 192
祇 171
祗(zhī) 264
幾(jǐ) 137
齊 171
齎(jī) 136

qǐ
杞 171
起 171
幾(jǐ) 137
稽(jī) 136

qì
切(qiē) 173
汔 171
泣 171
妻(qī) 168
亟(jí) 137
契 171
氣 171
棄 171
器 171

qiān
千 171
允(yǔn) 251
牽 171
愆 172
遷 172
蹇(jiǎn) 141
謙 172

qián
前 172
健(jiàn) 142
乾 172
漸(jiàn) 142
潛 172
黔 172

qiàn
牽(qiān) 171
謙(qiān) 172

qiāng
戕 172
將(jiāng) 142
慶(qìng) 173

qiáng
强 173

qiǎng
强(qiáng) 173

qiáo
招(zhāo) 255

qiē
切 173

qiě
且 173

qiè
切(qiē) 173
妾 173
契(qì) 171

qīn
侵 173
浸(jìn) 144
親 173

qín
禽 173

qǐn
侵(qīn) 173

qìn
親(qīn) 173

qīng
清 173
傾 173
輕 173
慶(qìng) 173

qíng
情 173

qìng
慶 173

qióng
窮 173

qiū
丘 174
秋 174
龜(guī) 128

qiú
仇 174
求 174

qū
去(qù) 174
曲 174
取(qǔ) 174
屈 174
趣(qù) 174
驅 174

qú
鉤(gōu) 125
懼(jù) 148
衢 174

qǔ
曲(qū) 174
取 174

qù
去 174
趣 174
闃 174

quán
全 174
泉 174
純(chún) 102
權 175

quàn
勸 175

quē
屈(qū) 174
闕(què) 175

què
確 175
爵(jué) 148
闕 175

qún
群 175

rán
然 175

rǎn
熯(hàn) 129

ráo
橈(náo) 165

rě
若(ruò) 179

rén
人 175
仁 177
任(rèn) 177

rèn
任 177
飪 177

rì
日 177

róng
戎 177

容 177
訟(sòng) 192
榮 177

róu
柔 177
揉 178
輮 178

ròu
肉 178

rū
繻 178

rú
如 178
茹 179
袽 179
濡 179

rǔ
女(nǚ) 166
辱 179

rù
入 179

ruǎn
需(xū) 219

ruì
兌(duì) 112
叡 179

rùn
閏 179
潤 179

ruò
若 179
弱 179

sà
殺(shā) 180

sāi
思(sī) 191

sài
塞(sè) 180

sān
三 179
參(shēn) 183

sǎn
參(shēn) 183
散(sàn) 180

sàn
散 180

sāng
桑 180
喪(sàng) 180

sǎng
顙 180

sàng
喪 180

sào
燥(zào) 253

sè
色 180
嗇 180
塞 180

shā
沙 180
殺 180

shà
沙(shā) 180
舍(shè) 182

shài
殺(shā) 180

shān
山 180

shàn
剡(yǎn) 221
善 180

shāng
商 181
湯(tāng) 194
傷 181

shǎng
上(shàng) 181
賞 181

shàng
上 181
尚 182
賞(shǎng) 181

sháo
招(zhāo) 255

shǎo
少 182

shào
少(shǎo) 182

shē
畬(yú) 246

shé
它(tuō) 198
舌 182
蛇 182
揲 182

shě
舍(shè) 182

shè
社 182
舍 182
射 182
涉 183
設 183
赦 183

shēn
申 183
身 183
伸 183
信(xìn) 216
參 183
深 183

shén
神 183

shèn
甚 183
慎 183

shēng
升 184
生 184
牲 184
勝(shèng) 184
聲 184

shéng
繩 184

shěng
省(xǐng) 218
眚 184

shèng
乘(chéng) 100
盛(chéng) 100
勝 184
聖 184

shī
尸 185
失 185
施 185
師 185
蓍 185
濕 185

shí
十 185
石 186
食 186
時 186
碩 187
實 186
鼫 187
識 187

shǐ
矢 187
史 187
豕 187
始 187
使 187
施(shī) 185

shì
士 187
氏 187
世 187
示 187
市 187
寺(sì) 192
舍(shè) 182
事 187
是 188
室 188
視 188
弒 188
試 189
筮 189
勢 188
飾 189
適 189
噬 189
澤(zé) 254
識(shí) 187

shōu
收 189

shǒu
手 189
守 189
首 189

shòu
受 189
狩 190
獸 190

shū
殊 190
書 190
樞 190

shú
孰 190

shǔ
鼠 190
暑 190
數(shù) 190
屬 190

shù
束 190
庶 190
術 190
數 190
樹 190

shuāi
衰 190

shuài
帥 190
率 190

shuāng
霜 190

shuí
誰 190

shuǐ
水 190

shuì
說(shuō) 191

shùn
舜 191
順 191

shuō
說 191

shuò
碩(shí) 187
數(shù) 190

sī
思 191
斯 192

sǐ
死 192

sì
巳 192
四 192
寺 192
似 192
祀 192
俟 192
思(sī) 191
食(shí) 186
耜 192
肆 192

sǒng
從(cóng) 103

sòng
訟 192

sū
蘇 192

sú
俗 193

sù
夙 193
素 193
速 193
愬 193
數(shù) 190
餗 193
蘇(sū) 192

suī
雖 193

suí
隨 193

suì
術(shù) 190
遂 193
歲 193
粹(cuì) 104

sǔn
隼 193
損 193

suǒ
所 193
索 194
瑣 194

tà
溼(shī) 185

tái
能(néng) 165

tài
大(dà) 104
太 194
能(néng) 165
泰 194

tān
探 194

tǎn
坦 194

tàn
探(tān) 194

tāng
湯 194

tàng
湯(tāng) 194

táo
咷 194

tè
忒 194
貳(èr) 116

téng
滕 194

tí
折(zhé) 255
稊 194
蹄 195

tǐ
體 195

tì
弟(dì) 110
洟(yí) 232
涕 195
惕 195
逖 195
適(shì) 189
錫(xī) 209
躍(yuè) 251

tiān
天 195

tián
田 196
佃 197
寘(zhì) 266
顛(diān) 110

tiáo
脩(xiū) 219

tiào
咷(táo) 194

tīng
聽 197

tíng
庭 197
霆 197

tìng
庭(tíng) 197

tōng
通 197

tóng
同 197
重(zhòng) 269
童 197

tǒng
統 197

tòng
痛 197

tū
突 198

tú
徒 198
塗 198
圖 198

tǔ
土 198

tuán
專(zhuān) 270
敦(dūn) 112

tuàn
彖 198

tuī
推 198

tuí
弟(dì) 110

隤 198

tuì
退 198

tún
屯(zhūn) 270
純(chún) 102
豚 198
敦(dūn) 112
臀 198

tuō
它(tuō) 198
它 198
說(shuō) 191

tuó
它(tuō) 198
沱 198

tuò
柝 198

wài
外 198

wān
貫(guàn) 128
關(guān) 127

wán
玩 199

wàn
萬 199

wáng
亡 199
王 199

wǎng
方(fāng) 117
王(wáng) 199
罔 200
往 200

wàng
王(wáng) 199
妄 201
忘 201
往(wǎng) 200
望 201

wēi
危 201
畏(wèi) 204
威 201
微 201

wéi
爲 201
唯 202
惟 202
僞(wěi) 203
圍 203
違 203
維 203

wěi
尾 203
僞 203
唯(wéi) 202
葦 203
亹 203

wèi
未 203
位 204
胃 204
畏 204
蔚 204
謂 204
衛 205
遺(yí) 232

wēn
緼(yùn) 252

wén
文 205
聞 205

wěn
昧(mèi) 161

wèn
文(wén) 205
免(miǎn) 161
問 205
聞(wén) 205

wèng
甕 205

wǒ
我 205
果(guǒ) 129

wò
渥 205
握 205

wū
巫 205
於(yú) 246
屋 205
惡(è) 113
誣 205

wú
亡(wáng) 199
无 205
吾 207
無 207

wǔ
五 207
伍 208
武 208
務(wù) 209
舞 208

wù
勿 208
物 208
卼 209
掘(jué) 148
務 209
惡(è) 113

xī
夕 209
西 209
昔 209
息 209
悉 209
腊 209
翕 209
喜(xǐ) 210
嘻 209
錫 209
犧 209

xí
習 210

xǐ
洗 210
喜 210

xì
係 210
咥 210
氣(qì) 171
虩 210
繫 210

xiā
嗑(kè) 151

xiá
甲(jiǎ) 140
假(jiǎ) 140
遐 210

xià
下 210
假(jiǎ) 140

xiān
先 211
鮮 211

xián
弦 211
咸 211
閑 212
嫌 212
賢 212

xiǎn
洗(xǐ) 210
省(xǐng) 218
險 212
鮮(xiān) 211
顯 212

xiàn
見(jiàn) 141
限 212
莧 212
陷 212
縣 212
鮮(xiān) 211

xiāng
相 212

xiáng
祥 213
翔 213
詳 213

xiǎng
亨(hēng) 131
享 213
鄉(xiàng) 214
響 213

xiàng
巷 213
相(xiāng) 212
象 213
像 214
鄉 214

xiāo
消 214
嗃(hè) 130
驕(jiāo) 143

xiáo
校(jiào) 143

xiǎo
小 214

xiào
孝 215
校(jiào) 143
笑 215
效 215
嗃(hè) 130

xiē
曷(hé) 130

xié
邪 215
偕 215
絜(jié) 143

xiè
契(qì) 171
渫 215
解(jiě) 143
豫(yù) 248
蟹 215

xīn
心 215
新 216
親(qīn) 173
薪 216

xìn
信 216

xīng
興 216

xíng
行 216
刑 216
形 217

xǐng
省 218

xìng
行(xíng) 216
性 218
姓 218
興(xīng) 216

xiōng
凶 218
兄 218

xiū
休 219
修 219
脩 219
羞 219

xiù
臭(chòu) 101

xū
于(yú) 245
盱 219
虛 219
須 219
需 219

xú
邪(xié) 215
徐 219

xǔ
休(xiū) 219

xù
序 219
恤 219
畜(chù) 102
續 219

xuān
宣 219
烜(xuǎn) 219

xuán
玄 219
旋 219
縣(xiàn) 212

xuǎn
烜 219
撰(zhuàn) 270

xuàn
旋(xuán) 219
鉉 219

xué
穴 220
學 220

xuè
血 220
決(jué) 148

xūn
煇(huī) 134
薰 220

xún
旬 220
馴 220

xùn
巽 220
馴(xún) 220

yā
厭(yàn) 221

yá
牙 220

yǎ
啞(è) 113

yà
啞(è) 113
御(yù) 248

yān
身(shēn) 183
殷(yīn) 239
焉 220
厭(yàn) 221
燕(yàn) 221

yán
言 220
研 221
險(xiǎn) 212
顏 221
嚴 221

yǎn
衍 221
剡 221
眼 221
揜 221
厭(yàn) 221

yàn
研(yán) 221
宴 221
厭 221
燕 221

yāng
殃 221

yáng
羊 221
揚 222
陽 221
湯(tāng) 194
楊 222
詳(xiáng) 213

yǎng
仰 222
養 222

yāo
要 222

yáo
爻 222
猶(yóu) 242
堯 222
踰(yú) 247

yǎo
要(yāo) 222

yào
要(yāo) 222
樂(yuè) 251
藥 222

yé
邪(xié) 215
耶 222

yě
也 222
冶 231
野 231

yè
曳 231
夜 231
射(shè) 182
揲(shé) 182
業 231

yī
一 231
衣 232
依 232
意(yì) 239
噫 232

yí
夷 232
宜 232
怠(dài) 106
施(shī) 185
洟 232
焉(yān) 220
蛇(shé) 182
疑 232
頤 232
儀 232
遺 232

yǐ
乙 232
已 232
以 232
矣 236
依(yī) 232

倚 237

yì
弋 237
失(shī) 185
衣(yī) 232
亦 237
役 237
邑 237
易 237
迭(dié) 110
施(shī) 185
食(shí) 186
射(shè) 182
益 238
異 238
肆(sì) 192
義 238
意 239
厭(yàn) 221
億 239
劓 239
噫(yī) 232
澤(zé) 254
翼 239
議 239
懿 239

yīn
因 239
音 239
殷 239
陰 239
絪 239

yín
圻(qí) 168
淫 239
夤 239

yǐn
引 239
殷(yīn) 239
飲 239
隱 239

yìn
陰(yīn) 239
飲(yǐn) 239
隱(yǐn) 239

yīng
應 239

yíng
盈 240
營 240

yìng
應(yīng) 239
繩(shéng) 184

yōng
庸 240
墉 240

yóng
顒 240

yǒng
永 240

yòng
用 240

yōu
攸 241
幽 241
憂 242

yóu
尤 242
由 242
猶 242
游 242
遊 242

yǒu
又(yòu) 245
友 242
有 242
幽(yōu) 241
脩(xiū) 219
牖 245

yòu
又 245
右 245
有(yǒu) 242
宥 245
祐 245

yú
于 245
邪(xié) 215
吾(wú) 207
於 246
魚 246
畬 246
渝 246
虞 246
漁 246
與(yǔ) 247
踰 247
餘 246
輿 247

yǔ
羽 247
宇 247
雨 247
與 247
語 247

yù
玉 247
谷(gǔ) 125
育 247
或(huò) 135
雨(yǔ) 247
御 248
欲 248
裕 248
遇 248
與(yǔ) 247
獄 248
語(yǔ) 247
蔚(wèi) 204
豫 248
禦 248
繘(jú) 147
譽 248

yuān
淵 248

yuán
元 248
原 249
隕(yǔn) 252
圓 249
園 249
圜 249

yuǎn
遠 249

yuàn
怨 249
原(yuán) 249
願 249

yuē
曰 249
約 251

yuè
月 251
刖 251
兌(duì) 112
越 251
説(shuō) 191
樂 251
躍 251
禴 251

yūn
縕(yùn) 252

yún
云 251
均(jūn) 150
雲 251

yǔn
允 251
隕 252

yùn
孕 252
均(jūn) 150
怨(yuàn) 249
煇(huī) 134
慍 252
運 252
縕 252

zá
雜 252

zāi
災 252
哉 252
菑(zī) 270

zǎi
載(zài) 253

zài
在 252
再 253
載 253

zān
簪 253

zàn
贊 253

zāng
臧 253
藏(cáng) 98

zàng
葬 253
臧(zāng) 253
藏(cáng) 98

zǎo
早 253

zào
造 253
燥 253
躁 253

zé
則 253
澤 254
賾 254

zè
昃 254

zhà
作(zuò) 273

zhāi
齊(qí) 171

zhái
宅 254

zhài
祭(jì) 140

zhān
占 254
邅 254

zhàn
占(zhān) 254
戰 254

zhāng
張 254
章 254
彰 254

zhǎng
長(cháng) 99

zhàng
丈 255
長(cháng) 99
張(zhāng) 254

zhāo
招 255
昭 255
朝 255
著(zhù) 270

zhào
照 255

zhé
折 255
哲 255
適(shì) 189
蟄 255

zhě
者 255

zhēn
貞 256
振(zhèn) 257

zhěn
枕 257
振(zhèn) 257

zhèn
枕(zhěn) 257
振 257
陳(chén) 99
震 257

zhēng
正(zhèng) 258
政(zhèng) 259
征 258

zhěng
承(chéng) 100
拯 258

zhèng
正 258
政 259
靜(jìng) 145

zhī
氏(shì) 187
之 259
支 264
知 264
枝 264
衹 264
祗 264

zhí
直 264
執 264
遲(chí) 101
蹢 264

zhǐ
止 264
旨 265
祇(qí) 171
指 265
祉 265
趾 265
視(shì) 188

zhì
至 265
志 265
知(zhī) 264
治 266
制 266
致 266
桎 266
窒 266
寘 266
雉 266
質 266
穉 266
遲(chí) 101
蹢(zhí) 264
識(shí) 187

zhōng
中 266
忠 268
終 268
衆(zhòng) 269

zhòng
中(zhōng) 266
重 269
衆 269

zhōu
舟 269
周 269

zhòu
冑 269
紂 269
晝 269
甃 269

zhū
朱 269
株 269
誅 269
諸 269

zhú
竹 269
逐 269
躅 269

zhǔ
主 269
屬(shǔ) 190

zhù
助 270
除(chú) 102
庶(shù) 190
羿 270
著 270

zhuān
專 270

zhuàn
撰 270

zhuàng
壯 270
狀 270
憧(chōng) 101

zhuī
萑 270

zhūn
屯 270
純(chún) 102

zhǔn
純(chún) 102
準 270

zhuō
掇(duó) 112
掘(jué) 148

zhuó
酌 270
著(zhù) 270
斲 270
躅(zhú) 269

zī
次(cì) 103
咨 270
茲 270
菑 270
資 270
齊(qí) 171
齎(jī) 136

zǐ
子 270
胏 272

zì
自 272
字 272
事(shì) 187
菑(zī) 270
瘠(jí) 137

zōng
宗 272
從(cóng) 103
綜 272

zǒng
從(cóng) 103

zòng
從(cóng) 103

zòu
族(zú) 272

zū
諸(zhū) 269

zú
足 272
卒 272
族 272

zǔ
作(zuò) 273
阻 272
祖 272

zuì
罪 273

zūn
尊 273
樽 273

zǔn
尊(zūn) 273
樽(zūn) 273

zuō
作(zuò) 273

zuó
作(zuò) 273

zuǒ
左 273

zuò
左(zuǒ) 273
作 273
酢 273

威妥碼－漢語拼音對照表

A

a	a
ai	ai
an	an
ang	ang
ao	ao

C

cha	zha
ch‘a	cha
chai	zhai
ch‘ai	chai
chan	zhan
ch‘an	chan
chang	zhang
ch‘ang	chang
chao	zhao
ch‘ao	chao
che	zhe
ch‘e	che
chei	zhei
chen	zhen
ch‘en	chen
cheng	zheng
ch‘eng	cheng
chi	ji
ch‘i	qi
chia	jia
ch‘ia	qia
chiang	jiang
ch‘iang	qiang
chiao	jiao
ch‘iao	qiao
chieh	jie
ch‘ieh	qie
chien	jian
ch‘ien	qian
chih	zhi
ch‘ih	chi
chin	jin
ch‘in	qin
ching	jing
ch‘ing	qing
chiu	jiu
ch‘iu	qiu
chiung	jiong
ch‘iung	qiong
cho	zhuo
ch‘o	chuo
chou	zhou
ch‘ou	chou
chu	zhu
ch‘u	chu
chua	zhua
ch‘ua	chua
chuai	zhuai
ch‘uai	chuai
chuan	zhuan
ch‘uan	chuan
chuang	zhuang
ch‘uang	chuang
chui	zhui
ch‘ui	chui
chun	zhun
ch‘un	chun
chung	zhong
ch‘ung	chong
chü	ju
ch‘ü	qu
chüan	juan
ch‘üan	quan
chüeh	jue
ch‘üeh	que
chün	jun
ch‘ün	qun

E

e	e
eh	ê
ei	ei
en	en
eng	eng
erh	er

F

fa	fa
fan	fan
fang	fang
fei	fei
fen	fen
feng	feng
fo	fo
fou	fou
fu	fu

H

ha	ha
hai	hai
han	han
hang	hang
hao	hao
he	he
hei	hei
hen	hen
heng	heng
ho	he
hou	hou
hsi	xi
hsia	xia
hsiang	xiang
hsiao	xiao
hsieh	xie
hsien	xian
hsin	xin
hsing	xing
hsiu	xiu
hsiung	xiong
hsü	xu
hsüan	xuan
hsüeh	xue
hsün	xun
hu	hu
hua	hua
huai	huai
huan	huan
huang	huang
hui	hui
hun	hun
hung	hong
huo	huo

J

jan	ran
jang	rang
jao	rao
je	re
jen	ren
jeng	reng
jih	ri
jo	ruo
jou	rou
ju	ru
juan	ruan
jui	rui
jun	run
jung	rong

K

ka	ga
k‘a	ka
kai	gai
k‘ai	kai
kan	gan
k‘an	kan
kang	gang
k‘ang	kang
kao	gao
k‘ao	kao
ke	ge
k‘e	ke
kei	gei
ken	gen
k‘en	ken
keng	geng
k‘eng	keng
ko	ge
k‘o	ke
kou	gou
k‘ou	kou
ku	gu
k‘u	ku
kua	gua
k‘ua	kua
kuai	guai
k‘uai	kuai
kuan	guan
k‘uan	kuan
kuang	guang
k‘uang	kuang
kuei	gui
k‘uei	kui
kun	gun
k‘un	kun
kung	gong
k‘ung	kong
kuo	guo
k‘uo	kuo

L

la	la
lai	lai
lan	lan
lang	lang
lao	lao
le	le
lei	lei
leng	leng
li	li
lia	lia
liang	liang
liao	liao
lieh	lie
lien	lian
lin	lin
ling	ling
liu	liu
lo	le
lou	lou
lu	lu
luan	luan

lun	lun
lung	long
luo	luo
lü	lü
lüeh	lüe
M	
ma	ma
mai	mai
man	man
mang	mang
mao	mao
me	me
mei	mei
men	men
meng	meng
mi	mi
miao	miao
mieh	mie
mien	mian
min	min
ming	ming
miu	miu
mo	mo
mou	mou
mu	mu
N	
na	na
nai	nai
nan	nan
nang	nang
nao	nao
ne	ne
nei	nei
nen	nen
neng	neng
ni	ni
niang	niang
niao	niao
nieh	nie
nien	nian
nin	nin
ning	ning
niu	niu
no	nuo
nou	nou
nu	nu
nuan	nuan
nung	nong
nü	nü
nüeh	nüe
O	
o	o
ou	ou
P	
pa	ba
p‘a	pa
pai	bai
p‘ai	pai
pan	ban
p‘an	pan
pang	bang
p‘ang	pang
pao	bao
p‘ao	pao
pei	bei
p‘ei	pei
pen	ben
p‘en	pen
peng	beng
p‘eng	peng
pi	bi
p‘i	pi
piao	biao
p‘iao	piao
pieh	bie
p‘ieh	pie
pien	bian
p‘ien	pian
pin	bin
p‘in	pin
ping	bing
p‘ing	ping
po	bo
p‘o	po
p‘ou	pou
pu	bu
p‘u	pu
S	
sa	sa
sai	sai
san	san
sang	sang
sao	sao
se	se
sen	sen
seng	seng
sha	sha
shai	shai
shan	shan
shang	shang
shao	shao
she	she
shei	shei
shen	shen
sheng	sheng
shih	shi
shou	shou
shu	shu
shua	shua
shuai	shuai
shuan	shuan
shuang	shuang
shui	shui
shun	shun
shuo	shuo
so	suo
sou	sou
ssu	si
su	su
suan	suan
sui	sui
sun	sun
sung	song
T	
ta	da
t‘a	ta
tai	dai
t‘ai	tai
tan	dan
t‘an	tan
tang	dang
t‘ang	tang
tao	dao
t‘ao	tao
te	de
t‘e	te
teng	deng
t‘eng	teng
ti	di
t‘i	ti
tiao	diao
t‘iao	tiao
tieh	die
t‘ieh	tie
tien	dian
t‘ien	tian
ting	ding
t‘ing	ting
tiu	diu
to	duo
t‘o	tuo
tou	dou
t‘ou	tou
tsa	za
ts‘a	ca
tsai	zai
ts‘ai	cai
tsan	zan
ts‘an	can
tsang	zang
ts‘ang	cang
tsao	zao
ts‘ao	cao
tse	ze
ts‘e	ce
tsei	zei
tsen	zen
ts‘en	cen
tseng	zeng
ts‘eng	ceng
tso	zuo
ts‘o	cuo
tsou	zou
ts‘ou	cou
tsu	zu
ts‘u	cu
tsuan	zuan
ts‘uan	cuan
tsui	zui
ts‘ui	cui
tsun	zun
ts‘un	cun
tsung	zong
ts‘ung	cong
tu	du
t‘u	tu
tuan	duan
t‘uan	tuan
tui	dui
t‘ui	tui
tun	dun
t‘un	tun
tung	dong
t‘ung	tong
tzu	zi
tz‘u	ci
W	
wa	wa
wai	wai
wan	wan
wang	wang
wei	wei
wen	wen
weng	weng
wo	wo
wu	wu
Y	
ya	ya
yang	yang
yao	yao
yeh	ye
yen	yan
yi	yi
yin	yin
ying	ying
yo	yo
yu	you
yung	yong
yü	yu
yüan	yuan
yüeh	yue
yün	yun

筆畫檢字表

一畫

部首	字	頁
一	一	231
乙	乙	232

二畫

部首	字	頁
一	七	168
丿	乃	164
乙	九	145
二	二	116
人	人	175
入	入	179
八	八	91
力	力	155
匕	匕	92
十	十	185
卜	卜	95
又	又	245

三畫

部首	字	頁
一	上	181
	三	179
	下	210
	丈	255
丿	久	146
乙	也	222
二	于	245
亠	亡	199
几	凡	117
十	千	171
口	口	151
土	土	198
士	士	187
夕	夕	209
大	大	104
女	女	166
子	子	270
小	小	214
尸	尸	185
山	山	180
巛	川	102
工	工	124
己	己	137
	巳	192
	已	232
干	干	122
弋	弋	237
弓	弓	124
手	才	98

四畫

部首	字	頁
一	不	95
丨	中	266
丿	之	259
二	井	144
	五	207
	云	251
亠	亢	150
人	介	143
	仁	177
	仇	174
儿	元	248
	允	251
入	內	165
八	公	124
	六	158
凵	凶	218
刀	分	118
	切	173
勹	勿	208
匕	化	133
匚	匹	167
十	升	184
又	反	117
	及	136
	友	242
大	夫	119
	夬	152
	太	194
	天	195
小	少	182
尢	尤	242
尸	尺	101
屮	屯	270
弓	引	239
心	心	215
戈	戈	123
戶	戶	133
手	手	189
支	支	264
文	文	205
斗	斗	111
方	方	117
无	无	137
	旡	205
日	日	177
曰	曰	249
月	月	251
木	木	164
止	止	264
比	比	93
氏	氏	187
水	水	190
火	火	135
父	父	121
爻	爻	222
牙	牙	220
牛	牛	166
玉	王	199

五畫

部首	字	頁
一	且	173
	世	187
	丘	174
丶	主	269
丿	乎	132
人	代	106
	以	232
儿	兄	218
凵	出	101
力	加	140
	功	124
勹	包	91
匕	北	92
十	半	91
卜	占	254
厶	去	174
口	可	150
	古	125
	右	245
	史	187
囗	四	192
夕	外	198
大	失	185
子	孕	252
宀	它	198
工	左	273
巾	布	98
	市	187
干	平	167
弓	弗	120
	弘	132
心	必	93
手	扔	154
木	本	92
	末	163
	未	203
止	正	258
毋	母	164
氏	民	162
水	永	240
犬	犯	117
玄	玄	219
玉	玉	247
瓜	瓜	127
甘	甘	122
生	生	184
用	用	240
田	甲	140
	申	183
	由	242
	田	196
白	白	91
目	目	164
矢	矢	187
石	石	186
示	示	187
穴	穴	220
立	立	155

六畫

部首	字	頁
亠	交	142
	亦	237
人	伐	116
	伏	120
	仰	222
	任	177
	伍	208
	休	219
儿	光	128
	先	211
入	全	174
冂	再	253
冫	冰	94
刀	列	157
	刖	251
	刑	216
卩	危	201
口	合	130
	后	132
	吉	137
	各	123
	名	162
	同	197
囗	因	239
土	地	109
	圭	128
	在	252
夕	多	112
	夙	193
大	夷	232
女	好	130
	如	178
	妄	201
子	存	104
	字	272
宀	安	91
	宅	254
	守	189
	宇	247
寸	寺	192
干	年	166
戈	成	100
	戎	177
攴	收	189
日	旬	220
	旨	265
	早	253
曰	曳	231
	曲	174
月	有	242
木	机	136
	朵	112
	朱	269
欠	次	103
止	此	103
歹	死	192
水	汔	171
	汗	129
牛	牝	167
白	百	91
竹	竹	269
缶	缶	118
羊	羊	221
羽	羽	247
老	老	154
	考	150
而	而	113
耒	耒	154
耳	耳	116
肉	肉	178
臣	臣	99
自	自	272
至	至	265
臼	臼	146
舌	舌	182
舟	舟	269
艮	艮	124
色	色	180
血	血	220
行	行	216
衣	衣	232
襾	西	209

七畫

部首	字	頁
亠	亨	131
人	何	130
	作	273
	位	204
	似	192
	伸	183
	佃	197
儿	克	151
	兌	112
	免	161
八	兵	94
冫	冶	231
刀	初	101
	利	155
力	助	270
卩	即	136
口	君	148
	否	118
	含	129
	吝	157
	告	123
	吾	207
囗	困	153
土	圻	168
	均	150
	坎	150
士	壯	270
女	妣	93
	妙	162
子	孚	119
	孝	215
尸	尾	203
山	岐	168
工	巫	205
广	床	102
	序	219
弓	弟	110
彡	形	217
彳	役	237
心	快	152
	忌	139

部首	字	頁
	志	265
	忘	201
	忒	194
戈	戒	143
	我	205
手	折	255
攴	改	122
	攻	124
	攸	241
木	杞	171
	材	98
	束	190
水	汲	137
	沛	167
	沒	163
	決	148
	求	174
	沙	180
火	災	252
田	男	165
矢	矣	236
穴	究	145
肉	育	247
艮	良	157
見	見	141
角	角	148
言	言	220
谷	谷	125
豕	豕	187
貝	貝	92
赤	赤	101
足	足	272
身	身	183
車	車	99
邑	邦	91
	邑	237
	邪	215
里	里	154
阜	防	117

八畫

部首	字	頁
一	並	94
丿	乖	127
亅	事	187
亠	享	213
人	來	153
	依	232
	使	187
入	兩	157
八	其	168
	典	110
刀	刹	152
	刲	152
	制	266
十	卑	92
	卒	272
卜	卦	127
又	受	189
	取	174
口	命	163
	和	130
	咎	146
	周	269
囗	固	125
土	坼	99
	垂	102
	坤	152
	坦	194
夕	夜	231
大	奉	118
	奇	171
女	妹	161
	妾	173
	妻	168
	始	187
	姓	218
子	孤	125
宀	官	127
	定	111
	宜	232
	宗	272
小	尚	182
尸	居	147
	屈	174
巾	帛	94
广	庚	124
弓	弧	133
	弦	211
彳	彼	93
	往	200
	征	258
心	忿	118
	忠	268
	性	218
戈	或	135
	戕	172
	戔	98
戶	所	193
手	拔	91
	拘	147
	承	100
	拇	164
	拂	120
	招	255
攴	政	259
斤	斧	120
方	於	246
日	明	162
	昃	254
	昔	209
	易	237
月	朋	167
	服	120
木	果	129
	林	157
	杵	102
	東	111
	枝	264
	枕	257
止	武	208
毋	毒	111
水	法	116
	泣	171
	河	130
	泥	166
	沫	161
	況	152
	治	266
	沱	198
牛	牧	164
	物	208
犬	狗	125
	狐	133
	狀	270
玉	玩	199
疒	疚	147
白	的	110
目	直	264
	盱	219
矢	知	264
示	祀	192
	社	182
网	罔	200
肉	肱	124
	肥	118
	股	125
舌	舍	182
虍	虎	133
辵	近	144
金	金	144
長	長	99
門	門	161
阜	附	121
	陂	92
	阻	272
雨	雨	247
非	非	117

九畫

部首	字	頁
二	亟	137
人	侯	132
	保	92
	侵	173
	俟	192
	俗	193
	信	216
	係	210
冂	冒	161
	冑	269
刀	前	172
	則	253
十	南	165
卩	卼	209
厂	厚	132
又	叛	167
口	品	167
	哀	91
	哉	252
	咨	270
	咥	210
	咸	211
	咷	194
土	城	100
大	契	171
	奔	92
女	姤	125
	威	201
宀	客	151
	室	188
	宣	219
	宥	245
寸	封	118
尸	屋	205
己	巷	213
巾	帝	110
	帥	190
幺	幽	241
广	度	112
廴	建	142
彐	彖	198
彳	待	106
	律	160
	後	132
心	怠	106
	恆	131
	怨	249
	思	191
	恤	219
手	括	153
	拯	258
	指	265
攴	故	125
方	施	185
无	既	139
日	昧	161
	昭	255
	是	188
曰	曷	130
木	柄	94
	柅	166
	枯	152
	柝	198
	柔	177
歹	殆	106
	殃	221
水	洊	142
	洛	160
	洌	157
	洗	210
	洟	232
	泉	174
火	炳	94
	爲	201
牛	牲	184
犬	狩	190
甘	甚	183
田	畏	204
白	皆	143
皿	盈	240
目	眈	106
	眇	162
	省	218
	相	212
石	研	221
示	祇	171
	祉	265
禾	科	150
	秋	174
穴	突	198
糸	約	251
	紂	269
羊	美	161
老	者	255
耳	耶	222
肉	背	92
	胃	204
	胏	272
至	致	266
艸	苟	125
	茅	160
	茂	161
	苦	152
	茀	120
	苞	92
	若	179
行	衎	150
	衍	221
衣	袂	161
	衹	264
襾	要	222
貝	負	121
	貞	256
辵	迭	110
邑	郊	142
里	重	269
阜	限	212
面	面	161
革	革	123
音	音	239
風	風	118
飛	飛	117
食	食	186
首	首	189

十畫

部首	字	頁
丿	乘	100
人	俯	120
	倦	148
	倍	92
	倚	237
	修	219
八	兼	141
冖	冥	163
刀	剛	122
	剝	94
	剡	221
力	勑	153
匚	匪	118
厂	原	249
女	娣	110
宀	家	140
	宮	124
	害	129
	容	177
	宴	221
寸	射	182
巾	師	185
广	庭	197
弓	弱	179
彳	徑	145
	徐	219
	徒	198
心	悖	92
	恥	101
	恭	125
	悔	135
	恐	151
	息	209
手	振	257
攴	效	215
方	旅	159
	旁	167
日	晉	144
	時	186
曰	書	190
木	校	143
	桓	134
	桑	180
	株	269

	桎	266
歹	殊	190
殳	殷	239
气	氣	171
水	流	158
	浚	150
	浸	144
	消	214
	泰	194
	涕	195
	涉	183
火	烜	219
玉	班	91
田	畜	102
	留	158
疒	疾	137
	疵	103
	病	94
皿	盍	130
	益	238
目	眚	184
示	神	183
	祐	245
	祖	272
	祗	264
竹	笑	215
糸	純	102
	紛	118
	納	164
	素	193
	索	194
网	罟	125
耒	耕	124
肉	脊	137
	能	165
自	臭	101
艸	草	98
	荒	134
	茲	270
	茹	179
虫	蚌	91
衣	衰	190
豸	豹	92
貝	貢	125
	財	98
走	起	171
身	躬	124

辰	辱	179
辵	迷	161
	逆	166
	退	198
酉	酒	146
	配	167
	酌	270
金	釜	120
阜	除	102
隹	隼	193
馬	馬	160
高	高	123
鬯	鬯	99
鬼	鬼	128

十一畫

乙	乾	172
人	健	142
	偏	167
	假	140
	偕	215
	僞	203
力	動	111
	務	209
厶	參	183
口	啞	113
	唯	202
	問	205
	商	181
囗	國	129
土	堅	141
	基	136
	執	264
女	婦	121
	婚	135
子	孰	190
宀	寇	151
	密	161
	寂	140
寸	將	142
	專	270
山	崇	101
巛	巢	99
巾	常	99
	帶	106
广	康	150
	庸	240
	庶	190
弓	强	173
	張	254
彳	得	107
	從	103
	御	248
心	患	134
	情	173
	惕	195
	悉	209
	惟	202
戈	戚	168
手	掘	148
	掇	112
	掛	127
	接	143
	推	198
	探	194
攴	教	143
	敗	91
方	旉	120
	旋	219
	族	272
日	晦	135
	晝	269
	晢	255
月	望	201
木	梱	148
	梏	127
欠	欲	248
殳	殺	180
水	清	173
	淵	248
	淫	239
	深	183
火	焉	220
牛	牽	171
	牿	127
玄	率	190
玉	理	155
瓦	瓶	168
田	畢	93
目	眼	221
	衆	269
示	祭	140
	祥	213
穴	窒	266
立	章	254
糸	紱	120
	終	268
羊	羝	109
	羞	219
羽	習	210
耒	耜	192
肉	脢	161
	脩	219
艸	莅	156
	莫	163
	莧	212
虍	處	102
虫	蛇	182
行	術	190
衣	袽	179
言	訟	192
	設	183
豕	豚	198
貝	貨	136
	貫	128
赤	赦	183
足	趾	265
辵	連	157
	逋	95
	逐	269
	逖	195
	速	193
	通	197
	造	253
里	野	231
門	閉	93
阜	陳	99
	陸	159
	陵	158
	陷	212
	陰	239
頁	頃	152
	頂	110
魚	魚	246
鳥	鳥	166
鹵	鹵	159
鹿	鹿	159

十二畫

人	備	92
力	勞	154
	勝	184
十	博	94
厂	厥	148
	厤	156
口	喙	135
	善	180
	喜	210
	喪	180
囗	圍	203
土	報	92
	堯	222
宀	寒	129
	富	121
寸	尊	273
尢	就	147
己	巽	220
幺	幾	137
弋	弒	188
彡	彭	167
彳	復	121
心	惡	113
	惠	135
	悶	161
	惻	98
手	撝	134
	揆	152
	揮	134
	掣	99
	握	205
	揚	222
	揜	221
	揉	178
	揲	182
攴	敦	112
	敢	122
	敝	93
	散	180
斤	斯	192
日	普	168
月	期	168
	朝	255
木	椁	129
	棟	111
	棺	127
	棄	171
	棘	137
水	測	98
	渙	134
	渫	215
	渥	205
	湯	194
	湍	246
	游	242
火	焚	118
	無	207
	然	175
犬	猶	242
田	畫	134
	異	238
	畬	246
疒	痛	197
癶	發	116
	登	109
皿	盛	100
	盜	106
禾	稊	194
立	童	197
竹	等	109
	策	98
	筐	152
糸	結	143
	絜	143
	絕	148
	統	197
	絪	239
羽	翔	213
	翕	209
老	耋	110
肉	腓	118
	腊	209
舛	舜	191
艸	莽	160
	華	133
	萃	103
	萑	270
	菑	270
虍	虛	219
衣	補	95
	裁	98
	裕	248
見	視	188
豕	象	213
貝	貴	128
	賁	93
	貳	116
走	越	251
足	跛	94
辵	進	144
	逮	106
酉	酢	273
門	間	141
	開	150
	閏	179
	閑	212
阜	隍	134
	隆	159
	階	143
	陽	221
雨	雲	251
頁	順	191
	須	219
馬	馮	118
黃	黃	134
黑	黑	130

十三畫

乙	亂	160
人	傾	173
	傷	181
力	勢	188
口	嗟	148
	嗑	151
	嗃	130
	嗇	180
囗	園	249
	圓	249
土	塗	198
	塞	180
女	媾	125
	嫌	212
宀	寘	266
干	幹	122
彐	彙	135
彳	微	201
心	感	122
	愆	172
	愁	101
	愛	91
	意	239
	慍	252
	慎	183

部首	字	頁
手	損	193
支	敬	145
斤	新	216
日	暉	134
	暑	190
曰	會	135
木	極	137
	楫	137
	楊	222
	業	231
止	歲	193
殳	毀	135
水	滅	162
	溝	125
	滕	194
	準	270
火	煇	134
	照	255
田	當	106
示	禁	144
	祿	159
内	禽	173
穴	窞	106
竹	筥	154
	節	143
	筮	189
糸	經	144
网	罪	273
羊	義	238
	群	175
耳	聖	184
聿	肆	192
肉	腹	121
艸	葛	123
	葦	203
	萬	199
	葬	253
	著	270
虍	號	130
	虞	246
衣	裒	168
角	解	143
言	誠	100
	詳	213
	誅	269
	試	189
貝	資	270
足	路	159
車	載	253
辛	辟	167
辰	農	166
辵	遄	102
	遏	113
	過	129
	道	106
	遊	242
	運	252
	遐	210
	違	203
	遂	193
	遇	248
酉	酬	101
金	鉤	125
	鉉	219
阜	隕	252
隹	雉	266
雨	電	110
	雷	154
食	飭	101
	飪	177
	飲	239
馬	馵	270
	馴	220
鼎	鼎	110
鼓	鼓	125
鼠	鼠	190

十四畫

部首	字	頁
人	僕	168
	像	214
厂	厭	221
口	嘉	140
	嘗	99
囗	圖	198
土	墉	240
夕	夤	239
大	奪	112
宀	寧	166
	寡	127
	察	98
	實	186
寸	對	112
尸	屢	159
巾	幕	164
彡	彰	254
心	慢	160
	慚	98
	愬	193
手	摧	103
斤	斲	270
日	暢	99
木	槁	123
	構	125
	榮	177
欠	歌	123
水	漣	157
	漸	142
	漏	159
	滿	160
	漁	246
爻	爾	116
犬	獄	248
玉	瑣	194
瓦	甃	269
疋	疑	232
皿	盡	144
目	睽	152
石	碩	187
示	福	120
禾	稱	99
竹	箕	136
米	粹	104
	精	144
糸	綸	160
	綜	272
	維	203
网	罰	116
耳	聚	148
	聞	205
肉	膏	123
臣	臧	253
臼	與	247
舛	舞	208
艸	蒺	137
	蓏	160
	蒙	161
	蒼	98
	蓋	122
	蓍	185
衣	裳	99
言	誥	123
	誨	135
	誡	144
	語	247
	誣	205
	說	191
貝	賓	94
車	輕	173
	輔	120
辵	遠	249
阜	際	140
雨	需	219
食	飽	92
	飾	189
馬	駁	94
鬼	魂	135
鳥	鳴	163
鼻	鼻	92
齊	齊	171

十五畫

部首	字	頁
人	儉	141
	億	239
	儀	232
厂	厲	156
口	嘻	209
宀	寬	152
尸	履	159
广	廣	128
	廢	118
	廟	162
彳	德	108
心	慮	160
	憧	101
	慶	173
	憂	242
手	摩	163
	撓	165
	撰	270
攴	敵	109
	數	190
日	暴	92
木	樂	251
	樞	190
水	潛	172
	潤	179
火	熯	129
片	牖	245
疒	瘠	137
石	磐	167
	確	175
禾	稼	140
	稷	140
	稽	136
	穀	125
	稺	266
穴	窮	173
竹	範	117
	篇	167
糸	緩	134
网	罷	91
羽	翩	167
耒	耦	167
肉	膚	120
艸	蔑	162
	蔀	168
	蔚	204
衣	褫	101
言	諂	99
	誰	190
貝	賤	142
	賞	181
	賢	212
	質	266
走	趣	174
車	輝	134
	輪	160
辵	遯	112
	遷	172
	適	189
邑	鄰	157
酉	醇	103
阜	隤	198
雨	霆	197
	震	257
革	鞏	125
頁	頤	232
食	養	222
髟	髮	117

十六畫

部首	字	頁
冫	凝	166
刀	劓	239
又	叡	179
口	器	171
	噬	189
	噫	232
囗	圜	249
大	奮	118
子	學	220
心	憊	92
戈	戰	254
手	據	148
木	機	136
	橈	165
	樽	273
	樹	190
水	澤	254
火	燕	221
犬	獨	111
皿	盥	128
示	禦	248
禾	積	136
竹	篤	112
糸	縣	212
	縕	252
羽	翰	129
耒	耨	166
自	臲	166
臼	興	216
艸	蘂	154
	蕃	117
行	衛	205
見	親	173
	覩	112
言	謀	164
	諸	269
	謂	204
豕	豫	248
足	蹄	195
	踰	247
車	輹	122
	輻	120
	輮	178
辛	辨	93
辵	遲	101
	遺	232
金	錯	104
	錫	209
門	闔	135
阜	險	212
	隨	193
青	靜	145
頁	頰	140
	頻	167
食	餗	193
	餘	246
魚	鮒	122
黑	默	164
	黔	172
龍	龍	159
龜	龜	128

十七畫

部首	字	頁
尸	屨	148
弓	彌	161
彳	徽	134
心	應	239
手	擊	136
	擬	166
水	濟	140
	濕	185
	濡	179
火	營	240
	燥	253
犬	獲	136
白	皤	168
皿	盪	106
矢	矯	143
竹	簋	128
羽	翼	239
耳	聽	103
	聲	184
肉	臀	198
臣	臨	157
臼	舉	148
艮	艱	141
艸	薦	142
	薄	94
	薪	216
虍	虧	152
虫	蟄	255
言	謙	172
	講	142
貝	賾	254
足	蹇	141
車	輿	247
辵	遭	254
酉	醜	101

門 闃 174
阜 隱 239
隹 雖 193
雨 霜 190
魚 鮮 211
鳥 鴻 132

十八畫

又 叢 103
斤 斷 112
止 歸 128
水 瀆 112
爪 爵 148
瓦 甕 205
示 禮 155
穴 竄 103
竹 簡 141
簪 253
糸 繡 147
臼 舊 147
艸 藏 98
藉 144
薰 220
虍 虢 210
襾 覆 122
言 謹 144
豆 豐 118
足 蹢 264
辵 邇 116
門 闔 130
闕 175
隹 雞 136
雜 252
頁 顒 240
顏 221
鼠 鼫 187

十九畫

口 嚮 214
宀 寵 101
广 廬 159
心 懲 100
懷 134
犬 獸 190
田 疆 142
疇 101
禾 穫 136
糸 繫 210
繩 184
羊 羸 154
艸 藟 154
藩 117
藥 222
虫 蠃 160
蟹 215
言 識 187
貝 贊 253
辛 辭 103
門 闚 152
關 127
隹 離 154
難 165
非 靡 161
革 鞶 167
頁 類 154
顛 110
顙 180
願 249
鹿 麗 157

二十畫

力 勸 175
口 嚴 221
宀 寶 92
牛 犧 209
目 矍 148
糸 繼 140
繻 178
艸 蘇 192
虫 蠖 136
角 觸 102
言 議 239
豕 豶 118
足 躁 253
躅 269
門 闡 99

廿一畫

尸 屬 190
心 懼 148
火 爛 154
糸 纆 164
續 219
艸 蘭 153
言 譽 248
足 躋 136
躍 251
辛 辯 93
門 闢 167
食 饋 152
馬 驅 174
鳥 鶴 130
齊 齎 136

廿二畫

亠 亹 203
口 囊 165
心 懿 239
木 權 175
示 禴 251
耳 聽 197
見 覿 109
音 響 213
馬 驕 143

廿三畫

手 攣 160
虫 蠱 125
言 變 93
頁 顯 212
馬 驚 144
骨 體 195
魚 鱉 94

廿四畫

行 衢 174
雨 靈 158

廿五畫

見 觀 127

通用字表

編號	本索引用字	原底本用字	章/頁/行	內文
1	群	羣	1/1/17 1/2/18 12/16/17 38/46/18 53/63/9 59/70/11 59/70/13 65/76/22	見群龍无首 非離群也 「大人否亨」、不亂群也 「遇雨」之「吉」、群疑亡也 「夫征不復」、離群醜也 渙其群 「渙其群元吉」、光大也 物以群分
2	恆	恒	1/2/17 16/21/17 16/21/19 37/44/23 54/64/5 66/85/1 66/85/1 68/88/15 68/88/15 69/89/13	進退无恆 恆不死 「恆不死」、中未亡也 君子以言有物而行有恆 「歸妹以娣」、以恆也 德行恆易以知險 德行恆簡以知阻 故受之以《恆》 《恆》者、久也 《恆》、久也
3	婚	婚	3/5/26 3/6/7 22/28/3 22/28/5 38/46/15 51/61/13	婚媾 求婚媾 婚媾 「匪寇婚媾」、終无尤也 婚媾 婚媾有言
4	胏	胏	21/26/30	噬乾胏
5	聰	聦	21/27/9 43/51/29 50/59/12 65/80/4	「何校滅耳」、聰不明也 「聞言不信」、聰不明也 巽而耳目聰明 古之聰明叡知神武而不殺者夫
6	床	牀	23/28/24 23/28/26 23/28/28 23/29/1 23/29/7	剝床以足 「剝床以足」、以滅下也 剝床以辨 「剝床以辨」、未有與也 剝床以膚

編號	本索引用字	原底本用字	章/頁/行	內文
	床	牀	23/29/9 57/67/25 57/68/13 57/68/15	「剝床以膚」、切近災也 巽在床下 巽在床下 「巽在床下」、「上」窮也
7	喪	𠷆	51/60/13 51/60/25	不喪匕鬯 億喪貝
8	昃	昗	55/65/6	日中則昃
9	慚	慙	66/85/6	將叛者其辭慚

徵 引 書 目

編號	書名	標注出處方法	版本
1	唐石經十三經	頁數	臺北世界書局 1966 年
2	黃侃手批白文十三經	頁數	上海古籍出版社 1983 年
3	陸德明經典釋文	頁數	上海古籍出版社 1985 年
4	王引之經義述聞	頁數	江蘇古籍出版社 1985 年
5	高亨周易大傳今注	頁數	山東齊魯書社 1979 年
6	高亨周易古經通說	頁數	北京中華書局出版 1958 年
7	馬王堆帛書六十四卦釋文	頁數	文物 1984 年第 3 期
8	張政烺馬王堆帛書周易繫辭校讀	頁數	道家文化研究第 3 輯 上海古籍出版社 1993 年
9	陳松長帛書繫辭釋文	頁數	道家文化研究第 3 輯 上海古籍出版社 1993 年

誤字改正說明表

編號	原句 / 位置（章/頁/行）	校改依據
1	九三曰、「君子終日乾乾、夕惕若、厲、（无）〔无〕咎」 1/2/12	唐石經總頁1
2	《（彖）〔象〕》曰 4/6/28	唐石經總頁4
3	（包）〔苞〕蒙 4/7/5	唐石經總頁4
4	「子克家」、剛柔（節）〔接〕也 4/7/7	唐石經總頁4
5	「需于沙」、（衍）〔行〕在中也 5/8/9	王念孫說，見王引之經義述聞頁46
6	雖「小有言」、以（「終吉」）〔「吉」「終」〕也 5/8/9	唐石經總頁4
7	（玉）〔王〕用三驅 8/12/5	唐石經總頁6
8	（包）〔苞〕荒 11/15/5	唐石經總頁7
9	（包）〔苞〕荒、得尚于中行 11/15/7	唐石經總頁7
10	（包）〔苞〕承 12/16/15	唐石經總頁7
11	（包）〔苞〕羞 12/16/19	唐石經總頁8
12	「（包）〔苞〕羞」、位不當也 12/16/21	唐石經總頁8
13	大「亨、貞、无咎」而天下隨（時）〔之〕17/22/1	王引之說，見經義述聞頁26
14	隨（時之）〔之時〕義大矣哉 17/22/2	王引之說，見經義述聞頁26
15	（輝）〔煇〕光日新 26/31/31	唐石經總頁13
16	《大過》棟（撓）〔橈〕 28/34/7	唐石經總頁13
17	「棟（撓）〔橈〕」、本末弱也 28/34/9	唐石經總頁13
18	（祗）〔祇〕既平 29/36/7	黃侃手批白文十三經頁19
19	「南狩」之志、乃（得大）〔大得〕也 36/44/1	唐石經總頁17
20	雷雨作而百果草木皆甲（圻）〔坼〕 40/47/28	唐石經總頁18
21	《（彖）〔象〕》曰 46/54/21	唐石經總頁21
22	上（九）〔六〕 48/57/26	唐石經總頁22
23	（鶴鳴）〔鳴鶴〕在陰 61/72/9	唐石經總頁27
24	「九二」「貞吉」、中以行（正）〔直〕也 64/76/1	王引之說，見經義述聞頁48-49
25	莫（大）〔善〕乎著龜 65/80/12	王念孫說，見王引之經義述聞頁57
26	（履）〔屨〕校滅趾 66/83/6	唐石經總頁35
27	力（小）〔少〕而任重 66/83/12	唐石經總頁35
28	无（祗）〔祇〕悔 66/83/17	黃侃手批白文十三經頁47
29	（辨）〔辯〕物正言 66/83/25	黃侃手批白文十三經頁48
30	《困》、德之（辨）〔辯〕也 66/84/6	黃侃手批白文十三經頁48
31	爲（寡）〔宣〕髮 67/87/2	王念孫說，見王引之經義述聞頁63
32	爲甲（冑）〔胄〕 67/87/9	唐石經總頁39

增字、刪字改正說明表

編號	原句 / 位置（章/頁/行）	校改依據
1	《乾》「元」〔「亨」〕者、始而亨者也 1/3/4	王念孫說，見王引之經義述聞頁45
2	童蒙〔來〕求我 4/6/21	王念孫說，見王引之經義述聞頁9
3	匪我求童蒙、童蒙〔來〕求我 4/6/25	王念孫說，見王引之經義述聞頁9
4	「不速之客來、敬之終吉」〔也〕 5/8/26	王念孫說，見王引之經義述聞頁46
5	（《比》、「吉」也） 8/11/11	王念孫說，見王引之經義述聞頁41
6	〔「《比》、「吉」〕、原筮元、永貞无咎」 8/11/11	王念孫說，見王引之經義述聞頁41
7	〔《履》〕履虎尾 10/13/19	高亨《周易古經通說》頁12
8	〔《否》〕否之匪人 12/16/3	高亨《周易古經通說》頁13
9	〔《同人》〕同人于野 13/17/9	高亨《周易古經通說》頁13
10	〔剛柔交錯〕、天文也 22/27/16	高亨《周易大傳今注》頁227
11	「小人用壯、君子〔用〕罔」也 34/41/22	高亨《周易大傳今注》頁313
12	〔往來井〕 48/57/2	高亨《周易大傳今注》頁402
13	〔井〕汔至、亦未繘井」、未有功也 48/57/2	高亨《周易大傳今注》頁402
14	〔不喪匕鬯〕、出可以守宗廟社稷 51/60/16	高亨《周易大傳今注》頁421
15	〔《艮》〕其背 52/61/20	高亨《周易古經通說》頁15
16	《小過》〔「亨」〕、小者過而亨也 62/73/5	王念孫說，見王引之經義述聞頁45
17	立〔功〕成器 65/80/11	高亨《周易大傳今注》頁539
18	〔《履》者、禮也〕 68/87/25	高亨《周易大傳今注》頁644
19	〔物〕然後可畜 68/88/8	高亨《周易大傳今注》頁647

正 文

1 ䷀〔乾下乾上〕

《乾》元亨，利貞。

初九、潛[1]龍勿用[2]。

九二：見龍在田，利見大人。

九三：君子終日‣乾乾‹[3]，夕惕[4]若[5]厲。无咎。

九四：或躍在淵，无咎。

九五：飛龍在天，利見大人。

上[6]九：亢[7]龍，有悔。

用九：見群龍无首，吉。

《彖》曰：大哉「乾元」，萬物資始，乃統天。雲行雨施，品物流形。大明終始，六位時成。時乘六龍以御天。乾道變化，各正性命。保合大和，乃「利貞」。首出庶物，萬國咸寧。

《象》曰：天行健[8]，君子以自强[9]不息。「潛龍勿用」、陽在下也。「見龍在田」、德施普也。「終日乾乾」、‣反復道也‹[10]。「或躍在淵」、進「无咎」也。「飛龍在天」、「大人」造[11]也。「亢龍有悔」、盈不可久也。「用九」、天德不可爲首也。

《文言》曰：「元」者、善之長也，「亨」者、嘉之會也，《利》者、義之和也，

---

1. 浸Ⓜ　2. 王引之云：「用」者，施行也；「勿用」者，無所施行也。
3. 鍵鍵Ⓜ　4. 泥Ⓜ
5. 《周易述》於「惕若」下增「夤」字。王念孫云：經文本無「夤」字。
6. 尙Ⓜ　7. 抗Ⓜ
8. 王引之云：《爾雅》「行、道也。」「天行」、謂天道也…「天行健」、「地勢坤」相對爲文，言天之爲道也健，地之爲勢也順耳。　9. 彊
10. A.反復之道也 B.反復道 C.反覆道也　11. 聚

「貞」者、事之幹也。君子體仁[1]足以長人，嘉會足以合禮，利物[2]足以和義，貞固足以幹事。君子行此四德者，故曰「乾、元、亨、利、貞」。

初九曰、「潛龍勿用」，何謂也？子曰：「龍、德而隱者也。不易乎世，‣不成乎名‹[3]，遯世无悶，不見是而无悶。樂則行之，憂則違之，確乎其不可‣拔‹[4]，潛龍也。」

九二曰、「見龍在田、利見大人」，何謂也？子曰：「龍德而正中者也。庸言之信，庸行之謹，閑邪存其誠，善世而不伐，德博而化。《易》曰、『見龍在田、利見大人』，君德也。」

九三曰、「君子終日乾乾、夕惕若、厲、（无）〔无〕咎」。何謂也？子曰：「君子進德脩業，忠信，所以進德也，脩辭立其誠，所以居業也。知至至之，可與‣幾也‹[5]，知終終之，可與存義也。是故居上位而不驕，在下位而不憂，故乾乾因其時而惕，雖危无咎矣。」

九四曰、「或躍在淵、无咎。」何謂也？子曰：「上下无常，非爲邪也。進退无恆，非離群也。君子進德脩業、欲及時也，故无咎。」

九五曰、「飛龍在天、利見大人」。何謂也？子曰：「同聲相應，同氣相求。水流濕，火就燥，雲從龍，風從虎[6]，聖人作[7]而萬物覩。本乎天者親上，本乎地者親下，則各從其類也。」

上九曰、「亢龍有悔」，何謂也？子曰：「貴而无位，高而无民，賢人在下位而无輔，是以動而有悔也。」

「潛龍勿用」、下也，「見龍在田」、時舍也，「終日乾乾」、行事也，「或躍在淵」、自試也，「飛龍在天」、上治也，「亢龍有悔」、窮之災也。乾元「用九」、天下治也。

「潛龍勿用」，陽氣潛藏。「見龍在田」，天下文明。「終日乾乾」，與時偕行。

1. 信　2. 之　3. 不成名　4. 拔者　5. 言幾也
6. 王引之云：特以物之各從其類，喻萬物之歸聖人耳，非論卦象也。　7. 起

「或躍在淵」，乾道乃革。「飛龍在天」，乃位乎天德。「亢龍有悔」，與時偕極。乾元「用九」，乃見天則[1]。

《乾》「元」〔「亨」〕者、始而亨者也。「利貞」者、性情也。乾始能以美利利天下，不言所利，大矣哉！

大哉乾乎！剛健中正，純粹精也。六爻發揮[2]，旁通情也[3]。「時乘六龍」、以「御天」也，「雲行雨施」、天下平也。君子以成德爲行，日可見之行也。

「潛」之爲言也，隱而未見，行而未成，是以君子「弗用」也。君子學以聚之，問以辯之，寬以居之，仁以行之。《易》曰、「見龍在田、利見大人」，君德也。九三重剛而不中，上不在天，下不在田，故「乾乾」因其時而「惕」，雖危「无咎」矣。九四重剛而不中，上不在天，下不在田，中不在人，故「或」之。「或」之者、疑之也，故「无咎」。夫「大人」者、與天地合其德，與日月合其明，與四時合其序，與鬼神合其吉凶，先天而天弗違，後天而奉天時。天且弗違，而況於人乎？況於鬼神乎？「亢」之爲言也，知進而不知退，知存而不知亡，知得而不知喪。其唯聖人乎！知進退存亡而不失其正者，其唯聖人乎！

2 ䷁〔坤下坤上〕

《坤》元亨。利牝馬之貞。君子有攸往，先迷後得主[4]，利，西南得朋[5]，東北喪朋[6]。安貞吉。

《彖》曰：至哉「坤元」[7]，萬物資生，乃順承天。坤厚載物，德合无疆。含弘光大[8]，品物咸「亨」。「牝馬」地類，行地无疆[9]，柔順「利貞」。「君子」攸行，「先迷」失道，「後」順「得」常。「西南得朋」，乃與類行。「東北喪朋」，乃終有慶。「安貞」之「吉」，應地无疆[10]。

1. 王引之云：《爾雅》：「則，常也。」「天則」，猶言天常。
2. 王引之云：「六爻發揮」，謂剛健中正之卦，發動而成六爻。
3. 王引之云：「旁」亦溥也，《廣雅》曰：「揮，動也。」言六爻發動，溥通乎萬物之情也。
4. 王引之云：蓋謂往之他國，得其所主之家也。
5. 王引之云：《坤》處西南而主立秋，立秋陽消陰長，又卦之六爻皆陰，故曰「得朋」。
6. 王引之云：《艮》處東北而主立春，立春陽長陰消，又卦之三上兩爻，陰變爲陽，故曰「喪朋」。
7. 王引之云：「至」、大也…「至哉」、猶大哉也。
8. 王引之云：「光」之爲言猶「廣」也，「光大」，猶廣大也。
9. 壃
10. 壃

《象》曰：地勢坤。君子以厚德載物。

初六：履[1]霜、堅冰至。

《象》曰：「履霜▸堅冰◂[2]」、陰始凝也。馴致其道，至「堅冰」也。

六二：直、方、大，不習无不利。

《象》曰：六二之動、「直」以「方」也，「不習无不利」、地道光也[3]。

六三：含[4]章可貞，或從王事，无成有終。

《象》曰：「含章可貞」、以時發也。「或從王事」、知光大[5]也。

六四：括囊，无咎无譽。

《象》曰：「括囊无咎」、愼不害也。

六五：黃裳[6]元吉。

《象》曰：「黃裳元吉」、文在中也。

上[7]六：龍戰于野，其血玄黃。

《象》曰：「龍戰于野」，其道窮也。

用[8]六：利永貞。

《象》曰：「用六永貞」，以大終也。

1. 禮Ⓜ　2. 堅冰至
3. 王引之云：「光」之爲言猶「廣」也，言地道廣大也。　4. 合Ⓜ
5. 王引之云：「光」之爲言猶「廣」也，「光大」，猶廣大也。　6. 常Ⓜ
7. 尙Ⓜ　8. 迵Ⓜ

‣《文言》曰：《坤》至柔◂[1]而動也剛，至靜而德方，後得主而有常，含萬物而化光[2]。坤道其順乎，承天而時行。積善之家必有餘慶，積不善之家必有餘殃。臣弒其君，子弒其父，非一朝一夕之故，其所由來者漸矣，由[3]辯[4]之不早辯也。

《易》曰、「履霜、堅冰至」，蓋言順也。「直」其正也，「方」其義也。君子敬以直內，義以方外，敬義立而德不孤。「直、方、大、不習无不利」，則不疑其‣所行也◂[5]。陰雖有美「含」之以從王事，弗敢成也。地道也，妻道也，臣道也。地道「無成」而代「有終」也。天地變化，草木蕃。天地閉，賢人隱。《易》曰、「括囊、无咎无譽」，蓋言謹也。君子「黃」中通理，正位居體[6]，美在其中而暢於四支，發於事業，美之至也。陰疑[7]於陽必「戰」，爲其嫌於无陽也[8]，故稱「龍」焉。猶未離其類也，故稱「血」焉。夫「玄黃」者、天地之‣雜◂[9]也。天玄而地黃。

3 ䷂〔震下坎上〕

《屯》元亨，利貞。勿用有攸往。利建侯。

《彖》曰：《屯》，剛柔始交而難生。動乎險中，大「亨貞」。雷雨之動滿盈，天造草昧。宜「建侯」而不寧。

《象》曰：雲雷、屯。君子以經綸[10]。

初九：磐[11]桓[12]。利居貞。利建侯。

《象》曰：雖「磐桓」，‣志行正也◂[13]。以貴下賤，‣大得民也◂[14]。

六二：屯如邅[15]如，乘馬班[16]如。匪寇，‣婚媾◂[17]。女子貞不字，十年乃字[18]。

---

1. 《坤》至柔　2. 王引之云：「光」之爲言猶「廣」也，言其化廣大也。
3. 繇　4. 變　5. 所行
6. 高亨《周易大傳今注》云：「體」疑借爲「禮」。　7. 擬
8. 王引之云：此有二本，一作「嫌於无陽」，一作「嫌於陽」，無「无」字。……《說文》「嫌，疑也。」「嫌於陽」，即上文之「疑於陽」也。「疑」之言「擬」也，自下上至之辭也，陰盛上擬於陽，故曰「嫌於陽」。　9. 雜色　10. 論
11. A.盤 B.槃　12. 遠Ⓜ　13. 志行正　14. 大得民　15. 壇Ⓜ
16. A.般 B.煩Ⓜ　17. A.婚菁 B.閫厚Ⓜ
18. 王引之云：《說文》曰：「字，乳也。」《廣雅》曰：「字，乳生也」…「女子貞、不字」，然則不生謂之「不字」，必不孕而後不生，故「不字」亦兼不孕言之。

《象》曰：六二之難、乘剛也，「十年乃字」、反常也。

六三：即鹿[1]無[2]虞[3]，惟入于林中，君子幾[4]不如舍，往吝。

《象》曰：「即鹿无虞」▸以從禽也◂[5]。「君子舍」之，「往吝」窮也。

六四：乘馬班如，求▸婚媾◂[6]。往吉，无不利。

《象》曰：「求」而「往」、明也。

九五：屯其膏，小貞吉，大貞凶。

《象》曰：「屯其膏」、施未光也[7]。

上[8]六：乘馬班[9]如，泣[10]血漣如。

《象》曰：「泣血漣如」，何可長也？

4 ䷃〔坎下艮上〕

《蒙》亨。匪我求童蒙，童蒙〔來〕求我。初筮告，再三瀆[11]，瀆則[12]不告。利貞。

《彖》曰：《蒙》，山下有險，險而止，《蒙》。《蒙》「亨」，以亨行，時中也[13]。「匪我求童蒙、童蒙〔來〕求我」，志應也。「初筮告」、以剛中也。「再三瀆、瀆則不告」，瀆蒙也。蒙以養正，聖功也。

《（彖）〔象〕》曰：山下出泉，《蒙》。君子以果行育德[14]。

1. 麓
2. A.无 B.毋Ⓜ
3. 華Ⓜ
4. 機
5. 何以從禽也〈見高亨《周易大傳今注》頁98引郭京本〉
6. 閽厚Ⓜ
7. 王引之云：「光」之爲言猶廣也。言未廣大也。
8. 尙Ⓜ
9. 煩Ⓜ
10. 汲Ⓜ
11. 瀆Ⓜ下同。
12. 即Ⓜ
13. 矣
14. 王引之云：「果」、「育」皆成也。卦下《坎》上《艮》…《坎》有德行，《艮》以成之，故曰「果行育德」。

初六：發[1]蒙，利用刑人，用說桎梏，‣以往吝◂[2]。

《象》曰：「利用刑人」、以正法也。

九二：（包）〔苞〕[3]蒙，吉。納婦吉。子克家。

《象》曰：「子克家」、剛柔（節）〔接〕也。

六三：勿用取[4]女，見金夫，不有躬。无攸利。

《象》曰：「勿用取女」、行不順也。

六四：困蒙，吝[5]。

《象》曰：「困蒙」之「吝」、獨遠實也。

六五：童蒙，吉。

《象》曰：「童蒙」之吉、順以巽也。

上九：擊[6]蒙，不利爲寇，‣利禦寇◂[7]。

《象》曰：「利」用「禦寇」，上下順也。

5 ䷄〔乾下坎上〕

《需》有孚[8]，光[9]亨。貞吉。利涉大川。

《彖》曰：《需》、須也。險在前也，剛健而不陷，其義不困窮矣[10]。《需》、「有孚、光亨、貞吉」，位乎[11]天位以正中也。「利涉大川」、往有功也。

1. 廢Ⓜ　2. 已往閵Ⓜ　3. 鄭《注》「苞」當作「彪」，「彪」，文也。
4. 娶　5. 閵Ⓜ　6. 繫　7. A.利用禦寇 B.利所寇Ⓜ
8. 復Ⓜ　9. 王引之云：「光」之爲言猶廣也。「光亨」、猶大亨也。
10. 王引之云：「義」者、理也、道也。言其道不困窮也。　11. 于

《象》曰：▸雲上於天◂[1]，《需》。君子以飲食宴樂。

初九：需[2]于郊[3]，利用恆，无咎。

《象》曰：「需于郊」、不犯難行也。「利用恆无咎」、未失常也。

九二：需于沙，小[4]有言，終吉。

《象》曰：「需于沙」、（衍）〔行〕在中也[5]。雖「小有言」、以（「終吉」）〔「吉」「終」〕也。

九三：需于泥，致寇至。

《象》曰：「需于泥」、災在外也。自我「致寇[6]」、敬慎不敗也。

六四：需于血，出自穴。

《象》曰：「需于血」、順以聽也。

九五：需于酒食，貞吉。

《象》曰：「▸酒食◂[7]貞吉」、以中正也。

上[8]六：入于穴，有不速[9]之客三人來，敬之終吉。

《象》曰：「不速之客來、敬之終吉」〔也〕[10]，雖[11]不當位，未大失也。

---

1. 雲在天上　　2. 繻Ⓜ下同。　　3. 茭Ⓜ　　4. 少Ⓜ
5. 王念孫云：「行在中也」，即承上文「不犯難行也」而言。孔廣森云：「衍」蓋古文「愆」字之省。　　6. 戎　　7. 需酒食　　8. 尚Ⓜ　　9. 楚Ⓜ
10. 王念孫云：《象傳》無連三句不用「也」字者，且入韻之字，「其」下皆有「也」字。此《傳》「吉」字與「失」爲韻，不得獨無。
11. 高亨云：上六爲陰爻居陰位，正是當位，何能云「雖不當位」哉？《象傳》有誤字，明矣。

6 ䷅〔坎下乾上〕

《訟》有孚[1]窒[2]，惕[3]，中[4]吉，終凶。利[5]見大人。不利涉大川。

《彖》曰：《訟》，上剛下險，險而健，訟。《訟》、「有孚、窒、惕、中吉」，剛來而得中也。「終凶」、訟不可成也。「利見大人」、尚中正也。「不利涉大川」、入于淵也。

《象》曰：天與水違行，《訟》。君子以作事謀始。

初六：不永所事，小有言，終吉。

《象》曰：「不永所事」、訟不可長也。雖「小有言」、其辯明也。

九二：不克訟，歸而逋其邑，人三百戶无眚[6]。

《象》曰：「不克訟」、「歸逋」竄也。自下訟上，患至掇[7]也。

六三：食舊德，貞厲，終吉。或從王事无成。

《象》曰：「食舊德」、從上「吉」也。

九四：不克訟，復即命[8]，渝[9]。安貞吉。

《象》曰：「復即命、渝」、「安貞」不失也。

九五：訟元吉。

《象》曰：「訟元吉」、以中正也。

---

1. 復Ⓜ　2. A.咥 B.洫Ⓜ　3. 寧Ⓜ　4. 克Ⓜ　5. 利用Ⓜ
6. 省Ⓜ　7. 惙
8. 王引之云：「復」猶歸也，「即」，就也，歸而順以及物，就初六而命之，故曰「復即命」。　9. 俞Ⓜ

上[1]九：或錫之鞶[2]、帶，終朝三褫[3]之。

《象》曰：以訟受服、亦不足敬也。

7 ䷆〔坎下坤上〕

《師》貞丈人吉，无咎。

《彖》曰：「師」、眾也，「貞」、正也。能以眾正，可以王矣。剛中而應，行險而順，以此毒天下[4]而民從之，「吉」、又何咎矣。

《象》曰：地中有水，《師》。君子以容民畜眾。

初六：師出以律，否臧凶。

《象》曰：「師出以律」，失律「凶」也。

九二：在師中，吉、无咎，王三錫[5]命。

《象》曰：「在師中吉」、承天寵[6]也，「王三錫命」、懷萬邦也。

六三：師或輿[7]尸，凶。

《象》曰：「師或輿尸」、大无功也。

六四：師左次，无咎。

《象》曰：「左次无咎」、未失常也。

六五：田有禽[8]。利執言，无咎。長子帥[9]師，弟子輿尸，貞凶。

1. 尙Ⓜ　2. 般Ⓜ　3. 拕
4. 王引之云：《廣雅》「毒、安也。」「毒天下」者，安天下也。　5. 賜
6. 龍　7. 與Ⓜ
8. 荀爽云：「田」、獵也，謂二帥師禽五。王引之云：荀解「田」字是也，解「禽」字非也。「禽」者、獸也，非「擒」之謂。「田有禽」者、田獵而獲獸也。
9. 率Ⓜ

《象》曰：「長子帥師」、以中行也，「弟子輿尸」、使不當也。

上[1]六：‣大君◂[2]有命，開[3]國承家，小人勿用[4]。

《象》曰：「大君有命」、以正功也，「小人勿用」、必亂邦也。

8 ䷇〔坤下坎上〕

《比》吉。原筮元，永貞无咎。不寧方來，後夫凶。

《彖》曰：（《比》、「吉」也）[5]，《比》、輔也，下順從也，〔「《比》、「吉」〕、原筮元、永貞无咎」，以剛中也。「不寧方來」、上下應也，「後夫凶」、其道窮也。

《象》曰：地上有水，《比》。先王以建萬國，親諸侯。

初六：有孚[6]比之，无咎。有孚[7]盈缶，終來，有[8]它[9]吉。

《象》曰：《比》之初六、「有它[10]吉」也。

六二：比之自內，貞吉。

《象》曰：「比之自內」、不自失也。

六三：比之‣匪人◂[11]。

《象》曰：「比之匪人」、不亦傷乎？

---

1. 尙Ⓜ　2. 大人君Ⓜ
3. 編者按：「開」、《馬王堆帛書》本頁5作「啓」，此文作「開」者蓋避漢諱改。
4. 王引之云：「用」者，施行也，「勿用者」，無所施行也…言小人處上六之位，惟當自守，不宜有所施行。
5. 王念孫云：「《比》、吉也」，「也」字涉下文「《比》、輔也」而衍。其「《比》、吉」二字則當在下文「原筮」之上。今據移正。　6. 復Ⓜ　7. 復Ⓜ
8. 或Ⓜ　9. A.他 B.池Ⓜ　10. 他　11. A.匪人凶 B.非人Ⓜ

六四：外比之，貞吉。

《象》曰：「外比」於賢、以從上也。

九五：顯比，（玉）〔王〕用三驅[1]，失前禽，邑人不誡[2]，吉。

《象》曰：「顯比」之「吉」、位正中也，舍逆取順、「失前禽」也，「邑人不誡」、上使中也。

上[3]六：比之无首，凶。

《象》曰：「比之无首」、无所終也。

9 ䷈〔乾下巽上〕

《小畜》亨。密雲不雨，自我西郊[4]。

《彖》曰：《小畜[5]》，柔得位而上下應之，曰《小畜》。健而巽，剛中而志行，乃「亨」。「密雲不雨」、尚往也，「自我西郊」、施未行也。

《象》曰：風行天上，《小畜》。君子以懿文德。

初九：復自道，何其咎，吉。

《象》曰：「復自道」、其義「吉」也[6]。

九二：牽[7]復，吉。

《象》曰：「牽復」在中、亦不自失也。

1. 敺
2. 戒Ⓜ〈俞樾云：「『誡』當讀爲『駭』。『邑人不駭』，言不驚駭也。」高亨云：「『邑人不駭』乃謂邑人不驚駭鳥獸。」〉 3. 尙Ⓜ 4. 茭Ⓜ
5. 蓄 6. 王引之云：「義」者、理也、道也。言其道固當吉也。
7. 堅Ⓜ

九三：輿[1]說輻[2]。夫妻反目。

《象》曰：「夫妻反目」、不能正室也。

六四：有孚[3]血去惕出，无咎。

《象》曰：「有孚惕出」、上合志也。

九五：有孚[4]攣[5]如，富以其鄰。

《象》曰：「有孚攣如」、不獨富也。

上[6]九：既雨既處，尚德[7]載。婦[8]貞厲。月幾[9]望，君子征[10]凶。

《象》曰：「既雨既處」、「德」積「載」也。「君子征凶」、有所疑也。

10 ☰〔兌下乾上〕

〔《履》〕[11]履[12]虎尾[13]，不咥[14]人。亨。

《彖》曰：《履》、柔履剛也。說而應乎乾，是以「履虎尾、不咥人、亨」，剛中正、履帝位而不疚[15]，光明也。

《象》曰：上天下澤，《履》。君子以辯上下，定民志。

初九：素[16]履往，无咎。

《象》曰：「素履」之「往」、獨行願也。

1. 車Ⓜ　2. A.輹 B.緮Ⓜ　3. 復Ⓜ　4. 復Ⓜ　5. 戀
6. 尙Ⓜ　7. 得Ⓜ　8. 女Ⓜ　9. 近　10. 正Ⓜ
11. 高亨《周易古經通說·周易卦名誤脫表》云：「卦名『履』字誤脫。」今據補。
12. 禮Ⓜ下同。　13. 王引之云：謂《兌》履《乾》，「三」履「四」也。
14. 眞Ⓜ　15. 疾　16. 錯Ⓜ

九二：履道▸坦坦◂[1]，幽人[2]貞吉。

《象》曰：「幽人貞吉」、中不自亂也。

六三：眇能視，跛能履[3]，履虎尾，咥[4]人凶。武人爲[5]于大君。

《象》曰：「眇能視」、不足以有明也，「跛能履」、不足以與行也。「咥人」之「凶」、位不當也，「武人爲于大君」、志剛也。

九四：履虎尾▸愬愬◂[6]，終吉。

《象》曰：「愬愬終吉」、志行也。

九五：夬履貞厲。

《象》曰：「夬履貞厲」、位正當也。

上[7]九：視履考祥[8]，其旋，元吉。

《象》曰：「元吉」在上、大有慶也。

11 ䷊〔乾下坤上〕

《泰》小往大來，吉，亨。

《彖》曰：「《泰》[9]、小往大來、吉、亨」。則是天地交而萬物通也，上下交而其志同也。內陽而外陰，內健而外順，內君子而外小人，君子道長，小人道消也。

《象》曰：天地交，《泰》。后以財[10]成天地之道[11]，輔相天地之宜，以左右民。

1. 亶亶Ⓜ
2. 王引之云：《兌》有議獄之象…《兌》之三爻有拘係之象。九二居《兌》之中，而爲六三所拘係，有幽於獄中待議之象，故曰「幽人」。　3. 利Ⓜ　4. 眞Ⓜ
5. 迵Ⓜ　6. A.虩虩 B.朔朔Ⓜ　7. 尙Ⓜ
8. A.詳 B.翔Ⓜ　9. 高亨云：「泰」字當重。　10. 裁
11. 王引之云：《釋文》：「財，音才；徐，才載反。」…「才載」之音與「載」相近，「裁」之言載也、成也…「載成天地之道」，「載」即是「成」，猶下文「輔相天地之宜」，「輔」即是「相」也。

初九：拔[1]茅茹以其彙[2]。征[3]吉。

《象》曰：「拔茅征吉」、志在外也。

九二：（包）〔苞〕荒[4]，用馮河，不遐[5]遺。▸朋亡◂[6]，得尙于中行[7]。

《象》曰：「（包）〔苞〕荒、得尙于中行」，以光大也[8]。

九三：无平不陂[9]，无往不復。艱[10]貞，无咎。勿恤其孚[11]，于食有福。

《象》曰：「▸无往不復◂[12]」、天地際也。

六四：▸翩翩◂[13]，不富以其鄰，不戒以孚。

《象》曰：「翩翩不富」、皆失實[14]也，「不戒以孚」、中心願也。

六五：帝乙歸妹，以祉[15]，元吉。

《象》曰：「以祉元吉」、中以行願也。

上[16]六：城復于隍[17]，勿用師，自邑告命、貞吝[18]。

《象》曰：「城復于隍」、其命亂也。

---

1. 犮Ⓜ　2. 胃Ⓜ　3. 往
4. 王引之云：竊意《泰》九二「包荒」，前漢經師必有訓爲包四荒者…九二居內卦之中以外包六五，六五居外卦之中以內應九二，則中國有聖人，而荒服來享之象矣，故曰「包荒」。　5. 騢Ⓜ　6. 弗忘Ⓜ
7. 王引之云：《爾雅》：「右、助，勴也。」「亮、介、尙，右也。」…「得尙于中行」、「尙」者，右也，助也；「中行」、謂六五，二應于五，五來助二，是得其助于六五，故曰「得尙于中行」也。
8. 王引之云：「光」之爲言猶廣也，「光大」，猶廣大也。　9. 波Ⓜ
10. 根Ⓜ　11. 復Ⓜ　12. 无平不陂，无往不復
13. A.篇篇 B.偏偏　14. 高亨云：「失實」猶言「喪財」也。
15. 齒Ⓜ　16. 尙Ⓜ　17. A.埻 B.湟Ⓜ　18. 閵Ⓜ

12 ䷋〔坤下乾上〕

〔《否》〕[1]否[2]之匪人。不利君子貞。大往小來。

《彖》曰：「否之匪人、不利君子貞、大往小來」。則是天地不交而萬物不通也，上下不交而天下无邦也；內陰而外陽，內柔而外剛，內小人而外君子，小人道長，君子道消也。

《象》曰：天地不交，《否》。君子以儉德辟難，不可榮[3]以祿。

初六：拔[4]茅茹，以其彙。貞吉亨。

《象》曰：「‣拔茅‹[5]貞吉」、志在君也。

六二：（包）〔苞〕承，小人吉，大人否。亨[6]。

《象》曰：「大人否亨」、不亂群也。

六三：（包）〔苞〕羞[7]。

《象》曰：「（包）〔苞〕羞」、位不當也。

九四：有命，无咎，‣疇離祉‹[8]。

《象》曰：「有命无咎」、志行也。

九五：休否[9]，大人吉。其亡其亡，繫于苞桑。

---

1. 高亨《周易古經通說・周易卦名誤脫表》云：「卦名『否』字誤脫。」今據補。
2. 婦Ⓜ
3. 虞翻本「榮」作「營」。王引之云：「營」字是也…「營」、惑也，「不可營以祿」者，世莫能惑以祿也。云「不可」者，若云匹夫不可奪志，非不可求榮祿之謂也…借「榮」爲「營」。
4. 犮Ⓜ
5. 拔茅茹
6. 王引之云：六二包承於五，小人之道也。九五之大人，若與二相包承，則以君子而入小人之群，是亂群也，故必不與包承而其道乃亨，故曰「大人否、亨」。
7. 憂Ⓜ
8. 檮羅齒Ⓜ
9. 婦Ⓜ

《象》曰：「大人」之「吉」、位正當也。

上[1]九：‧傾否‧[2]，先否後喜。

《象》曰：「否」終則「傾」、何可長也。

13 ䷌〔離下乾上〕

〔《同人》〕[3]同人于野，亨。利涉大川。利君子貞。

《彖》曰：《同人》，柔得位得中而應乎乾曰《同人》。《同人》曰、「同人于野、亨、利涉大川」，乾行也[4]。文明以健，中正而應，「君子」正也。唯君子爲能通天下之志。

《象》曰：天與火、《同人》。君子以類族辨物[5]。

初九：同人于門，无咎。

《象》曰：「出門同人」，又誰「咎」也。

六二：同人于宗，吝[6]。

《象》曰：「同人于宗」、「吝」道也。

九三：‧伏戎‧[7]于莽，升[8]其高陵，三歲不興。

《象》曰：「伏戎于莽」、敵剛也，「三歲不興」、安行也。

九四：乘其墉[9]，弗克攻，吉。

1. 尙Ⓜ　2. 頃婦Ⓜ
3. 高亨《周易古經通說‧周易卦名誤脫表》云：「卦名『同人』二字誤脫。」今據補。
4. 王引之云：《爾雅》「行、道也。」「乾行」，謂乾道。
5. 王引之云：「類族」、「辨物」乃對文…「類」、比類也，「族」、類也…爲善爲惡，各如其類以比類之，則謂之「類族」；各如其品以辨別之，則謂之「辨物」。
6. 閵Ⓜ　7. 服容Ⓜ　8. 登Ⓜ　9. 庸Ⓜ

《象》曰：「乘其墉」、義「弗克」也[1]。其「吉」、則困而反則也[2]。

九五：同人先號咷[3]而後笑[4]，大師克，相遇。

《象》曰：「同人」之「先」以中直也[5]。「大師相遇」、言相「克」也。

上[6]九：同人于郊[7]，无悔。

《象》曰：「同人于郊」、志未得也。

14 ䷍〔乾下離上〕

《大有》元亨[8]。

《彖》曰：《大有》，柔得尊位大中而上下應之曰《大有》。其德剛健而文明，應乎天而時行，是以「元亨」。

《象》曰：火在天上，《大有》。君子以遏惡揚善，順天休命。

初九：无交害，匪咎、艱則无咎。

《象》曰：《大有》初九，无交害也[9]。

九二：大車[10]以載，有攸往，无咎。

《象》曰：「大車以載」、積中不敗也。

---

1. 王引之云：「義」者、理也、道也。言其道固弗克也。
2. 王引之云：《爾雅》曰：「則，常也。」「反則」猶言反常。　3. 桃Ⓜ
4. 芺Ⓜ
5. 王引之云：「同人之先」，謂同人之先號咷而後笑也，但言「先」者，省文也。「先」者，有後之辭也…「直」者，正也…「以中直也」者，以中正也。　6. 尚Ⓜ
7. 茭Ⓜ
8. 高亨《周易古經通說·周易卦名誤脫表》云：「此卦可能脫『大有』二字。」
9. 《馬王堆帛書》本頁6此下有「非咎，根則无咎」六字。　10. 輿

九三：公用亨[1]于天子，小人弗克。

《象》曰：「公用亨于天子」、「小人」害也。

九四：匪其彭[2]，无咎。

《象》曰：「匪其彭、无咎」、明辯[3]晢[4]也。

六五：‣厥孚‹[5]交如，威[6]如‣吉‹[7]。

《象》曰：「厥孚交如」、信以發志也，「威如」之「吉」、易而无備也。

上[8]九：自天祐[9]之，吉无不利。

《象》曰：《大有》上「吉」、「自天祐」也。

15 ䷎〔艮下坤上〕

《謙》亨。君子有終。

《彖》曰：《謙》「亨」。天道下濟而光明，地道卑而上行。天道虧[10]盈而益謙，地道變盈而流謙，鬼神害盈而福[11]謙，人道惡盈而好謙。《謙》、尊而光，卑而不可踰[12]，「君子」之「終」也。

《象》曰：地中有山，《謙》。君子以裒[13]多益寡，稱物平施。

初六：‣謙謙‹[14]君子，用涉大川，吉。

《象》曰：「謙謙君子」、卑以自牧也。

1. 芳Ⓜ　2. A.旁 B.尪　3. 辨　4. A.晰 B.哲 C.遰 D.逝 E.折
5. 闕復Ⓜ　6. 委Ⓜ　7. 終吉Ⓜ　8. 尙Ⓜ　9. 右Ⓜ
10. 毀　11. 富
12. 王引之云：「尊」讀撙節退讓之撙，「尊」之言損也，小也；「光」之言廣也，大也。「尊而光」者，小而大；「卑而不可踰」者，卑而高也。　13. 褒
14. 嗛嗛Ⓜ下同。

六二：鳴謙，貞吉。

《象》曰：「鳴謙貞吉」、中心得也。

九三：勞謙，君子有終、吉。

《象》曰：「勞謙君子」、萬民服也。

六四：无不利，‣撝謙◂[1]。

《象》曰：「无不利、撝謙」、不違則也[2]。

六五：不富以其鄰，利用侵[3]伐，无不利。

《象》曰：「利用侵伐」、征不服也。

上[4]六：鳴謙，利用行師‣征邑國◂[5]。

《象》曰：「鳴謙」、志未得也。可[6]「用行師」、征邑國也。

16 ䷏〔坤下震上〕

《豫》利建侯行師。

《彖》曰：《豫》，剛應而志行，順以動，《豫》。《豫》順以動，故天地如之，而況「建侯行師」乎？天地以順動，故日月不過而四時不忒[7]。聖人以順動，則刑罰清而民服，《豫》之時義大矣哉！

《象》曰：雷出地奮，《豫》。先王以作樂崇德，殷[8]薦之上帝以配祖考[9]。

1. 撝嗛Ⓜ　2. 王引之云：《爾雅》曰：「則，常也。」「違則」猶言變常。
3. 寖　4. 尙Ⓜ　5. 征國　6. 利　7. 貣
8. 隱
9. 王引之云：「以配祖考」，謂先王之德與祖考相配也。上「以」字、用也，下「以」字、而也。先王用是作樂崇德，殷薦其樂於上帝而又德配祖考也，上帝言「薦」，祖考言「配」，互文耳。

初六：鳴豫[1]，凶。

《象》曰：「初六鳴豫」、志窮「凶」也。

六二：介[2]于石，不終日，貞吉。

《象》曰：「不終日貞吉」、以中正也。

六三：盱[3]豫，‣悔‹[4]，遲有[5]悔。

《象》曰：「盱豫有悔」、位不當也。

九四：由[6]豫，大有得，勿疑。朋盍簪[7]。

《象》曰：「由豫大有得」、志大行也。

六五：貞疾，恆不死。

《象》曰：「六五貞疾」、乘剛也，「恆不死」、中未亡也。

上[8]六：冥豫成，‣有渝‹[9]、无咎。

《象》曰：「冥豫」在「上」、何可長也？

17 ䷐〔震下兌上〕

《隨》元亨，利貞，无咎。

---

1. 餘Ⓜ下同。 2. A.砎 B.扴 C.疥Ⓜ 3. A.紆 B.汙 C.盱 D.杅Ⓜ
4. 有悔
5. 王引之云：「有」字當讀爲「又」，古字「有」與「又」通，言盱豫既悔，遲又悔也。
6. A.猶 B.允Ⓜ
7. 讒Ⓜ〈王引之云：京作「撍」，作「撍」者正字，作「簪」者借字也。《玉篇》：「撍、側林切，急疾也。」〉 8. 尙Ⓜ 9. 或諭Ⓜ

《彖》曰：《隨》，剛來而下柔，動而說，《隨》。大「亨、‣貞‹[1]、无咎」而天下隨（時）〔之〕，隨（時之）〔之時〕義大矣哉！

《象》曰：澤中有雷，《隨》。君子以嚮[2]晦入宴息[3]。

初九：官[4]‣有渝‹[5]，貞吉，出門交有功。

《象》曰：「官有渝」、從正「吉」也，「出門交有功」、不失也。

六二：係小子，失丈夫。

《象》曰：「係小子」、弗兼與也。

六三：係丈夫，失小子，隨[6]有求、得。利居貞。

《象》曰：「係丈夫」、志舍下也。

九四：隨有獲，貞凶。有孚[7]在道，以[8]明，何咎？

《象》曰：「隨有獲」、其義「凶」也[9]，「有孚在道」、「明」功也。

九五：孚[10]于嘉、吉。

《象》曰：「孚于嘉吉」、位‣正中‹[11]也。

上[12]六：拘[13]係之乃從，維之，王用亨[14]于西山。

《象》曰：「拘係之」、上窮也。

---

1. 利貞　2. A.向 B.鄉
3. 王引之云：「嚮晦」，謂外卦《兌》也；「入宴息」，謂內卦《震》也。
4. 館　5. 或諭Ⓜ　6. 隋Ⓜ下同。　7. 復Ⓜ　8. 已Ⓜ
9. 王引之云：「義」者、理也、道也。言其道固當凶也。　10. 復Ⓜ
11. 中正　12. 尙Ⓜ　13. 枸Ⓜ　14. 芳Ⓜ

18 (䷑)〔䷑〕〔巽下艮上〕

《蠱》元亨。利涉大川，先甲三日，後甲三日[1]。

《彖》曰：《蠱[2]》、剛上而柔下，巽而止，《蠱》。《蠱》「元亨」，而天下治也。「利涉大川」、往有事也。「先甲三日、後甲三日」，終則有始，天行也[3]。

《象》曰：山下有風，《蠱》。君子以振民育[4]德。

初六：幹父之蠱[5]，有子，考[6]无咎，厲終吉。

《象》曰：「幹父之蠱」、意承「考」也。

九二：幹母之蠱，不可貞。

《象》曰：「幹母之蠱」、得中道也。

九三：幹父之蠱，小[7]有悔，无大咎。

《象》曰：「幹父之蠱」、終「无咎」也。

六四：裕父之蠱，往見吝[8]。

《象》曰：「裕父之蠱」、往未得也。

六五：幹父之蠱，用譽[9]。

《象》曰：「‣幹父用譽‹[10]」、承以德也。

1. 王引之云：「先甲三日、後甲三日」，皆行事之吉日也。《蠱》為有事之卦，而事必諏日以行，故《蠱》用先後甲之辛與丁。
2. 王引之云：「蠱」爲事，《釋文》曰：「蠱、一音故。」「蠱」之言「故」也。
3. 王引之云：《爾雅》：「行、道也」。「天行」、謂天道也。
4. 毓
5. 箇Ⓜ下同。
6. 巧Ⓜ
7. 少Ⓜ
8. 閵Ⓜ
9. 輿Ⓜ
10. 幹父之蠱用譽

上[1]九：不事王侯，高尙其事[2]。

《象》曰：「不事王侯」、志可則也。

19 ䷒〔兌下坤上〕

《臨》元亨，利貞。至于八月[3]有凶。

《彖》曰：《臨》，剛浸而長，說而順，剛中而應。大「亨」以正、天之道也。「至于八月有凶」、消不久也。

《象》曰：澤上有地，《臨》。君子以教思无窮，容保民无疆。

初九：‣咸臨‹[4]，貞吉。

《象》曰：「咸臨貞吉」、志行正也。

九二：咸臨吉，无不利。

《象》曰：「咸臨吉无不利」、未順命也。

六三：甘臨，无攸利；既憂之，无咎。

《象》曰：「甘臨」、位不當也，「既憂之」、「咎」不長也。

六四：至臨，无咎。

《象》曰：「至臨无咎」、位當也。

六五：知臨，大君之宜，吉。

1. 尙Ⓜ　　2. 德Ⓜ
3. 王引之據鄭康成、虞翻之說以爲「八月」爲建未之月，蓋《傳》曰：「至于八月有凶、消不久也」，《臨》爲建丑之月，至于建未之月，相距不過半年，而初二之陽全消，故曰「消不久」也。　　4. 禁林Ⓜ下同。

《象》曰：「大君之宜」、行中之謂也。

上六：敦臨吉，无咎。

《象》曰：「敦臨」之「吉」、志在內也。

20 ䷓〔坤下巽上〕

《觀》盥而不薦[1]。有孚[2]顒若。

《彖》曰：大觀在上，順而巽，中正以觀天下，《觀》。「盥而不薦、有孚顒若」、下觀而化也，觀天之神道而四時不忒。聖人‣以神道◂[3]設教而天下服矣。

《象》曰：風行地上，《觀》。先王以省方觀民設教。

初六：童觀，小人无咎，君子吝[4]。

《象》曰：「初六童觀」、「小人」道也。

六二：闚[5]觀，利女貞。

《象》曰：「闚觀‣女貞◂[6]」、亦可醜也。

六三：觀我生進退。

《象》曰：「觀我生進退」、未失道也。

六四：觀國之光，利用賓于王。

《象》曰：「觀國之光」、尚「賓」也。

---

1. 尊Ⓜ 2. 復Ⓜ 3. 神道 4. 閵Ⓜ 5. 窺
6. 利女貞

九五：觀我生，君子无咎。

《象》曰：「觀我生」、觀民也。

上[1]九：觀其生，君子无咎。

《象》曰：「觀其生」、志未平也。

21 ䷔〔震下離上〕

《噬嗑》亨。利用獄。

《彖》曰：頤中有物曰《噬嗑》。《噬嗑》而「亨」，剛柔分[2]，動而明，雷電合而章。柔得中而上行，雖不當位，「利用獄」也。

《象》曰：雷電[3]《噬嗑》。先王以明罰勑[4]法。

初九：屨[5]校滅趾[6]，无咎。

《象》曰：「屨校滅趾」、▸不行也◂[7]。

六二：噬[8]膚滅鼻，无咎。

《象》曰：「噬膚滅鼻」、乘剛也。

六三：噬[9]腊肉遇毒，▸小吝◂[10]，无咎。

《象》曰：「遇毒」、位不當也。

九四：噬[11]乾胏[12]，得金矢。▸利艱◂[13]貞、吉。

1. 尙Ⓜ　2. 高亨云：「分」當作「交」…形近…故誤。
3. 高亨據項安世引漢石經改「電雷」。　4. 敕　5. 句Ⓜ
6. 止Ⓜ　7. 止不行也　8. 筮Ⓜ　9. 筮Ⓜ　10. 少閵Ⓜ
11. 筮Ⓜ　12. 脯　13. 根Ⓜ

《象》曰：「利艱貞吉」、未光也[1]。

六五：噬[2]乾肉，‣得黃金◂[3]。貞厲无咎。

《象》曰：「貞厲无咎」、得當也。

上[4]九：何[5]校滅耳，凶。

《象》曰：「何[6]校滅耳」、聰不明也。

22 ䷕〔離下艮上〕

《賁》亨。小利有攸往。

《彖》曰：《賁》「亨」，柔來而文剛，故「亨」。分剛上而文柔，故「小利有攸往」。〔剛柔交錯〕[7]、天文也。文明以止，人文也。觀乎天文以察時變，觀乎人文以化成天下。

《象》曰：山下有火，《賁》。君子以明[8]庶政，无敢折獄。

初九：賁[9]其趾[10]，舍車[11]而徒。

《象》曰：「舍車而徒」、義弗乘也[12]。

六二：賁其須。

《象》曰：「賁其須」、與[13]上興也。

九三：賁如[14]濡如，永貞吉。

---

1. 王引之云：「光」之為言猶廣也。言未廣大也。　2. 筮Ⓜ　3. 愚毒Ⓜ
4. 尚Ⓜ　5. 荷Ⓜ　6. 荷
7. 高亨《周易大傳今注》頁227據郭京本補。今從之。　8. 命
9. 繁Ⓜ下同。　10. 止　11. 輿
12. 王引之云：「義」者、理也、道也。言其道固弗乘也。
13. 高亨云：「與」當訓助。　14. 茹Ⓜ下同。

《象》曰：「永貞」之「吉」、終莫之陵也。

六四：賁如皤[1]如，白馬翰如，匪寇，‣婚媾◂[2]。

《象》曰：「六四」、當位疑也，「匪寇婚媾」、終无尤也。

六五：賁于丘園，束帛‣戔戔◂[3]，吝[4]終吉。

《象》曰：「六五」之「吉」、有喜也。

上九：白賁，无咎。

《象》曰：「白賁无咎」、上得志也。

23 ䷖〔坤下艮上〕

《剝》不利有攸往。

《彖》曰：《剝》、剝也。柔變剛也。「不利有攸往」、小人長也。順而止之，觀象也。君子尙消息盈虛，天行也[5]。

《象》曰：山附於地，《剝》。上以厚下安宅。

初六：剝床[6]以足，蔑[7]貞凶。

《象》曰：「剝床以足」、以滅下也。

六二：剝床[8]以辨[9]，蔑貞凶。

---

1. A.燔 B.波 C.蕃Ⓜ　2. 閩詬Ⓜ　3. 殘殘　4. 閵Ⓜ
5. 王引之云：《爾雅》：「行、道也。」「天行」、謂天道也。　6. 臧Ⓜ
7. 滅　8. 臧Ⓜ
9. 辯Ⓜ〈王引之云：「以」猶與也、及也，「床」與「辨」不同物，故曰「剝床以辨」…「辨」當讀爲「蹁」，《釋名・釋形體》曰：「膝頭曰膊，膊、團也，因形團圜而名之也，或曰蹁。」〉

《象》曰：「剝床以辨」、未有與也。

六三：‣剝之无咎◂[1]。

《象》曰：「剝之无咎」、失上下也。

六四：剝床[2]以膚[3]，凶。

《象》曰：「剝床以膚」、切近災也。

六五：貫魚以[4]宮人寵[5]，无不利。

《象》曰：「以宮人寵」、終无尤也。

上[6]九：碩[7]果不食，君子‣得輿◂[8]，小人剝廬[9]。

《象》曰：「君子得輿」、民所載也，「小人剝廬」、終不可用也[10]。

24 ䷗〔震下坤上〕

《復》亨。出入无疾。朋[11]來无咎。反復[12]其道，七日來復。利有攸往。

《彖》曰：《復》「亨」。剛反動而以順行。是以「出入无疾、朋來无咎」。「反復[13]其道、七日來復」，‣天行也◂[14]。「利有攸往」、剛長也。《復》、其見天地之心乎。

《象》曰：雷在地中，《復》。先王以至日閉關，商旅不行，后不省方。

初九：不遠復，无祇[15]悔，元吉。

---

1. 剝无咎Ⓜ　2. 臧Ⓜ　3. 簠　4. 食Ⓜ　5. 籠Ⓜ
6. 尙Ⓜ　7. 石Ⓜ　8. A.德輿 B.德車 C.得車Ⓜ　9. 蘆Ⓜ
10. 王念孫云：言在君子則爲民所載，在小人則終不可用。「終不可用」，即指「剝廬」言之，非謂小人不能害君子也。　11. A.崩 B.堋Ⓜ　12. 覆　13. 覆
14. 王引之云：《爾雅》：「行、道也。」「天行」、謂天道也。
15. 九家作「敍」字，音「支」。王引之云：九家作「敍」是也，《廣雅》「敍，多也。」

《象》曰：「不遠」之「復」、以脩身也。

六二：休復，吉。

《象》曰：「休復」之「吉」、以下仁也。

六三：頻[1]復，厲、无咎。

《象》曰：「頻復」之「厲」、義「无咎」也[2]。

六四：中行獨復。

《象》曰：「中行獨復」、以從道也。

六五：敦復，无悔。

《象》曰：「敦復无悔」、中以自考也。

上[3]六：迷復，凶，有‣災眚‹[4]。用行師，終有大敗，以其國君凶，至于十年不[5]克征[6]。

《象》曰：「迷復」之「凶」、反君道也。

25 ䷘〔震下乾上〕

《无妄》元亨，利貞。其匪正有眚[7]，不利有攸往。

《象》曰：《无妄》，剛自外來而爲主於內，動而健，剛中而應。大「亨」以正，天之命也。「其匪正有眚、不利有攸往」，无妄之往何之矣？天命不祐[8]，行矣哉！

1. A.嚬 B.卑 C.編Ⓜ
2. 王引之云：「義」者、理也、道也，言其道固无咎也。 3. 尙Ⓜ
4. 茲省Ⓜ
5. 編者按：「不」，《馬王堆帛書》本頁5作「弗」，此文作「不」者蓋避漢諱改。
6. 正Ⓜ 7. 省Ⓜ 8. A.佑 B.右

《象》曰：天下雷行，物與《无妄》。先王以茂對時育萬物。

初九：无妄[1]，往吉。

《象》曰：「无妄」之「往」、得志也。

六二：不耕穫；不菑畬[2]；則利有攸往。

《象》曰：「▸不耕穫◂[3]」、未富也。

六三：无妄之災，或繫之牛，行人之得，邑人之災[4]。

《象》曰：「行人得」牛、「邑人災」也。

九四：可貞，无咎。

《象》曰：「可貞无咎」、固有之也。

九五：无妄之疾，勿藥[5]有喜。

《象》曰：「无妄」之「藥」、不可試也。

上[6]九：▸无妄，行◂[7]有眚[8]，无攸利。

《象》曰：「无妄」之「行」、窮之災也。

26 ䷙〔乾下艮上〕

《大畜》利貞。不家食吉。利涉大川。

《彖》曰：《大畜[9]》，剛健篤實，（輝）〔煇〕光日新[10]。其德剛上而尚賢，能

1. 孟Ⓜ下同。 2. 餘Ⓜ 3. 不耕而穫 4. 玆Ⓜ 5. 樂Ⓜ
6. 尙Ⓜ 7. 无孟之行Ⓜ 8. 省Ⓜ 9. 蓄
10. 王念孫云：「新」與下「正」、「賢」、「天」三韻正協。

止健[1]，大正也，「不家食吉」、養賢也，「利涉大川」、應乎天也。

《象》曰：天在山中，《大畜》。君子以多識[2]前言往行以畜其德。

初九：有厲，利己[3]。

《象》曰：「有厲利己」、不犯災也。

九二：輿[4]說輹[5]。

《象》曰：「輿說輹」、中无尤也。

九三：良馬▸逐◂[6]，利艱[7]貞，曰[8]▸閑輿◂[9]衛，利有攸往。

《象》曰：「利有攸往」、上合志也。

六四：童牛之牿[10]，元吉。

《象》曰：「六四元吉」、有喜也。

六五：▸豶豕◂[11]之牙，吉。

《象》曰：「六五」之「吉」、有慶也。

上[12]九：何天之衢[13]，亨。

《象》曰：「何天之衢」、道大行也。

1. 高亨云：當作「健能止」。「健能止」即健而止也。 2. 志
3. 黃侃云：「依《注》『己』，依《疏》『已』，下同。」
4. A.轝 B.車Ⓜ 5. 輹Ⓜ 6. A.逐逐 B.遂Ⓜ 7. 根Ⓜ
8. 日 9. 闌車Ⓜ 10. A.告 B.鞫Ⓜ 11. 哭豨Ⓜ 12. 尙Ⓜ
13. 瞿Ⓜ

27 ䷚〔震下艮上〕

《頤》貞吉。觀頤，自求口實。

《彖》曰：《頤》「貞吉」，養正則吉也。「觀頤」、觀其所養也，「自求口實」、觀其自養也。天地養萬物，聖人養賢以及萬民，《頤》之時大矣哉！

《象》曰：山下有雷，《頤》。君子以慎言語、節飲食。

初九：舍爾[1]靈龜，觀我朵[2]頤，凶。

《象》曰：「觀我朵頤」、亦不足貴也。

六二：‣顛頤◂[3]，拂[4]經于丘，頤、征[5]凶。

《象》曰：「六二征凶」、行失類也。

六三：拂[6]頤貞、凶，十年勿用[7]，无攸利。

《象》曰：「十年勿用」、道大悖也。

六四：顛頤，吉。虎[8]視‣眈眈◂[9]，其欲‣逐逐◂[10]，无咎。

《象》曰：「顛頤」之「吉」、上施光也[11]。

六五：拂經，居貞、吉，不可涉大川。

《象》曰：「居貞」之「吉」、順以從上也。

1. 而Ⓜ　2. 揣　3. 曰顛頤Ⓜ　4. A.弗 B.棑Ⓜ　5. 正Ⓜ
6. 棑Ⓜ
7. 王引之云：「用」者，施行也；「勿用」者，無所施行也…言拂養正之義，則不能有所施行，至於十年之久而猶然也。
8. 王引之云：「虎視眈眈」，蓋六四居艮之初，艮爲虎，故云「虎視」。
9. 沈沈Ⓜ　10. A.攸攸 B.悠悠 C.笛笛Ⓜ
11. 王引之云：「光」之爲言猶廣也。言上之所施廣大也。

上九：由頤，厲、吉。利涉大川。

《象》曰：「由頤厲吉」、大有慶也。

28 ䷛〔巽下兌上〕

《大過》棟（撓）〔橈〕[1]，利有攸往，亨。

《彖》曰：《大過[2]》、大者過也。「棟（撓）〔橈〕」、本末弱也。剛過而中，巽而說，行。「利有攸往」乃「亨」。《大過》之時大矣哉！

《象》曰：澤滅木，《大過》。君子以獨立不懼，遯[3]世无悶。

初六：藉用白茅，无咎。

《象》曰：「藉用白茅」、柔在下也。

九二：枯[4]楊生稊[5]，老夫得其女妻，无不利。

《象》曰：「老夫女妻」、過以相與也[6]。

九三：棟橈，凶。

《象》曰：「棟橈」之「凶」、不可以有輔也。

九四：棟隆、吉。有它、吝[7]。

《象》曰：「棟隆」之「吉」、不橈乎下也。

---

1. 隆Ⓜ
2. 王引之云：「過」者、差也、失也，兩爻相失也，陽爻相失，則謂之大過，陰爻相失，則謂之小過。 3. 遁 4. 楛Ⓜ 5. 荑Ⓜ
6. 王引之云：謂九二不與九五相應而應初六，此老彼少，年不相當，而相與爲夫婦，故曰「過以相與也」。「過」者、差也、誤也，不相當之謂也，「以」猶「而」也。
7. 閵Ⓜ

九五：枯[1]楊生華，老婦得其士夫，无咎无譽。

《象》曰：「枯楊生華」、何可久也，「老婦士夫」、亦可醜也。

上[2]六：過涉滅頂[3]，凶。无咎。

《象》曰：「過涉」之「凶」、不可咎也。

29（䷜）〔䷜〕〔坎下坎上〕

《習坎》有孚[4]，維[5]心、亨。行有尙[6]。

《彖》曰：《習坎[7]》、重險也。水流而不盈。行險而不失其信。「維心亨」、乃以剛中也，「行有尙」、往有功也，天險、不可升也，地險、山川丘陵也。王公設險以守其國。險之時用大矣哉！

《象》曰：水洊[8]至，《習坎》。君子以常[9]德行、習教事。

初六：習坎[10]，入于坎窞[11]，凶。

《象》曰：「習坎入坎」、失道「凶」也。

九二：坎有險，求小[12]得。

《象》曰：「求小得」、未出中也。

六三：來之坎坎，‣險且◂[13]枕[14]，入于坎窞，勿用[15]。

1. 楛Ⓜ　2. 尙Ⓜ
3. 王引之云：「過」者、失也、誤也，涉水必自淺處。誤涉，則以深爲淺，勢必陷於淵而滅頂矣。　4. 復Ⓜ　5. 巂Ⓜ
6. 王引之云：《爾雅》曰：「右、助、勴也。」；「亮、介、尙、右也。」…「行有尙」，謂二往應五，五往應二，以陽適陽，同類相助，是往而有助，故曰「行有尙」也。
7. A.埳 B.欿　8. A.臻 B.荐　9. 高亨云：「常」當讀爲「尙」。
10. 贛Ⓜ下同。　11. 閻Ⓜ下同。　12. 少Ⓜ　13. A.檢 B.噞且Ⓜ
14. A.沈 B.玷
15. 王引之云：「用」者，施行也；「勿用」者，無所施行也…言當重險之地進退皆危，唯當靜以待之，不可有所施行。

《象》曰：「來之坎坎」、終无功也。

六四：樽[1]酒、簋[2]貳、用缶，納約[3]自牖[4]，終无咎。

《象》曰：「‣樽酒簋貳◂[5]」、剛柔際也。

九五：坎不盈，（祗）〔衹〕[6]既平，无咎。

《象》曰：「坎不盈」、中未大也。

上[7]六：係用徽[8]纆，寘[9]‣于◂[10]叢棘，三歲不[11]得，凶。

《象》曰：「上六」失道、「凶」「三歲」也。

30 ䷝〔離下離上〕

《離》利貞。亨。畜牝牛吉。

《彖》曰：《離》、麗也。日月麗乎天，百穀草木麗乎土[12]。重明以麗乎正，乃化成天下。柔麗乎中正，故「亨」，是以「畜牝牛吉」也。

《象》曰：明兩、作《離》。大人以繼明照于四方。

初九：‣履錯◂[13]然敬之，无咎。

《象》曰：「履錯」之「敬」、以辟咎也。

六二：黃離[14]，元吉。

---

1. 奠Ⓜ　2. 巧Ⓜ　3. 葯Ⓜ　4. 誘　5. 樽酒簋
6. 王引之云：「衹」讀爲「疷」。《爾雅》「疷、病也。」…「疷既平」者，病已平復也。　7. 尙Ⓜ　8. 諱Ⓜ
9. A.示 B.湜 C.寔 D.置 E.親Ⓜ　10. 之于Ⓜ
11. 編者按：「不」、《馬王堆帛書》本頁3作「弗」，今本作「不」者蓋避漢諱改。
12. 地　13. 禮昔Ⓜ　14. 羅Ⓜ下同。

《象》曰：「黃離元吉」、得中道也。

九三：日昃[1]之離，不鼓[2]缶而歌，則大耋[3]之嗟[4]，凶。

《象》曰：「日昃之離」、何可久也？

九四：突如、‣其來如◂[5]，焚[6]如，死如，棄如。

《象》曰：「突如其來如」、无所容也。

六五：出涕沱[7]若，戚[8]嗟[9]若，吉。

《象》曰：「六五」之「吉」、離[10]王公也[11]。

上[12]九：‣王用出征◂[13]，有嘉折首，獲匪其醜，无咎。

《象》曰：「王用出征」、以正邦也。

31 ䷞〔艮下兌上〕

《咸》亨。利貞。取[14]女吉。

《彖》曰：《咸》、感也。柔上而剛下，二氣感應以相與，止而說，男下女，是以「亨利貞、取女吉」也。天地感而萬物化生，聖人感人心而天下和平。觀其所感而天地萬物之情可見矣。

《象》曰：山上有澤，《咸》。

君子以虛受人。

---

1. 仄　2. 擊　3. A.咥 B.絰Ⓜ　4. A.差 B.眩Ⓜ　5. 來如Ⓜ
6. 紛Ⓜ　7. 池　8. 嘁　9. 眩Ⓜ　10. 麗
11. 王引之云：《離》有諸侯之象，六五以陰居尊，猶《晉》之六五爲侯也，故曰「公」。
12. 尙Ⓜ　13. 王出正Ⓜ　14. 娶

初六：咸[1]其拇[2]。

《象》曰：「咸其拇」、志在外也。

六二：咸其腓[3]，凶。居吉。

《象》曰：雖「凶居吉」、順[4]不害也。

九三：咸其股，執其隨，‣往吝◂[5]。

《象》曰：「咸其股」、亦不處也，志在「隨」人、所「執」下也。

九四：貞吉。悔亡。‣憧憧◂[6]往來，朋從爾[7]思。

《象》曰：「貞吉悔亡」、未感害也，「憧憧往來」、未光大也[8]。

九五：咸其脢，无悔。

《象》曰：「咸其脢」、志末也。

上[9]六：咸其輔[10]頰[11]舌。

《象》曰：「咸其輔頰舌」、滕口說也。

32 ䷟〔巽下震上〕

《恆》亨。无咎。利貞。利有攸往。

《彖》曰：《恆》、久也。剛上而柔下。雷風相與。巽而動，剛柔皆應，《恆》。

1. 欽Ⓜ　2. A.跗 B.母　3. 肥
4. 高亨云：「順」字訓爲順從，亦通。但察其文意，乃借「順」爲「慎」。
5. 閵Ⓜ　6. A.憧憧 B.童童Ⓜ　7. 璽Ⓜ
8. 王引之云：「光」之爲言猶「廣」也。「光大」猶廣大也。　9. 尙Ⓜ
10. 酺　11. A.狹 B.陜Ⓜ

「恆亨无咎利貞」、久於其道也。天地之道恆久而不已也。「利有攸往」、終則有始也。日月得天而能久照，四時變化而能久成。聖人久於其道而天下化成。觀其所恆而天地萬物之情可見矣。

《象》曰：雷風《恆》。君子以立不易方。

初六：浚[1]恆，貞凶，无攸利。

《象》曰：「浚恆」之「凶」、始求深也。

九二：悔亡。

《象》曰：「九二悔亡」、能久中也。

九三：不恆其德，或[2]承之羞，貞吝[3]。

《象》曰：「不恆其德」、无所容也。

九四：田无禽。

《象》曰：久非其位，安得「禽」也。

六五：恆其德、貞，婦人吉，夫子凶。

《象》曰：「婦人貞吉」、從一而終也。「夫子」制義、從婦「凶」也。

上[4]六：振[5]恆，凶。

《象》曰：「振恆」在上、大无功也。

---

1. A.濬 B.夐Ⓜ　2. 咸　3. 閵Ⓜ　4. 尙Ⓜ
5. A.震 B.夐Ⓜ

33 ䷠〔艮下乾上〕

《遯》亨。小利貞。

《彖》曰：《遯》「亨」，遯而亨也。剛當位而應，與時行也。「小利貞」、浸而長也。《遯》之時義大矣哉！

《象》曰：天下有山，《遯》。君子以遠小人，不惡而嚴。

初六：遯[1]尾、厲，勿用有攸往。

《象》曰：「遯尾」之「厲」、不往何災也？

六二：執[2]之用黃牛之革[3]，莫之勝、說[4]。

《象》曰：「執用黃牛」、固志也。

九三：係[5]遯，有疾厲，畜臣[6]妾吉。

《象》曰：「係遯」之「厲」、有疾憊[7]也，「畜臣妾吉」、不可大事也。

九四：好遯，君子吉，小人否。

《象》曰：「君子好遯、小人否」也。

九五：嘉遯，貞吉。

《象》曰：「嘉遯貞吉」、以正志也。

上[8]九：肥遯，无不利。

---

1. 掾Ⓜ下同。
2. 共Ⓜ
3. 勒Ⓜ
4. 奪Ⓜ
5. A.繫 B.爲Ⓜ
6. 僕Ⓜ
7. A.斃 B.備
8. 尙Ⓜ

《象》曰：「肥遯无不利」、无所疑也。

34 ䷡〔乾下震上〕

《大壯》利貞。

《彖》曰：《大壯》、大者壯也。剛以動，故壯。《大壯》「利貞」，大者、正也。正大而天地之情可見矣。

《象》曰：雷在天上，《大壯》。君子以非禮弗履。

初九：壯于趾[1]，征[2]凶有孚[3]。

《象》曰：「壯于趾」、其「孚」窮也。

九二：貞吉。

《象》曰：「九二貞吉」、以中也。

九三：小人用壯，君子用罔，貞厲。羝羊觸藩，羸其角。

《象》曰：「小人用壯、君子〔用〕罔」也。

九四：貞吉，悔亡。藩決不羸[4]，壯于大[5]輿之輹[6]。

《象》曰：「藩決不羸」、尚往也。

六五：喪羊于易[7]，无悔。

---

1. 止Ⓜ　2. 正Ⓜ　3. 復Ⓜ　4. A.纍 B.纝 C.累 D.虆
5. 泰Ⓜ
6. 複Ⓜ〈王引之云：震有爲車之象，《大壯》外卦震，震爲車。九四陽爻，陽稱大，故取象於大輿也。輹、車下縛也。九四、震之下畫，故取象於輹也。〉
7. 《釋文》「『易』，陸作『埸』，謂壃埸也」。王念孫云：凡《易》言「同人于野」、「同人于門」、「同人于宗」、「伏戎于莽」、「同人于郊」、「拂經于邱」、「遇主于巷」，末一字皆實指其地，「喪羊于易」、文義亦同…古「疆埸」字多作「易」。

《象》曰：「喪羊于易」、位不當也。

上[1]六：羝羊觸藩，不能退，不能遂，无攸利，艱[2]則吉。

《象》曰：「不能退、不能遂」、不詳也，「艱則吉」、咎不長也。

35 ䷢〔坤下離上〕

《晉》康侯[3]用錫馬[4]蕃庶，晝日三接。

《彖》曰：《晉[5]》、進也。明出地上。順而麗乎大明，柔進而上行，是以「康侯」用「錫馬蕃庶晝日三接」也。

《象》曰：明出地上，《晉》。君子以自昭明德。

初六：晉[6]如摧[7]如，貞吉。‣罔‹[8]孚，裕无咎。

《象》曰：「晉如摧如」、獨行正也，「裕无咎」、未受命也。

六二：晉如，愁如，貞吉。受茲介福于其王母。

《象》曰：「受茲介福」、以中正也。

六三：衆允，悔亡。

《象》曰：「衆允」之、志上行也。

九四：晉如鼫[9]鼠，貞厲。

1. 尙Ⓜ　2. 根Ⓜ
3. 荀爽云：陰進居五，處用事之位，陽中之陰，侯之象也。陰性安靜，故曰康侯。王引之云：荀說是也。卦自觀來，彖傳曰：「柔進而上行」，謂六四進五也，則所謂侯者，當指此爻，蓋六五、《離》之中畫也。
4. 王引之云：本卦自有「錫馬」之象…「馬」，謂坤也，《坤》卦辭曰：「利牝馬之貞」。
5. 齊　6. 溍Ⓜ下同。　7. 浚Ⓜ　8. 悔亡Ⓜ
9. A.碩 B.炙Ⓜ

《象》曰：「鼫鼠貞厲」、位不當也。

六五：悔亡，失[1]得勿恤。往吉，无不利。

《象》曰：「失得勿恤」、往有慶也。

上九：晉其角，維用伐邑，厲吉，无咎，貞吝。

《象》曰：「維用伐邑」、道未光也[2]。

36 ䷣〔離下坤上〕

《明夷》利艱[3]貞。

《彖》曰：明入地中，《明夷》。內文明而外柔順，以蒙大難，文王以[4]之。「利艱貞」、晦其明也，內難而能正其志，箕子以[5]之。

《象》曰：明入地中，《明夷》。君子以莅眾用晦而明。

初九：明夷于飛[6]，垂其‣翼◂[7]。君子于行，三日不食。有攸往，主人有言。

《象》曰：「君子于行」、義「不食」也[8]。

六二：明夷、夷[9]于‣左股◂[10]，用拯[11]馬、壯[12]吉。

《象》曰：「六二」之「吉」、順以則也[13]。

九三：明‣夷◂[14]于南狩[15]，得其大首，不可疾貞。

1. 矢　2. 王引之云：「光」之爲言猶廣也。言未廣大也。　3. 根Ⓜ
4. 似　5. 似　6. 翄Ⓜ　7. 左翼Ⓜ
8. 王引之云：「義」者、理也、道也。言其道固不食也。
9. A.睇 B.眱　10. 右槃　11. 撜Ⓜ　12. 床Ⓜ
13. 王引之云：《爾雅》曰：「則、常也。」「順以則」，猶言順而有常。
14. 夷夷Ⓜ　15. 守Ⓜ

《象》曰：「南狩」之志、乃（得大）〔大得〕也。

六四：‣入◂[1]于左腹，獲明夷之心于出門庭[2]。

《象》曰：「入于左腹」、獲心意也。

六五：‣箕子◂[3]之明夷，利貞。

《象》曰：「箕子」之「貞」、「明」不可息也。

上[4]六：不明、晦。初登于天，後入于地。

《象》曰：「初登于天」、照四國也，「後入于地」、失則也[5]。

37 ☴〔離下巽上〕

《家人》利女貞。

《彖》曰：《家人》，女正位乎內，男正位乎外。男女正，天地之大義也。家人有嚴君焉，父母之謂也。父父、子子、兄兄、弟弟、夫夫、婦婦而家道正，正家而天下定矣。

《象》曰：風自火出，《家人》。君子以言有物而行有恆。

初九：閑[6]有家，悔亡。

《象》曰：「閑有家」、志未變也。

六二：无攸遂，在中饋，貞吉。

《象》曰：「六二」之「吉」、順以巽也。

1. 明夷、夷Ⓜ　2. 廷Ⓜ　3. A.其子 B.荄滋　4. 尙Ⓜ
5. 王引之云：《爾雅》曰：「則、常也。」「失則」，猶言失常。　6. 門Ⓜ

九三：家人‣嗃嗃‹[1]，悔厲，吉；婦子‣嘻嘻‹[2]，終吝[3]。

《象》曰：「家人嗃嗃」、未失也，「婦子嘻嘻」、失家節也。

六四：富家，大吉。

《象》曰：「富家大吉」、順在位也。

九五：王假有家[4]，勿恤，‣吉‹[5]。

《象》曰：「王假有家」、交相愛也。

上[6]九：有‣孚威‹[7]如，終吉。

《象》曰：「威如」之「吉」、反身之謂也。

38 ䷥〔兌下離上〕

《睽》小事吉。

《彖》曰：《睽》、火動而上，澤動而下。二女同居，其志不同行。說而麗乎明，柔進而上行，得中而應乎剛，是以「小事吉」。天地睽而其事同也。男女睽而其志通也。萬物睽而其事類也，睽之時用大矣哉！

《象》曰：上火下澤，《睽》。君子以同而異。

初九：悔亡。喪馬，勿逐自復。見惡人无咎。

《象》曰：「見惡人」、以辟「咎」也。

九二：遇主[8]于巷，无咎。

---

1. A.確確 B.熇熇　2. A.嬉嬉 B.喜喜 C.裏裏ⓜ　3. 閵ⓜ
4. 王引之云：「假」、當訓大…「有」、辭之助也，借以足句而無意義。
5. 往吉ⓜ　6. 尙ⓜ　7. 復委ⓜ
8. 王引之云：「遇主于巷」，謂所主之人也；所主之人，謂六五也。

《象》曰：「遇主于巷」、未失道也。

六三：見‣輿曳◂[1]，其牛掣[2]，其人天且劓[3]，无初有終。

《象》曰：「見輿曳」、位不當也，「无初有終」、遇剛也。

九四：‣睽孤◂[4]，遇元夫，交孚[5]，厲无咎。

《象》曰：「交孚无咎」、志行也。

六五：悔亡。厥宗噬[6]膚，往何咎？

《象》曰：「厥宗噬膚」、「往」有慶也。

上[7]九：睽孤，見豕[8]負塗，載鬼一車，先張之弧[9]，後說之弧[10]，匪寇，婚媾[11]。往遇雨，則吉。

《象》曰：「遇雨」之「吉」、群疑亡也。

39 （䷦）〔䷦〕〔艮下坎上〕

《蹇》利西南，不利東北。利見大人。貞吉。

《彖》曰：《蹇》、難也，險在前也。見險而能止，知矣哉！《蹇》、「利西南」，往得中也，「不利東北」、其道窮也，「利見大人」、往有功也，當位「貞吉」、以正邦[12]也。《蹇》之時用大矣哉！

《象》曰：山上有水，《蹇》。君子以反身修德。

初六：往蹇來譽[13]。

1. 車觢Ⓜ
2. A.契 B.觭 C.㸬
3. 劓
4. 乖苽Ⓜ下同。
5. 復Ⓜ
6. 筮Ⓜ
7. 尙Ⓜ
8. 豨Ⓜ
9. 柧Ⓜ
10. 壺Ⓜ
11. 厚
12. 國〈陸德明云：爲漢朝諱。〉
13. 輿Ⓜ

《象》曰：「往蹇來譽」、‣宜待也◂[1]。

六二：王臣蹇蹇，匪躬之故[2]。

《象》曰：「王臣蹇蹇」、終无尤也。

九三：往蹇來反。

《象》曰：「往蹇來反」、內喜之也。

六四：往蹇來連。

《象》曰：「往蹇來連」、當位實也。

九五：大蹇，朋來。

《象》曰：「大蹇朋來」、以中節也。

上[3]六：往蹇，來碩[4]，吉，利見大人。

《象》曰：「往蹇來碩」、志在內也，「利見大人」、以從貴也。

40 ䷧〔坎下震上〕

《解》利西南。无所往，其來復吉。有攸往，夙[5]吉。

《象》曰：《解》、險以動，動而免乎險，《解》。《解》「利西南」、往得衆也，「其來復吉」、乃得中也。「有攸往夙吉」、往有功也。天地解而雷雨作，雷雨作而百果草木皆甲（圻）〔坼〕[6]。《解》之時大矣哉！

---

1. A.宜時也 B.宜待時也
2. 王引之云：「故」、事也，言王臣不避艱難，盡心竭力者，皆國家之事，而非其身之事也…不言「事」而言「故」者，以韻初爻之「譽」也。 3. 尙Ⓜ
4. 石Ⓜ 5. 宿Ⓜ
6. 《釋文》云：「『坼』、馬、陸作『宅』。」王引之云：「宅」乃「乇」字之假借，《說文》曰：「乇、艸葉也。從垂穗上貫一，下有根，象形字。」「乇」、「宅」、「坼」古並同聲，故又通作「坼」。

《象》曰：雷雨作，《解》。君子以赦過宥[1]罪。

初六：无咎。

《象》曰：剛柔之際，義[2]「无咎」也。

九二：田獲三狐，得黃矢，貞吉。

《象》曰：「九二」「貞吉」、得中道也。

六三：負且乘，致寇至，貞吝[3]。

《象》曰：「負且乘」、亦可醜也。自我致戎[4]，又誰咎也？

九四：解而拇[5]，朋至斯孚[6]。

《象》曰：「解而拇」、未當位也。

六五：君子維[7]有解，吉，有孚[8]于小人。

《象》曰：「君子有解」、「小人」退也。

上[9]六：公用射隼[10]于高墉[11]之上，獲之，无不利。

《象》曰：「公用射隼」、以解悖也。

41 ䷨〔兌下艮上〕

《損》有孚[12]，元吉，无咎可貞。利有攸往。曷之用，二簋[13]可用享[14]。

---

1. 尤
2. 王引之云：「義」者、理也、道也，言此一爻也，理固然也。《正義》曰「剛柔既散，
   理必无咎。」   3. 閵Ⓜ   4. 寇   5. 母   6. 此復Ⓜ
   7. 唯Ⓜ   8. 復Ⓜ   9. 尚Ⓜ   10. 夐Ⓜ   11. 庸Ⓜ
   12. 復Ⓜ   13. 巧Ⓜ   14. 芳Ⓜ

《彖》曰：《損》、損下益上，其道上行。損而「有孚」，「元吉、无咎、可貞、利有攸往、曷之用二簋[1]、可用享」，二簋應有時。損剛益柔有時，損益盈虛，與時偕行。

《象》曰：山下有澤，《損》。君子以懲[2]忿窒[3]欲[4]。

初九：已[5]事遄[6]往，无咎。酌損之。

《象》曰：「已事遄往」，尙合志也。

九二：利貞。征[7]凶，弗損，益之。

《象》曰：「九二利貞」，中以爲志也。

六三：三人行則損一人，一人行則得其友。

《象》曰：「一人行」，「三」則疑也。

六四：損其疾，‣使遄‹[8]有喜，无咎。

《象》曰：「損其疾」，亦可「喜」也。

六五：或益之十朋之龜[9]，弗克違[10]，元吉。

《象》曰：「六五」「元吉」，自上祐[11]也。

上[12]九：弗損，益之，无咎，貞吉，利有攸往，得臣[13]无家。

《象》曰：「弗損、益之」，大得志也。

1. 軌　2. A.徵 B.澄　3. A.懫 B.恎　4. 浴
5. A.以 B.祀　6. A.顓 B.端Ⓜ　7. A.往 B.正Ⓜ　8. 事端Ⓜ
9. 《集解》引崔憬云：「元龜價直二十大貝，龜之最神貴者，雙貝曰『朋』也。」王引之云：尋繹文義，此說爲長。　10. 回Ⓜ　11. 佑　12. 尙Ⓜ
13. 僕Ⓜ

42 ䷩〔震下巽上〕

《益》利有攸往。利涉大川。

《彖》曰：《益》、損上益下，民說无疆。自上下下，其道大光。「利有攸往」、中正有慶，「利涉大川」、木道乃行。《益》動而巽，日進无疆。天施地生，其益无方。凡益之道，與時偕行。

《象》曰：風雷《益》。君子以見善則遷，有過則改。

初九：利用爲大作，元吉，无咎。

《象》曰：「元吉无咎」、下不厚事也。

六二：或益之，十朋之龜弗‣克違‣[1]。永貞吉。王用享[2]于帝，吉。

《象》曰：「或益之」、自外來也。

六三：益之，用凶[3]事无咎。有孚[4]，中行。告公‣用圭‣[5]。

《象》曰：「益用凶事」、固有之也。

六四：中行告公，從，利用爲依[6]遷國。

《象》曰：「告公從」、以益志也。

九五：有孚[7]惠心，勿問，元吉。有孚[8]惠我德[9]。

《象》曰：「有孚惠心」、「勿問」之矣，「惠我德」、大得志也。

---

1. 亨回Ⓜ　2. A.亨 B.芳Ⓜ　3. 工Ⓜ　4. 復Ⓜ
5. A.用桓圭 B.用圍Ⓜ　6. 家Ⓜ　7. 復Ⓜ　8. 復Ⓜ
9. 王引之云：《爾雅》曰：「惠，順也。」「有孚惠心」者，言我信於民，順民之心也；「有孚惠我德」者，言民信於我，順我之德也。

上[1]九：莫益之，或擊之，立心勿恆，凶。

《象》曰：「莫益之」、偏[2]辭也，「或擊之」、自外來也。

43 ䷪〔乾下兌上〕

《夬》揚[3]于王庭，孚[4]號有厲，告自邑。不利即[5]戎，利有攸往。

《彖》曰：《夬》、決也，剛決柔也。健而說，決而和。「揚于王庭」、柔乘五剛也，「孚號有厲」、其危乃光也[6]。「告自邑不利即戎」、所尙乃窮也，「利有攸往」、剛長乃終也。

《象》曰：澤上於天，《夬》。君子以施祿及下，居德則忌。

初九：壯[7]于前趾[8]，往不勝，爲咎。

《象》曰：「不勝」而「往」、「咎」也。

九二：惕[9]號，莫夜有戎，勿恤。

《象》曰：「有戎勿恤」、得中道也。

九三：壯[10]于頄[11]，有凶。君子夬夬，獨行遇[12]雨、若濡，有慍[13]无咎。

《象》曰：「君子夬夬」、終「无咎」也。

九四：臀[14]无膚，其行次[15]且[16]。牽羊悔亡。聞言不信。

《象》曰：「其行次且」、位不當也，「聞言不信」、聰不明也。

1. 尙Ⓜ　2. 偏　3. 陽Ⓜ　4. 復Ⓜ　5. 節Ⓜ
6. 王引之云：「光」之爲言猶廣也。言唯其危厲，是以廣大也。　7. 牀Ⓜ
8. 止Ⓜ　9. A.錫 B.傷Ⓜ　10. 牀Ⓜ　11. A.仇 B.頯Ⓜ　12. 愚Ⓜ
13. 溫Ⓜ　14. 脤Ⓜ　15. A.趑 B.跌 C.趀 D.鄹Ⓜ
16. A.趄 B.跙 C.胥Ⓜ

九五：莧[1]陸[2]夬夬，中行无咎。

《象》曰：「中行无咎」、中未光也[3]。

上[4]六：无號，終有凶。

《象》曰：「无號」之「凶」、終不可長也。

44 ䷫〔巽下乾上〕

《姤》女壯，勿用取[5]女。

《彖》曰：《姤》、遇也，柔遇剛也。「勿用取女」、不可與長也。天地相遇，品物咸章也。剛遇中正，天下大行也。《姤》之時義大矣哉！

《象》曰：天下有風，《姤》。后以施命誥[6]四方。

初六：繫于金柅[7]，貞吉。有攸往，見凶，羸‣豕孚◂[8]蹢[9]躅[10]。

《象》曰：「繫于金柅」、柔道牽也。

九二：包[11]有魚，无咎，不利賓。

《象》曰：「包[12]有魚」、義不及「賓」也[13]。

九三：臀无膚，其行次[14]且[15]，厲，无大咎。

《象》曰：「其行次且」、行未牽也。

---

1. 莞　2. 睦
3. 王引之云：「光」之爲言猶廣也。言未廣大也。　4. 尙Ⓜ　5. 娶
6. 誥　7. A.抳 B.鑈 C.尼 D.梯Ⓜ　8. 豨復Ⓜ
9. A.擲 B.適Ⓜ　10. A.躅 B.屬Ⓜ　11. A.庖 B.胞 C.枹Ⓜ　12. 庖
13. 王引之云：「義」者、理也、道也。言其道固不及賓也。
14. A.趑 B.跌 C.越　15. A.趄 B.跙

九四：包[1]无魚，起[2]凶。

《象》曰：「无魚」之「凶」、遠民也。

九五：以杞[3]包[4]瓜[5]，含章，▸有隕◂[6]自天。

《象》曰：「九五」「含章」、中正也，「有隕自天」、志不舍命也。

上[7]九：姤[8]其角，吝[9]，无咎。

《象》曰：「姤其角」、上窮「吝」也。

45 ䷬〔坤下兌上〕

《萃》▸亨，王假有廟◂[10]。利見大人。亨，利貞，用大牲[11]吉。利有攸往。

《彖》曰：《萃》、聚也。順以說，剛中而應，故聚也。「王假有廟」、致孝享也，「利見大人亨」、聚[12]以正也，「用大牲吉、利有攸往」、順天命也。觀其所聚而天地萬物之情可見矣。

《象》曰：澤上於地，《萃》。君子以除[13]戎器，戒不虞。

初六：有孚[14]不終，乃亂乃萃，▸若號◂[15]一握[16]爲[17]笑，勿恤，往无咎。

《象》曰：「乃亂乃萃」、其志亂也。

六二：引吉，无咎，孚[18]乃利用禴[19]。

《象》曰：「引吉无咎」、中未變也。

1. 枹Ⓜ 2. 正Ⓜ 3. 忌Ⓜ 4. A.苞 B.枹Ⓜ 5. 苽Ⓜ
6. 或塤Ⓜ 7. 尙Ⓜ 8. 狗Ⓜ 9. 閵Ⓜ
10. A.王假有廟 B.王叚于廟Ⓜ 11. 生Ⓜ 12. 取
13. A.儲 B.治 C.慮 14. 復Ⓜ 15. 若其號Ⓜ
16. A.渥 B.屋Ⓜ 17. 于Ⓜ 18. 復Ⓜ 19. A.躍 B.爚 C.濯Ⓜ

六三：▸萃如嗟如◂[1]，无攸利，往无咎，▸小吝◂[2]。

《象》曰：「往无咎」、上巽也。

九四：大吉无咎。

《象》曰：「大吉无咎」、位不當也。

九五：萃[3]有位，无咎。匪孚[4]，元、永貞悔亡。

《象》曰：「萃有位」、志[5]未光也[6]。

上[7]六：齎[8]咨涕洟[9]，无咎。

《象》曰：「齎咨涕洟」、未安上也。

46 ䷭〔巽下坤上〕

《升》元亨。用[10]見大人，勿恤。南征[11]吉。

《（象）〔彖〕》曰：柔以時升[12]，巽而順，剛中而應，是以大「亨」。「用見大人勿恤」、有慶也，「南征吉」、志行也。

《象》曰：地中生木，升。君子以順[13]德[14]，積小▸以高大◂[15]。

初六：允升[16]，大吉。

《象》曰：「允升大吉」、上合志也。

---

1. 卒若眩若Ⓜ　2. 少閵Ⓜ　3. 卒Ⓜ　4. 復Ⓜ
5. 《釋文》所據本無「志」字。
6. 王引之云：「光」之爲言猶廣也。言未廣大也。　7. 尙Ⓜ　8. 粢Ⓜ
9. 洎Ⓜ　10. 利Ⓜ　11. 正Ⓜ　12. 昇　13. 愼
14. 得　15. 以成高大　16. 登Ⓜ下同。

九二：孚[1]乃利用禴[2]，无咎。

《象》曰：「九二」之「孚」、有喜也。

九三：升虛邑。

《象》曰：「升虛邑」、无所疑也。

六四：王用亨于岐山，吉，无咎。

《象》曰：「王用亨于岐山」、順事也。

六五：貞吉，升階。

《象》曰：「貞吉升階」、大得志也。

上[3]六：冥升，利于不息之貞。

《象》曰：「冥升」在上、消不富也。

47 ䷮〔坎下兌上〕

《困》亨。貞大人吉，无咎。有言不信。

《彖》曰：《困》、剛揜[4]也[5]。險以說，困而不失其所，「亨」，其唯君子乎。「貞大人吉」、以剛中也，「有言不信」、尚口乃窮也。

《象》曰：澤无水，困。君子以致命遂志。

初六：臀[6]困于株木，入于幽[7]谷，三歲不‣覿‹[8]。

1. 復Ⓜ　2. 濯Ⓜ　3. 尙Ⓜ　4. A.掩 B.弇
5. 王念孫云：「揜」即困迫之名，「剛揜」者，陽氣在下，困迫而不能升也。
6. 辰Ⓜ　7. 要Ⓜ　8. 攢，凶Ⓜ

《象》曰：「入于幽谷」，▸幽、不明也◂[1]。

九二：困于酒食，▸朱紱◂[2]方來。利用享[3]祀。征[4]凶无咎。

《象》曰：「困于酒食」、中有慶也。

六三：困于石，據于蒺蔾，入于其宮，不見其妻，凶。

《象》曰：「據于蒺蔾」、乘剛也，「入于其宮不見其妻」、不祥也。

九四：來▸徐徐◂[5]，困于金車[6]，吝[7]，有終。

《象》曰：「來徐徐」、志在下也。雖不當位，有與也。

九五：▸劓刖◂[8]，困于赤紱[9]，乃徐有說，利用祭[10]祀。

《象》曰：「劓刖」、志未得也，「乃徐有說」、以中直也[11]，「利用祭祀」、受福也。

上[12]六：困于葛藟[13]，于臲[14]卼[15]，曰▸動悔◂[16]有[17]悔，征吉。

《象》曰：「困于葛藟」、未當也，「動悔有悔」、「吉」行也[18]。

48 ䷯〔巽下坎上〕

《井》改邑不改井，无喪无得。往來井井。汔至，亦未繘[19]井[20]，羸[21]其瓶，凶。

---

1. 不明也　2. 絑發Ⓜ　3. 芳Ⓜ　4. 正Ⓜ
5. A.荼荼 B.余余 C.徐Ⓜ　6. 輿　7. 閵Ⓜ
8. A.臲𡾋 B.劓劊 C.貳椽Ⓜ　9. 發Ⓜ　10. A.享 B.芳Ⓜ
11. 王引之云：「直」者，正也，「中直」亦中正也。變「正」言「直」以與「得」、「福」爲韻耳。　12. 尙Ⓜ　13. A.虆 B.纍Ⓜ　14. A.劓 B.貳Ⓜ
15. A.黜 B.杌 C.掾Ⓜ　16. 悔夷Ⓜ
17. 王引之云：「有」當讀「又」，上六處困之極，動輒得咎，故已悔又悔。
18. 王引之云：《爾雅》：「行、道也。」「吉行」，謂吉道也。　19. 汲Ⓜ
20. 王念孫云：《廣雅》曰：「矞，出也。」「矞」與「繘」通，「矞」訓爲出，故出井謂之矞井，作「繘」者，字之假借耳。「汔至」者，所汲之水幾至井上也，「亦未矞井」者，所汲之水尙未出井口也。　21. A.累 B.纍Ⓜ

《彖》曰：巽乎水而上水，《井》。井養而不窮也。「改邑不改井」、乃以剛中也。「〔往來井〕，〔井〕[1]汔至、亦未繘井」、未有功也，「羸其瓶」、是以凶也。

《象》曰：木上有水，《井》。君子以勞民勸相。

初六：井泥不食。舊井[2]无禽。

《象》曰：「井泥不食」、下也，「舊井无禽」、時舍也。

九二：井谷射[3]鮒[4]，‣甕敝漏◂[5]。

《象》曰：「井谷射鮒」、无與也。

九三：井渫不食，爲我心惻[6]。可用汲，王明，並受其福[7]。

《象》曰：「井渫不食」、‣行「惻」也◂[8]，求「王明」、「受福」也。

六四：井甃[9]，无咎。

《象》曰：「井甃无咎」、脩井也。

九五：井洌[10]寒泉，食。

《象》曰：「寒泉」之「食」、中正也。

上[11]（九）〔六〕：井收[12]勿[13]幕，有孚[14]元吉。

1. 「往來井井」四字，高亨《周易大傳今注》據《集解》本補。今從之。
2. 王引之云：《易》爻凡言「田有禽」、「田无禽」、「失前禽」，皆指獸言之。此「禽」字不當有異。「井」當讀爲「阱」…與「井泥不食」之「井」不同…「阱」、所以陷獸也，「舊阱」、湮廢之阱也，阱久則淤淺，不足以陷獸，故「无禽」也，所以「无禽」，由於「阱」不可用，故曰「舊阱无禽」。　3. 耶
4. 王引之云：《說文》「塈」字從「谷」，「谷」猶塈也…井中容水之處也。「射」、謂以弓矢射之也。　5. 唯敝句ⓜ　6. 塞ⓜ
7. 王引之云：「並」之言普也、徧也，謂天下普受其福也。　8. 其行「惻」也
9. 椒ⓜ　10. 戾ⓜ　11. 尙ⓜ　12. 甃　13. 网
14. 復ⓜ

《象》曰：「元吉」在「上」、大成也。

49 ䷰〔離下兌上〕

《革》巳[1]日乃孚[2]。元亨，利貞，悔亡。

《彖》曰：《革》、水火相息，二女同居，其志不相得曰革。「巳日乃孚」，‣革而信之‹[3]。文明以說，大「亨」以正。革而當，其「悔」乃「亡」。天地革而四時成，湯武革命，順乎天而應乎人。《革》之時大矣哉！

《象》曰：澤中有火，《革》。君子以治厤明時。

初九：鞏用黃牛之革[4]。

《象》曰：「鞏用黃牛」、不可以有爲也。

六二：巳日乃革之，征[5]吉，无咎。

《象》曰：「巳日革之」、行有嘉也。

九三：征凶。貞厲。革言三就有孚[6]。

《象》曰：「革言三就」、又何之矣。

九四：悔亡。有孚[7]改命吉。

《象》曰：「改命」之「吉」、信志也。

九五：大人虎變[8]，未占有孚[9]。

1. 《黃侃手批白文十三經》頁29改作「已」。下同。　2. 復Ⓜ　3. 革而信
4. 勒Ⓜ下同。　5. 正Ⓜ　6. 復Ⓜ　7. 復Ⓜ
8. 便Ⓜ〈王引之云：「大人虎變」、蓋九五處兌之中，兌爲虎，故曰虎變。〉
9. 復Ⓜ

《象》曰：「大人虎變」、其文炳也。

上[1]六：君子豹變[2]，小人革面[3]，征凶，居貞吉。

《象》曰：「君子豹變」、其文蔚也，「小人革面」、順以從君也。

50 ䷱〔巽下離上〕

《鼎》元吉，亨。

《彖》曰：《鼎》象也、以木巽火，亨[4]飪也。聖人亨[5]以享上帝，而大亨[6]以養聖賢。巽而耳目聰明，柔進而上行，得中而應乎剛，是以「元亨」。

《象》曰：木上有火，《鼎》。君子以正位凝[7]命。

初六：鼎‣顛趾◂[8]，利出否。得妾以其子，无咎。

《象》曰：「鼎顛趾」、未悖也，「利出否」、以從貴也。

九二：鼎有實，我仇有疾，不‣我能◂[9]即，吉。

《象》曰：「鼎有實」、愼所之也，「我仇有疾」、終无尤也。

九三：鼎耳革[10]，其行塞，雉膏不食，方雨，虧悔，終吉。

《象》曰：「鼎耳革」、失其義也[11]。

九四：鼎折足，覆公餗[12]，其形渥[13]，凶。

---

1. 尙Ⓜ　2. 便Ⓜ
3. 王引之云：《廣雅》曰：「面、鄉也。」「革面」者、改其所鄉而鄉君也。
4. A.亯 B.烹　5. A.亯 B.烹　6. A.亯 B.烹　7. 擬　8. 塡上Ⓜ
9. 能我　10. 勒Ⓜ
11. 王引之云：「義」者、理也、道也。言失其道也。
12. 《釋文》引馬融《注》曰：「餗、餰也。」《繫辭傳》「《易》曰：鼎折足，覆公餗。」馬本「餗」作「鬻」。王引之云：馬《注》爲長。
13. A.剭 B.屋Ⓜ

《象》曰：「覆公餗」、信如何也。

六五：鼎黃耳金鉉，利貞。

《象》曰：「鼎黃耳」、中以爲實也。

上[1]九：鼎玉鉉，大吉，无不利。

《象》曰：「玉鉉」在「上」、剛柔節也。

51 ䷲〔震下震上〕

《震》亨。震[2]來‣虩虩◂[3]，笑言‣啞啞◂[4]，震驚[5]百里，不喪匕鬯[6]。

《彖》曰：《震》「亨」。「震來虩虩」、恐致福也，「笑言啞啞」、後有則也[7]，「震驚百里」、驚遠而懼邇也。〔不喪匕鬯〕[8]、出可以守宗廟社稷，以爲祭主也。

《象》曰：洊雷、《震》。君子以恐懼脩省。

初九：「震來虩虩」，後「笑言啞啞」，吉。

《象》曰：「震來虩虩」、恐致福也，「笑言啞啞」、「後」有則也。

六二：震來厲，億[9]喪貝，躋[10]于九陵，勿逐，七日得。

《象》曰：「震來厲」、乘剛也。

1. 尙Ⓜ　2. 辰Ⓜ下同。　3. A.愬愬 B.朔朔Ⓜ下同。　4. 亞亞Ⓜ
5. 敬Ⓜ
6. 觴Ⓜ〈《說文》曰：「鬯、以秬釀鬱艸，芬芳條暢以降神也。从凵，凵、器也。中象米，匕所以扱之。《易》曰『不喪匕鬯』。」王引之云：此以匕爲取鬯酒之器也，許說爲長。〉　7. 王引之云：《爾雅》曰：「則、常也。」「有則」，猶言有常。
8. 高亨《周易大傳今注》據郭京本補。今從之。　9. A.噫 B.意Ⓜ
10. A.隮 B.齎Ⓜ

六三：震‣蘇蘇◂[1]，震行无眚[2]。

《象》曰：「震蘇蘇」、位不當也。

九四：震遂[3]泥。

《象》曰：「震遂泥」、未光也[4]。

六五：震往來厲，意[5]无喪有事。

《象》曰：「震往來厲」、危行也，其事在中、大「无喪」也。

上[6]六：震‣索索◂[7]，視‣矍矍◂[8]，征[9]凶。震不于其躬、于其鄰、无咎。‣婚媾◂[10]有言。

《象》曰：「震索索」、中未得也，雖「凶」「无咎」、畏鄰戒也。

52 ䷳〔艮下艮上〕

〔《艮》〕[11]其背，不獲[12]其身，行其庭[13]，不見其人，无咎。

《彖》曰：《艮》、止也。時止則止，時行則行，動靜不失其時，其道光明。艮其止，止其所也。上下敵應，不相與也。是以不獲其身、行其庭不見其人，无咎也。

《象》曰：兼山，《艮》。君子以思不出其位。

初六：艮[14]其趾[15]，无咎。利永貞。

《象》曰：「艮其趾」、未失正也。

---

1. 疏疏Ⓜ　2. 省Ⓜ　3. 隊
4. 王引之云：「光」之爲言猶廣也。言未廣大也。
5. A.噫 B.億〈《馬王堆帛書》本亦作「意」，與今本同。〉　6. 尙Ⓜ
7. 昔昔Ⓜ　8. 懼懼Ⓜ　9. A.往 B.正Ⓜ　10. 閩詬Ⓜ
11. 高亨《周易古經通說·周易卦名誤脫表》云：「卦名『艮』字誤脫。」今據補。
12. 濩Ⓜ　13. 廷Ⓜ　14. 根Ⓜ下同。　15. 止Ⓜ

六二：艮其腓[1]，不拯[2]其隨，其心不快。

《象》曰：「不拯其隨」、未退聽也。

九三：艮其限，列[3]其夤，厲薰心。

《象》曰：「艮其限」、危「薰心」也。

六四：艮其身[4]，无咎。

《象》曰：「艮其身」、止諸躬也。

六五：艮其輔，言有序，悔亡。

《象》曰：「艮其輔」、以中正也。

上[5]九：敦艮，吉。

《象》曰：「敦艮」之「吉」、以厚終也。

53 ䷴〔艮下巽上〕

《漸》女歸吉。利貞。

《彖》曰：《漸》之進也。「女歸吉」也，進得位，往有功也。進以正，可以正邦也。其位、剛得中也。止而巽，動不窮也。

《象》曰：山上有木，《漸》。君子以居賢德▸善俗◂[6]。

初六：鴻漸于干[7]。小子厲有言，无咎。

---

1. 肥Ⓜ　2. A.承 B.登Ⓜ　3. 戾Ⓜ　4. 躬Ⓜ　5. 尙Ⓜ
6. 善風俗　7. 淵Ⓜ

《象》曰：「小子」之「厲」、義「无咎」也[1]。

六二：鴻漸于磐[2]，‣飲食衎衎‹[3]，吉。

《象》曰：「飲食衎衎」、不素飽也。

九三：鴻漸于陸。夫征不復，婦孕[4]不育，凶。利禦[5]寇。

《象》曰：「夫征不復」、離群醜也，「婦孕不育」、失其道也，「利用禦寇」、順相保也。

六四：鴻漸于木，‣或得其桷‹[6]，无咎。

《象》曰：「或得其桷」、順以巽也。

九五：鴻漸于陵，婦三歲不孕[7]，終莫之勝，吉。

《象》曰：「終莫之勝吉」、得所願也。

上[8]九：鴻漸于陸，其羽可用爲儀[9]，吉。

《象》曰：「其羽可用爲儀吉」、不可亂也。

54 ䷵〔兌下震上〕

《歸妹》征[10]凶，无攸利。

《象》曰：《歸妹》、天地之大義也。天地不交而萬物不興。《歸妹》、人之終始也。說以動，‣所‹[11]歸妹也。「征凶」、位不當也，「无攸利」、柔乘剛也。

1. 王引之云：「義」者、理也、道也。言其道固无咎也。
2. 《史記・孝武紀・封禪書》、《漢書・郊祀志》並載武帝詔曰「鴻漸于般」，孟康《注》曰：「般、水涯堆也。」王引之云：其義爲長。初爻「漸于干」，「干」、水涯也；二爻「漸于般」，「般」爲水涯堆，則高於水涯矣；三爻「漸于陸」，則又高於水涯堆矣。此其次也。
3. 酒食衍衍Ⓜ
4. A.乘 B.繩Ⓜ
5. 所Ⓜ
6. 或直其寇Ⓜ
7. 繩Ⓜ
8. 尙Ⓜ
9. 宜Ⓜ
10. 正Ⓜ
11. 所以

《象》曰：澤上有雷，《歸妹》。君子以永終知敝[1]。

初九：歸妹以娣[2]。跛能履[3]，征[4]吉。

《象》曰：「歸妹以娣」、以恆也，「跛能履」、「吉」相承也。

九二：眇能視，利幽人‣之貞◂[5]。

《象》曰：「利幽人之貞」、未變常也。

六三：歸妹以須[6]，反歸以娣。

《象》曰：「歸妹以須」、未當也。

九四：歸妹愆[7]期，遲歸有時[8]。

《象》曰：「愆期」之志、有待[9]而行也。

六五：帝乙歸妹，其君之袂不如[10]其娣之袂[11]良。‣月◂[12]幾[13]望、吉。

《象》曰：「帝乙歸妹」、「不如其娣之袂良」也。其位在中，以貴行也。

上[14]六：女承筐[15]，无實，士刲羊，无血，无攸利。

《象》曰：「上六」「无實」、「承」虛「筐」也。

---

1. 弊　2. 弟Ⓜ　3. 利Ⓜ　4. 正Ⓜ　5. 貞Ⓜ
6. 嬬Ⓜ　7. 衍Ⓜ
8. 王念孫云：「時」當讀為「待」，《經》言歸妹愆期，遲歸有待，故《傳》申之曰「愆期之志有待而行也。」　9. 時　10. 若Ⓜ　11. 快Ⓜ
12. 日月Ⓜ　13. 既　14. 尙Ⓜ　15. 匡

55 ䷶〔離下震上〕

《豐》亨，王假[1]之。勿憂，宜日中。

《彖》曰：《豐》、大也。明以動，故《豐》。「王假之」、尙大也。「勿憂宜日中」、宜照天下也。日中則昃[2]，月盈則食，天地盈虛，與時消息，而況於人乎，況於鬼神乎？

《象》曰：雷電皆至，《豐》。君子以折獄致刑。

初九：遇其配[3]主，雖[4]旬[5]无咎，往有尙[6]。

《象》曰：「雖旬无咎」、過旬災也。

六二：豐其蔀[7]，日中見斗[8]。往得疑疾，有孚[9]，發[10]若吉。

《象》曰：「有孚發若」、信以發志也。

九三：豐其沛[11]，日中見沬[12]，折其右肱[13]，无咎。

《象》曰：「豐其沛」、不可大事也，「折其右肱」、終不可用也[14]。

九四：豐其蔀[15]，日中見斗，遇其夷主[16]，吉。

《象》曰：「豐其蔀」、位不當也。「日中見斗」、幽不明也，「遇其夷主」、「吉」行也[17]。

---

1. 王引之云：「假」、當以訓「大」爲長，「王假之」者，王者有以廣大之也。
2. 稷　3. A.妃 B.肥Ⓜ　4. 唯Ⓜ　5. A.均 B.鈞
6. 王引之云：《爾雅》曰：「右、助、勴也。」「亮、介、尙、右也。」…「往有尙」、謂《豐》初應四，以陽適陽，同類相助，是往而有助也。
7. A.菩 B.剖Ⓜ　8. 主　9. 復Ⓜ　10. 洫Ⓜ
11. A.旆 B.芾 C.韋 D.薠Ⓜ　12. 昧　13. A.股 B.弓Ⓜ
14. 王念孫云：「右肱」爲人之所用，「右肱折」，則終不可用。　15. 剖Ⓜ
16. 王引之云：「初九：遇其配主」、「九四：遇其夷主」，謂「四」爲「初」所生，「初」爲「四」所主，「配」也、「夷」也，匹敵之稱也，以陽適陽，故稱「配主」、「夷主」也。　17. 王引之云：《爾雅》：「行、道也。」「吉行」，謂吉道也。

六五：來章，有慶譽[1]，吉。

《象》曰：「六五」之「吉」、有慶也。

上[2]六：豐其屋，蔀[3]其家，闚[4]其戶，闃[5]其无人，三歲不覿[6]，凶。

《象》曰：「豐其屋」、天際翔[7]也。「闚其戶、闃其无人」、自藏[8]也。

56 ䷷〔艮下離上〕

《旅》小[9]亨。旅貞吉。

《彖》曰：《旅》「小亨」，柔得中乎外而順乎剛，止而麗乎明，是以「小亨旅貞吉」也。旅之時義大矣哉！

《象》曰：山上有火，《旅》。君子以明愼用刑而不留獄。

初六：旅瑣瑣斯[10]，其所取災[11]。

《象》曰：「旅瑣瑣」、志窮「災」也。

六二：旅即[12]次，‣懷其資‹[13]，得童僕[14]貞。

《象》曰：「得童僕貞」，終无尤也。

九三：旅焚其次，喪其童僕貞，厲。

《象》曰：「旅焚其次」，亦以傷矣。以旅與下，其義「喪」也[15]。

九四：旅于處，得其資[16]斧，我心不快。

---

1. 舉Ⓜ　2. 尙Ⓜ　3. 剖Ⓜ　4. 闚Ⓜ
5. A.閴 B.窒　6. 遂Ⓜ　7. 祥　8. 戕　9. 少Ⓜ
10. 此Ⓜ　11. 火Ⓜ　12. 既Ⓜ　13. 壞其茨Ⓜ　14. 剝Ⓜ
15. 王引之云：「義」者、理也、道也。言其道固當喪也。　16. 齊

《象》曰：「旅于處」、未得位也。「得其資斧」、「心」未「快」也。

六五：射雉一矢亡，終以譽[1]命。

《象》曰：「終以譽命」、上逮也。

上[2]九：‣鳥焚◂[3]其巢，旅人先笑後號咷。喪牛于易[4]，凶。

《象》曰：以「旅」在「上」、‣其義◂[5]「焚」也[6]，「‣喪牛于易◂[7]」、終莫之聞也[8]。

57 ䷸〔巽下巽上〕

《巽》小亨。利有攸往。利見大人。

《彖》曰：重巽以申命。剛巽乎中正而志行。柔皆順乎剛，是以「小亨、利有攸往、利見大人」。

《象》曰：隨風，《巽》。君子以申命行事。

初六：進退[9]。利武人之貞。

《象》曰：「進退」、志疑也，「利武人之貞」、志治也。

九二：巽[10]在床下，用史[11]巫、紛[12]若吉、无咎。

《象》曰：「紛若」之「吉」、得中也。

1. 舉Ⓜ　2. 尙Ⓜ　3. 鳥棼Ⓜ
4. 《釋文》「『易』，陸作『埸』，謂壃埸也。」王念孫云：凡《易》言「同人于野」、「同人于門」、「同人于宗」、「伏戎于莽」、「同人于郊」、「拂經于邱」、「遇主于巷」，末一字皆實指其地。「喪牛于易」、文義亦同…古「疆埸」字多作「易」。
5. 宜其　6. 王引之云：「義」者、理也、道也。言其道固當焚也。
7. 喪牛之凶　8. 王念孫云：「聞」猶問也，謂相恤問也。　9. 內Ⓜ
10. 箅Ⓜ下同。　11. 使Ⓜ　12. 忿Ⓜ

九三：頻[1]巽，吝[2]。

《象》曰：「頻巽」之「吝」、志窮也。

六四：悔亡，田獲三品。

《象》曰：「田獲三品」、有功也。

九五：貞吉，悔亡，无不利，无初有終。先庚三日，後庚三日[3]，吉。

《象》曰：「九五」之「吉」、位正中也。

上[4]九：巽在床下，喪其資[5]斧，貞凶[6]。

《象》曰：「巽在床下」、「上」窮也，「喪其資斧」、正乎「凶」也[7]。

58 ䷹〔兌下兌上〕

《兌》亨。‣利貞◂[8]。

《彖》曰：《兌》、說也。剛中而柔外。說以「利貞」，是以順乎天而應乎人。說以先民，民忘其勞。說以犯難，民忘其死。說之大，民勸矣哉！

《象》曰：麗[9]澤，《兌》。君子以朋友講習。

初九：‣和兌◂[10]，吉。

《象》曰：「和兌」之「吉」、行未疑也。

1. A.噸 B.編Ⓜ　2. 闐Ⓜ
3. 王引之云：「先庚三日、後庚三日」皆行事之吉日也。《巽》爲申命行事之卦，而事必諏日以行，《巽》用先後庚之丁與癸也。　4. 尙Ⓜ　5. 涽Ⓜ
6. 王引之云：「貞」，當也；「貞凶」者，當凶也。
7. 王引之云：「正」，當也，「正乎凶」者，當乎凶也。　8. 小利貞Ⓜ
9. 離　10. 休奪Ⓜ

九二：孚兌[1]，吉，悔亡。

《象》曰：「孚兌」之「吉」、信志也。

六三：來兌[2]，凶。

《象》曰：「來兌」之「凶」、位不當也。

九四：商[3]兌未寧，介疾有喜。

《象》曰：「九四」之「喜」、有慶也。

九五：孚于剝，有厲。

《象》曰：「孚于剝」、位正當也。

上[4]六：引[5]兌。

《象》曰：「上六、引兌」、未光也[6]。

59 ䷺〔坎下巽上〕

《渙》亨。王假有[7]廟。利涉大川，利貞。

《彖》曰：《渙》「亨」，剛來而不窮，柔得位乎外而上同。「王假有廟」、王乃在中也，「利涉大川」、乘木有功也。

《象》曰：風行水上，《渙》。先王以享于‣帝◂[8]，立廟。

初六：‣用拯馬壯◂[9]，‣吉◂[10]。

---

1. 說　2. 奪Ⓜ下同。　3. 章Ⓜ　4. 尙Ⓜ　5. 景Ⓜ
6. 王引之云：「光」之爲言猶廣也，言未廣大也。　7. 于Ⓜ　8. 上帝
9. 撜馬Ⓜ　10. 吉，悔亡Ⓜ

《象》曰：「初六」之「吉」、順也。

九二：渙奔其机[1]，悔亡。

《象》曰：「渙奔其机」、得願也。

六三：渙其躬，无悔[2]。

《象》曰：「渙其躬」、志在外也。

六四：渙其群，元吉。渙有丘[3]，匪夷[4]所思。

《象》曰：「渙其群元吉」、光大也[5]。

九五：渙‧汗其‧[6]大號，渙王居，无咎。

《象》曰：「王居无咎」、正位也。

上[7]九：渙其血，去逖出，无咎。

《象》曰：「渙其血」、遠害也。

60 ䷻〔兌下坎上〕

《節》亨。苦[8]節，不可貞。

《彖》曰：《節》「亨」。剛柔分而剛得中。「苦節不可貞」、其道窮也。說以行險，當位以節，中正以通。天地節而四時成。節以制度，不傷財，不害民。

《象》曰：澤上有水，《節》。君子以制數度，議德行。

---

1. 階Ⓜ　2. 咎Ⓜ　3. 近　4. A.弟 B.娣Ⓜ
5. 王引之云：「光」之爲言猶廣也，「光大」猶廣大也。　6. 其肝Ⓜ
7. 尙Ⓜ　8. 枯Ⓜ

初九：不出戶庭[1]，无咎。

《象》曰：「不出戶庭」、知通塞也。

九二：‸不出門庭，凶‸[2]。

《象》曰：「不出門庭凶」、失時極也。

六三：不節若，則嗟若，无咎。

《象》曰：「不節」之「嗟」、又誰「咎」也。

六四：安節。亨。

《象》曰：「安節」之「亨」、承上道也。

九五：甘節，吉，往有尙[3]。

《象》曰：「甘節」之「吉」、居位中也。

上[4]六：苦[5]節，貞凶。悔亡。

《象》曰：「苦節貞凶」、其道窮也。

61 ䷼〔兌下巽上〕

《中孚》[6]豚魚，吉。利涉大川，利貞。

《彖》曰：《中孚》、柔在內而剛得中，說而巽，孚，乃化邦也。「豚魚吉」、信

1. 牖Ⓜ　2. 不出門庭之凶
3. 王引之云：《爾雅》：「右、助、勴也。」「亮、介、尙、右也。」…「往有尙」、謂《節》五應二，以陽適陽，同類相助，是往而有助也。　4. 尙Ⓜ
5. 枯Ⓜ
6. 高亨《周易古經通說・周易卦名誤脫表》云：「此卦可能脫『中孚』二字。」

及豚魚也[1]，「利涉大川」、乘木舟虛也，中孚以「利貞」、乃應乎天也。

《象》曰：澤上有風，《中孚》。君子以議獄緩死。

初九：虞[2]吉，有它不燕[3]。

《象》曰：「初九、虞吉」、志未變也。

九二：（鶴鳴）〔鳴鶴〕在陰，其子和之。我有好爵，吾與爾靡[4]之。

《象》曰：「其子和之」、中心願也。

六三：得敵，或鼓或罷，或泣[5]或歌。

《象》曰：「或鼓或罷」、位不當也。

六四：月幾[6]望，馬匹[7]亡，无咎。

《象》曰：「馬匹亡」、絕類上也。

九五：有‣孚攣◂[8]如，无咎。

《象》曰：「有孚攣如」、位正當也。

上[9]九：翰音登于天，貞凶。

《象》曰：「翰音登于天」、何可長也。

---

1. 王引之云：「豚魚」者、士庶人之禮也…「豚魚」乃禮之薄者，然苟有中信之德，則人感其誠而神降之福，故曰「豚魚、吉」，言雖「豚魚」之薦亦吉也。「信及豚魚」者，「及」、至也，至於豚魚之薄而信亦章也。　2. 杅Ⓜ　3. 寧Ⓜ
4. A.縻 B.劘 C.贏Ⓜ　5. 汲Ⓜ　6. A.近 B.既Ⓜ　7. 必Ⓜ
8. 復論Ⓜ　9. 尙Ⓜ

62 ䷽〔艮下震上〕

《小過》亨。利貞。可小事，不可大事。飛[1]鳥遺之音，不宜上，宜下，大[2]吉。

《彖》曰：《小過[3]》〔「亨」〕、小者過而亨也。過以「利貞」、與時行也。柔得中，是以「小事吉」也。剛失位而不中，是以「不可大事」也。有「飛鳥」之象焉，「飛鳥遺之音、不宜上、宜下、大吉」、上逆而下順也。

《象》曰：山上有雷，《小過》。君子以行過乎恭，喪過乎哀，用過乎儉。

初六：飛[4]鳥以凶。

《象》曰：「飛鳥以凶」、不可如何也。

六二：過其祖，‣遇其妣◂[5]。不及其君，遇[6]其臣[7]。无咎。

《象》曰：「不及其君」、臣不可過也[8]。

九三：弗過、防之，從或戕[9]之[10]，凶。

《象》曰：「從或戕之」、「凶」如何也？

九四：无咎。弗過、遇[11]之，往厲必戒[12]。勿用永貞。

---

1. 翡Ⓜ　　2. 泰Ⓜ
3. 王引之云：「過」者、差也，失也，兩爻相失也，陽爻相失，則謂之大過；陰爻相失，則謂之小過。　　4. 翡Ⓜ　　5. 愚其比Ⓜ　　6. 愚Ⓜ
7. 僕Ⓜ〈王引之云：「過」、不遇也，「不及」、亦不遇也，皆彼此相失之謂也。二與五相應，五爻若為陽爻，則為祖為君。今六五是陰爻，則為妣為臣；六二失九五之應而應六五，故曰「過其祖，遇其妣，不及其君，遇其臣」，謂不遇其祖而遇其妣，不遇其君而遇其臣也。〉
8. 王引之云：謂己不遇其君，不可又不遇其臣也。「臣不可過」乃釋經文「遇其臣」三字。　　9. 臧Ⓜ
10. 王引之云：「防」、當也、禦也，謂當上六也，言不與相失而與相當，故曰「弗過、防之」。剛柔異類而失中，相當則或相害，故又曰「從或戕之」也。　　11. 愚Ⓜ
12. 革Ⓜ〈王引之云：謂遇初六也，不與相失而與相逢，故曰「弗過、遇之也」。剛柔異類而失正，相逢者未必相得，故又曰「往厲必戒」也。〉

《象》曰：「弗過遇之」、位不當也。「往厲必戒」、終不可長也。

六五：密雲不雨，自我西郊[1]。‣公弋取彼‹[2]在穴。

《象》曰：「密雲不雨」、已上[3]也。

上[4]六：弗遇[5]、過之[6]，‣飛鳥離之‹[7]，凶，是謂‣災眚‹[8]。

《象》曰：「弗遇過之」、已亢也。

63 ䷾〔離下坎上〕

《既濟》亨。小利貞。初吉終亂。

《彖》曰：《既濟》「亨」，小者亨也。「利貞」。剛柔正而位當也。「初吉」、柔得中也。「終」止則「亂」，其道窮也。

《象》曰：水在火上，《既濟》。君子以思患而豫防之。

初九：‣曳其輪‹[9]，濡其尾，无咎。

《象》曰：「曳其輪」、義「无咎」也[10]。

六二：婦喪其茀[11]，勿逐，七日得。

《象》曰：「七日得」、以中道也。

九三：高宗伐鬼方，三年克之，小人勿用[12]。

---

1. 茭Ⓜ　2. 公射取皮Ⓜ　3. 尙　4. 尙Ⓜ　5. 愚Ⓜ
6. 王引之云：處過之極，一無所遇，雖以可與相應者，亦必相失，故上六與九三，若可剛柔相應，而驕亢之勢已成，終於不相遇而相失也。　7. 翡鳥羅之Ⓜ　8. 玆省Ⓜ
9. 抴其綸Ⓜ　10. 王引之云：「義」者、理也、道也。言其道固无咎也。
11. A.茀 B.髴 C.紱 D.髢 E.發Ⓜ
12. 王引之云：「用」者，施行也；「勿用」者，…言小人處九三之位，不宜有所施行。

《象》曰：「三年克之」、憊[1]也。

六四：繻有衣袽[2]，終日戒[3]。

《象》曰：「終日戒」、有所疑也。

九五：東鄰▸殺牛◂[4]，不如[5]西鄰之禴祭實受其福。

《象》曰：「東鄰殺牛」、「不如西鄰」之時也。「實受其福」、吉大來也。

上[6]六：濡其首，厲。

《象》曰：「濡其首、厲」、何可久也？

64 ䷿〔坎下離上〕

《未濟》亨。小狐汔濟，濡其尾，无攸利。

《彖》曰：《未濟》「亨」、柔得中也。「小狐汔濟」、未出中也。「濡其尾、无攸利」、不續終也。雖不當位、剛柔應也。

《象》曰：火在水上，《未濟》。君子以慎辨物居方。

初六：濡其尾，吝[7]。

《象》曰：「濡其尾」、亦不知極也。

九二：曳[8]其輪，貞吉。

1. 備　2. A.絮 B.茹Ⓜ
3. 王引之云：《說文》：「襦、䌖衣也」，䌖、溫也，䌖衣所以禦寒也；「有」之言「或」也；「衣」讀衣敝縕袍之衣，謂箸之也⋯離火見克於坎水，有敗壞之象，故稱「袽」⋯「衣袽」謂箸敗壞之襦也，禦寒者固當衣襦矣，乃或不衣完好之襦而衣其敗壞者，則不足以禦寒。譬之人事，患至而無其備則可危也，故曰「襦有衣袽、終日戒。」
4. 殺牛以祭Ⓜ　5. 若Ⓜ　6. 尙Ⓜ　7. 閵Ⓜ　8. 抴Ⓜ

《象》曰：「九二」「貞吉」、中以行（正）〔直〕[1]也。

六三：未濟，征[2]凶。利涉大川。

《象》曰：「未濟征凶」、位不當也。

九四：貞吉，悔亡，震用伐鬼方，三年，有賞于大國。

《象》曰：「貞吉悔亡」、志行也。

六五：貞吉，无悔。君子之光，有孚[3]、吉。

《象》曰：「君子之光」、其暉「吉」也。

上[4]九：有孚[5]于飲酒，无咎。濡其首，有孚[6]失是。

《象》曰：「飲酒濡首」、亦不知節也。

65 《繫辭上》

天尊地卑[7]，乾坤定矣。卑高以[8]陳，貴賤位矣。動靜有常，剛柔斷矣。方以類聚[9]，物以群分，吉凶生矣。在天成象，在地成形[10]，變化見矣。是故剛柔相摩[11]，八卦相盪，鼓之以雷霆，潤之以風雨。日月運[12]行，一寒一暑。乾道成男，坤道成女，乾知大[13]始，坤作[14]成物[15]。乾以易知，坤以簡能。易則易[16]知，簡則易從。易[17]知則有親，易[18]從則有功。有親則可久，有功則‣可大‹[19]。可久則賢人之德，可大則賢人之業。易簡而天下之理‣得矣‹[20]。‣天下之理得，而成位乎其中矣‹[21]。

1. 王引之云：「直」者，正也⋯「中以行正也」，「正」與「極」不得爲韻，竊疑「正」當爲「直」，猶《同人》與《困》之《象傳》，變「正」言「直」以與上下爲韻耳，傳寫者誤書作「正」而韻遂不諧矣。 2. 正Ⓜ 3. 復Ⓜ
4. 尙Ⓜ 5. 復Ⓜ 6. 復Ⓜ 7. 埤
8. 已Ⓜ〈高亨云：「以」與「已」同。〉 9. 冣Ⓜ 10. 刑Ⓜ
11. 磨 12. 違 13. 泰 14. 化
15. 王念孫云：「知」猶「爲」也，「爲」亦「作」也。「乾爲大始」，萬物資始也；「坤作成物」，萬物資生也。 16. 傷Ⓜ 17. 傷Ⓜ 18. 傷Ⓜ
19. 可大也Ⓜ 20. 得Ⓜ 21. 理得而成立乎其中Ⓜ

聖人設卦觀象，繫辭焉而明‣吉凶◂[1]。剛柔相推[2]而生變化。是故[3]吉凶‣者◂[4]、‣失得◂[5]之象也，悔吝‣者◂[6]、憂虞[7]之象也，‣變化者◂[8]、進退之象也，剛柔‣者◂[9]、晝夜之象也。六爻之動、三極之道也。是故君子‣所◂[10]居而安者、《易》之序[11]也，所樂而玩[12]者、爻[13]之辭[14]也。是故‣君子居◂[15]則觀其象而玩其辭，動則觀其變而玩其占，是以自天祐之，‣吉无不利◂[16]。

‣象者◂[17]、言乎[18]象者也，爻[19]者、言乎[20]變者也，吉凶者、‣言乎其◂[21]失得也，悔吝‣者◂[22]、言‣乎其◂[23]小疵也，无咎‣者◂[24]、善[25]補過也。是故列貴賤者存乎位[26]，齊[27]小大者存乎卦，辯吉凶者存乎辭，憂悔吝者存乎介[28]，震[29]无咎者存乎悔。是故卦有‣小大◂[30]，‣辭有險易◂[31]。辭也者、各指其‣所之◂[32]。《易》與天地準[33]，故能彌綸[34]天地[35]之道。仰以觀於天文，俯以察[36]於地理，是故知幽明之故。原[37]始反[38]終，故知死生之說。

精氣爲物，遊魂爲變，是故知鬼神之情[39]狀。與天地相似，故不違[40]。知周乎萬物，而‣道濟◂[41]天下，故不過。旁[42]行而不流[43]，樂天知命，故不憂。安土敦[44]乎仁，故能愛。‣範圍◂[45]天地之化而不過，曲成萬物而不遺，‣通乎◂[46]晝夜之道而知，故神无方而易无體。一陰一陽之謂道，繼[47]之者善也，成之者性[48]也。仁者見之謂之仁，知者見之謂之知，百姓日用而不知，故君子之道鮮[49]矣。

顯諸仁，藏諸用，鼓萬物而不與聖[50]人同憂，盛德大業至矣哉！富有之謂大業，日新之謂盛[51]德。‣生生之謂易◂[52]，‣成象◂[53]之謂乾，效[54]法之謂坤，極數知來之謂占，

1. 吉凶悔吝　2. 遂Ⓜ　3. 以　4. 也者Ⓜ　5. 得失Ⓜ
6. 也者Ⓜ　7. 俞樾云：《廣雅・釋詁》曰：「虞、驚也。」　8. 通變化也者Ⓜ
9. 也者Ⓜ　10. 之所Ⓜ　11. 象　12. 翫　13. 教Ⓜ
14. 始Ⓜ　15. 居　16. 吉無不利也Ⓜ
17. 彖曰者〈高亨云：《繫辭》作者稱《卦辭》爲「彖」，非《彖傳》之「彖」也。〉
18. 如Ⓜ
19. 高亨云：《繫辭》作者稱《爻辭》爲「爻」，非「爻畫」之「爻」也。
20. 如Ⓜ　21. 言其Ⓜ　22. 也者Ⓜ　23. 如Ⓜ　24. 也者Ⓜ
25. 言Ⓜ　26. 高亨云：「位」、六爻之位次。　27. 極Ⓜ
28. 分Ⓜ　29. 振Ⓜ　30. 大小Ⓜ　31. 而辭有險易　32. 所之也Ⓜ
33. 順Ⓜ
34. 王引之云：「綸」，讀曰「論」…「論」亦知也。編者按：王說是也，今《馬王堆帛書》本頁417正作「論」。　35. 下Ⓜ　36. 觀　37. 觀Ⓜ
38. 及　39. 精Ⓜ　40. 回Ⓜ　41. 道齊乎Ⓜ
42. 方Ⓜ〈王引之云：「旁」之言溥也、偏也…「旁行」者，變動不居，周流六虛之謂也。〉
43. 遺Ⓜ　44. 厚Ⓜ　45. A.犯違 B.犯回Ⓜ
46. 達諸Ⓜ　47. 係Ⓜ　48. 生Ⓜ　49. 尟　50. 衆Ⓜ
51. 誠Ⓜ　52. 生之（胃）〔謂〕（馬）〔象〕Ⓜ　53. 盛象
54. （教）〔效〕Ⓜ〈高亨引《禮記・曲禮上》「效馬效羊者右牽之。」鄭《注》：「效猶呈見。」〉

通變之謂事，陰陽▸不測◂[1]之謂神。夫《易》、廣矣大矣，以言乎遠則不禦[2]，以言乎▸邇則靜◂[3]而正，以言乎天地之間則備矣。夫乾，其靜也專[4]，其動也直[5]，是以大生焉。夫坤，其靜也翕[6]，其動也闢，是以廣生焉。廣大配天地，變通配四時，陰陽之義[7]配日月，易簡之善配至德。子曰：「《易》、其至矣乎！夫《易》、聖人▸所以◂[8]崇德而廣業也。知崇禮[9]卑，崇效天，卑法地。天地設位，而《易》行乎其中矣。成性存存，道義之門。」

聖人有[10]以見天下之賾[11]，而[12]擬諸其形容，▸象其物宜◂[13]，是故謂之象。聖人有[14]以見天下之動，而觀其會通[15]，以行其▸典禮◂[16]，繫辭焉以斷其吉凶，是故謂之爻，言天下之至賾[17]而不可惡也，言天下之至動[18]而不可亂也。擬[19]之而後言，議[20]之而後動，擬[21]議以成其變化。「鳴鶴在陰，其子和之。我有好爵，吾與爾靡[22]之。」子曰：「君子居其室，出其言善，則千里之外應之，▸況其邇者乎◂[23]？居其室，▸出其言不善◂[24]，則千里之外違[25]之，▸況其邇者乎◂[26]？言出乎身，加乎[27]民；行發乎邇[28]，見乎遠。言行、君子之樞機[29]。樞機之發、榮辱之主[30]也，言行、君子之所以動天地也。可不愼乎！」「同人先號咷而後笑[31]。」子曰：「君子之道，或出或處[32]，或默[33]或語。二人同心，其利斷金。同心之言，其臭如蘭。」

「初六：藉用白茅，无咎。」子曰：「苟錯[34]諸地而可矣，藉之用茅，何咎之有？愼之至也。▸夫茅之爲物薄，而用可重也◂[35]。愼[36]斯[37]術也以往，其无所失矣[38]。」「勞謙，君子有終，吉。」子曰：「勞而不伐，有功而不德[39]，厚之至也。語以其功下

1. 《馬王堆帛書》本頁417無此二字。 2. 過Ⓜ 3. 近則精Ⓜ
4. A.塼 B.圈Ⓜ〈高亨云：「『專』借爲『團』。《說文》：『團，圓也。』」〉
5. 榣Ⓜ 6. 斂Ⓜ 7. 合Ⓜ
8. 之所《馬王堆帛書》本頁418〈編者按：疑當作「之所以」，今兩本並有脫文。〉
9. 體 10. 具Ⓜ 11. A.冊 B.嘖 C.業Ⓜ
12. 《馬王堆帛書》本頁418「而」下空一字。 13. 以象其物義Ⓜ
14. 具Ⓜ 15. 同Ⓜ 16. A.等禮 B.典體 17. 業Ⓜ
18. A.賾 B.業Ⓜ 19. 知Ⓜ 20. A.儀 B.義Ⓜ
21. 《馬王堆帛書》本頁418作「矣」，屬上讀。 22. A.縻 B.羸Ⓜ
23. 況乎其近者乎Ⓜ 24. 出言而不善Ⓜ 25. 回Ⓜ
26. 況乎其近者乎Ⓜ 27. 於Ⓜ 28. 近Ⓜ
29. 王引之云：「機」爲門橛，與梱同也。「樞」爲戶樞，所以利轉；「機」爲門梱，所以止扉，故以樞機並言。樞機爲門戶之要，猶言行爲君子之要。
30. A.斗Ⓜ張政烺《帛書周易繫辭校讀》頁30 B.鬭Ⓜ陳松長《帛書繫辭釋文》頁418
31. 哭Ⓜ 32. 居Ⓜ 33. 謀Ⓜ 34. A.措 B.足Ⓜ
35. A.夫且茅之爲述也，薄用也，而可重也Ⓜ陳松長《帛書繫辭釋文》頁418 B.夫白茅之爲述也薄，用也而可重也Ⓜ張政烺《帛書周易繫辭校讀》頁30
36. 《經典釋文》頁124引一本作「順」。 37. 此Ⓜ 38. 之Ⓜ
39. 置

人者也。德言盛[1]，禮言恭。謙也者、致恭以存其位者也。」「亢龍有悔。」子曰：「貴而无位，高而无民，賢人‣在下位‹[2]而无輔，是以動而有悔也。」「不出戶庭[3]，无咎。」子曰：「亂之所生也，則言語以爲階。君不密[4]則失臣，臣不密[5]則失身，幾事‣不密則害成‹[6]。是以君子愼密[7]而不[8]出也。」子曰：「作《易》者、其知盜乎？《易》曰：『負且乘，致寇至。』負也者、小人之事也，乘也者、君子之器也。小人而乘君子之器，盜思奪之矣。上慢下暴，盜思伐之矣。‣慢藏誨盜，冶容誨淫‹[9]。《易》曰：『負且乘，致寇至。』，盜之招也。」

大衍之數五十，其用四十有九。分而爲二以象兩。掛一以象三，揲之以四以象四時，歸奇於扐以象閏。五歲再閏，故再扐而後掛[10]。天數五，地數五。五位相得而各有合，天數二十有五，地數三十，凡天地之數五十有五，此所以成變化而行鬼神也。《乾》之策二百一十有六，《坤》之策百四十有四，凡三百有六十，當期[11]之日。二篇之策萬有一千五百二十，當萬物之數也。是故四營而成《易》，十有八變而成卦，八卦而小成。引而伸[12]之，觸類而長之，天下之能事畢矣。顯道、神德行，是故可與酬酢[13]，可與祐[14]神矣。

子曰：「知變化之道者，其知神之所爲乎[15]。」《易》有‣聖人‹[16]之道四焉：以言者尙其辭，以動者尙其變，以制器者尙其象，以卜筮者尙其占。是以君子將有爲也[17]，將有行也[18]，問焉而以言。其受命也如嚮[19]。无有遠近幽深[20]，遂[21]知來物。非天下之至精，其孰能與於此。參伍以變，錯綜其數。通其變，遂[22]成天下[23]之文[24]；極其數，遂定天下之象。非天下之至變，‣其孰‹[25]能與於此？《易》无思也，无爲也，寂然不動，‣感而遂通‹[26]天下之故。非天下之至神，‣其孰‹[27]能與於此？夫《易》、聖人之所以極深而研[28]幾[29]也。唯深也，故能通[30]天下之志；唯幾也，故能成天下之務；唯神也，故不疾而速，不行而至。子曰：「《易》有聖人之道四焉」者，‣此‹[31]之謂也。

天一，地二；天三，地四；天五，地六；天七，地八；天九，地十。子曰：「夫

1. 成Ⓜ　2. 在其下，□立Ⓜ　3. 牖Ⓜ　4. 閉Ⓜ
5. 閉Ⓜ　6. 不閉則害盈Ⓜ　7. 閉Ⓜ　8. 弗Ⓜ
9. 曼暴謀，盜思奪之Ⓜ　10. 卦　11. 朞　12. 信
13. 醋　14. 侑
15. 《馬王堆帛書》本無上文「大衍之數五十」至此一段。　16. 君子
17. 《馬王堆帛書》本頁419無「也」字。　18. 者Ⓜ
19. A.鄕 B.錯Ⓜ　20. 險Ⓜ　21. 述Ⓜ　22. 述Ⓜ
23. 地　24. 爻　25. 誰Ⓜ　26. 欽而述達Ⓜ　27. 誰Ⓜ
28. A.掔 B.達Ⓜ　29. 機　30. 達Ⓜ　31. 此言Ⓜ

《易》、何爲者也？夫《易》、▸開物成務◂[1]，冒[2]天下之道，如斯[3]而已者也。」是故聖人以通[4]天下之志，以定[5]天下之業，以斷天下之疑。是故蓍之德圓[6]而神，卦之德方以知，六爻之義易以貢[7]。聖人以此▸洗心◂[8]，退[9]藏於密[10]，吉凶與民同患[11]。神以知來，知以藏[12]往，其孰[13]能▸與此哉◂[14]！古之聰明叡知神武而不殺者夫！是以[15]明於天之道，▸而察於民之故◂[16]，是興[17]神物以前民用。聖人以此齊戒，以神明其德夫。是故闔戶謂之坤，闢戶謂之乾，一闔一闢謂之變，往來不窮謂之通，見乃[18]謂之象，形乃[19]謂之器，制而用之謂之法，利用出入，民咸[20]用之謂之神。

是故《易》有▸太極◂[21]，是生兩儀。兩儀生四象。四象生八卦。八卦定[22]吉凶。吉凶生大業。是故法象莫大乎天地。變通莫大乎四時。縣[23]象著明莫大乎日月。▸崇高◂[24]莫大乎富貴。備物致用，立〔功〕[25]成器，以爲天下利，莫大乎聖人。▸探賾索隱，鉤深致遠◂[26]，以定天下之吉凶，成天下之▸亹亹◂[27]者，莫（大）〔善〕[28]乎蓍龜。是故天生神物，聖人則之。天地變化，聖人效之。天垂象，見吉凶，▸聖人象之◂[29]。河出圖，洛[30]出書，▸聖人則之◂[31]。《易》有四象，所以示[32]也。繫辭焉，所以告也。定之以吉凶，所以斷也。《易》曰：「自天祐之，吉无不利。」子曰[33]：「▸祐者、助也◂[34]。天之所助者、順也，人之所助▸者◂[35]、信也。履[36]信思乎順，又以尚賢也。是以自天祐之，吉无不利也。」

子曰：「書不盡言，言不盡意。」然則聖人之意，▸其不可見乎◂[37]？子曰：「▸聖人立◂[38]象以盡意，設卦以盡情僞，繫辭焉以盡其言。變而通之以盡利，鼓之舞之以盡

1. 古物定命Ⓜ　2. 樂Ⓜ　3. 此Ⓜ　4. 達Ⓜ　5. 達Ⓜ
6. 員
7. 工Ⓜ〈《釋文》：「『貢』，京、陸、虞作『工』，荀作『功』。」王引之云：《爾雅》曰：「功，成也。」六爻之義剛柔相易，乃得成爻，所謂道有變動故曰爻也，故曰「六爻之義易以功」，作「工」作「貢」，皆借字耳。〉
8. 侁心Ⓜ〈《釋文》：「『洗』，王肅、韓、悉禮反；京、荀、虞、董、張、蜀才作『先』。」王引之云：作「先」之義爲長，蓋「先」猶導也。此謂蓍卦六爻也。「聖人以此先心」者，心所欲至而卜筮先知，若爲之前導然，猶言「是興神物以前民用」也。〉
9. 內Ⓜ　10. 閉Ⓜ　11. 願Ⓜ　12. A.臧 B.將Ⓜ　13. 誰Ⓜ
14. 與於此哉　15. 其Ⓜ　16. 察於民故Ⓜ　17. 闔Ⓜ　18. 之Ⓜ
19. 《馬王堆帛書》本頁419無「乃」字。　20. 一Ⓜ　21. 大恒Ⓜ
22. 生Ⓜ　23. 垂Ⓜ　24. 榮Ⓜ
25. 高亨《周易大傳今注》據《漢書・貨殖傳》引《易》補。今從之。
26. 深備錯根，枖險至遠Ⓜ　27. 勿勿Ⓜ
28. 據王念孫說改，今《馬王堆帛書》本頁419亦作「善」。　29. 而聖人象之Ⓜ
30. 雒Ⓜ　31. 而聖人則之Ⓜ　32. 見Ⓜ
33. 《馬王堆帛書》本頁420無「子曰」二字。　34. 右之者，助之也Ⓜ
35. 也者Ⓜ　36. 禮Ⓜ　37. 其義可見已乎Ⓜ　38. 聖人之位Ⓜ

神。」乾坤、其《易》之‣縕邪◂[1]？乾坤成列，而《易》立乎其中矣。乾坤毀，則无以‣見《易》◂[2]。‣《易》不可見，則乾坤或幾乎息矣◂[3]。是故形而上者謂之道，形而下者謂之器。‣化而裁之◂[4]謂之變，推而行之謂之通，舉而錯之天下之民謂之事業。是故夫象、聖人有[5]以見天下之‣賾◂[6]，‣而擬諸◂[7]其形容，‣象其物宜◂[8]，是故謂之象。聖人有以見天下之動，而觀其會通[9]，以行其典禮，繫辭焉以斷其吉凶，是故謂之爻。極天下之‣賾者◂[10]存乎卦，鼓天下之動者存乎辭，化而裁[11]之[12]存乎變，推而行之存乎通，神而明[13]之存乎其人，‣默而成之◂[14]，不言而信，存乎德行。

66 《繫辭下》

八卦成列，象在其中矣。因而重[15]之，爻在其中矣。剛柔相推，變在其中矣。‣繫辭焉◂[16]而命[17]之，動在其中矣。吉凶悔吝‣者◂[18]、生乎動者也，剛柔‣者◂[19]、立本者也，變通‣者◂[20]、‣趣時◂[21]者也，吉凶者、貞[22]勝[23]者也。天地之道，貞[24]觀者也。日月之道[25]、貞[26]明者也，天下之動、‣貞夫一◂[27]者也。夫乾、確然示[28]人易矣，夫坤、隤[29]然示[30]人簡矣。爻也者、效此者也，象也者、像此者也。爻象動乎內，吉凶見乎外，功業見乎變，聖人之情見乎辭。天地之大德[31]曰生，聖人之大寶[32]曰‣位◂[33]。何以守位曰仁[34]，何以聚人曰財，理財正辭、‣禁民爲非◂[35]曰義。

古者包[36]犧[37]氏之王天下也，仰則觀象於天，俯則觀法於地，觀鳥獸之文與地之宜[38]，近取諸身，遠取諸物，於是始作八卦，以通[39]神明之德，以類[40]萬物之情。作[41]

1. 經與Ⓜ　2. 見《易》矣Ⓜ
3. 《易》不可則見則（鍵）〔乾〕（川）〔坤〕不可見，（鍵）〔乾〕（川）〔坤〕不可見則（鍵）〔乾〕（川）〔坤〕或幾乎息矣Ⓜ　4. 爲而施之Ⓜ　5. 具Ⓜ
6. A.至賾 B.（請）〔情〕Ⓜ　7. 而不疑者Ⓜ　8. 以（馬）〔象〕其物義Ⓜ
9. 同Ⓜ　10. （請）〔情〕Ⓜ　11. 制Ⓜ
12. 王引之云：「裁」，截也，「化而截之」，猶言化而成之。　13. 化Ⓜ
14. A.默而成 B.謀而成Ⓜ　15. 動Ⓜ　16. 繫辭Ⓜ
17. A.明 B.齊Ⓜ　18. 也者Ⓜ　19. 也者Ⓜ　20. 也者Ⓜ　21. 聚Ⓜ
22. 上Ⓜ　23. 稱　24. 上Ⓜ　25. 行Ⓜ　26. 上Ⓜ
27. 上觀天Ⓜ　28. 視Ⓜ
29. A.退 B.妥〈王引之以爲「隤」、「退」、「妥」三字同義，並「柔貌」也。「隤」與「退」又兼有「柔順」之義。〉　30. 視Ⓜ
31. 思Ⓜ〈編者按：「思」疑「悳」之譌。〉　32. A.保 B.費Ⓜ
33. （立）〔位〕立Ⓜ張政烺《帛書周易繫辭校讀》頁33
34. 人〈高亨云：下句曰「何以聚人曰財」，正承此「人」字而言。作「人」是也。編者按：《馬王堆帛書》本亦作「人」。〉　35. 愛民安行Ⓜ
36. A.庖 B.伏　37. 戲　38. 義Ⓜ　39. 達Ⓜ
40. 王引之云：「類」、比類也。　41. 王念孫云：「作」字涉上文「作八卦」而衍。

結繩而▸爲罔罟◂[1]，以佃[2]以漁[3]，蓋取諸《離》[4]。包犧氏沒，神農氏作，斲木爲耜，揉木爲耒，耒耨之利，以教天下，蓋取諸《益》。日中爲市，致天下之民，聚天下之貨，交易而退，各得其▸所◂[5]，蓋取諸《噬嗑》。神農氏沒，黃帝、堯、舜氏作，通其變，使民不倦[6]，神而化之，使民宜之。《易》，窮[7]則變，變則通[8]，通則久。是以自天祐[9]之，吉无▸不利◂[10]。黃帝、堯、舜垂衣裳而天下治，蓋取諸《乾》《坤》。刳[11]木爲舟，剡[12]木▸爲◂[13]楫，舟楫之利，以濟不通[14]，致遠以利天下，蓋取諸《渙》。服[15]牛乘馬，引重致[16]遠，以利天下，蓋取諸《隨》。重門擊柝，▸以待暴客◂[17]，蓋取諸《豫》。斷木爲杵，掘地爲臼，臼、杵之利，萬民以濟[18]，蓋取諸《小[19]過》。弦木爲弧，剡木爲矢，弧、矢之利，以威天下，蓋取諸《睽》。上古穴居而野處，後世聖人易之以宮室，上棟下宇[20]，以待[21]風雨，蓋取諸《大壯》。古之葬者，厚衣[22]之以薪，葬之[23]中野，不封不樹，喪[24]期无數。後世聖人易之以棺槨，蓋取諸《大過》。上古結繩而[25]治，後世聖人易之以書契，百官以治，萬民以察，蓋取諸▸《夬》◂[26]。

是故《易》▸者◂[27]、象也[28]，象也者、像[29]也。彖▸者◂[30]、材[31]也，爻也者、效天下之動者也。是故吉凶生而悔吝著也。陽卦多陰，陰卦多陽，其故何也？陽卦奇，陰卦耦。其德行何也？陽、一君而二民，君子之道[32]也；陰、二君而一民，小人之道也。《易》曰：「▸憧憧◂[33]往來，朋從爾思。」子曰：「天下何思何慮？天下同歸而殊塗，一致而百慮。天下何思何慮？日往則月來，月往則日來，日月相推而明生焉。寒往則暑來，暑往則寒來，寒暑相推而歲成焉。往者屈也，來者信[34]也，屈、信[35]相感而利生焉。尺蠖之屈，以求信也。龍蛇[36]之蟄，以存[37]身也。精義入神，以致用也。利用安身，以崇德也。過此以往，▸未之或知也◂[38]。窮神知化，德之盛也。」

1. A.爲罟 B.爲古Ⓜ　2. 田Ⓜ　3. 魚
4. 《馬王堆帛書》本頁421此下有「也」字。下文凡「蓋取諸某」句並同。
5. 所欲Ⓜ　6. 亂Ⓜ　7. （冬）〔終〕Ⓜ
8. 《馬王堆帛書》本無此句。　9. A.佑 B.右Ⓜ　10. 不利也Ⓜ
11. A.挎 B.杅Ⓜ　12. 掞　13. 而爲Ⓜ　14. 達Ⓜ
15. 備Ⓜ　16. 行Ⓜ
17. A.以（挨）〔俟〕挔客Ⓜ陳松長《帛書繫辭釋文》頁421 B.以（挨）〔待〕旅客Ⓜ張政烺《帛書周易繫辭校讀》頁33　18. 次Ⓜ　19. 少Ⓜ　20. 楣Ⓜ
21. 寺Ⓜ　22. 裹Ⓜ　23. 諸Ⓜ　24. 葬Ⓜ　25. 以Ⓜ
26. 《大有》也Ⓜ　27. 也者Ⓜ
28. 《馬王堆帛書》本頁421無此「也」字。　29. （馬）〔象〕Ⓜ
30. 也者Ⓜ　31. 制Ⓜ
32. （馬）〔象〕Ⓜ陳松長《帛書繫辭釋文》頁421　33. A.憧憧 B.童童Ⓜ
34. 伸Ⓜ張政烺《帛書周易繫辭校讀》頁34
35. 伸Ⓜ張政烺《帛書周易繫辭校讀》頁34　36. 虵　37. 全
38. 而未之或知也

《易》曰：「困于石，據于蒺蔾[1]，入于其宮，不見其妻，凶。」子曰：「非所困而困焉，名必辱。‣非所據◂[2]而據焉，身必危。既辱且危，死期[3]將至，妻其[4]可得見耶！」《易》曰：「公用射隼于高墉之上，獲之，无不利。」子曰：「隼者、禽也，弓矢者、器也，射之者、人也。君子藏器於身，待時而動，何不利之有？動而不括[5]，是以出而有獲[6]，‣語◂[7]成器而動者也。」子曰：「小人不恥不仁，不畏不義，不見利不勸，不威[8]不懲。小懲而大誡[9]，此小人之福也。《易》曰：『（履）〔屨〕[10]校滅趾[11]，‣无咎◂[12]。』此之謂也。」「善不積不足以成名，惡不積不足以滅身。小人以小善爲无益[13]而弗爲也，以小惡爲无傷而弗去也，故惡積而不可‣揜◂[14]，罪大而不可解[15]。《易》曰：『何[16]校滅耳，凶。』」子曰：「危者、安其位者也，亡者、保其存者也，亂者、有其治者也。是故君子安而不忘危，存而不忘亡，治而不忘亂，是以身安而國家可保也。《易》曰：『其亡其亡，繫于苞桑。』」子曰：「德薄而位尊，知小而謀大，力（小）〔少〕而任重，鮮[17]不及矣。《易》曰：『鼎折足，覆公餗，其形渥，凶。』言不勝其任也。」子曰：「知幾其神乎！君子上交不諂，下交不瀆，其知幾乎？幾者、動之微、‣吉◂[18]之先見者也[19]。君子見幾而作。不俟[20]終日。《易》曰：『介[21]于石，不終日，貞吉。』‣介如石焉，寧用終日◂[22]，斷可識矣。君子‣知微知彰◂[23]，知柔知剛，萬夫之望。」子曰：「顏氏之子，其殆庶幾乎？有不善未嘗‣不知◂[24]，知之未嘗復行也。《易》曰：『不遠復，无（祇）〔衹〕悔，元吉。』」天地‣絪緼◂[25]，萬物化醇。男女構精，萬物化生。《易》曰：『三人行則損一人，一人行則得其友。』言致一也。子曰：「君子安其身而後動，易其心而後語，定其交而後求。君子脩此三者，故全也。危以動，則民不與也。懼以語，則民不應也。无交而求，則民不與也。莫之與，則傷之者至矣。《易》曰：『莫益之，或擊之，立心勿恆，凶。』」

子曰：「乾坤，其《易》之‣門◂[26]邪？」乾、陽物也，坤、陰物也。陰陽合德，而剛柔有體。以體天地之撰，以通神明之德。其稱名也，雜而不越。於稽其類，其衰世之意邪？夫《易》、彰往而察來，‣而微顯、闡幽◂[27]，開而當名，（辨）〔辯〕物正言，

1. 蔾　2. 非其所勮Ⓜ　3. 其
4. 《馬王堆帛書》本無「其」字。　5. 繒Ⓜ
6. 《馬王堆帛書》本此下有「也」字。　7. 言舉Ⓜ　8. 畏Ⓜ
9. 戒Ⓜ張政烺《帛書周易繫辭校讀》頁34　10. 構Ⓜ　11. 止Ⓜ
12. 無咎也者Ⓜ　13. 《馬王堆帛書》本頁422此下有「也」字。　14. 蓋也Ⓜ
15. 《馬王堆帛書》本頁422此下有「也」字。　16. 荷　17. 尠
18. 高亨引孔穎達說及《漢書・楚元王傳》以爲別本作「吉凶」者是也。
19. 《馬王堆帛書》本頁422無「子曰：危者、安其位者也」至此一段。　20. 位Ⓜ
21. 砎　22. 介于石，安用（冬）〔終〕日Ⓜ張政烺《帛書周易繫辭校讀》頁34
23. 知物知章Ⓜ　24. 不知也　25. 氤氳　26. 門戶
27. 高亨云：此句似當作「顯微而闡幽」。

斷辭則備矣。其稱名也小，其取類也大。其旨遠，其辭文，其言曲而中，其事肆而隱。因貳以濟民行，以明失得之報。

《易》之興也，其於中古乎？作《易》者、其有憂患乎？是故《履》、德之基也，《謙》、德之柄也，《復》、德之本也，《恆》、德之固也，《損》、德之脩[1]也，《益》、德之裕也，《困》、德之（辨）〔辯〕也，《井》、德之地也，《巽》、德之制也，《履》、和而至，《謙》、尊而光，《復》、小而辨於物[2]，《恆》、‣雜◂[3]而不厭[4]，《損》、先難而後易，《益》、長裕而不設，《困》、窮而通，《井》、居其所而遷，《巽》、稱而隱。《履》以和行，《謙》以制禮，《復》以自知，《恆》以一德，《損》以遠害，《益》以興利，《困》以寡怨，《井》以辯[5]義，《巽》以行權。

《易》之爲書也不可遠，爲[6]道也屢遷，變動不居，周流六虛，上下无常，剛柔相易，不可爲典要，唯變所適。其出入以度外內，使知懼。又明於憂患與故。无[7]有師保，如臨父母。初率其辭而揆其方，既有典常。苟非其人，道不虛行。《易》之爲書也，原始要終，以爲質也。六爻相雜，唯其時物也。其初難知，其上易知，本末也。初辭擬之，卒成之終[8]。若夫雜物撰德，辯[9]是與非，則‣非其◂[10]中爻不備。‣噫亦要◂[11]存亡吉凶，則居[12]可知矣。知[13]者觀其彖[14]辭，則思過半矣。

二與四同功而異位，其善不同，二多譽，四多懼，近也。柔之爲道不利遠者。其要无咎，其用柔‣中◂[15]也。三與五同功而異位，三多凶，五多功，貴賤之等也。其柔危，其剛‣勝邪◂[16]？《易》之爲書也，廣大悉備。有天道焉，有人道焉，有地道焉。兼三材[17]而兩之，故六。六者非它也，‣三材◂[18]之道也。道有變動，故曰爻。爻有等，故曰物。‣物相雜◂[19]，故曰文。文不當，故吉凶生焉。《易》之興也，其當殷之末世，周之盛德邪？當文王與紂之事邪？是故其辭危。危者使平，易者使傾。其道甚大，百物不廢。懼以終始，其要无咎，此之謂《易》之道也[20]。

1. 循
2. 王引之云：「小」，謂一身也。對天下國家言之，則身爲小矣。「辨」讀曰「徧」…萬事之大，無不由此而徧及，故曰「《復》、小而徧於物。」 3. 先雜
4. 王引之云：「雜」當讀爲帀，帀、周也，一終之謂也。《恆》之爲道，終始相巡而無已時，故曰「帀而不厭。」 5. 辨〈高亨云：當作「辨」。〉
6. 編者按：準上句，此句「爲」上當有「其」字。
7. 高亨云：「无」當作「尤」，「尤」讀爲「猶」，似也。
8. 《馬王堆帛書》本頁422無上文「子曰、顏氏之子」至此一段。
9. 高亨引《集解》本作「辨」。 10. 下Ⓜ
11. 初，大要Ⓜ〈王引之云：「噫」與「抑」通…「噫亦」即抑亦也。〉
12. 將Ⓜ 13. 智 14. 象 15. 得中 16. 勝邪也
17. 才 18. 高亨引《集解》本作「三才」。 19. 物雜
20. 《馬王堆帛書》本頁422無上文「知者觀其彖辭」至此一段。

夫乾、天下之至健也，德行恆易以知險。夫坤、▸天下◂[1]之至順也，德行恆簡以知阻。能說諸[2]心，能研[3]諸侯之慮，定天下之吉凶，成天下之亹亹者。是故變化云[4]為，吉事有祥。象事知器，占事知來。天地設位[5]，聖人成能。人謀鬼謀，百姓與能。八卦以象告[6]，▸爻象以情言◂[7]，剛柔雜居[8]，而吉凶可見[9]矣。▸變動◂[10]以利言，吉凶以情遷。是故愛惡相攻而吉凶生，遠近相取而悔吝生，情偽相感[11]而利害生。凡《易》之情，近而不相得則凶，或害之，悔[12]且吝。▸將叛者其辭慚◂[13]，中心疑者其辭枝[14]，吉人之辭寡，躁人之辭多，誣[15]善之人其辭游，▸失其守者◂[16]其辭屈。

67 《說卦》

昔者聖人之作《易》也，幽贊[17]於神明而生蓍，參天兩地而倚[18]數，▸觀變◂[19]於陰陽而立卦，發揮於剛柔而生爻，和順於道德而理於義，窮理盡性以至於命。

昔者聖人之作《易》也，將以順性命▸之理◂[20]，是以立天之道曰陰與陽，立地之道曰柔與剛，立人之道曰仁與義。兼三才而兩之，故《易》六畫而成卦。分陰分陽，迭用柔剛，故《易》六位[21]而成章。

天地定位，山澤通氣，雷風相薄，水火不相射，八封相錯。數往者順，知來者逆，是故《易》逆數也。

雷以動之，風以散之，雨以潤之，日以烜[22]之，艮以止之，兌以說之，乾以君之，坤以藏之。▸帝出乎震，齊乎巽，相見乎離，致役乎坤，說言乎兌，戰乎乾，勞乎坎，成言乎艮◂[23]。萬物出乎震，震東方也。齊乎巽，巽▸東南◂[24]也，齊也者、言萬物之絜齊也。離也者、明也，萬物皆相見，南方之卦也。聖人南面而聽天下，嚮明而治，蓋取諸此也。坤也者、地也，萬物皆致養焉，故曰：致役乎▸坤◂[25]。兌、正秋也，萬物之所說也，故曰：說言乎兌。戰乎乾，乾、西北之卦也，言陰陽相薄也。坎者、▸水也◂[26]，

1. 魋然天下Ⓜ　2. 之Ⓜ　3. 數Ⓜ　4. 具Ⓜ
5. （馬）〔象〕Ⓜ　6. 《馬王堆帛書》本此下有「也」字。
7. 教順以論語Ⓜ　8. 處Ⓜ　9. 識Ⓜ　10. 動作Ⓜ　11. 欽Ⓜ
12. 《馬王堆帛書》本「悔」上有「則」字。　13. 將反則其辭亂Ⓜ
14. 《馬王堆帛書》本無此句。　15. 無Ⓜ　16. 失其所守Ⓜ　17. 讚
18. 奇　19. 觀變化　20. 之理也　21. 畫
22. A.晅 B.暅
23. 高亨云：此八句皆承上文指萬物而言，「帝出」下省「萬物」二字。「帝出乎震」，謂天帝出萬物於震，非天帝自出於震也。　24. 東南方　25. 坤也
26. 水

正北方之卦也，勞卦也，萬物之所歸也，故曰：勞乎坎。艮、東北之卦也。萬物之所成終而‣所成◂[1]始也。故曰：成言乎艮。

神也者、妙[2]萬物而爲言者也。動萬物者莫疾乎雷，橈萬物者莫疾乎風，燥萬物者莫熯[3]乎火，說萬物者莫說乎澤，潤萬物者莫潤乎水，終萬物、始萬物者、莫盛乎艮[4]。故水火‣相逮◂[5]，雷風不相悖，山澤通氣，然後能變化，既成萬物也。

乾、健也，坤、順也，震、動也，巽、入也，坎、陷也，離、麗也，艮、止也，兌、說也。

乾爲馬。坤爲牛。震爲龍。巽爲雞。坎爲豕[6]。離爲雉。艮爲狗。兌爲羊。

乾爲首。坤爲腹。震爲足。巽爲股。坎爲耳。離爲目。艮爲手。兌爲口。

乾、天也，故稱乎父。坤、地也，故稱乎母。震一索而得男，故謂之長男。巽一索而得女，故謂之長女。坎再索而得男，故謂之中男。離再索而得女，故謂之中女。艮三索而得男，故謂之少男。兌三索而得女，故謂之少女。

乾爲天，爲圜，爲君，爲父，爲玉，爲金，爲寒，爲冰，爲大赤，爲良馬，爲老馬，爲瘠[7]馬，爲駁馬[8]，爲木果。

坤爲地，爲母，爲布，爲釜，爲吝[9]嗇，爲均，爲子母牛，爲大輿，爲文，爲衆，爲柄，其於地也爲黑。

震爲雷，爲龍[10]，爲玄黃，爲旉[11]，爲大塗，爲長子，爲決躁[12]，爲蒼筤[13]竹，爲萑[14]葦。其於馬也，爲善鳴，爲馵[15]足，爲作足，爲的顙。其於稼也，爲反[16]生。其究爲健，爲蕃鮮。

---

1. 成　2. 眇　3. 暵
4. 王引之云：「盛」當讀成就之成，「莫盛乎《艮》」，言無如《艮》之成就者。
5. 不相逮〈高亨云：有「不」字是也。〉　6. 彘　7. 柴
8. 王引之云：「駮」、「駁」古字通，「駁」、赤色也。　9. 遴
10. 駹　11. 専
12. 王引之云：「決」、「躁」皆疾也，象雷之迅，故爲決躁。　13. 琅
14. 藋〈阮元云：依《說文》當作「萑」。〉　15. 朱　16. 阪

巽爲木，爲風，爲長女，爲繩直，爲工，爲白，爲長，爲高，爲進退，爲不果，‣爲臭‹[1]。其於人也，爲（寡）〔宣〕髮[2]，爲廣[3]顙，爲多白眼，爲近利市三倍，其究爲躁卦。

坎爲水，爲溝瀆，爲隱伏，爲矯[4]輮[5]，爲弓輪[6]。其於人也，爲加憂，爲心病，爲耳痛，爲血卦，爲赤。其於馬也，爲美脊，爲亟[7]心，爲下首，爲薄蹄，爲曳。其於輿也，爲多眚，爲通，爲月，爲盜。其於木也，爲堅多心。

離爲火，爲日，爲電，爲中女，爲甲（胄）〔冑〕，爲戈兵。其於人也，爲大腹。爲乾卦，爲鱉，爲蟹，爲蠃[8]，爲蚌[9]，爲龜。其於木也，爲科[10]上槁[11]。

艮爲山，爲徑路，爲小石，爲門闕，爲果蓏，爲閽寺，爲指，爲狗，爲鼠，爲黔[12]喙之屬。其於木也，‣爲堅多節‹[13]。

兌爲澤，爲少女，爲巫，爲口舌，爲毀折，爲附決。其於地也，爲剛鹵。爲妾，爲羊[14]。

68《序卦》

有天地，然後萬物生焉。盈天地之間者唯萬物，故受之以《屯》。《屯》者、盈也。屯者、物之‣始生也‹[15]。物生必蒙，故受之以《蒙》。《蒙》者、蒙也，物之穉[16]也。物穉不可不養也，故受之以《需》。《需》者、飲食之道也。飲食必有訟，故受之以《訟》。訟必有眾起，故受之以《師》。《師》者、眾也。眾必有所比，故受之以《比》。《比》者、比也。比必有所畜[17]，故受之以《小畜》。物畜[18]然後有禮，故受之以《履》。〔《履》者、禮也〕[19]。履而泰然後安，故受之以《泰》。《泰》者、通

1. 爲香臭
2. 虞翻云：爲白，故宣髮，馬君以「宣髮」爲「寡髮」非也。王念孫云：虞說是也…鄭注《考工記·車人》曰：「頭髮皓落曰宣，《易》『巽爲宣髮』。」是漢時本多有作「宣髮」者。 3. 黃 4. 撟 5. A.此 B.揉 C.柔 D.撓
6. 倫 7. 極 8. A.螺 B.蠡 9. 蜯
10. 折〈高亨云：「科」借爲「棵」，木榦也。〉 11. A.稿 B.稟 C.熇
12. 黚 13. A.爲多節 B.爲堅爲多節
14. 《釋文》云：「『羊』，虞作『羔』。」王引之云：「羔」當爲「恙」，字之誤也…虞本蓋借「恙」爲「養」也。 15. 始生 16. 稚 17. 蓄
18. 蓄
19. 高亨補此句，並云：「『《履》者、禮也』一句，今本無，《注》文有。乃傳文誤入《注》文。《集解》本及王弼《易略例》、《卦》篇並有此句。今據補。」

也。物不可以終通，故受之以《否》。物不可以終否，故受之以《同人》。與人同者，物必歸焉，故受之以《大有》。有大者不可以盈，故受之以《謙》。有大而能謙必豫，故受之以《豫》。豫必有隨，故受之以《隨》。以喜隨人者必有事，故受之以《蠱》。《蠱》者、事也。有事而後可大，故受之以《臨》。《臨》者、大也。物大然後‣可觀◂[1]，故受之以《觀》。可觀而後有所合，故受之以《噬嗑》。嗑者、合也。物不可以苟合而已，故受之以《賁》。《賁》者、飾也。致飾然後亨則盡矣，故受之以《剝》。《剝》者、剝也。物不可以終盡[2]剝，窮上‣反下◂[3]，故受之以《復》。復則不妄矣，故受之以《无妄》。有无妄，〔物〕[4]然後‣可畜◂[5]，故受之以《大畜》。物畜然後‣可養◂[6]，故受之以《頤》。《頤》者、養也。不養則‣不可動◂[7]，故受之以《大過》。物不可以終過，故受之以《‣坎◂[8]》。《坎》者、陷也。陷必有所麗，故受之以《離》。《離》者、麗也。

有天地然後有萬物，有萬物然後有男女，有男女然後有夫婦，有夫婦然後有父子，有父子然後有君臣，有君臣然後有上下，有上下然後禮義有所‣錯◂[9]。夫婦之道不可以不久也，故受之以《恆》。《恆》者、久也。物不可以久居其所，故受之以《遯》。《遯》者、退也。物不可以終遯，故受之以《大壯》[10]。物不可以終壯，故受之以《晉》。《晉》者、進也。進必有所傷，故受之以《明夷》。夷者、傷也。傷於外者必反於家，故受之以《家人》。家道窮必乖，故受之以《睽》。《睽》者、乖也。乖必‣有難◂[11]，故受之以《蹇》。《蹇》者、難也。物不可以終難，故受之以《解》。《解》者、緩也。緩必有所失，故受之以《損》。損而不已必益，故受之以《益》。益而不已必決，故受之以《夬》。《夬》者、決也。決必有遇，故受之以《姤》。《姤》者、遇也。物相遇而後聚，故受之以《萃》。《萃》者、聚也。聚而上者謂之升，故受之以《升》。升而不已必困，故受之以《困》。困乎上者必反下，故受之以《井》。井道不可‣不革◂[12]，故受之以《革》。革物者莫若鼎，故受之以《鼎》。主器者莫若長子，故受之以《震》。《震》者、動也。物不可以終動，‣止之◂[13]，故受之以《艮》。《艮》者、止也。物不可以終止，故受之以《漸》。漸者、進也。進必有所歸，故受之以《歸妹》。得其所歸者必大，故受之以《豐》。《豐》者、大也。窮大者必失其居[14]，故受之以《旅》。旅而无所容，故受之以《巽》。《巽》者、入也。入而後說

1. 可觀也　2. 高亨云：「盡」字疑涉上文「亨則盡」而衍。　3. 反下也
4. 高亨《周易大傳今注》據《集解》本補。今從之。　5. 可畜也　6. 可養也
7. 不可動也　8. 習坎　9. 錯矣
10. 王引之云：「壯」者，止也。《傳》曰：「遯者，退也。」「物不可以終遯，故受之以《大壯》者」，物無終退之理，故止之使不退也。　11. 有所難
12. 不革也　13. 動必止之　14. 君

之，故受之以《兌》。《兌》者、說也。說而後散之，故受之以《渙》。《渙》者、離也。物不可以終離，故受之以《節》。節‣而◂[1]信之，故受之以《中孚》。有其信者必行之，故受之以《小過》。有過物者必濟，故受之以《既濟》。物不可窮也，故受之以《未濟》，終焉。

69 《雜卦》

《乾》剛《坤》柔。《比》樂《師》憂。《臨》《觀》之義，或與或求。《屯》見而不失其居。《蒙》雜而著。《震》、起也。《艮》、止也。《損》《益》、盛衰之始也。《大畜》、時也[2]。《无妄》、災也。《萃》‣聚◂[3]而《升》不[4]來也。《謙》‣輕◂[5]而《豫》怠[6]也。《噬嗑》、食也。《賁》、无色也。《兌》見而《巽》伏也。《隨》、无故也[7]。《蠱》則飭[8]也。《剝》、爛也。《復》、‣反也◂[9]。《晉》、晝也。《明夷》、誅也。《井》通而《困》相遇也。《咸》、速也[10]。《恆》、久也。《渙》、離也。《節》、止也。《解》、緩也。《蹇》、難也。《睽》、外也。《家人》、內也。《否》《泰》、反其類也。《大壯》則止，《遯》則退也。《大有》、衆[11]也。《同人》、親也。《革》、去故也。《鼎》、取新也。《小過》、過也。《中孚》、信也。《豐》、多故也。親寡‣《旅》也◂[12]。《離》‣上◂[13]而《坎》下也。《小畜》、寡也。《履》、‣不處也◂[14]。《需》、不進也。《訟》、不親也。《大過》、顚也。《姤》、遇也，柔遇剛也。《漸》、‣女歸◂[15]待男行也。《頤》、養正也。《既濟》、定也。《歸妹》、女之終也。《未濟》、男之窮也。《夬》、決也，剛決柔也。君子道長，小人道憂也。

---

1. 而後
2. 王引之云：「時」當讀爲「待」，古字「時」與「待」通，「《大畜》、待也」者，天災將至，大畜積以待之也。 3. 聚也
4. 高亨云：「不」字當在上句「災」字上。 5. 輕也
6. A.治 B.怡
7. 王引之云：「故」、事也，《隨》之爲道，動靜由人而己無事，故曰「《隨》，无故也」。 8. 飾 9. 反
10. 王引之云：下文「《恆》、久也。」訓「恆」爲「久」也。此云「《咸》、速也。」訓「咸」爲「速」也。蓋卦名爲《咸》，即有急速之義，「咸」者，感忽之謂也。
11. 終 12. 《旅》 13. 上也 14. 不處 15. 女歸也

逐字索引

哀 āi　1

喪過乎○　62/73/9

愛 ài　3

「王假有家」、交相○也　37/45/11
故能○　65/77/16
是故○惡相攻而吉凶生　66/85/5

安 ān　18

○貞吉　2/3/22,6/9/23
「○貞」之「吉」　2/3/27
「復即命、渝」、「○貞」不失也　6/9/25
「三歲不興」、○行也　13/17/27
上以厚下○宅　23/28/22
○得「禽」也　32/39/21
「齎咨涕洟」、未○上也　45/54/15
○節　60/71/13
「○節」之「亨」、承上道也　60/71/15
是故君子所居而○者、《易》之序也　65/77/3
○土敦乎仁　65/77/15
利用○身　66/82/20
危者、○其位者也　66/83/9
是故君子○而不忘危　66/83/10
是以身○而國家可保也　66/83/10
君子○其身而後動　66/83/19
履而泰然後○　68/87/25

八 bā　12

至于○月有凶　19/24/7
「至于○月有凶」、消不久也　19/24/10
○卦相盪　65/76/22
十有○變而成卦　65/79/13
○卦而小成　65/79/13
地○　65/79/26
四象生○卦　65/80/9
○卦定吉凶　65/80/9
○卦成列　66/81/11
於是始作○卦　66/81/20
○卦以象告　66/85/3
○封相錯　67/85/18

拔 bá　5

確乎其不可○　1/2/5
○茅茹以其彙　11/15/1
「○茅征吉」、志在外也　11/15/3
○茅茹　12/16/11
「○茅貞吉」、志在君也　12/16/13

罷 bà　2

或鼓或○　61/72/13
「或鼓或○」、位不當也　61/72/15

白 bái　8

○馬翰如　22/28/3
○賁　22/28/11
「○賁无咎」、上得志也　22/28/13
藉用○茅　28/34/14,65/78/18
「藉用○茅」、柔在下也　28/34/16
爲○　67/87/1
爲多○眼　67/87/2

百 bǎi　14

人三○戶无眚　6/9/15
○穀草木麗乎土　30/36/19
雷雨作而○果草木皆甲（圻）〔坼〕　40/47/28
震驚○里　51/60/13
「震驚○里」、驚遠而懼邇也　51/60/16
○姓日用而不知　65/77/18
《乾》之策二○一十有六　65/79/12
《坤》之策○四十有四　65/79/12
凡三○有六十　65/79/12
二篇之策萬有一千五○二十　65/79/12
○官以治　66/82/12
一致而○慮　66/82/18
○物不廢　66/84/24
○姓與能　66/85/3

敗 bài　3

自我「致寇」、敬慎不○也　5/8/14
「大車以載」、積中不○也　14/18/26
終有大○　24/30/19

班 bān　3

乘馬○如　3/5/26,3/6/7,3/6/15

半 bàn　1

則思過○矣　66/84/17

邦 bāng　7

「王三錫命」、懷萬○也　7/10/20
「小人勿用」、必亂○也　7/11/5
上下不交而天下无○也　12/16/6
「王用出征」、以正○也　30/37/17
當位「貞吉」、以正○也　39/46/25
可以正○也　53/62/25
乃化○也　61/71/29

蚌 bàng　1

爲○　67/87/10

包 bāo　12

（○）〔苞〕蒙　4/7/5
（○）〔苞〕荒　11/15/5
（○）〔苞〕荒、得尙于中行　11/15/7
（○）〔苞〕承　12/16/15
（○）〔苞〕羞　12/16/19
「（○）〔苞〕羞」、位不當也　12/16/21

○有魚 44/52/22
「○有魚」、義不及
「賓」也 44/52/24
○无魚 44/53/1
以杞○瓜 44/53/5
古者○犧氏之王天下也 66/81/19
○犧氏沒 66/82/1

苞 bāo 8

（包）〔○〕蒙 4/7/5
（包）〔○〕荒 11/15/5
（包）〔○〕荒、得尙
于中行 11/15/7
（包）〔○〕承 12/16/15
（包）〔○〕羞 12/16/19
「（包）〔○〕羞」、
位不當也 12/16/21
繫于○桑 12/16/27,66/83/11

保 bǎo 6

○合大和 1/1/20
容○民无疆 19/24/12
「利用禦寇」、順相○也 53/63/9
亡者、○其存者也 66/83/9
是以身安而國家可○也 66/83/10
无有師○ 66/84/13

飽 bǎo 1

「飲食衎衎」、不素○也 53/63/5

寶 bǎo 1

聖人之大○曰位 66/81/16

豹 bào 2

君子○變 49/59/3
「君子○變」、其文蔚也 49/59/5

報 bào 1

以明失得之○ 66/84/2

暴 bào 2

上慢下○ 65/79/6
以待○客 66/82/7

卑 bēi 7

地道○而上行 15/19/21
○而不可踰 15/19/22
「謙謙君子」、○以自
牧也 15/19/29
天尊地○ 65/76/21
○高以陳 65/76/21
知崇禮○ 65/78/5
○法地 65/78/5

陂 bēi 1

无平不○ 11/15/9

北 běi 7

東○喪朋 2/3/21,2/3/26
不利東○ 39/46/22
「不利東○」、其道窮
也 39/46/25
乾、西○之卦也 67/85/26
正○方之卦也 67/86/1
艮、東○之卦也 67/86/1

貝 bèi 1

億喪○ 51/60/25

背 bèi 1

〔《艮》〕其○ 52/61/20

倍 bèi 1

爲近利市三○ 67/87/2

悖 bèi 4

「十年勿用」、道大○
也 27/33/20
「公用射隼」、以解○
也 40/48/25
「鼎顚趾」、未○也 50/59/18
雷風不相○ 67/86/6

備 bèi 6

「威如」之「吉」、易
而无○也 14/19/11
以言乎天地之間則○矣 65/78/2
○物致用 65/80/11
斷辭則○矣 66/84/1
則非其中爻不○ 66/84/16
廣大悉○ 66/84/21

憊 bèi 2

「係遯」之「厲」、有
疾○也 33/40/20
「三年克之」、○也 63/75/1

奔 bēn 2

渙○其机 59/70/3
「渙○其机」、得願也 59/70/5

本 běn 6

○乎天者親上 1/2/21
○乎地者親下 1/2/21
「棟（撓）〔橈〕」、
○末弱也 28/34/9
剛柔者、立○者也 66/81/12
《復》、德之○也 66/84/5
○末也 66/84/15

鼻 bí 2

噬膚滅○ 21/26/22
「噬膚滅○」、乘剛也 21/26/24

匕 bǐ 2

不喪○鬯 51/60/13
〔不喪○鬯〕、出可以
守宗廟社稷 51/60/16

比 bǐ　23

《〇》吉　8/11/9
（《〇》、「吉」也）　8/11/11
《〇》、輔也　8/11/11
〔「《〇》、「吉」〕、原筮元、永貞无咎」　8/11/11
《〇》　8/11/15
有孚〇之　8/11/17
《〇》之初六、「有它吉」也　8/11/19
〇之自內　8/11/21
「〇之自內」、不自失也　8/11/23
〇之匪人　8/11/25
「〇之匪人」、不亦傷乎　8/11/27
外〇之　8/12/1
「外〇」於賢、以從上也　8/12/3
顯〇　8/12/5
「顯〇」之「吉」、位正中也　8/12/7
〇之无首　8/12/10
「〇之无首」、无所終也　8/12/12
衆必有所〇　68/87/23
故受之以《〇》　68/87/23
《〇》者、〇也　68/87/24
〇必有所畜　68/87/24
《〇》樂《師》憂　69/89/8

妣 bǐ　1

遇其〇　62/73/15

彼 bǐ　1

公弋取〇在穴　62/74/3

必 bì　33

積善之家〇有餘慶　2/5/2
積不善之家〇有餘殃　2/5/2
陰疑於陽〇「戰」　2/5/10
「小人勿用」、〇亂邦也　7/11/5
往厲〇戒　62/73/23
「往厲〇戒」、終不可長也　62/74/1
名〇辱　66/83/2
身〇危　66/83/2
物生〇蒙　68/87/21
飲食〇有訟　68/87/22
訟〇有衆起　68/87/23
衆〇有所比　68/87/23
比〇有所畜　68/87/24
物〇歸焉　68/88/2
有大而能謙〇豫　68/88/2
豫〇有隨　68/88/3
以喜隨人者〇有事　68/88/3
陷〇有所麗　68/88/10
進〇有所傷　68/88/17
傷於外者〇反於家　68/88/17
家道窮〇乖　68/88/18
乖〇有難　68/88/18
緩〇有所失　68/88/20
損而不已〇益　68/88/20
益而不已〇決　68/88/20
決〇有遇　68/88/21
升而不已〇困　68/88/23
困乎上者〇反下　68/88/23
進〇有所歸　68/88/26
得其所歸者〇大　68/88/27
窮大者〇失其居　68/88/27
有其信者〇行之　68/89/2
有過物者〇濟　68/89/3

閉 bì　2

天地〇　2/5/8
先王以至日〇關　24/29/27

畢 bì　1

天下之能事〇矣　65/79/14

敝 bì　2

甕〇漏　48/57/10
君子以永終知〇　54/64/1

賁 bì　14

《〇》亨　22/27/13
《〇》「亨」　22/27/15
《〇》　22/27/19
〇其趾　22/27/21
〇其須　22/27/25
「〇其須」、與上興也　22/27/27
〇如濡如　22/27/29
〇如皤如　22/28/3
〇于丘園　22/28/7
白〇　22/28/11
「白〇无咎」、上得志也　22/28/13
故受之以《〇》　68/88/6
《〇》者、飾也　68/88/6
《〇》、无色也　69/89/11

辨 biàn　7

君子以類族〇物　13/17/15
剝床以〇　23/28/28
「剝床以〇」、未有與也　23/29/1
君子以愼〇物居方　64/75/22
（〇）〔辯〕物正言　66/83/25
《困》、德之（〇）〔辯〕也　66/84/6
《復》、小而〇於物　66/84/7

辯 biàn　11

問以〇之　1/3/10
由〇之不早〇也　2/5/3
雖「小有言」、其〇明也　6/9/13
君子以〇上下　10/13/24
「匪其彭、无咎」、明〇晳也　14/19/7
〇吉凶者存乎辭　65/77/9
（辨）〔〇〕物正言　66/83/25
《困》、德之（辨）〔〇〕也　66/84/6
《井》以〇義　66/84/10
〇是與非　66/84/16

變 biàn　49

乾道〇化　1/1/20
天地〇化　2/5/8,65/80/13
地道〇盈而流謙　15/19/22
觀乎天文以察時〇　22/27/16
柔〇剛也　23/28/19
四時〇化而能久成　32/39/2
「閑有家」、志未〇也　37/44/27

「引吉无咎」、中未○也 45/53/29
大人虎○ 49/58/29
「大人虎○」、其文炳也 49/59/1
君子豹○ 49/59/3
「君子豹○」、其文蔚也 49/59/5
「利幽人之貞」、未○常也 54/64/9
「初九、虞吉」、志未○也 61/72/7
○化見矣 65/76/22
剛柔相推而生○化 65/77/1
○化者、進退之象也 65/77/2
動則觀其○而玩其占 65/77/4
爻者、言乎○者也 65/77/7
遊魂爲○ 65/77/14
通○之謂事 65/78/1
○通配四時 65/78/3
擬議以成其○化 65/78/11
此所以成○化而行鬼神也 65/79/11
十有八○而成卦 65/79/13
知○化之道者 65/79/17
以動者尚其○ 65/79/18
參伍以○ 65/79/20
通其○ 65/79/20,66/82/3
非天下之至○ 65/79/21
一闔一闢謂之○ 65/80/6
○通莫大乎四時 65/80/10
○而通之以盡利 65/80/20
化而裁之謂之○ 65/81/3
化而裁之存乎○ 65/81/6
○在其中矣 66/81/11
○通者、趣時者也 66/81/13
功業見乎○ 66/81/16
窮則○ 66/82/4
○則通 66/82/4
○動不居 66/84/12
唯○所適 66/84/13
道有○動 66/84/22
是故○化云爲 66/85/2
○動以利言 66/85/4
觀○於陰陽而立卦 67/85/11
然後能○化 67/86/6

鱉 biē 1

爲○ 67/87/10

賓 bīn 4

利用○于王 20/25/28
「觀國之光」、尙「○」也 20/25/30
不利○ 44/52/22
「包有魚」、義不及「○」也 44/52/24

冰 bīng 5

履霜、堅○至 2/4/3
「履霜堅○」、陰始凝也 2/4/5
至「堅○」也 2/4/5
《易》曰、「履霜、堅○至」 2/5/5
爲○ 67/86/19

兵 bīng 1

爲戈○ 67/87/9

柄 bǐng 2

《謙》、德之○也 66/84/5
爲○ 67/86/23

炳 bǐng 1

「大人虎變」、其文○也 49/59/1

並 bìng 1

○受其福 48/57/14

病 bìng 1

爲心○ 67/87/5

剝 bō 21

《○》不利有攸往 23/28/17
《○》、○也 23/28/19
《○》 23/28/22
○床以足 23/28/24
「○床以足」、以滅下也 23/28/26
○床以辨 23/28/28
「○床以辨」、未有與也 23/29/1
○之无咎 23/29/3
「○之无咎」、失上下也 23/29/5
○床以膚 23/29/7
「○床以膚」、切近災也 23/29/9
小人○廬 23/29/15
「小人○廬」、終不可用也 23/29/17
孚于○ 58/69/13
「孚于○」、位正當也 58/69/15
故受之以《○》 68/88/6
《○》者、○也 68/88/7
物不可以終盡○ 68/88/7
《○》、爛也 69/89/12

帛 bó 1

束○戔戔 22/28/7

博 bó 1

德○而化 1/2/9

駁 bó 1

爲○馬 67/86/20

薄 bó 5

夫茅之爲物○ 65/78/19
德○而位尊 66/83/11
雷風相○ 67/85/18
言陰陽相○也 67/85/26
爲○蹄 67/87/6

跛 bǒ 4

○能履 10/14/5,54/64/3
「○能履」、不足以與行也 10/14/7
「○能履」、「吉」相承也 54/64/5

逋 bū 2

歸而〇其邑 6/9/15
「不克訟」、「歸〇」竄也 6/9/17

卜 bǔ 1

以〇筮者尚其占 65/79/18

補 bǔ 1

无咎者、善〇過也 65/77/8

不 bù 424

君子以自强〇息 1/1/23
「亢龍有悔」、盈〇可久也 1/1/25
「用九」、天德〇可爲首也 1/1/25
〇易乎世 1/2/4
〇成乎名 1/2/4
〇見是而无悶 1/2/5
確乎其〇可拔 1/2/5
善世而〇伐 1/2/9
是故居上位而〇驕 1/2/14
在下位而〇憂 1/2/14
〇言所利 1/3/5
九三重剛而〇中 1/3/11
上〇在天 1/3/12,1/3/13
下〇在田 1/3/12,1/3/13
九四重剛而〇中 1/3/12
中〇在人 1/3/13
知進而〇知退 1/3/16
知存而〇知亡 1/3/16
知得而〇知喪 1/3/16
知進退存亡而〇失其正者 1/3/16
〇習无〇利 2/4/7
「〇習无〇利」、地道光也 2/4/9
「括囊无咎」、愼〇害也 2/4/17
積〇善之家必有餘殃 2/5/2
由辯之〇早辯也 2/5/3
敬義立而德〇孤 2/5/6
直、方、大、〇習无〇利 2/5/6
則〇疑其所行也 2/5/6
宜「建侯」而〇寧 3/5/18
女子貞〇字 3/5/26
君子幾〇如舍 3/6/3
无〇利 3/6/7,15/20/9,15/20/13,19/24/18,23/29/11,28/34/18,33/40/30,35/43/3,40/48/23,50/60/7,57/68/9,66/83/3
瀆則〇告 4/6/21
再三瀆、瀆則〇告 4/6/25
〇有躬 4/7/9
「勿用取女」、行〇順也 4/7/11
〇利爲寇 4/7/21
剛健而〇陷 5/7/29
其義〇困窮矣 5/7/29
「需于郊」、〇犯難行也 5/8/5
自我「致寇」、敬愼〇敗也 5/8/14
有〇速之客三人來 5/8/24
「〇速之客來、敬之終吉」〔也〕 5/8/26
雖〇當位 5/8/26,21/26/14,47/56/13
〇利涉大川 6/9/3
「終凶」、訟〇可成也 6/9/6
「〇利涉大川」、入于淵也 6/9/6
〇永所事 6/9/11
「〇永所事」、訟〇可長也 6/9/13
〇克訟 6/9/15,6/9/23
「〇克訟」、「歸逋」竄也 6/9/17
「復即命、渝」、「安貞」〇失也 6/9/25
以訟受服、亦〇足敬也 6/10/3
「弟子輿尸」、使〇當也 7/11/1
〇寧方來 8/11/9
「〇寧方來」、上下應也 8/11/12
「比之自內」、〇自失也 8/11/23
「比之匪人」、〇亦傷乎 8/11/27
邑人〇誡 8/12/5
「邑人〇誡」、上使中也 8/12/7
密雲〇雨 9/12/16,62/74/3
「密雲〇雨」、尙往也 9/12/19
「牽復」在中、亦〇自失也 9/12/29
「夫妻反目」、〇能正室也 9/13/3
「有孚攣如」、〇獨富也 9/13/11
〇咥人 10/13/19
是以「履虎尾、〇咥人、亨」 10/13/21
剛中正、履帝位而〇疚 10/13/21
「幽人貞吉」、中〇自亂也 10/14/3
「眇能視」、〇足以有明也 10/14/7
「跛能履」、〇足以與行也 10/14/7
「咥人」之「凶」、位〇當也 10/14/7
〇遐遺 11/15/5
无平〇陂 11/15/9
无往〇復 11/15/9
「无往〇復」、天地際也 11/15/11
〇富以其鄰 11/15/13,15/20/13
〇戒以孚 11/15/13
「翩翩〇富」、皆失實也 11/15/15
「〇戒以孚」、中心願也 11/15/15
〇利君子貞 12/16/3
否之匪人、〇利君子貞、大往小來 12/16/5
則是天地〇交而萬物〇通也 12/16/5
上下〇交而天下无邦也 12/16/6
天地〇交 12/16/9
〇可榮以祿 12/16/9
「大人否亨」、〇亂群也 12/16/17
「（包）〔苞〕羞」、位〇當也 12/16/21
三歲〇興 13/17/25
「三歲〇興」、安行也 13/17/27
「大車以載」、積中〇敗也 14/18/26
吉无〇利 14/19/13,65/77/5,65/80/15,66/82/5
卑而〇可踰 15/19/22
「无〇利、撝謙」、〇違則也 15/20/11
「利用侵伐」、征〇服也 15/20/15
故日月〇過而四時〇忒 16/20/26

〇終日 16/21/5,66/83/15
「〇終日貞吉」、以中正也 16/21/7
「盱豫有悔」、位〇當也 16/21/11
恆〇死 16/21/17
「恆〇死」、中未亡也 16/21/19
「出門交有功」、〇失也 17/22/8
〇可貞 18/23/14,60/70/25
〇事王侯 18/24/1
「〇事王侯」、志可則也 18/24/3
「至于八月有凶」、消〇久也 19/24/10
「咸臨吉无〇利」、未順命也 19/24/20
「甘臨」、位〇當也 19/24/24
「既憂之」、「咎」〇長也 19/24/24
《觀》盥而〇薦 20/25/9
「盥而〇薦、有孚顒若」、下觀而化也 20/25/11
觀天之神道而四時〇忒 20/25/12
「屨校滅趾」、〇行也 21/26/20
「遇毒」、位〇當也 21/26/28
「何校滅耳」、聰〇明也 21/27/9
《剝》〇利有攸往 23/28/17
「〇利有攸往」、小人長也 23/28/19
碩果〇食 23/29/15
「小人剝廬」、終〇可用也 23/29/17
商旅〇行 24/29/27
后〇省方 24/29/27
〇遠復 24/29/29,66/83/17
「〇遠」之「復」、以脩身也 24/30/1
至于十年〇克征 24/30/19
〇利有攸往 25/30/26
其匪正有眚、〇利有攸往 25/30/29
天命〇祐 25/30/29
〇耕穫 25/31/7
〇菑畬 25/31/7
「〇耕穫」、未富也 25/31/9
「无妄」之「藥」、〇可試也 25/31/21
〇家食吉 26/31/29
「〇家食吉」、養賢也 26/32/1
「有厲利已」、〇犯災也 26/32/7
「觀我朵頤」、亦〇足貴也 27/33/12
〇可涉大川 27/33/26
君子以獨立〇懼 28/34/12
「棟橈」之「凶」、〇可以有輔也 28/34/24
「棟隆」之「吉」、〇橈乎下也 28/34/28
「過涉」之「凶」、〇可咎也 28/35/7
水流而〇盈 29/35/13
行險而〇失其信 29/35/13
天險、〇可升也 29/35/14
坎〇盈 29/36/7
「坎〇盈」、中未大也 29/36/9
三歲〇得 29/36/11
〇鼓缶而歌 30/37/3
雖「凶居吉」、順〇害也 31/38/7
「咸其股」、亦〇處也 31/38/11
天地之道恆久而〇已也 32/39/1
君子以立〇易方 32/39/5
〇恆其德 32/39/15
「〇恆其德」、无所容也 32/39/17
〇惡而嚴 33/40/8
「遯尾」之「厲」、〇往何災也 33/40/12
「畜臣妾吉」、〇可大事也 33/40/20
「肥遯无〇利」、无所疑也 33/41/1
藩決〇羸 34/41/24
「藩決〇羸」、尙往也 34/41/26
「喪羊于易」、位〇當也 34/42/1
〇能退 34/42/3
〇能遂 34/42/3
「〇能退、〇能遂」、〇詳也 34/42/5
「艱則吉」、咎〇長也 34/42/5
「鼫鼠貞厲」、位〇當也 35/43/1
三日〇食 36/43/20
「君子于行」、義「〇食」也 36/43/22
〇可疾貞 36/43/28
「箕子」之「貞」、「明」〇可息也 36/44/9
〇明、晦 36/44/11
其志〇同行 38/45/21
「見輿曳」、位〇當也 38/46/5
〇利東北 39/46/22
「〇利東北」、其道窮也 39/46/25
「元吉无咎」、下〇厚事也 42/50/13
〇利即戎 43/51/7
「告自邑〇利即戎」、所尙乃窮也 43/51/10
往〇勝 43/51/15
「〇勝」而「往」、「咎」也 43/51/17
聞言〇信 43/51/27
「其行次且」、位〇當也 43/51/29
「聞言〇信」、聰〇明也 43/51/29
「无號」之「凶」、終〇可長也 43/52/7
「勿用取女」、〇可與長也 44/52/13
〇利賓 44/52/22
「包有魚」、義〇及「賓」也 44/52/24
「有隕自天」、志〇舍命也 44/53/7
戒〇虞 45/53/21
有孚〇終 45/53/23
「大吉无咎」、位〇當也 45/54/7
利于〇息之貞 46/55/17
「冥升」在上、消〇富也 46/55/19
有言〇信 47/55/23
困而〇失其所 47/55/25
「有言〇信」、尙口乃窮也 47/55/26
三歲〇覿 47/55/30,55/66/5
幽、〇明也 47/56/1
〇見其妻 47/56/7,66/83/1
「入于其宮〇見其妻」、〇祥也 47/56/9
《井》改邑〇改井 48/56/26
井養而〇窮也 48/57/1
「改邑〇改井」、乃以

剛中也 48/57/1
井泥〇食 48/57/6
「井泥〇食」、下也 48/57/8
井渫〇食 48/57/14
「井渫〇食」、行「惻」也 48/57/16
其志〇相得曰革 49/58/7
「鞏用黃牛」、〇可以有爲也 49/58/15
〇我能即 50/59/20
雉膏〇食 50/59/24
〇喪匕鬯 51/60/13
〔〇喪匕鬯〕、出可以守宗廟社稷 51/60/16
「震蘇蘇」、位〇當也 51/61/3
震〇于其躬、于其鄰、无咎 51/61/13
〇獲其身 52/61/20
〇見其人 52/61/20
動靜〇失其時 52/61/22
〇相與也 52/61/23
是以〇獲其身、行其庭〇見其人 52/61/23
君子以思〇出其位 52/61/25
〇拯其隨 52/62/1
其心〇快 52/62/1
「〇拯其隨」、未退聽也 52/62/3
動〇窮也 53/62/26
「飲食衎衎」、〇素飽也 53/63/5
夫征〇復 53/63/7
婦孕〇育 53/63/7
「夫征〇復」、離群醜也 53/63/9
「婦孕〇育」、失其道也 53/63/9
婦三歲〇孕 53/63/16
「其羽可用爲儀吉」、〇可亂也 53/63/22
天地〇交而萬物〇興 54/63/28
「征凶」、位〇當也 54/63/29
其君之袂〇如其娣之袂良 54/64/19
「帝乙歸妹」、「〇如其娣之袂良」也 54/64/21
「豐其沛」、〇可大事也 55/65/21
「折其右肱」、終〇可用也 55/65/21
「豐其蔀」、位〇當也 55/65/25
「日中見斗」、幽〇明也 55/65/25
君子以明愼用刑而〇留獄 56/66/16
我心〇快 56/66/30
「來兌」之「凶」、位〇當也 58/69/7
剛來而〇窮 59/69/25
「苦節〇可貞」、其道窮也 60/70/27
〇傷財 60/70/28
〇害民 60/70/28
〇出戶庭 60/71/1,65/79/2
「〇出戶庭」、知通塞也 60/71/3
〇出門庭 60/71/5
「〇出門庭凶」、失時極也 60/71/7
〇節若 60/71/9
「〇節」之「嗟」、又誰「咎」也 60/71/11
有它〇燕 61/72/5
「或鼓或罷」、位〇當也 61/72/15
〇可大事 62/73/3
〇宜上 62/73/3
剛失位而〇中 62/73/6
是以「〇可大事」也 62/73/6
「飛鳥遺之音、〇宜上、宜下、大吉」、上逆而下順也 62/73/7
「飛鳥以凶」、〇可如何也 62/73/13
〇及其君 62/73/15
「〇及其君」、臣〇可過也 62/73/17
「弗過遇之」、位〇當也 62/74/1
「往厲必戒」、終〇可長也 62/74/1
「密雲〇雨」、已上也 62/74/5
〇如西鄰之禴祭實受其福 63/75/7
「東鄰殺牛」、「〇如西鄰」之時也 63/75/9
「濡其尾、无攸利」、〇續終也 64/75/19
雖〇當位、剛柔應也 64/75/20
「濡其尾」、亦〇知極也 64/75/26
「未濟征凶」、位〇當也 64/76/5
「飲酒濡首」、亦〇知節也 64/76/17
故〇違 65/77/14
故〇過 65/77/15
旁行而〇流 65/77/15
故〇憂 65/77/15
範圍天地之化而〇過 65/77/16
曲成萬物而〇遺 65/77/16
百姓日用而〇知 65/77/18
鼓萬物而〇與聖人同憂 65/77/20
陰陽〇測之謂神 65/78/1
以言乎遠則〇禦 65/78/1
言天下之至賾而〇可惡也 65/78/10
言天下之至動而〇可亂也 65/78/10
出其言〇善 65/78/12
可〇愼乎 65/78/15
勞而〇伐 65/78/20
有功而〇德 65/78/20
君〇密則失臣 65/79/3
臣〇密則失身 65/79/3
幾事〇密則害成 65/79/3
是以君子愼密而〇出也 65/79/4
寂然〇動 65/79/21
故〇疾而速 65/79/24
〇行而至 65/79/24
古之聰明叡知神武而〇殺者夫 65/80/4
往來〇窮謂之通 65/80/6
吉无〇利也 65/80/17
書〇盡言 65/80/19
言〇盡意 65/80/19
其〇可見乎 65/80/19
《易》〇可見 65/81/2
〇言而信 65/81/7
使民〇倦 66/82/4
以濟〇通 66/82/6
〇封〇樹 66/82/11
何〇利之有 66/83/4
動而〇括 66/83/4
小人〇恥〇仁 66/83/5
〇畏〇義 66/83/5
〇見利〇勸 66/83/5
〇威〇懲 66/83/6
善〇積〇足以成名 66/83/7

惡○積○足以滅身　66/83/7
故惡積而○可揜　66/83/8
罪大而○可解　66/83/8
是故君子安而○忘危　66/83/10
存而○忘亡　66/83/10
治而○忘亂　66/83/10
鮮○及矣　66/83/12
言○勝其任也　66/83/13
君子上交○諂　66/83/13
下交○瀆　66/83/13
○俟終日　66/83/14
有○善未嘗○知　66/83/16
則民○與也　66/83/20,66/83/20
則民○應也　66/83/20
雜而○越　66/83/24
《恆》、雜而○厭　66/84/7
《益》、長裕而○設　66/84/8
《易》之爲書也○可遠　66/84/12
變動○居　66/84/12
○可爲典要　66/84/13
道○虛行　66/84/14
則非其中爻○備　66/84/16
其善○同　66/84/19
柔之爲道○利遠者　66/84/19
文○當　66/84/23
百物○廢　66/84/24
近而○相得則凶　66/85/6
水火○相射　67/85/18
雷風○相悖　67/86/6
爲○果　67/87/1
物穉○可○養也　68/87/22
物○可以終通　68/88/1
物○可以終否　68/88/1
有大者○可以盈　68/88/2
物○可以苟合而已　68/88/5
物○可以終盡剝　68/88/7
復則○妄矣　68/88/7
○養則○可動　68/88/9
物○可以終過　68/88/9
夫婦之道○可以○久也　68/88/14
物○可以久居其所　68/88/15
物○可以終遯　68/88/16
物○可以終壯　68/88/16
物○可以終難　68/88/19
損而○已必益　68/88/20
益而○已必決　68/88/20
升而○已必困　68/88/23
井道○可○革　68/88/23
物○可以終動　68/88/25
物○可以終止　68/88/26
物○可以終離　68/89/2
物○可窮也　68/89/3
《屯》見而○失其居　69/89/8
《萃》聚而《升》○來也　69/89/10
《履》、○處也　69/89/18
《需》、○進也　69/89/18
《訟》、○親也　69/89/18

布 bù　1

爲○　67/86/22

才 cái　1

兼三○而兩之　67/85/15

材 cái　3

象者、○也　66/82/14
兼三○而兩之　66/84/21
三○之道也　66/84/22

財 cái　4

后以○成天地之道　11/14/29
不傷○　60/70/28
何以聚人曰○　66/81/17
理○正辭、禁民爲非曰義　66/81/17

裁 cái　2

化而○之謂之變　65/81/3
化而○之存乎變　65/81/6

戔 cán　2

束帛○○　22/28/7

慚 cán　1

將叛者其辭○　66/85/6

蒼 cāng　1

爲○筤竹　67/86/25

藏 cáng　8

陽氣潛○　1/2/31
「闚其戶、闃其无人」、自○也　55/66/7
○諸用　65/77/20
慢○誨盜　65/79/6
退○於密　65/80/3
知以○往　65/80/4
君子○器於身　66/83/4
坤以○之　67/85/22

草 cǎo　4

○木蕃　2/5/8
天造○昧　3/5/17
百穀○木麗乎土　30/36/19
雷雨作而百果○木皆甲（圻）〔坼〕　40/47/28

測 cè　1

陰陽不○之謂神　65/78/1

策 cè　3

《乾》之○二百一十有六　65/79/12
《坤》之○百四十有四　65/79/12
二篇之○萬有一千五百二十　65/79/12

惻 cè　2

爲我心○　48/57/14
「井渫不食」、行「○」也　48/57/16

察 chá　5

觀乎天文以○時變　22/27/16
俯以○於地理　65/77/11
而○於民之故　65/80/5

萬民以〇 66/82/12
夫《易》、彰往而〇來 66/83/25

諂 chǎn 1

君子上交不〇 66/83/13

闡 chǎn 1

而微顯、〇幽 66/83/25

長 cháng 30

「元」者、善之〇也 1/1/28
君子體仁足以〇人 1/2/1
何可〇也 3/6/17
「不永所事」、訟不可〇也 6/9/13
〇子帥師 7/10/30
「〇子帥師」、以中行也 7/11/1
君子道〇 11/14/27,69/89/21
小人道〇 12/16/6
「否」終則「傾」、何可〇也 12/17/5
「冥豫」在「上」、何可〇也 16/21/23
剛浸而〇 19/24/9
「既憂之」、「咎」不〇也 19/24/24
「不利有攸往」、小人〇也 23/28/19
「利有攸往」、剛〇也 24/29/24
「小利貞」、浸而〇也 33/40/5
「艱則吉」、咎不〇也 34/42/5
「利有攸往」、剛〇乃終也 43/51/10
「无號」之「凶」、終不可〇也 43/52/7
「勿用取女」、不可與〇也 44/52/13
「翰音登于天」、何可〇也 61/72/27
「往厲必戒」、終不可〇也 62/74/1
觸類而〇之 65/79/14
《益》、〇裕而不設 66/84/8
故謂之〇男 67/86/15
故謂之〇女 67/86/16
爲〇子 67/86/25
爲〇女 67/87/1
爲〇 67/87/1
主器者莫若〇子 68/88/24

常 cháng 11

上下无〇 1/2/17,66/84/12
「後」順「得」〇 2/3/26
後得主而有〇 2/5/1
「十年乃字」、反〇也 3/6/1
「利用恆无咎」、未失〇也 5/8/5
「左次无咎」、未失〇也 7/10/28
君子以〇德行、習教事 29/35/17
「利幽人之貞」、未變〇也 54/64/9
動靜有〇 65/76/21
既有典〇 66/84/14

嘗 cháng 2

有不善未〇不知 66/83/16
知之未〇復行也 66/83/16

裳 cháng 3

黃〇元吉 2/4/19
「黃〇元吉」、文在中也 2/4/21
黃帝、堯、舜垂衣〇而天下治 66/82/5

鬯 chàng 2

不喪匕〇 51/60/13
〔不喪匕〇〕、出可以守宗廟社稷 51/60/16

暢 chàng 1

美在其中而〇於四支 2/5/9

巢 cháo 1

鳥焚其〇 56/67/7

車 chē 6

大〇以載 14/18/24
「大〇以載」、積中不敗也 14/18/26
舍〇而徒 22/27/21
「舍〇而徒」、義弗乘也 22/27/23
載鬼一〇 38/46/15
困于金〇 47/56/11

坼 chè 1

雷雨作而百果草木皆甲（圻）〔〇〕 40/47/28

掣 chè 1

其牛〇 38/46/3

臣 chén 13

〇弒其君 2/5/2
〇道也 2/5/7
畜〇妾吉 33/40/18
「畜〇妾吉」、不可大事也 33/40/20
王〇蹇蹇 39/47/3
「王〇蹇蹇」、終无尤也 39/47/5
得〇无家 41/49/27
遇其〇 62/73/15
「不及其君」、〇不可過也 62/73/17
君不密則失〇 65/79/3
〇不密則失身 65/79/3
有父子然後有君〇 68/88/14
有君〇然後有上下 68/88/14

陳 chén 1

卑高以〇 65/76/21

稱 chēng 8

故〇「龍」焉 2/5/10
故〇「血」焉 2/5/11
〇物平施 15/19/25

其○名也 66/83/24
其○名也小 66/84/1
《巽》、○而隱 66/84/9
故○乎父 67/86/15
故○乎母 67/86/15

成 chéng 55

六位時○ 1/1/20
不○乎名 1/2/4
君子以○德爲行 1/3/8
行而未○ 1/3/10
无○有終 2/4/11
弗敢○也 2/5/7
地道「無○」而代「有終」也 2/5/7
「終凶」、訟不可○也 6/9/6
或從王事无○ 6/9/19
后以財○天地之道 11/14/29
冥豫○ 16/21/21
觀乎人文以化○天下 22/27/16
乃化○天下 30/36/19
四時變化而能久○ 32/39/2
聖人久於其道而天下化○ 32/39/2
「元吉」在「上」、大○也 48/58/1
天地革而四時○ 49/58/8
天地節而四時○ 60/70/28
在天○象 65/76/22
在地○形 65/76/22
乾道○男 65/76/23
坤道○女 65/76/23
坤作○物 65/76/24
而○位乎其中矣 65/76/26
曲○萬物而不遺 65/77/16
○之者性也 65/77/17
○象之謂乾 65/77/21
○性存存 65/78/5
擬議以○其變化 65/78/11
幾事不密則害○ 65/79/3
此所以○變化而行鬼神也 65/79/11
是故四營而○《易》 65/79/13
十有八變而○卦 65/79/13
八卦而小○ 65/79/13
遂○天下之文 65/79/20
故能○天下之務 65/79/23
夫《易》、開物○務 65/80/1
立〔功〕○器 65/80/11
○天下之亹亹者 65/80/12, 66/85/2
乾坤○列 65/81/1
默而○之 65/81/7
八卦○列 66/81/11
寒暑相推而歲○焉 66/82/19
語○器而動者也 66/83/5
善不積不足以○名 66/83/7
卒○之終 66/84/16
聖人○能 66/85/3
故《易》六畫而○卦 67/85/15
故《易》六位而○章 67/85/16
○言乎艮 67/85/23,67/86/2
萬物之所○終而所○始也 67/86/1
既○萬物也 67/86/6

承 chéng 12

乃順○天 2/3/24
○天而時行 2/5/2
「在師中吉」、○天寵也 7/10/20
開國○家 7/11/3
(包)〔苞〕○ 12/16/15
「幹父之蠱」、意○「考」也 18/23/12
「幹父用譽」、○以德也 18/23/28
或○之羞 32/39/15
「跛能履」、「吉」相○也 54/64/5
女○筐 54/64/23
「上六」「无實」、「○」虛「筐」也 54/64/25
「安節」之「亨」、○上道也 60/71/15

城 chéng 2

○復于隍 11/15/21
「○復于隍」、其命亂也 11/15/23

乘 chéng 24

時○六龍以御天 1/1/20
「時○六龍」、以「御天」也 1/3/7
○馬班如 3/5/26,3/6/7,3/6/15
六二之難、○剛也 3/6/1
○其墉 13/17/29
「○其墉」、義「弗克」也 13/18/1
「六五貞疾」、○剛也 16/21/19
「噬膚滅鼻」、○剛也 21/26/24
「舍車而徒」、義弗○也 22/27/23
負且○ 40/48/11,65/79/5, 65/79/7
「負且○」、亦可醜也 40/48/13
「揚于王庭」、柔○五剛也 43/51/9
「據于蒺蔾」、○剛也 47/56/9
「震來厲」、○剛也 51/60/27
「无攸利」、柔○剛也 54/63/29
「利涉大川」、○木有功也 59/69/26
「利涉大川」、○木舟虛也 61/72/1
○也者、君子之器也 65/79/5
小人而○君子之器 65/79/5
服牛○馬 66/82/6

盛 chéng 7

○德大業至矣哉 65/77/20
日新之謂○德 65/77/20
德言○ 65/79/1
德之○也 66/82/21
周之○德邪 66/84/23
終萬物、始萬物者、莫○乎艮 67/86/5
《損》《益》、○衰之始也 69/89/9

誠 chéng 2

閑邪存其○ 1/2/9
脩辭立其○ 1/2/13

懲 chéng 3

君子以○忿窒欲 41/49/5

不威不○ 66/83/6
小○而大誡 66/83/6

遲 chí 2

○有悔 16/21/9
○歸有時 54/64/15

尺 chǐ 1

○蠖之屈 66/82/20

恥 chǐ 1

小人不○不仁 66/83/5

褫 chǐ 1

終朝三○之 6/10/1

赤 chì 3

困于○紱 47/56/15
爲大○ 67/86/19
爲○ 67/87/6

飭 chì 1

《蠱》則○也 69/89/12

憧 chōng 6

○○往來 31/38/13,66/82/17
「○○往來」、未光大也 31/38/15

崇 chóng 6

先王以作樂○德 16/20/29
夫《易》、聖人所以○德而廣業也 65/78/4
知○禮卑 65/78/5
○效天 65/78/5
○高莫大乎富貴 65/80/10
以○德也 66/82/21

寵 chǒng 3

「在師中吉」、承天○也 7/10/20
貫魚以宮人○ 23/29/11
「以宮人○」、終无尤也 23/29/13

愁 chóu 1

○如 35/42/20

酬 chóu 1

是故可與○酢 65/79/14

疇 chóu 1

○離祉 12/16/23

醜 chǒu 5

「闚觀女貞」、亦可○也 20/25/22
「老婦士夫」、亦可○也 28/35/3
獲匪其○ 30/37/15
「負且乘」、亦可○也 40/48/13
「夫征不復」、離群○也 53/63/9

臭 chòu 2

其○如蘭 65/78/16
爲○ 67/87/2

出 chū 44

首○庶物 1/1/20
山下○泉 4/6/28
○自穴 5/8/16
師○以律 7/10/14,7/10/16
有孚血去惕○ 9/13/5
「有孚惕○」、上合志也 9/13/7
○門同人 13/17/19
雷○地奮 16/20/29
○門交有功 17/22/6
「○門交有功」、不失也 17/22/8
○入无疾 24/29/21
是以「○入无疾、朋來无咎」 24/29/23
「求小得」、未○中也 29/35/25
○涕沱若 30/37/11
王用○征 30/37/15
「王用○征」、以正邦也 30/37/17
明○地上 35/42/11,35/42/14
獲明夷之心于○門庭 36/44/3
風自火○ 37/44/23
利○否 50/59/16
「利○否」、以從貴也 50/59/18
〔不喪匕鬯〕、○可以守宗廟社稷 51/60/16
君子以思不○其位 52/61/25
去逖○ 59/70/19
不○戶庭 60/71/1,65/79/2
「不○戶庭」、知通塞也 60/71/3
不○門庭 60/71/5
「不○門庭凶」、失時極也 60/71/7
「小狐汔濟」、未○中也 64/75/19
○其言善 65/78/12
○其言不善 65/78/12
言○乎身 65/78/13
或○或處 65/78/15
是以君子愼密而不○也 65/79/4
利用○入 65/80/7
河○圖 65/80/13
洛○書 65/80/14
是以○而有獲 66/83/4
其○入以度外內 66/84/13
帝○乎震 67/85/22
萬物○乎震 67/85/23

初 chū 84

○九、潛龍勿用 1/1/5
○九曰、「潛龍勿用」 1/2/4
○六 2/4/3,4/7/1,6/9/11,7/10/14,8/11/17,12/16/11,15/19/27,16/21/1,18/23/10,20/25/16,23/28/24,28/34/14,29/35/19,31/38/1,32/39/7,33/40/10,35/42/16,39/46/30,40/48/3,44/52/18,45/53/23,46/54/26,47/55/30,48/57/6

50/59/16,52/61/27,53/62/30
56/66/18,57/67/21,59/69/30
62/73/11,64/75/24,65/78/18
○九 3/5/22
5/8/3,9/12/23,10/13/26
11/15/1,13/17/17,14/18/20
17/22/6,19/24/14,21/26/18
22/27/21,24/29/29,25/31/3
26/32/5,27/33/10,30/36/24
34/41/12,36/43/20,37/44/25
38/45/27,41/49/7,42/50/11
43/51/15,49/58/13,51/60/21
54/64/3,55/65/11,58/68/26
60/71/1,61/72/5,63/74/20
○筮告 4/6/21
「○筮告」、以剛中也 4/6/25
《比》之○六、「有它吉」也 8/11/19
《大有》○九 14/18/22
「○六鳴豫」、志窮「凶」也 16/21/3
「○六童觀」、「小人」道也 20/25/18
○登于天 36/44/11
「○登于天」、照四國也 36/44/13
无○有終 38/46/3,57/68/9
「无○有終」、遇剛也 38/46/5
「○六」之「吉」、順也 59/70/1
「○九、虞吉」、志未變也 61/72/7
○吉終亂 63/74/13
「○吉」、柔得中也 63/74/15
○率其辭而揆其方 66/84/14
其○難知 66/84/15
○辭擬之 66/84/15

除 chú 1

君子以○戎器 45/53/21

杵 chǔ 2

斷木爲○ 66/82/8
臼、○之利 66/82/8

處 chǔ 8

既雨既○ 9/13/13
「既雨既○」、「德」積「載」也 9/13/15
「咸其股」、亦不○也 31/38/11
旅于○ 56/66/30
「旅于○」、未得位也 56/67/1
或出或○ 65/78/15
上古穴居而野○ 66/82/9
《履》、不○也 69/89/18

畜 chù 21

君子以容民○衆 7/10/12
《小○》亨 9/12/16
《小○》 9/12/18,9/12/21
曰《小○》 9/12/18
《大○》利貞 26/31/29
《大○》 26/31/31,26/32/3
君子以多識前言往行以○其德 26/32/3
○牝牛吉 30/36/17
是以「○牝牛吉」也 30/36/20
○臣妾吉 33/40/18
「○臣妾吉」、不可大事也 33/40/20
比必有所○ 68/87/24
故受之以《小○》 68/87/24
物○然後有禮 68/87/24
〔物〕然後可○ 68/88/8
故受之以《大○》 68/88/8
物○然後可養 68/88/8
《大○》、時也 69/89/10
《小○》、寡也 69/89/17

觸 chù 3

羝羊○藩 34/41/20,34/42/3
○類而長之 65/79/14

川 chuān 21

利涉大○ 5/7/27,13/17/9
18/23/3,26/31/29,27/34/1
42/50/3,59/69/23,61/71/27
64/76/3
「利涉大○」、往有功也 5/7/30
不利涉大○ 6/9/3
「不利涉大○」、入于淵也 6/9/6
《同人》曰、「同人于野、亨、利涉大○」 13/17/11
用涉大○ 15/19/27
「利涉大○」、往有事也 18/23/6
「利涉大○」、應乎天也 26/32/1
不可涉大○ 27/33/26
地險、山○丘陵也 29/35/14
「利涉大○」、木道乃行 42/50/6
「利涉大○」、乘木有功也 59/69/26
「利涉大○」、乘木舟虛也 61/72/1

遄 chuán 3

已事○往 41/49/7,41/49/9
使○有喜 41/49/19

床 chuáng 9

剝○以足 23/28/24
「剝○以足」、以滅下也 23/28/26
剝○以辨 23/28/28
「剝○以辨」、未有與也 23/29/1
剝○以膚 23/29/7
「剝○以膚」、切近災也 23/29/9
巽在○下 57/67/25,57/68/13
「巽在○下」、「上」窮也 57/68/15

垂 chuí 3

○其翼 36/43/20
天○象 65/80/13
黃帝、堯、舜○衣裳而天下治 66/82/5

純 chún 1

○粹精也 1/3/7

醇 chún 1

萬物化○ 66/83/17

疵 cī 1

悔吝者、言乎其小○也 65/77/8

辭 cí 29

脩○立其誠 1/2/13
「莫益之」、偏○也 42/51/3
繫○焉而明吉凶 65/77/1
所樂而玩者、爻之○也 65/77/3
是故君子居則觀其象而玩其○ 65/77/4
辯吉凶者存乎○ 65/77/9
○有險易 65/77/10
○也者、各指其所之 65/77/10
繫○焉以斷其吉凶 65/78/9, 65/81/5
以言者尚其○ 65/79/17
繫○焉 65/80/14
繫○焉以盡其言 65/80/20
鼓天下之動者存乎○ 65/81/6
繫○焉而命之 66/81/11
聖人之情見乎○ 66/81/16
理財正○、禁民爲非曰義 66/81/17
斷○則備矣 66/84/1
其○文 66/84/1
初率其○而揆其方 66/84/14
初○擬之 66/84/15
知者觀其彖○ 66/84/17
是故其○危 66/84/24
將叛者其○慚 66/85/6
中心疑者其○枝 66/85/6
吉人之○寡 66/85/7
躁人之○多 66/85/7
誣善之人其○游 66/85/7
失其守者其○屈 66/85/7

此 cǐ 18

君子行○四德者 1/2/2
以○毒天下而民從之 7/10/10
○所以成變化而行鬼神也 65/79/11
其孰能與於○ 65/79/20, 65/79/21, 65/79/22
○之謂也 65/79/24, 66/83/7
聖人以○洗心 65/80/3
其孰能與○哉 65/80/4
聖人以○齊戒 65/80/5
爻也者、效○者也 66/81/15
象也者、像○者也 66/81/15
過○以往 66/82/21
○小人之福也 66/83/6
君子脩○三者 66/83/19
○之謂《易》之道也 66/84/25
蓋取諸○也 67/85/24

次 cì 9

師左○ 7/10/26
「左○无咎」、未失常也 7/10/28
其行○且 43/51/27, 44/52/26
「其行○且」、位不當也 43/51/29
「其行○且」、行未牽也 44/52/28
旅即○ 56/66/22
旅焚其○ 56/66/26, 56/66/28

聰 cōng 4

「何校滅耳」、○不明也 21/27/9
「聞言不信」、○不明也 43/51/29
巽而耳目○明 50/59/12
古之○明叡知神武而不殺者夫 65/80/4

從 cóng 29

雲○龍 1/2/21
風○虎 1/2/21
則各○其類也 1/2/21
或○王事 2/4/11
「或○王事」、知光大也 2/4/13
陰雖有美「含」之以○王事 2/5/7
「即鹿无虞」以○禽也 3/6/5
或○王事无成 6/9/19
「食舊德」、○上「吉」也 6/9/21
以此毒天下而民○之 7/10/10
下順○也 8/11/11
「外比」於賢、以○上也 8/12/3
「官有渝」、○正「吉」也 17/22/8
拘係之乃○ 17/22/26
「中行獨復」、以○道也 24/30/13
「居貞」之「吉」、順以○上也 27/33/28
朋○爾思 31/38/13, 66/82/17
「婦人貞吉」、○一而終也 32/39/25
「夫子」制義、○婦「凶」也 32/39/25
「利見大人」、以○貴也 39/47/21
○ 42/50/23
「告公○」、以益志也 42/50/25
「小人革面」、順以○君也 49/59/5
「利出否」、以○貴也 50/59/18
○或戕之 62/73/19
「○或戕之」、「凶」如何也 62/73/21
簡則易○ 65/76/24
易○則有功 65/76/25

叢 cóng 1

寘于○棘 29/36/11

竄 cuàn 1

「不克訟」、「歸逋」○也 6/9/17

摧 cuī 2

晉如○如 35/42/16
「晉如○如」、獨行正也 35/42/18

萃 cuì 11

《○》亨 45/53/15

《○》、聚也 45/53/17
《○》 45/53/21
乃亂乃○ 45/53/23
「乃亂乃○」、其志亂也 45/53/25
○如嗟如 45/54/1
○有位 45/54/9
「○有位」、志未光也 45/54/11
故受之以《○》 68/88/22
《○》者、聚也 68/88/22
《○》聚而《升》不來也 69/89/10

粹 cuì 1

純○精也 1/3/7

存 cún 22

閑邪○其誠 1/2/9
可與○義也 1/2/14
知○而不知亡 1/3/16
知進退○亡而不失其正者 1/3/16
是故列貴賤者○乎位 65/77/8
齊小大者○乎卦 65/77/9
辯吉凶者○乎辭 65/77/9
憂悔吝者○乎介 65/77/9
震无咎者○乎悔 65/77/9
成性○○ 65/78/5
謙也者、致恭以○其位者也 65/79/1
極天下之賾者○乎卦 65/81/5
鼓天下之動者○乎辭 65/81/6
化而裁之○乎變 65/81/6
推而行之○乎通 65/81/6
神而明之○乎其人 65/81/6
○乎德行 65/81/7
以○身也 66/82/20
亡者、保其○者也 66/83/9
○而不忘亡 66/83/10
噫亦要○亡吉凶 66/84/16

錯 cuò 8

〔剛柔交○〕、天文也 22/27/16
履○然敬之 30/36/24
「履○」之「敬」、以辟咎也 30/36/26
苟○諸地而可矣 65/78/18
○綜其數 65/79/20
舉而○之天下之民謂之事業 65/81/3
八封相○ 67/85/18
有上下然後禮義有所○ 68/88/14

大 dà 224

利見○人 1/1/7
1/1/13,6/9/3,39/46/22
39/47/19,45/53/15,57/67/14
○哉「乾元」 1/1/19
○明終始 1/1/19
保合○和 1/1/20
「飛龍在天」、「○人」造也 1/1/24
九二曰、「見龍在田、利見○人」 1/2/8
《易》曰、『見龍在田、利見○人』 1/2/9
九五曰、「飛龍在天、利見○人」 1/2/20
○矣哉 1/3/5
○哉乾乎 1/3/7
《易》曰、「見龍在田、利見○人」 1/3/11
夫「○人」者、與天地合其德 1/3/14
含弘光○ 2/3/24
直、方、○ 2/4/7
「或從王事」、知光○也 2/4/13
以○終也 2/4/29
直、方、○、不習无不利 2/5/6
○「亨貞」 3/5/17
○得民也 3/5/24
○貞凶 3/6/11
利涉○川 5/7/27,13/17/9
18/23/3,26/31/29,27/34/1
42/50/3,59/69/23,61/71/27
64/76/3
「利涉○川」、往有功也 5/7/30
未○失也 5/8/26
不利涉○川 6/9/3
「利見○人」、尙中正也 6/9/6
「不利涉○川」、入于淵也 6/9/6
「師或輿尸」、○无功也 7/10/24
○君有命 7/11/3
「○君有命」、以正功也 7/11/5
武人爲于○君 10/14/5
「武人爲于○君」、志剛也 10/14/8
「元吉」在上、○有慶也 10/14/20
《泰》小往○來 11/14/24
《泰》、小往○來、吉、亨 11/14/26
以光○也 11/15/7
○往小來 12/16/3
否之匪人、不利君子貞、○往小來 12/16/5
○人否 12/16/15
「○人否亨」、不亂群也 12/16/17
○人吉 12/16/27
「○人」之「吉」、位正當也 12/17/1
《同人》曰、「同人于野、亨、利涉○川」 13/17/11
○師克 13/18/3
「○師相遇」、言相「克」也 13/18/5
《○有》元亨 14/18/13
《○有》 14/18/15,14/18/18
柔得尊位○中而上下應之曰《○有》 14/18/15
《○有》初九 14/18/22
○車以載 14/18/24
「○車以載」、積中不敗也 14/18/26
《○有》上「吉」、「自天祐」也 14/19/15
用涉○川 15/19/27
《豫》之時義○矣哉 16/20/27
○有得 16/21/13
「由豫○有得」、志○行也 16/21/15
○「亨、貞、无咎」而天下隨（時）〔之〕 17/22/1
隨（時之）〔之時〕義○矣哉 17/22/2
「利涉○川」、往有事也 18/23/6
无○咎 18/23/18,44/52/26

○「亨」以正、天之道也 19/24/9
○君之宜 19/24/30
「○君之宜」、行中之謂也 19/25/1
○觀在上 20/25/11
終有○敗 24/30/19
○「亨」以正 25/30/28,49/58/8
《○畜》利貞 26/31/29
《○畜》 26/31/31,26/32/3
○正也 26/32/1
「利涉○川」、應乎天也 26/32/1
「何天之衢」、道○行也 26/32/27
《頤》之時○矣哉 27/33/6
「十年勿用」、道○悖也 27/33/20
不可涉○川 27/33/26
「由頤厲吉」、○有慶也 27/34/3
《○過》棟（撓）〔橈〕 28/34/7
《○過》、○者過也 28/34/9
《○過》之時○矣哉 28/34/10
《○過》 28/34/12
險之時用○矣哉 29/35/15
「坎不盈」、中未○也 29/36/9
○人以繼明照于四方 30/36/22
則○耋之嗟 30/37/3
「憧憧往來」、未光○也 31/38/15
「振恆」在上、○无功也 32/39/29
《遯》之時義○矣哉 33/40/6
「畜臣妾吉」、不可○事也 33/40/20
《○壯》利貞 34/41/5
《○壯》、○者壯也 34/41/7
《○壯》「利貞」 34/41/7
○者、正也 34/41/7
正○而天地之情可見矣 34/41/8
《○壯》 34/41/10
壯于○輿之輹 34/41/24
順而麗乎○明 35/42/11
以蒙○難 36/43/15
得其○首 36/43/28
「南狩」之志、乃（得○）〔○得〕也 36/44/1
天地之○義也 37/44/19
○吉 37/45/5
46/54/26,50/60/7,62/73/3
「富家○吉」、順在位也 37/45/7
睽之時用○矣哉 38/45/23
「利見○人」、往有功也 39/46/26
《蹇》之時用○矣哉 39/46/26
○蹇 39/47/15
「○蹇朋來」、以中節也 39/47/17
「利見○人」、以從貴也 39/47/21
《解》之時○矣哉 40/47/29
○得志也 41/49/29
其道○光 42/50/5
「利涉○川」、木道乃行 42/50/6
利用爲○作 42/50/11
「惠我德」、○得志也 42/50/29
天下○行也 44/52/14
《姤》之時義○矣哉 44/52/14
用○牲吉 45/53/15
「利見○人亨」、聚以正也 45/53/18
「用○牲吉、利有攸往」、順天命也 45/53/18
○吉无咎 45/54/5
「○吉无咎」、位不當也 45/54/7
用見○人 46/54/19
是以○「亨」 46/54/21
「用見○人勿恤」、有慶也 46/54/21
積小以高○ 46/54/24
「允升○吉」、上合志也 46/54/28
「貞吉升階」、○得志也 46/55/15
貞○人吉 47/55/23
「貞○人吉」、以剛中也 47/55/26
「元吉」在「上」、○成也 48/58/1
《革》之時○矣哉 49/58/9
○人虎變 49/58/29
「○人虎變」、其文炳也 49/59/1
而○亨以養聖賢 50/59/11
其事在中、○「无喪」也 51/61/11
《歸妹》、天地之○義也 54/63/28
《豐》、○也 55/65/5
「王假之」、尙○也 55/65/5
「豐其沛」、不可○事也 55/65/21
旅之時義○矣哉 56/66/14
是以「小亨、利有攸往、利見○人」 57/67/16
說之○ 58/68/22
「利涉○川」、乘木有功也 59/69/26
「渙其群元吉」、光○也 59/70/13
渙汗其○號 59/70/15
「利涉○川」、乘木舟虛也 61/72/1
不可○事 62/73/3
是以「不可○事」也 62/73/6
「飛鳥遺之音、不宜上、宜下、○吉」、上逆而下順也 62/73/7
「實受其福」、吉○來也 63/75/9
有賞于○國 64/76/7
乾知○始 65/76/23
有功則可○ 65/76/25
可○則賢人之業 65/76/25
齊小○者存乎卦 65/77/9
是故卦有小○ 65/77/9
盛德○業至矣哉 65/77/20
富有之謂○業 65/77/20
夫《易》、廣矣○矣 65/78/1
是以○生焉 65/78/2
廣○配天地 65/78/3
○衍之數五十 65/79/9
吉凶生○業 65/80/9
是故法象莫○乎天地 65/80/10
變通莫○乎四時 65/80/10
縣象著明莫○乎日月 65/80/10
崇高莫○乎富貴 65/80/10
莫○乎聖人 65/80/11
莫（○）〔善〕乎蓍龜 65/80/12
天地之○德曰生 66/81/16
聖人之○寶曰位 66/81/16
蓋取諸《○壯》 66/82/10
蓋取諸《○過》 66/82/11
小懲而○誡 66/83/6
罪○而不可解 66/83/8

知小而謀〇 66/83/11
其取類也〇 66/84/1
廣〇悉備 66/84/21
其道甚〇 66/84/24
爲〇赤 67/86/19
爲〇輿 67/86/22
爲〇塗 67/86/25
爲〇腹 67/87/9
故受之以《〇有》 68/88/2
有〇者不可以盈 68/88/2
有〇而能謙必豫 68/88/2
有事而後可〇 68/88/4
《臨》者、〇也 68/88/4
物〇然後可觀 68/88/4
故受之以《〇畜》 68/88/8
故受之以《〇過》 68/88/9
故受之以《〇壯》 68/88/16
得其所歸者必〇 68/88/27
《豐》者、〇也 68/88/27
窮〇者必失其居 68/88/27
《〇畜》、時也 69/89/10
《〇壯》則止 69/89/15
《〇有》、衆也 69/89/15
《〇過》、顛也 69/89/18

代 dài 1

地道「無成」而〇「有終」也 2/5/7

殆 dài 1

其〇庶幾乎 66/83/16

怠 dài 1

《謙》輕而《豫》〇也 69/89/10

待 dài 6

「往蹇來譽」、宜〇也 39/47/1
「愆期」之志、有〇而行也 54/64/17
以〇暴客 66/82/7
以〇風雨 66/82/10
〇時而動 66/83/4
《漸》、女歸〇男行也 69/89/19

帶 dài 1

或錫之鞶、〇 6/10/1

逮 dài 2

「終以譽命」、上〇也 56/67/5
故水火相〇 67/86/6

眈 dān 2

虎視〇〇 27/33/22

窞 dàn 2

入于坎〇 29/35/19,29/35/27

當 dāng 44

雖不〇位 5/8/26,21/26/14,47/56/13
「弟子輿尸」、使不〇也 7/11/1
「咥人」之「凶」、位不〇也 10/14/7
「夬履貞厲」、位正〇也 10/14/16
「(包)〔苞〕羞」、位不〇也 12/16/21
「大人」之「吉」、位正〇也 12/17/1
「盱豫有悔」、位不〇也 16/21/11
「甘臨」、位不〇也 19/24/24
「至臨无咎」、位〇也 19/24/28
「遇毒」、位不〇也 21/26/28
「貞厲无咎」、得〇也 21/27/5
「六四」、〇位疑也 22/28/5
剛〇位而應 33/40/5
「喪羊于易」、位不〇也 34/42/1
「鼫鼠貞厲」、位不〇也 35/43/1
「見輿曳」、位不〇也 38/46/5
〇位「貞吉」、以正邦也 39/46/25
「往蹇來連」、〇位實也 39/47/13
「解而拇」、未〇位也 40/48/17
「其行次且」、位不〇也 43/51/29
「大吉无咎」、位不〇也 45/54/7
「困于葛藟」、未〇也 47/56/22
革而〇 49/58/8
「震蘇蘇」、位不〇也 51/61/3
「征凶」、位不〇也 54/63/29
「歸妹以須」、未〇也 54/64/13
「豐其蔀」、位不〇也 55/65/25
「來兌」之「凶」、位不〇也 58/69/7
「孚于剝」、位正〇也 58/69/15
〇位以節 60/70/28
「或鼓或罷」、位不〇也 61/72/15
「有孚攣如」、位正〇也 61/72/23
「弗過遇之」、位不〇也 62/74/1
剛柔正而位〇也 63/74/15
雖不〇位、剛柔應也 64/75/20
「未濟征凶」、位不〇也 64/76/5
〇期之日 65/79/12
〇萬物之數也 65/79/13
開而〇名 66/83/25
文不〇 66/84/23
其〇殷之末世 66/84/23
〇文王與紂之事邪 66/84/24

盪 dàng 1

八卦相〇 65/76/22

盜 dào 6

作《易》者、其知〇乎 65/79/4
〇思奪之矣 65/79/6
〇思伐之矣 65/79/6
慢藏誨〇 65/79/6
〇之招也 65/79/7
爲〇 67/87/7

道 dào 106

乾〇變化 1/1/20
「終日乾乾」、反復〇也 1/1/24
乾〇乃革 1/3/1
「先迷」失〇 2/3/25
馴致其〇 2/4/5

「不習无不利」、地〇光也 2/4/9
其〇窮也 2/4/25,63/74/16
坤〇其順乎 2/5/2
地〇也 2/5/7
妻〇也 2/5/7
臣〇也 2/5/7
地〇「無成」而代「有終」也 2/5/7
「後夫凶」、其〇窮也 8/11/12
復自〇 9/12/23
「復自〇」、其義「吉」也 9/12/25
履〇坦坦 10/14/1
君子〇長 11/14/27,69/89/21
小人〇消也 11/14/27
后以財成天地之〇 11/14/29
小人〇長 12/16/6
君子〇消也 12/16/6
「同人于宗」、「吝」〇也 13/17/23
天〇下濟而光明 15/19/21
地〇卑而上行 15/19/21
天〇虧盈而益謙 15/19/21
地〇變盈而流謙 15/19/22
人〇惡盈而好謙 15/19/22
有孚在〇 17/22/18
「有孚在〇」、「明」功也 17/22/20
「幹母之蠱」、得中〇也 18/23/16
大「亨」以正、天之〇也 19/24/9
觀天之神〇而四時不忒 20/25/12
聖人以神〇設教而天下服矣 20/25/12
「初六童觀」、「小人」〇也 20/25/18
「觀我生進退」、未失〇也 20/25/26
反復其〇 24/29/21
反復其〇、七日來復 24/29/23
「中行獨復」、以從〇也 24/30/13
「迷復」之「凶」、反君〇也 24/30/22
「何天之衢」、〇大行也 26/32/27
「十年勿用」、〇大悖也 27/33/20
「習坎入坎」、失〇「凶」也 29/35/21
「上六」失〇、「凶」「三歲」也 29/36/13
「黃離元吉」、得中〇也 30/37/1
恆亨无咎利貞」、久於其〇也 32/39/1
天地之〇恆久而不已也 32/39/1
聖人久於其〇而天下化成 32/39/2
「維用伐邑」、〇未光也 35/43/9
父父、子子、兄兄、弟弟、夫夫、婦婦而家〇正 37/44/20
「遇主于巷」、未失〇也 38/46/1
「不利東北」、其〇窮也 39/46/25
「九二」「貞吉」、得中〇也 40/48/9
其〇上行 41/49/1
其〇大光 42/50/5
「利涉大川」、木〇乃行 42/50/6
凡益之〇 42/50/7
「有戎勿恤」、得中〇也 43/51/21
「繫于金柅」、柔〇牽也 44/52/20
其〇光明 52/61/22
「婦孕不育」、失其〇也 53/63/9
「苦節不可貞」、其〇窮也 60/70/27
「安節」之「亨」、承上〇也 60/71/15
「苦節貞凶」、其〇窮也 60/71/23
「七日得」、以中〇也 63/74/26
乾〇成男 65/76/23
坤〇成女 65/76/23
六爻之動、三極之〇也 65/77/3
故能彌綸天地之〇 65/77/10
而〇濟天下 65/77/15
通乎晝夜之〇而知 65/77/16
一陰一陽之謂〇 65/77/17
故君子之〇鮮矣 65/77/18
〇義之門 65/78/6
君子之〇 65/78/15
顯〇、神德行 65/79/14
知變化之〇者 65/79/17
《易》有聖人之〇四焉 65/79/17
「《易》有聖人之〇四焉」者 65/79/24
冒天下之〇 65/80/1
是以明於天之〇 65/80/4
是故形而上者謂之〇 65/81/2
天地之〇 66/81/13
日月之〇、貞明者也 66/81/13
君子之〇也 66/82/16
小人之〇也 66/82/16
爲〇也屢遷 66/84/12
〇不虛行 66/84/14
柔之爲〇不利遠者 66/84/19
有天〇焉 66/84/21
有人〇焉 66/84/21
有地〇焉 66/84/21
三材之〇也 66/84/22
〇有變動 66/84/22
其〇甚大 66/84/24
此之謂《易》之〇也 66/84/25
和順於〇德而理於義 67/85/12
是以立天之〇曰陰與陽 67/85/14
立地之〇曰柔與剛 67/85/14
立人之〇曰仁與義 67/85/15
《需》者、飲食之〇也 68/87/22
夫婦之〇不可以不久也 68/88/14
家〇窮必乖 68/88/18
井〇不可不革 68/88/23
小人〇憂也 69/89/21

得 dé 104

知〇而不知喪 1/3/16
先迷後〇主 2/3/21
西南〇朋 2/3/21,2/3/26
「後」順「〇」常 2/3/26
後〇主而有常 2/5/1
大〇民也 3/5/24
剛來而〇中也 6/9/6
柔〇位而上下應之 9/12/18
〇尚于中行 11/15/5
（包）〔苞〕荒、〇尚于中行 11/15/7
柔〇位〇中而應乎乾曰《同人》 13/17/11
「同人于郊」、志未〇也 13/18/9

柔○尊位大中而上下應
之曰《大有》 14/18/15
「鳴謙貞吉」、中心○也 15/20/3
「鳴謙」、志未○也 15/20/19
大有○ 16/21/13
「由豫大有○」、志大
行也 16/21/15
隨有求、○ 17/22/14
「幹母之蠱」、○中道
也 18/23/16
「裕父之蠱」、往未○
也 18/23/24
柔○中而上行 21/26/14
○金矢 21/26/30
○黃金 21/27/3
「貞厲无咎」、○當也 21/27/5
「白賁无咎」、上○志
也 22/28/13
君子○輿 23/29/15
「君子○輿」、民所載
也 23/29/17
「无妄」之「往」、○
志也 25/31/5
行人之○ 25/31/11
「行人○」牛、「邑人
災」也 25/31/13
老夫○其女妻 28/34/18
老婦○其士夫 28/35/1
求小○ 29/35/23
「求小○」、未出中也 29/35/25
三歲不○ 29/36/11
「黃離元吉」、○中道也 30/37/1
日月○天而能久照 32/39/2
安○「禽」也 32/39/21
失○勿恤 35/43/3
「失○勿恤」、往有慶也 35/43/5
○其大首 36/43/28
「南狩」之志、乃（○
大）〔大○〕也 36/44/1
○中而應乎剛 38/45/22,50/59/12
往○中也 39/46/25
《解》「利西南」、往
○衆也 40/47/27
「其來復吉」、乃○中
也 40/47/28
○黃矢 40/48/7
「九二」「貞吉」、○
中道也 40/48/9
一人行則○其友 41/49/15
66/83/18
○臣无家 41/49/27
大○志也 41/49/29
「惠我德」、大○志也 42/50/29
「有戎勿恤」、○中道
也 43/51/21
「貞吉升階」、大○志
也 46/55/15
「劓刖」、志未○也 47/56/17
无喪无○ 48/56/26
其志不相○曰革 49/58/7
○妾以其子 50/59/16
七日○ 51/60/25,63/74/24
「震索索」、中未○也 51/61/16
進○位 53/62/25
其位、剛○中也 53/62/26
或○其桷 53/63/12
「或○其桷」、順以巽
也 53/63/14
「終莫之勝吉」、○所
願也 53/63/18
往○疑疾 55/65/15
柔○中乎外而順乎剛 56/66/13
○童僕貞 56/66/22,56/66/24
○其資斧 56/66/30
「旅于處」、未○位也 56/67/1
「○其資斧」、「心」
未「快」也 56/67/1
「紛若」之「吉」、○
中也 57/67/27
柔○位乎外而上同 59/69/25
「渙奔其机」、○願也 59/70/5
剛柔分而剛○中 60/70/27
《中孚》、柔在內而剛
○中 61/71/29
○敵 61/72/13
柔○中 62/73/5
「初吉」、柔○中也 63/74/15
「七日○」、以中道也 63/74/26
《未濟》「亨」、柔○
中也 64/75/19
易簡而天下之理○矣 65/76/26
天下之理○ 65/76/26
是故吉凶者、失○之象也 65/77/1
吉凶者、言乎其失○也 65/77/7
五位相○而各有合 65/79/10
各○其所 66/82/3
妻其可○見耶 66/83/2
以明失○之報 66/84/2
近而不相○則凶 66/85/6
震一索而○男 67/86/15
巽一索而○女 67/86/15
坎再索而○男 67/86/16
離再索而○女 67/86/16
艮三索而○男 67/86/16
兌三索而○女 67/86/17
○其所歸者必大 68/88/27

德 dé 78

「見龍在田」、○施普也 1/1/23
「用九」、天○不可爲
首也 1/1/25
君子行此四○者 1/2/2
龍、○而隱者也 1/2/4
龍○而正中者也 1/2/8
○博而化 1/2/9
君○也 1/2/10,1/3/11
君子進○脩業 1/2/12
所以進○也 1/2/13
君子進○脩業、欲及時也 1/2/18
乃位乎天○ 1/3/1
君子以成○爲行 1/3/8
夫「大人」者、與天地
合其○ 1/3/14
○合无疆 2/3/24
君子以厚○載物 2/4/1
至靜而○方 2/5/1
敬義立而○不孤 2/5/6
君子以果行育○ 4/6/28
食舊○ 6/9/19
「食舊○」、從上「吉」
也 6/9/21
君子以懿文○ 9/12/21
尙○載 9/13/13
「既雨既處」、「○」
積「載」也 9/13/15
君子以儉○辟難 12/16/9
其○剛健而文明 14/18/15
先王以作樂崇○ 16/20/29
君子以振民育○ 18/23/8
「幹父用譽」、承以○

也 18/23/28
其○剛上而尚賢 26/31/31
君子以多識前言往行以畜其○ 26/32/3
君子以常○行、習教事 29/35/17
不恆其○ 32/39/15
「不恆其○」、无所容也 32/39/17
恆其○、貞 32/39/23
君子以自昭明○ 35/42/14
君子以反身修○ 39/46/28
有孚惠我○ 42/50/27
「惠我○」、大得志也 42/50/29
居○則忌 43/51/13
君子以順○ 46/54/24
君子以居賢○善俗 53/62/28
議○行 60/70/30
可久則賢人之○ 65/76/25
盛○大業至矣哉 65/77/20
日新之謂盛○ 65/77/20
易簡之善配至○ 65/78/4
夫《易》、聖人所以崇○而廣業也 65/78/4
有功而不○ 65/78/20
○言盛 65/79/1
顯道、神○行 65/79/14
是故蓍之○圓而神 65/80/2
卦之○方以知 65/80/2
以神明其○夫 65/80/5
存乎○行 65/81/7
天地之大○曰生 66/81/16
以通神明之○ 66/81/20,66/83/24
其○行何也 66/82/16
以崇○也 66/82/21
○之盛也 66/82/21
○薄而位尊 66/83/11
陰陽合○ 66/83/23
是故《履》、○之基也 66/84/4
《謙》、○之柄也 66/84/5
《復》、○之本也 66/84/5
《恆》、○之固也 66/84/5
《損》、○之脩也 66/84/5
《益》、○之裕也 66/84/6
《困》、○之（辨）〔辯〕也 66/84/6
《井》、○之地也 66/84/6
《巽》、○之制也 66/84/6
《恆》以一○ 66/84/9
若夫雜物撰○ 66/84/16
周之盛○邪 66/84/23
○行恆易以知險 66/85/1
○行恆簡以知阻 66/85/1
和順於道○而理於義 67/85/12

登 dēng 4

初○于天 36/44/11
「初○于天」、照四國也 36/44/13
翰音○于天 61/72/25
「翰音○于天」、何可長也 61/72/27

等 děng 2

貴賤之○也 66/84/20
爻有○ 66/84/22

羝 dī 2

○羊觸藩 34/41/20,34/42/3

敵 dí 3

「伏戎于莽」、○剛也 13/17/27
上下○應 52/61/23
得○ 61/72/13

覿 dí 2

三歲不○ 47/55/30,55/66/5

地 dì 103

本乎○者親下 1/2/21
夫「大人」者、與天○合其德 1/3/14
「牝馬」○類 2/3/25
行○无疆 2/3/25
應○无疆 2/3/27
○勢坤 2/4/1
「不習无不利」、○道光也 2/4/9
○道也 2/5/7
○道「無成」而代「有終」也 2/5/7
天○變化 2/5/8,65/80/13
天○閉 2/5/8
夫「玄黃」者、天○之雜也 2/5/11
天玄而○黃 2/5/11
○中有水 7/10/12
○上有水 8/11/15
則是天○交而萬物通也 11/14/26
天○交 11/14/29
后以財成天○之道 11/14/29
輔相天○之宜 11/14/29
「无往不復」、天○際也 11/15/11
則是天○不交而萬物不通也 12/16/5
天○不交 12/16/9
○道卑而上行 15/19/21
○道變盈而流謙 15/19/22
○中有山 15/19/25
故天○如之 16/20/25
天○以順動 16/20/26
雷出○奮 16/20/29
澤上有○ 19/24/12
風行○上 20/25/14
山附於○ 23/28/22
《復》、其見天○之心乎 24/29/24
雷在○中 24/29/27
天○養萬物 27/33/6
○險、山川丘陵也 29/35/14
天○感而萬物化生 31/37/24
觀其所感而天○萬物之情可見矣 31/37/24
天○之道恆久而不已也 32/39/1
觀其所恆而天○萬物之情可見矣 32/39/2
正大而天○之情可見矣 34/41/8
明出○上 35/42/11,35/42/14
明入○中 36/43/15,36/43/18
後入于○ 36/44/11
「後入于○」、失則也 36/44/13
天○之大義也 37/44/19
天○睽而其事同也 38/45/22
天○解而雷雨作 40/47/28
天施○生 42/50/6
天○相遇 44/52/13

觀其所聚而天〇萬物之情可見矣 45/53/18
澤上於〇 45/53/21
〇中生木 46/54/24
天〇革而四時成 49/58/8
《歸妹》、天〇之大義也 54/63/28
天〇不交而萬物不興 54/63/28
天〇盈虛 55/65/6
天〇節而四時成 60/70/28
天尊〇卑 65/76/21
在〇成形 65/76/22
《易》與天〇準 65/77/10
故能彌綸天〇之道 65/77/10
俯以察於〇理 65/77/11
與天〇相似 65/77/14
範圍天〇之化而不過 65/77/16
以言乎天〇之間則備矣 65/78/2
廣大配天〇 65/78/3
卑法〇 65/78/5
天〇設位 65/78/5,66/85/3
言行、君子之所以動天〇也 65/78/14
苟錯諸〇而可矣 65/78/18
〇數五 65/79/10
〇數三十 65/79/11
凡天〇之數五十有五 65/79/11
〇二 65/79/26
〇四 65/79/26
〇六 65/79/26
〇八 65/79/26
〇十 65/79/26
是故法象莫大乎天〇 65/80/10
天〇之道 66/81/13
天〇之大德曰生 66/81/16
俯則觀法於〇 66/81/19
觀鳥獸之文與〇之宜 66/81/19
掘〇爲臼 66/82/8
天〇絪縕 66/83/17
以體天〇之撰 66/83/24
《井》、德之〇也 66/84/6
有〇道焉 66/84/21
參天兩〇而倚數 67/85/11
立〇之道曰柔與剛 67/85/14
天〇定位 67/85/18
坤也者、〇也 67/85/25
坤、〇也 67/86/15
坤爲〇 67/86/22
其於〇也爲黑 67/86/23
其於〇也 67/87/15
有天〇 68/87/20
盈天〇之間者唯萬物 68/87/20
有天〇然後有萬物 68/88/13

弟 dì 4

〇子輿尸 7/10/30
「〇子輿尸」、使不當也 7/11/1
父父、子子、兄兄、〇〇、夫夫、婦婦而家道正 37/44/20

的 dì 1

爲〇顙 67/86/26

帝 dì 11

剛中正、履〇位而不疚 10/13/21
〇乙歸妹 11/15/17,54/64/19
殷薦之上〇以配祖考 16/20/29
王用享于〇 42/50/15
聖人亨以享上〇 50/59/11
「〇乙歸妹」、「不如其娣之袂良」也 54/64/21
先王以享于〇 59/69/28
黃〇、堯、舜氏作 66/82/3
黃〇、堯、舜垂衣裳而天下治 66/82/5
〇出乎震 67/85/22

娣 dì 5

歸妹以〇 54/64/3
「歸妹以〇」、以恆也 54/64/5
反歸以〇 54/64/11
其君之袂不如其〇之袂良 54/64/19
「帝乙歸妹」、「不如其〇之袂良」也 54/64/21

顛 diān 6

〇頤 27/33/14,27/33/22
「〇頤」之「吉」、上施光也 27/33/24
鼎〇趾 50/59/16
「鼎〇趾」、未悖也 50/59/18
《大過》、〇也 69/89/18

典 diǎn 4

以行其〇禮 65/78/9,65/81/5
不可爲〇要 66/84/13
既有〇常 66/84/14

電 diàn 4

雷〇合而章 21/26/13
雷〇《噬嗑》 21/26/16
雷〇皆至 55/65/9
爲〇 67/87/9

迭 dié 1

〇用柔剛 67/85/15

耋 dié 1

則大〇之嗟 30/37/3

頂 dǐng 1

過涉滅〇 28/35/5

鼎 dǐng 17

《〇》元吉 50/59/9
《〇》象也、以木巽火 50/59/11
《〇》 50/59/14
〇顛趾 50/59/16
「〇顛趾」、未悖也 50/59/18
〇有實 50/59/20
「〇有實」、慎所之也 50/59/22
〇耳革 50/59/24
「〇耳革」、失其義也 50/59/26
〇折足 50/59/28,66/83/12
〇黃耳金鉉 50/60/3
「〇黃耳」、中以爲實也 50/60/5
〇玉鉉 50/60/7
革物者莫若〇 68/88/24

故受之以《○》 68/88/24
《○》、取新也 69/89/16

定 dìng 12

○民志 10/13/24
正家而天下○矣 37/44/20
乾坤○矣 65/76/21
遂○天下之象 65/79/21
以○天下之業 65/80/2
八卦○吉凶 65/80/9
以○天下之吉凶 65/80/12
○之以吉凶 65/80/14
○其交而後求 66/83/19
○天下之吉凶 66/85/2
天地○位 67/85/18
《既濟》、○也 69/89/19

東 dōng 9

○北喪朋 2/3/21,2/3/26
不利○北 39/46/22
「不利○北」、其道窮也 39/46/25
○鄰殺牛 63/75/7
「○鄰殺牛」、「不如西鄰」之時也 63/75/9
震○方也 67/85/23
巽○南也 67/85/23
艮、○北之卦也 67/86/1

動 dòng 60

是以○而有悔也 1/2/25,65/79/2
六二之○、「直」以「方」也 2/4/9
《坤》至柔而○也剛 2/5/1
○乎險中 3/5/17
雷雨之○滿盈 3/5/17
順以○ 16/20/25
《豫》順以○ 16/20/25
天地以順○ 16/20/26
聖人以順○ 16/20/26
○而說 17/22/1
○而明 21/26/13
剛反○而以順行 24/29/23
○而健 25/30/28
巽而○ 32/38/29
剛以○ 34/41/7
《睽》、火○而上 38/45/21
澤○而下 38/45/21
《解》、險以○ 40/47/27
○而免乎險 40/47/27
《益》○而巽 42/50/6
曰○悔有悔 47/56/20
「○悔有悔」、「吉」行也 47/56/22
○靜不失其時 52/61/22
○不窮也 53/62/26
說以○ 54/63/29
明以○ 55/65/5
○靜有常 65/76/21
六爻之○、三極之道也 65/77/3
○則觀其變而玩其占 65/77/4
其○也直 65/78/2
其○也闢 65/78/3
聖人有以見天下之○ 65/78/8 65/81/4
言天下之至○而不可亂也 65/78/10
議之而後○ 65/78/10
言行、君子之所以○天地也 65/78/14
以○者尚其變 65/79/18
寂然不○ 65/79/21
鼓天下之○者存乎辭 65/81/6
○在其中矣 66/81/12
吉凶悔吝者、生乎○者也 66/81/12
天下之○、貞夫一者也 66/81/14
爻象○乎內 66/81/15
爻也者、效天下之○者也 66/82/14
待時而○ 66/83/4
○而不括 66/83/4
語成器而○者也 66/83/5
幾者、○之微、吉之先見者也 66/83/14
君子安其身而後○ 66/83/19
危以○ 66/83/20
變○不居 66/84/12
道有變○ 66/84/22
變○以利言 66/85/4
雷以○之 67/85/21
○萬物者莫疾乎雷 67/86/4
震、○也 67/86/8
不養則不可○ 68/88/9
《震》者、○也 68/88/25
物不可以終○ 68/88/25

棟 dòng 7

《大過》○（撓）〔橈〕 28/34/7
「○（撓）〔橈〕」、本末弱也 28/34/9
○橈 28/34/22
「○橈」之「凶」、不可以有輔也 28/34/24
○隆、吉 28/34/26
「○隆」之「吉」、不橈乎下也 28/34/28
上○下宇 66/82/10

斗 dǒu 3

日中見○ 55/65/15,55/65/23
「日中見○」、幽不明也 55/65/25

毒 dú 3

以此○天下而民從之 7/10/10
噬腊肉遇○ 21/26/26
「遇○」、位不當也 21/26/28

獨 dú 8

「困蒙」之「吝」、○遠實也 4/7/15
「有孚攣如」、不○富也 9/13/11
「素履」之「往」、○行願也 10/13/28
中行○復 24/30/11
「中行○復」、以從道也 24/30/13
君子以○立不懼 28/34/12
「晉如摧如」、○行正也 35/42/18
○行遇雨、若濡 43/51/23

瀆 dú 7

再三〇 4/6/21
〇則不告 4/6/21
再三〇、〇則不告 4/6/25
〇蒙也 4/6/26
下交不〇 66/83/13
爲溝〇 67/87/5

篤 dǔ 1

剛健〇實 26/31/31

覩 dǔ 1

聖人作而萬物〇 1/2/21

度 dù 3

節以制〇 60/70/28
君子以制數〇 60/70/30
其出入以〇外內 66/84/13

斷 duàn 9

剛柔〇矣 65/76/21
繫辭焉以〇其吉凶 65/78/9
65/81/5
其利〇金 65/78/16
以〇天下之疑 65/80/2
所以〇也 65/80/15
〇木爲杵 66/82/8
〇可識矣 66/83/15
〇辭則備矣 66/84/1

兌 duì 24

《〇》亨 58/68/19
《〇》、說也 58/68/21
《〇》 58/68/24
和〇 58/68/26
「和〇」之「吉」、行未疑也 58/68/28
孚〇 58/69/1
「孚〇」之「吉」、信志也 58/69/3
來〇 58/69/5
「來〇」之「凶」、位不當也 58/69/7
商〇未寧 58/69/9
引〇 58/69/17
「上六、引〇」、未光也 58/69/19
〇以說之 67/85/21
說言乎〇 67/85/22,67/85/26
〇、正秋也 67/85/25
〇、說也 67/86/9
〇爲羊 67/86/11
〇爲口 67/86/13
〇三索而得女 67/86/17
〇爲澤 67/87/15
故受之以《〇》 68/89/1
《〇》者、說也 68/89/1
《〇》見而《巽》伏也 69/89/11

對 duì 1

先王以茂〇時育萬物 25/31/1

敦 dūn 7

〇臨吉 19/25/3
「〇臨」之「吉」、志在內也 19/25/5
〇復 24/30/15
「〇復无悔」、中以自考也 24/30/17
〇艮 52/62/17
「〇艮」之「吉」、以厚終也 52/62/19
安土〇乎仁 65/77/15

遯 dùn 21

〇世无悶 1/2/5,28/34/12
《〇》亨 33/40/3
《〇》「亨」 33/40/5
〇而亨也 33/40/5
《〇》之時義大矣哉 33/40/6
《〇》 33/40/8
〇尾、厲 33/40/10
「〇尾」之「厲」、不往何災也 33/40/12
係〇 33/40/18
「係〇」之「厲」、有疾憊也 33/40/20
好〇 33/40/22
「君子好〇、小人否」也 33/40/24
嘉〇 33/40/26
「嘉〇貞吉」、以正志也 33/40/28
肥〇 33/40/30
「肥〇无不利」、无所疑也 33/41/1
故受之以《〇》 68/88/15
《〇》者、退也 68/88/16
物不可以終〇 68/88/16
《〇》則退也 69/89/15

多 duō 14

君子以裒〇益寡 15/19/25
君子以〇識前言往行以畜其德 26/32/3
陽卦〇陰 66/82/15
陰卦〇陽 66/82/15
二〇譽 66/84/19
四〇懼 66/84/19
三〇凶 66/84/20
五〇功 66/84/20
躁人之辭〇 66/85/7
爲〇白眼 67/87/2
爲〇眚 67/87/7
爲堅〇心 67/87/7
爲堅〇節 67/87/13
《豐》、〇故也 69/89/17

掇 duó 1

患至〇也 6/9/17

奪 duó 1

盜思〇之矣 65/79/6

朵 duǒ 2

觀我〇頤 27/33/10
「觀我〇頤」、亦不足貴也 27/33/12

啞 è 8

笑言○○ 51/60/13
「笑言○○」、後有則也 51/60/15
後「笑言○○」 51/60/21
「笑言○○」、「後」有則也 51/60/23

惡 è 10

君子以遏○揚善 14/18/18
人道○盈而好謙 15/19/22
不○而嚴 33/40/8
見○人无咎 38/45/27
「見○人」、以辟「咎」也 38/45/29
言天下之至賾而不可○也 65/78/10
○不積不足以滅身 66/83/7
以小○爲无傷而弗去也 66/83/8
故○積而不可揜 66/83/8
是故愛○相攻而吉凶生 66/85/5

遏 è 1

君子以○惡揚善 14/18/18

而 ér 370

龍、德○隱者也 1/2/4
不見是○无悶 1/2/5
龍德○正中者也 1/2/8
善世○不伐 1/2/9
德博○化 1/2/9
是故居上位○不驕 1/2/14
在下位○不憂 1/2/14
故乾乾因其時○惕 1/2/14
聖人作○萬物覩 1/2/21
貴○无位 1/2/24,65/79/2
高○无民 1/2/24,65/79/2
賢人在下位○无輔 1/2/24
65/79/2
是以動○有悔也 1/2/25,65/79/2
《乾》「元」〔「亨」〕者、始○亨者也 1/3/4
隱○未見 1/3/10
行○未成 1/3/10
九三重剛○不中 1/3/11
故「乾乾」因其時○「惕」 1/3/12
九四重剛○不中 1/3/12
先天○天弗違 1/3/15
後天○奉天時 1/3/15
○況於人乎 1/3/15,55/65/6
知進○不知退 1/3/16
知存○不知亡 1/3/16
知得○不知喪 1/3/16
知進退存亡○不失其正者 1/3/16
《坤》至柔○動也剛 2/5/1
至靜○德方 2/5/1
後得主○有常 2/5/1
含萬物○化光 2/5/1
承天○時行 2/5/2
敬義立○德不孤 2/5/6
地道「無成」○代「有終」也 2/5/7
美在其中○暢於四支 2/5/9
天玄○地黃 2/5/11
剛柔始交○難生 3/5/17
宜「建侯」○不寧 3/5/18
「求」○「往」、明也 3/6/9
險○止 4/6/24
剛健○不陷 5/7/29
險○健 6/9/5
剛來○得中也 6/9/6
歸○逋其邑 6/9/15
剛中○應 7/10/9,19/24/9
25/30/28,45/53/17,46/54/21
行險○順 7/10/9
以此毒天下○民從之 7/10/10
柔得位○上下應之 9/12/18
健○巽 9/12/18
剛中○志行 9/12/18
說○應乎乾 10/13/21
剛中正、履帝位○不疚 10/13/21
則是天地交○萬物通也 11/14/26
上下交○其志同也 11/14/26
內陽○外陰 11/14/27
內健○外順 11/14/27
內君子○外小人 11/14/27
則是天地不交○萬物不通也 12/16/5
上下不交○天下无邦也 12/16/6
內陰○外陽 12/16/6
內柔○外剛 12/16/6
內小人○外君子 12/16/6
柔得位得中○應乎乾曰《同人》 13/17/11
中正○應 13/17/12
其「吉」、則困○反則也 13/18/1
同人先號咷○後笑 13/18/3
65/78/15
柔得尊位大中○上下應之曰《大有》 14/18/15
其德剛健○文明 14/18/15
應乎天○時行 14/18/15
「威如」之「吉」、易○无備也 14/19/11
天道下濟○光明 15/19/21
地道卑○上行 15/19/21
天道虧盈○益謙 15/19/21
地道變盈○流謙 15/19/22
鬼神害盈○福謙 15/19/22
人道惡盈○好謙 15/19/22
《謙》、尊○光 15/19/22
66/84/7
卑○不可踰 15/19/22
剛應○志行 16/20/25
○況「建侯行師」乎 16/20/26
故日月不過○四時不忒 16/20/26
則刑罰清○民服 16/20/26
剛來○下柔 17/22/1
動○說 17/22/1
大「亨、貞、无咎」○天下隨（時）〔之〕 17/22/1
《蠱》、剛上○柔下 18/23/5
巽○止 18/23/5
○天下治也 18/23/5
剛浸○長 19/24/9
說○順 19/24/9
《觀》盥○不薦 20/25/9
順○巽 20/25/11
「盥○不薦、有孚顒若」、下觀○化也 20/25/11
觀天之神道○四時不忒 20/25/12
聖人以神道設教○天下服矣 20/25/12
《噬嗑》○「亨」 21/26/13
動○明 21/26/13
雷電合○章 21/26/13

柔得中○上行 21/26/14
柔來○文剛 22/27/15
分剛上○文柔 22/27/15
舍車○徒 22/27/21
「舍車○徒」、義弗乘也 22/27/23
順○止之 23/28/19
剛反動○以順行 24/29/23
剛自外來○爲主於內 25/30/28
動○健 25/30/28
其德剛上○尙賢 26/31/31
剛過○中 28/34/9
巽○說 28/34/10
水流○不盈 29/35/13
行險○不失其信 29/35/13
不鼓缶○歌 30/37/3
柔上○剛下 31/37/23
止○說 31/37/23
天地感○萬物化生 31/37/24
聖人感人心○天下和平 31/37/24
觀其所感○天地萬物之情可見矣 31/37/24
剛上○柔下 32/38/29
巽○動 32/38/29
天地之道恆久○不已也 32/39/1
日月得天○能久照 32/39/2
四時變化○能久成 32/39/2
聖人久於其道○天下化成 32/39/2
觀其所恆○天地萬物之情可見矣 32/39/2
「婦人貞吉」、從一○終也 32/39/25
遯○亨也 33/40/5
剛當位○應 33/40/5
「小利貞」、浸○長也 33/40/5
不惡○嚴 33/40/8
正大○天地之情可見矣 34/41/8
順○麗乎大明 35/42/11
柔進○上行 35/42/11,38/45/22,50/59/12
內文明○外柔順 36/43/15
內難○能正其志 36/43/16
君子以莅衆用晦○明 36/43/18
父父、子子、兄兄、弟弟、夫夫、婦婦○家道正 37/44/20
正家○天下定矣 37/44/20
君子以言有物○行有恆 37/44/23
《睽》、火動○上 38/45/21
澤動○下 38/45/21
說○麗乎明 38/45/21
得中○應乎剛 38/45/22,50/59/12
天地睽○其事同也 38/45/22
男女睽○其志通也 38/45/22
萬物睽○其事類也 38/45/23
君子以同○異 38/45/25
見險○能止 39/46/24
動○免乎險 40/47/27
天地解○雷雨作 40/47/28
雷雨作○百果草木皆甲（圻）〔坼〕 40/47/28
解○拇 40/48/15
「解○拇」、未當位也 40/48/17
損○「有孚」 41/49/1
《益》動○巽 42/50/6
健○說 43/51/9
決○和 43/51/9
「不勝」○「往」、「咎」也 43/51/17
觀其所聚○天地萬物之情可見矣 45/53/18
巽○順 46/54/21
困○不失其所 47/55/25
巽乎水○上水 48/57/1
井養○不窮也 48/57/1
革○信之 49/58/7
革○當 49/58/8
天地革○四時成 49/58/8
順乎天○應乎人 49/58/9
○大亨以養聖賢 50/59/11
巽○耳目聰明 50/59/12
「震驚百里」、驚遠○懼邇也 51/60/16
止○巽 53/62/26
天地不交○萬物不興 54/63/28
「愆期」之志、有待○行也 54/64/17
柔得中乎外○順乎剛 56/66/13
止○麗乎明 56/66/13
君子以明愼用刑○不留獄 56/66/16
剛巽乎中正○志行 57/67/16
剛中○柔外 58/68/21
是以順乎天○應乎人 58/68/21
剛來○不窮 59/69/25
柔得位乎外○上同 59/69/25
剛柔分○剛得中 60/70/27
天地節○四時成 60/70/28
《中孚》、柔在內○剛得中 61/71/29
說○巽 61/71/29
《小過》〔「亨」〕、小者過○亨也 62/73/5
剛失位○不中 62/73/6
「飛鳥遺之音、不宜上、宜下、大吉」、上逆○下順也 62/73/7
剛柔正○位當也 63/74/15
君子以思患○豫防之 63/74/18
易簡○天下之理得矣 65/76/26
○成位乎其中矣 65/76/26
繫辭焉○明吉凶 65/77/1
剛柔相推○生變化 65/77/1
是故君子所居○安者、《易》之序也 65/77/3
所樂○玩者、爻之辭也 65/77/3
是故君子居則觀其象○玩其辭 65/77/4
動則觀其變○玩其占 65/77/4
○道濟天下 65/77/15
旁行○不流 65/77/15
範圍天地之化○不過 65/77/16
曲成萬物○不遺 65/77/16
通乎晝夜之道○知 65/77/16
故神无方○易无體 65/77/16
百姓日用○不知 65/77/18
鼓萬物○不與聖人同憂 65/77/20
以言乎邇則靜○正 65/78/1
夫《易》、聖人所以崇德○廣業也 65/78/4
○《易》行乎其中矣 65/78/5
○擬諸其形容 65/78/8,65/81/4
○觀其會通 65/78/9,65/81/5
言天下之至賾○不可惡也 65/78/10
言天下之至動○不可亂也 65/78/10
擬之○後言 65/78/10
議之○後動 65/78/10
苟錯諸地○可矣 65/78/18
○用可重也 65/78/19

勞〇不伐 65/78/20
有功〇不德 65/78/20
是以君子愼密〇不出也 65/79/4
小人〇乘君子之器 65/79/5
分〇爲二以象兩 65/79/9
故再扐〇後掛 65/79/10
五位相得〇各有合 65/79/10
此所以成變化〇行鬼神也 65/79/11
是故四營〇成《易》 65/79/13
十有八變〇成卦 65/79/13
八卦〇小成 65/79/13
引〇伸之 65/79/14
觸類〇長之 65/79/14
問焉〇以言 65/79/19
感〇遂通天下之故 65/79/22
夫《易》、聖人之所以極深〇研幾也 65/79/22
故不疾〇速 65/79/24
不行〇至 65/79/24
如斯〇已者也 65/80/1
是故蓍之德圓〇神 65/80/2
古之聰明叡知神武〇不殺者夫 65/80/4
〇察於民之故 65/80/5
制〇用之謂之法 65/80/7
變〇通之以盡利 65/80/20
〇《易》立乎其中矣 65/81/1
是故形〇上者謂之道 65/81/2
形〇下者謂之器 65/81/2
化〇裁之謂之變 65/81/3
推〇行之謂之通 65/81/3
舉〇錯之天下之民謂之事業 65/81/3
化〇裁之存乎變 65/81/6
推〇行之存乎通 65/81/6
神〇明之存乎其人 65/81/6
默〇成之 65/81/7
不言〇信 65/81/7
因〇重之 66/81/11
繫辭焉〇命之 66/81/11
作結繩〇爲罔罟 66/81/20
交易〇退 66/82/3
神〇化之 66/82/4
黃帝、堯、舜垂衣裳〇天下治 66/82/5
上古穴居〇野處 66/82/9
上古結繩〇治 66/82/11
是故吉凶生〇悔吝著也 66/82/15
陽、一君〇二民 66/82/16
陰、二君〇一民 66/82/16
天下同歸〇殊塗 66/82/17
一致〇百慮 66/82/18
日月相推〇明生焉 66/82/18
寒暑相推〇歲成焉 66/82/19
屈、信相感〇利生焉 66/82/19
非所困〇困焉 66/83/1
非所據〇據焉 66/83/2
待時〇動 66/83/4
動〇不括 66/83/4
是以出〇有獲 66/83/4
語成器〇動者也 66/83/5
小懲〇大誡 66/83/6
小人以小善爲无益〇弗爲也 66/83/7
以小惡爲无傷〇弗去也 66/83/8
故惡積〇不可掩 66/83/8
罪大〇不可解 66/83/8
是故君子安〇不忘危 66/83/10
存〇不忘亡 66/83/10
治〇不忘亂 66/83/10
是以身安〇國家可保也 66/83/10
德薄〇位尊 66/83/11
知小〇謀大 66/83/11
力（小）〔少〕〇任重 66/83/12
君子見幾〇作 66/83/14
君子安其身〇後動 66/83/19
易其心〇後語 66/83/19
定其交〇後求 66/83/19
无交〇求 66/83/20
〇剛柔有體 66/83/23
雜〇不越 66/83/24
夫《易》、彰往〇察來 66/83/25
〇微顯、闡幽 66/83/25
開〇當名 66/83/25
其言曲〇中 66/84/1
其事肆〇隱 66/84/1
《履》、和〇至 66/84/7
《復》、小〇辨於物 66/84/7
《恆》、雜〇不厭 66/84/7
《損》、先難〇後易 66/84/8
《益》、長裕〇不設 66/84/8
《困》、窮〇通 66/84/8
《井》、居其所〇遷 66/84/8
《巽》、稱〇隱 66/84/9
初率其辭〇揆其方 66/84/14
二與四同功〇異位 66/84/19
三與五同功〇異位 66/84/20
兼三材〇兩之 66/84/21
〇吉凶可見矣 66/85/4
是故愛惡相攻〇吉凶生 66/85/5
遠近相取〇悔吝生 66/85/5
情僞相感〇利害生 66/85/5
近〇不相得則凶 66/85/6
幽贊於神明〇生蓍 67/85/11
參天兩地〇倚數 67/85/11
觀變於陰陽〇立卦 67/85/11
發揮於剛柔〇生爻 67/85/12
和順於道德〇理於義 67/85/12
兼三才〇兩之 67/85/15
故《易》六畫〇成卦 67/85/15
故《易》六位〇成章 67/85/16
聖人南面〇聽天下 67/85/24
嚮明〇治 67/85/24
萬物之所成終〇所成始也 67/86/1
神也者、妙萬物〇爲言者也 67/86/4
震一索〇得男 67/86/15
巽一索〇得女 67/86/15
坎再索〇得男 67/86/16
離再索〇得女 67/86/16
艮三索〇得男 67/86/16
兌三索〇得女 67/86/17
履〇泰然後安 68/87/25
有大〇能謙必豫 68/88/2
有事〇後可大 68/88/4
可觀〇後有所合 68/88/5
物不可以苟合〇已 68/88/5
損〇不已必益 68/88/20
益〇不已必決 68/88/20
物相遇〇後聚 68/88/22
聚〇上者謂之升 68/88/22
升〇不已必困 68/88/23
旅〇无所容 68/88/28
入〇後說之 68/88/28
說〇後散之 68/89/1
節〇信之 68/89/2
《屯》見〇不失其居 69/89/8
《蒙》雜〇著 69/89/9
《萃》聚〇《升》不來也 69/89/10

《謙》輕○《豫》怠也 69/89/10
《兌》見○《巽》伏也 69/89/11
《井》通○《困》相遇也 69/89/13
《離》上○《坎》下也 69/89/17

耳 ěr 10

何校滅○ 21/27/7,66/83/9
「何校滅○」、聰不明也 21/27/9
巽而○目聰明 50/59/12
鼎○革 50/59/24
「鼎○革」、失其義也 50/59/26
鼎黃○金鉉 50/60/3
「鼎黃○」、中以爲實也 50/60/5
坎爲○ 67/86/13
爲○痛 67/87/5

爾 ěr 5

舍○靈龜 27/33/10
朋從○思 31/38/13,66/82/17
吾與○靡之 61/72/9,65/78/11

邇 ěr 5

「震驚百里」、驚遠而懼○也 51/60/16
以言乎○則靜而正 65/78/1
況其○者乎 65/78/12,65/78/13
行發乎○ 65/78/13

二 èr 93

九○ 1/1/7
4/7/5,5/8/7,6/9/15,7/10/18
9/12/27,10/14/1,11/15/5
14/18/24,18/23/14,19/24/18
26/32/9,28/34/18,29/35/23
32/39/11,34/41/16,38/45/31
40/48/7,41/49/11,43/51/19
44/52/22,46/55/1,47/56/3
48/57/10,50/59/20,54/64/7
57/67/25,58/69/1,59/70/3
60/71/5,61/72/9,64/75/28
九○曰、「見龍在田、利見大人」 1/2/8
六○ 2/4/7,3/5/26
8/11/21,12/16/15,13/17/21
15/20/1,16/21/5,17/22/10
20/25/20,21/26/22,22/27/25
23/28/28,24/30/3,25/31/7
27/33/14,30/36/28,31/38/5
33/40/14,35/42/20,36/43/24
37/44/29,39/47/3,42/50/15
45/53/27,49/58/17,51/60/25
52/62/1,53/63/3,55/65/15
56/66/22,62/73/15,63/74/24
六○之動、「直」以「方」也 2/4/9
六○之難、乘剛也 3/6/1
「六○征凶」、行失類也 27/33/16
○氣感應以相與 31/37/23
「九○悔亡」、能久中也 32/39/13
「九○貞吉」、以中也 34/41/18
「六○」之「吉」、順以則也 36/43/26
「六○」之「吉」、順以巽也 37/44/31
○女同居 38/45/21,49/58/7
「九○」「貞吉」、得中道也 40/48/9
○簋可用享 41/48/29
元吉、无咎、可貞、利有攸往、曷之用○簋、可用享 41/49/1
○簋應有時 41/49/2
九○利貞 41/49/13
「九○」之「孚」、有喜也 46/55/3
「九○」「貞吉」、中以行（正）〔直〕也 64/76/1
○人同心 65/78/16
分而爲○以象兩 65/79/9
天數○十有五 65/79/11
《乾》之策○百一十有六 65/79/12
○篇之策萬有一千五百○十 65/79/12
地○ 65/79/26
陽、一君而○民 66/82/16
陰、○君而一民 66/82/16
○與四同功而異位 66/84/19
○多譽 66/84/19

貳 èr 3

樽酒、簋○、用缶 29/36/3
「樽酒簋○」、剛柔際也 29/36/5
因○以濟民行 66/84/2

發 fā 11

六爻○揮 1/3/7
「含章可貞」、以時○也 2/4/13
○於事業 2/5/9
○蒙 4/7/1
「厥孚交如」、信以○志也 14/19/11
○若吉 55/65/15
「有孚○若」、信以○志也 55/65/17
行○乎邇 65/78/13
樞機之○、榮辱之主也 65/78/14
○揮於剛柔而生爻 67/85/12

伐 fá 9

善世而不○ 1/2/9
利用侵○ 15/20/13
「利用侵○」、征不服也 15/20/15
維用○邑 35/43/7
「維用○邑」、道未光也 35/43/9
高宗○鬼方 63/74/28
震用○鬼方 64/76/7
勞而不○ 65/78/20
盜思○之矣 65/79/6

罰 fá 2

則刑○清而民服 16/20/26
先王以明○勑法 21/26/16

法 fǎ 7

「利用刑人」、以正○也 4/7/3
先王以明罰勑○ 21/26/16
效○之謂坤 65/77/21

卑〇地 65/78/5
制而用之謂之〇 65/80/7
是故〇象莫大乎天地 65/80/10
俯則觀〇於地 66/81/19

髮 fà 1

爲（寡）〔宣〕〇 67/87/2

藩 fān 4

羝羊觸〇 34/41/20,34/42/3
〇決不羸 34/41/24
「〇決不羸」、尚往也 34/41/26

凡 fán 4

〇益之道 42/50/7
〇天地之數五十有五 65/79/11
〇三百有六十 65/79/12
〇《易》之情 66/85/5

蕃 fán 4

草木〇 2/5/8
《晉》康侯用錫馬〇庶 35/42/9
是以「康侯」用「錫馬〇庶晝日三接」也 35/42/11
爲〇鮮 67/86/27

反 fǎn 21

「終日乾乾」、〇復道也 1/1/24
「十年乃字」、〇常也 3/6/1
夫妻〇目 9/13/1
「夫妻〇目」、不能正室也 9/13/3
其「吉」、則困而〇則也 13/18/1
〇復其道 24/29/21
剛〇動而以順行 24/29/23
〇復其道、七日來復 24/29/23
「迷復」之「凶」、〇君道也 24/30/22
「威如」之「吉」、〇身之謂也 37/45/15
君子以〇身修德 39/46/28
往蹇來〇 39/47/7
「往蹇來〇」、內喜之也 39/47/9
〇歸以娣 54/64/11
原始〇終 65/77/11
爲〇生 67/86/26
窮上〇下 68/88/7
傷於外者必〇於家 68/88/17
困乎上者必〇下 68/88/23
《復》、〇也 69/89/12
《否》《泰》、〇其類也 69/89/15

犯 fàn 3

「需于郊」、不〇難行也 5/8/5
「有厲利已」、不〇災也 26/32/7
說以〇難 58/68/22

範 fàn 1

〇圍天地之化而不過 65/77/16

方 fāng 26

直、〇、大 2/4/7
六二之動、「直」以「〇」也 2/4/9
至靜而德〇 2/5/1
「〇」其義也 2/5/5
義以〇外 2/5/6
直、〇、大、不習无不利 2/5/6
不寧〇來 8/11/9
「不寧〇來」、上下應也 8/11/12
先王以省〇觀民設教 20/25/14
后不省〇 24/29/27
大人以繼明照于四〇 30/36/22
君子以立不易〇 32/39/5
其益无〇 42/50/6
后以施命誥四〇 44/52/16
朱紱〇來 47/56/3
〇雨 50/59/24
高宗伐鬼〇 63/74/28
君子以愼辨物居〇 64/75/22
震用伐鬼〇 64/76/7
〇以類聚 65/76/21
故神无〇而易无體 65/77/16
卦之德〇以知 65/80/2
初率其辭而揆其〇 66/84/14
震東〇也 67/85/23
南〇之卦也 67/85/24
正北〇之卦也 67/86/1

防 fáng 2

弗過、〇之 62/73/19
君子以思患而豫〇之 63/74/18

非 fēi 15

〇爲邪也 1/2/17
〇離群也 1/2/18
〇一朝一夕之故 2/5/3
久〇其位 32/39/21
君子以〇禮弗履 34/41/10
〇天下之至精 65/79/19
〇天下之至變 65/79/21
〇天下之至神 65/79/22
理財正辭、禁民爲〇曰義 66/81/17
〇所困而困焉 66/83/1
〇所據而據焉 66/83/2
苟〇其人 66/84/14
辯是與〇 66/84/16
則〇其中爻不備 66/84/16
六者〇它也 66/84/22

飛 fēi 12

〇龍在天 1/1/13,1/3/1
「〇龍在天」、「大人」造也 1/1/24
九五曰、「〇龍在天、利見大人」 1/2/20
「〇龍在天」、上治也 1/2/28
明夷于〇 36/43/20
〇鳥遺之音 62/73/3
有「〇鳥」之象焉 62/73/6
「〇鳥遺之音、不宜上、宜下、大吉」、上逆而下順也 62/73/7
〇鳥以凶 62/73/11
「〇鳥以凶」、不可如何也 62/73/13
〇鳥離之 62/74/7

肥 féi 2

○遯 33/40/30
「○遯无不利」、无所疑也 33/41/1

腓 féi 2

咸其○ 31/38/5
艮其○ 52/62/1

匪 fěi 19

○寇 3/5/26,22/28/3,38/46/15
○我求童蒙 4/6/21
○我求童蒙、童蒙〔來〕求我 4/6/25
比之○人 8/11/25
「比之○人」、不亦傷乎 8/11/27
〔《否》〕否之○人 12/16/3
否之○人、不利君子貞、大往小來 12/16/5
○咎、艱則无咎 14/18/20
○其彭 14/19/5
「○其彭、无咎」、明辯晳也 14/19/7
「○寇婚媾」、終无尤也 22/28/5
其○正有眚 25/30/26
其○正有眚、不利有攸往 25/30/29
獲○其醜 30/37/15
○躬之故 39/47/3
○孚 45/54/9
○夷所思 59/70/11

廢 fèi 1

百物不○ 66/84/24

分 fēn 7

剛柔○ 21/26/13
○剛上而文柔 22/27/15
剛柔○而剛得中 60/70/27
物以群○ 65/76/22
○而爲二以象兩 65/79/9
○陰○陽 67/85/15

紛 fēn 2

用史巫、○若吉、无咎 57/67/25
「○若」之「吉」、得中也 57/67/27

焚 fén 5

○如 30/37/7
旅○其次 56/66/26,56/66/28
鳥○其巢 56/67/7
以「旅」在「上」、其義「○」也 56/67/9

豶 fén 1

○豕之牙 26/32/21

忿 fèn 1

君子以懲○窒欲 41/49/5

奮 fèn 1

雷出地○ 16/20/29

風 fēng 19

○從虎 1/2/21
○行天上 9/12/21
山下有○ 18/23/8
○行地上 20/25/14
雷○相與 32/38/29
雷○《恆》 32/39/5
○自火出 37/44/23
○雷《益》 42/50/9
天下有○ 44/52/16
隨○ 57/67/19
○行水上 59/69/28
澤上有○ 61/72/3
潤之以○雨 65/76/23
以待○雨 66/82/10
雷○相薄 67/85/18
○以散之 67/85/21
橈萬物者莫疾乎○ 67/86/4
雷○不相悖 67/86/6
爲○ 67/87/1

封 fēng 2

不○不樹 66/82/11
八○相錯 67/85/18

豐 fēng 14

《○》亨 55/65/3
《○》、大也 55/65/5
故《○》 55/65/5
《○》 55/65/9
○其蔀 55/65/15,55/65/23
○其沛 55/65/19
「○其沛」、不可大事也 55/65/21
「○其蔀」、位不當也 55/65/25
○其屋 55/66/5
「○其屋」、天際翔也 55/66/7
故受之以《○》 68/88/27
《○》者、大也 68/88/27
《○》、多故也 69/89/17

馮 féng 1

用○河 11/15/5

奉 fèng 1

後天而○天時 1/3/15

缶 fǒu 3

有孚盈○ 8/11/17
樽酒、簋貳、用○ 29/36/3
不鼓○而歌 30/37/3

否 fǒu 18

○臧凶 7/10/14
〔《○》〕○之匪人 12/16/3
○之匪人、不利君子貞、大往小來 12/16/5
《○》 12/16/9
大人○ 12/16/15
「大人○亨」、不亂群也 12/16/17
休○ 12/16/27

傾○ 12/17/3
先○後喜 12/17/3
「○」終則「傾」、何可長也 12/17/5
小人○ 33/40/22
「君子好遯、小人○」也 33/40/24
利出○ 50/59/16
「利出○」、以從貴也 50/59/18
故受之以《○》 68/88/1
物不可以終○ 68/88/1
《○》《泰》、反其類也 69/89/15

夫 fū 43

○「大人」者、與天地合其德 1/3/14
○「玄黃」者、天地之雜也 2/5/11
見金○ 4/7/9
後○凶 8/11/9
「後○凶」、其道窮也 8/11/12
○妻反目 9/13/1
「○妻反目」、不能正室也 9/13/3
失丈○ 17/22/10
係丈○ 17/22/14
「係丈○」、志舍下也 17/22/16
老○得其女妻 28/34/18
「老○女妻」、過以相與也 28/34/20
老婦得其士○ 28/35/1
「老婦士○」、亦可醜也 28/35/3
○子凶 32/39/23
「○子」制義、從婦「凶」也 32/39/25
父父、子子、兄兄、弟弟、○○、婦婦而家道正 37/44/20
遇元○ 38/46/7
○征不復 53/63/7
「○征不復」、離群醜也 53/63/9
○《易》、廣矣大矣 65/78/1
○乾 65/78/2
○坤 65/78/3
○《易》、聖人所以崇德而廣業也 65/78/4
○茅之爲物薄 65/78/19
○《易》、聖人之所以極深而研幾也 65/79/22
○《易》、何爲者也 65/79/26
○《易》、開物成務 65/80/1
古之聰明叡知神武而不殺者○ 65/80/4
以神明其德○ 65/80/5
是故○象、聖人有以見天下之賾 65/81/3
天下之動、貞○一者也 66/81/14
○乾、確然示人易矣 66/81/14
○坤、隤然示人簡矣 66/81/14
萬○之望 66/83/16
○《易》、彰往而察來 66/83/25
若○雜物撰德 66/84/16
○乾、天下之至健也 66/85/1
○坤、天下之至順也 66/85/1
有男女然後有○婦 68/88/13
有○婦然後有父子 68/88/13
○婦之道不可以不久也 68/88/14

孚 fū 68

《需》有○ 5/7/27
《需》、「有○、光亨、貞吉」 5/7/29
《訟》有○窒 6/9/3
《訟》、「有○、窒、惕、中吉」 6/9/5
有○比之 8/11/17
有○盈缶 8/11/17
有○血去惕出 9/13/5
「有○惕出」、上合志也 9/13/7
有○攣如 9/13/9,61/72/21
「有○攣如」、不獨富也 9/13/11
勿恤其○ 11/15/9
不戒以○ 11/15/13
「不戒以○」、中心願也 11/15/15
厥○交如 14/19/9
「厥○交如」、信以發志也 14/19/11
有○在道 17/22/18
「有○在道」、「明」功也 17/22/20
○于嘉、吉 17/22/22
「○于嘉吉」、位正中也 17/22/24
有○顒若 20/25/9
「盥而不薦、有○顒若」、下觀而化也 20/25/11
《習坎》有○ 29/35/11
征凶有○ 34/41/12
「壯于趾」、其「○」窮也 34/41/14
罔○ 35/42/16
有○威如 37/45/13
交○ 38/46/7
「交○无咎」、志行也 38/46/9
朋至斯○ 40/48/15
有○于小人 40/48/19
《損》有○ 41/48/29
損而「有○」 41/49/1
有○ 42/50/19,55/65/15
有○惠心 42/50/27
有○惠我德 42/50/27
「有○惠心」、「勿問」之矣 42/50/29
○號有厲 43/51/7
「○號有厲」、其危乃光也 43/51/10
羸豕○蹢躅 44/52/18
有○不終 45/53/23
○乃利用禴 45/53/27,46/55/1
匪○ 45/54/9
「九二」之「○」、有喜也 46/55/3
有○元吉 48/57/26
《革》巳日乃○ 49/58/5
巳日乃○ 49/58/7
革言三就有○ 49/58/21
有○改命吉 49/58/25
未占有○ 49/58/29
「有○發若」、信以發志也 55/65/17
○兌 58/69/1
「○兌」之「吉」、信志也 58/69/3
○于剝 58/69/13
「○于剝」、位正當也 58/69/15
《中○》豚魚 61/71/27
《中○》、柔在內而剛

得中 61/71/29
○ 61/71/29
中○以「利貞」、乃應乎天也 61/72/1
《中○》 61/72/3
「有○攣如」、位正當也 61/72/23
有○、吉 64/76/11
有○于飲酒 64/76/15
有○失是 64/76/15
故受之以《中○》 68/89/2
《中○》、信也 69/89/16

尃 fū 1

爲○ 67/86/25

膚 fū 8

噬○滅鼻 21/26/22
「噬○滅鼻」、乘剛也 21/26/24
剝床以○ 23/29/7
「剝床以○」、切近災也 23/29/9
厥宗噬○ 38/46/11
「厥宗噬○」、「往」有慶也 38/46/13
臀无○ 43/51/27,44/52/26

弗 fú 22

是以君子「○用」也 1/3/10
先天而天○違 1/3/15
天且○違 1/3/15
○敢成也 2/5/7
○克攻 13/17/29
「乘其墉」、義「○克」也 13/18/1
小人○克 14/19/1
「係小子」、○兼與也 17/22/12
「舍車而徒」、義○乘也 22/27/23
君子以非禮○履 34/41/10
○損 41/49/11,41/49/27
○克違 41/49/23
○損、益之 41/49/29
十朋之龜○克違 42/50/15
○過、防之 62/73/19
○過、遇之 62/73/23
「○過遇之」、位不當也 62/74/1
○遇、過之 62/74/7
「○遇過之」、已亢也 62/74/9
小人以小善爲无益而○爲也 66/83/7
以小惡爲无傷而○去也 66/83/8

伏 fú 4

○戎于莽 13/17/25
「○戎于莽」、敵剛也 13/17/27
爲隱○ 67/87/5
《兌》見而《巽》○也 69/89/11

服 fú 6

以訟受○、亦不足敬也 6/10/3
「勞謙君子」、萬民○也 15/20/7
「利用侵伐」、征不○也 15/20/15
則刑罰清而民○ 16/20/26
聖人以神道設教而天下○矣 20/25/12
○牛乘馬 66/82/6

拂 fú 3

○經于丘 27/33/14
○頤貞、凶 27/33/18
○經 27/33/26

茀 fú 1

婦喪其○ 63/74/24

紱 fú 2

朱○方來 47/56/3
困于赤○ 47/56/15

福 fú 12

于食有○ 11/15/9
鬼神害盈而○謙 15/19/22
受茲介○于其王母 35/42/20
「受茲介○」、以中正也 35/42/22
「利用祭祀」、受○也 47/56/17
並受其○ 48/57/14
求「王明」、「受○」也 48/57/16
「震來虩虩」、恐致○也 51/60/15,51/60/23
不如西鄰之禴祭實受其○ 63/75/7
「實受其○」、吉大來也 63/75/9
此小人之○也 66/83/6

輻 fú 1

輿說○ 9/13/1

斧 fǔ 4

得其資○ 56/66/30
「得其資○」、「心」未「快」也 56/67/1
喪其資○ 57/68/13
「喪其資○」、正乎「凶」也 57/68/15

釜 fǔ 1

爲○ 67/86/22

俯 fǔ 2

○以察於地理 65/77/11
○則觀法於地 66/81/19

輔 fǔ 9

賢人在下位而无○ 1/2/24
65/79/2
《比》、○也 8/11/11
○相天地之宜 11/14/29
「棟橈」之「凶」、不可以有○也 28/34/24
咸其○頰舌 31/38/21
「咸其○頰舌」、滕口說也 31/38/23
艮其○ 52/62/13
「艮其○」、以中正也 52/62/15

父 fù 17

子弑其〇 2/5/3
幹〇之蠱 18/23/10,18/23/18
18/23/26
「幹〇之蠱」、意承「考」也 18/23/12
「幹〇之蠱」、終「无咎」也 18/23/20
裕〇之蠱 18/23/22
「裕〇之蠱」、往未得也 18/23/24
「幹〇用譽」、承以德也 18/23/28
〇母之謂也 37/44/20
〇〇、子子、兄兄、弟弟、夫夫、婦婦而家道正 37/44/20
如臨〇母 66/84/14
故稱乎〇 67/86/15
爲〇 67/86/19
有夫婦然後有〇子 68/88/13
有〇子然後有君臣 68/88/14

附 fù 2

山〇於地 23/28/22
爲〇決 67/87/15

負 fù 6

見豕〇塗 38/46/15
〇且乘 40/48/11,65/79/5
65/79/7
「〇且乘」、亦可醜也 40/48/13
〇也者、小人之事也 65/79/5

婦 fù 18

納〇吉 4/7/5
〇貞厲 9/13/13
老〇得其士夫 28/35/1
「老〇士夫」、亦可醜也 28/35/3
〇人吉 32/39/23
「〇人貞吉」、從一而終也 32/39/25
「夫子」制義、從〇「凶」也 32/39/25
父父、子子、兄兄、弟弟、夫夫、〇〇而家道正 37/44/20
〇子嘻嘻 37/45/1
「〇子嘻嘻」、失家節也 37/45/3
〇孕不育 53/63/7
「〇孕不育」、失其道也 53/63/9
〇三歲不孕 53/63/16
〇喪其茀 63/74/24
有男女然後有夫〇 68/88/13
有夫〇然後有父子 68/88/13
夫〇之道不可以不久也 68/88/14

復 fù 44

「終日乾乾」、反〇道也 1/1/24
〇即命 6/9/23
「〇即命、渝」、「安貞」不失也 6/9/25
〇自道 9/12/23
「〇自道」、其義「吉」也 9/12/25
牽〇 9/12/27
「牽〇」在中、亦不自失也 9/12/29
无往不〇 11/15/9
「无往不〇」、天地際也 11/15/11
城〇于隍 11/15/21
「城〇于隍」、其命亂也 11/15/23
《〇》亨 24/29/21
反〇其道 24/29/21
七日來〇 24/29/21
《〇》「亨」 24/29/23
反〇其道、七日來〇 24/29/23
《〇》、其見天地之心乎 24/29/24
《〇》 24/29/27
不遠〇 24/29/29,66/83/17
「不遠」之「〇」、以脩身也 24/30/1
休〇 24/30/3
「休〇」之「吉」、以下仁也 24/30/5
頻〇 24/30/7
「頻〇」之「厲」、義「无咎」也 24/30/9
中行獨〇 24/30/11
「中行獨〇」、以從道也 24/30/13
敦〇 24/30/15
「敦〇无悔」、中以自考也 24/30/17
迷〇 24/30/19
「迷〇」之「凶」、反君道也 24/30/22
勿逐自〇 38/45/27
其來〇吉 40/47/25
「其來〇吉」、乃得中也 40/47/28
夫征不〇 53/63/7
「夫征不〇」、離群醜也 53/63/9
知之未嘗〇行也 66/83/16
《〇》、德之本也 66/84/5
《〇》、小而辨於物 66/84/7
《〇》以自知 66/84/9
故受之以《〇》 68/88/7
〇則不妄矣 68/88/7
《〇》、反也 69/89/12

富 fù 11

〇以其鄰 9/13/9
「有孚攣如」、不獨〇也 9/13/11
不〇以其鄰 11/15/13,15/20/13
「翩翩不〇」、皆失實也 11/15/15
「不耕穫」、未〇也 25/31/9
〇家 37/45/5
「〇家大吉」、順在位也 37/45/7
「冥升」在上、消不〇也 46/55/19
〇有之謂大業 65/77/20
崇高莫大乎〇貴 65/80/10

腹 fù 4

入于左〇 36/44/3
「入于左〇」、獲心意也 36/44/5
坤爲〇 67/86/13
爲大〇 67/87/9

輹 fù 3

輿說〇 26/32/9
「輿說〇」、中无尤也 26/32/11
壯于大輿之〇 34/41/24

鮒 fù 2

井谷射〇 48/57/10
「井谷射〇」、无與也 48/57/12

覆 fù 3

〇公餗 50/59/28,66/83/12
「〇公餗」、信如何也 50/60/1

改 gǎi 7

有過則〇 42/50/9
《井》〇邑不〇井 48/56/26
「〇邑不〇井」、乃以剛中也 48/57/1
有孚〇命吉 49/58/25
「〇命」之「吉」、信志也 49/58/27

蓋 gài 15

〇言順也 2/5/5
〇言謹也 2/5/9
〇取諸《離》 66/82/1
〇取諸《益》 66/82/2
〇取諸《噬嗑》 66/82/3
〇取諸《乾》《坤》 66/82/5
〇取諸《渙》 66/82/6
〇取諸《隨》 66/82/7
〇取諸《豫》 66/82/7
〇取諸《小過》 66/82/8
〇取諸《睽》 66/82/9
〇取諸《大壯》 66/82/10
〇取諸《大過》 66/82/11
〇取諸《夬》 66/82/12
〇取諸此也 67/85/24

干 gān 1

鴻漸于〇 53/62/30

甘 gān 4

〇臨 19/24/22
「〇臨」、位不當也 19/24/24
〇節 60/71/17
「〇節」之「吉」、居位中也 60/71/19

敢 gǎn 2

弗〇成也 2/5/7
无〇折獄 22/27/19

感 gǎn 9

《咸》、〇也 31/37/23
二氣〇應以相與 31/37/23
天地〇而萬物化生 31/37/24
聖人〇人心而天下和平 31/37/24
觀其所〇而天地萬物之情可見矣 31/37/24
「貞吉悔亡」、未〇害也 31/38/15
〇而遂通天下之故 65/79/22
屈、信相〇而利生焉 66/82/19
情僞相〇而利害生 66/85/5

幹 gàn 10

貞」者、事之〇也 1/2/1
貞固足以〇事 1/2/1
〇父之蠱 18/23/10,18/23/18,18/23/26
「〇父之蠱」、意承「考」也 18/23/12
〇母之蠱 18/23/14
「〇母之蠱」、得中道也 18/23/16
「〇父之蠱」、終「无咎」也 18/23/20
「〇父用譽」、承以德也 18/23/28

剛 gāng 95

〇健中正 1/3/7
九三重〇而不中 1/3/11
九四重〇而不中 1/3/12
《坤》至柔而動也〇 2/5/1
〇柔始交而難生 3/5/17
六二之難、乘〇也 3/6/1
「初筮告」、以〇中也 4/6/25
「子克家」、〇柔（節）〔接〕也 4/7/7
〇健而不陷 5/7/29
上〇下險 6/9/5
〇來而得中也 6/9/6
〇中而應 7/10/9,19/24/9,25/30/28,45/53/17,46/54/21
以〇中也 8/11/12
〇中而志行 9/12/18
《履》、柔履〇也 10/13/21
〇中正、履帝位而不疚 10/13/21
「武人爲于大君」、志〇也 10/14/8
內柔而外〇 12/16/6
「伏戎于莽」、敵〇也 13/17/27
其德〇健而文明 14/18/15
〇應而志行 16/20/25
「六五貞疾」、乘〇也 16/21/19
〇來而下柔 17/22/1
《蠱》、〇上而柔下 18/23/5
〇浸而長 19/24/9
〇柔分 21/26/13
「噬膚滅鼻」、乘〇也 21/26/24
柔來而文〇 22/27/15
分〇上而文柔 22/27/15
〔〇柔交錯〕、天文也 22/27/16
柔變〇也 23/28/19
〇反動而以順行 24/29/23
「利有攸往」、〇長也 24/29/24
〇自外來而爲主於內 25/30/28
〇健篤實 26/31/31
其德〇上而尚賢 26/31/31
〇過而中 28/34/9
「維心亨」、乃以〇中也 29/35/13
「樽酒簋貳」、〇柔際也 29/36/5
柔上而〇下 31/37/23
〇上而柔下 32/38/29
〇柔皆應 32/38/29
〇當位而應 33/40/5
〇以動 34/41/7
得中而應乎〇 38/45/22,50/59/12

「无初有終」、遇○也 38/46/5
○柔之際 40/48/5
損○益柔有時 41/49/2
○決柔也 43/51/9,69/89/20
「揚于王庭」、柔乘五○也 43/51/9
「利有攸往」、○長乃終也 43/51/10
柔遇○也 44/52/13,69/89/19
○遇中正 44/52/14
《困》、○揜也 47/55/25
「貞大人吉」、以○中也 47/55/26
「據于蒺蔾」、乘○也 47/56/9
「改邑不改井」、乃以○中也 48/57/1
「玉鉉」在「上」、○柔節也 50/60/9
「震來厲」、乘○也 51/60/27
其位、○得中也 53/62/26
「无攸利」、柔乘○也 54/63/29
柔得中乎外而順乎○ 56/66/13
○巽乎中正而志行 57/67/16
柔皆順乎○ 57/67/16
○中而柔外 58/68/21
○來而不窮 59/69/25
○柔分而○得中 60/70/27
《中孚》、柔在內而○得中 61/71/29
○失位而不中 62/73/6
○柔正而位當也 63/74/15
雖不當位、○柔應也 64/75/20
○柔斷矣 65/76/21
是故○柔相摩 65/76/22
○柔相推而生變化 65/77/1
○柔者、晝夜之象也 65/77/2
○柔相推 66/81/11
○柔者、立本者也 66/81/12
知柔知○ 66/83/15
而○柔有體 66/83/23
○柔相易 66/84/12
其○勝邪 66/84/21
○柔雜居 66/85/4
發揮於○柔而生爻 67/85/12
立地之道曰柔與○ 67/85/14
迭用柔○ 67/85/15
爲○鹵 67/87/15
《乾》○《坤》柔 69/89/8

高 gāo 11

○而无民 1/2/24,65/79/2
升其○陵 13/17/25
○尚其事 18/24/1
公用射隼于○墉之上 40/48/23, 66/83/3
積小以○大 46/54/24
○宗伐鬼方 63/74/28
卑○以陳 65/76/21
崇○莫大乎富貴 65/80/10
爲○ 67/87/1

膏 gāo 3

屯其○ 3/6/11
「屯其○」、施未光也 3/6/13
雉○不食 50/59/24

槁 gǎo 1

爲科上○ 67/87/10

告 gào 12

初筮○ 4/6/21
瀆則不○ 4/6/21
「初筮○」、以剛中也 4/6/25
再三瀆、瀆則不○ 4/6/25
自邑○命、貞吝 11/15/21
○公用圭 42/50/19
中行○公 42/50/23
「○公從」、以益志也 42/50/25
○自邑 43/51/7
「○自邑不利即戎」、所尚乃窮也 43/51/10
所以○也 65/80/14
八卦以象○ 66/85/3

誥 gào 1

后以施命○四方 44/52/16

戈 gē 1

爲○兵 67/87/9

歌 gē 2

不鼓缶而○ 30/37/3
或泣或○ 61/72/13

革 gé 24

乾道乃○ 1/3/1
執之用黃牛之○ 33/40/14
《○》已日乃孚 49/58/5
《○》、水火相息 49/58/7
其志不相得曰○ 49/58/7
○而信之 49/58/7
○而當 49/58/8
天地○而四時成 49/58/8
湯武○命 49/58/9
《○》之時大矣哉 49/58/9
《○》 49/58/11
鞏用黃牛之○ 49/58/13
已日乃○之 49/58/17
「已日○之」、行有嘉也 49/58/19
○言三就有孚 49/58/21
「○言三就」、又何之矣 49/58/23
小人○面 49/59/3
「小人○面」、順以從君也 49/59/5
鼎耳○ 50/59/24
「鼎耳○」、失其義也 50/59/26
井道不可不○ 68/88/23
故受之以《○》 68/88/24
○物者莫若鼎 68/88/24
《○》、去故也 69/89/16

葛 gé 2

困于○藟 47/56/20
「困于○藟」、未當也 47/56/22

各 gè 5

○正性命 1/1/20

則〇從其類也 1/2/21
辭也者、〇指其所之 65/77/10
五位相得而〇有合 65/79/10
〇得其所 66/82/3

艮 gèn 28

〔《〇》〕其背 52/61/20
《〇》、止也 52/61/22,69/89/9
〇其止 52/61/22
《〇》 52/61/25
〇其趾 52/61/27
「〇其趾」、未失正也 52/61/29
〇其腓 52/62/1
〇其限 52/62/5
「〇其限」、危「薰心」也 52/62/7
〇其身 52/62/9
「〇其身」、止諸躬也 52/62/11
〇其輔 52/62/13
「〇其輔」、以中正也 52/62/15
敦〇 52/62/17
「敦〇」之「吉」、以厚終也 52/62/19
〇以止之 67/85/21
成言乎〇 67/85/23,67/86/2
〇、東北之卦也 67/86/1
終萬物、始萬物者、莫盛乎〇 67/86/5
〇、止也 67/86/8
〇爲狗 67/86/11
〇爲手 67/86/13
〇三索而得男 67/86/16
〇爲山 67/87/12
故受之以《〇》 68/88/25
《〇》者、止也 68/88/26

庚 gēng 2

先〇三日 57/68/9
後〇三日 57/68/9

耕 gēng 2

不〇穫 25/31/7
「不〇穫」、未富也 25/31/9

工 gōng 1

爲〇 67/87/1

弓 gōng 2

〇矢者、器也 66/83/3
爲〇輪 67/87/5

公 gōng 14

〇用亨于天子 14/19/1
「〇用亨于天子」、「小人」害也 14/19/3
王〇設險以守其國 29/35/14
「六五」之「吉」、離王〇也 30/37/13
〇用射隼于高墉之上 40/48/23, 66/83/3
「〇用射隼」、以解悖也 40/48/25
告〇用圭 42/50/19
中行告〇 42/50/23
「告〇從」、以益志也 42/50/25
覆〇餗 50/59/28,66/83/12
「覆〇餗」、信如何也 50/60/1
〇弋取彼在穴 62/74/3

功 gōng 25

聖〇也 4/6/26
「利涉大川」、往有〇也 5/7/30
「師或輿尸」、大无〇也 7/10/24
「大君有命」、以正〇也 7/11/5
出門交有〇 17/22/6
「出門交有〇」、不失也 17/22/8
「有孚在道」、「明」〇也 17/22/20
「行有尙」、往有〇也 29/35/14
「來之坎坎」、終无〇也 29/36/1
「振恆」在上、大无〇也 32/39/29
「利見大人」、往有〇也 39/46/25
「有攸往夙吉」、往有〇也 40/47/28
〔井〕汔至、亦未繘井」、未有〇也 48/57/2
往有〇也 53/62/25
「田獲三品」、有〇也 57/68/7
「利涉大川」、乘木有〇也 59/69/26
易從則有〇 65/76/25
有〇則可大 65/76/25
有〇而不德 65/78/20
語以其〇下人者也 65/78/20
立〔〇〕成器 65/80/11
〇業見乎變 66/81/16
二與四同〇而異位 66/84/19
三與五同〇而異位 66/84/20
五多〇 66/84/20

攻 gōng 2

弗克〇 13/17/29
是故愛惡相〇而吉凶生 66/85/5

肱 gōng 2

折其右〇 55/65/19
「折其右〇」、終不可用也 55/65/21

宮 gōng 6

貫魚以〇人寵 23/29/11
「以〇人寵」、終无尤也 23/29/13
入于其〇 47/56/7,66/83/1
「入于其〇不見其妻」、不祥也 47/56/9
後世聖人易之以〇室 66/82/9

躬 gōng 6

不有〇 4/7/9
匪〇之故 39/47/3
震不于其〇、于其鄰、无咎 51/61/13
「艮其身」、止諸〇也 52/62/11
渙其〇 59/70/7
「渙其〇」、志在外也 59/70/9

恭 gōng 3

君子以行過乎○ 62/73/9
禮言○ 65/79/1
謙也者、致○以存其位者也 65/79/1

鞏 gǒng 2

○用黃牛之革 49/58/13
「○用黃牛」、不可以有爲也 49/58/15

貢 gòng 1

六爻之義易以○ 65/80/3

溝 gōu 1

爲○瀆 67/87/5

鉤 gōu 1

○深致遠 65/80/11

狗 gǒu 2

艮爲○ 67/86/11
爲○ 67/87/12

苟 gǒu 3

○錯諸地而可矣 65/78/18
○非其人 66/84/14
物不可以○合而已 68/88/5

姤 gòu 9

《○》女壯 44/52/11
《○》、遇也 44/52/13,69/89/19
《○》之時義大矣哉 44/52/14
《○》 44/52/16
○其角 44/53/9
「○其角」、上窮「吝」也 44/53/11
故受之以《○》 68/88/21
《○》者、遇也 68/88/21

媾 gòu 6

婚○ 3/5/26,22/28/3,38/46/15
求婚○ 3/6/7
「匪寇婚○」、終无尤也 22/28/5
婚○有言 51/61/13

構 gòu 1

男女○精 66/83/18

孤 gū 3

敬義立而德不○ 2/5/6
睽○ 38/46/7,38/46/15

古 gǔ 6

○之聰明叡知神武而不殺者夫 65/80/4
○者包犧氏之王天下也 66/81/19
上○穴居而野處 66/82/9
○之葬者 66/82/10
上○結繩而治 66/82/11
其於中○乎 66/84/4

谷 gǔ 4

入于幽○ 47/55/30,47/56/1
井○射鮒 48/57/10
「井○射鮒」、无與也 48/57/12

股 gǔ 4

咸其○ 31/38/9
「咸其○」、亦不處也 31/38/11
明夷、夷于左○ 36/43/24
巽爲○ 67/86/13

罟 gǔ 1

作結繩而爲罔○ 66/81/20

鼓 gǔ 7

不○缶而歌 30/37/3
或○或罷 61/72/13
「或○或罷」、位不當也 61/72/15
○之以雷霆 65/76/23
○萬物而不與聖人同憂 65/77/20
○之舞之以盡神 65/80/20
○天下之動者存乎辭 65/81/6

穀 gǔ 1

百○草木麗乎土 30/36/19

蠱 gǔ 17

《○》元亨 18/23/3
《○》、剛上而柔下 18/23/5
《○》 18/23/5,18/23/8
《○》「元亨」 18/23/5
幹父之○ 18/23/10,18/23/18,18/23/26
「幹父之○」、意承「考」也 18/23/12
幹母之○ 18/23/14
「幹母之○」、得中道也 18/23/16
「幹父之○」、終「无咎」也 18/23/20
裕父之○ 18/23/22
「裕父之○」、往未得也 18/23/24
故受之以《○》 68/88/3
《○》者、事也 68/88/4
《○》則飭也 69/89/12

固 gù 5

貞○足以幹事 1/2/1
「可貞无咎」、○有之也 25/31/17
「執用黃牛」、○志也 33/40/16
「益用凶事」、○有之也 42/50/21
《恆》、德之○也 66/84/5

故 gù 152

○曰「乾、元、亨、利、貞」 1/2/2

是○居上位而不驕 1/2/14
○乾乾因其時而惕 1/2/14
○无咎 1/2/18
○「乾乾」因其時而「惕」 1/3/12
○「或」之 1/3/13
○「无咎」 1/3/13
非一朝一夕之○ 2/5/3
○稱「龍」焉 2/5/10
○稱「血」焉 2/5/11
○天地如之 16/20/25
○日月不過而四時不忒 16/20/26
○「亨」 22/27/15,30/36/20
○「小利有攸往」 22/27/15
○壯 34/41/7
匪躬之○ 39/47/3
○聚也 45/53/17
○《豐》 55/65/5
是○剛柔相摩 65/76/22
是○吉凶者、失得之象也 65/77/1
是○君子所居而安者、《易》之序也 65/77/3
是○君子居則觀其象而玩其辭 65/77/4
是○列貴賤者存乎位 65/77/8
是○卦有小大 65/77/9
○能彌綸天地之道 65/77/10
是○知幽明之○ 65/77/11
○知死生之說 65/77/12
是○知鬼神之情狀 65/77/14
○不違 65/77/14
○不過 65/77/15
○不憂 65/77/15
○能愛 65/77/16
○神无方而易无體 65/77/16
○君子之道鮮矣 65/77/18
是○謂之象 65/78/8,65/81/4
是○謂之爻 65/78/9,65/81/5
○再扐而後掛 65/79/10
是○四營而成《易》 65/79/13
是○可與酬酢 65/79/14
感而遂通天下之○ 65/79/22
○能通天下之志 65/79/23
○能成天下之務 65/79/23
○不疾而速 65/79/24
是○聖人以通天下之志 65/80/1
是○蓍之德圓而神 65/80/2
而察於民之○ 65/80/5
是○闔戶謂之坤 65/80/5
是○《易》有太極 65/80/9
是○法象莫大乎天地 65/80/10
是○天生神物 65/80/12
是○形而上者謂之道 65/81/2
是○夫象、聖人有以見天下之賾 65/81/3
是○《易》者、象也 66/82/14
是○吉凶生而悔吝著也 66/82/15
其○何也 66/82/15
○惡積而不可揜 66/83/8
是○君子安而不忘危 66/83/10
○全也 66/83/19
是○《履》、德之基也 66/84/4
又明於憂患與○ 66/84/13
○六 66/84/22
○曰爻 66/84/22
○曰物 66/84/22
○曰文 66/84/23
○吉凶生焉 66/84/23
是○其辭危 66/84/24
是○變化云爲 66/85/2
是○愛惡相攻而吉凶生 66/85/5
○《易》六畫而成卦 67/85/15
○《易》六位而成章 67/85/16
是○《易》逆數也 67/85/19
○曰 67/85/25
67/85/26,67/86/1,67/86/2
○水火相逮 67/86/6
○稱乎父 67/86/15
○稱乎母 67/86/15
○謂之長男 67/86/15
○謂之長女 67/86/16
○謂之中男 67/86/16
○謂之中女 67/86/16
○謂之少男 67/86/17
○謂之少女 67/86/17
○受之以《屯》 68/87/20
○受之以《蒙》 68/87/21
○受之以《需》 68/87/22
○受之以《訟》 68/87/22
○受之以《師》 68/87/23
○受之以《比》 68/87/23
○受之以《小畜》 68/87/24
○受之以《履》 68/87/24
○受之以《泰》 68/87/25
○受之以《否》 68/88/1
○受之以《同人》 68/88/1
○受之以《大有》 68/88/2
○受之以《謙》 68/88/2
○受之以《豫》 68/88/3
○受之以《隨》 68/88/3
○受之以《蠱》 68/88/3
○受之以《臨》 68/88/4
○受之以《觀》 68/88/5
○受之以《噬嗑》 68/88/5
○受之以《賁》 68/88/6
○受之以《剝》 68/88/6
○受之以《復》 68/88/7
○受之以《无妄》 68/88/7
○受之以《大畜》 68/88/8
○受之以《頤》 68/88/9
○受之以《大過》 68/88/9
○受之以《坎》 68/88/10
○受之以《離》 68/88/10
○受之以《恆》 68/88/15
○受之以《遯》 68/88/15
○受之以《大壯》 68/88/16
○受之以《晉》 68/88/16
○受之以《明夷》 68/88/17
○受之以《家人》 68/88/18
○受之以《睽》 68/88/18
○受之以《蹇》 68/88/19
○受之以《解》 68/88/19
○受之以《損》 68/88/20
○受之以《益》 68/88/20
○受之以《夬》 68/88/21
○受之以《姤》 68/88/21
○受之以《萃》 68/88/22
○受之以《升》 68/88/22
○受之以《困》 68/88/23
○受之以《井》 68/88/23
○受之以《革》 68/88/24
○受之以《鼎》 68/88/24
○受之以《震》 68/88/25
○受之以《艮》 68/88/25
○受之以《漸》 68/88/26
○受之以《歸妹》 68/88/26
○受之以《豐》 68/88/27
○受之以《旅》 68/88/28
○受之以《巽》 68/88/28
○受之以《兌》 68/89/1
○受之以《渙》 68/89/1

〇受之以《節》 68/89/2
〇受之以《中孚》 68/89/2
〇受之以《小過》 68/89/3
〇受之以《既濟》 68/89/3
〇受之以《未濟》 68/89/3
《隨》、无〇也 69/89/12
《革》、去〇也 69/89/16
《豐》、多〇也 69/89/17

牿 gù 1

童牛之〇 26/32/17

梏 gù 1

用說桎〇 4/7/1

瓜 guā 1

以杞包〇 44/53/5

寡 guǎ 6

君子以裒多益〇 15/19/25
《困》以〇怨 66/84/10
吉人之辭〇 66/85/7
爲（〇）〔宣〕髮 67/87/2
親〇《旅》也 69/89/17
《小畜》、〇也 69/89/17

卦 guà 28

八〇相盪 65/76/22
聖人設〇觀象 65/77/1
齊小大者存乎〇 65/77/9
是故〇有小大 65/77/9
十有八變而成〇 65/79/13
八〇而小成 65/79/13
〇之德方以知 65/80/2
四象生八〇 65/80/9
八〇定吉凶 65/80/9
設〇以盡情僞 65/80/20
極天下之賾者存乎〇 65/81/5
八〇成列 66/81/11
於是始作八〇 66/81/20
陽〇多陰 66/82/15
陰〇多陽 66/82/15
陽〇奇 66/82/15
陰〇耦 66/82/15
八〇以象告 66/85/3
觀變於陰陽而立〇 67/85/11
故《易》六畫而成〇 67/85/15
南方之〇也 67/85/24
乾、西北之〇也 67/85/26
正北方之〇也 67/86/1
勞〇也 67/86/1
艮、東北之〇也 67/86/1
其究爲躁〇 67/87/2
爲血〇 67/87/6
爲乾〇 67/87/10

掛 guà 2

〇一以象三 65/79/9
故再扐而後〇 65/79/10

乖 guāi 3

家道窮必〇 68/88/18
《睽》者、〇也 68/88/18
〇必有難 68/88/18

官 guān 3

〇有渝 17/22/6
「〇有渝」、從正「吉」也 17/22/8
百〇以治 66/82/12

棺 guān 1

後世聖人易之以〇椁 66/82/11

關 guān 1

先王以至日閉〇 24/29/27

觀 guān 49

《〇》盥而不薦 20/25/9
大〇在上 20/25/11
中正以〇天下 20/25/11
《〇》 20/25/11,20/25/14
「盥而不薦、有孚顒若」、下〇而化也 20/25/11
〇天之神道而四時不忒 20/25/12
先王以省方〇民設教 20/25/14
童〇 20/25/16
「初六童〇」、「小人」道也 20/25/18
闚〇 20/25/20
「闚〇女貞」、亦可醜也 20/25/22
〇我生進退 20/25/24
「〇我生進退」、未失道也 20/25/26
〇國之光 20/25/28
「〇國之光」、尙「賓」也 20/25/30
〇我生 20/26/1
「〇我生」、〇民也 20/26/3
〇其生 20/26/5
「〇其生」、志未平也 20/26/7
〇乎天文以察時變 22/27/16
〇乎人文以化成天下 22/27/16
〇象也 23/28/19
〇頤 27/33/3
「〇頤」、〇其所養也 27/33/5
「自求口實」、〇其自養也 27/33/5
〇我朵頤 27/33/10
「〇我朵頤」、亦不足貴也 27/33/12
〇其所感而天地萬物之情可見矣 31/37/24
〇其所恆而天地萬物之情可見矣 32/39/2
〇其所聚而天地萬物之情可見矣 45/53/18
聖人設卦〇象 65/77/1
是故君子居則〇其象而玩其辭 65/77/4
動則〇其變而玩其占 65/77/4
仰以〇於天文 65/77/11
而〇其會通 65/78/9,65/81/5
貞〇者也 66/81/13
仰則〇象於天 66/81/19
俯則〇法於地 66/81/19
〇鳥獸之文與地之宜 66/81/19
知者〇其彖辭 66/84/17
〇變於陰陽而立卦 67/85/11

物大然後可〇 68/88/4
故受之以《〇》 68/88/5
可〇而後有所合 68/88/5
《臨》《〇》之義 69/89/8

貫 guàn 1

〇魚以宮人寵 23/29/11

盥 guàn 2

《觀》〇而不薦 20/25/9
「〇而不薦、有孚顒若」、下觀而化也 20/25/11

光 guāng 29

含弘〇大 2/3/24
「不習无不利」、地道〇也 2/4/9
「或從王事」、知〇大也 2/4/13
含萬物而化〇 2/5/1
「屯其膏」、施未〇也 3/6/13
〇亨 5/7/27
《需》、「有孚、〇亨、貞吉」 5/7/29
〇明也 10/13/22
以〇大也 11/15/7
天道下濟而〇明 15/19/21
《謙》、尊而〇 15/19/22, 66/84/7
觀國之〇 20/25/28
「觀國之〇」、尙「賓」也 20/25/30
「利艱貞吉」、未〇也 21/27/1
（輝）〔煇〕〇日新 26/31/31
「顚頤」之「吉」、上施〇也 27/33/24
「憧憧往來」、未〇大也 31/38/15
「維用伐邑」、道未〇也 35/43/9
其道大〇 42/50/5
「孚號有厲」、其危乃〇也 43/51/10
「中行无咎」、中未〇也 43/52/3
「萃有位」、志未〇也 45/54/11
「震遂泥」、未〇也 51/61/7
其道〇明 52/61/22
「上六、引兌」、未〇也 58/69/19
「渙其群元吉」、〇大也 59/70/13
君子之〇 64/76/11
「君子之〇」、其暉「吉」也 64/76/13

廣 guǎng 6

夫《易》、〇矣大矣 65/78/1
是以〇生焉 65/78/3
〇大配天地 65/78/3
夫《易》、聖人所以崇德而〇業也 65/78/4
〇大悉備 66/84/21
爲〇顙 67/87/2

圭 guī 1

告公用〇 42/50/19

龜 guī 5

舍爾靈〇 27/33/10
或益之十朋之〇 41/49/23
十朋之〇弗克違 42/50/15
莫（大）〔善〕乎蓍〇 65/80/12
爲〇 67/87/10

歸 guī 28

〇而逋其邑 6/9/15
「不克訟」、「〇逋」竄也 6/9/17
帝乙〇妹 11/15/17, 54/64/19
《漸》女〇吉 53/62/23
「女〇吉」也 53/62/25
《〇妹》征凶 54/63/26
《〇妹》、天地之大義也 54/63/28
《〇妹》、人之終始也 54/63/28
所〇妹也 54/63/29
《〇妹》 54/64/1
〇妹以娣 54/64/3
「〇妹以娣」、以恆也 54/64/5
〇妹以須 54/64/11
反〇以娣 54/64/11
「〇妹以須」、未當也 54/64/13
〇妹愆期 54/64/15
遲〇有時 54/64/15
「帝乙〇妹」、「不如其娣之袂良」也 54/64/21
〇奇於扐以象閏 65/79/10
天下同〇而殊塗 66/82/17
萬物之所〇也 67/86/1
物必〇焉 68/88/2
進必有所〇 68/88/26
故受之以《〇妹》 68/88/26
得其所〇者必大 68/88/27
《漸》、女〇待男行也 69/89/19
《〇妹》、女之終也 69/89/20

鬼 guǐ 10

與〇神合其吉凶 1/3/14
況於〇神乎 1/3/15, 55/65/6
〇神害盈而福謙 15/19/22
載〇一車 38/46/15
高宗伐〇方 63/74/28
震用伐〇方 64/76/7
是故知〇神之情狀 65/77/14
此所以成變化而行〇神也 65/79/11
人謀〇謀 66/85/3

簋 guǐ 5

樽酒、〇貳、用缶 29/36/3
「樽酒〇貳」、剛柔際也 29/36/5
二〇可用享 41/48/29
元吉、无咎、可貞、利有攸往、曷之用二〇、可用享 41/49/1
二〇應有時 41/49/2

貴 guì 11

〇而无位 1/2/24, 65/79/2
以〇下賤 3/5/24
「觀我朵頤」、亦不足〇也 27/33/12
「利見大人」、以從〇也 39/47/21

「利出否」、以從○也 50/59/18
以○行也 54/64/21
○賤位矣 65/76/21
是故列○賤者存乎位 65/77/8
崇高莫大乎富○ 65/80/10
○賤之等也 66/84/20

國 guó 13

萬○咸寧 1/1/21
開○承家 7/11/3
先王以建萬○ 8/11/15
利用行師征邑○ 15/20/17
可「用行師」、征邑○
也 15/20/19
觀○之光 20/25/28
「觀○之光」、尙「賓」
也 20/25/30
以其○君凶 24/30/19
王公設險以守其○ 29/35/14
「初登于天」、照四○
也 36/44/13
利用爲依遷○ 42/50/23
有賞于大○ 64/76/7
是以身安而○家可保也 66/83/10

果 guǒ 6

君子以○行育德 4/6/28
碩○不食 23/29/15
雷雨作而百○草木皆甲
（圻）〔坼〕 40/47/28
爲木○ 67/86/20
爲不○ 67/87/1
爲○蓏 67/87/12

椁 guǒ 1

後世聖人易之以棺○ 66/82/11

過 guò 42

故日月不○而四時不忒 16/20/26
《大○》棟（撓）〔橈〕 28/34/7
《大○》、大者○也 28/34/9
剛○而中 28/34/9
《大○》之時大矣哉 28/34/10
《大○》 28/34/12
「老夫女妻」、○以相
與也 28/34/20
○涉滅頂 28/35/5
「○涉」之「凶」、不
可咎也 28/35/7
君子以赦○宥罪 40/48/1
有○則改 42/50/9
「雖旬无咎」、○旬災
也 55/65/13
《小○》亨 62/73/3
《小○》〔「亨」〕、
小者○而亨也 62/73/5
○以「利貞」、與時行也 62/73/5
《小○》 62/73/9
君子以行○乎恭 62/73/9
喪○乎哀 62/73/9
用○乎儉 62/73/9
○其祖 62/73/15
「不及其君」、臣不可
○也 62/73/17
弗○、防之 62/73/19
弗○、遇之 62/73/23
「弗○遇之」、位不當也 62/74/1
弗遇、○之 62/74/7
「弗遇○之」、已亢也 62/74/9
无咎者、善補○也 65/77/8
故不○ 65/77/15
範圍天地之化而不○ 65/77/16
蓋取諸《小○》 66/82/8
蓋取諸《大○》 66/82/11
○此以往 66/82/21
則思○半矣 66/84/17
故受之以《大○》 68/88/9
物不可以終○ 68/88/9
故受之以《小○》 68/89/3
有○物者必濟 68/89/3
《小○》、○也 69/89/16
《大○》、顚也 69/89/18

害 hài 13

「括囊无咎」、愼不○也 2/4/17
无交○ 14/18/20
无交○也 14/18/22
「公用亨于天子」、
「小人」○也 14/19/3
鬼神○盈而福謙 15/19/22
雖「凶居吉」、順不○也 31/38/7
「貞吉悔亡」、未感○
也 31/38/15
「渙其血」、遠○也 59/70/21
不○民 60/70/28
幾事不密則○成 65/79/3
《損》以遠○ 66/84/10
情僞相感而利○生 66/85/5
或○之 66/85/6

含 hán 7

○弘光大 2/3/24
○章可貞 2/4/11
「○章可貞」、以時發也 2/4/13
○萬物而化光 2/5/1
陰雖有美「○」之以從王事 2/5/7
○章 44/53/5
「九五」「○章」、中
正也 44/53/7

寒 hán 7

井洌○泉 48/57/22
「○泉」之「食」、中
正也 48/57/24
一○一暑 65/76/23
○往則暑來 66/82/18
暑往則○來 66/82/19
○暑相推而歲成焉 66/82/19
爲○ 67/86/19

汗 hàn 1

渙○其大號 59/70/15

熯 hàn 1

燥萬物者莫○乎火 67/86/4

翰 hàn 3

白馬○如 22/28/3
○音登于天 61/72/25
「○音登于天」、何可
長也 61/72/27

號 háo 10

同人先○咷而後笑 13/18/3, 65/78/15
孚○有厲 43/51/7
「孚○有厲」、其危乃光也 43/51/10
惕○ 43/51/19
无○ 43/52/5
「无○」之「凶」、終不可長也 43/52/7
若○一握爲笑 45/53/23
旅人先笑後○咷 56/67/7
渙汗其大○ 59/70/15

好 hǎo 5

人道惡盈而○謙 15/19/22
○遯 33/40/22
「君子○遯、小人否」也 33/40/24
我有○爵 61/72/9,65/78/11

合 hé 17

保○大和 1/1/20
嘉會足以○禮 1/2/1
夫「大人」者、與天地○其德 1/3/14
與日月○其明 1/3/14
與四時○其序 1/3/14
與鬼神○其吉凶 1/3/14
德○无疆 2/3/24
「有孚惕出」、上○志也 9/13/7
雷電○而章 21/26/13
「利有攸往」、上○志也 26/32/15
尚○志也 41/49/9
「允升大吉」、上○志也 46/54/28
五位相得而各有○ 65/79/10
陰陽○德 66/83/23
可觀而後有所○ 68/88/5
嗑者、○也 68/88/5
物不可以苟○而已 68/88/5

何 hé 39

○謂也 1/2/4,1/2/8,1/2/12, 1/2/17,1/2/20,1/2/24
○可長也 3/6/17
「吉」、又○咎矣 7/10/10
○其咎 9/12/23
「否」終則「傾」、○可長也 12/17/5
「冥豫」在「上」、○可長也 16/21/23
○咎 17/22/18
○校滅耳 21/27/7,66/83/9
「○校滅耳」、聰不明也 21/27/9
无妄之往○之矣 25/30/29
○天之衢 26/32/25
「○天之衢」、道大行也 26/32/27
「枯楊生華」、○可久也 28/35/3
「日昃之離」、○可久也 30/37/5
「遯尾」之「厲」、不往○災也 33/40/12
往○咎 38/46/11
「革言三就」、又○之矣 49/58/23
「覆公餗」、信如○也 50/60/1
「翰音登于天」、○可長也 61/72/27
「飛鳥以凶」、不可如○也 62/73/13
「從或戕之」、「凶」如○也 62/73/21
「濡其首、厲」、○可久也 63/75/13
○咎之有 65/78/18
夫《易》、○爲者也 65/79/26
○以守位曰仁 66/81/16
○以聚人曰財 66/81/17
其故○也 66/82/15
其德行○也 66/82/16
天下○思○慮 66/82/17,66/82/18
○不利之有 66/83/4

和 hé 13

保合大○ 1/1/20
《利》者、義之○也 1/1/28
利物足以○義 1/2/1
聖人感人心而天下○平 31/37/24
決而○ 43/51/9
○兌 58/68/26
「○兌」之「吉」、行未疑也 58/68/28
其子○之 61/72/9,65/78/11
「其子○之」、中心願也 61/72/11
《履》、○而至 66/84/7
《履》以○行 66/84/9
○順於道德而理於義 67/85/12

河 hé 2

用馮○ 11/15/5
○出圖 65/80/13

曷 hé 2

○之用 41/48/29
元吉、无咎、可貞、利有攸往、○之用二簋、可用享 41/49/1

盍 hé 1

朋○簪 16/21/13

闔 hé 2

是故○戶謂之坤 65/80/5
一○一闢謂之變 65/80/6

嗃 hè 4

家人○○ 37/45/1
「家人○○」、未失也 37/45/3

鶴 hè 3

（○鳴）〔鳴○〕在陰 61/72/9
鳴○在陰 65/78/11

黑 hēi 1

其於地也爲○ 67/86/23

亨 hēng 101

《乾》元〇 1/1/3
「〇」者、嘉之會也 1/1/28
故曰「乾、元、〇、利、貞」 1/2/2
《乾》「元」〔「〇」〕者、始而〇者也 1/3/4
《坤》元〇 2/3/21
品物咸「〇」 2/3/25
《屯》元〇 3/5/15
大「〇貞」 3/5/17
《蒙》〇 4/6/21
《蒙》「〇」 4/6/24
以〇行 4/6/24
光〇 5/7/27
《需》、「有孚、光〇、貞吉」 5/7/29
《小畜》〇 9/12/16
乃「〇」 9/12/19
〇 10/13/19,11/14/24,12/16/15,13/17/9,26/32/25,28/34/7,30/36/17,45/53/15,47/55/25,50/59/9,60/71/13
是以「履虎尾、不咥人、〇」 10/13/21
《泰》、小往大來、吉、〇 11/14/26
貞吉〇 12/16/11
「大人否〇」、不亂群也 12/16/17
《同人》曰、「同人于野、〇、利涉大川」 13/17/11
《大有》元〇 14/18/13
是以「元〇」 14/18/16,50/59/12
公用〇于天子 14/19/1
「公用〇于天子」、「小人」害也 14/19/3
《謙》〇 15/19/19
《謙》「〇」 15/19/21
《隨》元〇 17/21/27
大「〇、貞、无咎」而天下隨（時）〔之〕 17/22/1
王用〇于西山 17/22/26
《蠱》元〇 18/23/3
《蠱》「元〇」 18/23/5
《臨》元〇 19/24/7
大「〇」以正、天之道也 19/24/9
《噬嗑》〇 21/26/11
《噬嗑》而「〇」 21/26/13
《賁》〇 22/27/13
《賁》「〇」 22/27/15
故「〇」 22/27/15,30/36/20
《復》〇 24/29/21
《復》「〇」 24/29/23
《无妄》元〇 25/30/26
大「〇」以正 25/30/28,49/58/8
「利有攸往」乃「〇」 28/34/10
維心、〇 29/35/11
「維心〇」、乃以剛中也 29/35/13
《咸》〇 31/37/21
是以「〇利貞、取女吉」也 31/37/23
《恆》〇 32/38/27
恆〇无咎利貞」、久於其道也 32/39/1
《遯》〇 33/40/3
《遯》「〇」 33/40/5
遯而〇也 33/40/5
《萃》〇 45/53/15
「利見大人〇」、聚以正也 45/53/18
《升》元〇 46/54/19
是以大「〇」 46/54/21
王用〇于岐山 46/55/9
「王用〇于岐山」、順事也 46/55/11
《困》〇 47/55/23
元〇 49/58/5
〇飪也 50/59/11
聖人〇以享上帝 50/59/11
而大〇以養聖賢 50/59/11
《震》〇 51/60/13
《震》「〇」 51/60/15
《豐》〇 55/65/3
《旅》小〇 56/66/11
《旅》「小〇」 56/66/13
是以「小〇旅貞吉」也 56/66/13
《巽》小〇 57/67/14
是以「小〇、利有攸往、利見大人」 57/67/16
《兌》〇 58/68/19
《渙》〇 59/69/23
《渙》「〇」 59/69/25
《節》〇 60/70/25
《節》「〇」 60/70/27
「安節」之「〇」、承上道也 60/71/15
《小過》〇 62/73/3
《小過》〔「〇」〕、小者過而〇也 62/73/5
《既濟》〇 63/74/13
《既濟》「〇」 63/74/15
小者〇也 63/74/15
《未濟》〇 64/75/17
《未濟》「〇」、柔得中也 64/75/19
致飾然後〇則盡矣 68/88/6

恆 héng 31

進退无〇 1/2/17
利用〇 5/8/3
「利用〇无咎」、未失常也 5/8/5
〇不死 16/21/17
「〇不死」、中未亡也 16/21/19
《〇》亨 32/38/27
《〇》、久也 32/38/29,69/89/13
《〇》 32/38/29
〇亨无咎利貞」、久於其道也 32/39/1
天地之道〇久而不已也 32/39/1
觀其所〇而天地萬物之情可見矣 32/39/2
雷風《〇》 32/39/5
浚〇 32/39/7
「浚〇」之「凶」、始求深也 32/39/9
不〇其德 32/39/15
「不〇其德」、无所容也 32/39/17
〇其德、貞 32/39/23
振〇 32/39/27
「振〇」在上、大无功也 32/39/29
君子以言有物而行有〇 37/44/23
立心勿〇 42/51/1,66/83/21
「歸妹以娣」、以〇也 54/64/5
《〇》、德之固也 66/84/5
《〇》、雜而不厭 66/84/7

《○》以一德 66/84/9
德行○易以知險 66/85/1
德行○簡以知阻 66/85/1
故受之以《○》 68/88/15
《○》者、久也 68/88/15

弘 hóng 1

含○光大 2/3/24

鴻 hóng 6

○漸于干 53/62/30
○漸于磐 53/63/3
○漸于陸 53/63/7,53/63/20
○漸于木 53/63/12
○漸于陵 53/63/16

侯 hóu 11

利建○ 3/5/15,3/5/22
宜「建○」而不寧 3/5/18
親諸○ 8/11/15
《豫》利建○行師 16/20/23
而況「建○行師」乎 16/20/26
不事王○ 18/24/1
「不事王○」、志可則也 18/24/3
《晉》康○用錫馬蕃庶 35/42/9
是以「康○」用「錫馬蕃庶晝日三接」也 35/42/11
能研諸○之慮 66/85/2

后 hòu 3

○以財成天地之道 11/14/29
○不省方 24/29/27
○以施命誥四方 44/52/16

後 hòu 49

○天而奉天時 1/3/15
先迷○得主 2/3/21
「○」順「得」常 2/3/26
○得主而有常 2/5/1
○夫凶 8/11/9
「○夫凶」、其道窮也 8/11/12
先否○喜 12/17/3
同人先號咷而○笑 13/18/3
65/78/15
○甲三日 18/23/3
先甲三日、○甲三日 18/23/6
○入于地 36/44/11
「○入于地」、失則也 36/44/13
○說之弧 38/46/15
「笑言啞啞」、○有則也 51/60/15
○「笑言啞啞」 51/60/21
「笑言啞啞」、「○」有則也 51/60/23
旅人先笑○號咷 56/67/7
○庚三日 57/68/9
擬之而○言 65/78/10
議之而○動 65/78/10
故再扐而○掛 65/79/10
○世聖人易之以宮室 66/82/9
○世聖人易之以棺椁 66/82/11
○世聖人易之以書契 66/82/12
君子安其身而○動 66/83/19
易其心而○語 66/83/19
定其交而○求 66/83/19
《損》、先難而○易 66/84/8
然○能變化 67/86/6
然○萬物生焉 68/87/20
物畜然○有禮 68/87/24
履而泰然○安 68/87/25
有事而○可大 68/88/4
物大然○可觀 68/88/4
可觀而○有所合 68/88/5
致飾然○亨則盡矣 68/88/6
〔物〕然○可畜 68/88/8
物畜然○可養 68/88/8
有天地然○有萬物 68/88/13
有萬物然○有男女 68/88/13
有男女然○有夫婦 68/88/13
有夫婦然○有父子 68/88/13
有父子然○有君臣 68/88/14
有君臣然○有上下 68/88/14
有上下然○禮義有所錯 68/88/14
物相遇而○聚 68/88/22
入而○說之 68/88/28
說而○散之 68/89/1

厚 hòu 7

坤○載物 2/3/24
君子以○德載物 2/4/1
上以○下安宅 23/28/22
「元吉无咎」、下不○事也 42/50/13
「敦艮」之「吉」、以○終也 52/62/19
○之至也 65/78/20
○衣之以薪 66/82/10

乎 hū 131

不易○世 1/2/4
不成○名 1/2/4
確○其不可拔 1/2/5
本○天者親上 1/2/21
本○地者親下 1/2/21
乃位○天德 1/3/1
大哉乾○ 1/3/7
而況於人○ 1/3/15,55/65/6
況於鬼神○ 1/3/15,55/65/6
其唯聖人○ 1/3/16,1/3/17
坤道其順○ 2/5/2
動○險中 3/5/17
位○天位以正中也 5/7/30
「比之匪人」、不亦傷○ 8/11/27
說而應○乾 10/13/21
柔得位得中而應○乾曰《同人》 13/17/11
應○天而時行 14/18/15
而況「建侯行師」○ 16/20/26
觀○天文以察時變 22/27/16
觀○人文以化成天下 22/27/16
《復》、其見天地之心○ 24/29/24
「利涉大川」、應○天也 26/32/1
「棟隆」之「吉」、不橈○下也 28/34/28
日月麗○天 30/36/19
百穀草木麗○土 30/36/19
重明以麗○正 30/36/19
柔麗○中正 30/36/20
順而麗○大明 35/42/11
女正位○內 37/44/19
男正位○外 37/44/19

說而麗〇明　38/45/21
得中而應〇剛　38/45/22,50/59/12
動而免〇險　40/47/27
其唯君子〇　47/55/25
巽〇水而上水　48/57/1
順〇天而應〇人　49/58/9
柔得中〇外而順〇剛　56/66/13
止而麗〇明　56/66/13
剛巽〇中正而志行　57/67/16
柔皆順〇剛　57/67/16
「喪其資斧」、正〇
「凶」也　57/68/15
是以順〇天而應〇人　58/68/21
柔得位〇外而上同　59/69/25
中孚以「利貞」、乃應
〇天也　61/72/1
君子以行過〇恭　62/73/9
喪過〇哀　62/73/9
用過〇儉　62/73/9
而成位〇其中矣　65/76/26
象者、言〇象者也　65/77/7
爻者、言〇變者也　65/77/7
吉凶者、言〇其失得也　65/77/7
悔吝者、言〇其小疵也　65/77/8
是故列貴賤者存〇位　65/77/8
齊小大者存〇卦　65/77/9
辯吉凶者存〇辭　65/77/9
憂悔吝者存〇介　65/77/9
震无咎者存〇悔　65/77/9
知周〇萬物　65/77/14
安土敦〇仁　65/77/15
通〇晝夜之道而知　65/77/16
以言〇遠則不禦　65/78/1
以言〇邇則靜而正　65/78/1
以言〇天地之間則備矣　65/78/2
《易》、其至矣〇　65/78/4
而《易》行〇其中矣　65/78/5
況其邇者〇　65/78/12,65/78/13
言出〇身　65/78/13
加〇民　65/78/13
行發〇邇　65/78/13
見〇遠　65/78/14
可不慎〇　65/78/15
作《易》者、其知盜〇　65/79/4
其知神之所為〇　65/79/17
是故法象莫大〇天地　65/80/10
變通莫大〇四時　65/80/10
縣象著明莫大〇日月　65/80/10
崇高莫大〇富貴　65/80/10
莫大〇聖人　65/80/11
莫（大）〔善〕〇蓍龜　65/80/12
履信思〇順　65/80/16
其不可見〇　65/80/19
而《易》立〇其中矣　65/81/1
則乾坤或幾〇息矣　65/81/2
極天下之賾者存〇卦　65/81/5
鼓天下之動者存〇辭　65/81/6
化而裁之存〇變　65/81/6
推而行之存〇通　65/81/6
神而明之存〇其人　65/81/6
存〇德行　65/81/7
吉凶悔吝者、生〇動者
也　66/81/12
爻象動〇內　66/81/15
吉凶見〇外　66/81/15
功業見〇變　66/81/16
聖人之情見〇辭　66/81/16
知幾其神〇　66/83/13
其知幾〇　66/83/13
其殆庶幾〇　66/83/16
其於中古〇　66/84/4
作《易》者、其有憂患〇　66/84/4
帝出〇震　67/85/22
齊〇巽　67/85/22,67/85/23
相見〇離　67/85/22
致役〇坤　67/85/22,67/85/25
說言〇兌　67/85/22,67/85/26
戰〇乾　67/85/22,67/85/26
勞〇坎　67/85/22,67/86/1
成言〇艮　67/85/23,67/86/2
萬物出〇震　67/85/23
動萬物者莫疾〇雷　67/86/4
橈萬物者莫疾〇風　67/86/4
燥萬物者莫熯〇火　67/86/4
說萬物者莫說〇澤　67/86/5
潤萬物者莫潤〇水　67/86/5
終萬物、始萬物者、莫
盛〇艮　67/86/5
故稱〇父　67/86/15
故稱〇母　67/86/15
困〇上者必反下　68/88/23

弧 hú　4

先張之〇　38/46/15
後說之〇　38/46/15
弦木為〇　66/82/8
〇、矢之利　66/82/9

狐 hú　3

田獲三〇　40/48/7
小〇汔濟　64/75/17
「小〇汔濟」、未出中
也　64/75/19

虎 hǔ　8

風從〇　1/2/21
〔《履》〕履〇尾　10/13/19
是以「履〇尾、不咥人
、亨」　10/13/21
履〇尾　10/14/5
履〇尾愬愬　10/14/10
〇視眈眈　27/33/22
大人〇變　49/58/29
「大人〇變」、其文炳也　49/59/1

戶 hù　8

人三百〇无眚　6/9/15
闚其〇　55/66/5
「闚其〇、闃其无人」
、自藏也　55/66/7
不出〇庭　60/71/1,65/79/2
「不出〇庭」、知通塞也　60/71/3
是故闔〇謂之坤　65/80/5
闢〇謂之乾　65/80/6

華 huá　2

枯楊生〇　28/35/1
「枯楊生〇」、何可久也　28/35/3

化 huà　27

乾道變〇　1/1/20
德博而〇　1/2/9
含萬物而〇光　2/5/1

天地變○ 2/5/8,65/80/13
「盥而不薦、有孚顒若」、下觀而○也 20/25/11
觀乎人文以○成天下 22/27/16
乃○成天下 30/36/19
天地感而萬物○生 31/37/24
四時變○而能久成 32/39/2
聖人久於其道而天下○成 32/39/2
乃○邦也 61/71/29
變○見矣 65/76/22
剛柔相推而生變○ 65/77/1
變○者、進退之象也 65/77/2
範圍天地之○而不過 65/77/16
擬議以成其變○ 65/78/11
此所以成變○而行鬼神也 65/79/11
知變○之道者 65/79/17
○而裁之謂之變 65/81/3
○而裁之存乎變 65/81/6
神而○之 66/82/4
窮神知○ 66/82/21
萬物○醇 66/83/17
萬物○生 66/83/18
是故變○云爲 66/85/2
然後能變○ 67/86/6

畫 huà 1

故《易》六○而成卦 67/85/15

懷 huái 2

「王三錫命」、○萬邦也 7/10/20
○其資 56/66/22

桓 huán 2

磐○ 3/5/22
雖「磐○」 3/5/24

緩 huǎn 4

君子以議獄○死 61/72/3
《解》者、○也 68/88/20
○必有所失 68/88/20
《解》、○也 69/89/14

患 huàn 5

○至掇也 6/9/17
君子以思○而豫防之 63/74/18
吉凶與民同○ 65/80/3
作《易》者、其有憂○乎 66/84/4
又明於憂○與故 66/84/13

渙 huàn 18

《○》亨 59/69/23
《○》「亨」 59/69/25
《○》 59/69/28
○奔其机 59/70/3
「○奔其机」、得願也 59/70/5
○其躬 59/70/7
「○其躬」、志在外也 59/70/9
○其群 59/70/11
○有丘 59/70/11
「○其群元吉」、光大也 59/70/13
○汗其大號 59/70/15
○王居 59/70/15
○其血 59/70/19
「○其血」、遠害也 59/70/21
蓋取諸《○》 66/82/6
故受之以《○》 68/89/1
《○》者、離也 68/89/1
《○》、離也 69/89/14

荒 huāng 2

(包)〔苞〕○ 11/15/5
(包)〔苞〕○、得尙于中行 11/15/7

隍 huáng 2

城復于○ 11/15/21
「城復于○」、其命亂也 11/15/23

黃 huáng 19

○裳元吉 2/4/19
「○裳元吉」、文在中也 2/4/21
其血玄○ 2/4/23
君子「○」中通理 2/5/9
夫「玄○」者、天地之雜也 2/5/11
天玄而地○ 2/5/11
得○金 21/27/3
○離 30/36/28
「○離元吉」、得中道也 30/37/1
執之用○牛之革 33/40/14
「執用○牛」、固志也 33/40/16
得○矢 40/48/7
鞏用○牛之革 49/58/13
「鞏用○牛」、不可以有爲也 49/58/15
鼎○耳金鉉 50/60/3
「鼎○耳」、中以爲實也 50/60/5
○帝、堯、舜氏作 66/82/3
○帝、堯、舜垂衣裳而天下治 66/82/5
爲玄○ 67/86/25

揮 huī 2

六爻發○ 1/3/7
發○於剛柔而生爻 67/85/12

撝 huī 2

○謙 15/20/9
「无不利、○謙」、不違則也 15/20/11

暉 huī 1

「君子之光」、其○「吉」也 64/76/13

煇 huī 1

(輝)〔○〕光日新 26/31/31

輝 huī 1

(○)〔煇〕光日新 26/31/31

徽 huī 1

係用○纆 29/36/11

悔 huǐ 58

有○ 1/1/15
「亢龍有○」、盈不可久也 1/1/25
上九曰、「亢龍有○」 1/2/24
是以動而有○也 1/2/25,65/79/2
「亢龍有○」、窮之災也 1/2/28
亢龍有○ 1/3/1,65/79/1
无○ 13/18/7,24/30/15,31/38/17,34/41/28,59/70/7,64/76/11
○ 16/21/9
遲有○ 16/21/9
「盱豫有○」、位不當也 16/21/11
小有○ 18/23/18
无祗○ 24/29/29
「敦復无○」、中以自考也 24/30/17
○亡 31/38/13,32/39/11,34/41/24,35/42/24,35/43/3,37/44/25,38/45/27,38/46/11,49/58/5,49/58/25,52/62/13,57/68/5,57/68/9,58/69/1,59/70/3,60/71/21,64/76/7
「貞吉○亡」、未感害也 31/38/15
「九二○亡」、能久中也 32/39/13
○厲 37/45/1
牽羊○亡 43/51/27
元、永貞○亡 45/54/9
曰動○有○ 47/56/20
「動○有○」、「吉」行也 47/56/22
其「○」乃「亡」 49/58/8
虧○ 50/59/24
「貞吉○亡」、志行也 64/76/9
○吝者、憂虞之象也 65/77/2
○吝者、言乎其小疵也 65/77/8
憂○吝者存乎介 65/77/9
震无咎者存乎○ 65/77/9
吉凶○吝者、生乎動者也 66/81/12
是故吉凶生而○吝著也 66/82/15
无（祇）〔祗〕○ 66/83/17
遠近相取而○吝生 66/85/5
○且吝 66/85/6

毀 huǐ 2

乾坤○ 65/81/1
爲○折 67/87/15

晦 huì 4

君子以嚮○入宴息 17/22/4
「利艱貞」、○其明也 36/43/15
君子以莅眾用○而明 36/43/18
不明、○ 36/44/11

惠 huì 4

有孚○心 42/50/27
有孚○我德 42/50/27
「有孚○心」、「勿問」之矣 42/50/29
「○我德」、大得志也 42/50/29

喙 huì 1

爲黔○之屬 67/87/12

彙 huì 2

拔茅茹以其○ 11/15/1
以其○ 12/16/11

會 huì 4

「亨」者、嘉之○也 1/1/28
嘉○足以合禮 1/2/1
而觀其○通 65/78/9,65/81/5

誨 huì 2

慢藏○盜 65/79/6
冶容○淫 65/79/6

婚 hūn 6

○媾 3/5/26,22/28/3,38/46/15
求○媾 3/6/7
「匪寇○媾」、終无尤也 22/28/5
○媾有言 51/61/13

閽 hūn 1

爲○寺 67/87/12

魂 hún 1

遊○爲變 65/77/14

火 huǒ 18

○就燥 1/2/21
天與○、《同人》 13/17/15
○在天上 14/18/18
山下有○ 22/27/19
風自○出 37/44/23
《睽》、○動而上 38/45/21
上○下澤 38/45/25
《革》、水○相息 49/58/7
澤中有○ 49/58/11
《鼎》象也、以木巽○ 50/59/11
木上有○ 50/59/14
山上有○ 56/66/16
水在○上 63/74/18
○在水上 64/75/22
水○不相射 67/85/18
燥萬物者莫熯乎○ 67/86/4
故水○相逮 67/86/6
離爲○ 67/87/9

或 huò 40

○躍在淵 1/1/11,1/3/1
「○躍在淵」、進「无咎」也 1/1/24
九四曰、「○躍在淵、无咎 1/2/17
「○躍在淵」、自試也 1/2/27
故「○」之 1/3/13
「○」之者、疑之也 1/3/13
○從王事 2/4/11
「○從王事」、知光大也 2/4/13
○從王事无成 6/9/19
○錫之鞶、帶 6/10/1
師○輿尸 7/10/22
「師○輿尸」、大无功也 7/10/24

○繫之牛 25/31/11
○承之羞 32/39/15
○益之十朋之龜 41/49/23
○益之 42/50/15
「○益之」、自外來也 42/50/17
○擊之 42/51/1,66/83/21
「○擊之」、自外來也 42/51/3
○得其桷 53/63/12
「○得其桷」、順以巽也 53/63/14
○鼓○罷 61/72/13
○泣○歌 61/72/13
「○鼓○罷」、位不當也 61/72/15
從○戕之 62/73/19
「從○戕之」、「凶」如何也 62/73/21
○出○處 65/78/15
○默○語 65/78/15
則乾坤○幾乎息矣 65/81/2
未之○知也 66/82/21
○害之 66/85/6
○與○求 69/89/8

貨 huò 1

聚天下之○ 66/82/2

獲 huò 13

隨有○ 17/22/18
「隨有○」、其義「凶」也 17/22/20
○匪其醜 30/37/15
○明夷之心于出門庭 36/44/3
「入于左腹」、○心意也 36/44/5
田○三狐 40/48/7
○之 40/48/23,66/83/3
不○其身 52/61/20
是以不○其身、行其庭不見其人 52/61/23
田○三品 57/68/5
「田○三品」、有功也 57/68/7
是以出而有○ 66/83/4

穫 huò 2

不耕○ 25/31/7
「不耕○」、未富也 25/31/9

蠖 huò 1

尺○之屈 66/82/20

机 jī 2

渙奔其○ 59/70/3
「渙奔其○」、得願也 59/70/5

基 jī 1

是故《履》、德之○也 66/84/4

箕 jī 3

○子以之 36/43/16
○子之明夷 36/44/7
「○子」之「貞」、「明」不可息也 36/44/9

稽 jī 1

於○其類 66/83/24

機 jī 2

言行、君子之樞○ 65/78/14
樞○之發、榮辱之主也 65/78/14

積 jī 8

○善之家必有餘慶 2/5/2
○不善之家必有餘殃 2/5/2
「既雨既處」、「德」○「載」也 9/13/15
「大車以載」、○中不敗也 14/18/26
○小以高大 46/54/24
善不○不足以成名 66/83/7
惡不○不足以滅身 66/83/7
故惡○而不可揜 66/83/8

擊 jī 5

○蒙 4/7/21
或○之 42/51/1,66/83/21
「或○之」、自外來也 42/51/3
重門○柝 66/82/7

雞 jī 1

巽爲○ 67/86/11

躋 jī 1

○于九陵 51/60/25

齎 jī 2

○咨涕洟 45/54/13
「○咨涕洟」、未安上也 45/54/15

及 jí 8

君子進德脩業、欲○時也 1/2/18
聖人養賢以○萬民 27/33/6
君子以施祿○下 43/51/13
「包有魚」、義不○「賓」也 44/52/24
「豚魚吉」、信○豚魚也 61/71/29
不○其君 62/73/15
「不○其君」、臣不可過也 62/73/17
鮮不○矣 66/83/12

即 jí 8

○鹿無虞 3/6/3
「○鹿无虞」以從禽也 3/6/5
復○命 6/9/23
「復○命、渝」、「安貞」不失也 6/9/25
不利○戎 43/51/7
「告自邑不利○戎」、所尙乃窮也 43/51/10
不我能○ 50/59/20
旅○次 56/66/22

汲 jí 1

可用○ 48/57/14

亟 jí 1

爲○心 67/87/6

疾 jí 17

貞○ 16/21/17
「六五貞○」、乘剛也 16/21/19
出入无○ 24/29/21
是以「出入无○、朋來无咎」 24/29/23
无妄之○ 25/31/19
有○厲 33/40/18
「係遯」之「厲」、有○憊也 33/40/20
不可○貞 36/43/28
損其○ 41/49/19,41/49/21
我仇有○ 50/59/20
「我仇有○」、終无尤也 50/59/22
往得疑○ 55/65/15
介○有喜 58/69/9
故不○而速 65/79/24
動萬物者莫○乎雷 67/86/4
橈萬物者莫○乎風 67/86/4

棘 jí 1

寘于叢○ 29/36/11

楫 jí 2

剡木爲○ 66/82/6
舟○之利 66/82/6

極 jí 9

與時偕○ 1/3/1
「不出門庭凶」、失時○也 60/71/7
「濡其尾」、亦不知○也 64/75/26
六爻之動、三○之道也 65/77/3
○數知來之謂占 65/77/21
○其數 65/79/20
夫《易》、聖人之所以○深而研幾也 65/79/22
是故《易》有太○ 65/80/9
○天下之賾者存乎卦 65/81/5

蒺 jí 3

據于○蔾 47/56/7,66/83/1
「據于○蔾」、乘剛也 47/56/9

瘠 jí 1

爲○馬 67/86/20

己 jǐ 2

利○ 26/32/5
「有厲利○」、不犯災也 26/32/7

脊 jǐ 1

爲美○ 67/87/6

幾 jǐ 14

可與○也 1/2/13
君子○不如舍 3/6/3
月○望 9/13/13,61/72/17
月○望、吉 54/64/19
○事不密則害成 65/79/3
夫《易》、聖人之所以極深而研○也 65/79/22
唯○也 65/79/23
則乾坤或○乎息矣 65/81/2
知○其神乎 66/83/13
其知○乎 66/83/13
○者、動之微、吉之先見者也 66/83/14
君子見○而作 66/83/14
其殆庶○乎 66/83/16

旡 jì 1

九三曰、「君子終日乾乾、夕惕若、厲、(○)〔无〕咎」 1/2/12

吉 jí 288

○ 1/1/17,4/7/5,4/7/17,8/12/5,9/12/23,9/12/27,11/14/24,13/17/29,15/19/27,19/24/30,24/30/3,26/32/21,27/33/22,30/37/11,37/45/1,37/45/9,39/47/19,40/48/19,42/50/15,46/55/9,50/59/20,51/60/21,52/62/17,53/63/3,53/63/16,53/63/20,55/65/23,55/66/1,57/68/9,58/68/26,58/69/1,59/69/30,60/71/17,61/71/27,65/78/20
與鬼神合其○凶 1/3/14
安貞○ 2/3/22,6/9/23
「安貞」之「○」 2/3/27
黃裳元○ 2/4/19
「黃裳元○」、文在中也 2/4/21
往○ 3/6/7,25/31/3,35/43/3
小貞○ 3/6/11
納婦○ 4/7/5
「童蒙」之○、順以巽也 4/7/19
貞○ 5/7/27,5/8/20,8/11/21,8/12/1,15/20/1,16/21/5,17/22/6,19/24/14,31/38/13,33/40/26,34/41/16,34/41/24,35/42/16,35/42/20,37/44/29,39/46/22,40/48/7,41/49/27,44/52/18,46/55/13,57/68/9,64/75/28,64/76/7,64/76/11,66/83/15
《需》、「有孚、光亨、貞○」 5/7/29
終○ 5/8/7,6/9/11,6/9/19,10/14/10,37/45/13,50/59/24
雖「小有言」、以(「終○」)〔「○」「終」〕也 5/8/9
「酒食貞○」、以中正也 5/8/22
敬之終○ 5/8/24
「不速之客來、敬之終○」〔也〕 5/8/26
中○ 6/9/3
《訟》、「有孚、窒、

惕、中○」 6/9/5
「食舊德」、從上「○」也 6/9/21
訟元○ 6/9/27
「訟元○」、以中正也 6/9/29
《師》貞丈人○ 7/10/7
「○」、又何咎矣 7/10/10
○、无咎 7/10/18
「在師中○」、承天寵也 7/10/20
《比》○ 8/11/9
(《比》、「○」也) 8/11/11
〔「《比》、「○」〕、原筮元、永貞无咎」 8/11/11
有它○ 8/11/17
《比》之初六、「有它○」也 8/11/19
「顯比」之「○」、位正中也 8/12/7
「復自道」、其義「○」也 9/12/25
幽人貞○ 10/14/1
「幽人貞○」、中不自亂也 10/14/3
「愬愬終○」、志行也 10/14/12
元○ 10/14/18,11/15/17,24/29/29,26/32/17,30/36/28,41/48/29,41/49/23,42/50/11,42/50/27,59/70/11,66/83/17
「元○」在上、大有慶也 10/14/20
《泰》、小往大來、○、亨 11/14/26
征○ 11/15/1,47/56/20,49/58/17,54/64/3
「拔茅征○」、志在外也 11/15/3
「以祉元○」、中以行願也 11/15/19
貞○亨 12/16/11
「拔茅貞○」、志在君也 12/16/13
小人○ 12/16/15
大人○ 12/16/27
「大人」之「○」、位正當也 12/17/1
其「○」、則困而反則也 13/18/1
威如○ 14/19/9
「威如」之「○」、易而无備也 14/19/11
○无不利 14/19/13,65/77/5,65/80/15,66/82/5
《大有》上「○」、「自天祐」也 14/19/15
「鳴謙貞○」、中心得也 15/20/3
君子有終、○ 15/20/5
「不終日貞○」、以中正也 16/21/7
「官有渝」、從正「○」也 17/22/8
孚于嘉、○ 17/22/22
「孚于嘉○」、位正中也 17/22/24
厲終○ 18/23/10
「咸臨貞○」、志行正也 19/24/16
咸臨○ 19/24/18
「咸臨○无不利」、未順命也 19/24/20
敦臨○ 19/25/3
「敦臨」之「○」、志在內也 19/25/5
利艱貞、○ 21/26/30
「利艱貞○」、未光也 21/27/1
永貞○ 22/27/29,42/50/15
「永貞」之「○」、終莫之陵也 22/28/1
吝終○ 22/28/7
「六五」之「○」、有喜也 22/28/9
「休復」之「○」、以下仁也 24/30/5
不家食○ 26/31/29
「不家食○」、養賢也 26/32/1
「六四元○」、有喜也 26/32/19
「六五」之「○」、有慶也 26/32/23,55/66/3
《頤》貞○ 27/33/3
《頤》「貞○」 27/33/5
養正則○也 27/33/5
「顛頤」之「○」、上施光也 27/33/24
居貞、○ 27/33/26
「居貞」之「○」、順以從上也 27/33/28
厲、○ 27/34/1
「由頤厲○」、大有慶也 27/34/3
棟隆、○ 28/34/26
「棟隆」之「○」、不橈乎下也 28/34/28
畜牝牛○ 30/36/17
是以「畜牝牛○」也 30/36/20
「黃離元○」、得中道也 30/37/1
「六五」之「○」、離王公也 30/37/13
取女○ 31/37/21
是以「亨利貞、取女○」也 31/37/23
居○ 31/38/5
雖「凶居○」、順不害也 31/38/7
「貞○悔亡」、未感害也 31/38/15
婦人○ 32/39/23
「婦人貞○」、從一而終也 32/39/25
畜臣妾○ 33/40/18
「畜臣妾○」、不可大事也 33/40/20
君子○ 33/40/22
「嘉遯貞○」、以正志也 33/40/28
「九二貞○」、以中也 34/41/18
艱則○ 34/42/3
「艱則○」、咎不長也 34/42/5
厲○ 35/43/7
用拯馬、壯○ 36/43/24
「六二」之「○」、順以則也 36/43/26
「六二」之「○」、順以巽也 37/44/31
大○ 37/45/5,46/54/26,50/60/7,62/73/3
「富家大○」、順在位也 37/45/7
「威如」之「○」、反身之謂也 37/45/15
《睽》小事○ 38/45/19
是以「小事○」 38/45/22
則○ 38/46/16
「遇雨」之「○」、群疑亡也 38/46/18
當位「貞○」、以正邦也 39/46/25

其來復○ 40/47/25
夙○ 40/47/25
「其來復○」、乃得中也 40/47/28
「有攸往夙○」、往有功也 40/47/28
「九二」「貞○」、得中道也 40/48/9
元○、无咎、可貞、利有攸往、曷之用二簋、可用享 41/49/1
「六五」「元○」 41/49/25
「元○无咎」、下不厚事也 42/50/13
用大牲○ 45/53/15
「用大牲○、利有攸往」、順天命也 45/53/18
引○ 45/53/27
「引○无咎」、中未變也 45/53/29
大○无咎 45/54/5
「大○无咎」、位不當也 45/54/7
南征○ 46/54/19
「南征○」、志行也 46/54/22
「允升大○」、上合志也 46/54/28
「貞○升階」、大得志也 46/55/15
貞大人○ 47/55/23
「貞大人○」、以剛中也 47/55/26
「動悔有悔」、「○」行也 47/56/22
有孚元○ 48/57/26
「元○」在「上」、大成也 48/58/1
有孚改命○ 49/58/25
「改命」之「○」、信志也 49/58/27
居貞○ 49/59/3
《鼎》元○ 50/59/9
「敦艮」之「○」、以厚終也 52/62/19
《漸》女歸○ 53/62/23
「女歸○」也 53/62/25
「終莫之勝○」、得所願也 53/63/18
「其羽可用爲儀○」、不可亂也 53/63/22
「跛能履」、「○」相承也 54/64/5
月幾望、○ 54/64/19
發若○ 55/65/15
「遇其夷主」、「○」行也 55/65/25
旅貞○ 56/66/11
是以「小亨旅貞○」也 56/66/13
用史巫、紛若○、无咎 57/67/25
「紛若」之「○」、得中也 57/67/27
「九五」之「○」、位正中也 57/68/11
「和兌」之「○」、行未疑也 58/68/28
「孚兌」之「○」、信志也 58/69/3
「初六」之「○」、順也 59/70/1
「渙其群元○」、光大也 59/70/13
「甘節」之「○」、居位中也 60/71/19
「豚魚○」、信及豚魚也 61/71/29
虞○ 61/72/5
「初九、虞○」、志未變也 61/72/7
是以「小事○」也 62/73/6
「飛鳥遺之音、不宜上、宜下、大○」、上逆而下順也 62/73/7
初○終亂 63/74/13
「初○」、柔得中也 63/74/15
「實受其福」、○大來也 63/75/9
「九二」「貞○」、中以行（正）〔直〕也 64/76/1
「貞○悔亡」、志行也 64/76/9
有孚、○ 64/76/11
「君子之光」、其暉「○」也 64/76/13
○凶生矣 65/76/22
繫辭焉而明○凶 65/77/1
是故○凶者、失得之象也 65/77/1
○凶者、言乎其失得也 65/77/7
辯○凶者存乎辭 65/77/9
繫辭焉以斷其○凶 65/78/9, 65/81/5
○凶與民同患 65/80/3
八卦定○凶 65/80/9
○凶生大業 65/80/9
以定天下之○凶 65/80/12
見○凶 65/80/13
定之以○凶 65/80/14
○无不利也 65/80/17
○凶悔吝者、生乎動者也 66/81/12
○凶者、貞勝者也 66/81/13
○凶見乎外 66/81/15
是故○凶生而悔吝著也 66/82/15
幾者、動之微、○之先見者也 66/83/14
噫亦要存亡○凶 66/84/16
故○凶生焉 66/84/23
定天下之○凶 66/85/2
○事有祥 66/85/3
而○凶可見矣 66/85/4
○凶以情遷 66/85/4
是故愛惡相攻而○凶生 66/85/5
○人之辭寡 66/85/7

忌 jì 1

居德則○ 43/51/13

既 jì 15

○雨○處 9/13/13
「○雨○處」、「德」積「載」也 9/13/15
○憂之 19/24/22
「○憂之」、「咎」不長也 19/24/24
（祗）〔祇〕○平 29/36/7
《○濟》亨 63/74/13
《○濟》「亨」 63/74/15
《○濟》 63/74/18
○辱且危 66/83/2
○有典常 66/84/14
○成萬物也 67/86/6
故受之以《○濟》 68/89/3
《○濟》、定也 69/89/19

寂 jì　1

〇然不動　65/79/21

祭 jì　4

利用〇祀　47/56/15
「利用〇祀」、受福也　47/56/17
以爲〇主也　51/60/16
不如西鄰之禴〇實受其福　63/75/7

際 jì　4

「无往不復」、天地〇也　11/15/11
「樽酒簋貳」、剛柔〇也　29/36/5
剛柔之〇　40/48/5
「豐其屋」、天〇翔也　55/66/7

稷 jì　1

〔不喪匕鬯〕、出可以守宗廟社〇　51/60/16

濟 jì　20

天道下〇而光明　15/19/21
《既〇》亨　63/74/13
《既〇》「亨」　63/74/15
《既〇》　63/74/18
《未〇》亨　64/75/17
小狐汔〇　64/75/17
《未〇》「亨」、柔得中也　64/75/19
「小狐汔〇」、未出中也　64/75/19
《未〇》　64/75/22
未〇　64/76/3
「未〇征凶」、位不當也　64/76/5
而道〇天下　65/77/15
以〇不通　66/82/6
萬民以〇　66/82/8
因貳以〇民行　66/84/2
有過物者必〇　68/89/3
故受之以《既〇》　68/89/3
故受之以《未〇》　68/89/3
《既〇》、定也　69/89/19
《未〇》、男之窮也　69/89/20

繼 jì　2

大人以〇明照于四方　30/36/22
〇之者善也　65/77/17

加 jiā　2

〇乎民　65/78/13
爲〇憂　67/87/5

家 jiā　29

積善之〇必有餘慶　2/5/2
積不善之〇必有餘殃　2/5/2
子克〇　4/7/5
「子克〇」、剛柔（節）〔接〕也　4/7/7
開國承〇　7/11/3
不〇食吉　26/31/29
「不〇食吉」、養賢也　26/32/1
《〇人》利女貞　37/44/17
《〇人》　37/44/19,37/44/23
〇人有嚴君焉　37/44/19
父父、子子、兄兄、弟弟、夫夫、婦婦而〇道正　37/44/20
正〇而天下定矣　37/44/20
閑有〇　37/44/25
「閑有〇」、志未變也　37/44/27
〇人嗃嗃　37/45/1
「〇人嗃嗃」、未失也　37/45/3
「婦子嘻嘻」、失〇節也　37/45/3
富〇　37/45/5
「富〇大吉」、順在位也　37/45/7
王假有〇　37/45/9
「王假有〇」、交相愛也　37/45/11
得臣无〇　41/49/27
蔀其〇　55/66/5
是以身安而國〇可保也　66/83/10
傷於外者必反於〇　68/88/17
故受之以《〇人》　68/88/18
〇道窮必乖　68/88/18
《〇人》、內也　69/89/14

嘉 jiā　8

「亨」者、〇之會也　1/1/28
〇會足以合禮　1/2/1
孚于〇、吉　17/22/22
「孚于〇吉」、位正中也　17/22/24
有〇折首　30/37/15
〇遯　33/40/26
「〇遯貞吉」、以正志也　33/40/28
「巳日革之」、行有〇也　49/58/19

頰 jiá　2

咸其輔〇舌　31/38/21
「咸其輔〇舌」、滕口說也　31/38/23

甲 jiǎ　6

先〇三日　18/23/3
後〇三日　18/23/3
先〇三日、後〇三日　18/23/6
雷雨作而百果草木皆〇（坼）〔坼〕　40/47/28
爲〇（冑）〔冑〕　67/87/9

假 jiǎ　8

王〇有家　37/45/9
「王〇有家」、交相愛也　37/45/11
王〇有廟　45/53/15,59/69/23
「王〇有廟」、致孝享也　45/53/17
王〇之　55/65/3
「王〇之」、尙大也　55/65/5
「王〇有廟」、王乃在中也　59/69/25

稼 jià　1

其於〇也　67/86/26

兼 jiān 4

「係小子」、弗○與也 17/22/12
○山 52/61/25
○三材而兩之 66/84/21
○三才而兩之 67/85/15

堅 jiān 6

履霜、○冰至 2/4/3
「履霜○冰」、陰始凝也 2/4/5
至「○冰」也 2/4/5
《易》曰、「履霜、○冰至」 2/5/5
爲○多心 67/87/7
爲○多節 67/87/13

間 jiān 2

以言乎天地之○則備矣 65/78/2
盈天地之○者唯萬物 68/87/20

艱 jiān 9

○貞 11/15/9
匪咎、○則无咎 14/18/20
利○貞、吉 21/26/30
「利○貞吉」、未光也 21/27/1
利○貞 26/32/13
○則吉 34/42/3
「○則吉」、咎不長也 34/42/5
《明夷》利○貞 36/43/13
「利○貞」、晦其明也 36/43/15

儉 jiǎn 2

君子以○德辟難 12/16/9
用過乎○ 62/73/9

蹇 jiǎn 22

《○》利西南 39/46/22
《○》、難也 39/46/24,69/89/14
《○》、「利西南」 39/46/24
《○》之時用大矣哉 39/46/26
《○》 39/46/28
往○來譽 39/46/30
「往○來譽」、宜待也 39/47/1
王臣○○ 39/47/3
「王臣○○」、終无尤也 39/47/5
往○來反 39/47/7
「往○來反」、內喜之也 39/47/9
往○來連 39/47/11
「往○來連」、當位實也 39/47/13
大○ 39/47/15
「大○朋來」、以中節也 39/47/17
往○ 39/47/19
「往○來碩」、志在內也 39/47/21
故受之以《○》 68/88/19
《○》者、難也 68/88/19

簡 jiǎn 6

坤以○能 65/76/24
○則易從 65/76/24
易○而天下之理得矣 65/76/26
易○之善配至德 65/78/4
夫坤、隤然示人○矣 66/81/14
德行恆○以知阻 66/85/1

見 jiàn 79

○龍在田 1/1/7,1/2/31
利○大人 1/1/7
1/1/13,6/9/3,39/46/22
39/47/19,45/53/15,57/67/14
○群龍无首 1/1/17
「○龍在田」、德施普也 1/1/23
不○是而无悶 1/2/5
九二曰、「○龍在田、利○大人」 1/2/8
《易》曰、「○龍在田、利○大人」 1/2/9
九五曰、「飛龍在天、利○大人」 1/2/20
「○龍在田」、時舍也 1/2/27
乃○天則 1/3/2
日可○之行也 1/3/8
隱而未○ 1/3/10
《易》曰、「○龍在田、利○大人」 1/3/11
○金夫 4/7/9
「利○大人」、尙中正也 6/9/6
往○吝 18/23/22
《復》、其○天地之心乎 24/29/24
觀其所感而天地萬物之情可○矣 31/37/24
觀其所恆而天地萬物之情可○矣 32/39/2
正大而天地之情可○矣 34/41/8
○惡人无咎 38/45/27
「○惡人」、以辟「咎」也 38/45/29
○輿曳 38/46/3
「○輿曳」、位不當也 38/46/5
○豕負塗 38/46/15
○險而能止 39/46/24
「利○大人」、往有功也 39/46/25
「利○大人」、以從貴也 39/47/21
君子以○善則遷 42/50/9
○凶 44/52/18
「利○大人亨」、聚以正也 45/53/18
觀其所聚而天地萬物之情可○矣 45/53/18
用○大人 46/54/19
「用○大人勿恤」、有慶也 46/54/21
不○其妻 47/56/7,66/83/1
「入于其宮不○其妻」、不祥也 47/56/9
不○其人 52/61/20
是以不獲其身、行其庭不○其人 52/61/23
日中○斗 55/65/15,55/65/23
日中○沬 55/65/19
「日中○斗」、幽不明也 55/65/25
是以「小亨、利有攸往、利○大人」 57/67/16
變化○矣 65/76/22
仁者○之謂之仁 65/77/17
知者○之謂之知 65/77/17
聖人有以○天下之賾 65/78/8
聖人有以○天下之動 65/78/8

65/81/4
〇乎遠 65/78/14
〇乃謂之象 65/80/6
〇吉凶 65/80/13
其不可〇乎 65/80/19
則无以〇《易》 65/81/1
《易》不可〇 65/81/2
是故夫象、聖人有以〇天下之賾 65/81/3
吉凶〇乎外 66/81/15
功業〇乎變 66/81/16
聖人之情〇乎辭 66/81/16
妻其可得〇耶 66/83/2
不〇利不勸 66/83/5
幾者、動之微、吉之先〇者也 66/83/14
君子〇幾而作 66/83/14
而吉凶可〇矣 66/85/4
相〇乎離 67/85/22
萬物皆相〇 67/85/24
《屯》〇而不失其居 69/89/8
《兌》〇而《巽》伏也 69/89/11

建 jiàn 6

利〇侯 3/5/15,3/5/22
宜「〇侯」而不寧 3/5/18
先王以〇萬國 8/11/15
《豫》利〇侯行師 16/20/23
而況「〇侯行師」乎 16/20/26

洊 jiàn 2

水〇至 29/35/17
〇雷、《震》 51/60/19

健 jiàn 15

天行〇 1/1/23
剛〇中正 1/3/7
剛〇而不陷 5/7/29
險而〇 6/9/5
〇而巽 9/12/18
內〇而外順 11/14/27
文明以〇 13/17/12
其德剛〇而文明 14/18/15
動而〇 25/30/28
剛〇篤實 26/31/31
能止〇 26/31/31
〇而說 43/51/9
夫乾、天下之至〇也 66/85/1
乾、〇也 67/86/8
其究爲〇 67/86/26

漸 jiàn 13

其所由來者〇矣 2/5/3
《〇》女歸吉 53/62/23
《〇》之進也 53/62/25
《〇》 53/62/28
鴻〇于干 53/62/30
鴻〇于磐 53/63/3
鴻〇于陸 53/63/7,53/63/20
鴻〇于木 53/63/12
鴻〇于陵 53/63/16
故受之以《〇》 68/88/26
〇者、進也 68/88/26
《〇》、女歸待男行也 69/89/19

賤 jiàn 4

以貴下〇 3/5/24
貴〇位矣 65/76/21
是故列貴〇者存乎位 65/77/8
貴〇之等也 66/84/20

薦 jiàn 3

殷〇之上帝以配祖考 16/20/29
《觀》盥而不〇 20/25/9
「盥而不〇、有孚顒若」、下觀而化也 20/25/11

將 jiāng 5

是以君子〇有爲也 65/79/18
〇有行也 65/79/19
死期〇至 66/83/2
〇叛者其辭慚 66/85/6
〇以順性命之理 67/85/14

疆 jiāng 6

德合无〇 2/3/24
行地无〇 2/3/25
應地无〇 2/3/27
容保民无〇 19/24/12
民說无〇 42/50/5
日進无〇 42/50/6

講 jiǎng 1

君子以朋友〇習 58/68/24

交 jiāo 23

剛柔始〇而難生 3/5/17
則是天地〇而萬物通也 11/14/26
上下〇而其志同也 11/14/26
天地〇 11/14/29
則是天地不〇而萬物不通也 12/16/5
上下不〇而天下无邦也 12/16/6
天地不〇 12/16/9
无〇害 14/18/20
无〇害也 14/18/22
厥孚〇如 14/19/9
「厥孚〇如」、信以發志也 14/19/11
出門〇有功 17/22/6
「出門〇有功」、不失也 17/22/8
〔剛柔〇錯〕、天文也 22/27/16
「王假有家」、〇相愛也 37/45/11
〇孚 38/46/7
「〇孚无咎」、志行也 38/46/9
天地不〇而萬物不興 54/63/28
〇易而退 66/82/3
君子上〇不諂 66/83/13
下〇不瀆 66/83/13
定其〇而後求 66/83/19
无〇而求 66/83/20

郊 jiāo 7

需于〇 5/8/3
「需于〇」、不犯難行也 5/8/5
自我西〇 9/12/16,62/74/3
「自我西〇」、施未行也 9/12/19
同人于〇 13/18/7
「同人于〇」、志未得也 13/18/9

驕 jiāo 1

是故居上位而不〇 1/2/14

矯 jiǎo 1

爲〇輮 67/87/5

校 jiào 6

屨〇滅趾 21/26/18
「屨〇滅趾」、不行也 21/26/20
何〇滅耳 21/27/7,66/83/9
「何〇滅耳」、聽不明也 21/27/9
（履）〔屨〕〇滅趾 66/83/6

教 jiào 5

君子以〇思无窮 19/24/12
聖人以神道設〇而天下服矣 20/25/12
先王以省方觀民設〇 20/25/14
君子以常德行、習〇事 29/35/17
以〇天下 66/82/2

皆 jiē 7

「翩翩不富」、〇失實也 11/15/15
剛柔〇應 32/38/29
雷雨作而百果草木〇甲（圻）〔坼〕 40/47/28
雷電〇至 55/65/9
柔〇順乎剛 57/67/16
萬物〇相見 67/85/24
萬物〇致養焉 67/85/25

接 jiē 3

「子克家」、剛柔（節）〔〇〕也 4/7/7
晝日三〇 35/42/9
是以「康侯」用「錫馬蕃庶晝日三〇」也 35/42/11

階 jiē 3

升〇 46/55/13
「貞吉升〇」、大得志也 46/55/15
則言語以爲〇 65/79/3

結 jié 2

作〇繩而爲罔罟 66/81/20
上古〇繩而治 66/82/11

絜 jié 1

齊也者、言萬物之〇齊也 67/85/23

節 jié 26

「子克家」、剛柔（〇）〔接〕也 4/7/7
君子以愼言語、〇飲食 27/33/8
「婦子嘻嘻」、失家〇也 37/45/3
「大蹇朋來」、以中〇也 39/47/17
「玉鉉」在「上」、剛柔〇也 50/60/9
《〇》亨 60/70/25
苦〇 60/70/25,60/71/21
《〇》「亨」 60/70/27
「苦〇不可貞」、其道窮也 60/70/27
當位以〇 60/70/28
天地〇而四時成 60/70/28
〇以制度 60/70/28
《〇》 60/70/30
不〇若 60/71/9
「不〇」之「嗟」、又誰「咎」也 60/71/11
安〇 60/71/13
「安〇」之「亨」、承上道也 60/71/15
甘〇 60/71/17
「甘〇」之「吉」、居位中也 60/71/19
「苦〇貞凶」、其道窮也 60/71/23
「飲酒濡首」、亦不知〇也 64/76/17
爲堅多〇 67/87/13
故受之以《〇》 68/89/2
〇而信之 68/89/2
《〇》、止也 69/89/14

解 jiě 16

《〇》利西南 40/47/25
《〇》、險以動 40/47/27
《〇》 40/47/27,40/48/1
《〇》「利西南」、往得衆也 40/47/27
天地〇而雷雨作 40/47/28
《〇》之時大矣哉 40/47/29
〇而拇 40/48/15
「〇而拇」、未當位也 40/48/17
君子維有〇 40/48/19
「君子有〇」、「小人」退也 40/48/21
「公用射隼」、以〇悖也 40/48/25
罪大而不可〇 66/83/8
故受之以《〇》 68/88/19
《〇》者、緩也 68/88/20
《〇》、緩也 69/89/14

介 jiè 7

〇于石 16/21/5,66/83/14
受茲〇福于其王母 35/42/20
「受茲〇福」、以中正也 35/42/22
〇疾有喜 58/69/9
憂悔吝者存乎〇 65/77/9
〇如石焉 66/83/15

戒 jiè 9

不〇以孚 11/15/13
「不〇以孚」、中心願也 11/15/15
〇不虞 45/53/21
雖「凶」「无咎」、畏鄰〇也 51/61/16
往厲必〇 62/73/23

「往厲必○」、終不可長也 62/74/1
終日○ 63/75/3
「終日○」、有所疑也 63/75/5
聖人以此齊○ 65/80/5

誡 jiè 3

邑人不○ 8/12/5
「邑人不○」、上使中也 8/12/7
小懲而大○ 66/83/6

藉 jiè 4

○用白茅 28/34/14,65/78/18
「○用白茅」、柔在下也 28/34/16
○之用茅 65/78/18

金 jīn 9

見○夫 4/7/9
得○矢 21/26/30
得黃○ 21/27/3
繫于○柅 44/52/18
「繫于○柅」、柔道牽也 44/52/20
困于○車 47/56/11
鼎黃耳○鉉 50/60/3
其利斷○ 65/78/16
爲○ 67/86/19

謹 jǐn 2

庸行之○ 1/2/9
蓋言○也 2/5/9

近 jìn 7

「剝床以膚」、切○災也 23/29/9
无有遠○幽深 65/79/19
○取諸身 66/81/20
○也 66/84/19
遠○相取而悔吝生 66/85/5
○而不相得則凶 66/85/6
爲○利市三倍 67/87/2

晉 jìn 11

《○》康侯用錫馬蕃庶 35/42/9
《○》、進也 35/42/11
《○》 35/42/14
○如摧如 35/42/16
「○如摧如」、獨行正也 35/42/18
○如 35/42/20
○如鼫鼠 35/42/28
○其角 35/43/7
故受之以《○》 68/88/16
《○》者、進也 68/88/17
《○》、晝也 69/89/12

浸 jìn 2

剛○而長 19/24/9
「小利貞」、○而長也 33/40/5

進 jìn 26

「或躍在淵」、○「无咎」也 1/1/24
君子○德脩業 1/2/12
所以○德也 1/2/13
○退无恆 1/2/17
君子○德脩業、欲及時也 1/2/18
知○而不知退 1/3/16
知○退存亡而不失其正者 1/3/16
觀我生○退 20/25/24
「觀我生○退」、未失道也 20/25/26
《晉》、○也 35/42/11
柔○而上行 35/42/11,38/45/22,50/59/12
日○无疆 42/50/6
《漸》之○也 53/62/25
○得位 53/62/25
○以正 53/62/25
○退 57/67/21
「○退」、志疑也 57/67/23
變化者、○退之象也 65/77/2
爲○退 67/87/1
《晉》者、○也 68/88/17
○必有所傷 68/88/17
漸者、○也 68/88/26
○必有所歸 68/88/26
《需》、不○也 69/89/18

禁 jìn 1

理財正辭、○民爲非曰義 66/81/17

盡 jìn 10

書不○言 65/80/19
言不○意 65/80/19
聖人立象以○意 65/80/19
設卦以○情僞 65/80/20
繫辭焉以○其言 65/80/20
變而通之以○利 65/80/20
鼓之舞之以○神 65/80/20
窮理○性以至於命 67/85/12
致飾然後亨則○矣 68/88/6
物不可以終○剝 68/88/7

經 jīng 3

君子以○綸 3/5/20
拂○于丘 27/33/14
拂○ 27/33/26

精 jīng 5

純粹○也 1/3/7
○氣爲物 65/77/14
非天下之至○ 65/79/19
○義入神 66/82/20
男女構○ 66/83/18

驚 jīng 3

震○百里 51/60/13
「震○百里」、○遠而懼邇也 51/60/16

井 jǐng 31

《○》改邑不改○ 48/56/26
往來○○ 48/56/26
亦未繘○ 48/56/26
《○》 48/57/1,48/57/4

〇養而不窮也 48/57/1
「改邑不改〇」、乃以剛中也 48/57/1
〔往來〇〕 48/57/2
〔〇〕汔至、亦未繘〇」、未有功也 48/57/2
〇泥不食 48/57/6
舊〇无禽 48/57/6
「〇泥不食」、下也 48/57/8
「舊〇无禽」、時舍也 48/57/8
〇谷射鮒 48/57/10
「〇谷射鮒」、无與也 48/57/12
〇渫不食 48/57/14
「〇渫不食」、行「惻」也 48/57/16
〇甃 48/57/18
「〇甃无咎」、脩〇也 48/57/20
〇洌寒泉 48/57/22
〇收勿幕 48/57/26
《〇》、德之地也 66/84/6
《〇》、居其所而遷 66/84/8
《〇》以辯義 66/84/10
故受之以《〇》 68/88/23
〇道不可不革 68/88/23
《〇》通而《困》相遇也 69/89/13

徑 jìng 1

為〇路 67/87/12

敬 jìng 8

君子〇以直內 2/5/5
〇義立而德不孤 2/5/6
自我「致寇」、〇慎不敗也 5/8/14
〇之終吉 5/8/24
「不速之客來、〇之終吉」〔也〕 5/8/26
以訟受服、亦不足〇也 6/10/3
履錯然〇之 30/36/24
「履錯」之「〇」、以辟咎也 30/36/26

靜 jìng 6

至〇而德方 2/5/1
動〇不失其時 52/61/22
動〇有常 65/76/21
以言乎邇則〇而正 65/78/1
其〇也專 65/78/2
其〇也翕 65/78/3

究 jiū 2

其〇為健 67/86/26
其〇為躁卦 67/87/2

九 jiǔ 219

初〇、潛龍勿用 1/1/5
〇二 1/1/7, 4/7/5, 5/8/7, 6/9/15, 7/10/18, 9/12/27, 10/14/1, 11/15/5, 14/18/24, 18/23/14, 19/24/18, 26/32/9, 28/34/18, 29/35/23, 32/39/11, 34/41/16, 38/45/31, 40/48/7, 41/49/11, 43/51/19, 44/52/22, 46/55/1, 47/56/3, 48/57/10, 50/59/20, 54/64/7, 57/67/25, 58/69/1, 59/70/3, 60/71/5, 61/72/9, 64/75/28
〇三 1/1/9, 5/8/12, 9/13/1, 11/15/9, 13/17/25, 14/19/1, 15/20/5, 18/23/18, 22/27/29, 26/32/13, 28/34/22, 30/37/3, 31/38/9, 32/39/15, 33/40/18, 34/41/20, 36/43/28, 37/45/1, 39/47/7, 43/51/23, 44/52/26, 46/55/5, 48/57/14, 49/58/21, 50/59/24, 52/62/5, 53/63/7, 55/65/19, 56/66/26, 57/68/1, 62/73/19, 63/74/28
〇四 1/1/11, 6/9/23, 10/14/10, 12/16/23, 13/17/29, 14/19/5, 16/21/13, 17/22/18, 21/26/30, 25/31/15, 28/34/26, 30/37/7, 31/38/13, 32/39/19, 33/40/22, 34/41/24, 35/42/28, 38/46/7, 40/48/15, 43/51/27, 44/53/1, 45/54/5, 47/56/11, 49/58/25, 50/59/28, 51/61/5, 54/64/15, 55/65/23, 56/66/30, 58/69/9, 62/73/23, 64/76/7
〇五 1/1/13, 3/6/11, 5/8/20, 6/9/27, 8/12/5, 9/13/9, 10/14/14, 12/16/27, 13/18/3, 17/22/22, 20/26/1, 25/31/19, 28/35/1, 29/36/7, 31/38/17, 33/40/26, 37/45/9, 39/47/15, 42/50/27, 43/52/1, 44/53/5, 45/54/9, 47/56/15, 48/57/22, 49/58/29, 53/63/16, 57/68/9, 58/69/13, 59/70/15, 60/71/17, 61/72/21, 63/75/7
上〇 1/1/15, 4/7/21, 6/10/1, 9/13/13, 10/14/18, 12/17/3, 13/18/7, 14/19/13, 18/24/1, 20/26/5, 21/27/7, 22/28/11, 23/29/15, 25/31/23, 26/32/25, 27/34/1, 30/37/15, 33/40/30, 35/43/7, 37/45/13, 38/46/15, 41/49/27, 42/51/1, 44/53/9, 50/60/7, 52/62/17, 53/63/20, 56/67/7, 57/68/13, 59/70/19, 61/72/25, 64/76/15
用〇 1/1/17
「用〇」、天德不可為首也 1/1/25
初〇曰、「潛龍勿用」 1/2/4
〇二曰、「見龍在田、利見大人」 1/2/8
〇三曰、「君子終日乾乾、夕惕若、厲、（无）〔无〕咎」 1/2/12
〇四曰、「或躍在淵、无咎」 1/2/17
〇五曰、「飛龍在天、利見大人」 1/2/20
上〇曰、「亢龍有悔」 1/2/24
乾元「用〇」、天下治也 1/2/28
乾元「用〇」 1/3/1
〇三重剛而不中 1/3/11
〇四重剛而不中 1/3/12
初〇 3/5/22, 5/8/3, 9/12/23, 10/13/26, 11/15/1, 13/17/17, 14/18/20, 17/22/6, 19/24/14, 21/26/18

22/27/21,24/29/29,25/31/3
26/32/5,27/33/10,30/36/24
34/41/12,36/43/20,37/44/25
38/45/27,41/49/7,42/50/11
43/51/15,49/58/13,51/60/21
54/64/3,55/65/11,58/68/26
60/71/1,61/72/5,63/74/20
《大有》初〇 14/18/22
「〇二悔亡」、能久中也 32/39/13
「〇二貞吉」、以中也 34/41/18
「〇二」「貞吉」、得中道也 40/48/9
〇二利貞 41/49/13
「〇五」「含章」、中正也 44/53/7
「〇二」之「孚」、有喜也 46/55/3
上（〇）〔六〕 48/57/26
躋于〇陵 51/60/25
「〇五」之「吉」、位正中也 57/68/11
「〇四」之「喜」、有慶也 58/69/11
「初〇、虞吉」、志未變也 61/72/7
「〇二」「貞吉」、中以行（正）〔直〕也 64/76/1
其用四十有〇 65/79/9
天〇 65/79/26

久 jiǔ 20

「亢龍有悔」、盈不可〇也 1/1/25
「至于八月有凶」、消不〇也 19/24/10
「枯楊生華」、何可〇也 28/35/3
「日昃之離」、何可〇也 30/37/5
《恆》、〇也 32/38/29,69/89/13
恆亨无咎利貞」、〇於其道也 32/39/1
天地之道恆〇而不已也 32/39/1
日月得天而能〇照 32/39/2
四時變化而能〇成 32/39/2
聖人〇於其道而天下化成 32/39/2
「九二悔亡」、能〇中也 32/39/13
〇非其位 32/39/21
「濡其首、厲」、何可〇也 63/75/13
有親則可〇 65/76/25
可〇則賢人之德 65/76/25
通則〇 66/82/4
夫婦之道不可以不〇也 68/88/14
《恆》者、〇也 68/88/15
物不可以〇居其所 68/88/15

酒 jiǔ 8

需于〇食 5/8/20
「〇食貞吉」、以中正也 5/8/22
樽〇、簋貳、用缶 29/36/3
「樽〇簋貳」、剛柔際也 29/36/5
困于〇食 47/56/3
「困于〇食」、中有慶也 47/56/5
有孚于飲〇 64/76/15
「飲〇濡首」、亦不知節也 64/76/17

臼 jiù 2

掘地爲〇 66/82/8
〇、杵之利 66/82/8

咎 jiù 159

无〇 1/1/9,1/1/11,5/8/3,7/10/7
7/10/26,7/10/30,8/11/17
9/13/5,10/13/26,11/15/9
12/16/23,13/17/17,14/18/24
14/19/5,17/21/27,19/24/22
19/24/26,19/25/3,21/26/18
21/26/22,21/26/26,22/28/11
25/31/15,27/33/22,28/34/14
28/35/5,29/36/7,30/36/24
30/37/15,32/38/27,35/43/7
38/45/31,40/48/3,41/49/7
41/49/19,41/49/27,42/50/11
44/52/22,44/53/9,45/53/27
45/54/9,45/54/13,46/55/1
46/55/9,47/55/23,48/57/18
49/58/17,50/59/16,52/61/20
52/61/27,52/62/9,53/62/30
53/63/12,55/65/19,59/70/15
59/70/19,60/71/1,60/71/9
61/72/17,61/72/21,62/73/15
62/73/23,63/74/20,64/76/15
65/78/18,65/79/2,66/83/7
「或躍在淵」、進「无〇」也 1/1/24
九三曰、「君子終日乾乾、夕惕若、厲、（无）〔无〕〇」 1/2/12
雖危无〇矣 1/2/15
九四曰、「或躍在淵、无〇 1/2/17
故无〇 1/2/18
雖危「无〇」矣 1/3/12
故「无〇」 1/3/13
无〇无譽 2/4/15,28/35/1
「括囊无〇」、慎不害也 2/4/17
《易》曰、「括囊、无〇无譽」 2/5/8
「利用恆无〇」、未失常也 5/8/5
「吉」、又何〇矣 7/10/10
吉、无〇 7/10/18
「左次无〇」、未失常也 7/10/28
永貞无〇 8/11/9
〔「《比》、「吉」〕、原筮元、永貞无〇」 8/11/11
何其〇 9/12/23
「有命无〇」、志行也 12/16/25
又誰「〇」也 13/17/19
匪〇、艱則无〇 14/18/20
「匪其彭、无〇」、明辯晳也 14/19/7
有渝、无〇 16/21/21
大「亨、貞、无〇」而天下隨（時）〔之〕 17/22/1
何〇 17/22/18
考无〇 18/23/10
无大〇 18/23/18,44/52/26
「幹父之蠱」、終「无〇」也 18/23/20
「既憂之」、「〇」不長也 19/24/24
「至臨无〇」、位當也 19/24/28
小人无〇 20/25/16
君子无〇 20/26/1,20/26/5

貞厲无〇　21/27/3
「貞厲无〇」、得當也　21/27/5
「白賁无〇」、上得志也　22/28/13
剝之无〇　23/29/3
「剝之无〇」、失上下也　23/29/5
朋來无〇　24/29/21
是以「出入无疾、朋來无〇」　24/29/23
厲、无〇　24/30/7
「頻復」之「厲」、義「无〇」也　24/30/9
「可貞无〇」、固有之也　25/31/17
「過涉」之「凶」、不可〇也　28/35/7
終无〇　29/36/3
「履錯」之「敬」、以辟〇也　30/36/26
恆亨无〇利貞」、久於其道也　32/39/1
「艱則吉」、〇不長也　34/42/5
裕无〇　35/42/16
「裕无〇」、未受命也　35/42/18
見惡人无〇　38/45/27
「見惡人」、以辟「〇」也　38/45/29
厲无〇　38/46/7
「交孚无〇」、志行也　38/46/9
往何〇　38/46/11
義「无〇」也　40/48/5
又誰〇也　40/48/13
无〇可貞　41/48/29
元吉、无〇、可貞、利有攸往、曷之用二簋、可用享　41/49/1
「元吉无〇」、下不厚事也　42/50/13
用凶事无〇　42/50/19
爲〇　43/51/15
「不勝」而「往」、「〇」也　43/51/17
有慍无〇　43/51/23
「君子夬夬」、終「无〇」也　43/51/25
中行无〇　43/52/1
「中行无〇」、中未光也　43/52/3
往无〇　45/53/23,45/54/1
「引吉无〇」、中未變也　45/53/29
「往无〇」、上巽也　45/54/3
大吉无〇　45/54/5
「大吉无〇」、位不當也　45/54/7
征凶无〇　47/56/3
「井甃无〇」、脩井也　48/57/20
震不于其躬、于其鄰、无〇　51/61/13
雖「凶」「无〇」、畏鄰戒也　51/61/16
无〇也　52/61/23
「小子」之「厲」、義「无〇」也　53/63/1
雖旬无〇　55/65/11
「雖旬无〇」、過旬災也　55/65/13
用史巫、紛若吉、无〇　57/67/25
「王居无〇」、正位也　59/70/17
「不節」之「嗟」、又誰「〇」也　60/71/11
「曳其輪」、義「无〇」也　63/74/22
无〇者、善補過也　65/77/8
震无〇者存乎悔　65/77/9
何〇之有　65/78/18
其要无〇　66/84/19,66/84/25

疚 jiù　1

剛中正、履帝位而不〇　10/13/21

就 jiù　3

火〇燥　1/2/21
革言三〇有孚　49/58/21
「革言三〇」、又何之矣　49/58/23

舊 jiù　4

食〇德　6/9/19
「食〇德」、從上「吉」也　6/9/21
〇井无禽　48/57/6
「〇井无禽」、時舍也　48/57/8

居 jū　31

所以〇業也　1/2/13
是故〇上位而不驕　1/2/14
寬以〇之　1/3/11
正位〇體　2/5/9
利〇貞　3/5/22,17/22/14
〇貞、吉　27/33/26
「〇貞」之「吉」、順以從上也　27/33/28
〇吉　31/38/5
雖「凶〇吉」、順不害也　31/38/7
二女同〇　38/45/21,49/58/7
〇德則忌　43/51/13
〇貞吉　49/59/3
君子以〇賢德善俗　53/62/28
渙王〇　59/70/15
「王〇无咎」、正位也　59/70/17
「甘節」之「吉」、〇位中也　60/71/19
君子以愼辨物〇方　64/75/22
是故君子所〇而安者、《易》之序也　65/77/3
是故君子〇則觀其象而玩其辭　65/77/4
君子〇其室　65/78/12
〇其室　65/78/12
上古穴〇而野處　66/82/9
《井》、〇其所而遷　66/84/8
變動不〇　66/84/12
則〇可知矣　66/84/17
剛柔雜〇　66/85/4
物不可以久〇其所　68/88/15
窮大者必失其〇　68/88/27
《屯》見而不失其〇　69/89/8

拘 jū　2

〇係之乃從　17/22/26
「〇係之」、上窮也　17/22/28

繘 jú　2

亦未〇井　48/56/26
〔井〕汔至、亦未〇井」、未有功也　48/57/2

舉 jǔ 1

○而錯之天下之民謂之事業 65/81/3

聚 jù 12

君子學以○之 1/3/10
《萃》、○也 45/53/17
故○也 45/53/17
「利見大人亨」、○以正也 45/53/18
觀其所○而天地萬物之情可見矣 45/53/18
方以類○ 65/76/21
何以○人曰財 66/81/17
○天下之貨 66/82/2
物相遇而後○ 68/88/22
《萃》者、○也 68/88/22
○而上者謂之升 68/88/22
《萃》○而《升》不來也 69/89/10

據 jù 5

○于蒺蔾 47/56/7,66/83/1
「○于蒺蔾」、乘剛也 47/56/9
非所○而○焉 66/83/2

屨 jù 3

○校滅趾 21/26/18
「○校滅趾」、不行也 21/26/20
（屨）〔○〕校滅趾 66/83/6

懼 jù 7

君子以獨立不○ 28/34/12
「震驚百里」、驚遠而○邇也 51/60/16
君子以恐○脩省 51/60/19
○以語 66/83/20
使知○ 66/84/13
四多○ 66/84/19
○以終始 66/84/25

倦 juàn 1

使民不○ 66/82/4

嗟 juē 5

則大耋之○ 30/37/3
戚○若 30/37/11
萃如○如 45/54/1
則○若 60/71/9
「不節」之「○」、又誰「咎」也 60/71/11

角 jué 4

羸其○ 34/41/20
晉其○ 35/43/7
姤其○ 44/53/9
「姤其○」、上窮「吝」也 44/53/11

決 jué 12

藩○不羸 34/41/24
「藩○不羸」、尙往也 34/41/26
《夬》、○也 43/51/9,69/89/20
剛○柔也 43/51/9,69/89/20
○而和 43/51/9
爲○躁 67/86/25
爲附○ 67/87/15
益而不已必○ 68/88/20
《夬》者、○也 68/88/21
○必有遇 68/88/21

掘 jué 1

○地爲臼 66/82/8

桷 jué 2

或得其○ 53/63/12
「或得其○」、順以巽也 53/63/14

絕 jué 1

「馬匹亡」、○類上也 61/72/19

厥 jué 4

○孚交如 14/19/9
「○孚交如」、信以發志也 14/19/11
○宗噬膚 38/46/11
「○宗噬膚」、「往」有慶也 38/46/13

爵 jué 2

我有好○ 61/72/9,65/78/11

矍 jué 2

視○○ 51/61/13

君 jūn 151

○子終日乾乾 1/1/9
○子以自強不息 1/1/23
○子體仁足以長人 1/2/1
○子行此四德者 1/2/2
○德也 1/2/10,1/3/11
九三曰、「○子終日乾乾、夕惕若、厲、（无）〔无〕咎」 1/2/12
○子進德脩業 1/2/12
○子進德脩業、欲及時也 1/2/18
○子以成德爲行 1/3/8
是以○子「弗用」也 1/3/10
○子學以聚之 1/3/10
○子有攸往 2/3/21
「○子」攸行 2/3/25
○子以厚德載物 2/4/1
臣弒其○ 2/5/2
○子敬以直內 2/5/5
○子「黃」中通理 2/5/9
○子以經綸 3/5/20
○子幾不如舍 3/6/3
「○子舍」之 3/6/5
○子以果行育德 4/6/28
○子以飲食宴樂 5/8/1
○子以作事謀始 6/9/9
○子以容民畜眾 7/10/12
大○有命 7/11/3
「大○有命」、以正功也 7/11/5

○子以懿文德 9/12/21
○子征凶 9/13/13
「○子征凶」、有所疑也 9/13/15
○子以辯上下 10/13/24
武人爲于大○ 10/14/5
「武人爲于大○」、志剛也 10/14/8
內○子而外小人 11/14/27
○子道長 11/14/27,69/89/21
不利○子貞 12/16/3
否之匪人、不利○子貞、大往小來 12/16/5
內小人而外○子 12/16/6
○子道消也 12/16/6
○子以儉德辟難 12/16/9
「拔茅貞吉」、志在○也 12/16/13
利○子貞 13/17/9
「○子」正也 13/17/12
唯○子爲能通天下之志 13/17/12
○子以類族辨物 13/17/15
○子以遏惡揚善 14/18/18
○子有終 15/19/19,65/78/20
「○子」之「終」也 15/19/23
○子以裒多益寡 15/19/25
謙謙○子 15/19/27
「謙謙○子」、卑以自牧也 15/19/29
○子有終、吉 15/20/5
「勞謙○子」、萬民服也 15/20/7
○子以嚮晦入宴息 17/22/4
○子以振民育德 18/23/8
○子以教思无窮 19/24/12
大○之宜 19/24/30
「大○之宜」、行中之謂也 19/25/1
○子吝 20/25/16
○子无咎 20/26/1,20/26/5
○子以明庶政 22/27/19
○子尙消息盈虛 23/28/20
○子得輿 23/29/15
「○子得輿」、民所載也 23/29/17
以其國○凶 24/30/19
「迷復」之「凶」、反○道也 24/30/22
○子以多識前言往行以畜其德 26/32/3
○子以愼言語、節飲食 27/33/8
○子以獨立不懼 28/34/12
○子以常德行、習教事 29/35/17
○子以虛受人 31/37/29
○子以立不易方 32/39/5
○子以遠小人 33/40/8
○子吉 33/40/22
「○子好遯、小人否」也 33/40/24
○子以非禮弗履 34/41/10
○子用罔 34/41/20
「小人用壯、○子〔用〕罔」也 34/41/22
○子以自昭明德 35/42/14
○子以莅眾用晦而明 36/43/18
○子于行 36/43/20
「○子于行」、義「不食」也 36/43/22
家人有嚴○焉 37/44/19
○子以言有物而行有恆 37/44/23
○子以同而異 38/45/25
○子以反身修德 39/46/28
○子以赦過宥罪 40/48/1
○子維有解 40/48/19
「○子有解」、「小人」退也 40/48/21
○子以懲忿窒欲 41/49/5
○子以見善則遷 42/50/9
○子以施祿及下 43/51/13
○子夬夬 43/51/23
「○子夬夬」、終「无咎」也 43/51/25
○子以除戎器 45/53/21
○子以順德 46/54/24
其唯○子乎 47/55/25
○子以致命遂志 47/55/28
○子以勞民勸相 48/57/4
○子以治厤明時 49/58/11
○子豹變 49/59/3
「○子豹變」、其文蔚也 49/59/5
「小人革面」、順以從○也 49/59/5
○子以正位凝命 50/59/14
○子以恐懼脩省 51/60/19
○子以思不出其位 52/61/25
○子以居賢德善俗 53/62/28
○子以永終知敝 54/64/1
其○之袂不如其娣之袂良 54/64/19
○子以折獄致刑 55/65/9
○子以明愼用刑而不留獄 56/66/16
○子以申命行事 57/67/19
○子以朋友講習 58/68/24
○子以制數度 60/70/30
○子以議獄緩死 61/72/3
○子以行過乎恭 62/73/9
不及其○ 62/73/15
「不及其○」、臣不可過也 62/73/17
○子以思患而豫防之 63/74/18
○子以愼辨物居方 64/75/22
○子之光 64/76/11
「○子之光」、其暉「吉」也 64/76/13
是故○子所居而安者、《易》之序也 65/77/3
是故○子居則觀其象而玩其辭 65/77/4
故○子之道鮮矣 65/77/18
○子居其室 65/78/12
言行、○子之樞機 65/78/14
言行、○子之所以動天地也 65/78/14
○子之道 65/78/15
○不密則失臣 65/79/3
是以○子愼密而不出也 65/79/4
乘也者、○子之器也 65/79/5
小人而乘○子之器 65/79/5
是以○子將有爲也 65/79/18
陽、一○而二民 66/82/16
○子之道也 66/82/16
陰、二○而一民 66/82/16
○子藏器於身 66/83/4
是故○子安而不忘危 66/83/10
○子上交不諂 66/83/13
○子見幾而作 66/83/14
○子知微知彰 66/83/15
○子安其身而後動 66/83/19
○子脩此三者 66/83/19
乾以○之 67/85/21
爲○ 67/86/19
有父子然後有○臣 68/88/14

有○臣然後有上下 68/88/14

均 jūn 1

爲○ 67/86/22

浚 jùn 2

○恆 32/39/7
「○恆」之「凶」、始求深也 32/39/9

開 kāi 3

○國承家 7/11/3
夫《易》、○物成務 65/80/1
○而當名 66/83/25

坎 kǎn 26

《習○》有孚 29/35/11
《習○》、重險也 29/35/13
《習○》 29/35/17
習○ 29/35/19
入于○窞 29/35/19,29/35/27
「習○入○」、失道「凶」也 29/35/21
○有險 29/35/23
來之○○ 29/35/27
「來之○○」、終无功也 29/36/1
○不盈 29/36/7
「○不盈」、中未大也 29/36/9
勞乎○ 67/85/22,67/86/1
○者、水也 67/85/26
○、陷也 67/86/8
○爲豕 67/86/11
○爲耳 67/86/13
○再索而得男 67/86/16
○爲水 67/87/5
故受之以《○》 68/88/10
《○》者、陷也 68/88/10
《離》上而《○》下也 69/89/17

衎 kàn 4

飲食○○ 53/63/3
「飲食○○」、不素飽也 53/63/5

康 kāng 2

《晉》○侯用錫馬蕃庶 35/42/9
是以「○侯」用「錫馬蕃庶晝日三接」也 35/42/11

亢 kàng 8

○龍 1/1/15
「○龍有悔」、盈不可久也 1/1/25
上九曰、「○龍有悔」 1/2/24
「○龍有悔」、窮之災也 1/2/28
○龍有悔 1/3/1,65/79/1
「○」之爲言也 1/3/15
「弗遇過之」、已○也 62/74/9

考 kǎo 5

視履○祥 10/14/18
殷薦之上帝以配祖○ 16/20/29
○无咎 18/23/10
「幹父之蠱」、意承「○」也 18/23/12
「敦復无悔」、中以自○也 24/30/17

科 kē 1

爲○上槁 67/87/10

可 kě 110

「亢龍有悔」、盈不○久也 1/1/25
「用九」、天德不○爲首也 1/1/25
確乎其不○拔 1/2/5
○與幾也 1/2/13
○與存義也 1/2/14
日○見之行也 1/3/8
含章○貞 2/4/11
「含章○貞」、以時發也 2/4/13
何○長也 3/6/17
「終凶」、訟不○成也 6/9/6
「不永所事」、訟不○長也 6/9/13
○以王矣 7/10/9
不○榮以祿 12/16/9
「否」終則「傾」、何○長也 12/17/5
卑而不○踰 15/19/22
○「用行師」、征邑國也 15/20/19
「冥豫」在「上」、何○長也 16/21/23
不○貞 18/23/14,60/70/25
「不事王侯」、志○則也 18/24/3
「闚觀女貞」、亦○醜也 20/25/22
「小人剝廬」、終不○用也 23/29/17
○貞 25/31/15
「○貞无咎」、固有之也 25/31/17
「无妄」之「藥」、不○試也 25/31/21
不○涉大川 27/33/26
「棟橈」之「凶」、不○以有輔也 28/34/24
「枯楊生華」、何○久也 28/35/3
「老婦士夫」、亦○醜也 28/35/3
「過涉」之「凶」、不○咎也 28/35/7
天險、不○升也 29/35/14
「日昃之離」、何○久也 30/37/5
觀其所感而天地萬物之情○見矣 31/37/24
觀其所恆而天地萬物之情○見矣 32/39/2
「畜臣妾吉」、不○大事也 33/40/20
正大而天地之情○見矣 34/41/8
不○疾貞 36/43/28
「箕子」之「貞」、「明」不○息也 36/44/9
「負且乘」、亦○醜也 40/48/13
无咎○貞 41/48/29
二簋○用享 41/48/29
元吉、无咎、○貞、利有攸往、曷之用二簋、○用享 41/49/1
亦○「喜」也 41/49/21
「无號」之「凶」、終

不〇長也 43/52/7
「勿用取女」、不〇與長也 44/52/13
觀其所聚而天地萬物之情〇見矣 45/53/18
〇用汲 48/57/14
「鞏用黃牛」、不〇以有爲也 49/58/15
〔不喪匕鬯〕、出〇以守宗廟社稷 51/60/16
〇以正邦也 53/62/25
其羽〇用爲儀 53/63/20
「其羽〇用爲儀吉」、不〇亂也 53/63/22
「豐其沛」、不〇大事也 55/65/21
「折其右肱」、終不〇用也 55/65/21
「苦節不〇貞」、其道窮也 60/70/27
「翰音登于天」、何〇長也 61/72/27
〇小事 62/73/3
不〇大事 62/73/3
是以「不〇大事」也 62/73/6
「飛鳥以凶」、不〇如何也 62/73/13
「不及其君」、臣不〇過也 62/73/17
「往厲必戒」、終不〇長也 62/74/1
「濡其首、厲」、何〇久也 63/75/13
有親則〇久 65/76/25
有功則〇大 65/76/25
〇久則賢人之德 65/76/25
〇大則賢人之業 65/76/25
言天下之至賾而不〇惡也 65/78/10
言天下之至動而不〇亂也 65/78/10
〇不愼乎 65/78/15
苟錯諸地而〇矣 65/78/18
而用〇重也 65/78/19
是故〇與酬酢 65/79/14
〇與祐神矣 65/79/15
其不〇見乎 65/80/19
《易》不〇見 65/81/2
妻其〇得見耶 66/83/2
故惡積而不〇揜 66/83/8
罪大而不〇解 66/83/8
是以身安而國家〇保也 66/83/10
斷〇識矣 66/83/15
《易》之爲書也不〇遠 66/84/12
不〇爲典要 66/84/13
則居〇知矣 66/84/17
而吉凶〇見矣 66/85/4
物稺不〇不養也 68/87/22
物不〇以終通 68/88/1
物不〇以終否 68/88/1
有大者不〇以盈 68/88/2
有事而後〇大 68/88/4
物大然後〇觀 68/88/4
〇觀而後有所合 68/88/5
物不〇以苟合而已 68/88/5
物不〇以終盡剝 68/88/7
〔物〕然後〇畜 68/88/8
物畜然後〇養 68/88/8
不養則不〇動 68/88/9
物不〇以終過 68/88/9
夫婦之道不〇以不久也 68/88/14
物不〇以久居其所 68/88/15
物不〇以終遯 68/88/16
物不〇以終壯 68/88/16
物不〇以終難 68/88/19
井道不〇不革 68/88/23
物不〇以終動 68/88/25
物不〇以終止 68/88/26
物不〇以終離 68/89/2
物不〇窮也 68/89/3

克 kè 15

子〇家 4/7/5
「子〇家」、剛柔（節）〔接〕也 4/7/7
不〇訟 6/9/15,6/9/23
「不〇訟」、「歸逋」竄也 6/9/17
弗〇攻 13/17/29
「乘其墉」、義「弗〇」也 13/18/1
大師〇 13/18/3
「大師相遇」、言相「〇」也 13/18/5
小人弗〇 14/19/1
至于十年不〇征 24/30/19
弗〇違 41/49/23
十朋之龜弗〇違 42/50/15
三年〇之 63/74/28
「三年〇之」、憊也 63/75/1

客 kè 3

有不速之〇三人來 5/8/24
「不速之〇來、敬之終吉」〔也〕 5/8/26
以待暴〇 66/82/7

嗑 kè 8

《噬〇》亨 21/26/11
頤中有物曰《噬〇》 21/26/13
《噬〇》而「亨」 21/26/13
雷電《噬〇》 21/26/16
蓋取諸《噬〇》 66/82/3
故受之以《噬〇》 68/88/5
〇者、合也 68/88/5
《噬〇》、食也 69/89/11

恐 kǒng 3

「震來虩虩」、〇致福也 51/60/15,51/60/23
君子以〇懼脩省 51/60/19

口 kǒu 6

自求〇實 27/33/3
「自求〇實」、觀其自養也 27/33/5
「咸其輔頰舌」、滕〇說也 31/38/23
「有言不信」、尙〇乃窮也 47/55/26
兌爲〇 67/86/13
爲〇舌 67/87/15

寇 kòu 14

匪〇 3/5/26,22/28/3,38/46/15

不利爲○ 4/7/21
利禦○ 4/7/21,53/63/7
「利」用「禦○」 4/7/23
致○至 5/8/12
40/48/11,65/79/5,65/79/7
自我「致○」、敬愼不
敗也 5/8/14
「匪○婚媾」、終无尤也 22/28/5
「利用禦○」、順相保也 53/63/9

刳 kū 1

○木爲舟 66/82/5

枯 kū 3

○楊生稊 28/34/18
○楊生華 28/35/1
「○楊生華」、何可久也 28/35/3

苦 kǔ 4

○節 60/70/25,60/71/21
「○節不可貞」、其道
窮也 60/70/27
「○節貞凶」、其道窮
也 60/71/23

夬 kuài 15

○履貞厲 10/14/14
「○履貞厲」、位正當
也 10/14/16
《○》揚于王庭 43/51/7
《○》、決也 43/51/9,69/89/20
《○》 43/51/13
君子○○ 43/51/23
「君子○○」、終「无
咎」也 43/51/25
莧陸○○ 43/52/1
蓋取諸《○》 66/82/12
故受之以《○》 68/88/21
《○》者、決也 68/88/21

快 kuài 3

其心不○ 52/62/1
我心不○ 56/66/30
「得其資斧」、「心」
未「○」也 56/67/1

寬 kuān 1

○以居之 1/3/11

筐 kuāng 2

女承○ 54/64/23
「上六」「无實」、
「承」虛「○」也 54/64/25

況 kuàng 7

而○於人乎 1/3/15,55/65/6
○於鬼神乎 1/3/15,55/65/6
而○「建侯行師」乎 16/20/26
○其通者乎 65/78/12,65/78/13

虧 kuī 2

天道○盈而益謙 15/19/21
○悔 50/59/24

闚 kuī 4

○觀 20/25/20
「○觀女貞」、亦可醜
也 20/25/22
○其戶 55/66/5
「○其戶、闃其无人」
、自藏也 55/66/7

刲 kuí 1

士○羊 54/64/23

頄 kuí 1

壯于○ 43/51/23

揆 kuí 1

初率其辭而○其方 66/84/14

睽 kuí 13

《○》小事吉 38/45/19
《○》、火動而上 38/45/21
天地○而其事同也 38/45/22
男女○而其志通也 38/45/22
萬物○而其事類也 38/45/23
○之時用大矣哉 38/45/23
《○》 38/45/25
○孤 38/46/7,38/46/15
蓋取諸《○》 66/82/9
故受之以《○》 68/88/18
《○》者、乖也 68/88/18
《○》、外也 69/89/14

饋 kuì 1

在中○ 37/44/29

坤 kūn 33

《○》元亨 2/3/21
至哉「○元」 2/3/24
○厚載物 2/3/24
地勢○ 2/4/1
《○》至柔而動也剛 2/5/1
○道其順乎 2/5/2
乾○定矣 65/76/21
○道成女 65/76/23
○作成物 65/76/24
○以簡能 65/76/24
效法之謂○ 65/77/21
夫○ 65/78/3
《○》之策百四十有四 65/79/12
是故闔戶謂之○ 65/80/5
乾○、其《易》之緼邪 65/81/1
乾○成列 65/81/1
乾○毀 65/81/1
則乾○或幾乎息矣 65/81/2
夫○、隤然示人簡矣 66/81/14
蓋取諸《乾》《○》 66/82/5
乾○ 66/83/23
○、陰物也 66/83/23
夫○、天下之至順也 66/85/1
○以藏之 67/85/22
致役乎○ 67/85/22,67/85/25
○也者、地也 67/85/25

○、順也 67/86/8
○爲牛 67/86/11
○爲腹 67/86/13
○、地也 67/86/15
○爲地 67/86/22
《乾》剛《○》柔 69/89/8

困 kùn 26

○蒙 4/7/13
「○蒙」之「吝」、獨遠實也 4/7/15
其義不○窮矣 5/7/29
其「吉」、則○而反則也 13/18/1
《○》亨 47/55/23
《○》、剛揜也 47/55/25
○而不失其所 47/55/25
○ 47/55/28
臀○于株木 47/55/30
○于酒食 47/56/3
「○于酒食」、中有慶也 47/56/5
○于石 47/56/7,66/83/1
○于金車 47/56/11
○于赤紱 47/56/15
○于葛藟 47/56/20
「○于葛藟」、未當也 47/56/22
非所○而○焉 66/83/1
《○》、德之（辨）〔辯〕也 66/84/6
《○》、窮而通 66/84/8
《○》以寡怨 66/84/10
升而不已必○ 68/88/23
故受之以《○》 68/88/23
○乎上者必反下 68/88/23
《井》通而《○》相遇也 69/89/13

括 kuò 4

○囊 2/4/15
「○囊无咎」、愼不害也 2/4/17
《易》曰、「○囊、无咎无譽」 2/5/8
動而不○ 66/83/4

來 lài 72

其所由○者漸矣 2/5/3
童蒙〔○〕求我 4/6/21
匪我求童蒙、童蒙〔○〕求我 4/6/25
有不速之客三人○ 5/8/24
「不速之客○、敬之終吉」〔也〕 5/8/26
剛○而得中也 6/9/6
不寧方○ 8/11/9
「不寧方○」、上下應也 8/11/12
終○ 8/11/17
《泰》小往大○ 11/14/24
《泰》、小往大○、吉、亨 11/14/26
大往小○ 12/16/3
否之匪人、不利君子貞、大往小○ 12/16/5
剛○而下柔 17/22/1
柔○而文剛 22/27/15
朋○无咎 24/29/21
七日○復 24/29/21
是以「出入无疾、朋○无咎」 24/29/23
反復其道、七日○復 24/29/23
剛自外○而爲主於內 25/30/28
○之坎坎 29/35/27
「○之坎坎」、終无功也 29/36/1
突如、其○如 30/37/7
「突如其○如」、无所容也 30/37/9
憧憧往○ 31/38/13,66/82/17
「憧憧往○」、未光大也 31/38/15
往蹇○譽 39/46/30
「往蹇○譽」、宜待也 39/47/1
往蹇○反 39/47/7
「往蹇○反」、內喜之也 39/47/9
往蹇○連 39/47/11
「往蹇○連」、當位實也 39/47/13
朋○ 39/47/15
「大蹇朋○」、以中節也 39/47/17
○碩 39/47/19
「往蹇○碩」、志在內也 39/47/21
其○復吉 40/47/25
「其○復吉」、乃得中也 40/47/28
「或益之」、自外○也 42/50/17
「或擊之」、自外○也 42/51/3
朱紱方○ 47/56/3
○徐徐 47/56/11
「○徐徐」、志在下也 47/56/13
往○井井 48/56/26
〔往○井〕 48/57/2
震○虩虩 51/60/13,51/60/21
「震○虩虩」、恐致福也 51/60/15,51/60/23
震○厲 51/60/25
「震○厲」、乘剛也 51/60/27
震往○厲 51/61/9
「震往○厲」、危行也 51/61/11
○章 55/66/1
○兌 58/69/5
「○兌」之「凶」、位不當也 58/69/7
剛○而不窮 59/69/25
「實受其福」、吉大○也 63/75/9
極數知○之謂占 65/77/21
遂知○物 65/79/19
神以知○ 65/80/3
往○不窮謂之通 65/80/6
日往則月○ 66/82/18
月往則日○ 66/82/18
寒往則暑○ 66/82/18
暑往則寒○ 66/82/19
○者信也 66/82/19
夫《易》、彰往而察○ 66/83/25
占事知○ 66/85/3
知○者逆 67/85/18
《萃》聚而《升》不○也 69/89/10

勑 lài 1

先王以明罰○法 21/26/16

蘭 lán 1

其臭如○ 65/78/16

爛 làn 1

《剝》、○也 69/89/12

筤 láng 1

爲蒼○竹 67/86/25

勞 láo 9

○謙 15/20/5,65/78/20
「○謙君子」、萬民服也 15/20/7
君子以○民勸相 48/57/4
民忘其○ 58/68/22
○而不伐 65/78/20
○乎坎 67/85/22,67/86/1
○卦也 67/86/1

老 lǎo 5

○夫得其女妻 28/34/18
「○夫女妻」、過以相與也 28/34/20
○婦得其士夫 28/35/1
「○婦士夫」、亦可醜也 28/35/3
爲○馬 67/86/19

扐 lè 2

歸奇於○以象閏 65/79/10
故再○而後掛 65/79/10

雷 léi 26

○雨之動滿盈 3/5/17
雲○、屯 3/5/20
○出地奮 16/20/29
澤中有○ 17/22/4
○電合而章 21/26/13
○電《噬嗑》 21/26/16
○在地中 24/29/27
天下○行 25/31/1
山下有○ 27/33/8
○風相與 32/38/29
○風《恆》 32/39/5
○在天上 34/41/10
天地解而○雨作 40/47/28
○雨作而百果草木皆甲（圻）〔坼〕 40/47/28
○雨作 40/48/1
風○《益》 42/50/9
洊○、《震》 51/60/19
澤上有○ 54/64/1
○電皆至 55/65/9
山上有○ 62/73/9
鼓之以○霆 65/76/23
○風相薄 67/85/18
○以動之 67/85/21
動萬物者莫疾乎○ 67/86/4
○風不相悖 67/86/6
震爲○ 67/86/25

羸 léi 6

○其角 34/41/20
藩決不○ 34/41/24
「藩決不○」、尙往也 34/41/26
○豕孚蹢躅 44/52/18
○其瓶 48/56/26
「○其瓶」、是以凶也 48/57/2

耒 lěi 2

揉木爲○ 66/82/1
○耨之利 66/82/2

藟 lěi 2

困于葛○ 47/56/20
「困于葛○」、未當也 47/56/22

類 lèi 14

則各從其○也 1/2/21
「牝馬」地○ 2/3/25
乃與○行 2/3/26
猶未離其○也 2/5/10
君子以○族辨物 13/17/15
「六二征凶」、行失○也 27/33/16
萬物睽而其事○也 38/45/23
「馬匹亡」、絕○上也 61/72/19
方以○聚 65/76/21
觸○而長之 65/79/14
以○萬物之情 66/81/20
於稽其○ 66/83/24
其取○也大 66/84/1
《否》《泰》、反其○也 69/89/15

蒺 lí 3

據于蒺○ 47/56/7,66/83/1
「據于蒺○」、乘剛也 47/56/9

離 lí 27

非○群也 1/2/18
猶未○其類也 2/5/10
疇○祉 12/16/23
《○》利貞 30/36/17
《○》、麗也 30/36/19
明兩、作《○》 30/36/22
黃○ 30/36/28
「黃○元吉」、得中道也 30/37/1
日昃之○ 30/37/3
「日昃之○」、何可久也 30/37/5
「六五」之「吉」、○王公也 30/37/13
「夫征不復」、○群醜也 53/63/9
飛鳥○之 62/74/7
蓋取諸《○》 66/82/1
相見乎○ 67/85/22
○也者、明也 67/85/24
○、麗也 67/86/8
○爲雉 67/86/11
○爲目 67/86/13
○再索而得女 67/86/16
○爲火 67/87/9
故受之以《○》 68/88/10
《○》者、麗也 68/88/11
《渙》者、○也 68/89/1
物不可以終○ 68/89/2
《渙》、○也 69/89/14
《○》上而《坎》下也 69/89/17

里 lǐ 4

震驚百○ 51/60/13
「震驚百○」、驚遠而懼邇也 51/60/16

則千○之外應之 65/78/12
則千○之外違之 65/78/13

理 lǐ 8

君子「黃」中通○ 2/5/9
易簡而天下之○得矣 65/76/26
天下之○得 65/76/26
俯以察於地○ 65/77/11
○財正辭、禁民爲非曰義 66/81/17
和順於道德而○於義 67/85/12
窮○盡性以至於命 67/85/12
將以順性命之○ 67/85/14

禮 lǐ 10

嘉會足以合○ 1/2/1
君子以非○弗履 34/41/10
知崇○卑 65/78/5
以行其典○ 65/78/9,65/81/5
○言恭 65/79/1
《謙》以制○ 66/84/9
物畜然後有○ 68/87/24
〔《履》者、○也〕 68/87/25
有上下然後○義有所錯 68/88/14

力 lì 1

○（小）〔少〕而任重 66/83/12

立 lì 15

脩辭○其誠 1/2/13
敬義○而德不孤 2/5/6
君子以獨○不懼 28/34/12
君子以○不易方 32/39/5
○心勿恆 42/51/1,66/83/21
○廟 59/69/28
○〔功〕成器 65/80/11
聖人○象以盡意 65/80/19
而《易》○乎其中矣 65/81/1
剛柔者、○本者也 66/81/12
觀變於陰陽而○卦 67/85/11
是以○天之道曰陰與陽 67/85/14
○地之道曰柔與剛 67/85/14
○人之道曰仁與義 67/85/15

利 lì 215

○貞 1/1/3
3/5/15,4/6/21,17/21/27
19/24/7,25/30/26,31/37/21
32/38/27,36/44/7,41/49/11
45/53/15,49/58/5,50/60/3
53/62/23,58/68/19,59/69/23
61/71/27,62/73/3,63/74/15
○見大人 1/1/7
1/1/13,6/9/3,39/46/22
39/47/19,45/53/15,57/67/14
乃「○貞」 1/1/20
《○》者、義之和也 1/1/28
○物足以和義 1/2/1
故曰「乾、元、亨、○、貞」 1/2/2
九二曰、「見龍在田、○見大人」 1/2/8
《易》曰、『見龍在田、○見大人』 1/2/9
九五曰、「飛龍在天、○見大人」 1/2/20
「○貞」者、性情也 1/3/4
乾始能以美○○天下 1/3/4
不言所○ 1/3/5
《易》曰、「見龍在田、○見大人」 1/3/11
○牝馬之貞 2/3/21
○ 2/3/21
柔順「○貞」 2/3/25
不習无不○ 2/4/7
「不習无不○」、地道光也 2/4/9
○永貞 2/4/27,52/61/27
直、方、大、不習无不○ 2/5/6
○建侯 3/5/15,3/5/22
○居貞 3/5/22,17/22/14
无不○ 3/6/7,15/20/9,15/20/13
19/24/18,23/29/11,28/34/18
33/40/30,35/43/3,40/48/23
50/60/7,57/68/9,66/83/3
○用刑人 4/7/1
「○用刑人」、以正法也 4/7/3
无攸○ 4/7/9
19/24/22,25/31/23,27/33/18
32/39/7,34/42/3,45/54/1
54/63/26,54/64/23,64/75/17
不○爲寇 4/7/21
○禦寇 4/7/21,53/63/7
「○」用「禦寇」 4/7/23
○涉大川 5/7/27,13/17/9
10/23/3,26/31/29,27/34/1
42/50/3,59/69/23,61/71/27
64/76/3
「○涉大川」、往有功也 5/7/30
○用恆 5/8/3
「○用恆无咎」、未失常也 5/8/5
不○涉大川 6/9/3
「○見大人」、尚中正也 6/9/6
「不○涉大川」、入于淵也 6/9/6
○執言 7/10/30
不○君子貞 12/16/3
否之匪人、不○君子貞、大往小來 12/16/5
○君子貞 13/17/9
《同人》曰、「同人于野、亨、○涉大川」 13/17/11
吉无不○ 14/19/13
65/77/5,65/80/15,66/82/5
「无不○、撝謙」、不違則也 15/20/11
○用侵伐 15/20/13
「○用侵伐」、征不服也 15/20/15
○用行師征邑國 15/20/17
《豫》○建侯行師 16/20/23
「○涉大川」、往有事也 18/23/6
「咸臨吉无不○」、未順命也 19/24/20
○女貞 20/25/20
○用賓于王 20/25/28
○用獄 21/26/11
「○用獄」也 21/26/14
○艱貞、吉 21/26/30
「○艱貞吉」、未光也 21/27/1
小○有攸往 22/27/13
故「小○有攸往」 22/27/15
《剝》不○有攸往 23/28/17
「不○有攸往」、小人長也 23/28/19
○有攸往 24/29/21,26/32/13
28/34/7,32/38/27,41/48/29
41/49/27,43/51/7,45/53/15
57/67/14

「○有攸往」、剛長也 24/29/24
不○有攸往 25/30/26
其匪正有眚、不○有攸
往 25/30/29
則○有攸往 25/31/7
《大畜》○貞 26/31/29
「○涉大川」、應乎天也 26/32/1
○己 26/32/5
「有厲○己」、不犯災也 26/32/7
○艱貞 26/32/13
「○有攸往」、上合志
也 26/32/15
「○有攸往」乃「亨」 28/34/10
《離》○貞 30/36/17
是以「亨○貞、取女吉」
也 31/37/23
恆亨无咎○貞」、久於
其道也 32/39/1
「○有攸往」、終則有
始也 32/39/1
小○貞 33/40/3,63/74/13
「小○貞」、浸而長也 33/40/5
「肥遯无不○」、无所
疑也 33/41/1
《大壯》○貞 34/41/5
《大壯》「○貞」 34/41/7
《明夷》○艱貞 36/43/13
「○艱貞」、晦其明也 36/43/15
《家人》○女貞 37/44/17
《蹇》○西南 39/46/22
不○東北 39/46/22
《蹇》、「○西南」 39/46/24
「不○東北」、其道窮
也 39/46/25
「○見大人」、往有功
也 39/46/25
「○見大人」、以從貴
也 39/47/21
《解》○西南 40/47/25
《解》「○西南」、往
得衆也 40/47/27
元吉、无咎、可貞、○
有攸往、曷之用二簋
、可用享 41/49/1
九二○貞 41/49/13
《益》○有攸往 42/50/3
「○有攸往」、中正有慶 42/50/5
「○涉大川」、木道乃行 42/50/6
○用爲大作 42/50/11
○用爲依遷國 42/50/23
不○即戎 43/51/7
「告自邑不○即戎」、
所尙乃窮也 43/51/10
「○有攸往」、剛長乃
終也 43/51/10
不○賓 44/52/22
「○見大人亨」、聚以
正也 45/53/18
「用大牲吉、○有攸往」
、順天命也 45/53/18
孚乃○用禴 45/53/27,46/55/1
○于不息之貞 46/55/17
○用享祀 47/56/3
○用祭祀 47/56/15
「○用祭祀」、受福也 47/56/17
○出否 50/59/16
「○出否」、以從貴也 50/59/18
「○用禦寇」、順相保也 53/63/9
「无攸○」、柔乘剛也 54/63/29
○幽人之貞 54/64/7
「○幽人之貞」、未變
常也 54/64/9
是以「小亨、○有攸往
、○見大人」 57/67/16
○武人之貞 57/67/21
「○武人之貞」、志治
也 57/67/23
說以「○貞」 58/68/21
「○涉大川」、乘木有
功也 59/69/26
「○涉大川」、乘木舟
虛也 61/72/1
中孚以「○貞」、乃應
乎天也 61/72/1
過以「○貞」、與時行也 62/73/5
「濡其尾、无攸○」、
不續終也 64/75/19
其○斷金 65/78/16
○用出入 65/80/7
以爲天下○ 65/80/11
吉无不○也 65/80/17
變而通之以盡○ 65/80/20
耒耨之○ 66/82/2
舟楫之○ 66/82/6
致遠以○天下 66/82/6
以○天下 66/82/7
臼、杵之○ 66/82/8
弧、矢之○ 66/82/9
屈、信相感而○生焉 66/82/19
○用安身 66/82/20
何不○之有 66/83/4
不見○不勸 66/83/5
《益》以興○ 66/84/10
柔之爲道不○遠者 66/84/19
變動以○言 66/85/4
情僞相感而○害生 66/85/5
爲近○市三倍 67/87/2

莅 lì 1

君子以○衆用晦而明 36/43/18

厤 lì 1

君子以治○明時 49/58/11

厲 lì 42

夕惕若○ 1/1/9
九三曰、「君子終日乾
乾、夕惕若、○、
（无）〔无〕咎」 1/2/12
貞○ 6/9/19
34/41/20,35/42/28,49/58/21
婦貞○ 9/13/13
夬履貞○ 10/14/14
「夬履貞○」、位正當
也 10/14/16
○終吉 18/23/10
貞○无咎 21/27/3
「貞○无咎」、得當也 21/27/5
○、无咎 24/30/7
「頻復」之「○」、義
「无咎」也 24/30/9
有○ 26/32/5,58/69/13
「有○利己」、不犯災也 26/32/7
○、吉 27/34/1
「由頤○吉」、大有慶也 27/34/3
遯尾、○ 33/40/10
「遯尾」之「○」、不
往何災也 33/40/12

有疾○ 33/40/18
「係遯」之「○」、有疾憊也 33/40/20
「鼫鼠貞○」、位不當也 35/43/1
○吉 35/43/7
悔○ 37/45/1
○无咎 38/46/7
孚號有○ 43/51/7
「孚號有○」、其危乃光也 43/51/10
○ 44/52/26,56/66/26,63/75/11
震來○ 51/60/25
「震來○」、乘剛也 51/60/27
震往來○ 51/61/9
「震往來○」、危行也 51/61/11
○薰心 52/62/5
小子○有言 53/62/30
「小子」之「○」、義「无咎」也 53/63/1
往○必戒 62/73/23
「往○必戒」、終不可長也 62/74/1
「濡其首、○」、何可久也 63/75/13

麗 lì 12

《離》、○也 30/36/19
日月○乎天 30/36/19
百穀草木○乎土 30/36/19
重明以○乎正 30/36/19
柔○乎中正 30/36/20
順而○乎大明 35/42/11
說而○乎明 38/45/21
止而○乎明 56/66/13
○澤 58/68/24
離、○也 67/86/8
陷必有所○ 68/88/10
《離》者、○也 68/88/11

連 lián 2

往蹇來○ 39/47/11
「往蹇來○」、當位實也 39/47/13

漣 lián 2

泣血○如 3/6/15,3/6/17

良 liáng 4

○馬逐 26/32/13
其君之袂不如其娣之袂○ 54/64/19
「帝乙歸妹」、「不如其娣之袂○」也 54/64/21
爲○馬 67/86/19

兩 liǎng 7

明○、作《離》 30/36/22
分而爲二以象○ 65/79/9
是生○儀 65/80/9
○儀生四象 65/80/9
兼三材而○之 66/84/21
參天○地而倚數 67/85/11
兼三才而○之 67/85/15

列 liè 4

○其夤 52/62/5
是故○貴賤者存乎位 65/77/8
乾坤成○ 65/81/1
八卦成○ 66/81/11

洌 liè 1

井○寒泉 48/57/22

林 lín 1

惟入于○中 3/6/3

鄰 lín 9

富以其○ 9/13/9
不富以其○ 11/15/13,15/20/13
震不于其躬、于其○、无咎 51/61/13
雖「凶」「无咎」、畏○戒也 51/61/16
東○殺牛 63/75/7
不如西○之禴祭實受其福 63/75/7
「東○殺牛」、「不如西○」之時也 63/75/9

臨 lín 18

《○》元亨 19/24/7
《○》 19/24/9,19/24/12
咸○ 19/24/14
「咸○貞吉」、志行正也 19/24/16
咸○吉 19/24/18
「咸○吉无不利」、未順命也 19/24/20
甘○ 19/24/22
「甘○」、位不當也 19/24/24
至○ 19/24/26
「至○无咎」、位當也 19/24/28
知○ 19/24/30
敦○吉 19/25/3
「敦○」之「吉」、志在內也 19/25/5
如○父母 66/84/14
故受之以《○》 68/88/4
《○》者、大也 68/88/4
《○》《觀》之義 69/89/8

吝 lìn 33

往○ 3/6/3,31/38/9
「往○」窮也 3/6/5
以往○ 4/7/1
○ 4/7/13,13/17/21,44/53/9,47/56/11,57/68/1,64/75/24
「困蒙」之「○」、獨遠實也 4/7/15
自邑告命、貞○ 11/15/21
「同人于宗」、「○」道也 13/17/23
往見○ 18/23/22
君子○ 20/25/16
小○ 21/26/26,45/54/1
○終吉 22/28/7
有它、○ 28/34/26
貞○ 32/39/15,35/43/7,40/48/11
終○ 37/45/1
「姤其角」、上窮「○」

也 44/53/11
「頻巽」之「○」、志窮也 57/68/3
悔○者、憂虞之象也 65/77/2
悔○者、言乎其小疵也 65/77/8
憂悔○者存乎介 65/77/9
吉凶悔○者、生乎動者也 66/81/12
是故吉凶生而悔○著也 66/82/15
遠近相取而悔○生 66/85/5
悔且○ 66/85/6
爲○嗇 67/86/22

陵 líng 5

升其高○ 13/17/25
「永貞」之「吉」、終莫之○也 22/28/1
地險、山川丘○也 29/35/14
躋于九○ 51/60/25
鴻漸于○ 53/63/16

靈 líng 1

舍爾○龜 27/33/10

流 liú 6

品物○形 1/1/19
水○濕 1/2/20
地道變盈而○謙 15/19/22
水○而不盈 29/35/13
旁行而不○ 65/77/15
周○六虛 66/84/12

留 liú 1

君子以明愼用刑而不○獄 56/66/16

六 liù 230

○位時成 1/1/20
時乘○龍以御天 1/1/20
○爻發揮 1/3/7
「時乘○龍」、以「御天」也 1/3/7
初○ 2/4/3,4/7/1,6/9/11,7/10/14,8/11/17,12/16/11,15/19/27,16/21/1,18/23/10,20/25/16,23/28/24,28/34/14,29/35/19,31/38/1,32/39/7,33/40/10,35/42/16,39/46/30,40/48/3,44/52/18,45/53/23,46/54/26,47/55/30,48/57/6,50/59/16,52/61/27,53/62/30,56/66/18,57/67/21,59/69/30,62/73/11,64/75/24,65/78/18
○二 2/4/7,3/5/26,8/11/21,12/16/15,13/17/21,15/20/1,16/21/5,17/22/10,20/25/20,21/26/22,22/27/25,23/28/28,24/30/3,25/31/7,27/33/14,30/36/28,31/38/5,33/40/14,35/42/20,36/43/24,37/44/29,39/47/3,42/50/15,45/53/27,49/58/17,51/60/25,52/62/1,53/63/3,55/65/15,56/66/22,62/73/15,63/74/24
○二之動、「直」以「方」也 2/4/9
○三 2/4/11,3/6/3,4/7/9,6/9/19,7/10/22,8/11/25,10/14/5,12/16/19,16/21/9,17/22/14,19/24/22,20/25/24,21/26/26,23/29/3,24/30/7,25/31/11,27/33/18,29/35/27,35/42/24,38/46/3,40/48/11,41/49/15,42/50/19,45/54/1,47/56/7,51/61/1,54/64/11,58/69/5,59/70/7,60/71/9,61/72/13,64/76/3
○四 2/4/15,3/6/7,4/7/13,5/8/16,7/10/26,8/12/1,9/13/5,11/15/13,15/20/9,18/23/22,19/24/26,20/25/28,22/28/3,23/29/7,24/30/11,26/32/17,27/33/22,29/36/3,36/44/3,37/45/5,39/47/11,41/49/19,42/50/23,46/55/9,48/57/18,52/62/9,53/63/12,57/68/5,59/70/11,60/71/13,61/72/17,63/75/3
○五 2/4/19,4/7/17,7/10/30,11/15/17,14/19/9,15/20/13,16/21/17,18/23/26,19/24/30,21/27/3,22/28/7,23/29/11,24/30/15,26/32/21,27/33/26,30/37/11,32/39/23,34/41/28,35/43/3,36/44/7,38/46/11,40/48/19,41/49/23,46/55/13,50/60/3,51/61/9,52/62/13,54/64/19,55/66/1,56/67/3,62/74/3,64/76/11
上○ 2/4/23,3/6/15,5/8/24,7/11/3,8/12/10,11/15/21,15/20/17,16/21/21,17/22/26,19/25/3,24/30/19,28/35/5,29/36/11,31/38/21,32/39/27,34/42/3,36/44/11,39/47/19,40/48/23,43/52/5,45/54/13,46/55/17,47/56/20,49/59/3,51/61/13,54/64/23,55/66/5,58/69/17,60/71/21,62/74/7,63/75/11
用○ 2/4/27
用○永貞 2/4/29
○二之難、乘剛也 3/6/1
《比》之初○、「有它吉」也 8/11/19
「初○鳴豫」、志窮「凶」也 16/21/3
「○五貞疾」、乘剛也 16/21/19
「初○童觀」、「小人」道也 20/25/18
「○四」、當位疑也 22/28/5
「○五」之「吉」、有喜也 22/28/9
「○四元吉」、有喜也 26/32/19
「○五」之「吉」、有慶也 26/32/23,55/66/3
「○二征凶」、行失類也 27/33/16
「上○」失道、「凶」「三歲」也 29/36/13
「○五」之「吉」、離王公也 30/37/13
「○二」之「吉」、順以則也 36/43/26
「○二」之「吉」、順以巽也 37/44/31

「〇五」「元吉」 41/49/25
上（九）〔〇〕 48/57/26
「上〇」「无實」、「承」虛「筐」也 54/64/25
「上〇、引兌」、未光也 50/69/19
「初〇」之「吉」、順也 59/70/1
〇爻之動、三極之道也 65/77/3
《乾》之策二百一十有〇 65/79/12
凡三百有〇十 65/79/12
地〇 65/79/26
〇爻之義易以貢 65/80/3
周流〇虛 66/84/12
〇爻相雜 66/84/15
故〇 66/84/22
〇者非它也 66/84/22
故《易》〇畫而成卦 67/85/15
故《易》〇位而成章 67/85/16

隆 lóng 2

棟〇、吉 28/34/26
「棟〇」之「吉」、不橈乎下也 28/34/28

龍 lóng 36

初九、潛〇勿用 1/1/5
見〇在田 1/1/7,1/2/31
飛〇在天 1/1/13,1/3/1
亢〇 1/1/15
見群〇无首 1/1/17
時乘六〇以御天 1/1/20
「潛〇勿用」、陽在下也 1/1/23
「見〇在田」、德施普也 1/1/23
「飛〇在天」、「大人」造也 1/1/24
「亢〇有悔」、盈不可久也 1/1/25
初九曰、「潛〇勿用」 1/2/4
〇、德而隱者也 1/2/4
潛〇也 1/2/5
九二曰、「見〇在田、利見大人」 1/2/8
〇德而正中者也 1/2/8
《易》曰、『見〇在田、利見大人』 1/2/9
九五曰、「飛〇在天、利見大人」 1/2/20
雲從〇 1/2/21
上九曰、「亢〇有悔」 1/2/24
「潛〇勿用」、下也 1/2/27
「見〇在田」、時舍也 1/2/27
「飛〇在天」、上治也 1/2/28
「亢〇有悔」、窮之災也 1/2/28
潛〇勿用 1/2/31
亢〇有悔 1/3/1,65/79/1
「時乘六〇」、以「御天」也 1/3/7
《易》曰、「見〇在田、利見大人」 1/3/11
〇戰于野 2/4/23,2/4/25
故稱「〇」焉 2/5/10
〇蛇之蟄 66/82/20
震爲〇 67/86/11
爲〇 67/86/25

漏 lòu 1

甕敝〇 48/57/10

盧 lú 2

小人剝〇 23/29/15
「小人剝〇」、終不可用也 23/29/17

鹵 lǔ 1

爲剛〇 67/87/15

陸 lù 3

莧〇夬夬 43/52/1
鴻漸于〇 53/63/7,53/63/20

鹿 lù 2

即〇無虞 3/6/3
「即〇无虞」以從禽也 3/6/5

祿 lù 2

不可榮以〇 12/16/9
君子以施〇及下 43/51/13

路 lù 1

爲徑〇 67/87/12

旅 lǚ 20

商〇不行 24/29/27
《〇》小亨 56/66/11
〇貞吉 56/66/11
《〇》「小亨」 56/66/13
是以「小亨〇貞吉」也 56/66/13
〇之時義大矣哉 56/66/14
《〇》 56/66/16
〇瑣瑣斯 56/66/18
「〇瑣瑣」、志窮「災」也 56/66/20
〇即次 56/66/22
〇焚其次 56/66/26,56/66/28
以〇與下 56/66/28
〇于處 56/66/30
「〇于處」、未得位也 56/67/1
〇人先笑後號咷 56/67/7
以「〇」在「上」、其義「焚」也 56/67/9
故受之以《〇》 68/88/28
〇而无所容 68/88/28
親寡《〇》也 69/89/17

屢 lǚ 1

爲道也〇遷 66/84/12

履 lǚ 34

〇霜、堅冰至 2/4/3
「〇霜堅冰」、陰始凝也 2/4/5
《易》曰、「〇霜、堅冰至」 2/5/5
〔《〇》〕〇虎尾 10/13/19
《〇》、柔〇剛也 10/13/21
是以「〇虎尾、不咥人、亨」 10/13/21

剛中正、○帝位而不疚 10/13/21
《○》 10/13/24
素○往 10/13/26
「素○」之「往」、獨行願也 10/13/28
○道坦坦 10/14/1
跛能○ 10/14/5,54/64/3
○虎尾 10/14/5
「跛能○」、不足以與行也 10/14/7
○虎尾愬愬 10/14/10
夬○貞厲 10/14/14
「夬○貞厲」、位正當也 10/14/16
視○考祥 10/14/18
○錯然敬之 30/36/24
「○錯」之「敬」、以辟咎也 30/36/26
君子以非禮弗○ 34/41/10
「跛能○」、「吉」相承也 54/64/5
○信思乎順 65/80/16
（○）〔屨〕校滅趾 66/83/6
是故《○》、德之基也 66/84/4
《○》、和而至 66/84/7
《○》以和行 66/84/9
故受之以《○》 68/87/24
〔《○》者、禮也〕 68/87/25
○而泰然後安 68/87/25
《○》、不處也 69/89/18

律 lǜ 3

師出以○ 7/10/14,7/10/16
失○「凶」也 7/10/16

慮 lǜ 4

天下何思何○ 66/82/17,66/82/18
一致而百○ 66/82/18
能研諸侯之○ 66/85/2

攣 luán 4

有孚○如 9/13/9,61/72/21
「有孚○如」、不獨富也 9/13/11
「有孚○如」、位正當也 61/72/23

亂 luàn 14

「小人勿用」、必○邦也 7/11/5
「幽人貞吉」、中不自○也 10/14/3
「城復于隍」、其命○也 11/15/23
「大人否亨」、不○群也 12/16/17
乃○乃萃 45/53/23
「乃○乃萃」、其志○也 45/53/25
「其羽可用爲儀吉」、不可○也 53/63/22
初吉終○ 63/74/13
「終」止則「○」 63/74/16
言天下之至動而不可○也 65/78/10
○之所生也 65/79/3
○者、有其治者也 66/83/10
治而不忘○ 66/83/10

綸 lún 2

君子以經○ 3/5/20
故能彌○天地之道 65/77/10

輪 lún 4

曳其○ 63/74/20,64/75/28
「曳其○」、義「无咎」也 63/74/22
爲弓○ 67/87/5

蓏 luǒ 1

爲果○ 67/87/12

羸 luǒ 1

爲○ 67/87/10

洛 luò 1

○出書 65/80/14

馬 mǎ 22

利牝○之貞 2/3/21
「牝○」地類 2/3/25
乘○班如 3/5/26,3/6/7,3/6/15
白○翰如 22/28/3
良○逐 26/32/13
《晉》康侯用錫○蕃庶 35/42/9
是以「康侯」用「錫○蕃庶晝日三接」也 35/42/11
用拯○、壯吉 36/43/24
喪○ 38/45/27
用拯○壯 59/69/30
○匹亡 61/72/17
「○匹亡」、絕類上也 61/72/19
服牛乘○ 66/82/6
乾爲○ 67/86/11
爲良○ 67/86/19
爲老○ 67/86/19
爲瘠○ 67/86/20
爲駁○ 67/86/20
其於○也 67/86/26,67/87/6

滿 mǎn 1

雷雨之動○盈 3/5/17

慢 màn 2

上○下暴 65/79/6
○藏誨盜 65/79/6

莽 mǎng 2

伏戎于○ 13/17/25
「伏戎于○」、敵剛也 13/17/27

茅 máo 9

拔○茹以其彙 11/15/1
「拔○征吉」、志在外也 11/15/3
拔○茹 12/16/11
「拔○貞吉」、志在君也 12/16/13
藉用白○ 28/34/14,65/78/18
「藉用白○」、柔在下也 28/34/16

藉之用○ 65/78/18
夫○之爲物薄 65/78/19

冒 mào 1

○天下之道 65/80/1

茂 mào 1

先王以○對時育萬物 25/31/1

脢 méi 2

咸其○ 31/38/17
「咸其○」、志末也 31/38/19

美 měi 5

乾始能以○利利天下 1/3/4
陰雖有○「含」之以從王事 2/5/7
○在其中而暢於四支 2/5/9
○之至也 2/5/10
爲○脊 67/87/6

沬 mèi 1

日中見○ 55/65/19

妹 mèi 15

帝乙歸○ 11/15/17,54/64/19
《歸○》征凶 54/63/26
《歸○》、天地之大義也 54/63/28
《歸○》、人之終始也 54/63/28
所歸○也 54/63/29
《歸○》 54/64/1
歸○以娣 54/64/3
「歸○以娣」、以恆也 54/64/5
歸○以須 54/64/11
「歸○以須」、未當也 54/64/13
歸○愆期 54/64/15
「帝乙歸○」、「不如其娣之袂良」也 54/64/21
故受之以《歸○》 68/88/26
《歸○》、女之終也 69/89/20

袂 mèi 3

其君之○不如其娣之○良 54/64/19
「帝乙歸妹」、「不如其娣之○良」也 54/64/21

昧 mèi 1

天造草○ 3/5/17

門 mén 11

同人于○ 13/17/17
出○同人 13/17/19
出○交有功 17/22/6
「出○交有功」、不失也 17/22/8
獲明夷之心于出○庭 36/44/3
不出○庭 60/71/5
「不出○庭凶」、失時極也 60/71/7
道義之○ 65/78/6
重○擊柝 66/82/7
其《易》之○邪 66/83/23
爲○闕 67/87/12

悶 mèn 3

遯世无○ 1/2/5,28/34/12
不見是而无○ 1/2/5

蒙 méng 24

《○》亨 4/6/21
匪我求童○ 4/6/21
童○〔來〕求我 4/6/21
《○》 4/6/24,4/6/24,4/6/28
《○》「亨」 4/6/24
匪我求童○、童○〔來〕求我 4/6/25
瀆○也 4/6/26
○以養正 4/6/26
發○ 4/7/1
（包）〔苞〕○ 4/7/5
困○ 4/7/13
「困○」之「吝」、獨遠實也 4/7/15
童○ 4/7/17
「童○」之吉、順以巽也 4/7/19
擊○ 4/7/21
以○大難 36/43/15
物生必○ 68/87/21
故受之以《○》 68/87/21
《○》者、○也 68/87/21
《○》雜而著 69/89/9

迷 mí 4

先○後得主 2/3/21
「先○」失道 2/3/25
○復 24/30/19
「○復」之「凶」、反君道也 24/30/22

彌 mí 1

故能○綸天地之道 65/77/10

靡 mǐ 2

吾與爾○之 61/72/9,65/78/11

密 mì 9

○雲不雨 9/12/16,62/74/3
「○雲不雨」、尙往也 9/12/19
「○雲不雨」、已上也 62/74/5
君不○則失臣 65/79/3
臣不○則失身 65/79/3
幾事不○則害成 65/79/3
是以君子愼○而不出也 65/79/4
退藏於○ 65/80/3

免 miǎn 1

動而○乎險 40/47/27

面 miàn 3

小人革○ 49/59/3
「小人革○」、順以從君也 49/59/5
聖人南○而聽天下 67/85/24

眇 miǎo 3

○能視 10/14/5,54/64/7
「○能視」、不足以有明也 10/14/7

妙 miào 1

神也者、○萬物而爲言者也 67/86/4

廟 miào 6

王假有○ 45/53/15,59/69/23
「王假有○」、致孝享也 45/53/17
〔不喪匕鬯〕、出可以守宗○社稷 51/60/16
「王假有○」、王乃在中也 59/69/25
立○ 59/69/28

滅 miè 12

屨校○趾 21/26/18
「屨校○趾」、不行也 21/26/20
噬膚○鼻 21/26/22
「噬膚○鼻」、乘剛也 21/26/24
何校○耳 21/27/7,66/83/9
「何校○耳」、聰不明也 21/27/9
「剝床以足」、以○下也 23/28/26
澤○木 28/34/12
過涉○頂 28/35/5
（屨）〔屨〕校○趾 66/83/6
惡不積不足以○身 66/83/7

蔑 miè 2

○貞凶 23/28/24,23/28/28

民 mín 41

高而无○ 1/2/24,65/79/2
大得○也 3/5/24
以此毒天下而○從之 7/10/10
君子以容○畜衆 7/10/12
定○志 10/13/24
以左右○ 11/14/29
「勞謙君子」、萬○服也 15/20/7
則刑罰清而○服 16/20/26
君子以振○育德 18/23/8
容保○无疆 19/24/12
先王以省方觀○設教 20/25/14
「觀我生」、觀○也 20/26/3
「君子得輿」、○所載也 23/29/17
聖人養賢以及萬○ 27/33/6
○說无疆 42/50/5
「无魚」之「凶」、遠○也 44/53/3
君子以勞○勸相 48/57/4
說以先○ 58/68/21
○忘其勞 58/68/22
○忘其死 58/68/22
○勸矣哉 58/68/22
不害○ 60/70/28
加乎○ 65/78/13
吉凶與○同患 65/80/3
而察於○之故 65/80/5
是興神物以前○用 65/80/5
○咸用之謂之神 65/80/7
舉而錯之天下之○謂之事業 65/81/3
理財正辭、禁○爲非曰義 66/81/17
致天下之○ 66/82/2
使○不倦 66/82/4
使○宜之 66/82/4
萬○以濟 66/82/8
萬○以察 66/82/12
陽、一君而二○ 66/82/16
陰、二君而一○ 66/82/16
則○不與也 66/83/20,66/83/20
則○不應也 66/83/20
因貳以濟○行 66/84/2

名 míng 6

不成乎○ 1/2/4
○必辱 66/83/2
善不積不足以成○ 66/83/7
其稱○也 66/83/24
開而當○ 66/83/25
其稱○也小 66/84/1

明 míng 71

大○終始 1/1/19
天下文○ 1/2/31
與日月合其○ 1/3/14
「求」而「往」、○也 3/6/9
雖「小有言」、其辯○也 6/9/13
光○也 10/13/22
「眇能視」、不足以有○也 10/14/7
文○以健 13/17/12
其德剛健而文○ 14/18/15
「匪其彭、无咎」、○辯晳也 14/19/7
天道下濟而光○ 15/19/21
以○ 17/22/18
「有孚在道」、「○」功也 17/22/20
動而○ 21/26/13
先王以○罰勑法 21/26/16
「何校滅耳」、聽不○也 21/27/9
文○以止 22/27/16
君子以○庶政 22/27/19
重○以麗乎正 30/36/19
○兩、作《離》 30/36/22
大人以繼○照于四方 30/36/22
○出地上 35/42/11,35/42/14
順而麗乎大○ 35/42/11
君子以自昭○德 35/42/14
《○夷》利艱貞 36/43/13
○入地中 36/43/15,36/43/18
《○夷》 36/43/15,36/43/18
內文○而外柔順 36/43/15
「利艱貞」、晦其○也 36/43/15
君子以莅衆用晦而○ 36/43/18
○夷于飛 36/43/20
○夷、夷于左股 36/43/24
○夷于南狩 36/43/28
獲○夷之心于出門庭 36/44/3
箕子之○夷 36/44/7
「箕子」之「貞」、「○」不可息也 36/44/9
不○、晦 36/44/11
說而麗乎○ 38/45/21
「聞言不信」、聽不○

也　43/51/29
幽、不○也　47/56/1
王○　48/57/14
求「王○」、「受福」也　48/57/16
文○以說　49/58/8
君子以治厤○時　49/58/11
巽而耳目聰○　50/59/12
其道光○　52/61/22
○以動　55/65/5
「日中見斗」、幽不○也　55/65/25
止而麗乎○　56/66/13
君子以○愼用刑而不留獄　56/66/16
繫辭焉而○吉凶　65/77/1
是故知幽○之故　65/77/11
古之聰○叡知神武而不殺者夫　65/80/4
是以○於天之道　65/80/4
以神○其德夫　65/80/5
縣象著○莫大乎日月　65/80/10
神而○之存乎其人　65/81/6
日月之道、貞○者也　66/81/13
以通神○之德　66/81/20,66/83/24
日月相推而○生焉　66/82/18
以○失得之報　66/84/2
又○於憂患與故　66/84/13
幽贊於神○而生蓍　67/85/11
離也者、○也　67/85/24
嚮○而治　67/85/24
故受之以《○夷》　68/88/17
《○夷》、誅也　69/89/13

冥 míng　4

○豫成　16/21/21
「○豫」在「上」、何可長也　16/21/23
○升　46/55/17
「○升」在上、消不富也　46/55/19

鳴 míng　10

○謙　15/20/1,15/20/17
「○謙貞吉」、中心得也　15/20/3
「○謙」、志未得也　15/20/19
○豫　16/21/1
「初六○豫」、志窮「凶」也　16/21/3
（鶴○）〔○鶴〕在陰　61/72/9
○鶴在陰　65/78/11
爲善○　67/86/26

命 mìng　33

各正性○　1/1/20
復即○　6/9/23
「復即○、渝」、「安貞」不失也　6/9/25
王三錫○　7/10/18
「王三錫○」、懷萬邦也　7/10/20
大君有○　7/11/3
「大君有○」、以正功也　7/11/5
自邑告○、貞吝　11/15/21
「城復于隍」、其○亂也　11/15/23
有○　12/16/23
「有○无咎」、志行也　12/16/25
順天休○　14/18/18
「咸臨吉无不利」、未順○也　19/24/20
天之○也　25/30/29
天○不祐　25/30/29
「裕无咎」、未受○也　35/42/18
后以施○誥四方　44/52/16
「有隕自天」、志不舍○也　44/53/7
「用大牲吉、利有攸往」、順天○也　45/53/18
君子以致○遂志　47/55/28
湯武革○　49/58/9
有孚改○吉　49/58/25
「改○」之「吉」、信志也　49/58/27
君子以正位凝○　50/59/14
終以譽○　56/67/3
「終以譽○」、上逮也　56/67/5
重巽以申○　57/67/16
君子以申○行事　57/67/19
樂天知○　65/77/15
其受○也如響　65/79/19
繫辭焉而○之　66/81/11
窮理盡性以至於○　67/85/12
將以順性○之理　67/85/14

摩 mó　1

是故剛柔相○　65/76/22

末 mò　4

「棟（撓）〔橈〕」、本○弱也　28/34/9
「咸其脢」、志○也　31/38/19
本○也　66/84/15
其當殷之○世　66/84/23

沒 mò　2

包犧氏○　66/82/1
神農氏○　66/82/3

莫 mò　24

「永貞」之「吉」、終○之陵也　22/28/1
○之勝、說　33/40/14
○益之　42/51/1,66/83/21
「○益之」、偏辭也　42/51/3
○夜有戎　43/51/19
終○之勝　53/63/16
「終○之勝吉」、得所願也　53/63/18
「喪牛于易」、終○之聞也　56/67/9
是故法象○大乎天地　65/80/10
變通○大乎四時　65/80/10
縣象著明○大乎日月　65/80/10
崇高○大乎富貴　65/80/10
○大乎聖人　65/80/11
○（大）〔善〕乎蓍龜　65/80/12
○之與　66/83/20
動萬物者○疾乎雷　67/86/4
橈萬物者○疾乎風　67/86/4
燥萬物者○熯乎火　67/86/4
說萬物者○說乎澤　67/86/5
潤萬物者○潤乎水　67/86/5
終萬物、始萬物者、○盛乎艮　67/86/5

革物者○若鼎 68/88/24
主器者○若長子 68/88/24

默 mò 2

或○或語 65/78/15
○而成之 65/81/7

纆 mò 1

係用徽○ 29/36/11

謀 móu 4

君子以作事○始 6/9/9
知小而○大 66/83/11
人○鬼○ 66/85/3

母 mǔ 8

幹○之蠱 18/23/14
「幹○之蠱」、得中道也 18/23/16
受茲介福于其王○ 35/42/20
父○之謂也 37/44/20
如臨父○ 66/84/14
故稱乎○ 67/86/15
爲○ 67/86/22
爲子○牛 67/86/22

拇 mǔ 4

咸其○ 31/38/1
「咸其○」、志在外也 31/38/3
解而○ 40/48/15
「解而○」、未當位也 40/48/17

木 mù 26

草○蕃 2/5/8
澤滅○ 28/34/12
百穀草○麗乎土 30/36/19
雷雨作而百果草○皆甲（圻）〔坼〕 40/47/28
「利涉大川」、○道乃行 42/50/6
地中生○ 46/54/24
臀困于株○ 47/55/30
○上有水 48/57/4
《鼎》象也、以○巽火 50/59/11
○上有火 50/59/14
山上有○ 53/62/28
鴻漸于○ 53/63/12
「利涉大川」、乘○有功也 59/69/26
「利涉大川」、乘○舟虛也 61/72/1
斲○爲耜 66/82/1
揉○爲耒 66/82/1
刳○爲舟 66/82/5
剡○爲楫 66/82/6
斷○爲杵 66/82/8
弦○爲弧 66/82/8
剡○爲矢 66/82/9
爲○果 67/86/20
巽爲○ 67/87/1
其於○也 67/87/7,67/87/10,67/87/13

目 mù 4

夫妻反○ 9/13/1
「夫妻反○」、不能正室也 9/13/3
巽而耳○聰明 50/59/12
離爲○ 67/86/13

牧 mù 1

「謙謙君子」、卑以自○也 15/19/29

幕 mù 1

井收勿○ 48/57/26

納 nà 2

○婦吉 4/7/5
○約自牖 29/36/3

乃 nǎi 40

○統天 1/1/19
○「利貞」 1/1/20
乾道○革 1/3/1
○位乎天德 1/3/1
○見天則 1/3/2
○順承天 2/3/24
○與類行 2/3/26
○終有慶 2/3/26
十年○字 3/5/26
「十年○字」、反常也 3/6/1
○「亨」 9/12/19
拘係之○從 17/22/26
「利有攸往」○「亨」 28/34/10
「維心亨」、○以剛中也 29/35/13
○化成天下 30/36/19
「南狩」之志、○（得大）〔大得〕也 36/44/1
「其來復吉」、○得中也 40/47/28
「利涉大川」、木道○行 42/50/6
「孚號有厲」、其危○光也 43/51/10
「告自邑不利即戎」、所尚○窮也 43/51/10
「利有攸往」、剛長○終也 43/51/10
○亂○萃 45/53/23
「○亂○萃」、其志亂也 45/53/25
孚○利用禴 45/53/27,46/55/1
「有言不信」、尚口○窮也 47/55/26
○徐有說 47/56/15
「○徐有說」、以中直也 47/56/17
「改邑不改井」、○以剛中也 48/57/1
《革》巳日○孚 49/58/5
巳日○孚 49/58/7
其「悔」○「亡」 49/58/8
巳日○革之 49/58/17
「王假有廟」、王○在中也 59/69/25
○化邦也 61/71/29
中孚以「利貞」、○應乎天也 61/72/1
見○謂之象 65/80/6
形○謂之器 65/80/6

男 nán　16

○下女　31/37/23
○正位乎外　37/44/19
○女正　37/44/19
○女睽而其志通也　38/45/22
乾道成○　65/76/23
○女構精　66/83/18
震一索而得○　67/86/15
故謂之長○　67/86/15
坎再索而得○　67/86/16
故謂之中○　67/86/16
艮三索而得○　67/86/16
故謂之少○　67/86/17
有萬物然後有○女　68/88/13
有○女然後有夫婦　68/88/13
《漸》、女歸待○行也　69/89/19
《未濟》、○之窮也　69/89/20

南 nán　13

西○得朋　2/3/21,2/3/26
明夷于○狩　36/43/28
「○狩」之志、乃（得大）〔大得〕也　36/44/1
《蹇》利西○　39/46/22
《蹇》、「利西○」　39/46/24
《解》利西○　40/47/25
《解》「利西○」、往得衆也　40/47/27
○征吉　46/54/19
「○征吉」、志行也　46/54/22
巽東○也　67/85/23
○方之卦也　67/85/24
聖人○面而聽天下　67/85/24

難 nán　14

剛柔始交而○生　3/5/17
六二之○、乘剛也　3/6/1
「需于郊」、不犯○行也　5/8/5
君子以儉德辟○　12/16/9
以蒙大○　36/43/15
內○而能正其志　36/43/16
《蹇》、○也　39/46/24,69/89/14
說以犯○　58/68/22
《損》、先○而後易　66/84/8
其初○知　66/84/15
乖必有○　68/88/18
《蹇》者、○也　68/88/19
物不可以終○　68/88/19

囊 náng　3

括○　2/4/15
「括○无咎」、愼不害也　2/4/17
《易》曰、「括○、无咎无譽」　2/5/8

撓 náo　2

《大過》棟（○）〔橈〕　28/34/7
「棟（○）〔橈〕」、本末弱也　28/34/9

橈 náo　6

《大過》棟（撓）〔○〕　28/34/7
「棟（撓）〔○〕」、本末弱也　28/34/9
棟○　28/34/22
「棟○」之「凶」、不可以有輔也　28/34/24
「棟隆」之「吉」、不○乎下也　28/34/28
○萬物者莫疾乎風　67/86/4

內 nèi　20

君子敬以直○　2/5/5
比之自○　8/11/21
「比之自○」、不自失也　8/11/23
○陽而外陰　11/14/27
○健而外順　11/14/27
○君子而外小人　11/14/27
○陰而外陽　12/16/6
○柔而外剛　12/16/6
○小人而外君子　12/16/6
「敦臨」之「吉」、志在○也　19/25/5
剛自外來而爲主於○　25/30/28
○文明而外柔順　36/43/15
○難而能正其志　36/43/16
女正位乎○　37/44/19
「往蹇來反」、○喜之也　39/47/9
「往蹇來碩」、志在○也　39/47/21
《中孚》、柔在○而剛得中　61/71/29
爻象動乎○　66/81/15
其出入以度外○　66/84/13
《家人》、○也　69/89/14

能 néng　38

乾始○以美利利天下　1/3/4
○以衆正　7/10/9
「夫妻反目」、不○正室也　9/13/3
眇○視　10/14/5,54/64/7
跛○履　10/14/5,54/64/3
「眇○視」、不足以有明也　10/14/7
「跛○履」、不足以與行也　10/14/7
唯君子爲○通天下之志　13/17/12
○止健　26/31/31
日月得天而○久照　32/39/2
四時變化而○久成　32/39/2
「九二悔亡」、○久中也　32/39/13
不○退　34/42/3
不○遂　34/42/3
「不○退、不○遂」、不詳也　34/42/5
內難而○正其志　36/43/16
見險而○止　39/46/24
不我○即　50/59/20
「跛○履」、「吉」相承也　54/64/5
坤以簡○　65/76/24
故○彌綸天地之道　65/77/10
故○愛　65/77/16
天下之○事畢矣　65/79/14
其孰○與於此　65/79/20,65/79/21,65/79/22
故○通天下之志　65/79/23
故○成天下之務　65/79/23
其孰○與此哉　65/80/4
○說諸心　66/85/2
○研諸侯之慮　66/85/2

聖人成○ 66/85/3
百姓與○ 66/85/3
然後○變化 67/86/6
有大而○謙必豫 68/88/2

泥 ní 6

需于○ 5/8/12
「需于○」、災在外也 5/8/14
井○不食 48/57/6
「井○不食」、下也 48/57/8
震遂○ 51/61/5
「震遂○」、未光也 51/61/7

柅 ní 2

繫于金○ 44/52/18
「繫于金○」、柔道牽也 44/52/20

擬 nǐ 5

而○諸其形容 65/78/8,65/81/4
○之而後言 65/78/10
○議以成其變化 65/78/11
初辭○之 66/84/15

逆 nì 4

舍○取順、「失前禽」也 8/12/7
「飛鳥遺之音、不宜上、宜下、大吉」、上○而下順也 62/73/7
知來者○ 67/85/18
是故《易》○數也 67/85/19

年 nián 8

十○乃字 3/5/26
「十○乃字」、反常也 3/6/1
至于十○不克征 24/30/19
十○勿用 27/33/18
「十○勿用」、道大悖也 27/33/20
三○克之 63/74/28
「三○克之」、憊也 63/75/1
三○ 64/76/7

鳥 niǎo 8

○焚其巢 56/67/7
飛○遺之音 62/73/3
有「飛○」之象焉 62/73/6
「飛○遺之音、不宜上、宜下、大吉」、上逆而下順也 62/73/7
飛○以凶 62/73/11
「飛○以凶」、不可如何也 62/73/13
飛○離之 62/74/7
觀○獸之文與地之宜 66/81/19

鯢 niè 1

于○卼 47/56/20

寧 níng 6

萬國咸○ 1/1/21
宜「建侯」而不○ 3/5/18
不○方來 8/11/9
「不○方來」、上下應也 8/11/12
商兌未○ 58/69/9
○用終日 66/83/15

凝 níng 2

「履霜堅冰」、陰始○也 2/4/5
君子以正位○命 50/59/14

牛 niú 17

或繫之○ 25/31/11
「行人得」○、「邑人災」也 25/31/13
童○之牿 26/32/17
畜牝○吉 30/36/17
是以「畜牝○吉」也 30/36/20
執之用黃○之革 33/40/14
「執用黃○」、固志也 33/40/16
其○掣 38/46/3
鞏用黃○之革 49/58/13
「鞏用黃○」、不可以有爲也 49/58/15
喪○于易 56/67/7
「喪○于易」、終莫之聞也 56/67/9
東鄰殺○ 63/75/7
「東鄰殺○」、「不如西鄰」之時也 63/75/9
服○乘馬 66/82/6
坤爲○ 67/86/11
爲子母○ 67/86/22

農 nóng 2

神○氏作 66/82/1
神○氏沒 66/82/3

耨 nòu 1

耒○之利 66/82/2

女 nǚ 37

○子貞不字 3/5/26
勿用取○ 4/7/9,44/52/11
「勿用取○」、行不順也 4/7/11
利○貞 20/25/20
「闚觀○貞」、亦可醜也 20/25/22
老夫得其○妻 28/34/18
「老夫○妻」、過以相與也 28/34/20
取○吉 31/37/21
男下○ 31/37/23
是以「亨利貞、取○吉」也 31/37/23
《家人》利○貞 37/44/17
○正位乎內 37/44/19
男○正 37/44/19
二○同居 38/45/21,49/58/7
男○睽而其志通也 38/45/22
《姤》○壯 44/52/11
「勿用取○」、不可與長也 44/52/13
《漸》○歸吉 53/62/23
「○歸吉」也 53/62/25
○承筐 54/64/23
坤道成○ 65/76/23
男○構精 66/83/18
巽一索而得○ 67/86/15

故謂之長〇　67/86/16
離再索而得〇　67/86/16
故謂之中〇　67/86/16
兌三索而得〇　67/86/17
故謂之少〇　67/86/17
爲長〇　67/87/1
爲中〇　67/87/9
爲少〇　67/87/15
有萬物然後有男〇　68/88/13
有男〇然後有夫婦　68/88/13
《漸》、〇歸待男行也　69/89/19
《歸妹》、〇之終也　69/89/20

耦 ǒu　1

陰卦〇　66/82/15

磐 pán　3

〇桓　3/5/22
雖「〇桓」　3/5/24
鴻漸于〇　53/63/3

鞶 pán　1

或錫之〇、帶　6/10/1

叛 pàn　1

將〇者其辭慚　66/85/6

旁 páng　2

〇通情也　1/3/7
〇行而不流　65/77/15

沛 pèi　2

豐其〇　55/65/19
「豐其〇」、不可大事也　55/65/21

配 pèi　6

殷薦之上帝以〇祖考　16/20/29
遇其〇主　55/65/11
廣大〇天地　65/78/3
變通〇四時　65/78/3
陰陽之義〇日月　65/78/3
易簡之善〇至德　65/78/4

朋 péng　16

西南得〇　2/3/21,2/3/26
東北喪〇　2/3/21,2/3/26
〇亡　11/15/5
〇盍簪　16/21/13
〇來无咎　24/29/21
是以「出入无疾、〇來无咎」　24/29/23
〇從爾思　31/38/13,66/82/17
〇來　39/47/15
「大蹇〇來」、以中節也　39/47/17
〇至斯孚　40/48/15
或益之十〇之龜　41/49/23
十〇之龜弗克違　42/50/15
君子以〇友講習　58/68/24

彭 péng　2

匪其〇　14/19/5
「匪其〇、无咎」、明辯晳也　14/19/7

匹 pǐ　2

馬〇亡　61/72/17
「馬〇亡」、絕類上也　61/72/19

辟 pì　3

君子以儉德〇難　12/16/9
「履錯」之「敬」、以〇咎也　30/36/26
「見惡人」、以〇「咎」也　38/45/29

闢 pì　3

其動也〇　65/78/3
〇戶謂之乾　65/80/6
一闔一〇謂之變　65/80/6

偏 piān　1

「莫益之」、〇辭也　42/51/3

篇 piān　1

二〇之策萬有一千五百二十　65/79/12

翩 piān　4

〇〇　11/15/13
「〇〇不富」、皆失實也　11/15/15

頻 pín　4

〇復　24/30/7
「〇復」之「厲」、義「无咎」也　24/30/9
〇巽　57/68/1
「〇巽」之「吝」、志窮也　57/68/3

品 pǐn　5

〇物流形　1/1/19
〇物咸「亨」　2/3/25
〇物咸章也　44/52/13
田獲三〇　57/68/5
「田獲三〇」、有功也　57/68/7

牝 pìn　4

利〇馬之貞　2/3/21
「〇馬」地類　2/3/25
畜〇牛吉　30/36/17
是以「畜〇牛吉」也　30/36/20

平 píng　7

「雲行雨施」、天下〇也　1/3/8
无〇不陂　11/15/9
稱物〇施　15/19/25
「觀其生」、志未〇也　20/26/7
（祗）〔祇〕既〇　29/36/7
聖人感人心而天下和〇　31/37/24

危者使○ 66/84/24

瓶 píng 2

羸其○ 48/56/26
「羸其○」、是以凶也 48/57/2

皤 pó 1

賁如○如 22/28/3

裒 póu 1

君子以○多益寡 15/19/25

蔀 pǒu 4

豐其○ 55/65/15,55/65/23
「豐其○」、位不當也 55/65/25
○其家 55/66/5

僕 pú 3

得童○貞 56/66/22,56/66/24
喪其童○貞 56/66/26

普 pǔ 1

「見龍在田」、德施○也 1/1/23

七 qī 6

○日來復 24/29/21
反復其道、○日來復 24/29/23
○日得 51/60/25,63/74/24
「○日得」、以中道也 63/74/26
天○ 65/79/26

妻 qī 9

○道也 2/5/7
夫○反目 9/13/1
「夫○反目」、不能正室也 9/13/3
老夫得其女○ 28/34/18
「老夫女○」、過以相與也 28/34/20
不見其○ 47/56/7,66/83/1
「入于其宮不見其○」、不祥也 47/56/9
○其可得見耶 66/83/2

戚 qī 1

○嗟若 30/37/11

期 qī 5

歸妹愆○ 54/64/15
「愆○」之志、有待而行也 54/64/17
當○之日 65/79/12
喪○无數 66/82/11
死○將至 66/83/2

岐 qí 2

王用亨于○山 46/55/9
「王用亨于○山」、順事也 46/55/11

圻 qí 1

雷雨作而百果草木皆甲（○）〔坼〕 40/47/28

其 qí 386

確乎○不可拔 1/2/5
閑邪存○誠 1/2/9
脩辭立○誠 1/2/13
故乾乾因○時而惕 1/2/14
則各從○類也 1/2/21
故「乾乾」因○時而「惕」 1/3/12
夫「大人」者、與天地合○德 1/3/14
與日月合○明 1/3/14
與四時合○序 1/3/14
與鬼神合○吉凶 1/3/14
○唯聖人乎 1/3/16,1/3/17
知進退存亡而不失○正者 1/3/16
馴致○道 2/4/5
○血玄黃 2/4/23
○道窮也 2/4/25,63/74/16
坤道○順乎 2/5/2
臣弒○君 2/5/2
子弒○父 2/5/3
○所由來者漸矣 2/5/3
「直」○正也 2/5/5
「方」○義也 2/5/5
則不疑○所行也 2/5/6
美在○中而暢於四支 2/5/9
爲○嫌於无陽也 2/5/10
猶未離○類也 2/5/10
屯○膏 3/6/11
「屯○膏」、施未光也 3/6/13
○義不困窮矣 5/7/29
雖「小有言」、○辯明也 6/9/13
歸而逋○邑 6/9/15
「後夫凶」、○道窮也 8/11/12
何○咎 9/12/23
「復自道」、○義「吉」也 9/12/25
富以○鄰 9/13/9
○旋 10/14/18
上下交而○志同也 11/14/26
拔茅茹以○彙 11/15/1
勿恤○孚 11/15/9
不富以○鄰 11/15/13,15/20/13
「城復于隍」、○命亂也 11/15/23
以○彙 12/16/11
○亡○亡 12/16/27,66/83/11
升○高陵 13/17/25
乘○墉 13/17/29
「乘○墉」、義「弗克」也 13/18/1
○「吉」、則困而反則也 13/18/1
○德剛健而文明 14/18/15
匪○彭 14/19/5
「匪○彭、无咎」、明辯晳也 14/19/7
「隨有獲」、○義「凶」也 17/22/20
高尚○事 18/24/1
觀○生 20/26/5
「觀○生」、志未平也 20/26/7
賁○趾 22/27/21
賁○須 22/27/25
「賁○須」、與上興也 22/27/27

反復○道 24/29/21
反復○道、七日來復 24/29/23
《復》、○見天地之心
乎 24/29/24
以○國君凶 24/30/19
○匪正有眚 25/30/26
○匪正有眚、不利有攸
往 25/30/29
○德剛上而尙賢 26/31/31
君子以多識前言往行以
畜○德 26/32/3
「觀頤」、觀○所養也 27/33/5
「自求口實」、觀○自
養也 27/33/5
○欲逐逐 27/33/22
老夫得○女妻 28/34/18
老婦得○士夫 28/35/1
行險而不失○信 29/35/13
王公設險以守○國 29/35/14
突如、○來如 30/37/7
「突如○來如」、无所
容也 30/37/9
獲匪○醜 30/37/15
觀○所感而天地萬物之
情可見矣 31/37/24
咸○拇 31/38/1
「咸○拇」、志在外也 31/38/3
咸○腓 31/38/5
咸○股 31/38/9
執○隨 31/38/9
「咸○股」、亦不處也 31/38/11
咸○脢 31/38/17
「咸○脢」、志末也 31/38/19
咸○輔頰舌 31/38/21
「咸○輔頰舌」、滕口
說也 31/38/23
恆亨无咎利貞」、久於
○道也 32/39/1
聖人久於○道而天下化成 32/39/2
觀○所恆而天地萬物之
情可見矣 32/39/2
不恆○德 32/39/15
「不恆○德」、无所容
也 32/39/17
久非○位 32/39/21
恆○德、貞 32/39/23
「壯于趾」、○「孚」
窮也 34/41/14
羸○角 34/41/20
受茲介福于○王母 35/42/20
晉○角 35/43/7
「利艱貞」、晦○明也 36/43/15
內難而能正○志 36/43/16
垂○翼 36/43/20
得○大首 36/43/28
○志不同行 38/45/21
天地睽而○事同也 38/45/22
男女睽而○志通也 38/45/22
萬物睽而○事類也 38/45/23
○牛掣 38/46/3
○人天且劓 38/46/3
「不利東北」、○道窮
也 39/46/25
○來復吉 40/47/25
「○來復吉」、乃得中
也 40/47/28
○道上行 41/49/1
一人行則得○友 41/49/15
66/83/18
損○疾 41/49/19,41/49/21
○道大光 42/50/5
○益无方 42/50/6
「孚號有厲」、○危乃
光也 43/51/10
○行次且 43/51/27,44/52/26
「○行次且」、位不當
也 43/51/29
「○行次且」、行未牽
也 44/52/28
姤○角 44/53/9
「姤○角」、上窮「吝」
也 44/53/11
觀○所聚而天地萬物之
情可見矣 45/53/18
「乃亂乃萃」、○志亂
也 45/53/25
困而不失○所 47/55/25
○唯君子乎 47/55/25
入于○宮 47/56/7,66/83/1
不見○妻 47/56/7,66/83/1
「入于○宮不見○妻」
、不祥也 47/56/9
羸○瓶 48/56/26
「羸○瓶」、是以凶也 48/57/2
並受○福 48/57/14
○志不相得曰革 49/58/7
○「悔」乃「亡」 49/58/8
「大人虎變」、○文炳也 49/59/1
「君子豹變」、○文蔚也 49/59/5
得妾以○子 50/59/16
○行塞 50/59/24
「鼎耳革」、失○義也 50/59/26
○形渥 50/59/28,66/83/12
○事在中、大「无喪」
也 51/61/11
震不于○躬、于○鄰、
无咎 51/61/13
〔《艮》〕○背 52/61/20
不獲○身 52/61/20
行○庭 52/61/20
不見○人 52/61/20
動靜不失○時 52/61/22
○道光明 52/61/22
艮○止 52/61/22
止○所也 52/61/23
是以不獲○身、行○庭
不見○人 52/61/23
君子以思不出○位 52/61/25
艮○趾 52/61/27
「艮○趾」、未失正也 52/61/29
艮○腓 52/62/1
不拯○隨 52/62/1
○心不快 52/62/1
「不拯○隨」、未退聽也 52/62/3
艮○限 52/62/5
列○夤 52/62/5
「艮○限」、危「薰心」
也 52/62/7
艮○身 52/62/9
「艮○身」、止諸躬也 52/62/11
艮○輔 52/62/13
「艮○輔」、以中正也 52/62/15
○位、剛得中也 53/62/26
「婦孕不育」、失○道也 53/63/9
或得○桷 53/63/12
「或得○桷」、順以巽
也 53/63/14
○羽可用爲儀 53/63/20
「○羽可用爲儀吉」、
不可亂也 53/63/22
○君之袂不如○娣之袂

良 54/64/19
「帝乙歸妹」、「不如〇娣之袂良」也 54/64/21
〇位在中 54/64/21
遇〇配主 55/65/11
豐〇蔀 55/65/15,55/65/23
豐〇沛 55/65/19
折〇右肱 55/65/19
「豐〇沛」、不可大事也 55/65/21
「折〇右肱」、終不可用也 55/65/21
遇〇夷主 55/65/23
「豐〇蔀」、位不當也 55/65/25
「遇〇夷主」、「吉」行也 55/65/25
豐〇屋 55/66/5
蔀〇家 55/66/5
闚〇戶 55/66/5
闃〇无人 55/66/5
「豐〇屋」、天際翔也 55/66/7
「闚〇戶、闃〇无人」、自藏也 55/66/7
〇所取災 56/66/18
懷〇資 56/66/22
旅焚〇次 56/66/26,56/66/28
喪〇童僕貞 56/66/26
〇義「喪」也 56/66/28
得〇資斧 56/66/30
「得〇資斧」、「心」未「快」也 56/67/1
鳥焚〇巢 56/67/7
以「旅」在「上」、〇義「焚」也 56/67/9
喪〇資斧 57/68/13
「喪〇資斧」、正乎「凶」也 57/68/15
民忘〇勞 58/68/22
民忘〇死 58/68/22
渙奔〇机 59/70/3
「渙奔〇机」、得願也 59/70/5
渙〇躬 59/70/7
「渙〇躬」、志在外也 59/70/9
渙〇群 59/70/11
「渙〇群元吉」、光大也 59/70/13
渙汗〇大號 59/70/15
渙〇血 59/70/19
「渙〇血」、遠害也 59/70/21
「苦節不可貞」、〇道窮也 60/70/27
「苦節貞凶」、〇道窮也 60/71/23
〇子和之 61/72/9,65/78/11
「〇子和之」、中心願也 61/72/11
過〇祖 62/73/15
遇〇妣 62/73/15
不及〇君 62/73/15
遇〇臣 62/73/15
「不及〇君」、臣不可過也 62/73/17
曳〇輪 63/74/20,64/75/28
濡〇尾 63/74/20,64/75/17
64/75/24
「曳〇輪」、義「无咎」也 63/74/22
婦喪〇茀 63/74/24
不如西鄰之禴祭實受〇福 63/75/7
「實受〇福」、吉大來也 63/75/9
濡〇首 63/75/11,64/76/15
「濡〇首、厲」、何可久也 63/75/13
「濡〇尾、无攸利」、不續終也 64/75/19
「濡〇尾」、亦不知極也 64/75/26
「君子之光」、〇暉「吉」也 64/76/13
而成位乎〇中矣 65/76/26
是故君子居則觀〇象而玩〇辭 65/77/4
動則觀〇變而玩〇占 65/77/4
吉凶者、言乎〇失得也 65/77/7
悔吝者、言乎〇小疵也 65/77/8
辭也者、各指〇所之 65/77/10
〇靜也專 65/78/2
〇動也直 65/78/2
〇靜也翕 65/78/3
〇動也闢 65/78/3
《易》、〇至矣乎 65/78/4
而《易》行乎〇中矣 65/78/5
而擬諸〇形容 65/78/8,65/81/4
象〇物宜 65/78/8,65/81/4
而觀〇會通 65/78/9,65/81/5
以行〇典禮 65/78/9,65/81/5
繫辭焉以斷〇吉凶 65/78/9
65/81/5
擬議以成〇變化 65/78/11
君子居〇室 65/78/12
出〇言善 65/78/12
況〇邇者乎 65/78/12,65/78/13
居〇室 65/78/12
出〇言不善 65/78/12
〇利斷金 65/78/16
〇臭如蘭 65/78/16
〇无所失矣 65/78/19
語以〇功下人者也 65/78/20
謙也者、致恭以存〇位者也 65/79/1
作《易》者、〇知盜乎 65/79/4
〇用四十有九 65/79/9
〇知神之所爲乎 65/79/17
以言者尙〇辭 65/79/17
以動者尙〇變 65/79/18
以制器者尙〇象 65/79/18
以卜筮者尙〇占 65/79/18
〇受命也如響 65/79/19
〇孰能與於此 65/79/20,65/79/21
65/79/22
錯綜〇數 65/79/20
通〇變 65/79/20,66/82/3
極〇數 65/79/20
〇孰能與此哉 65/80/4
以神明〇德夫 65/80/5
〇不可見乎 65/80/19
繫辭焉以盡〇言 65/80/20
乾坤、〇《易》之縕邪 65/81/1
而《易》立乎〇中矣 65/81/1
神而明之存乎〇人 65/81/6
象在〇中矣 66/81/11
爻在〇中矣 66/81/11
變在〇中矣 66/81/11
動在〇中矣 66/81/12
各得〇所 66/82/3
〇故何也 66/82/15
〇德行何也 66/82/16
妻〇可得見耶 66/83/2
危者、安〇位者也 66/83/9
亡者、保〇存者也 66/83/9
亂者、有〇治者也 66/83/10

言不勝○任也 66/83/13
知幾○神乎 66/83/13
○知幾乎 66/83/13
○殆庶幾乎 66/83/16
君子安○身而後動 66/83/19
易○心而後語 66/83/19
定○交而後求 66/83/19
○《易》之門邪 66/83/23
○稱名也 66/83/24
於稽○類 66/83/24
○衰世之意邪 66/83/24
○稱名也小 66/84/1
○取類也大 66/84/1
○旨遠 66/84/1
○辭文 66/84/1
○言曲而中 66/84/1
○事肆而隱 66/84/1
○於中古乎 66/84/4
作《易》者、○有憂患乎 66/84/4
《井》、居○所而遷 66/84/8
○出入以度外內 66/84/13
初率○辭而揆○方 66/84/14
苟非○人 66/84/14
唯○時物也 66/84/15
○初難知 66/84/15
○上易知 66/84/15
則非○中爻不備 66/84/16
知者觀○彖辭 66/84/17
○善不同 66/84/19
○要无咎 66/84/19,66/84/25
○用柔中也 66/84/20
○柔危 66/84/20
○剛勝邪 66/84/21
○當殷之末世 66/84/23
是故○辭危 66/84/24
○道甚大 66/84/24
將叛者○辭慚 66/85/6
中心疑者○辭枝 66/85/6
誣善之人○辭游 66/85/7
失○守者○辭屈 66/85/7
○於地也爲黑 67/86/23
○於馬也 67/86/26,67/87/6
○於稼也 67/86/26
○究爲健 67/86/26
○於人也 67/87/2,67/87/5
67/87/9
○究爲躁卦 67/87/2
○於輿也 67/87/6
○於木也 67/87/7,67/87/10
67/87/13
○於地也 67/87/15
物不可以久居○所 68/88/15
得○所歸者必大 68/88/27
窮大者必失○居 68/88/27
有○信者必行之 68/89/2
《屯》見而不失○居 69/89/8
《否》《泰》、反○類
也 69/89/15

奇 qí 2

歸○於扐以象閏 65/79/10
陽卦○ 66/82/15

祇 qí 1

无（○）〔祇〕悔 66/83/17

齊 qí 6

○小大者存乎卦 65/77/9
聖人以此○戒 65/80/5
○乎巽 67/85/22,67/85/23
○也者、言萬物之絜○
也 67/85/23

杞 qǐ 1

以○包瓜 44/53/5

起 qǐ 3

○凶 44/53/1
訟必有衆○ 68/87/23
《震》、○也 69/89/9

汔 qì 4

○至 48/56/26
〔井〕○至、亦未繘井」
、未有功也 48/57/2
小狐○濟 64/75/17
「小狐○濟」、未出中
也 64/75/19

泣 qì 3

○血漣如 3/6/15,3/6/17
或○或歌 61/72/13

契 qì 1

後世聖人易之以書○ 66/82/12

氣 qì 6

同○相求 1/2/20
陽○潛藏 1/2/31
二○感應以相與 31/37/23
精○爲物 65/77/14
山澤通○ 67/85/18,67/86/6

棄 qì 1

○如 30/37/7

器 qì 12

君子以除戎○ 45/53/21
乘也者、君子之○也 65/79/5
小人而乘君子之○ 65/79/5
以制○者尙其象 65/79/18
形乃謂之○ 65/80/6
立〔功〕成○ 65/80/11
形而下者謂之○ 65/81/2
弓矢者、○也 66/83/3
君子藏○於身 66/83/4
語成○而動者也 66/83/5
象事知○ 66/85/3
主○者莫若長子 68/88/24

千 qiān 3

則○里之外應之 65/78/12
則○里之外違之 65/78/13
二篇之策萬有一○五百
二十 65/79/12

牽 qiān 5

○復 9/12/27
「○復」在中、亦不自

失也 9/12/29
○羊悔亡 43/51/27
「繫于金柅」、柔道○也 44/52/20
「其行次且」、行未○也 44/52/28

愆 qiān 2

歸妹○期 54/64/15
「○期」之志、有待而行也 54/64/17

遷 qiān 5

君子以見善則○ 42/50/9
利用爲依○國 42/50/23
《井》、居其所而○ 66/84/8
爲道也屢○ 66/84/12
吉凶以情○ 66/85/4

謙 qiān 28

《○》亨 15/19/19
《○》「亨」 15/19/21
天道虧盈而益○ 15/19/21
地道變盈而流○ 15/19/22
鬼神害盈而福○ 15/19/22
人道惡盈而好○ 15/19/22
《○》、尊而光 15/19/22, 66/84/7
《○》 15/19/25
○○君子 15/19/27
「○○君子」、卑以自牧也 15/19/29
鳴○ 15/20/1,15/20/17
「鳴○貞吉」、中心得也 15/20/3
勞○ 15/20/5,65/78/20
「勞○君子」、萬民服也 15/20/7
撝○ 15/20/9
「无不利、撝○」、不違則也 15/20/11
「鳴○」、志未得也 15/20/19
○也者、致恭以存其位者也 65/79/1
《○》、德之柄也 66/84/5
《○》以制禮 66/84/9
故受之以《○》 68/88/2
有大而能○必豫 68/88/2
《○》輕而《豫》怠也 69/89/10

前 qián 7

險在○也 5/7/29,39/46/24
失○禽 8/12/5
舍逆取順、「失○禽」也 8/12/7
君子以多識○言往行以畜其德 26/32/3
壯于○趾 43/51/15
是興神物以○民用 65/80/5

乾 qián 57

《○》元亨 1/1/3
君子終日○○ 1/1/9
大哉「○元」 1/1/19
○道變化 1/1/20
「終日○○」、反復道也 1/1/24
故曰「○、元、亨、利、貞」 1/2/2
九三曰、「君子終日○○、夕惕若、厲、（无）〔无〕咎」 1/2/12
故○○因其時而惕 1/2/14
「終日○○」、行事也 1/2/27
○元「用九」、天下治也 1/2/28
終日○○ 1/2/31
○道乃革 1/3/1
○元「用九」 1/3/1
《○》「元」〔「亨」〕者、始而亨者也 1/3/4
○始能以美利利天下 1/3/4
大哉○乎 1/3/7
故「○○」因其時而「惕」 1/3/12
說而應乎○ 10/13/21
柔得位得中而應乎○曰《同人》 13/17/11
○行也 13/17/12
噬○胏 21/26/30
噬○肉 21/27/3
○坤定矣 65/76/21
○道成男 65/76/23
○知大始 65/76/23
○以易知 65/76/24
成象之謂○ 65/77/21
夫○ 65/78/2
《○》之策二百一十有六 65/79/12
闢戶謂之○ 65/80/6
○坤、其《易》之緼邪 65/81/1
○坤成列 65/81/1
○坤毀 65/81/1
則○坤或幾乎息矣 65/81/2
夫○、確然示人易矣 66/81/14
蓋取諸《○》《坤》 66/82/5
○坤 66/83/23
○、陽物也 66/83/23
夫○、天下之至健也 66/85/1
○以君之 67/85/21
戰乎○ 67/85/22,67/85/26
○、西北之卦也 67/85/26
○、健也 67/86/8
○爲馬 67/86/11
○爲首 67/86/13
○、天也 67/86/15
○爲天 67/86/19
爲○卦 67/87/10
《○》剛《坤》柔 69/89/8

潛 qián 8

初九、○龍勿用 1/1/5
「○龍勿用」、陽在下也 1/1/23
初九曰、「○龍勿用」 1/2/4
○龍也 1/2/5
「○龍勿用」、下也 1/2/27
○龍勿用 1/2/31
陽氣○藏 1/2/31
「○」之爲言也 1/3/10

黔 qián 1

爲○喙之屬 67/87/12

戕 qiāng 2

從或○之 62/73/19
「從或○之」、「凶」如何也 62/73/21

強 qiáng 1

君子以自○不息 1/1/23

切 qiē 1

「剝床以膚」、○近災也 23/29/9

且 qiě 13

天○弗違 1/3/15
險○枕 29/35/27
其人天○劓 38/46/3
負○乘 40/48/11,65/79/5
65/79/7
「負○乘」、亦可醜也 40/48/13
其行次○ 43/51/27,44/52/26
「其行次○」、位不當也 43/51/29
「其行次○」、行未牽也 44/52/28
既辱○危 66/83/2
悔○吝 66/85/6

妾 qiè 4

畜臣○吉 33/40/18
「畜臣○吉」、不可大事也 33/40/20
得○以其子 50/59/16
爲○ 67/87/15

侵 qīn 2

利用○伐 15/20/13
「利用○伐」、征不服也 15/20/15

親 qīn 8

本乎天者○上 1/2/21
本乎地者○下 1/2/21
○諸侯 8/11/15
易知則有○ 65/76/24
有○則可久 65/76/25
《同人》、○也 69/89/16
○寡《旅》也 69/89/17
《訟》、不○也 69/89/18

禽 qín 9

「即鹿无虞」以從○也 3/6/5
田有○ 7/10/30
失前○ 8/12/5
舍逆取順、「失前○」也 8/12/7
田无○ 32/39/19
安得「○」也 32/39/21
舊井无○ 48/57/6
「舊井无○」、時舍也 48/57/8
隼者、○也 66/83/3

清 qīng 1

則刑罰○而民服 16/20/26

傾 qīng 3

○否 12/17/3
「否」終則「○」、何可長也 12/17/5
易者使○ 66/84/24

輕 qīng 1

《謙》○而《豫》怠也 69/89/10

情 qíng 14

「利貞」者、性○也 1/3/4
旁通○也 1/3/7
觀其所感而天地萬物之○可見矣 31/37/24
觀其所恆而天地萬物之○可見矣 32/39/2
正大而天地之○可見矣 34/41/8
觀其所聚而天地萬物之○可見矣 45/53/18
是故知鬼神之○狀 65/77/14
設卦以盡○僞 65/80/20
聖人之○見乎辭 66/81/16
以類萬物之○ 66/81/20
爻彖以○言 66/85/4
吉凶以○遷 66/85/4
○僞相感而利害生 66/85/5
凡《易》之○ 66/85/5

慶 qìng 13

乃終有○ 2/3/26
積善之家必有餘○ 2/5/2
「元吉」在上、大有○也 10/14/20
「六五」之「吉」、有○也 26/32/23,55/66/3
「由頤厲吉」、大有○也 27/34/3
「失得勿恤」、往有○也 35/43/5
「厥宗噬膚」、「往」有○也 38/46/13
「利有攸往」、中正有○ 42/50/5
「用見大人勿恤」、有○也 46/54/21
「困于酒食」、中有○也 47/56/5
有○譽 55/66/1
「九四」之「喜」、有○也 58/69/11

窮 qióng 33

「亢龍有悔」、○之災也 1/2/28
其道○也 2/4/25,63/74/16
「往吝」○也 3/6/5
其義不困○矣 5/7/29
「後夫凶」、其道○也 8/11/12
「初六鳴豫」、志○「凶」也 16/21/3
「拘係之」、上○也 17/22/28
君子以教思无○ 19/24/12
「无妄」之「行」、○之災也 25/31/25
「壯于趾」、其「孚」○也 34/41/14
「不利東北」、其道○也 39/46/25
「告自邑不利即戎」、所尙乃○也 43/51/10
「姤其角」、上○「吝」也 44/53/11
「有言不信」、尙口乃○也 47/55/26
井養而不○也 48/57/1
動不○也 53/62/26

「旅瑣瑣」、志○「災」也 56/66/20
「頻巽」之「吝」、志○也 57/68/3
「巽在床下」、「上」○也 57/68/15
剛來而不○ 59/69/25
「苦節不可貞」、其道○也 60/70/27
「苦節貞凶」、其道○也 60/71/23
往來不○謂之通 65/80/6
○則變 66/82/4
○神知化 66/82/21
《困》、○而通 66/84/8
○理盡性以至於命 67/85/12
○上反下 68/88/7
家道○必乖 68/88/18
○大者必失其居 68/88/27
物不可○也 68/89/3
《未濟》、男之○也 69/89/20

丘 qiū 4

賁于○園 22/28/7
拂經于○ 27/33/14
地險、山川○陵也 29/35/14
渙有○ 59/70/11

秋 qiū 1

兌、正○也 67/85/25

仇 qiú 2

我○有疾 50/59/20
「我○有疾」、終无尤也 50/59/22

求 qiú 18

同氣相○ 1/2/20
○婚媾 3/6/7
「○」而「往」、明也 3/6/9
匪我○童蒙 4/6/21
童蒙〔來〕○我 4/6/21
匪我○童蒙、童蒙〔來〕○我 4/6/25
隨有○、得 17/22/14
自○口實 27/33/3
「自○口實」、觀其自養也 27/33/5
○小得 29/35/23
「○小得」、未出中也 29/35/25
「浚恆」之「凶」、始○深也 32/39/9
○「王明」、「受福」也 48/57/16
以○信也 66/82/20
定其交而後○ 66/83/19
无交而○ 66/83/20
或與或○ 69/89/8

曲 qū 2

○成萬物而不遺 65/77/16
其言○而中 66/84/1

屈 qū 4

往者○也 66/82/19
○、信相感而利生焉 66/82/19
尺蠖之○ 66/82/20
失其守者其辭○ 66/85/7

驅 qū 1

（玉）〔王〕用三○ 8/12/5

衢 qú 2

何天之○ 26/32/25
「何天之○」、道大行也 26/32/27

取 qǔ 27

勿用○女 4/7/9,44/52/11
「勿用○女」、行不順也 4/7/11
舍逆○順、「失前禽」也 8/12/7
○女吉 31/37/21
是以「亨利貞、○女吉」也 31/37/23
「勿用○女」、不可與長也 44/52/13
其所○災 56/66/18
公弋○彼在穴 62/74/3
近○諸身 66/81/20
遠○諸物 66/81/20
蓋○諸《離》 66/82/1
蓋○諸《益》 66/82/2
蓋○諸《噬嗑》 66/82/3
蓋○諸《乾》《坤》 66/82/5
蓋○諸《渙》 66/82/6
蓋○諸《隨》 66/82/7
蓋○諸《豫》 66/82/7
蓋○諸《小過》 66/82/8
蓋○諸《睽》 66/82/9
蓋○諸《大壯》 66/82/10
蓋○諸《大過》 66/82/11
蓋○諸《夬》 66/82/12
其○類也大 66/84/1
遠近相○而悔吝生 66/85/5
蓋○諸此也 67/85/24
《鼎》、○新也 69/89/16

去 qù 4

有孚血○惕出 9/13/5
○逖出 59/70/19
以小惡爲无傷而弗○也 66/83/8
《革》、○故也 69/89/16

趣 qù 1

變通者、○時者也 66/81/13

闃 qù 2

○其无人 55/66/5
「闚其戶、○其无人」、自藏也 55/66/7

全 quán 1

故○也 66/83/19

泉 quán 3

山下出○ 4/6/28
井洌寒○ 48/57/22

「寒○」之「食」、中正也 48/57/24

權 quán 1

《巽》以行○ 66/84/10

勸 quàn 3

君子以勞民○相 48/57/4
民○矣哉 58/68/22
不見利不○ 66/83/5

確 què 2

○乎其不可拔 1/2/5
夫乾、○然示人易矣 66/81/14

闕 què 1

為門○ 67/87/12

群 qún 8

見○龍无首 1/1/17
非離○也 1/2/18
「大人否亨」、不亂○也 12/16/17
「遇雨」之「吉」、○疑亡也 38/46/18
「夫征不復」、離○醜也 53/63/9
渙其○ 59/70/11
「渙其○元吉」、光大也 59/70/13
物以○分 65/76/22

然 rán 20

履錯○敬之 30/36/24
寂○不動 65/79/21
○則聖人之意 65/80/19
夫乾、確○示人易矣 66/81/14
夫坤、隤○示人簡矣 66/81/14
○後能變化 67/86/6
○後萬物生焉 68/87/20
物畜○後有禮 68/87/24
履而泰○後安 68/87/25
物大○後可觀 68/88/4
致飾○後亨則盡矣 68/88/6
〔物〕○後可畜 68/88/8
物畜○後可養 68/88/8
有天地○後有萬物 68/88/13
有萬物○後有男女 68/88/13
有男女○後有夫婦 68/88/13
有夫婦○後有父子 68/88/13
有父子○後有君臣 68/88/14
有君臣○後有上下 68/88/14
有上下○後禮義有所錯 68/88/14

人 rén 209

利見大○ 1/1/7
1/1/13,6/9/3,39/46/22
39/47/19,45/53/15,57/67/14
「飛龍在天」、「大○」造也 1/1/24
君子體仁足以長○ 1/2/1
九二曰、「見龍在田、利見大○」 1/2/8
《易》曰、『見龍在田、利見大○』 1/2/9
九五曰、「飛龍在天、利見大○」 1/2/20
聖○作而萬物覩 1/2/21
賢○在下位而无輔 1/2/24
65/79/2
《易》曰、「見龍在田、利見大○」 1/3/11
中不在○ 1/3/13
夫「大○」者、與天地合其德 1/3/14
而況於○乎 1/3/15,55/65/6
其唯聖○乎 1/3/16,1/3/17
賢○隱 2/5/8
利用刑○ 4/7/1
「利用刑○」、以正法也 4/7/3
有不速之客三○來 5/8/24
「利見大○」、尚中正也 6/9/6
○三百戶无眚 6/9/15
《師》貞丈○吉 7/10/7
小○勿用 7/11/3,63/74/28
「小○勿用」、必亂邦也 7/11/5
比之匪○ 8/11/25
「比之匪○」、不亦傷乎 8/11/27
邑○不誡 8/12/5
「邑○不誡」、上使中也 8/12/7
不咥○ 10/13/19
是以「履虎尾、不咥○亨」 10/13/21
幽○貞吉 10/14/1
「幽○貞吉」、中不自亂也 10/14/3
咥○凶 10/14/5
武○為于大君 10/14/5
「咥○」之「凶」、位不當也 10/14/7
「武○為于大君」、志剛也 10/14/8
內君子而外小○ 11/14/27
小○道消也 11/14/27
〔《否》〕否之匪○ 12/16/3
否之匪○、不利君子貞、大往小來 12/16/5
內小○而外君子 12/16/6
小○道長 12/16/6
小○吉 12/16/15
大○否 12/16/15
「大○否亨」、不亂群也 12/16/17
大○吉 12/16/27
「大○」之「吉」、位正當也 12/17/1
〔《同○》〕同○于野 13/17/9
《同○》 13/17/11
柔得位得中而應乎乾曰《同○》 13/17/11
《同○》曰、「同○于野、亨、利涉大川」 13/17/11
天與火、《同○》 13/17/15
同○于門 13/17/17
出門同○ 13/17/19
同○于宗 13/17/21
「同○于宗」、「吝」道也 13/17/23
同○先號咷而後笑 13/18/3
65/78/15
「同○」之「先」以中直也 13/18/5
同○于郊 13/18/7
「同○于郊」、志未得也 13/18/9
小○弗克 14/19/1

「公用亨于天子」、
「小○」害也 14/19/3
○道惡盈而好謙 15/19/22
聖○以順動 16/20/26
聖○以神道設教而天下
服矣 20/25/12
小○无咎 20/25/16
「初六童觀」、「小○」
道也 20/25/18
○文也 22/27/16
觀乎○文以化成天下 22/27/16
「不利有攸往」、小○
長也 23/28/19
貫魚以宮○寵 23/29/11
「以宮○寵」、終无尤
也 23/29/13
小○剝廬 23/29/15
「小○剝廬」、終不可
用也 23/29/17
行○之得 25/31/11
邑○之災 25/31/11
「行○得」牛、「邑○
災」也 25/31/13
聖○養賢以及萬民 27/33/6
大○以繼明照于四方 30/36/22
聖○感○心而天下和平 31/37/24
君子以虛受○ 31/37/29
志在「隨」○、所「執」
下也 31/38/11
聖○久於其道而天下化成 32/39/2
婦○吉 32/39/23
「婦○貞吉」、從一而
終也 32/39/25
君子以遠小○ 33/40/8
小○否 33/40/22
「君子好遯、小○否」
也 33/40/24
小○用壯 34/41/20
「小○用壯、君子〔用〕
罔」也 34/41/22
主○有言 36/43/20
《家○》利女貞 37/44/17
《家○》 37/44/19,37/44/23
家○有嚴君焉 37/44/19
家○嗃嗃 37/45/1
「家○嗃嗃」、未失也 37/45/3
見惡○无咎 38/45/27
「見惡○」、以辟「咎」
也 38/45/29
其○天且劓 38/46/3
「利見大○」、往有功
也 39/46/25
「利見大○」、以從貴
也 39/47/21
有孚于小○ 40/48/19
「君子有解」、「小○」
退也 40/48/21
三○行則損一○ 41/49/15
66/83/18
一○行則得其友 41/49/15
66/83/18
一○行 41/49/17
「利見大○亨」、聚以
正也 45/53/18
用見大○ 46/54/19
「用見大○勿恤」、有
慶也 46/54/21
貞大○吉 47/55/23
「貞大○吉」、以剛中
也 47/55/26
順乎天而應乎○ 49/58/9
大○虎變 49/58/29
「大○虎變」、其文炳也 49/59/1
小○革面 49/59/3
「小○革面」、順以從
君也 49/59/5
聖○亨以享上帝 50/59/11
不見其○ 52/61/20
是以不獲其身、行其庭
不見其○ 52/61/23
《歸妹》、○之終始也 54/63/28
利幽○之貞 54/64/7
「利幽○之貞」、未變
常也 54/64/9
闃其无○ 55/66/5
「闚其戶、闃其无○」
、自藏也 55/66/7
旅○先笑後號咷 56/67/7
是以「小亨、利有攸往
、利見大○」 57/67/16
利武○之貞 57/67/21
「利武○之貞」、志治
也 57/67/23
是以順乎天而應乎○ 58/68/21
可久則賢○之德 65/76/25
可大則賢○之業 65/76/25
聖○設卦觀象 65/77/1
鼓萬物而不與聖○同憂 65/77/20
夫《易》、聖○所以崇
德而廣業也 65/78/4
聖○有以見天下之賾 65/78/8
聖○有以見天下之動 65/78/8
65/81/4
二○同心 65/78/16
語以其功下○者也 65/78/20
負也者、小○之事也 65/79/5
小○而乘君子之器 65/79/5
《易》有聖○之道四焉 65/79/17
夫《易》、聖○之所以
極深而研幾也 65/79/22
「《易》有聖○之道四
焉」者 65/79/24
是故聖○以通天下之志 65/80/1
聖○以此洗心 65/80/3
聖○以此齊戒 65/80/5
莫大乎聖○ 65/80/11
聖○則之 65/80/13,65/80/14
聖○效之 65/80/13
聖○象之 65/80/13
○之所助者、信也 65/80/16
然則聖○之意 65/80/19
聖○立象以盡意 65/80/19
是故夫象、聖○有以見
天下之賾 65/81/3
神而明之存乎其○ 65/81/6
夫乾、確然示○易矣 66/81/14
夫坤、隤然示○簡矣 66/81/14
聖○之情見乎辭 66/81/16
聖○之大寶曰位 66/81/16
何以聚○曰財 66/81/17
後世聖○易之以宮室 66/82/9
後世聖○易之以棺椁 66/82/11
後世聖○易之以書契 66/82/12
小○之道也 66/82/16
射之者、○也 66/83/4
小○不恥不仁 66/83/5
此小○之福也 66/83/6
小○以小善爲无益而弗
爲也 66/83/7
苟非其○ 66/84/14
有○道焉 66/84/21

聖○成能　66/85/3
○謀鬼謀　66/85/3
吉○之辭寡　66/85/7
躁○之辭多　66/85/7
誣善之○其辭游　66/85/7
昔者聖○之作《易》也　67/85/11, 67/85/14
立○之道曰仁與義　67/85/15
聖○南面而聽天下　67/85/24
其於○也　67/87/2,67/87/5, 67/87/9
故受之以《同○》　68/88/1
與○同者　68/88/1
以喜隨○者必有事　68/88/3
故受之以《家○》　68/88/18
《家○》、內也　69/89/14
《同○》、親也　69/89/16
小○道憂也　69/89/21

仁 rén　10

君子體○足以長人　1/2/1
○以行之　1/3/11
「休復」之「吉」、以下○也　24/30/5
安土敦乎○　65/77/15
○者見之謂之○　65/77/17
顯諸○　65/77/20
何以守位曰○　66/81/16
小人不恥不○　66/83/5
立人之道曰○與義　67/85/15

任 rèn　2

力（小）〔少〕而○重　66/83/12
言不勝其○也　66/83/13

飪 rèn　1

亨○也　50/59/11

日 rì　60

君子終○乾乾　1/1/9
「終○乾乾」、反復道也　1/1/24
九三曰、「君子終○乾乾、夕惕若、厲、（无）〔无〕咎」　1/2/12
「終○乾乾」、行事也　1/2/27
終○乾乾　1/2/31
○可見之行也　1/3/8
與○月合其明　1/3/14
故○月不過而四時不忒　16/20/26
不終○　16/21/5,66/83/15
「不終○貞吉」、以中正也　16/21/7
先甲三○　18/23/3
後甲三○　18/23/3
先甲三○、後甲三○　18/23/6
七○來復　24/29/21
反復其道、七○來復　24/29/23
先王以至○閉關　24/29/27
（輝）〔煇〕光○新　26/31/31
○月麗乎天　30/36/19
○昃之離　30/37/3
「○昃之離」、何可久也　30/37/5
○月得天而能久照　32/39/2
晝○三接　35/42/9
是以「康侯」用「錫馬蕃庶晝○三接」也　35/42/11
三○不食　36/43/20
○進无疆　42/50/6
《革》巳○乃孚　49/58/5
巳○乃孚　49/58/7
巳○乃革之　49/58/17
「巳○革之」、行有嘉也　49/58/19
七○得　51/60/25,63/74/24
宜○中　55/65/3
「勿憂宜○中」、宜照天下也　55/65/5
○中則昃　55/65/6
○中見斗　55/65/15,55/65/23
○中見沬　55/65/19
「○中見斗」、幽不明也　55/65/25
先庚三○　57/68/9
後庚三○　57/68/9
「七○得」、以中道也　63/74/26
終○戒　63/75/3
「終○戒」、有所疑也　63/75/5
○月運行　65/76/23
百姓○用而不知　65/77/18
○新之謂盛德　65/77/20
陰陽之義配○月　65/78/3
當期之○　65/79/12
縣象著明莫大乎○月　65/80/10
○月之道、貞明者也　66/81/13
○中爲市　66/82/2
○往則月來　66/82/18
月往則○來　66/82/18
○月相推而明生焉　66/82/18
不俟終○　66/83/14
寧用終○　66/83/15
○以烜之　67/85/21
爲○　67/87/9

戎 róng　8

伏○于莽　13/17/25
「伏○于莽」、敵剛也　13/17/27
自我致○　40/48/13
不利即○　43/51/7
「告自邑不利即○」、所尙乃窮也　43/51/10
莫夜有○　43/51/19
「有○勿恤」、得中道也　43/51/21
君子以除○器　45/53/21

容 róng　8

君子以○民畜眾　7/10/12
○保民无疆　19/24/12
「突如其來如」、无所○也　30/37/9
「不恆其德」、无所○也　32/39/17
而擬諸其形○　65/78/8,65/81/4
冶○誨淫　65/79/6
旅而无所○　68/88/28

榮 róng　2

不可○以祿　12/16/9
樞機之發、○辱之主也　65/78/14

柔 róu　66

○順「利貞」　2/3/25
《坤》至○而動也剛　2/5/1

剛○始交而難生 3/5/17
「子克家」、剛○（節）〔接〕也 4/7/7
○得位而上下應之 9/12/18
《履》、○履剛也 10/13/21
內○而外剛 12/16/6
○得位得中而應乎乾曰《同人》 13/17/11
○得尊位大中而上下應之曰《大有》 14/18/15
剛來而下○ 17/22/1
《蠱》、剛上而○下 18/23/5
剛○分 21/26/13
○得中而上行 21/26/14
○來而文剛 22/27/15
分剛上而文○ 22/27/15
〔剛○交錯〕、天文也 22/27/16
○變剛也 23/28/19
「藉用白茅」、○在下也 28/34/16
「樽酒簋貳」、剛○際也 29/36/5
○麗乎中正 30/36/20
○上而剛下 31/37/23
剛上而○下 32/38/29
剛○皆應 32/38/29
○進而上行 35/42/11,38/45/22,50/59/12
內文明而外○順 36/43/15
剛○之際 40/48/5
損剛益○有時 41/49/2
剛決○也 43/51/9,69/89/20
「揚于王庭」、○乘五剛也 43/51/9
○遇剛也 44/52/13,69/89/19
「繫于金柅」、○道牽也 44/52/20
○以時升 46/54/21
「玉鉉」在「上」、剛○節也 50/60/9
「无攸利」、○乘剛也 54/63/29
○得中乎外而順乎剛 56/66/13
○皆順乎剛 57/67/16
剛中而○外 58/68/21
○得位乎外而上同 59/69/25
剛○分而剛得中 60/70/27
《中孚》、○在內而剛得中 61/71/29
○得中 62/73/5
剛○正而位當也 63/74/15
「初吉」、○得中也 63/74/15
《未濟》「亨」、○得中也 64/75/19
雖不當位、剛○應也 64/75/20
剛○斷矣 65/76/21
是故剛○相摩 65/76/22
剛○相推而生變化 65/77/1
剛○者、晝夜之象也 65/77/2
剛○相推 66/81/11
剛○者、立本者也 66/81/12
知○知剛 66/83/15
而剛○有體 66/83/23
剛○相易 66/84/12
○之爲道不利遠者 66/84/19
其用○中也 66/84/20
其○危 66/84/20
剛○雜居 66/85/4
發揮於剛○而生爻 67/85/12
立地之道曰○與剛 67/85/14
迭用○剛 67/85/15
《乾》剛《坤》○ 69/89/8

揉 róu 1

○木爲耒 66/82/1

輮 róu 1

爲矯○ 67/87/5

肉 ròu 2

噬腊○遇毒 21/26/26
噬乾○ 21/27/3

繻 rū 1

○有衣袽 63/75/3

如 rú 52

屯○邅○ 3/5/26
乘馬班○ 3/5/26,3/6/7,3/6/15
君子幾不○舍 3/6/3
泣血漣○ 3/6/15,3/6/17
有孚攣○ 9/13/9,61/72/21
「有孚攣○」、不獨富也 9/13/11
厥孚交○ 14/19/9
威○吉 14/19/9
「厥孚交○」、信以發志也 14/19/11
「威○」之「吉」、易而无備也 14/19/11
故天地○之 16/20/25
賁○濡○ 22/27/29
賁○皤○ 22/28/3
白馬翰○ 22/28/3
突○、其來○ 30/37/7
焚○ 30/37/7
死○ 30/37/7
棄○ 30/37/7
「突○其來○」、无所容也 30/37/9
晉○摧○ 35/42/16
「晉○摧○」、獨行正也 35/42/18
晉○ 35/42/20
愁○ 35/42/20
晉○鼫鼠 35/42/28
有孚威○ 37/45/13
「威○」之「吉」、反身之謂也 37/45/15
萃○嗟○ 45/54/1
「覆公餗」、信○何也 50/60/1
其君之袂不○其娣之袂良 54/64/19
「帝乙歸妹」、「不○其娣之袂良」也 54/64/21
「有孚攣○」、位正當也 61/72/23
「飛鳥以凶」、不可○何也 62/73/13
「從或戕之」、「凶」○何也 62/73/21
不○西鄰之禴祭實受其福 63/75/7
「東鄰殺牛」、「不○西鄰」之時也 63/75/9
其臭○蘭 65/78/16
其受命也○響 65/79/19
○斯而已者也 65/80/1
介○石焉 66/83/15
○臨父母 66/84/14

茹 rú 2

拔茅○以其彙 11/15/1
拔茅○ 12/16/11

袽 rú 1

繻有衣○ 63/75/3

濡 rú 11

賁如○如 22/27/29
獨行遇雨、若○ 43/51/23
○其尾 63/74/20,64/75/17,64/75/24
○其首 63/75/11,64/76/15
「○其首、厲」、何可久也 63/75/13
「○其尾、无攸利」、不續終也 64/75/19
「○其尾」、亦不知極也 64/75/26
「飲酒○首」、亦不知節也 64/76/17

辱 rǔ 3

樞機之發、榮○之主也 65/78/14
名必○ 66/83/2
既○且危 66/83/2

入 rù 26

惟○于林中 3/6/3
○于穴 5/8/24
「不利涉大川」、○于淵也 6/9/6
君子以嚮晦○宴息 17/22/4
出○无疾 24/29/21
是以「出○无疾、朋來无咎」 24/29/23
○于坎窞 29/35/19,29/35/27
「習坎○坎」、失道「凶」也 29/35/21
明○地中 36/43/15,36/43/18
○于左腹 36/44/3
「○于左腹」、獲心意也 36/44/5
後○于地 36/44/11
「後○于地」、失則也 36/44/13
○于幽谷 47/55/30,47/56/1
○于其宮 47/56/7,66/83/1
「○于其宮不見其妻」、不祥也 47/56/9
利用出○ 65/80/7
精義○神 66/82/20
其出○以度外內 66/84/13
巽、○也 67/86/8
《巽》者、○也 68/88/28
○而後說之 68/88/28

叡 ruì 1

古之聰明○知神武而不殺者夫 65/80/4

閏 rùn 2

歸奇於扐以象○ 65/79/10
五歲再○ 65/79/10

潤 rùn 4

○之以風雨 65/76/23
雨以○之 67/85/21
○萬物者莫○乎水 67/86/5

若 ruò 17

夕惕○厲 1/1/9
九三曰、「君子終日乾乾、夕惕○、厲、（无）〔无〕咎」 1/2/12
有孚顒○ 20/25/9
「盥而不薦、有孚顒○」、下觀而化也 20/25/11
出涕沱○ 30/37/11
戚嗟○ 30/37/11
獨行遇雨、○濡 43/51/23
○號一握爲笑 45/53/23
發○吉 55/65/15
「有孚發○」、信以發志也 55/65/17
用史巫、紛○吉、无咎 57/67/25
「紛○」之「吉」、得中也 57/67/27
不節○ 60/71/9
則嗟○ 60/71/9
○夫雜物撰德 66/84/16
革物者莫○鼎 68/88/24
主器者莫○長子 68/88/24

弱 ruò 1

「楝（撓）〔橈〕」、本末○也 28/34/9

三 sān 115

九○ 1/1/9,5/8/12,9/13/1,11/15/9,13/17/25,14/19/1,15/20/5,18/23/18,22/27/29,26/32/13,28/34/22,30/37/3,31/38/9,32/39/15,33/40/18,34/41/20,36/43/28,37/45/1,39/47/7,43/51/23,44/52/26,46/55/5,48/57/14,49/58/21,50/59/24,52/62/5,53/63/7,55/65/19,56/66/26,57/68/1,62/73/19,63/74/28
九○曰、「君子終日乾乾、夕惕若、厲、（无）〔无〕咎」 1/2/12
九○重剛而不中 1/3/11
六○ 2/4/11,3/6/3,4/7/9,6/9/19,7/10/22,8/11/25,10/14/5,12/16/19,16/21/9,17/22/14,19/24/22,20/25/24,21/26/26,23/29/3,24/30/7,25/31/11,27/33/18,29/35/27,35/42/24,38/46/3,40/48/11,41/49/15,42/50/19,45/54/1,47/56/7,51/61/1,54/64/11,58/69/5,59/70/7,60/71/9,61/72/13,64/76/3
再○瀆 4/6/21
再○瀆、瀆則不告 4/6/25
有不速之客○人來 5/8/24
人○百戶无眚 6/9/15
終朝○褫之 6/10/1
王○錫命 7/10/18
「王○錫命」、懷萬邦也 7/10/20
（玉）〔王〕用○驅 8/12/5

○歲不興 13/17/25
「○歲不興」、安行也 13/17/27
先甲○日 18/23/3
後甲○日 18/23/3
先甲○日、後甲○日 18/23/6
○歲不得 29/36/11
「上六」失道、「凶」「○歲」也 29/36/13
晝日○接 35/42/9
是以「康侯」用「錫馬蕃庶晝日○接」也 35/42/11
○日不食 36/43/20
田獲○狐 40/48/7
○人行則損一人 41/49/15
66/83/18
「○」則疑也 41/49/17
○歲不覿 47/55/30,55/66/5
革言○就有孚 49/58/21
「革言○就」、又何之矣 49/58/23
婦○歲不孕 53/63/16
田獲○品 57/68/5
「田獲○品」、有功也 57/68/7
先庚○日 57/68/9
後庚○日 57/68/9
○年克之 63/74/28
「○年克之」、憊也 63/75/1
○年 64/76/7
六爻之動、○極之道也 65/77/3
掛一以象○ 65/79/9
地數○十 65/79/11
凡○百有六十 65/79/12
天○ 65/79/26
君子脩此○者 66/83/19
○與五同功而異位 66/84/20
○多凶 66/84/20
兼○材而兩之 66/84/21
○材之道也 66/84/22
兼○才而兩之 67/85/15
艮○索而得男 67/86/16
兌○索而得女 67/86/17
爲近利市○倍 67/87/2

散 sàn 2

風以○之 67/85/21
說而後○之 68/89/1

桑 sāng 2

繫于苞○ 12/16/27,66/83/11

顙 sǎng 2

爲的○ 67/86/26
爲廣○ 67/87/2

喪 sàng 21

知得而不知○ 1/3/16
東北○朋 2/3/21,2/3/26
○羊于易 34/41/28
「○羊于易」、位不當也 34/42/1
○馬 38/45/27
无○无得 48/56/26
不○匕鬯 51/60/13
〔不○匕鬯〕、出可以守宗廟社稷 51/60/16
億○貝 51/60/25
意无○有事 51/61/9
其事在中、大「无○」也 51/61/11
○其童僕貞 56/66/26
其義「○」也 56/66/28
○牛于易 56/67/7
「○牛于易」、終莫之聞也 56/67/9
○其資斧 57/68/13
「○其資斧」、正乎「凶」也 57/68/15
○過乎哀 62/73/9
婦○其茀 63/74/24
○期无數 66/82/11

色 sè 1

《賁》、无○也 69/89/11

嗇 sè 1

爲吝○ 67/86/22

塞 sè 2

其行○ 50/59/24

「不出戶庭」、知通○也 60/71/3

沙 shā 2

需于○ 5/8/7
「需于○」、（衍）〔行〕在中也 5/8/9

殺 shā 3

東鄰○牛 63/75/7
「東鄰○牛」、「不如西鄰」之時也 63/75/9
古之聰明叡知神武而不○者夫 65/80/4

山 shān 23

○下有險 4/6/24
○下出泉 4/6/28
地中有○ 15/19/25
王用亨于西○ 17/22/26
○下有風 18/23/8
○下有火 22/27/19
○附於地 23/28/22
天在○中 26/32/3
○下有雷 27/33/8
地險、○川丘陵也 29/35/14
○上有澤 31/37/27
天下有○ 33/40/8
○上有水 39/46/28
○下有澤 41/49/5
王用亨于岐○ 46/55/9
「王用亨于岐○」、順事也 46/55/11
兼○ 52/61/25
○上有木 53/62/28
○上有火 56/66/16
○上有雷 62/73/9
○澤通氣 67/85/18,67/86/6
艮爲○ 67/87/12

善 shàn 19

「元」者、○之長也 1/1/28
○世而不伐 1/2/9
積○之家必有餘慶 2/5/2

積不○之家必有餘殃 2/5/2
君子以遏惡揚○ 14/18/18
君子以見○則遷 42/50/9
君子以居賢德○俗 53/62/28
无咎者、○補過也 65/77/8
繼之者○也 65/77/17
易簡之○配至德 65/78/4
出其言○ 65/78/12
出其言不○ 65/78/12
莫（大）〔○〕乎蓍龜 65/80/12
○不積不足以成名 66/83/7
小人以小○爲无益而弗爲也 66/83/7
有不○未嘗不知 66/83/16
其○不同 66/84/19
誣○之人其辭游 66/85/7
爲○鳴 67/86/26

商 shāng 2

○旅不行 24/29/27
○兌未寧 58/69/9

傷 shāng 8

「比之匪人」、不亦○乎 8/11/27
亦以○矣 56/66/28
不○財 60/70/28
以小惡爲无○而弗去也 66/83/8
則○之者至矣 66/83/21
進必有所○ 68/88/17
夷者、○也 68/88/17
○於外者必反於家 68/88/17

賞 shǎng 1

有○于大國 64/76/7

上 shàng 181

○九 1/1/15,4/7/21,6/10/1,9/13/13,10/14/18,12/17/3,13/18/7,14/19/13,18/24/1,20/26/5,21/27/7,22/28/11,23/29/15,25/31/23,26/32/25,27/34/1,30/37/15,33/40/30,35/43/7,37/45/13,38/46/15,41/49/27,42/51/1,44/53/9,50/60/7,52/62/17,53/63/20,56/67/7,57/68/13,59/70/19,61/72/25,64/76/15
是故居○位而不驕 1/2/14
○下无常 1/2/17,66/84/12
本乎天者親○ 1/2/21
○九曰、「亢龍有悔」 1/2/24
「飛龍在天」、○治也 1/2/28
○不在天 1/3/12,1/3/13
○六 2/4/23,3/6/15,5/8/24,7/11/3,8/12/10,11/15/21,15/20/17,16/21/21,17/22/26,19/25/3,24/30/19,28/35/5,29/36/11,31/38/21,32/39/27,34/42/3,36/44/11,39/47/19,40/48/23,43/52/5,45/54/13,46/55/17,47/56/20,49/59/3,51/61/13,54/64/23,55/66/5,58/69/17,60/71/21,62/74/7,63/75/11
○下順也 4/7/23
雲○於天 5/8/1
○剛下險 6/9/5
自下訟○ 6/9/17
「食舊德」、從○「吉」也 6/9/21
「不寧方來」、○下應也 8/11/12
地○有水 8/11/15
「外比」於賢、以從○也 8/12/3
「邑人不誡」、○使中也 8/12/7
柔得位而○下應之 9/12/18
風行天○ 9/12/21
「有孚惕出」、○合志也 9/13/7
○天下澤 10/13/24
君子以辯○下 10/13/24
「元吉」在○、大有慶也 10/14/20
○下交而其志同也 11/14/26
○下不交而天下无邦也 12/16/6
柔得尊位大中而○下應之曰《大有》 14/18/15
火在天○ 14/18/18
《大有》○「吉」、「自天祐」也 14/19/15
地道卑而○行 15/19/21
殷薦之○帝以配祖考 16/20/29
「冥豫」在「○」、何可長也 16/21/23
「拘係之」、○窮也 17/22/28
《蠱》、剛○而柔下 18/23/5
澤○有地 19/24/12
大觀在○ 20/25/11
風行地○ 20/25/14
柔得中而○行 21/26/14
分剛○而文柔 22/27/15
「賁其須」、與○興也 22/27/27
「白賁无咎」、○得志也 22/28/13
○以厚下安宅 23/28/22
「剝之无咎」、失○下也 23/29/5
其德剛○而尚賢 26/31/31
「利有攸往」、○合志也 26/32/15
「顛頤」之「吉」、○施光也 27/33/24
「居貞」之「吉」、順以從○也 27/33/28
「○六」失道、「凶」「三歲」也 29/36/13
柔○而剛下 31/37/23
山○有澤 31/37/27
剛○而柔下 32/38/29
「振恆」在○、大无功也 32/39/29
雷在天○ 34/41/10
明出地○ 35/42/11,35/42/14
柔進而○行 35/42/11,38/45/22,50/59/12
「眾允」之、志○行也 35/42/26
《睽》、火動而○ 38/45/21
○火下澤 38/45/25
山○有水 39/46/28
公用射隼于高墉之○ 40/48/23,66/83/3
《損》、損下益○ 41/49/1
其道○行 41/49/1
自○祐也 41/49/25
《益》、損○益下 42/50/5
自○下下 42/50/5
澤○於天 43/51/13
「姤其角」、○窮「吝」也 44/53/11
澤○於地 45/53/21

「往无咎」、○巽也 45/54/3
「齎咨涕洟」、未安○也 45/54/15
「允升大吉」、○合志也 46/54/28
「冥升」在○、消不富也 46/55/19
巽乎水而○水 48/57/1
木○有水 48/57/4
○（九）〔六〕 48/57/26
「元吉」在「○」、大成也 48/58/1
聖人亨以享○帝 50/59/11
木○有火 50/59/14
「玉鉉」在「○」、剛柔節也 50/60/9
○下敵應 52/61/23
山○有木 53/62/28
澤○有雷 54/64/1
「○六」「无實」、「承」虛「筐」也 54/64/25
山○有火 56/66/16
「終以譽命」、○逮也 56/67/5
以「旅」在「○」、其義「焚」也 56/67/9
「巽在床下」、「○」窮也 57/68/15
「○六、引兌」、未光也 58/69/19
柔得位乎外而○同 59/69/25
風行水○ 59/69/28
澤○有水 60/70/30
「安節」之「亨」、承○道也 60/71/15
澤○有風 61/72/3
「馬匹亡」、絕類○也 61/72/19
不宜○ 62/73/3
「飛鳥遺之音、不宜○、宜下、大吉」、○逆而下順也 62/73/7
山○有雷 62/73/9
「密雲不雨」、已○也 62/74/5
水在火○ 63/74/18
火在水○ 64/75/22
○慢下暴 65/79/6
是故形而○者謂之道 65/81/2
○古穴居而野處 66/82/9
○棟下宇 66/82/10
○古結繩而治 66/82/11
君子○交不諂 66/83/13
其○易知 66/84/15
爲科○槁 67/87/10
窮○反下 68/88/7
有君臣然後有○下 68/88/14
有○下然後禮義有所錯 68/88/14
聚而○者謂之升 68/88/22
困乎○者必反下 68/88/23
《離》○而《坎》下也 69/89/17

尚 shàng 23

「利見大人」、○中正也 6/9/6
「密雲不雨」、○往也 9/12/19
○德載 9/13/13
得○于中行 11/15/5
（包）〔苞〕荒、得○于中行 11/15/7
高○其事 18/24/1
「觀國之光」、○「賓」也 20/25/30
君子○消息盈虛 23/28/20
其德剛上而○賢 26/31/31
行有○ 29/35/11
「行有○」、往有功也 29/35/14
「藩決不羸」、○往也 34/41/26
○合志也 41/49/9
「告自邑不利即戎」、所○乃窮也 43/51/10
「有言不信」、○口乃窮也 47/55/26
「王假之」、○大也 55/65/5
往有○ 55/65/11,60/71/17
以言者○其辭 65/79/17
以動者○其變 65/79/18
以制器者○其象 65/79/18
以卜筮者○其占 65/79/18
又以○賢也 65/80/16

少 shǎo 4

力（小）〔○〕而任重 66/83/12
故謂之○男 67/86/17
故謂之○女 67/86/17
爲○女 67/87/15

舌 shé 3

咸其輔頰○ 31/38/21
「咸其輔頰○」、滕口說也 31/38/23
爲口○ 67/87/15

蛇 shé 1

龍○之蟄 66/82/20

揲 shé 1

○之以四以象四時 65/79/9

社 shè 1

〔不喪匕鬯〕、出可以守宗廟○稷 51/60/16

舍 shè 10

「見龍在田」、時○也 1/2/27
君子幾不如○ 3/6/3
「君子○」之 3/6/5
○逆取順、「失前禽」也 8/12/7
「係丈夫」、志○下也 17/22/16
○車而徒 22/27/21
「○車而徒」、義弗乘也 22/27/23
○爾靈龜 27/33/10
「有隕自天」、志不○命也 44/53/7
「舊井无禽」、時○也 48/57/8

射 shè 8

公用○隼于高墉之上 40/48/23
66/83/3
「公用○隼」、以解悖也 40/48/25
井谷○鮒 48/57/10
「井谷○鮒」、无與也 48/57/12
○雉一矢亡 56/67/3
○之者、人也 66/83/4
水火不相○ 67/85/18

涉 shè 22

利○大川 5/7/27,13/17/9
18/23/3,26/31/29,27/34/1
42/50/3,59/69/23,61/71/27
64/76/3
「利○大川」、往有功也 5/7/30
不利○大川 6/9/3
「不利○大川」、入于淵也 6/9/6
《同人》曰、「同人于
野、亨、利○大川」 13/17/11
用○大川 15/19/27
「利○大川」、往有事也 18/23/6
「利○大川」、應乎天也 26/32/1
不可○大川 27/33/26
過○滅頂 28/35/5
「過○」之「凶」、不
可咎也 28/35/7
「利○大川」、木道乃行 42/50/6
「利○大川」、乘木有
功也 59/69/26
「利○大川」、乘木舟
虛也 61/72/1

赦 shè 1

君子以○過宥罪 40/48/1

設 shè 8

聖人以神道○教而天下
服矣 20/25/12
先王以省方觀民○教 20/25/14
王公○險以守其國 29/35/14
聖人○卦觀象 65/77/1
天地○位 65/78/5,66/85/3
○卦以盡情僞 65/80/20
《益》、長裕而不○ 66/84/8

申 shēn 2

重巽以○命 57/67/16
君子以○命行事 57/67/19

身 shēn 17

「不遠」之「復」、以
脩○也 24/30/1
「威如」之「吉」、反
○之謂也 37/45/15
君子以反○修德 39/46/28
不獲其○ 52/61/20
是以不獲其○、行其庭
不見其人 52/61/23
艮其○ 52/62/9
「艮其○」、止諸躬也 52/62/11
言出乎○ 65/78/13
臣不密則失○ 65/79/3
近取諸○ 66/81/20
以存○也 66/82/20
利用安○ 66/82/20
○必危 66/83/2
君子藏器於○ 66/83/4
惡不積不足以滅○ 66/83/7
是以○安而國家可保也 66/83/10
君子安其○而後動 66/83/19

伸 shēn 1

引而○之 65/79/14

參 shēn 2

○伍以變 65/79/20
○天兩地而倚數 67/85/11

深 shēn 5

「浚恆」之「凶」、始
求○也 32/39/9
无有遠近幽○ 65/79/19
夫《易》、聖人之所以
極○而研幾也 65/79/22
唯○也 65/79/23
鉤○致遠 65/80/11

神 shén 34

與鬼○合其吉凶 1/3/14
況於鬼○乎 1/3/15,55/65/6
鬼○害盈而福謙 15/19/22
觀天之○道而四時不忒 20/25/12
聖人以○道設教而天下
服矣 20/25/12
是故知鬼○之情狀 65/77/14
故○无方而易无體 65/77/16
陰陽不測之謂○ 65/78/1
此所以成變化而行鬼○
也 65/79/11
顯道、○德行 65/79/14
可與祐○矣 65/79/15
其知○之所爲乎 65/79/17
非天下之至○ 65/79/22
唯○也 65/79/23
是故蓍之德圓而○ 65/80/2
○以知來 65/80/3
古之聰明叡知○武而不
殺者夫 65/80/4
是興○物以前民用 65/80/5
以○明其德夫 65/80/5
民咸用之謂之○ 65/80/7
是故天生○物 65/80/12
鼓之舞之以盡○ 65/80/20
○而明之存乎其人 65/81/6
以通○明之德 66/81/20,66/83/24
○農氏作 66/82/1
○農氏沒 66/82/3
○而化之 66/82/4
精義入○ 66/82/20
窮○知化 66/82/21
知幾其○乎 66/83/13
幽贊於○明而生蓍 67/85/11
○也者、妙萬物而爲言
者也 67/86/4

甚 shèn 1

其道○大 66/84/24

愼 shèn 10

「括囊无咎」、○不害也 2/4/17
自我「致寇」、敬○不
敗也 5/8/14
君子以○言語、節飲食 27/33/8
「鼎有實」、○所之也 50/59/22
君子以明○用刑而不留
獄 56/66/16
君子以○辨物居方 64/75/22
可不○乎 65/78/15
○之至也 65/78/19

〇斯術也以往 65/78/19
是以君子〇密而不出也 65/79/4

升 shēng 17

〇其高陵 13/17/25
天險、不可〇也 29/35/14
《〇》元亨 46/54/19
柔以時〇 46/54/21
〇 46/54/24
允〇 46/54/26
「允〇大吉」、上合志也 46/54/28
〇虛邑 46/55/5
「〇虛邑」、无所疑也 46/55/7
〇階 46/55/13
「貞吉〇階」、大得志也 46/55/15
冥〇 46/55/17
「冥〇」在上、消不富也 46/55/19
聚而上者謂之〇 68/88/22
故受之以《〇》 68/88/22
〇而不已必困 68/88/23
《萃》聚而《〇》不來也 69/89/10

生 shēng 43

萬物資〇 2/3/24
剛柔始交而難〇 3/5/17
觀我〇進退 20/25/24
「觀我〇進退」、未失道也 20/25/26
觀我〇 20/26/1
「觀我〇」、觀民也 20/26/3
觀其〇 20/26/5
「觀其〇」、志未平也 20/26/7
枯楊〇稊 28/34/18
枯楊〇華 28/35/1
「枯楊〇華」、何可久也 28/35/3
天地感而萬物化〇 31/37/24
天施地〇 42/50/6
地中〇木 46/54/24
吉凶〇矣 65/76/22
剛柔相推而〇變化 65/77/1
故知死〇之說 65/77/12
〇〇之謂易 65/77/21
是以大〇焉 65/78/2
是以廣〇焉 65/78/3
亂之所〇也 65/79/3
是〇兩儀 65/80/9
兩儀〇四象 65/80/9
四象〇八卦 65/80/9
吉凶〇大業 65/80/9
是故天〇神物 65/80/12
吉凶悔吝者、〇乎動者也 66/81/12
天地之大德曰〇 66/81/16
是故吉凶〇而悔吝著也 66/82/15
日月相推而明〇焉 66/82/18
屈、信相感而利〇焉 66/82/19
萬物化〇 66/83/18
故吉凶〇焉 66/84/23
是故愛惡相攻而吉凶〇 66/85/5
遠近相取而悔吝〇 66/85/5
情僞相感而利害〇 66/85/5
幽贊於神明而〇蓍 67/85/11
發揮於剛柔而〇爻 67/85/12
爲反〇 67/86/26
然後萬物〇焉 68/87/20
屯者、物之始〇也 68/87/21
物〇必蒙 68/87/21

牲 shēng 2

用大〇吉 45/53/15
「用大〇吉、利有攸往」、順天命也 45/53/18

聲 shēng 1

同〇相應 1/2/20

繩 shéng 3

作結〇而爲罔罟 66/81/20
上古結〇而治 66/82/11
爲〇直 67/87/1

眚 shěng 8

人三百戶无〇 6/9/15
有災〇 24/30/19
其匪正有〇 25/30/26
其匪正有〇、不利有攸往 25/30/29
行有〇 25/31/23
震行无〇 51/61/1
是謂災〇 62/74/7
爲多〇 67/87/7

勝 shèng 8

莫之〇、說 33/40/14
往不〇 43/51/15
「不〇」而「往」、「咎」也 43/51/17
終莫之〇 53/63/16
「終莫之〇吉」、得所願也 53/63/18
吉凶者、貞〇者也 66/81/13
言不〇其任也 66/83/13
其剛〇邪 66/84/21

聖 shèng 40

〇人作而萬物覩 1/2/21
其唯〇人乎 1/3/16,1/3/17
〇功也 4/6/26
〇人以順動 16/20/26
〇人以神道設教而天下服矣 20/25/12
〇人養賢以及萬民 27/33/6
〇人感人心而天下和平 31/37/24
〇人久於其道而天下化成 32/39/2
〇人亨以享上帝 50/59/11
而大亨以養〇賢 50/59/11
〇人設卦觀象 65/77/1
鼓萬物而不與〇人同憂 65/77/20
夫《易》、〇人所以崇德而廣業也 65/78/4
〇人有以見天下之賾 65/78/8
〇人有以見天下之動 65/78/8, 65/81/4
《易》有〇人之道四焉 65/79/17
夫《易》、〇人之所以極深而研幾也 65/79/22
「《易》有〇人之道四焉」者 65/79/24
是故〇人以通天下之志 65/80/1

〇人以此洗心 65/80/3
〇人以此齊戒 65/80/5
莫大乎〇人 65/80/11
〇人則之 65/80/13,65/80/14
〇人效之 65/80/13
〇人象之 65/80/13
然則〇人之意 65/80/19
〇人立象以盡意 65/80/19
是故夫象、〇人有以見天下之賾 65/81/3
〇人之情見乎辭 66/81/16
〇人之大寶曰位 66/81/16
後世〇人易之以宮室 66/82/9
後世〇人易之以棺槨 66/82/11
後世〇人易之以書契 66/82/12
〇人成能 66/85/3
昔者〇人之作《易》也 67/85/11
67/85/14
〇人南面而聽天下 67/85/24

尸 shī 4

師或輿〇 7/10/22
「師或輿〇」、大无功也 7/10/24
弟子輿〇 7/10/30
「弟子輿〇」、使不當也 7/11/1

失 shī 45

知進退存亡而不〇其正者 1/3/16
「先迷」〇道 2/3/25
「利用恆无咎」、未〇常也 5/8/5
未大〇也 5/8/26
「復即命、渝」、「安貞」不〇也 6/9/25
〇律「凶」也 7/10/16
「左次无咎」、未〇常也 7/10/28
「比之自內」、不自〇也 8/11/23
〇前禽 8/12/5
舍逆取順、「〇前禽」也 8/12/7
「牽復」在中、亦不自〇也 9/12/29
「翩翩不富」、皆〇實也 11/15/15
「出門交有功」、不〇也 17/22/8
〇丈夫 17/22/10
〇小子 17/22/14
「觀我生進退」、未〇道也 20/25/26
「剝之无咎」、〇上下也 23/29/5
「六二征凶」、行〇類也 27/33/16
行險而不〇其信 29/35/13
「習坎入坎」、〇道「凶」也 29/35/21
「上六」〇道、「凶」「三歲」也 29/36/13
〇得勿恤 35/43/3
「〇得勿恤」、往有慶也 35/43/5
「後入于地」、〇則也 36/44/13
「家人嗃嗃」、未〇也 37/45/3
「婦子嘻嘻」、〇家節也 37/45/3
「遇主于巷」、未〇道也 38/46/1
困而不〇其所 47/55/25
「鼎耳革」、〇其義也 50/59/26
動靜不〇其時 52/61/22
「艮其趾」、未〇正也 52/61/29
「婦孕不育」、〇其道也 53/63/9
「不出門庭凶」、〇時極也 60/71/7
剛〇位而不中 62/73/6
有孚〇是 64/76/15
是故吉凶者、〇得之象也 65/77/1
吉凶者、言乎其〇得也 65/77/7
其无所〇矣 65/78/19
君不密則〇臣 65/79/3
臣不密則〇身 65/79/3
以明〇得之報 66/84/2
〇其守者其辭屈 66/85/7
緩必有所〇 68/88/20
窮大者必〇其居 68/88/27
《屯》見而不〇其居 69/89/8

施 shī 10

雲行雨〇 1/1/19
「見龍在田」、德〇普也 1/1/23
「雲行雨〇」、天下平也 1/3/8
「屯其膏」、〇未光也 3/6/13
「自我西郊」、〇未行也 9/12/19
稱物平〇 15/19/25
「顛頤」之「吉」、上〇光也 27/33/24
天〇地生 42/50/6
君子以〇祿及下 43/51/13
后以〇命誥四方 44/52/16

師 shī 24

《〇》貞丈人吉 7/10/7
「〇」、衆也 7/10/9
《〇》 7/10/12
〇出以律 7/10/14,7/10/16
在〇中 7/10/18
「在〇中吉」、承天寵也 7/10/20
〇或輿尸 7/10/22
「〇或輿尸」、大无功也 7/10/24
〇左次 7/10/26
長子帥〇 7/10/30
「長子帥〇」、以中行也 7/11/1
勿用〇 11/15/21
大〇克 13/18/3
「大〇相遇」、言相「克」也 13/18/5
利用行〇征邑國 15/20/17
可「用行〇」、征邑國也 15/20/19
《豫》利建侯行〇 16/20/23
而況「建侯行〇」乎 16/20/26
用行〇 24/30/19
无有〇保 66/84/13
故受之以《〇》 68/87/23
《〇》者、衆也 68/87/23
《比》樂《〇》憂 69/89/8

蓍 shī 3

是故〇之德圓而神 65/80/2
莫(大)〔善〕乎〇龜 65/80/12
幽贊於神明而生〇 67/85/11

濕 shī 1

水流〇 1/2/20

十 shí 18

〇年乃字 3/5/26
「〇年乃字」、反常也 3/6/1
至于〇年不克征 24/30/19
〇年勿用 27/33/18

「○年勿用」、道大悖也 27/33/20
或益之○朋之龜 41/49/23
○朋之龜弗克違 42/50/15
大衍之數五○ 65/79/9
其用四○有九 65/79/9
天數二○有五 65/79/11
地數三○ 65/79/11
凡天地之數五○有五 65/79/11
《乾》之策二百一○有六 65/79/12
《坤》之策百四○有四 65/79/12
凡三百有六○ 65/79/12
二篇之策萬有一千五百二○ 65/79/12
○有八變而成卦 65/79/13
地○ 65/79/26

石 shí 6

介于○ 16/21/5,66/83/14
困于○ 47/56/7,66/83/1
介如○焉 66/83/15
爲小○ 67/87/12

食 shí 27

君子以飲○宴樂 5/8/1
需于酒○ 5/8/20
「酒○貞吉」、以中正也 5/8/22
○舊德 6/9/19
「○舊德」、從上「吉」也 6/9/21
于○有福 11/15/9
碩果不○ 23/29/15
不家○吉 26/31/29
「不家○吉」、養賢也 26/32/1
君子以愼言語、節飲○ 27/33/8
三日不○ 36/43/20
「君子于行」、義「不○」也 36/43/22
困于酒○ 47/56/3
「困于酒○」、中有慶也 47/56/5
井泥不○ 48/57/6
「井泥不○」、下也 48/57/8
井渫不○ 48/57/14
「井渫不○」、行「惻」也 48/57/16
○ 48/57/22
「寒泉」之「○」、中正也 48/57/24
雉膏不○ 50/59/24
飲○衎衎 53/63/3
「飲○衎衎」、不素飽也 53/63/5
月盈則○ 55/65/6
《需》者、飲○之道也 68/87/22
飲○必有訟 68/87/22
《噬嗑》、○也 69/89/11

時 shí 59

六位○成 1/1/20
○乘六龍以御天 1/1/20
故乾乾因其○而惕 1/2/14
君子進德脩業、欲及○也 1/2/18
「見龍在田」、○舍也 1/2/27
與○偕行 1/2/31,41/49/2,42/50/7
與○偕極 1/3/1
「○乘六龍」、以「御天」也 1/3/7
故「乾乾」因其○而「惕」 1/3/12
與四○合其序 1/3/14
後天而奉天○ 1/3/15
「含章可貞」、以○發也 2/4/13
承天而○行 2/5/2
○中也 4/6/24
應乎天而○行 14/18/15
故日月不過而四○不忒 16/20/26
《豫》之○義大矣哉 16/20/27
大「亨、貞、无咎」而天下隨（○）〔之〕 17/22/1
隨（○之）〔之○〕義大矣哉 17/22/2
觀天之神道而四○不忒 20/25/12
觀乎天文以察○變 22/27/16
先王以茂對○育萬物 25/31/1
《頤》之○大矣哉 27/33/6
《大過》之○大矣哉 28/34/10
險之○用大矣哉 29/35/15
四○變化而能久成 32/39/2
與○行也 33/40/5
《遯》之○義大矣哉 33/40/6
睽之○用大矣哉 38/45/23
《蹇》之○用大矣哉 39/46/26
《解》之○大矣哉 40/47/29
二簋應有○ 41/49/2
損剛益柔有○ 41/49/2
《姤》之○義大矣哉 44/52/14
柔以○升 46/54/21
「舊井无禽」、○舍也 48/57/8
天地革而四○成 49/58/8
《革》之○大矣哉 49/58/9
君子以治厤明○ 49/58/11
○止則止 52/61/22
○行則行 52/61/22
動靜不失其○ 52/61/22
遲歸有○ 54/64/15
與○消息 55/65/6
旅之○義大矣哉 56/66/14
天地節而四○成 60/70/28
「不出門庭凶」、失○極也 60/71/7
過以「利貞」、與○行也 62/73/5
「東鄰殺牛」、「不如西鄰」之○也 63/75/9
變通配四○ 65/78/3
揲之以四以象四○ 65/79/9
變通莫大乎四○ 65/80/10
變通者、趣○者也 66/81/13
待○而動 66/83/4
唯其○物也 66/84/15
《大畜》、○也 69/89/10

實 shí 13

「困蒙」之「吝」、獨遠○也 4/7/15
「翩翩不富」、皆失○也 11/15/15
剛健篤○ 26/31/31
自求口○ 27/33/3
「自求口○」、觀其自養也 27/33/5
「往蹇來連」、當位○也 39/47/13
鼎有○ 50/59/20
「鼎有○」、愼所之也 50/59/22
「鼎黃耳」、中以爲○也 50/60/5
无○ 54/64/23

「上六」「无〇」、
「承」虛「筐」也 54/64/25
不如西鄰之禴祭〇受其福 63/75/7
「〇受其福」、吉大來也 63/75/9

碩 shí 3

〇果不食 23/29/15
來〇 39/47/19
「往蹇來〇」、志在內
也 39/47/21

鼫 shí 2

晉如〇鼠 35/42/28
「〇鼠貞厲」、位不當也 35/43/1

識 shí 2

君子以多〇前言往行以
畜其德 26/32/3
斷可〇矣 66/83/15

史 shǐ 1

用〇巫、紛若吉、无咎 57/67/25

矢 shǐ 6

得金〇 21/26/30
得黃〇 40/48/7
射雉一〇亡 56/67/3
剡木爲〇 66/82/9
弧、〇之利 66/82/9
弓〇者、器也 66/83/3

豕 shǐ 4

豶〇之牙 26/32/21
見〇負塗 38/46/15
羸〇孚蹢躅 44/52/18
坎爲〇 67/86/11

始 shǐ 20

萬物資〇 1/1/19
大明終〇 1/1/19
《乾》「元」〔「亨」〕
者、〇而亨者也 1/3/4
乾〇能以美利利天下 1/3/4
「履霜堅冰」、陰〇凝也 2/4/5
剛柔〇交而難生 3/5/17
君子以作事謀〇 6/9/9
終則有〇 18/23/6
「利有攸往」、終則有
〇也 32/39/1
「浚恆」之「凶」、〇
求深也 32/39/9
《歸妹》、人之終〇也 54/63/28
乾知大〇 65/76/23
原〇反終 65/77/11
於是〇作八卦 66/81/20
原〇要終 66/84/15
懼以終〇 66/84/25
萬物之所成終而所成〇也 67/86/1
終萬物、〇萬物者、莫
盛乎艮 67/86/5
屯者、物之〇生也 68/87/21
《損》《益》、盛衰之
〇也 69/89/9

使 shǐ 8

「弟子輿尸」、〇不當也 7/11/1
「邑人不誡」、上〇中也 8/12/7
〇遄有喜 41/49/19
〇民不倦 66/82/4
〇民宜之 66/82/4
〇知懼 66/84/13
危者〇平 66/84/24
易者〇傾 66/84/24

士 shì 3

老婦得其〇夫 28/35/1
「老婦〇夫」、亦可醜也 28/35/3
〇刲羊 54/64/23

氏 shì 6

古者包犧〇之王天下也 66/81/19
包犧〇沒 66/82/1
神農〇作 66/82/1
神農〇沒 66/82/3
黃帝、堯、舜〇作 66/82/3
顏〇之子 66/83/16

示 shì 3

所以〇也 65/80/14
夫乾、確然〇人易矣 66/81/14
夫坤、隤然〇人簡矣 66/81/14

世 shì 9

不易乎〇 1/2/4
遯〇无悶 1/2/5,28/34/12
善〇而不伐 1/2/9
後〇聖人易之以宮室 66/82/9
後〇聖人易之以棺椁 66/82/11
後〇聖人易之以書契 66/82/12
其衰〇之意邪 66/83/24
其當殷之末〇 66/84/23

市 shì 2

日中爲〇 66/82/2
爲近利〇三倍 67/87/2

事 shì 48

貞」者、〇之幹也 1/2/1
貞固足以幹〇 1/2/1
「終日乾乾」、行〇也 1/2/27
或從王〇 2/4/11
「或從王〇」、知光大也 2/4/13
陰雖有美「含」之以從王〇 2/5/7
發於〇業 2/5/9
君子以作〇謀始 6/9/9
不永所〇 6/9/11
「不永所〇」、訟不可
長也 6/9/13
或從王〇无成 6/9/19
「利涉大川」、往有〇也 18/23/6
不〇王侯 18/24/1
高尚其〇 18/24/1
「不〇王侯」、志可則也 18/24/3
君子以常德行、習教〇 29/35/17
「畜臣妾吉」、不可大
〇也 33/40/20
《睽》小〇吉 38/45/19

是以「小〇吉」 38/45/22
天地睽而其〇同也 38/45/22
萬物睽而其〇類也 38/45/23
已〇遄往 41/49/7,41/49/9
「元吉无咎」、下不厚〇也 42/50/13
用凶〇无咎 42/50/19
「益用凶〇」、固有之也 42/50/21
「王用亨于岐山」、順〇也 46/55/11
意无喪有〇 51/61/9
其〇在中、大「无喪」也 51/61/11
「豐其沛」、不可大〇也 55/65/21
君子以申命行〇 57/67/19
可小〇 62/73/3
不可大〇 62/73/3
是以「小〇吉」也 62/73/6
是以「不可大〇」也 62/73/6
通變之謂〇 65/78/1
幾〇不密則害成 65/79/3
負也者、小人之〇也 65/79/5
天下之能〇畢矣 65/79/14
舉而錯之天下之民謂之〇業 65/81/3
其〇肆而隱 66/84/1
當文王與紂之〇邪 66/84/24
吉〇有祥 66/85/3
象〇知器 66/85/3
占〇知來 66/85/3
以喜隨人者必有〇 68/88/3
《蠱》者、〇也 68/88/4
有〇而後可大 68/88/4

是 shì 70

不見〇而无悶 1/2/5
〇故居上位而不驕 1/2/14
〇以動而有悔也 1/2/25,65/79/2
〇以君子「弗用」也 1/3/10
〇以「履虎尾、不咥人、亨」 10/13/21
則〇天地交而萬物通也 11/14/26
則〇天地不交而萬物不通也 12/16/5
〇以「元亨」 14/18/16,50/59/12
〇以「出入无疾、朋來无咎」 24/29/23
〇以「畜牝牛吉」也 30/36/20
〇以「亨利貞、取女吉」也 31/37/23
〇以「康侯」用「錫馬蕃庶晝日三接」也 35/42/11
〇以「小事吉」 38/45/22
〇以大「亨」 46/54/21
「羸其瓶」、〇以凶也 48/57/2
〇以不獲其身、行其庭不見其人 52/61/23
〇以「小亨旅貞吉」也 56/66/13
〇以「小亨、利有攸往、利見大人」 57/67/16
〇以順乎天而應乎人 58/68/21
〇以「小事吉」也 62/73/6
〇以「不可大事」也 62/73/6
〇謂災眚 62/74/7
有孚失〇 64/76/15
〇故剛柔相摩 65/76/22
〇故吉凶者、失得之象也 65/77/1
〇故君子所居而安者、《易》之序也 65/77/3
〇故君子居則觀其象而玩其辭 65/77/4
〇以自天祐之 65/77/4,65/80/16,66/82/4
〇故列貴賤者存乎位 65/77/8
〇故卦有小大 65/77/9
〇故知幽明之故 65/77/11
〇故知鬼神之情狀 65/77/14
〇以大生焉 65/78/2
〇以廣生焉 65/78/3
〇故謂之象 65/78/8,65/81/4
〇故謂之爻 65/78/9,65/81/5
〇以君子愼密而不出也 65/79/4
〇故四營而成《易》 65/79/13
〇故可與酬酢 65/79/14
〇以君子將有爲也 65/79/18
〇故聖人以通天下之志 65/80/1
〇故蓍之德圓而神 65/80/2
〇以明於天之道 65/80/4
〇興神物以前民用 65/80/5
〇故闔戶謂之坤 65/80/5
〇故《易》有太極 65/80/9
〇生兩儀 65/80/9
〇故法象莫大乎天地 65/80/10
〇故天生神物 65/80/12
〇故形而上者謂之道 65/81/2
〇故夫象、聖人有以見天下之賾 65/81/3
於〇始作八卦 66/81/20
〇故《易》者、象也 66/82/14
〇故吉凶生而悔吝著也 66/82/15
〇以出而有獲 66/83/4
〇故君子安而不忘危 66/83/10
〇以身安而國家可保也 66/83/10
〇故《履》、德之基也 66/84/4
辯〇與非 66/84/16
〇故其辭危 66/84/24
〇故變化云爲 66/85/2
〇故愛惡相攻而吉凶生 66/85/5
〇以立天之道曰陰與陽 67/85/14
〇故《易》逆數也 67/85/19

室 shì 4

「夫妻反目」、不能正〇也 9/13/3
君子居其〇 65/78/12
居其〇 65/78/12
後世聖人易之以宮〇 66/82/9

弒 shì 2

臣〇其君 2/5/2
子〇其父 2/5/3

視 shì 6

眇能〇 10/14/5,54/64/7
「眇能〇」、不足以有明也 10/14/7
〇履考祥 10/14/18
虎〇眈眈 27/33/22
〇矍矍 51/61/13

勢 shì 1

地〇坤 2/4/1

筮 shì 5

初○告 4/6/21
「初○告」、以剛中也 4/6/25
原○元 8/11/9
〔「《比》、「吉」〕、原○元、永貞无咎」 8/11/11
以卜○者尙其占 65/79/18

試 shì 2

「或躍在淵」、自○也 1/2/27
「无妄」之「藥」、不可○也 25/31/21

飾 shì 2

《賁》者、○也 68/88/6
致○然後亨則盡矣 68/88/6

適 shì 1

唯變所○ 66/84/13

噬 shì 14

《○嗑》亨 21/26/11
頤中有物曰《○嗑》 21/26/13
《○嗑》而「亨」 21/26/13
雷電《○嗑》 21/26/16
○膚滅鼻 21/26/22
「○膚滅鼻」、乘剛也 21/26/24
○腊肉遇毒 21/26/26
○乾胏 21/26/30
○乾肉 21/27/3
厥宗○膚 38/46/11
「厥宗○膚」、「往」有慶也 38/46/13
蓋取諸《○嗑》 66/82/3
故受之以《○嗑》 68/88/5
《○嗑》、食也 69/89/11

收 shōu 1

井○勿幕 48/57/26

手 shǒu 1

艮爲○ 67/86/13

守 shǒu 4

王公設險以○其國 29/35/14
〔不喪匕鬯〕、出可以○宗廟社稷 51/60/16
何以○位曰仁 66/81/16
失其○者其辭屈 66/85/7

首 shǒu 13

見群龍无○ 1/1/17
○出庶物 1/1/20
「用九」、天德不可爲○也 1/1/25
比之无○ 8/12/10
「比之无○」、无所終也 8/12/12
有嘉折○ 30/37/15
得其大○ 36/43/28
濡其○ 63/75/11,64/76/15
「濡其○、厲」、何可久也 63/75/13
「飲酒濡○」、亦不知節也 64/76/17
乾爲○ 67/86/13
爲下○ 67/87/6

受 shòu 72

以訟○服、亦不足敬也 6/10/3
君子以虛○人 31/37/29
「裕无咎」、未○命也 35/42/18
○茲介福于其王母 35/42/20
「○茲介福」、以中正也 35/42/22
「利用祭祀」、○福也 47/56/17
並○其福 48/57/14
求「王明」、「○福」也 48/57/16
不如西鄰之禴祭實○其福 63/75/7
「實○其福」、吉大來也 63/75/9
其○命也如嚮 65/79/19
故○之以《屯》 68/87/20
故○之以《蒙》 68/87/21
故○之以《需》 68/87/22
故○之以《訟》 68/87/22
故○之以《師》 68/87/23
故○之以《比》 68/87/23
故○之以《小畜》 68/87/24
故○之以《履》 68/87/24
故○之以《泰》 68/87/25
故○之以《否》 68/88/1
故○之以《同人》 68/88/1
故○之以《大有》 68/88/2
故○之以《謙》 68/88/2
故○之以《豫》 68/88/3
故○之以《隨》 68/88/3
故○之以《蠱》 68/88/3
故○之以《臨》 68/88/4
故○之以《觀》 68/88/5
故○之以《噬嗑》 68/88/5
故○之以《賁》 68/88/6
故○之以《剝》 68/88/6
故○之以《復》 68/88/7
故○之以《无妄》 68/88/7
故○之以《大畜》 68/88/8
故○之以《頤》 68/88/9
故○之以《大過》 68/88/9
故○之以《坎》 68/88/10
故○之以《離》 68/88/10
故○之以《恆》 68/88/15
故○之以《遯》 68/88/15
故○之以《大壯》 68/88/16
故○之以《晉》 68/88/16
故○之以《明夷》 68/88/17
故○之以《家人》 68/88/18
故○之以《睽》 68/88/18
故○之以《蹇》 68/88/19
故○之以《解》 68/88/19
故○之以《損》 68/88/20
故○之以《益》 68/88/20
故○之以《夬》 68/88/21
故○之以《姤》 68/88/21
故○之以《萃》 68/88/22
故○之以《升》 68/88/22
故○之以《困》 68/88/23
故○之以《井》 68/88/23
故○之以《革》 68/88/24
故○之以《鼎》 68/88/24
故○之以《震》 68/88/25
故○之以《艮》 68/88/25

故○之以《漸》 68/88/26
故○之以《歸妹》 68/88/26
故○之以《豐》 68/88/27
故○之以《旅》 68/88/28
故○之以《巽》 68/88/28
故○之以《兌》 68/89/1
故○之以《渙》 68/89/1
故○之以《節》 68/89/2
故○之以《中孚》 68/89/2
故○之以《小過》 68/89/3
故○之以《既濟》 68/89/3
故○之以《未濟》 68/89/3

狩 shòu 2

明夷于南○ 36/43/28
「南○」之志、乃（得大）〔大得〕也 36/44/1

獸 shòu 1

觀鳥○之文與地之宜 66/81/19

殊 shū 1

天下同歸而○塗 66/82/17

書 shū 6

洛出○ 65/80/14
○不盡言 65/80/19
後世聖人易之以○契 66/82/12
《易》之爲○也不可遠 66/84/12
《易》之爲○也 66/84/14
66/84/21

樞 shū 2

言行、君子之○機 65/78/14
○機之發、榮辱之主也 65/78/14

孰 shú 4

其○能與於此 65/79/20,65/79/21
65/79/22
其○能與此哉 65/80/4

暑 shǔ 4

一寒一○ 65/76/23
寒往則○來 66/82/18
○往則寒來 66/82/19
寒○相推而歲成焉 66/82/19

鼠 shǔ 3

晉如鼫○ 35/42/28
「鼫○貞厲」、位不當也 35/43/1
爲○ 67/87/12

屬 shǔ 1

爲黔喙之○ 67/87/12

束 shù 1

○帛戔戔 22/28/7

庶 shù 5

首出○物 1/1/20
君子以明○政 22/27/19
《晉》康侯用錫馬蕃○ 35/42/9
是以「康侯」用「錫馬蕃○晝日三接」也 35/42/11
其殆○幾乎 66/83/16

術 shù 1

愼斯○也以往 65/78/19

數 shù 15

君子以制○度 60/70/30
極○知來之謂占 65/77/21
大衍之○五十 65/79/9
天○五 65/79/10
地○五 65/79/10
天○二十有五 65/79/11
地○三十 65/79/11
凡天地之○五十有五 65/79/11
當萬物之○也 65/79/13
錯綜其○ 65/79/20
極其○ 65/79/20
喪期无○ 66/82/11
參天兩地而倚○ 67/85/11
○往者順 67/85/18
是故《易》逆○也 67/85/19

樹 shù 1

不封不○ 66/82/11

衰 shuāi 2

其○世之意邪 66/83/24
《損》《益》、盛○之始也 69/89/9

帥 shuài 2

長子○師 7/10/30
「長子○師」、以中行也 7/11/1

率 shuài 1

初○其辭而揆其方 66/84/14

霜 shuāng 3

履○、堅冰至 2/4/3
「履○堅冰」、陰始凝也 2/4/5
《易》曰、「履○、堅冰至」 2/5/5

誰 shuí 3

又○「咎」也 13/17/19
又○咎也 40/48/13
「不節」之「嗟」、又○「咎」也 60/71/11

水 shuǐ 21

○流濕 1/2/20
天與○違行 6/9/9
地中有○ 7/10/12
地上有○ 8/11/15
○流而不盈 29/35/13
○洊至 29/35/17
山上有○ 39/46/28

澤无○ 47/55/28
巽乎○而上○ 48/57/1
木上有○ 48/57/4
《革》、○火相息 49/58/7
風行○上 59/69/28
澤上有○ 60/70/30
○在火上 63/74/18
火在○上 64/75/22
○火不相射 67/85/18
坎者、○也 67/85/26
潤萬物者莫潤乎○ 67/86/5
故○火相逮 67/86/6
坎爲○ 67/87/5

舜 shùn 2

黃帝、堯、○氏作 66/82/3
黃帝、堯、○垂衣裳而天下治 66/82/5

順 shùn 51

乃○承天 2/3/24
柔○「利貞」 2/3/25
「後」○「得」常 2/3/26
坤道其○乎 2/5/2
蓋言○也 2/5/5
「勿用取女」、行不○也 4/7/11
「童蒙」之吉、○以巽也 4/7/19
上下○也 4/7/23
「需于血」、○以聽也 5/8/18
行險而○ 7/10/9
下○從也 8/11/11
舍逆取○、「失前禽」也 8/12/7
內健而外○ 11/14/27
○天休命 14/18/18
○以動 16/20/25
《豫》○以動 16/20/25
天地以○動 16/20/26
聖人以○動 16/20/26
說而○ 19/24/9
「咸臨吉无不利」、未○命也 19/24/20
○而巽 20/25/11
○而止之 23/28/19
剛反動而以○行 24/29/23
「居貞」之「吉」、○以從上也 27/33/28
雖「凶居吉」、○不害也 31/38/7
○而麗乎大明 35/42/11
內文明而外柔○ 36/43/15
「六二」之「吉」、○以則也 36/43/26
「六二」之「吉」、○以巽也 37/44/31
「富家大吉」、○在位也 37/45/7
○以說 45/53/17
「用大牲吉、利有攸往」、○天命也 45/53/18
巽而○ 46/54/21
君子以○德 46/54/24
「王用亨于岐山」、○事也 46/55/11
○乎天而應乎人 49/58/9
「小人革面」、○以從君也 49/59/5
「利用禦寇」、○相保也 53/63/9
「或得其桷」、○以巽也 53/63/14
柔得中乎外而○乎剛 56/66/13
柔皆○乎剛 57/67/16
是以○乎天而應乎人 58/68/21
「初六」之「吉」、○也 59/70/1
「飛鳥遺之音、不宜上、宜下、大吉」、上逆而下○也 62/73/7
天之所助者、○也 65/80/16
履信思乎○ 65/80/16
夫坤、天下之至○也 66/85/1
和○於道德而理於義 67/85/12
將以○性命之理 67/85/14
數往者○ 67/85/18
坤、○也 67/86/8

說 shuō 40

用○桎梏 4/7/1
輿○輻 9/13/1
○而應乎乾 10/13/21
動而○ 17/22/1
○而順 19/24/9
輿○輹 26/32/9
「輿○輹」、中无尤也 26/32/11
巽而○ 28/34/10
止而○ 31/37/23
「咸其輔頰舌」、滕口○也 31/38/23
莫之勝、○ 33/40/14
○而麗乎明 38/45/21
後○之弧 38/46/15
民○无疆 42/50/5
健而○ 43/51/9
順以○ 45/53/17
險以○ 47/55/25
乃徐有○ 47/56/15
「乃徐有○」、以中直也 47/56/17
文明以○ 49/58/8
○以動 54/63/29
《兌》、○也 58/68/21
○以「利貞」 58/68/21
○以先民 58/68/21
○以犯難 58/68/22
○之大 58/68/22
○以行險 60/70/27
○而巽 61/71/29
故知死生之○ 65/77/12
能○諸心 66/85/2
兌以○之 67/85/21
○言乎兌 67/85/22,67/85/26
萬物之所○也 67/85/25
○萬物者莫○乎澤 67/86/5
兌、○也 67/86/9
入而後○之 68/88/28
《兌》者、○也 68/89/1
○而後散之 68/89/1

思 sī 13

君子以教○无窮 19/24/12
朋從爾○ 31/38/13,66/82/17
君子以○不出其位 52/61/25
匪夷所○ 59/70/11
君子以○患而豫防之 63/74/18
盜○奪之矣 65/79/6
盜○伐之矣 65/79/6
《易》无○也 65/79/21
履信○乎順 65/80/16
天下何○何慮 66/82/17,66/82/18
則○過半矣 66/84/17

斯 sī 4

朋至○孚 40/48/15
旅瑣瑣○ 56/66/18
愼○術也以往 65/78/19
如○而已者也 65/80/1

死 sǐ 7

恆不○ 16/21/17
「恆不○」、中未亡也 16/21/19
○如 30/37/7
民忘其○ 58/68/22
君子以議獄緩○ 61/72/3
故知○生之說 65/77/12
○期將至 66/83/2

巳 sì 4

《革》○日乃孚 49/58/5
○日乃孚 49/58/7
○日乃革之 49/58/17
「○日革之」、行有嘉也 49/58/19

四 sì 96

九○ 1/1/11,6/9/23,10/14/10,12/16/23,13/17/29,14/19/5,16/21/13,17/22/18,21/26/30,25/31/15,28/34/26,30/37/7,31/38/13,32/39/19,33/40/22,34/41/24,35/42/28,38/46/7,40/48/15,43/51/27,44/53/1,45/54/5,47/56/11,49/58/25,50/59/28,51/61/5,54/64/15,55/65/23,56/66/30,58/69/9,62/73/23,64/76/7
君子行此○德者 1/2/2
九○曰、「或躍在淵、无咎 1/2/17
九○重剛而不中 1/3/12
與○時合其序 1/3/14
六○ 2/4/15,3/6/7,4/7/13,5/8/16,7/10/26,8/12/1,9/13/5,11/15/13,15/20/9,18/23/22,19/24/26,20/25/28,22/28/3,23/29/7,24/30/11,26/32/17,27/33/22,29/36/3,36/44/3,37/45/5,39/47/11,41/49/19,42/50/23,46/55/9,48/57/18,52/62/9,53/63/12,57/68/5,59/70/11,60/71/13,61/72/17,63/75/3
美在其中而暢於○支 2/5/9
故日月不過而○時不忒 16/20/26
觀天之神道而○時不忒 20/25/12
「六○」、當位疑也 22/28/5
「六○元吉」、有喜也 26/32/19
大人以繼明照于○方 30/36/22
○時變化而能久成 32/39/2
「初登于天」、照○國也 36/44/13
后以施命誥○方 44/52/16
天地革而○時成 49/58/8
「九○」之「喜」、有慶也 58/69/11
天地節而○時成 60/70/28
變通配○時 65/78/3
其用○十有九 65/79/9
揲之以○以象○時 65/79/9
《坤》之策百○十有○ 65/79/12
是故○營而成《易》 65/79/13
《易》有聖人之道○焉 65/79/17
「《易》有聖人之道○焉」者 65/79/24
地○ 65/79/26
兩儀生○象 65/80/9
○象生八卦 65/80/9
變通莫大乎○時 65/80/10
《易》有○象 65/80/14
二與○同功而異位 66/84/19
○多懼 66/84/19

寺 sì 1

爲閽○ 67/87/12

似 sì 1

與天地相○ 65/77/14

祀 sì 3

利用享○ 47/56/3
利用祭○ 47/56/15
「利用祭○」、受福也 47/56/17

俟 sì 1

不○終日 66/83/14

耜 sì 1

斲木爲○ 66/82/1

肆 sì 1

其事○而隱 66/84/1

訟 sòng 18

《○》有孚窒 6/9/3
《○》 6/9/5,6/9/9
○ 6/9/5
《○》、「有孚、窒、惕、中吉」 6/9/5
「終凶」、○不可成也 6/9/6
「不永所事」、○不可長也 6/9/13
不克○ 6/9/15,6/9/23
「不克○」、「歸逋」竄也 6/9/17
自下○上 6/9/17
○元吉 6/9/27
「○元吉」、以中正也 6/9/29
以○受服、亦不足敬也 6/10/3
飲食必有○ 68/87/22
故受之以《○》 68/87/22
○必有衆起 68/87/23
《○》、不親也 69/89/18

蘇 sū 4

震○○ 51/61/1
「震○○」、位不當也 51/61/3

俗 sú 1

君子以居賢德善〇 53/62/28

夙 sù 2

〇吉 40/47/25
「有攸往〇吉」、往有功也 40/47/28

素 sù 3

〇履往 10/13/26
「〇履」之「往」、獨行願也 10/13/28
「飲食衎衎」、不〇飽也 53/63/5

速 sù 4

有不〇之客三人來 5/8/24
「不〇之客來、敬之終吉」〔也〕 5/8/26
故不疾而〇 65/79/24
《咸》、〇也 69/89/13

愬 sù 4

履虎尾〇〇 10/14/10
「〇〇終吉」、志行也 10/14/12

餗 sù 3

覆公〇 50/59/28,66/83/12
「覆公〇」、信如何也 50/60/1

雖 suī 14

〇危无咎矣 1/2/15
〇危「无咎」矣 1/3/12
陰〇有美「含」之以從王事 2/5/7
〇「磐桓」 3/5/24
〇「小有言」、以（「終吉」）〔「吉」「終」〕也 5/8/9
〇不當位 5/8/26,21/26/14 47/56/13
〇「小有言」、其辯明也 6/9/13
〇「凶居吉」、順不害也 31/38/7
〇「凶」「无咎」、畏鄰戒也 51/61/16
〇旬无咎 55/65/11
「〇旬无咎」、過旬災也 55/65/13
〇不當位、剛柔應也 64/75/20

隨 suí 19

《〇》元亨 17/21/27
《〇》 17/22/1,17/22/1,17/22/4
大「亨、貞、无咎」而天下〇（時）〔之〕 17/22/1
〇（時之）〔之時〕義大矣哉 17/22/2
〇有求、得 17/22/14
〇有獲 17/22/18
「〇有獲」、其義「凶」也 17/22/20
執其〇 31/38/9
志在「〇」人、所「執」下也 31/38/11
不拯其〇 52/62/1
「不拯其〇」、未退聽也 52/62/3
〇風 57/67/19
蓋取諸《〇》 66/82/7
豫必有〇 68/88/3
故受之以《〇》 68/88/3
以喜〇人者必有事 68/88/3
《〇》、无故也 69/89/12

歲 suì 9

三〇不興 13/17/25
「三〇不興」、安行也 13/17/27
三〇不得 29/36/11
「上六」失道、「凶」「三〇」也 29/36/13
三〇不覿 47/55/30,55/66/5
婦三〇不孕 53/63/16
五〇再閏 65/79/10
寒暑相推而〇成焉 66/82/19

遂 suì 10

不能〇 34/42/3
「不能退、不能〇」、不詳也 34/42/5
无攸〇 37/44/29
君子以致命〇志 47/55/28
震〇泥 51/61/5
「震〇泥」、未光也 51/61/7
〇知來物 65/79/19
〇成天下之文 65/79/20
〇定天下之象 65/79/21
感而〇通天下之故 65/79/22

隼 sǔn 4

公用射〇于高墉之上 40/48/23 66/83/3
「公用射〇」、以解悖也 40/48/25
〇者、禽也 66/83/3

損 sǔn 22

《〇》有孚 41/48/29
《〇》、〇下益上 41/49/1
〇而「有孚」 41/49/1
〇剛益柔有時 41/49/2
〇益盈虛 41/49/2
《〇》 41/49/5
酌〇之 41/49/7
弗〇 41/49/11,41/49/27
三人行則〇一人 41/49/15 66/83/18
〇其疾 41/49/19,41/49/21
弗〇、益之 41/49/29
《益》、〇上益下 42/50/5
《〇》、德之脩也 66/84/5
《〇》、先難而後易 66/84/8
《〇》以遠害 66/84/10
故受之以《〇》 68/88/20
〇而不已必益 68/88/20
《〇》《益》、盛衰之始也 69/89/9

所 suǒ 64

〇以進德也 1/2/13
〇以居業也 1/2/13
不言〇利 1/3/5

其○由來者漸矣　2/5/3
則不疑其○行也　2/5/6
不永○事　6/9/11
「不永○事」、訟不可長也　6/9/13
「比之无首」、无○終也　8/12/12
「君子征凶」、有○疑也　9/13/15
「君子得輿」、民○載也　23/29/17
「觀頤」、觀其○養也　27/33/5
「突如其來如」、无○容也　30/37/9
觀其○感而天地萬物之情可見矣　31/37/24
志在「隨」人、○「執」下也　31/38/11
觀其○恆而天地萬物之情可見矣　32/39/2
「不恆其德」、无○容也　32/39/17
「肥遯无不利」、无○疑也　33/41/1
无○往　40/47/25
「告自邑不利即戎」、○尙乃窮也　43/51/10
觀其○聚而天地萬物之情可見矣　45/53/18
「升虛邑」、无○疑也　46/55/7
困而不失其○　47/55/25
「鼎有實」、愼○之也　50/59/22
止其○也　52/61/23
「終莫之勝吉」、得○願也　53/63/18
○歸妹也　54/63/29
其○取災　56/66/18
匪夷○思　59/70/11
「終日戒」、有○疑也　63/75/5
是故君子○居而安者、《易》之序也　65/77/3
○樂而玩者、爻之辭也　65/77/3
辭也者、各指其○之　65/77/10
夫《易》、聖人○以崇德而廣業也　65/78/4
言行、君子之○以動天地也　65/78/14
其无○失矣　65/78/19
亂之○生也　65/79/3
此○以成變化而行鬼神也　65/79/11
其知神之○爲乎　65/79/17
夫《易》、聖人之○以極深而研幾也　65/79/22
○以示也　65/80/14
○以告也　65/80/14
○以斷也　65/80/15
天之○助者、順也　65/80/16
人之○助者、信也　65/80/16
各得其○　66/82/3
非○困而困焉　66/83/1
非○據而據焉　66/83/2
《井》、居其○而遷　66/84/8
唯變○適　66/84/13
萬物之○說也　67/85/25
萬物之○歸也　67/86/1
萬物之○成終而○成始也　67/86/1
衆必有○比　68/87/23
比必有○畜　68/87/24
可觀而後有○合　68/88/5
陷必有○麗　68/88/10
有上下然後禮義有○錯　68/88/14
物不可以久居其○　68/88/15
進必有○傷　68/88/17
緩必有○失　68/88/20
進必有○歸　68/88/26
得其○歸者必大　68/88/27
旅而无○容　68/88/28

索 suǒ　11

震○○　51/61/13
「震○○」、中未得也　51/61/16
探賾○隱　65/80/11
震一○而得男　67/86/15
巽一○而得女　67/86/15
坎再○而得男　67/86/16
離再○而得女　67/86/16
艮三○而得男　67/86/16
兌三○而得女　67/86/17

瑣 suǒ　4

旅○○斯　56/66/18
「旅○○」、志窮「災」也　56/66/20

太 tài　1

是故《易》有○極　65/80/9

泰 tài　7

《○》小往大來　11/14/24
《○》、小往大來、吉、亨　11/14/26
《○》　11/14/29
履而○然後安　68/87/25
故受之以《○》　68/87/25
《○》者、通也　68/87/25
《否》《○》、反其類也　69/89/15

探 tān　1

○賾索隱　65/80/11

坦 tǎn　2

履道○○　10/14/1

湯 tāng　1

○武革命　49/58/9

咷 táo　3

同人先號○而後笑　13/18/3
　65/78/15
旅人先笑後號○　56/67/7

忒 tè　2

故日月不過而四時不○　16/20/26
觀天之神道而四時不○　20/25/12

滕 téng　1

「咸其輔頰舌」、○口說也　31/38/23

稊 tí　1

枯楊生○　28/34/18

蹄 tí 1

爲薄○ 67/87/6

體 tǐ 5

君子○仁足以長人 1/2/1
正位居○ 2/5/9
故神无方而易无○ 65/77/16
而剛柔有○ 66/83/23
以○天地之撰 66/83/24

涕 tì 3

出○沱若 30/37/11
齎咨○洟 45/54/13
「齎咨○洟」、未安上也 45/54/15

逖 tì 1

去○出 59/70/19

惕 tì 9

夕○若厲 1/1/9
九三曰、「君子終日乾乾、夕○若、厲、（无）〔无〕咎」 1/2/12
故乾乾因其時而○ 1/2/14
故「乾乾」因其時而「○」 1/3/12
○ 6/9/3
《訟》、「有孚、窒、○、中吉」 6/9/5
有孚血去○出 9/13/5
「有孚○出」、上合志也 9/13/7
○號 43/51/19

天 tiān 214

飛龍在○ 1/1/13,1/3/1
乃統○ 1/1/19
時乘六龍以御○ 1/1/20
○行健 1/1/23
「飛龍在○」、「大人」造也 1/1/24
「用九」、○德不可爲首也 1/1/25
九五曰、「飛龍在○、利見大人」 1/2/20
本乎○者親上 1/2/21
「飛龍在○」、上治也 1/2/28
乾元「用九」、○下治也 1/2/28
○下文明 1/2/31
乃位乎○德 1/3/1
乃見○則 1/3/2
乾始能以美利利○下 1/3/4
「時乘六龍」、以「御○」也 1/3/7
「雲行雨施」、○下平也 1/3/8
上不在○ 1/3/12,1/3/13
夫「大人」者、與○地合其德 1/3/14
先○而○弗違 1/3/15
後○而奉○時 1/3/15
○且弗違 1/3/15
乃順承○ 2/3/24
承○而時行 2/5/2
○地變化 2/5/8,65/80/13
○地閉 2/5/8
夫「玄黃」者、○地之雜也 2/5/11
○玄而地黃 2/5/11
○造草昧 3/5/17
位乎○位以正中也 5/7/30
雲上於○ 5/8/1
○與水違行 6/9/9
以此毒○下而民從之 7/10/10
「在師中吉」、承○寵也 7/10/20
風行○上 9/12/21
上○下澤 10/13/24
則是○地交而萬物通也 11/14/26
○地交 11/14/29
后以財成○地之道 11/14/29
輔相○地之宜 11/14/29
「无往不復」、○地際也 11/15/11
則是○地不交而萬物不通也 12/16/5
上下不交而○下无邦也 12/16/6
○地不交 12/16/9
唯君子爲能通○下之志 13/17/12
○與火、《同人》 13/17/15
應乎○而時行 14/18/15
火在○上 14/18/18
順○休命 14/18/18
公用亨于○子 14/19/1
「公用亨于○子」、「小人」害也 14/19/3
自○祐之 14/19/13,65/80/15
《大有》上「吉」、「自○祐」也 14/19/15
○道下濟而光明 15/19/21
○道虧盈而益謙 15/19/21
故○地如之 16/20/25
○地以順動 16/20/26
大「亨、貞、无咎」而○下隨（時）〔之〕 17/22/1
而○下治也 18/23/5
○行也 18/23/6,23/28/20,24/29/24
大「亨」以正、○之道也 19/24/9
中正以觀○下 20/25/11
觀○之神道而四時不忒 20/25/12
聖人以神道設教而○下服矣 20/25/12
〔剛柔交錯〕、○文也 22/27/16
觀乎○文以察時變 22/27/16
觀乎人文以化成○下 22/27/16
《復》、其見○地之心乎 24/29/24
○之命也 25/30/29
○命不祐 25/30/29
○下雷行 25/31/1
「利涉大川」、應乎○也 26/32/1
○在山中 26/32/3
何○之衢 26/32/25
「何○之衢」、道大行也 26/32/27
○地養萬物 27/33/6
○險、不可升也 29/35/14
日月麗乎○ 30/36/19
乃化成○下 30/36/19
○地感而萬物化生 31/37/24
聖人感人心而○下和平 31/37/24
觀其所感而○地萬物之情可見矣 31/37/24
○地之道恆久而不已也 32/39/1
日月得○而能久照 32/39/2
聖人久於其道而○下化成 32/39/2

觀其所恆而○地萬物之情可見矣 32/39/2
○下有山 33/40/8
正大而○地之情可見矣 34/41/8
雷在○上 34/41/10
初登于○ 36/44/11
「初登于○」、照四國也 36/44/13
○地之大義也 37/44/19
正家而○下定矣 37/44/20
○地睽而其事同也 38/45/22
其人○且劓 38/46/3
○地解而雷雨作 40/47/28
○施地生 42/50/6
澤上於○ 43/51/13
○地相遇 44/52/13
○下大行也 44/52/14
○下有風 44/52/16
有隕自○ 44/53/5
「有隕自○」、志不舍命也 44/53/7
「用大牲吉、利有攸往」、順○命也 45/53/18
觀其所聚而○地萬物之情可見矣 45/53/18
○地革而四時成 49/58/8
順乎○而應乎人 49/58/9
《歸妹》、○地之大義也 54/63/28
○地不交而萬物不興 54/63/28
「勿憂宜日中」、宜照○下也 55/65/5
○地盈虛 55/65/6
「豐其屋」、○際翔也 55/66/7
是以順乎○而應乎人 58/68/21
○地節而四時成 60/70/28
中孚以「利貞」、乃應乎○也 61/72/1
翰音登于○ 61/72/25
「翰音登于○」、何可長也 61/72/27
○尊地卑 65/76/21
在○成象 65/76/22
易簡而○下之理得矣 65/76/26
○下之理得 65/76/26
是以自○祐之 65/77/4,65/80/16,66/82/4
《易》與○地準 65/77/10
故能彌綸○地之道 65/77/10
仰以觀於○文 65/77/11
與○地相似 65/77/14
而道濟○下 65/77/15
樂○知命 65/77/15
範圍○地之化而不過 65/77/16
以言乎○地之間則備矣 65/78/2
廣大配○地 65/78/3
崇效○ 65/78/5
○地設位 65/78/5,66/85/3
聖人有以見○下之賾 65/78/8
聖人有以見○下之動 65/78/8,65/81/4
言○下之至賾而不可惡也 65/78/10
言○下之至動而不可亂也 65/78/10
言行、君子之所以動○地也 65/78/14
○數五 65/79/10
○數二十有五 65/79/11
凡○地之數五十有五 65/79/11
○下之能事畢矣 65/79/14
非○下之至精 65/79/19
遂成○下之文 65/79/20
遂定○下之象 65/79/21
非○下之至變 65/79/21
感而遂通○下之故 65/79/22
非○下之至神 65/79/22
故能通○下之志 65/79/23
故能成○下之務 65/79/23
○一 65/79/26
○三 65/79/26
○五 65/79/26
○七 65/79/26
○九 65/79/26
冒○下之道 65/80/1
是故聖人以通○下之志 65/80/1
以定○下之業 65/80/2
以斷○下之疑 65/80/2
是以明於○之道 65/80/4
是故法象莫大乎○地 65/80/10
以爲○下利 65/80/11
以定○下之吉凶 65/80/12
成○下之亹亹者 65/80/12,66/85/2
是故○生神物 65/80/12
○垂象 65/80/13
○之所助者、順也 65/80/16
舉而錯之○下之民謂之事業 65/81/3
是故夫象、聖人有以見○下之賾 65/81/3
極○下之賾者存乎卦 65/81/5
鼓○下之動者存乎辭 65/81/6
○地之道 66/81/13
○下之動、貞夫一者也 66/81/14
○地之大德曰生 66/81/16
古者包犧氏之王○下也 66/81/19
仰則觀象於○ 66/81/19
以教○下 66/82/2
致○下之民 66/82/2
聚○下之貨 66/82/2
黃帝、堯、舜垂衣裳而○下治 66/82/5
致遠以利○下 66/82/6
以利○下 66/82/7
以威○下 66/82/9
爻也者、效○下之動者也 66/82/14
○下何思何慮 66/82/17,66/82/18
○下同歸而殊塗 66/82/17
○地絪縕 66/83/17
以體○地之撰 66/83/24
有○道焉 66/84/21
夫乾、○下之至健也 66/85/1
夫坤、○下之至順也 66/85/1
定○下之吉凶 66/85/2
參○兩地而倚數 67/85/11
是以立○之道曰陰與陽 67/85/14
○地定位 67/85/18
聖人南面而聽○下 67/85/24
乾、○也 67/86/15
乾爲○ 67/86/19
有○地 68/87/20
盈○地之間者唯萬物 68/87/20
有○地然後有萬物 68/88/13

田 tián 14

見龍在○ 1/1/7,1/2/31
「見龍在○」、德施普也 1/1/23
九二曰、「見龍在○、

利見大人」 1/2/8
《易》曰、『見龍在○
、利見大人』 1/2/9
「見龍在○」、時舍也 1/2/27
《易》曰、「見龍在○
、利見大人」 1/3/11
下不在○ 1/3/12,1/3/13
○有禽 7/10/30
○无禽 32/39/19
○獲三狐 40/48/7
○獲三品 57/68/5
「○獲三品」、有功也 57/68/7

佃 tián 1

以○以漁 66/82/1

聽 tīng 3

「需于血」、順以○也 5/8/18
「不拯其隨」、未退○也 52/62/3
聖人南面而○天下 67/85/24

庭 tíng 10

獲明夷之心于出門○ 36/44/3
《夬》揚于王○ 43/51/7
「揚于王○」、柔乘五
剛也 43/51/9
行其○ 52/61/20
是以不獲其身、行其○
不見其人 52/61/23
不出戶○ 60/71/1,65/79/2
「不出戶○」、知通塞也 60/71/3
不出門○ 60/71/5
「不出門○凶」、失時
極也 60/71/7

霆 tíng 1

鼓之以雷○ 65/76/23

通 tōng 36

旁○情也 1/3/7
君子「黃」中○理 2/5/9
則是天地交而萬物○也 11/14/26
則是天地不交而萬物不
○也 12/16/5
唯君子爲能○天下之志 13/17/12
男女睽而其志○也 38/45/22
中正以○ 60/70/20
「不出戶庭」、知○塞也 60/71/3
○乎晝夜之道而知 65/77/16
○變之謂事 65/78/1
變○配四時 65/78/3
而觀其會○ 65/78/9,65/81/5
○其變 65/79/20,66/82/3
感而遂○天下之故 65/79/22
故能○天下之志 65/79/23
是故聖人以○天下之志 65/80/1
往來不窮謂之○ 65/80/6
變○莫大乎四時 65/80/10
變而○之以盡利 65/80/20
推而行之謂之○ 65/81/3
推而行之存乎○ 65/81/6
變○者、趣時者也 66/81/13
以○神明之德 66/81/20,66/83/24
變則○ 66/82/4
○則久 66/82/4
以濟不○ 66/82/6
《困》、窮而○ 66/84/8
山澤○氣 67/85/18,67/86/6
爲○ 67/87/7
《泰》者、○也 68/87/25
物不可以終○ 68/88/1
《井》○而《困》相遇
也 69/89/13

同 tóng 36

○聲相應 1/2/20
○氣相求 1/2/20
上下交而其志○也 11/14/26
〔《○人》〕○人于野 13/17/9
《○人》 13/17/11
柔得位得中而應乎乾曰
《○人》 13/17/11
《○人》曰、「○人于
野、亨、利涉大川」 13/17/11
天與火、《○人》 13/17/15
○人于門 13/17/17
出門○人 13/17/19
○人于宗 13/17/21
「○人于宗」、「吝」
道也 13/17/23
○人先號咷而後笑 13/18/3
65/78/15
「○人」之「先」以中
直也 13/18/5
○人于郊 13/18/7
「○人于郊」、志未得也 13/18/9
二女○居 38/45/21,49/58/7
其志不○行 38/45/21
天地睽而其事○也 38/45/22
君子以○而異 38/45/25
柔得位乎外而上○ 59/69/25
鼓萬物而不與聖人○憂 65/77/20
二人○心 65/78/16
○心之言 65/78/16
吉凶與民○患 65/80/3
天下○歸而殊塗 66/82/17
二與四○功而異位 66/84/19
其善不○ 66/84/19
三與五○功而異位 66/84/20
故受之以《○人》 68/88/1
與人○者 68/88/1
《○人》、親也 69/89/16

童 tóng 12

匪我求○蒙 4/6/21
○蒙〔來〕求我 4/6/21
匪我求○蒙、○蒙〔來〕
求我 4/6/25
○蒙 4/7/17
「○蒙」之吉、順以巽也 4/7/19
○觀 20/25/16
「初六○觀」、「小人」
道也 20/25/18
○牛之牿 26/32/17
得○僕貞 56/66/22,56/66/24
喪其○僕貞 56/66/26

統 tǒng 1

乃○天 1/1/19

痛 tòng 1

爲耳○ 67/87/5

突 tū 2

○如、其來如 30/37/7

「○如其來如」、无所容也 30/37/9

徒 tú 2

舍車而○ 22/27/21

「舍車而○」、義弗乘也 22/27/23

塗 tú 3

見豕負○ 38/46/15

天下同歸而殊○ 66/82/17

爲大○ 67/86/25

圖 tú 1

河出○ 65/80/13

土 tǔ 2

百穀草木麗乎○ 30/36/19

安○敦乎仁 65/77/15

彖 tuàn 69

《○》曰 1/1/19,2/3/24,3/5/17,4/6/24,5/7/29,6/9/5,7/10/9,8/11/11,9/12/18,10/13/21,11/14/26,12/16/5,13/17/11,14/18/15,15/19/21,16/20/25,17/22/1,18/23/5,19/24/9,20/25/11,21/26/13,22/27/15,23/28/19,24/29/23,25/30/28,26/31/31,27/33/5,28/34/9,29/35/13,30/36/19,31/37/23,32/38/29,33/40/5,34/41/7,35/42/11,36/43/15,37/44/19,38/45/21,39/46/24,40/47/27,41/49/1,42/50/5,43/51/9,44/52/13,45/53/17,47/55/25,48/57/1,49/58/7,50/59/11,51/60/15,52/61/22,53/62/25,54/63/28,55/65/5,56/66/13,57/67/16,58/68/21,59/69/25,60/70/27,61/71/29,62/73/5,63/74/15,64/75/19

《（○）〔象〕》曰 4/6/28

《（象）〔○〕》曰 46/54/21

○者、言乎象者也 65/77/7

○者、材也 66/82/14

知者觀其○辭 66/84/17

爻○以情言 66/85/4

推 tuī 6

剛柔相○而生變化 65/77/1

○而行之謂之通 65/81/3

○而行之存乎通 65/81/6

剛柔相○ 66/81/11

日月相○而明生焉 66/82/18

寒暑相○而歲成焉 66/82/19

隤 tuí 1

夫坤、○然示人簡矣 66/81/14

退 tuì 17

進○无恆 1/2/17

知進而不知○ 1/3/16

知進○存亡而不失其正者 1/3/16

觀我生進○ 20/25/24

「觀我生進○」、未失道也 20/25/26

不能○ 34/42/3

「不能○、不能遂」、不詳也 34/42/5

「君子有解」、「小人」○也 40/48/21

「不拯其隨」、未○聽也 52/62/3

進○ 57/67/21

「進○」、志疑也 57/67/23

變化者、進○之象也 65/77/2

○藏於密 65/80/3

交易而○ 66/82/3

爲進○ 67/87/1

《遯》者、○也 68/88/16

《遯》則○也 69/89/15

豚 tún 3

《中孚》○魚 61/71/27

「○魚吉」、信及○魚也 61/71/29

臀 tún 3

○无膚 43/51/27,44/52/26

○困于株木 47/55/30

它 tuō 5

有○吉 8/11/17

《比》之初六、「有○吉」也 8/11/19

有○、吝 28/34/26

有○不燕 61/72/5

六者非○也 66/84/22

沱 tuó 1

出涕○若 30/37/11

柝 tuò 1

重門擊○ 66/82/7

外 wài 27

義以方○ 2/5/6

「需于泥」、災在○也 5/8/14

○比之 8/12/1

「○比」於賢、以從上也 8/12/3

內陽而○陰 11/14/27

內健而○順 11/14/27

內君子而○小人 11/14/27

「拔茅征吉」、志在○也 11/15/3

內陰而○陽 12/16/6

內柔而○剛 12/16/6

內小人而○君子 12/16/6

剛自○來而爲主於內 25/30/28

「咸其拇」、志在○也 31/38/3

內文明而○柔順 36/43/15

男正位乎○ 37/44/19

「或益之」、自○來也 42/50/17

「或擊之」、自○來也 42/51/3

柔得中乎○而順乎剛 56/66/13
剛中而柔○ 58/68/21
柔得位乎○而上同 59/69/25
「渙其躬」、志在○也 59/70/9
則千里之○應之 65/78/12
則千里之○違之 65/78/13
吉凶見乎○ 66/81/15
其出入以度○內 66/84/13
傷於○者必反於家 68/88/17
《睽》、○也 69/89/14

玩 wán 3

所樂而○者、爻之辭也 65/77/3
是故君子居則觀其象而
○其辭 65/77/4
動則觀其變而○其占 65/77/4

萬 wàn 50

○物資始 1/1/19
○國咸寧 1/1/21
聖人作而○物覩 1/2/21
○物資生 2/3/24
含○物而化光 2/5/1
「王三錫命」、懷○邦也 7/10/20
先王以建○國 8/11/15
則是天地交而○物通也 11/14/26
則是天地不交而○物不
通也 12/16/5
「勞謙君子」、○民服也 15/20/7
先王以茂對時育○物 25/31/1
天地養○物 27/33/6
聖人養賢以及○民 27/33/6
天地感而○物化生 31/37/24
觀其所感而天地○物之
情可見矣 31/37/24
觀其所恆而天地○物之
情可見矣 32/39/2
○物睽而其事類也 38/45/23
觀其所聚而天地○物之
情可見矣 45/53/18
天地不交而○物不興 54/63/28
知周乎○物 65/77/14
曲成○物而不遺 65/77/16
鼓○物而不與聖人同憂 65/77/20
二篇之策○有一千五百
二十 65/79/12
當○物之數也 65/79/13
以類○物之情 66/81/20
○民以濟 66/82/8
○民以察 66/82/12
○夫之望 66/83/16
○物化醇 66/83/17
○物化生 66/83/18
○物出乎震 67/85/23
齊也者、言○物之絜齊
也 67/85/23
○物皆相見 67/85/24
○物皆致養焉 67/85/25
○物之所說也 67/85/25
○物之所歸也 67/86/1
○物之所成終而所成始也 67/86/1
神也者、妙○物而爲言
者也 67/86/4
動○物者莫疾乎雷 67/86/4
橈○物者莫疾乎風 67/86/4
燥○物者莫熯乎火 67/86/4
說○物者莫說乎澤 67/86/5
潤○物者莫潤乎水 67/86/5
終○物、始○物者、莫
盛乎艮 67/86/5
既成○物也 67/86/6
然後○物生焉 68/87/20
盈天地之間者唯○物 68/87/20
有天地然後有○物 68/88/13
有○物然後有男女 68/88/13

亡 wáng 38

知存而不知○ 1/3/16
知進退存○而不失其正者 1/3/16
朋○ 11/15/5
其○其○ 12/16/27,66/83/11
「恆不死」、中未○也 16/21/19
悔○ 31/38/13,32/39/11
34/41/24,35/42/24,35/43/3
37/44/25,38/45/27,38/46/11
49/58/5,49/58/25,52/62/13
57/68/5,57/68/9,58/69/1
59/70/3,60/71/21,64/76/7
「貞吉悔○」、未感害
也 31/38/15
「九二悔○」、能久中
也 32/39/13
「遇雨」之「吉」、群
疑○也 38/46/18
牽羊悔○ 43/51/27
元、永貞悔○ 45/54/9
其「悔」乃「○」 49/58/8
射雉一矢○ 56/67/3
馬匹○ 61/72/17
「馬匹○」、絕類上也 61/72/19
「貞吉悔○」、志行也 64/76/9
○者、保其存者也 66/83/9
存而不忘○ 66/83/10
噫亦要存○吉凶 66/84/16

王 wáng 47

或從○事 2/4/11
「或從○事」、知光大也 2/4/13
陰雖有美「含」之以從○事 2/5/7
或從○事无成 6/9/19
可以○矣 7/10/9
○三錫命 7/10/18
「○三錫命」、懷萬邦也 7/10/20
先○以建萬國 8/11/15
（玉）〔○〕用三驅 8/12/5
先○以作樂崇德 16/20/29
○用亨于西山 17/22/26
不事○侯 18/24/1
「不事○侯」、志可則也 18/24/3
先○以省方觀民設教 20/25/14
利用賓于○ 20/25/28
先○以明罰勅法 21/26/16
先○以至日閉關 24/29/27
先○以茂對時育萬物 25/31/1
○公設險以守其國 29/35/14
「六五」之「吉」、離
○公也 30/37/13
○用出征 30/37/15
「○用出征」、以正邦
也 30/37/17
受茲介福于其○母 35/42/20
文○以之 36/43/15
○假有家 37/45/9
「○假有家」、交相愛
也 37/45/11
○臣蹇蹇 39/47/3
「○臣蹇蹇」、終无尤也 39/47/5

○用享于帝 42/50/15
《夬》揚于○庭 43/51/7
「揚于○庭」、柔乘五剛也 43/51/9
○假有廟 45/53/15,59/69/23
「○假有廟」、致孝享也 45/53/17
○用亨于岐山 46/55/9
「○用亨于岐山」、順事也 46/55/11
○明 48/57/14
求「○明」、「受福」也 48/57/16
○假之 55/65/3
「○假之」、尙大也 55/65/5
「○假有廟」、○乃在中也 59/69/25
先○以享于帝 59/69/28
渙○居 59/70/15
「○居无咎」、正位也 59/70/17
古者包犧氏之○天下也 66/81/19
當文○與紂之事邪 66/84/24

罔 wǎng 4

君子用○ 34/41/20
「小人用壯、君子〔用〕○」也 34/41/22
○孚 35/42/16
作結繩而爲○罟 66/81/20

往 wǎng 109

君子有攸○ 2/3/21
勿用有攸○ 3/5/15,33/40/10
○吝 3/6/3,31/38/9
「○吝」窮也 3/6/5
○吉 3/6/7,25/31/3,35/43/3
「求」而「○」、明也 3/6/9
以○吝 4/7/1
「利涉大川」、○有功也 5/7/30
「密雲不雨」、尙○也 9/12/19
素履○ 10/13/26
「素履」之「○」、獨行願也 10/13/28
《泰》小○大來 11/14/24
《泰》、小○大來、吉、亨 11/14/26
无○不復 11/15/9
「无○不復」、天地際也 11/15/11
大○小來 12/16/3
否之匪人、不利君子貞、大○小來 12/16/5
有攸○ 14/18/24, 36/43/20,40/47/25,44/52/18
「利涉大川」、○有事也 18/23/6
○見吝 18/23/22
「裕父之蠱」、○未得也 18/23/24
小利有攸○ 22/27/13
故「小利有攸○」 22/27/15
《剝》不利有攸○ 23/28/17
「不利有攸○」、小人長也 23/28/19
利有攸○ 24/29/21,26/32/13, 28/34/7,32/38/27,41/48/29, 41/49/27,43/51/7,45/53/15, 57/67/14
「利有攸○」、剛長也 24/29/24
不利有攸○ 25/30/26
其匪正有眚、不利有攸○ 25/30/29
无妄之○何之矣 25/30/29
「无妄」之「○」、得志也 25/31/5
則利有攸○ 25/31/7
君子以多識前言○行以畜其德 26/32/3
「利有攸○」、上合志也 26/32/15
「利有攸○」乃「亨」 28/34/10
「行有尙」、○有功也 29/35/14
憧憧○來 31/38/13,66/82/17
「憧憧○來」、未光大也 31/38/15
「利有攸○」、終則有始也 32/39/1
「遯尾」之「厲」、不○何災也 33/40/12
「藩決不羸」、尙○也 34/41/26
「失得勿恤」、○有慶也 35/43/5
○何咎 38/46/11
「厥宗噬膚」、「○」有慶也 38/46/13
○遇雨 38/46/16
○得中也 39/46/25
「利見大人」、○有功也 39/46/25
○蹇來譽 39/46/30
「○蹇來譽」、宜待也 39/47/1
○蹇來反 39/47/7
「○蹇來反」、內喜之也 39/47/9
○蹇來連 39/47/11
「○蹇來連」、當位實也 39/47/13
○蹇 39/47/19
「○蹇來碩」、志在內也 39/47/21
无所○ 40/47/25
《解》「利西南」、○得衆也 40/47/27
「有攸○夙吉」、○有功也 40/47/28
元吉、无咎、可貞、利有攸○、曷之用二簋、可用享 41/49/1
已事遄○ 41/49/7,41/49/9
《益》利有攸○ 42/50/3
「利有攸○」、中正有慶 42/50/5
「利有攸○」、剛長乃終也 43/51/10
○不勝 43/51/15
「不勝」而「○」、「咎」也 43/51/17
「用大牲吉、利有攸○」、順天命也 45/53/18
○无咎 45/53/23,45/54/1
「○无咎」、上巽也 45/54/3
○來井井 48/56/26
〔○來井〕 48/57/2
震○來厲 51/61/9
「震○來厲」、危行也 51/61/11
○有功也 53/62/25
○有尙 55/65/11,60/71/17
○得疑疾 55/65/15
是以「小亨、利有攸○、利見大人」 57/67/16
○厲必戒 62/73/23
「○厲必戒」、終不可長也 62/74/1

愼斯術也以○ 65/78/19
知以藏○ 65/80/4
○來不窮謂之通 65/80/6
日○則月來 66/82/18
月○則日來 66/82/18
寒○則暑來 66/82/18
暑○則寒來 66/82/19
○者屈也 66/82/19
過此以○ 66/82/21
夫《易》、彰○而察來 66/83/25
數○者順 67/85/18

妄 wàng 15

《无○》元亨 25/30/26
《无○》 25/30/28
无○之往何之矣 25/30/29
物與《无○》 25/31/1
无○ 25/31/3,25/31/23
「无○」之「往」、得志也 25/31/5
无○之災 25/31/11
无○之疾 25/31/19
「无○」之「藥」、不可試也 25/31/21
「无○」之「行」、窮之災也 25/31/25
復則不○矣 68/88/7
故受之以《无○》 68/88/7
有无○ 68/88/8
《无○》、災也 69/89/10

忘 wàng 5

民○其勞 58/68/22
民○其死 58/68/22
是故君子安而不○危 66/83/10
存而不○亡 66/83/10
治而不○亂 66/83/10

望 wàng 4

月幾○ 9/13/13,61/72/17
月幾○、吉 54/64/19
萬夫之○ 66/83/16

危 wēi 13

雖○无咎矣 1/2/15
雖○「无咎」矣 1/3/12
「孚號有厲」、其○乃光也 43/51/10
「震往來厲」、○行也 51/61/11
「艮其限」、○「薰心」也 52/62/7
身必○ 66/83/2
既辱且○ 66/83/2
○者、安其位者也 66/83/9
是故君子安而不忘○ 66/83/10
○以動 66/83/20
其柔○ 66/84/20
是故其辭○ 66/84/24
○者使平 66/84/24

威 wēi 6

○如吉 14/19/9
「○如」之「吉」、易而无備也 14/19/11
有孚○如 37/45/13
「○如」之「吉」、反身之謂也 37/45/15
以○天下 66/82/9
不○不懲 66/83/6

微 wēi 3

幾者、動之○、吉之先見者也 66/83/14
君子知○知彰 66/83/15
而○顯、闡幽 66/83/25

為 wéi 183

「用九」、天德不可○首也 1/1/25
非○邪也 1/2/17
君子以成德○行 1/3/8
「潛」之○言也 1/3/10
「亢」之○言也 1/3/15
○其嫌於无陽也 2/5/10
不利○寇 4/7/21
武人○于大君 10/14/5
「武人○于大君」、志剛也 10/14/8
唯君子○能通天下之志 13/17/12
剛自外來而○主於內 25/30/28
中以○志也 41/49/13
利用○大作 42/50/11
利用○依遷國 42/50/23
○咎 43/51/15
若號一握○笑 45/53/23
○我心惻 48/57/14
「鞏用黃牛」、不可以有○也 49/58/15
「鼎黃耳」、中以○實也 50/60/5
以○祭主也 51/60/16
其羽可用○儀 53/63/20
「其羽可用○儀吉」、不可亂也 53/63/22
精氣○物 65/77/14
遊魂○變 65/77/14
夫茅之○物薄 65/78/19
則言語以○階 65/79/3
分而○二以象兩 65/79/9
其知神之所○乎 65/79/17
是以君子將有○也 65/79/18
无○也 65/79/21
夫《易》、何○者也 65/79/26
以○天下利 65/80/11
理財正辭、禁民○非曰義 66/81/17
作結繩而○罔罟 66/81/20
斲木○耜 66/82/1
揉木○耒 66/82/1
日中○市 66/82/2
刳木○舟 66/82/5
剡木○楫 66/82/6
斷木○杵 66/82/8
掘地○臼 66/82/8
弦木○弧 66/82/8
剡木○矢 66/82/9
小人以小善○无益而弗○也 66/83/7
以小惡○无傷而弗去也 66/83/8
《易》之○書也不可遠 66/84/12
○道也屢遷 66/84/12
不可○典要 66/84/13
《易》之○書也 66/84/14, 66/84/21

以○質也 66/84/15
柔之○道不利遠者 66/84/19
是故變化云○ 66/85/2
神也者、妙萬物而○言
者也 67/86/4
乾○馬 67/86/11
坤○牛 67/86/11
震○龍 67/86/11
巽○雞 67/86/11
坎○豕 67/86/11
離○雉 67/86/11
艮○狗 67/86/11
兌○羊 67/86/11
乾○首 67/86/13
坤○腹 67/86/13
震○足 67/86/13
巽○股 67/86/13
坎○耳 67/86/13
離○目 67/86/13
艮○手 67/86/13
兌○口 67/86/13
乾○天 67/86/19
○圜 67/86/19
○君 67/86/19
○父 67/86/19
○玉 67/86/19
○金 67/86/19
○寒 67/86/19
○冰 67/86/19
○大赤 67/86/19
○良馬 67/86/19
○老馬 67/86/19
○瘠馬 67/86/20
○駁馬 67/86/20
○木果 67/86/20
坤○地 67/86/22
○母 67/86/22
○布 67/86/22
○釜 67/86/22
○吝嗇 67/86/22
○均 67/86/22
○子母牛 67/86/22
○大輿 67/86/22
○文 67/86/22
○衆 67/86/22
○柄 67/86/23
其於地也○黑 67/86/23
震○雷 67/86/25
○龍 67/86/25
○玄黃 67/86/25
○旉 67/86/25
○大塗 67/86/25
○長子 67/86/25
○決躁 67/86/25
○蒼筤竹 67/86/25
○萑葦 67/86/25
○善鳴 67/86/26
○馵足 67/86/26
○作足 67/86/26
○的顙 67/86/26
○反生 67/86/26
其究○健 67/86/26
○蕃鮮 67/86/27
巽○木 67/87/1
○風 67/87/1
○長女 67/87/1
○繩直 67/87/1
○工 67/87/1
○白 67/87/1
○長 67/87/1
○高 67/87/1
○進退 67/87/1
○不果 67/87/1
○臭 67/87/2
○（寡）〔宣〕髮 67/87/2
○廣顙 67/87/2
○多白眼 67/87/2
○近利市三倍 67/87/2
其究○躁卦 67/87/2
坎○水 67/87/5
○溝瀆 67/87/5
○隱伏 67/87/5
○矯輮 67/87/5
○弓輪 67/87/5
○加憂 67/87/5
○心病 67/87/5
○耳痛 67/87/5
○血卦 67/87/6
○赤 67/87/6
○美脊 67/87/6
○亟心 67/87/6
○下首 67/87/6
○薄蹄 67/87/6
○曳 67/87/6
○多眚 67/87/7
○通 67/87/7
○月 67/87/7
○盜 67/87/7
○堅多心 67/87/7
離○火 67/87/9
○日 67/87/9
○電 67/87/9
○中女 67/87/9
○甲（胄）〔冑〕 67/87/9
○戈兵 67/87/9
○大腹 67/87/9
○乾卦 67/87/10
○鱉 67/87/10
○蟹 67/87/10
○蠃 67/87/10
○蚌 67/87/10
○龜 67/87/10
○科上槁 67/87/10
艮○山 67/87/12
○徑路 67/87/12
○小石 67/87/12
○門闕 67/87/12
○果蓏 67/87/12
○閽寺 67/87/12
○指 67/87/12
○狗 67/87/12
○鼠 67/87/12
○黔喙之屬 67/87/12
○堅多節 67/87/13
兌○澤 67/87/15
○少女 67/87/15
○巫 67/87/15
○口舌 67/87/15
○毀折 67/87/15
○附決 67/87/15
○剛鹵 67/87/15
○妾 67/87/15
○羊 67/87/15

惟 wéi 1

○入于林中 3/6/3

唯 wéi 10

其○聖人乎 1/3/16,1/3/17

〇君子爲能通天下之志 13/17/12
其〇君子乎 47/55/25
〇深也 65/79/23
〇幾也 65/79/23
〇神也 65/79/23
〇變所適 66/84/13
〇其時物也 66/84/15
盈天地之間者〇萬物 68/87/20

圍 wéi 1

範〇天地之化而不過 65/77/16

違 wéi 9

憂則〇之 1/2/5
先天而天弗〇 1/3/15
天且弗〇 1/3/15
天與水〇行 6/9/9
「无不利、撝謙」、不〇則也 15/20/11
弗克〇 41/49/23
十朋之龜弗克〇 42/50/15
故不〇 65/77/14
則千里之外〇之 65/78/13

維 wéi 6

〇之 17/22/26
〇心、亨 29/35/11
「〇心亨」、乃以剛中也 29/35/13
〇用伐邑 35/43/7
「〇用伐邑」、道未光也 35/43/9
君子〇有解 40/48/19

尾 wěi 11

〔《履》〕履虎〇 10/13/19
是以「履虎〇、不咥人、亨」 10/13/21
履虎〇 10/14/5
履虎〇愬愬 10/14/10
遯〇、厲 33/40/10
「遯〇」之「厲」、不往何災也 33/40/12
濡其〇 63/74/20,64/75/17
64/75/24
「濡其〇、无攸利」、不續終也 64/75/19
「濡其〇」、亦不知極也 64/75/26

僞 wěi 2

設卦以盡情〇 65/80/20
情〇相感而利害生 66/85/5

葦 wěi 1

爲萑〇 67/86/25

亹 wěi 4

成天下之〇〇者 65/80/12
66/85/2

未 wèi 63

隱而〇見 1/3/10
行而〇成 1/3/10
猶〇離其類也 2/5/10
「屯其膏」、施〇光也 3/6/13
「利用恆无咎」、〇失常也 5/8/5
〇大失也 5/8/26
「左次无咎」、〇失常也 7/10/28
「自我西郊」、施〇行也 9/12/19
「同人于郊」、志〇得也 13/18/9
「鳴謙」、志〇得也 15/20/19
「恆不死」、中〇亡也 16/21/19
「裕父之蠱」、往〇得也 18/23/24
「咸臨吉无不利」、〇順命也 19/24/20
「觀我生進退」、〇失道也 20/25/26
「觀其生」、志〇平也 20/26/7
「利艱貞吉」、〇光也 21/27/1
「剝床以辨」、〇有與也 23/29/1
「不耕穫」、〇富也 25/31/9
「求小得」、〇出中也 29/35/25
「坎不盈」、中〇大也 29/36/9
「貞吉悔亡」、〇感害也 31/38/15
「憧憧往來」、〇光大也 31/38/15
「裕无咎」、〇受命也 35/42/18
「維用伐邑」、道〇光也 35/43/9
「閑有家」、志〇變也 37/44/27
「家人嗃嗃」、〇失也 37/45/3
「遇主于巷」、〇失道也 38/46/1
「解而拇」、〇當位也 40/48/17
「中行无咎」、中〇光也 43/52/3
「其行次且」、行〇牽也 44/52/28
「引吉无咎」、中〇變也 45/53/29
「萃有位」、志〇光也 45/54/11
「齎咨涕洟」、〇安上也 45/54/15
「劓刖」、志〇得也 47/56/17
「困于葛藟」、〇當也 47/56/22
亦〇繘井 48/56/26
〔井〕汔至、亦〇繘井」、〇有功也 48/57/2
〇占有孚 49/58/29
「鼎顛趾」、〇悖也 50/59/18
「震遂泥」、〇光也 51/61/7
「震索索」、中〇得也 51/61/16
「艮其趾」、〇失正也 52/61/29
「不拯其隨」、〇退聽也 52/62/3
「利幽人之貞」、〇變常也 54/64/9
「歸妹以須」、〇當也 54/64/13
「旅于處」、〇得位也 56/67/1
「得其資斧」、「心」〇「快」也 56/67/1
「和兌」之「吉」、行〇疑也 58/68/28
商兌〇寧 58/69/9
「上六、引兌」、〇光也 58/69/19
「初九、虞吉」、志〇變也 61/72/7
《〇濟》亨 64/75/17
《〇濟》「亨」、柔得中也 64/75/19
「小狐汔濟」、〇出中也 64/75/19
《〇濟》 64/75/22
〇濟 64/76/3

「○濟征凶」、位不當也 64/76/5
○之或知也 66/82/21
有不善○嘗不知 66/83/16
知之○嘗復行也 66/83/16
故受之以《○濟》 68/89/3
《○濟》、男之窮也 69/89/20

位 wèi 82

六○時成 1/1/20
是故居上○而不驕 1/2/14
在下○而不憂 1/2/14
貴而无○ 1/2/24,65/79/2
賢人在下○而无輔 1/2/24, 65/79/2
乃○乎天德 1/3/1
正○居體 2/5/9
○乎天○以正中也 5/7/30
雖不當○ 5/8/26,21/26/14, 47/56/13
「顯比」之「吉」、○正中也 8/12/7
柔得○而上下應之 9/12/18
剛中正、履帝○而不疚 10/13/21
「咥人」之「凶」、○不當也 10/14/7
「夬履貞厲」、○正當也 10/14/16
「（包）〔苞〕羞」、○不當也 12/16/21
「大人」之「吉」、○正當也 12/17/1
柔得○得中而應乎乾曰《同人》 13/17/11
柔得尊○大中而上下應之曰《大有》 14/18/15
「盱豫有悔」、○不當也 16/21/11
「孚于嘉吉」、○正中也 17/22/24
「甘臨」、○不當也 19/24/24
「至臨无咎」、○當也 19/24/28
「遇毒」、○不當也 21/26/28
「六四」、當○疑也 22/28/5
久非其○ 32/39/21
剛當○而應 33/40/5
「喪羊于易」、○不當也 34/42/1
「鼫鼠貞厲」、○不當也 35/43/1
女正○乎內 37/44/19
男正○乎外 37/44/19
「富家大吉」、順在○也 37/45/7
「見輿曳」、○不當也 38/46/5
當○「貞吉」、以正邦也 39/46/25
「往蹇來連」、當○實也 39/47/13
「解而拇」、未當○也 40/48/17
「其行次且」、○不當也 43/51/29
「大吉无咎」、○不當也 45/54/7
萃有○ 45/54/9
「萃有○」、志未光也 45/54/11
君子以正○凝命 50/59/14
「震蘇蘇」、○不當也 51/61/3
君子以思不出其○ 52/61/25
進得○ 53/62/25
其○、剛得中也 53/62/26
「征凶」、○不當也 54/63/29
其○在中 54/64/21
「豐其蔀」、○不當也 55/65/25
「旅于處」、未得○也 56/67/1
「九五」之「吉」、○正中也 57/68/11
「來兌」之「凶」、○不當也 58/69/7
「孚于剝」、○正當也 58/69/15
柔得○乎外而上同 59/69/25
「王居无咎」、正○也 59/70/17
當○以節 60/70/28
「甘節」之「吉」、居○中也 60/71/19
「或鼓或罷」、○不當也 61/72/15
「有孚攣如」、○正當也 61/72/23
剛失○而不中 62/73/6
「弗過遇之」、○不當也 62/74/1
剛柔正而○當也 63/74/15
雖不當○、剛柔應也 64/75/20
「未濟征凶」、○不當也 64/76/5
貴賤○矣 65/76/21
而成○乎其中矣 65/76/26
是故列貴賤者存乎○ 65/77/8
天地設○ 65/78/5,66/85/3
謙也者、致恭以存其○者也 65/79/1
五○相得而各有合 65/79/10
聖人之大寶曰○ 66/81/16
何以守○曰仁 66/81/16
危者、安其○者也 66/83/9
德薄而○尊 66/83/11
二與四同功而異○ 66/84/19
三與五同功而異○ 66/84/20
故《易》六○而成章 67/85/16
天地定○ 67/85/18

畏 wèi 2

雖「凶」「无咎」、○鄰戒也 51/61/16
不○不義 66/83/5

胃 wèi 1

爲甲（○）〔冑〕 67/87/9

蔚 wèi 1

「君子豹變」、其文○也 49/59/5

謂 wèi 48

何○也 1/2/4,1/2/8,1/2/12, 1/2/17,1/2/20,1/2/24
「大君之宜」、行中之○也 19/25/1
父母之○也 37/44/20
「威如」之「吉」、反身之○也 37/45/15
是○災眚 62/74/7
一陰一陽之○道 65/77/17
仁者見之○之仁 65/77/17
知者見之○之知 65/77/17
富有之○大業 65/77/20
日新之○盛德 65/77/20
生生之○易 65/77/21
成象之○乾 65/77/21
效法之○坤 65/77/21
極數知來之○占 65/77/21
通變之○事 65/78/1
陰陽不測之○神 65/78/1

是故〇之象　65/78/8,65/81/4
是故〇之爻　65/78/9,65/81/5
此之〇也　65/79/24,66/83/7
是故闔戶〇之坤　65/80/5
闢戶〇之乾　65/80/6
一闔一闢〇之變　65/80/6
往來不窮〇之通　65/80/6
見乃〇之象　65/80/6
形乃〇之器　65/80/6
制而用之〇之法　65/80/7
民咸用之〇之神　65/80/7
是故形而上者〇之道　65/81/2
形而下者〇之器　65/81/2
化而裁之〇之變　65/81/3
推而行之〇之通　65/81/3
舉而錯之天下之民〇之
　事業　65/81/3
此之〇《易》之道也　66/84/25
故〇之長男　67/86/15
故〇之長女　67/86/16
故〇之中男　67/86/16
故〇之中女　67/86/16
故〇之少男　67/86/17
故〇之少女　67/86/17
聚而上者〇之升　68/88/22

衛 wèi　1

日閑輿〇　26/32/13

文 wén　27

《〇言》曰　1/1/28,2/5/1
天下〇明　1/2/31
「黃裳元吉」、〇在中也　2/4/21
君子以懿〇德　9/12/21
〇明以健　13/17/12
其德剛健而〇明　14/18/15
柔來而〇剛　22/27/15
分剛上而〇柔　22/27/15
〔剛柔交錯〕、天〇也　22/27/16
〇明以止　22/27/16
人〇也　22/27/16
觀乎天〇以察時變　22/27/16
觀乎人〇以化成天下　22/27/16
內〇明而外柔順　36/43/15
〇王以之　36/43/15
〇明以說　49/58/8
「大人虎變」、其〇炳也　49/59/1
「君子豹變」、其〇蔚也　49/59/5
仰以觀於天〇　65/77/11
遂成天下之〇　65/79/20
觀鳥獸之〇與地之宜　66/81/19
其辭〇　66/84/1
故曰〇　66/84/23
〇不當　66/84/23
當〇王與紂之事邪　66/84/24
爲〇　67/86/22

聞 wén　3

〇言不信　43/51/27
「〇言不信」、聰不明
　也　43/51/29
「喪牛于易」、終莫之
　〇也　56/67/9

問 wèn　4

〇以辯之　1/3/10
勿〇　42/50/27
「有孚惠心」、「勿〇」
　之矣　42/50/29
〇焉而以言　65/79/19

甕 wèng　1

〇敝漏　48/57/10

我 wǒ　24

匪〇求童蒙　4/6/21
童蒙〔來〕求〇　4/6/21
匪〇求童蒙、童蒙〔來〕
　求〇　4/6/25
自〇「致寇」、敬愼不
　敗也　5/8/14
自〇西郊　9/12/16,62/74/3
「自〇西郊」、施未行也　9/12/19
觀〇生進退　20/25/24
「觀〇生進退」、未失
　道也　20/25/26
觀〇生　20/26/1
「觀〇生」、觀民也　20/26/3
觀〇朵頤　27/33/10
「觀〇朵頤」、亦不足
　貴也　27/33/12
自〇致戎　40/48/13
有孚惠〇德　42/50/27
「惠〇德」、大得志也　42/50/29
爲〇心惻　48/57/14
〇仇有疾　50/59/20
不〇能即　50/59/20
「〇仇有疾」、終无尤
　也　50/59/22
〇心不快　56/66/30
〇有好爵　61/72/9,65/78/11

渥 wò　2

其形〇　50/59/28,66/83/12

握 wò　1

若號一〇爲笑　45/53/23

巫 wū　2

用史〇、紛若吉、无咎　57/67/25
爲〇　67/87/15

屋 wū　2

豐其〇　55/66/5
「豐其〇」、天際翔也　55/66/7

誣 wū　1

〇善之人其辭游　66/85/7

无 wú　298

〇咎　1/1/9,1/1/11,5/8/3,7/10/7,7/10/26,7/10/30,8/11/17,9/13/5,10/13/26,11/15/9,12/16/23,13/17/17,14/18/24,14/19/5,17/21/27,19/24/22,19/24/26,19/25/3,21/26/18,21/26/22,21/26/26,22/28/11,25/31/15,27/33/22,28/34/14,28/35/5,29/36/7,30/36/24

30/37/15,32/38/27,35/43/7
38/45/31,40/48/3,41/49/7
41/49/19,41/49/27,42/50/11
44/52/22,44/53/9,45/53/27
45/54/9,45/54/13,46/55/1
46/55/9,47/55/23,48/57/18
49/58/17,50/59/16,52/61/20
52/61/27,52/62/9,53/62/30
53/63/12,55/65/19,59/70/15
59/70/19,60/71/1,60/71/9
61/72/17,61/72/21,62/73/15
62/73/23,63/74/20,64/76/15
65/78/18,65/79/2,66/83/7
見群龍〇首 1/1/17
「或躍在淵」、進「〇咎」也 1/1/24
遯世〇悶 1/2/5,28/34/12
不見是而〇悶 1/2/5
九三曰、「君子終日乾乾、夕惕若、厲、（无）〔〇〕咎」 1/2/12
雖危〇咎矣 1/2/15
九四曰、「或躍在淵、〇咎 1/2/17
上下〇常 1/2/17,66/84/12
進退〇恆 1/2/17
故〇咎 1/2/18
貴而〇位 1/2/24,65/79/2
高而〇民 1/2/24,65/79/2
賢人在下位而〇輔 1/2/24
65/79/2
雖危「〇咎」矣 1/3/12
故「〇咎」 1/3/13
德合〇疆 2/3/24
行地〇疆 2/3/25
應地〇疆 2/3/27
不習〇不利 2/4/7
「不習〇不利」、地道光也 2/4/9
〇成有終 2/4/11
〇咎〇譽 2/4/15,28/35/1
「括囊〇咎」、愼不害也 2/4/17
直、方、大、不習〇不利 2/5/6
《易》曰、「括囊、〇咎〇譽」 2/5/8
爲其嫌於〇陽也 2/5/10
「即鹿〇虞」以從禽也 3/6/5
〇不利 3/6/7,15/20/9,15/20/13
19/24/18,23/29/11,28/34/18
33/40/30,35/43/3,40/48/23
50/60/7,57/68/9,66/83/3
〇攸利 4/7/9
19/24/22,25/31/23,27/33/18
32/39/7,34/42/3,45/54/1
54/63/26,54/64/23,64/75/17
「利用恆〇咎」、未失常也 5/8/5
人三百戶〇眚 6/9/15
或從王事〇成 6/9/19
吉、〇咎 7/10/18
「師或輿尸」、大〇功也 7/10/24
「左次〇咎」、未失常也 7/10/28
永貞〇咎 8/11/9
〔「《比》、「吉」〕、原筮元、永貞〇咎」
8/11/11
比之〇首 8/12/10
「比之〇首」、〇所終也 8/12/12
〇平不陂 11/15/9
〇往不復 11/15/9
「〇往不復」、天地際也 11/15/11
上下不交而天下〇邦也 12/16/6
「有命〇咎」、志行也 12/16/25
〇悔 13/18/7,24/30/15,31/38/17
34/41/28,59/70/7,64/76/11
〇交害 14/18/20
匪咎、艱則〇咎 14/18/20
〇交害也 14/18/22
「匪其彭、〇咎」、明辯晢也 14/19/7
「威如」之「吉」、易而〇備也 14/19/11
吉〇不利 14/19/13
65/77/5,65/80/15,66/82/5
「〇不利、撝謙」、不違則也 15/20/11
有渝、〇咎 16/21/21
大「亨、貞、〇咎」而天下隨（時）〔之〕 17/22/1
考〇咎 18/23/10
〇大咎 18/23/18,44/52/26
「幹父之蠱」、終「〇咎」也 18/23/20
君子以教思〇窮 19/24/12
容保民〇疆 19/24/12
「咸臨吉〇不利」、未順命也 19/24/20
「至臨〇咎」、位當也 19/24/28
小人〇咎 20/25/16
君子〇咎 20/26/1,20/26/5
貞厲〇咎 21/27/3
「貞厲〇咎」、得當也 21/27/5
〇敢折獄 22/27/19
「匪寇婚媾」、終〇尤也 22/28/5
「白賁〇咎」、上得志也 22/28/13
剝之〇咎 23/29/3
「剝之〇咎」、失上下也 23/29/5
「以宮人寵」、終〇尤也 23/29/13
出入〇疾 24/29/21
朋來〇咎 24/29/21
是以「出入〇疾、朋來〇咎」 24/29/23
〇祗悔 24/29/29
厲、〇咎 24/30/7
「頻復」之「厲」、義「〇咎」也 24/30/9
「敦復〇悔」、中以自考也 24/30/17
《〇妄》元亨 25/30/26
《〇妄》 25/30/28
〇妄之往何之矣 25/30/29
物與《〇妄》 25/31/1
〇妄 25/31/3,25/31/23
「〇妄」之「往」、得志也 25/31/5
〇妄之災 25/31/11
「可貞〇咎」、固有之也 25/31/17
〇妄之疾 25/31/19
「〇妄」之「藥」、不可試也 25/31/21
「〇妄」之「行」、窮之災也 25/31/25
「輿說輹」、中〇尤也 26/32/11
「來之坎坎」、終〇功也 29/36/1
終〇咎 29/36/3
「突如其來如」、〇所容也 30/37/9
恆亨〇咎利貞」、久於其道也 32/39/1

「不恆其德」、○所容也 32/39/17
田○禽 32/39/19
「振恆」在上、大○功也 32/39/29
「肥遯○不利」、○所疑也 33/41/1
裕○咎 35/42/16
「裕○咎」、未受命也 35/42/18
○攸遂 37/44/29
見惡人○咎 38/45/27
○初有終 38/46/3,57/68/9
「○初有終」、遇剛也 38/46/5
厲○咎 38/46/7
「交孚○咎」、志行也 38/46/9
「王臣蹇蹇」、終○尤也 39/47/5
○所往 40/47/25
義「○咎」也 40/48/5
○咎可貞 41/48/29
元吉、○咎、可貞、利有攸往、曷之用二簋、可用享 41/49/1
得臣○家 41/49/27
民說○疆 42/50/5
日進○疆 42/50/6
其益○方 42/50/6
「元吉○咎」、下不厚事也 42/50/13
用凶事○咎 42/50/19
有慍○咎 43/51/23
「君子夬夬」、終「○咎」也 43/51/25
臀○膚 43/51/27,44/52/26
中行○咎 43/52/1
「中行○咎」、中未光也 43/52/3
○號 43/52/5
「○號」之「凶」、終不可長也 43/52/7
包○魚 44/53/1
「○魚」之「凶」、遠民也 44/53/3
往○咎 45/53/23,45/54/1
「引吉○咎」、中未變也 45/53/29
「往○咎」、上巽也 45/54/3
大吉○咎 45/54/5
「大吉○咎」、位不當也 45/54/7
「升虛邑」、○所疑也 46/55/7
澤○水 47/55/28
征凶○咎 47/56/3
○喪○得 48/56/26
舊井○禽 48/57/6
「舊井○禽」、時舍也 48/57/8
「井谷射鮒」、○與也 48/57/12
「井甃○咎」、脩井也 48/57/20
「我仇有疾」、終○尤也 50/59/22
震行○眚 51/61/1
意○喪有事 51/61/9
其事在中、大「○喪」也 51/61/11
震不于其躬、于其鄰、○咎 51/61/13
雖「凶」「○咎」、畏鄰戒也 51/61/16
○咎也 52/61/23
「小子」之「厲」、義「○咎」也 53/63/1
「○攸利」、柔乘剛也 54/63/29
○實 54/64/23
○血 54/64/23
「上六」「○實」、「承」虛「筐」也 54/64/25
雖旬○咎 55/65/11
「雖旬○咎」、過旬災也 55/65/13
闃其○人 55/66/5
「闚其戶、闃其○人」、自藏也 55/66/7
終○尤也 56/66/24
用史巫、紛若吉、○咎 57/67/25
「王居○咎」、正位也 59/70/17
「曳其輪」、義「○咎」也 63/74/22
「濡其尾、○攸利」、不續終也 64/75/19
○咎者、善補過也 65/77/8
震○咎者存乎悔 65/77/9
故神○方而易○體 65/77/16
其○所失矣 65/78/19
○有遠近幽深 65/79/19
《易》○思也 65/79/21
○爲也 65/79/21
吉○不利也 65/80/17
則○以見《易》 65/81/1
喪期○數 66/82/11
小人以小善爲○益而弗爲也 66/83/7
以小惡爲○傷而弗去也 66/83/8
○（衹）〔祇〕悔 66/83/17
○交而求 66/83/20
○有師保 66/84/13
其要○咎 66/84/19,66/84/25
故受之以《○妄》 68/88/7
有○妄 68/88/8
旅而○所容 68/88/28
《○妄》、災也 69/89/10
《賁》、○色也 69/89/11
《隨》、○故也 69/89/12

吾 wú 2

○與爾靡之 61/72/9,65/78/11

無 wú 2

地道「○成」而代「有終」也 2/5/7
即鹿○虞 3/6/3

五 wǔ 86

九○ 1/1/13,3/6/11,5/8/20,6/9/27,8/12/5,9/13/9,10/14/14,12/16/27,13/18/3,17/22/22,20/26/1,25/31/19,28/35/1,29/36/7,31/38/17,33/40/26,37/45/9,39/47/15,42/50/27,43/52/1,44/53/5,45/54/9,47/56/15,48/57/22,49/58/29,53/63/16,57/68/9,58/69/13,59/70/15,60/71/17,61/72/21,63/75/7
九○曰、「飛龍在天、利見大人」 1/2/20
六○ 2/4/19,4/7/17,7/10/30,11/15/17,14/19/9,15/20/13,16/21/17,18/23/26,19/24/30,21/27/3,22/28/7,23/29/11,24/30/15,26/32/21,27/33/26,30/37/11,32/39/23

34/41/28,35/43/3,36/44/7,38/46/11,40/48/19,41/49/23,46/55/13,50/60/3,51/61/9,52/62/13,54/64/19,55/66/1,56/67/3,62/74/3,64/76/11
「六〇貞疾」、乘剛也 16/21/19
「六〇」之「吉」、有喜也 22/28/9
「六〇」之「吉」、有慶也 26/32/23,55/66/3
「六〇」之「吉」、離王公也 30/37/13
「六〇」「元吉」 41/49/25
「揚于王庭」、柔乘〇剛也 43/51/9
「九〇」「含章」、中正也 44/53/7
「九〇」之「吉」、位正中也 57/68/11
大衍之數〇十 65/79/9
〇歲再閏 65/79/10
天數〇 65/79/10
地數〇 65/79/10
〇位相得而各有合 65/79/10
天數二十有〇 65/79/11
凡天地之數〇十有〇 65/79/11
二篇之策萬有一千〇百二十 65/79/12
天〇 65/79/26
三與〇同功而異位 66/84/20
〇多功 66/84/20

伍 wǔ 1

參〇以變 65/79/20

武 wǔ 6

〇人爲于大君 10/14/5
「〇人爲于大君」、志剛也 10/14/8
湯〇革命 49/58/9
利〇人之貞 57/67/21
「利〇人之貞」、志治也 57/67/23
古之聰明叡知神〇而不殺者夫 65/80/4

舞 wǔ 1

鼓之〇之以盡神 65/80/20

勿 wù 40

初九、潛龍〇用 1/1/5
「潛龍〇用」、陽在下也 1/1/23
初九曰、「潛龍〇用」 1/2/4
「潛龍〇用」、下也 1/2/27
潛龍〇用 1/2/31
〇用有攸往 3/5/15,33/40/10
〇用取女 4/7/9,44/52/11
「〇用取女」、行不順也 4/7/11
小人〇用 7/11/3,63/74/28
「小人〇用」、必亂邦也 7/11/5
〇恤其孚 11/15/9
〇用師 11/15/21
〇疑 16/21/13
〇藥有喜 25/31/19
十年〇用 27/33/18
「十年〇用」、道大悖也 27/33/20
〇用 29/35/27
失得〇恤 35/43/3
「失得〇恤」、往有慶也 35/43/5
〇恤 37/45/9,43/51/19,45/53/23,46/54/19
〇逐自復 38/45/27
〇問 42/50/27
「有孚惠心」、「〇問」之矣 42/50/29
立心〇恆 42/51/1,66/83/21
「有戎〇恤」、得中道也 43/51/21
「〇用取女」、不可與長也 44/52/13
「用見大人〇恤」、有慶也 46/54/21
井收〇幕 48/57/26
〇逐 51/60/25,63/74/24
〇憂 55/65/3
「〇憂宜日中」、宜照天下也 55/65/5
〇用永貞 62/73/23

物 wù 100

萬〇資始 1/1/19
品〇流形 1/1/19
首出庶〇 1/1/20
利〇足以和義 1/2/1
聖人作而萬〇覩 1/2/21
萬〇資生 2/3/24
坤厚載〇 2/3/24
品〇咸「亨」 2/3/25
君子以厚德載〇 2/4/1
含萬〇而化光 2/5/1
則是天地交而萬〇通也 11/14/26
則是天地不交而萬〇不通也 12/16/5
君子以類族辨〇 13/17/15
稱〇平施 15/19/25
頤中有〇曰《噬嗑》 21/26/13
〇與《无妄》 25/31/1
先王以茂對時育萬〇 25/31/1
天地養萬〇 27/33/6
天地感而萬〇化生 31/37/24
觀其所感而天地萬〇之情可見矣 31/37/24
觀其所恆而天地萬〇之情可見矣 32/39/2
君子以言有〇而行有恆 37/44/23
萬〇睽而其事類也 38/45/23
品〇咸章也 44/52/13
觀其所聚而天地萬〇之情可見矣 45/53/18
天地不交而萬〇不興 54/63/28
君子以愼辨〇居方 64/75/22
〇以群分 65/76/22
坤作成〇 65/76/24
精氣爲〇 65/77/14
知周乎萬〇 65/77/14
曲成萬〇而不遺 65/77/16
鼓萬〇而不與聖人同憂 65/77/20
象其〇宜 65/78/8,65/81/4
夫茅之爲〇薄 65/78/19
當萬〇之數也 65/79/13
遂知來〇 65/79/19
夫《易》、開〇成務 65/80/1
是興神〇以前民用 65/80/5
備〇致用 65/80/11
是故天生神〇 65/80/12

遠取諸〇 66/81/20
以類萬〇之情 66/81/20
萬〇化醇 66/83/17
萬〇化生 66/83/18
乾、陽〇也 66/83/23
坤、陰〇也 66/83/23
（辨）〔辯〕〇正言 66/83/25
《復》、小而辨於〇 66/84/7
唯其時〇也 66/84/15
若夫雜〇撰德 66/84/16
故曰〇 66/84/22
〇相雜 66/84/23
百〇不廢 66/84/24
萬〇出乎震 67/85/23
齊也者、言萬〇之絜齊也 67/85/23
萬〇皆相見 67/85/24
萬〇皆致養焉 67/85/25
萬〇之所說也 67/85/25
萬〇之所歸也 67/86/1
萬〇之所成終而所成始也 67/86/1
神也者、妙萬〇而爲言者也 67/86/4
動萬〇者莫疾乎雷 67/86/4
橈萬〇者莫疾乎風 67/86/4
燥萬〇者莫熯乎火 67/86/4
說萬〇者莫說乎澤 67/86/5
潤萬〇者莫潤乎水 67/86/5
終萬〇、始萬〇者、莫盛乎艮 67/86/5
既成萬〇也 67/86/6
然後萬〇生焉 68/87/20
盈天地之間者唯萬〇 68/87/20
屯者、〇之始生也 68/87/21
〇生必蒙 68/87/21
〇之稺也 68/87/21
〇稺不可不養也 68/87/22
〇畜然後有禮 68/87/24
〇不可以終通 68/88/1
〇不可以終否 68/88/1
〇必歸焉 68/88/2
〇大然後可觀 68/88/4
〇不可以苟合而已 68/88/5
〇不可以終盡剝 68/88/7
〔〇〕然後可畜 68/88/8
〇畜然後可養 68/88/8
〇不可以終過 68/88/9
有天地然後有萬〇 68/88/13
有萬〇然後有男女 68/88/13
〇不可以久居其所 68/88/15
〇不可以終遯 68/88/16
〇不可以終壯 68/88/16
〇不可以終難 68/88/19
〇相遇而後聚 68/88/22
革〇者莫若鼎 68/88/24
〇不可以終動 68/88/25
〇不可以終止 68/88/26
〇不可以終離 68/89/2
有過〇者必濟 68/89/3
〇不可窮也 68/89/3

卼 wù 1

于臲〇 47/56/20

務 wù 2

故能成天下之〇 65/79/23
夫《易》、開物成〇 65/80/1

夕 xī 3

〇惕若厲 1/1/9
九三曰、「君子終日乾乾、〇惕若、厲、（无）〔无〕咎」 1/2/12
非一朝一〇之故 2/5/3

西 xī 13

〇南得朋 2/3/21,2/3/26
自我〇郊 9/12/16,62/74/3
「自我〇郊」、施未行也 9/12/19
王用亨于〇山 17/22/26
《蹇》利〇南 39/46/22
《蹇》、「利〇南」 39/46/24
《解》利〇南 40/47/25
《解》「利〇南」、往得衆也 40/47/27
不如〇鄰之禴祭實受其福 63/75/7
「東鄰殺牛」、「不如〇鄰」之時也 63/75/9
乾、〇北之卦也 67/85/26

昔 xī 2

〇者聖人之作《易》也 67/85/11
67/85/14

息 xī 8

君子以自強不〇 1/1/23
君子以嚮晦入宴〇 17/22/4
君子尚消〇盈虛 23/28/20
「箕子」之「貞」、「明」不可〇也 36/44/9
利于不〇之貞 46/55/17
《革》、水火相〇 49/58/7
與時消〇 55/65/6
則乾坤或幾乎〇矣 65/81/2

悉 xī 1

廣大〇備 66/84/21

腊 xī 1

噬〇肉遇毒 21/26/26

翕 xī 1

其靜也〇 65/78/3

嘻 xī 4

婦子〇〇 37/45/1
「婦子〇〇」、失家節也 37/45/3

錫 xī 5

或〇之鞶、帶 6/10/1
王三〇命 7/10/18
「王三〇命」、懷萬邦也 7/10/20
《晉》康侯用〇馬蕃庶 35/42/9
是以「康侯」用「〇馬蕃庶晝日三接」也 35/42/11

犧 xī 2

古者包〇氏之王天下也 66/81/19
包〇氏沒 66/82/1

習 xí 10

不○无不利 2/4/7
「不○无不利」、地道光也 2/4/9
直、方、大、不○无不利 2/5/6
《○坎》有孚 29/35/11
《○坎》、重險也 29/35/13
《○坎》 29/35/17
君子以常德行、○教事 29/35/17
○坎 29/35/19
「○坎入坎」、失道「凶」也 29/35/21
君子以朋友講○ 58/68/24

洗 xǐ 1

聖人以此○心 65/80/3

喜 xǐ 11

先否後○ 12/17/3
「六五」之「吉」、有○也 22/28/9
勿藥有○ 25/31/19
「六四元吉」、有○也 26/32/19
「往蹇來反」、內○之也 39/47/9
使遄有○ 41/49/19
亦可「○」也 41/49/21
「九二」之「孚」、有○也 46/55/3
介疾有○ 58/69/9
「九四」之「○」、有慶也 58/69/11
以○隨人者必有事 68/88/3

係 xì 9

○小子 17/22/10
「○小子」、弗兼與也 17/22/12
○丈夫 17/22/14
「○丈夫」、志舍下也 17/22/16
拘○之乃從 17/22/26
「拘○之」、上窮也 17/22/28
○用徽纆 29/36/11
○遯 33/40/18
「○遯」之「厲」、有疾憊也 33/40/20

咥 xì 4

不○人 10/13/19
是以「履虎尾、不○人、亨」 10/13/21
○人凶 10/14/5
「○人」之「凶」、位不當也 10/14/7

虩 xì 8

震來○○ 51/60/13,51/60/21
「震來○○」、恐致福也 51/60/15,51/60/23

繫 xì 11

○于苞桑 12/16/27,66/83/11
或○之牛 25/31/11
○于金柅 44/52/18
「○于金柅」、柔道牽也 44/52/20
○辭焉而明吉凶 65/77/1
○辭焉以斷其吉凶 65/78/9, 65/81/5
○辭焉 65/80/14
○辭焉以盡其言 65/80/20
○辭焉而命之 66/81/11

遐 xiá 1

不○遺 11/15/5

下 xià 139

「潛龍勿用」、陽在○也 1/1/23
在○位而不憂 1/2/14
上○无常 1/2/17,66/84/12
本乎地者親○ 1/2/21
賢人在○位而无輔 1/2/24, 65/79/2
「潛龍勿用」、○也 1/2/27
乾元「用九」、天○治也 1/2/28
天○文明 1/2/31
乾始能以美利利天○ 1/3/4
「雲行雨施」、天○平也 1/3/8
○不在田 1/3/12,1/3/13
以貴○賤 3/5/24
山○有險 4/6/24
山○出泉 4/6/28
上○順也 4/7/23
上剛○險 6/9/5
自○訟上 6/9/17
以此毒天○而民從之 7/10/10
○順從也 8/11/11
「不寧方來」、上○應也 8/11/12
柔得位而上○應之 9/12/18
上天○澤 10/13/24
君子以辯上○ 10/13/24
上○交而其志同也 11/14/26
上○不交而天○无邦也 12/16/6
唯君子爲能通天○之志 13/17/12
柔得尊位大中而上○應之曰《大有》 14/18/15
天道○濟而光明 15/19/21
剛來而○柔 17/22/1
大「亨、貞、无咎」而天○隨(時)〔之〕 17/22/1
「係丈夫」、志舍○也 17/22/16
《蠱》、剛上而柔○ 18/23/5
而天○治也 18/23/5
山○有風 18/23/8
中正以觀天○ 20/25/11
「盥而不薦、有孚顒若」、○觀而化也 20/25/11
聖人以神道設教而天○服矣 20/25/12
觀乎人文以化成天○ 22/27/16
山○有火 22/27/19
上以厚○安宅 23/28/22
「剝床以足」、以滅○也 23/28/26
「剝之无咎」、失上○也 23/29/5
「休復」之「吉」、以○仁也 24/30/5
天○雷行 25/31/1
山○有雷 27/33/8
「藉用白茅」、柔在○也 28/34/16
「棟隆」之「吉」、不橈乎○也 28/34/28
乃化成天○ 30/36/19
柔上而剛○ 31/37/23
男○女 31/37/23

聖人感人心而天〇和平 31/37/24
志在「隨」人、所「執」
〇也 31/38/11
剛上而柔〇 32/38/29
聖人久於其道而天〇化成 32/39/2
天〇有山 33/40/8
正家而天〇定矣 37/44/20
澤動而〇 38/45/21
上火〇澤 38/45/25
《損》、損〇益上 41/49/1
山〇有澤 41/49/5
《益》、損上益〇 42/50/5
自上〇〇 42/50/5
「元吉无咎」、〇不厚
事也 42/50/13
君子以施祿及〇 43/51/13
天〇大行也 44/52/14
天〇有風 44/52/16
「來徐徐」、志在〇也 47/56/13
「井泥不食」、〇也 48/57/8
上〇敵應 52/61/23
「勿憂宜日中」、宜照
天〇也 55/65/5
以旅與〇 56/66/28
巽在床〇 57/67/25,57/68/13
「巽在床〇」、「上」
窮也 57/68/15
宜〇 62/73/3
「飛鳥遺之音、不宜上
、宜〇、大吉」、上
逆而〇順也 62/73/7
易簡而天〇之理得矣 65/76/26
天〇之理得 65/76/26
而道濟天〇 65/77/15
聖人有以見天〇之賾 65/78/8
聖人有以見天〇之動 65/78/8
65/81/4
言天〇之至賾而不可惡
也 65/78/10
言天〇之至動而不可亂
也 65/78/10
語以其功〇人者也 65/78/20
上慢〇暴 65/79/6
天〇之能事畢矣 65/79/14
非天〇之至精 65/79/19
遂成天〇之文 65/79/20
遂定天〇之象 65/79/21
非天〇之至變 65/79/21
感而遂通天〇之故 65/79/22
非天〇之至神 65/79/22
故能通天〇之志 65/79/23
故能成天〇之務 65/79/23
冒天〇之道 65/80/1
是故聖人以通天〇之志 65/80/1
以定天〇之業 65/80/2
以斷天〇之疑 65/80/2
以爲天〇利 65/80/11
以定天〇之吉凶 65/80/12
成天〇之亹亹者 65/80/12
66/85/2
形而〇者謂之器 65/81/2
舉而錯之天〇之民謂之
事業 65/81/3
是故夫象、聖人有以見
天〇之賾 65/81/3
極天〇之賾者存乎卦 65/81/5
鼓天〇之動者存乎辭 65/81/6
天〇之動、貞夫一者也 66/81/14
古者包犧氏之王天〇也 66/81/19
以教天〇 66/82/2
致天〇之民 66/82/2
聚天〇之貨 66/82/2
黃帝、堯、舜垂衣裳而
天〇治 66/82/5
致遠以利天〇 66/82/6
以利天〇 66/82/7
以威天〇 66/82/9
上棟〇宇 66/82/10
爻也者、效天〇之動者
也 66/82/14
天〇何思何慮 66/82/17,66/82/18
天〇同歸而殊塗 66/82/17
〇交不瀆 66/83/13
夫乾、天〇之至健也 66/85/1
夫坤、天〇之至順也 66/85/1
定天〇之吉凶 66/85/2
聖人南面而聽天〇 67/85/24
爲〇首 67/87/6
窮上反〇 68/88/7
有君臣然後有上〇 68/88/14
有上〇然後禮義有所錯 68/88/14
困乎上者必反〇 68/88/23
《離》上而《坎》〇也 69/89/17

先 xiān 22

〇天而天弗違 1/3/15
〇迷後得主 2/3/21
「〇迷」失道 2/3/25
〇王以建萬國 8/11/15
〇否後喜 12/17/3
同人〇號咷而後笑 13/18/3
65/78/15
「同人」之「〇」以中
直也 13/18/5
〇王以作樂崇德 16/20/29
〇甲三日 18/23/3
〇甲三日、後甲三日 18/23/6
〇王以省方觀民設教 20/25/14
〇王以明罰勑法 21/26/16
〇王以至日閉關 24/29/27
〇王以茂對時育萬物 25/31/1
〇張之弧 38/46/15
旅人〇笑後號咷 56/67/7
〇庚三日 57/68/9
說以〇民 58/68/21
〇王以享于帝 59/69/28
幾者、動之微、吉之〇
見者也 66/83/14
《損》、〇難而後易 66/84/8

鮮 xiān 3

故君子之道〇矣 65/77/18
〇不及矣 66/83/12
爲蕃〇 67/86/27

弦 xián 1

〇木爲弧 66/82/8

咸 xián 21

萬國〇寧 1/1/21
品物〇「亨」 2/3/25
〇臨 19/24/14
「〇臨貞吉」、志行正
也 19/24/16
〇臨吉 19/24/18
「〇臨吉无不利」、未
順命也 19/24/20

《○》亨 31/37/21
《○》、感也 31/37/23
《○》 31/37/27
○其拇 31/38/1
「○其拇」、志在外也 31/38/3
○其腓 31/38/5
○其股 31/38/9
「○其股」、亦不處也 31/38/11
○其脢 31/38/17
「○其脢」、志末也 31/38/19
○其輔頰舌 31/38/21
「○其輔頰舌」、滕口說也 31/38/23
品物○章也 44/52/13
民○用之謂之神 65/80/7
《○》、速也 69/89/13

閑 xián 4

○邪存其誠 1/2/9
曰○輿衛 26/32/13
○有家 37/44/25
「○有家」、志未變也 37/44/27

嫌 xián 1

爲其○於无陽也 2/5/10

賢 xián 12

○人在下位而无輔 1/2/24
65/79/2
○人隱 2/5/8
「外比」於○、以從上也 8/12/3
其德剛上而尙○ 26/31/31
「不家食吉」、養○也 26/32/1
聖人養○以及萬民 27/33/6
而大亨以養聖○ 50/59/11
君子以居○德善俗 53/62/28
可久則○人之德 65/76/25
可大則○人之業 65/76/25
又以尙○也 65/80/16

險 xiǎn 23

動乎○中 3/5/17
山下有○ 4/6/24
○而止 4/6/24
○在前也 5/7/29,39/46/24
上剛下○ 6/9/5
○而健 6/9/5
行○而順 7/10/9
《習坎》、重○也 29/35/13
行○而不失其信 29/35/13
天○、不可升也 29/35/14
地○、山川丘陵也 29/35/14
王公設○以守其國 29/35/14
○之時用大矣哉 29/35/15
坎有○ 29/35/23
○且枕 29/35/27
見○而能止 39/46/24
《解》、○以動 40/47/27
動而免乎○ 40/47/27
○以說 47/55/25
說以行○ 60/70/27
辭有○易 65/77/10
德行恆易以知○ 66/85/1

顯 xiǎn 5

○比 8/12/5
「○比」之「吉」、位正中也 8/12/7
○諸仁 65/77/20
○道、神德行 65/79/14
而微○、闡幽 66/83/25

限 xiàn 2

艮其○ 52/62/5
「艮其○」、危「薰心」也 52/62/7

莧 xiàn 1

○陸夬夬 43/52/1

陷 xiàn 4

剛健而不○ 5/7/29
坎、○也 67/86/8
《坎》者、○也 68/88/10
○必有所麗 68/88/10

縣 xiàn 1

○象著明莫大乎日月 65/80/10

相 xiāng 43

同聲○應 1/2/20
同氣○求 1/2/20
輔○天地之宜 11/14/29
○遇 13/18/3
「大師○遇」、言○「克」也 13/18/5
「老夫女妻」、過以○與也 28/34/20
二氣感應以○與 31/37/23
雷風○與 32/38/29
「王假有家」、交○愛也 37/45/11
天地○遇 44/52/13
君子以勞民勸○ 48/57/4
《革》、水火○息 49/58/7
其志不○得曰革 49/58/7
不○與也 52/61/23
「利用禦寇」、順○保也 53/63/9
「跛能履」、「吉」○承也 54/64/5
是故剛柔○摩 65/76/22
八卦○盪 65/76/22
剛柔○推而生變化 65/77/1
與天地○似 65/77/14
五位○得而各有合 65/79/10
剛柔○推 66/81/11
日月○推而明生焉 66/82/18
寒暑○推而歲成焉 66/82/19
屈、信○感而利生焉 66/82/19
剛柔○易 66/84/12
六爻○雜 66/84/15
物○雜 66/84/23
是故愛惡○攻而吉凶生 66/85/5
遠近○取而悔吝生 66/85/5
情僞○感而利害生 66/85/5
近而不○得則凶 66/85/6
雷風○薄 67/85/18
水火不○射 67/85/18
八封○錯 67/85/18
○見乎離 67/85/22
萬物皆○見 67/85/24

言陰陽○薄也 67/85/26
故水火○逮 67/86/6
雷風不○悖 67/86/6
物○遇而後聚 68/88/22
《井》通而《困》○遇
也 69/89/13

祥 xiáng 3

視履考○ 10/14/18
「入于其宮不見其妻」
、不○也 47/56/9
吉事有○ 66/85/3

翔 xiáng 1

「豐其屋」、天際○也 55/66/7

詳 xiáng 1

「不能退、不能遂」、
不○也 34/42/5

享 xiǎng 7

二簋可用○ 41/48/29
元吉、无咎、可貞、利
有攸往、曷之用二簋
、可用○ 41/49/1
王用○于帝 42/50/15
「王假有廟」、致孝○
也 45/53/17
利用○祀 47/56/3
聖人亨以○上帝 50/59/11
先王以○于帝 59/69/28

響 xiǎng 1

其受命也如○ 65/79/19

巷 xiàng 2

遇主于○ 38/45/31
「遇主于○」、未失道也 38/46/1

象 xiàng 484

《○》曰 1/1/23
2/4/1,2/4/5,2/4/9,2/4/13
2/4/17,2/4/21,2/4/25
2/4/29,3/5/20,3/5/24,3/6/1
3/6/5,3/6/9,3/6/13,3/6/17
4/7/3,4/7/7,4/7/11,4/7/15
4/7/19,4/7/23,5/8/1,5/8/5
5/8/9,5/8/14,5/8/18,5/8/22
5/8/26,6/9/9,6/9/13,6/9/17
6/9/21,6/9/25,6/9/29
6/10/3,7/10/12,7/10/16
7/10/20,7/10/24,7/10/28
7/11/1,7/11/5,8/11/15
8/11/19,8/11/23,8/11/27
8/12/3,8/12/7,8/12/12
9/12/21,9/12/25,9/12/29
9/13/3,9/13/7,9/13/11
9/13/15,10/13/24,10/13/28
10/14/3,10/14/7,10/14/12
10/14/16,10/14/20,11/14/29
11/15/3,11/15/7,11/15/11
11/15/15,11/15/19,11/15/23
12/16/9,12/16/13,12/16/17
12/16/21,12/16/25,12/17/1
12/17/5,13/17/15,13/17/19
13/17/23,13/17/27,13/18/1
13/18/5,13/18/9,14/18/18
14/18/22,14/18/26,14/19/3
14/19/7,14/19/11,14/19/15
15/19/25,15/19/29,15/20/3
15/20/7,15/20/11,15/20/15
15/20/19,16/20/29,16/21/3
16/21/7,16/21/11,16/21/15
16/21/19,16/21/23,17/22/4
17/22/8,17/22/12,17/22/16
17/22/20,17/22/24,17/22/28
18/23/8,18/23/12,18/23/16
18/23/20,18/23/24,18/23/28
18/24/3,19/24/12,19/24/16
19/24/20,19/24/24,19/24/28
19/25/1,19/25/5,20/25/14
20/25/18,20/25/22,20/25/26
20/25/30,20/26/3,20/26/7
21/26/16,21/26/20,21/26/24
21/26/28,21/27/1,21/27/5
21/27/9,22/27/19,22/27/23
22/27/27,22/28/1,22/28/5
22/28/9,22/28/13,23/28/22
23/28/26,23/29/1,23/29/5
23/29/9,23/29/13,23/29/17
24/29/27,24/30/1,24/30/5
24/30/9,24/30/13,24/30/17
24/30/22,25/31/1,25/31/5
25/31/9,25/31/13,25/31/17
25/31/21,25/31/25,26/32/3
26/32/7,26/32/11,26/32/15
26/32/19,26/32/23,26/32/27
27/33/8,27/33/12,27/33/16
27/33/20,27/33/24,27/33/28
27/34/3,28/34/12,28/34/16
28/34/20,28/34/24,28/34/28
28/35/3,28/35/7,29/35/17
29/35/21,29/35/25,29/36/1
29/36/5,29/36/9,29/36/13
30/36/22,30/36/26,30/37/1
30/37/5,30/37/9,30/37/13
30/37/17,31/37/27,31/38/3
31/38/7,31/38/11,31/38/15
31/38/19,31/38/23,32/39/5
32/39/9,32/39/13,32/39/17
32/39/21,32/39/25,32/39/29
33/40/8,33/40/12,33/40/16
33/40/20,33/40/24,33/40/28
33/41/1,34/41/10,34/41/14
34/41/18,34/41/22,34/41/26
34/42/1,34/42/5,35/42/14
35/42/18,35/42/22,35/42/26
35/43/1,35/43/5,35/43/9
36/43/18,36/43/22,36/43/26
36/44/1,36/44/5,36/44/9
36/44/13,37/44/23,37/44/27
37/44/31,37/45/3,37/45/7
37/45/11,37/45/15,38/45/25
38/45/29,38/46/1,38/46/5
38/46/9,38/46/13,38/46/18
39/46/28,39/47/1,39/47/5
39/47/9,39/47/13,39/47/17
39/47/21,40/48/1,40/48/5
40/48/9,40/48/13,40/48/17
40/48/21,40/48/25,41/49/5
41/49/9,41/49/13,41/49/17
41/49/21,41/49/25,41/49/29

42/50/9,42/50/13,42/50/17
42/50/21,42/50/25,42/50/29
42/51/3,43/51/13,43/51/17
43/51/21,43/51/25,43/51/29
43/52/3,43/52/7,44/52/16
44/52/20,44/52/24,44/52/28
44/53/3,44/53/7,44/53/11
45/53/21,45/53/25,45/53/29
45/54/3,45/54/7,45/54/11
45/54/15,46/54/24,46/54/28
46/55/3,46/55/7,46/55/11
46/55/15,46/55/19,47/55/28
47/56/1,47/56/5,47/56/9
47/56/13,47/56/17,47/56/22
48/57/4,48/57/8,48/57/12
48/57/16,48/57/20,48/57/24
48/58/1,49/58/11,49/58/15
49/58/19,49/58/23,49/58/27
49/59/1,49/59/5,50/59/14
50/59/18,50/59/22,50/59/26
50/60/1,50/60/5,50/60/9
51/60/19,51/60/23,51/60/27
51/61/3,51/61/7,51/61/11
51/61/16,52/61/25,52/61/29
52/62/3,52/62/7,52/62/11
52/62/15,52/62/19,53/62/28
53/63/1,53/63/5,53/63/9
53/63/14,53/63/18,53/63/22
54/64/1,54/64/5,54/64/9
54/64/13,54/64/17,54/64/21
54/64/25,55/65/9,55/65/13
55/65/17,55/65/21,55/65/25
55/66/3,55/66/7,56/66/16
56/66/20,56/66/24,56/66/28
56/67/1,56/67/5,56/67/9
57/67/19,57/67/23,57/67/27
57/68/3,57/68/7,57/68/11
57/68/15,58/68/24,58/68/28
58/69/3,58/69/7,58/69/11
58/69/15,58/69/19,59/69/28
59/70/1,59/70/5,59/70/9
59/70/13,59/70/17,59/70/21
60/70/30,60/71/3,60/71/7
60/71/11,60/71/15,60/71/19
60/71/23,61/72/3,61/72/7
61/72/11,61/72/15,61/72/19
61/72/23,61/72/27,62/73/9
62/73/13,62/73/17,62/73/21
62/74/1,62/74/5,62/74/9
63/74/18,63/74/22,63/74/26
63/75/1,63/75/5,63/75/9
63/75/13,64/75/22,64/75/26
64/76/1,64/76/5,64/76/9
64/76/13,64/76/17

《(象)〔○〕》曰 4/6/28
觀○也 23/28/19
《(○)〔象〕》曰 46/54/21
《鼎》○也、以木巽火 50/59/11
有「飛鳥」之○焉 62/73/6
在天成○ 65/76/22
聖人設卦觀○ 65/77/1
是故吉凶者、失得之○也 65/77/1
悔吝者、憂虞之○也 65/77/2
變化者、進退之○也 65/77/2
剛柔者、晝夜之○也 65/77/2
是故君子居則觀其○而玩其辭 65/77/4
象者、言乎○者也 65/77/7
成○之謂乾 65/77/21
○其物宜 65/78/8,65/81/4
是故謂之○ 65/78/8,65/81/4
分而爲二以○兩 65/79/9
掛一以○三 65/79/9
揲之以四以○四時 65/79/9
歸奇於扐以○閏 65/79/10
以制器者尙其○ 65/79/18
遂定天下之○ 65/79/21
見乃謂之○ 65/80/6
兩儀生四○ 65/80/9
四○生八卦 65/80/9
是故法○莫大乎天地 65/80/10
縣○著明莫大乎日月 65/80/10
天垂○ 65/80/13
聖人○之 65/80/13
《易》有四○ 65/80/14
聖人立○以盡意 65/80/19
是故夫○、聖人有以見天下之賾 65/81/3
○在其中矣 66/81/11
○也者、像此者也 66/81/15
爻○動乎內 66/81/15
仰則觀○於天 66/81/19
是故《易》者、○也 66/82/14
○也者、像也 66/82/14
○事知器 66/85/3
八卦以○告 66/85/3

像 xiàng 2

象也者、○此者也 66/81/15
象也者、○也 66/82/14

嚮 xiàng 2

君子以○晦入宴息 17/22/4
○明而治 67/85/24

消 xiāo 6

小人道○也 11/14/27
君子道○也 12/16/6
「至于八月有凶」、○不久也 19/24/10
君子尙○息盈虛 23/28/20
「冥升」在上、○不富也 46/55/19
與時○息 55/65/6

小 xiǎo 93

○貞吉 3/6/11
○有言 5/8/7,6/9/11
雖「○有言」、以(「終吉」)〔「吉」「終」〕也 5/8/9
雖「○有言」、其辯明也 6/9/13
○人勿用 7/11/3,63/74/28
「○人勿用」、必亂邦也 7/11/5
《○畜》亨 9/12/16
《○畜》 9/12/18,9/12/21
曰《○畜》 9/12/18
《泰》○往大來 11/14/24
《泰》、○往大來、吉、亨 11/14/26
內君子而外○人 11/14/27
○人道消也 11/14/27
大往○來 12/16/3
否之匪人、不利君子貞、大往○來 12/16/5
內○人而外君子 12/16/6
○人道長 12/16/6

○人吉 12/16/15
○人弗克 14/19/1
「公用亨于天子」、「○人」害也 14/19/3
係○子 17/22/10
「係○子」、弗兼與也 17/22/12
失○子 17/22/14
○有悔 18/23/18
○人无咎 20/25/16
「初六童觀」、「○人」道也 20/25/18
○吝 21/26/26,45/54/1
○利有攸往 22/27/13
故「○利有攸往」 22/27/15
「不利有攸往」、○人長也 23/28/19
○人剝廬 23/29/15
「○人剝廬」、終不可用也 23/29/17
求○得 29/35/23
「求○得」、未出中也 29/35/25
○利貞 33/40/3,63/74/13
「○利貞」、浸而長也 33/40/5
君子以遠○人 33/40/8
○人否 33/40/22
「君子好遯、○人否」也 33/40/24
○人用壯 34/41/20
「○人用壯、君子〔用〕罔」也 34/41/22
《睽》○事吉 38/45/19
是以「○事吉」 38/45/22
有孚于○人 40/48/19
「君子有解」、「○人」退也 40/48/21
積○以高大 46/54/24
○人革面 49/59/3
「○人革面」、順以從君也 49/59/5
○子厲有言 53/62/30
「○子」之「厲」、義「无咎」也 53/63/1
《旅》○亨 56/66/11
《旅》「○亨」 56/66/13
是以「○亨旅貞吉」也 56/66/13
《巽》○亨 57/67/14
是以「○亨、利有攸往、利見大人」 57/67/16
《○過》亨 62/73/3
可○事 62/73/3
《○過》〔「亨」〕、○者過而亨也 62/73/5
是以「○事吉」也 62/73/6
《○過》 62/73/9
○者亨也 63/74/15
○狐汔濟 64/75/17
「○狐汔濟」、未出中也 64/75/19
悔吝者、言乎其○疵也 65/77/8
齊○大者存乎卦 65/77/9
是故卦有○大 65/77/9
負也者、○人之事也 65/79/5
○人而乘君子之器 65/79/5
八卦而○成 65/79/13
蓋取諸《○過》 66/82/8
○人之道也 66/82/16
○人不恥不仁 66/83/5
○懲而大誡 66/83/6
此○人之福也 66/83/6
○人以○善爲无益而弗爲也 66/83/7
以○惡爲无傷而弗去也 66/83/8
知○而謀大 66/83/11
力（○）〔少〕而任重 66/83/12
其稱名也○ 66/84/1
《復》、○而辨於物 66/84/7
爲○石 67/87/12
故受之以《○畜》 68/87/24
故受之以《○過》 68/89/3
《○過》、過也 69/89/16
《○畜》、寡也 69/89/17
○人道憂也 69/89/21

孝 xiào 1

「王假有廟」、致○享也 45/53/17

笑 xiào 8

同人先號咷而後○ 13/18/3, 65/78/15
若號一握爲○ 45/53/23
○言啞啞 51/60/13
「○言啞啞」、後有則也 51/60/15
後「○言啞啞」 51/60/21
「○言啞啞」、「後」有則也 51/60/23
旅人先○後號咷 56/67/7

效 xiào 5

○法之謂坤 65/77/21
崇○天 65/78/5
聖人○之 65/80/13
爻也者、○此者也 66/81/15
爻也者、○天下之動者也 66/82/14

邪 xié 8

閑○存其誠 1/2/9
非爲○也 1/2/17
乾坤、其《易》之縕○ 65/81/1
其《易》之門○ 66/83/23
其衰世之意○ 66/83/24
其剛勝○ 66/84/21
周之盛德○ 66/84/23
當文王與紂之事○ 66/84/24

偕 xié 4

與時○行 1/2/31,41/49/2, 42/50/7
與時○極 1/3/1

渫 xiè 2

井○不食 48/57/14
「井○不食」、行「惻」也 48/57/16

蟹 xiè 1

爲○ 67/87/10

心 xīn 28

「不戒以孚」、中○願也 11/15/15

「鳴謙貞吉」、中○得也 15/20/3
《復》、其見天地之○乎 24/29/24
維○、亨 29/35/11
「維○亨」、乃以剛中也 29/35/13
聖人感人○而天下和平 31/37/24
獲明夷之○于出門庭 36/44/3
「入于左腹」、獲○意也 36/44/5
有孚惠○ 42/50/27
「有孚惠○」、「勿問」之矣 42/50/29
立○勿恆 42/51/1,66/83/21
爲我○惻 48/57/14
其○不快 52/62/1
厲薰○ 52/62/5
「艮其限」、危「薰○」也 52/62/7
我○不快 56/66/30
「得其資斧」、「○」未「快」也 56/67/1
「其子和之」、中○願也 61/72/11
二人同○ 65/78/16
同○之言 65/78/16
聖人以此洗○ 65/80/3
易其○而後語 66/83/19
能說諸○ 66/85/2
中○疑者其辭枝 66/85/6
爲○病 67/87/5
爲亟○ 67/87/6
爲堅多○ 67/87/7

新 xīn 3

(輝)〔煇〕光日○ 26/31/31
日○之謂盛德 65/77/20
《鼎》、取○也 69/89/16

薪 xīn 1

厚衣之以○ 66/82/10

信 xìn 23

庸言之○ 1/2/8
忠○ 1/2/13
「厥孚交如」、○以發志也 14/19/11
行險而不失其○ 29/35/13
聞言不○ 43/51/27
「聞言不○」、聰不明也 43/51/29
有言不○ 47/55/23
「有言不○」、尚口乃窮也 47/55/26
革而○之 49/58/7
「改命」之「吉」、○志也 49/58/27
「覆公餗」、○如何也 50/60/1
「有孚發若」、○以發志也 55/65/17
「孚兌」之「吉」、○志也 58/69/3
「豚魚吉」、○及豚魚也 61/71/29
人之所助者、○也 65/80/16
履○思乎順 65/80/16
不言而○ 65/81/7
來者○也 66/82/19
屈、○相感而利生焉 66/82/19
以求○也 66/82/20
節而○之 68/89/2
有其○者必行之 68/89/2
《中孚》、○也 69/89/16

興 xīng 8

三歲不○ 13/17/25
「三歲不○」、安行也 13/17/27
「賁其須」、與上○也 22/27/27
天地不交而萬物不○ 54/63/28
是○神物以前民用 65/80/5
《易》之○也 66/84/4,66/84/23
《益》以○利 66/84/10

刑 xíng 5

利用○人 4/7/1
「利用○人」、以正法也 4/7/3
則○罰清而民服 16/20/26
君子以折獄致○ 55/65/9
君子以明愼用○而不留獄 56/66/16

行 xíng 153

雲○雨施 1/1/19
天○健 1/1/23
君子○此四德者 1/2/2
樂則○之 1/2/5
庸○之謹 1/2/9
「終日乾乾」、○事也 1/2/27
與時偕○ 1/2/31,41/49/2,42/50/7
「雲○雨施」、天下平也 1/3/8
君子以成德爲○ 1/3/8
日可見之○也 1/3/8
○而未成 1/3/10
仁以○之 1/3/11
○地无疆 2/3/25
「君子」攸○ 2/3/25
乃與類○ 2/3/26
承天而時○ 2/5/2
則不疑其所○也 2/5/6
志○正也 3/5/24
以亨○ 4/6/24
君子以果○育德 4/6/28
「勿用取女」、○不順也 4/7/11
「需于郊」、不犯難○也 5/8/5
「需于沙」、(衍)〔○〕在中也 5/8/9
天與水違○ 6/9/9
○險而順 7/10/9
「長子帥師」、以中○也 7/11/1
剛中而志○ 9/12/18
「自我西郊」、施未○也 9/12/19
風○天上 9/12/21
「素履」之「往」、獨○願也 10/13/28
「跛能履」、不足以與○也 10/14/7
「愬愬終吉」、志○也 10/14/12
得尚于中○ 11/15/5
(包)〔苞〕荒、得尚于中○ 11/15/7
「以祉元吉」、中以○願也 11/15/19
「有命无咎」、志○也 12/16/25
乾○也 13/17/12
「三歲不興」、安○也 13/17/27
應乎天而時○ 14/18/15

地道卑而上〇 15/19/21
利用〇師征邑國 15/20/17
可「用〇師」、征邑國也 15/20/19
《豫》利建侯〇師 16/20/23
剛應而志〇 16/20/25
而況「建侯〇師」乎 16/20/26
「由豫大有得」、志大〇也 16/21/15
天〇也 18/23/6,23/28/20
24/29/24
「咸臨貞吉」、志〇正也 19/24/16
「大君之宜」、〇中之謂也 19/25/1
風〇地上 20/25/14
柔得中而上〇 21/26/14
「屨校滅趾」、不〇也 21/26/20
剛反動而以順〇 24/29/23
商旅不〇 24/29/27
中〇獨復 24/30/11
「中〇獨復」、以從道也 24/30/13
用〇師 24/30/19
〇矣哉 25/30/29
天下雷〇 25/31/1
〇人之得 25/31/11
「〇人得」牛、「邑人災」也 25/31/13
〇有眚 25/31/23
「无妄」之「〇」、窮之災也 25/31/25
君子以多識前言往〇以畜其德 26/32/3
「何天之衢」、道大〇也 26/32/27
「六二征凶」、〇失類也 27/33/16
〇 28/34/10
〇有尙 29/35/11
〇險而不失其信 29/35/13
「〇有尙」、往有功也 29/35/14
君子以常德〇、習教事 29/35/17
與時〇也 33/40/5
柔進而上〇 35/42/11,38/45/22
50/59/12
「晉如摧如」、獨〇正也 35/42/18
「衆允」之、志上〇也 35/42/26
君子于〇 36/43/20
「君子于〇」、義「不食」也 36/43/22
君子以言有物而〇有恆 37/44/23
其志不同〇 38/45/21
「交孚无咎」、志〇也 38/46/9
其道上〇 41/49/1
三人〇則損一人 41/49/15
66/83/18
一人〇則得其友 41/49/15
66/83/18
一人〇 41/49/17
「利涉大川」、木道乃〇 42/50/6
中〇 42/50/19
中〇告公 42/50/23
獨〇遇雨、若濡 43/51/23
其〇次且 43/51/27,44/52/26
「其〇次且」、位不當也 43/51/29
中〇无咎 43/52/1
「中〇无咎」、中未光也 43/52/3
天下大〇也 44/52/14
「其〇次且」、〇未牽也 44/52/28
「南征吉」、志〇也 46/54/22
「動悔有悔」、「吉」〇也 47/56/22
「井渫不食」、〇「惻」也 48/57/16
「巳日革之」、〇有嘉也 49/58/19
其〇塞 50/59/24
震〇无眚 51/61/1
「震往來厲」、危〇也 51/61/11
〇其庭 52/61/20
時〇則〇 52/61/22
是以不獲其身、〇其庭不見其人 52/61/23
「愆期」之志、有待而〇也 54/64/17
以貴〇也 54/64/21
「遇其夷主」、「吉」〇也 55/65/25
剛巽乎中正而志〇 57/67/16
君子以申命〇事 57/67/19
「和兌」之「吉」、〇未疑也 58/68/28
風〇水上 59/69/28
說以〇險 60/70/27
議德〇 60/70/30
過以「利貞」、與時〇也 62/73/5
君子以〇過乎恭 62/73/9
「九二」「貞吉」、中以〇（正）〔直〕也 64/76/1
「貞吉悔亡」、志〇也 64/76/9
日月運〇 65/76/23
旁〇而不流 65/77/15
而《易》〇乎其中矣 65/78/5
以〇其典禮 65/78/9,65/81/5
〇發乎邇 65/78/13
言〇、君子之樞機 65/78/14
言〇、君子之所以動天地也 65/78/14
此所以成變化而〇鬼神也 65/79/11
顯道、神德〇 65/79/14
將有〇也 65/79/19
不〇而至 65/79/24
推而〇之謂之通 65/81/3
推而〇之存乎通 65/81/6
存乎德〇 65/81/7
其德〇何也 66/82/16
知之未嘗復〇也 66/83/16
因貳以濟民〇 66/84/2
《履》以和〇 66/84/9
《巽》以〇權 66/84/10
道不虛〇 66/84/14
德〇恆易以知險 66/85/1
德〇恆簡以知阻 66/85/1
有其信者必〇之 68/89/2
《漸》、女歸待男〇也 69/89/19

形 xíng 9

品物流〇 1/1/19
其〇渥 50/59/28,66/83/12
在地成〇 65/76/22
而擬諸其〇容 65/78/8,65/81/4
〇乃謂之器 65/80/6
是故〇而上者謂之道 65/81/2
〇而下者謂之器 65/81/2

省 xǐng 3

先王以○方觀民設教 20/25/14
后不○方 24/29/27
君子以恐懼脩○ 51/60/19

性 xìng 6

各正○命 1/1/20
「利貞」者、○情也 1/3/4
成之者○也 65/77/17
成○存存 65/78/5
窮理盡○以至於命 67/85/12
將以順○命之理 67/85/14

姓 xìng 2

百○日用而不知 65/77/18
百○與能 66/85/3

凶 xiōng 118

與鬼神合其吉○ 1/3/14
大貞○ 3/6/11
終○ 6/9/3
「終○」、訟不可成也 6/9/6
否臧○ 7/10/14
失律「○」也 7/10/16
○ 7/10/22,8/12/10,16/21/1,21/27/7,23/29/7,24/30/19,27/33/10,28/34/22,28/35/5,29/35/19,29/36/11,30/37/3,31/38/5,32/39/27,42/51/1,47/56/7,48/56/26,50/59/28,53/63/7,55/66/5,56/67/7,58/69/5,60/71/5,62/73/19,62/74/7,66/83/1,66/83/9,66/83/13,66/83/21
貞○ 7/10/30,17/22/18,32/39/7,57/68/13,60/71/21,61/72/25
後夫○ 8/11/9
「後夫○」、其道窮也 8/11/12
君子征○ 9/13/13
「君子征○」、有所疑也 9/13/15
咥人○ 10/14/5
「咥人」之「○」、位不當也 10/14/7
「初六鳴豫」、志窮「○」也 16/21/3
「隨有獲」、其義「○」也 17/22/20
至于八月有○ 19/24/7
「至于八月有○」、消不久也 19/24/10
蔑貞○ 23/28/24,23/28/28
以其國君○ 24/30/19
「迷復」之「○」、反君道也 24/30/22
頤、征○ 27/33/14
「六二征○」、行失類也 27/33/16
拂頤貞、○ 27/33/18
「棟橈」之「○」、不可以有輔也 28/34/24
「過涉」之「○」、不可咎也 28/35/7
「習坎入坎」、失道「○」也 29/35/21
「上六」失道、「○」「三歲」也 29/36/13
雖「○居吉」、順不害也 31/38/7
「浚恆」之「○」、始求深也 32/39/9
夫子○ 32/39/23
「夫子」制義、從婦「○」也 32/39/25
征○有孚 34/41/12
征○ 41/49/11,49/58/21,49/59/3,51/61/13,64/76/3
用○事无咎 42/50/19
「益用○事」、固有之也 42/50/21
有○ 43/51/23
終有○ 43/52/5
「无號」之「○」、終不可長也 43/52/7
見○ 44/52/18
起○ 44/53/1
「无魚」之「○」、遠民也 44/53/3
征○无咎 47/56/3
「羸其瓶」、是以○也 48/57/2
雖「○」「无咎」、畏鄰戒也 51/61/16
《歸妹》征○ 54/63/26
「征○」、位不當也 54/63/29
「喪其資斧」、正乎「○」也 57/68/15
「來兌」之「○」、位不當也 58/69/7
「不出門庭○」、失時極也 60/71/7
「苦節貞○」、其道窮也 60/71/23
飛鳥以○ 62/73/11
「飛鳥以○」、不可如何也 62/73/13
「從或戕之」、「○」如何也 62/73/21
「未濟征○」、位不當也 64/76/5
吉○生矣 65/76/22
繫辭焉而明吉○ 65/77/1
是故吉○者、失得之象也 65/77/1
吉○者、言乎其失得也 65/77/7
辯吉○者存乎辭 65/77/9
繫辭焉以斷其吉○ 65/78/9,65/81/5
吉○與民同患 65/80/3
八卦定吉○ 65/80/9
吉○生大業 65/80/9
以定天下之吉○ 65/80/12
見吉○ 65/80/13
定之以吉○ 65/80/14
吉○悔吝者、生乎動者也 66/81/12
吉○者、貞勝者也 66/81/13
吉○見乎外 66/81/15
是故吉○生而悔吝著也 66/82/15
噫亦要存亡吉○ 66/84/16
三多○ 66/84/20
故吉○生焉 66/84/23
定天下之吉○ 66/85/2
而吉○可見矣 66/85/4
吉○以情遷 66/85/4
是故愛惡相攻而吉○生 66/85/5
近而不相得則○ 66/85/6

兄 xiōng 2

父父、子子、○○、弟弟、夫夫、婦婦而家

道正 37/44/20

休 xiū 4

○否 12/16/27
順天○命 14/18/18
○復 24/30/3
「○復」之「吉」、以下仁也 24/30/5

修 xiū 1

君子以反身○德 39/46/28

脩 xiū 8

君子進德○業 1/2/12
○辭立其誠 1/2/13
君子進德○業、欲及時也 1/2/18
「不遠」之「復」、以○身也 24/30/1
「井甃无咎」、○井也 48/57/20
君子以恐懼○省 51/60/19
君子○此三者 66/83/19
《損》、德之○也 66/84/5

羞 xiū 3

（包）〔苞〕○ 12/16/19
「（包）〔苞〕○」、位不當也 12/16/21
或承之○ 32/39/15

盱 xū 2

○豫 16/21/9
「○豫有悔」、位不當也 16/21/11

虛 xū 10

君子尙消息盈○ 23/28/20
君子以○受人 31/37/29
損益盈○ 41/49/2
升○邑 46/55/5
「升○邑」、无所疑也 46/55/7
「上六」「无實」、「承」○「筐」也 54/64/25
天地盈○ 55/65/6
「利涉大川」、乘木舟○也 61/72/1
周流六○ 66/84/12
道不○行 66/84/14

須 xū 5

《需》、○也 5/7/29
賁其○ 22/27/25
「賁其○」、與上興也 22/27/27
歸妹以○ 54/64/11
「歸妹以○」、未當也 54/64/13

需 xū 16

《○》有孚 5/7/27
《○》、須也 5/7/29
《○》、「有孚、光亨、貞吉」 5/7/29
《○》 5/8/1
○于郊 5/8/3
「○于郊」、不犯難行也 5/8/5
○于沙 5/8/7
「○于沙」、（衍）〔行〕在中也 5/8/9
○于泥 5/8/12
「○于泥」、災在外也 5/8/14
○于血 5/8/16
「○于血」、順以聽也 5/8/18
○于酒食 5/8/20
故受之以《○》 68/87/22
《○》者、飲食之道也 68/87/22
《○》、不進也 69/89/18

徐 xú 6

來○○ 47/56/11
「來○○」、志在下也 47/56/13
乃○有說 47/56/15
「乃○有說」、以中直也 47/56/17

序 xù 3

與四時合其○ 1/3/14
言有○ 52/62/13
是故君子所居而安者、《易》之○也 65/77/3

恤 xù 9

勿○其孚 11/15/9
失得勿○ 35/43/3
「失得勿○」、往有慶也 35/43/5
勿○ 37/45/9
43/51/19,45/53/23,46/54/19
「有戎勿○」、得中道也 43/51/21
「用見大人勿○」、有慶也 46/54/21

續 xù 1

「濡其尾、无攸利」、不○終也 64/75/19

宣 xuān 1

爲（寡）〔○〕髮 67/87/2

玄 xuán 4

其血○黃 2/4/23
夫「○黃」者、天地之雜也 2/5/11
天○而地黃 2/5/11
爲○黃 67/86/25

旋 xuán 1

其○ 10/14/18

烜 xuǎn 1

日以○之 67/85/21

鉉 xuàn 3

鼎黃耳金○ 50/60/3
鼎玉○ 50/60/7
「玉○」在「上」、剛柔節也 50/60/9

穴 xué 4

出自〇 5/8/16
入于〇 5/8/24
公弋取彼在〇 62/74/3
上古〇居而野處 66/82/9

學 xué 1

君子〇以聚之 1/3/10

血 xuè 11

其〇玄黃 2/4/23
故稱「〇」焉 2/5/11
泣〇漣如 3/6/15,3/6/17
需于〇 5/8/16
「需于〇」、順以聽也 5/8/18
有孚〇去惕出 9/13/5
无〇 54/64/23
渙其〇 59/70/19
「渙其〇」、遠害也 59/70/21
爲〇卦 67/87/6

薰 xūn 2

厲〇心 52/62/5
「艮其限」、危「〇心」也 52/62/7

旬 xún 3

雖〇无咎 55/65/11
「雖〇无咎」、過〇災也 55/65/13

馴 xún 1

〇致其道 2/4/5

巽 xùn 39

「童蒙」之吉、順以〇也 4/7/19
健而〇 9/12/18
〇而止 18/23/5
順而〇 20/25/11
〇而說 28/34/10
〇而動 32/38/29
「六二」之「吉」、順以〇也 37/44/31
《益》動而〇 42/50/6
「往无咎」、上〇也 45/54/3
〇而順 46/54/21
〇乎水而上水 48/57/1
《鼎》象也、以木〇火 50/59/11
〇而耳目聰明 50/59/12
止而〇 53/62/26
「或得其桷」、順以〇也 53/63/14
《〇》小亨 57/67/14
重〇以申命 57/67/16
剛〇乎中正而志行 57/67/16
《〇》 57/67/19
〇在床下 57/67/25,57/68/13
頻〇 57/68/1
「頻〇」之「吝」、志窮也 57/68/3
「〇在床下」、「上」窮也 57/68/15
說而〇 61/71/29
《〇》、德之制也 66/84/6
《〇》、稱而隱 66/84/9
《〇》以行權 66/84/10
齊乎〇 67/85/22,67/85/23
〇東南也 67/85/23
〇、入也 67/86/8
〇爲雞 67/86/11
〇爲股 67/86/13
〇一索而得女 67/86/15
〇爲木 67/87/1
故受之以《〇》 68/88/28
《〇》者、入也 68/88/28
《兌》見而《〇》伏也 69/89/11

牙 yá 1

豶豕之〇 26/32/21

焉 yān 29

故稱「龍」〇 2/5/10
故稱「血」〇 2/5/11
家人有嚴君〇 37/44/19
有「飛鳥」之象〇 62/73/6
繫辭〇而明吉凶 65/77/1
是以大生〇 65/78/2
是以廣生〇 65/78/3
繫辭〇以斷其吉凶 65/78/9
65/81/5
《易》有聖人之道四〇 65/79/17
問〇而以言 65/79/19
「《易》有聖人之道四〇」者 65/79/24
繫辭〇 65/80/14
繫辭〇以盡其言 65/80/20
繫辭〇而命之 66/81/11
日月相推而明生〇 66/82/18
寒暑相推而歲成〇 66/82/19
屈、信相感而利生〇 66/82/19
非所困而困〇 66/83/1
非所據而據〇 66/83/2
介如石〇 66/83/15
有天道〇 66/84/21
有人道〇 66/84/21
有地道〇 66/84/21
故吉凶生〇 66/84/23
萬物皆致養〇 67/85/25
然後萬物生〇 68/87/20
物必歸〇 68/88/2
終〇 68/89/4

言 yán 69

《文〇》曰 1/1/28,2/5/1
庸〇之信 1/2/8
不〇所利 1/3/5
「潛」之爲〇也 1/3/10
「亢」之爲〇也 1/3/15
蓋〇順也 2/5/5
蓋〇謹也 2/5/9
小有〇 5/8/7,6/9/11
雖「小有〇」、以（「終吉」）〔「吉」「終」〕也 5/8/9
雖「小有〇」、其辯明也 6/9/13
利執〇 7/10/30
「大師相遇」、〇相「克」也 13/18/5
君子以多識前〇往行以畜其德 26/32/3
君子以慎〇語、節飲食 27/33/8

主人有○ 36/43/20
君子以○有物而行有恆 37/44/23
聞○不信 43/51/27
「聞○不信」、聰不明也 43/51/29
有○不信 47/55/23
「有○不信」、尙口乃窮也 47/55/26
革○三就有孚 49/58/21
「革○三就」、又何之矣 49/58/23
笑○啞啞 51/60/13
「笑○啞啞」、後有則也 51/60/15
後「笑○啞啞」 51/60/21
「笑○啞啞」、「後」有則也 51/60/23
婚媾有○ 51/61/13
○有序 52/62/13
小子厲有○ 53/62/30
象者、○乎象者也 65/77/7
爻者、○乎變者也 65/77/7
吉凶者、○乎其失得也 65/77/7
悔吝者、○乎其小疵也 65/77/8
以○乎遠則不禦 65/78/1
以○乎邇則靜而正 65/78/1
以○乎天地之間則備矣 65/78/2
○天下之至賾而不可惡也 65/78/10
○天下之至動而不可亂也 65/78/10
擬之而後○ 65/78/10
出其○善 65/78/12
出其○不善 65/78/12
○出乎身 65/78/13
○行、君子之樞機 65/78/14
○行、君子之所以動天地也 65/78/14
同心之○ 65/78/16
德○盛 65/79/1
禮○恭 65/79/1
則○語以爲階 65/79/3
以○者尙其辭 65/79/17
問焉而以○ 65/79/19
書不盡○ 65/80/19
○不盡意 65/80/19
繫辭焉以盡其○ 65/80/20
不○而信 65/81/7
○不勝其任也 66/83/13
○致一也 66/83/18
（辨）〔辯〕物正○ 66/83/25
其○曲而中 66/84/1
爻彖以情○ 66/85/4
變動以利○ 66/85/4
說○乎兌 67/85/22,67/85/26
成○乎艮 67/85/23,67/86/2
齊也者、○萬物之絜齊也 67/85/23
○陰陽相薄也 67/85/26
神也者、妙萬物而爲○者也 67/86/4

研 yán 2

夫《易》、聖人之所以極深而○幾也 65/79/22
能○諸侯之慮 66/85/2

顏 yán 1

○氏之子 66/83/16

嚴 yán 2

不惡而○ 33/40/8
家人有○君焉 37/44/19

衍 yǎn 2

「需于沙」、（○）〔行〕在中也 5/8/9
大○之數五十 65/79/9

剡 yǎn 2

○木爲楫 66/82/6
○木爲矢 66/82/9

眼 yǎn 1

爲多白○ 67/87/2

揜 yǎn 2

《困》、剛○也 47/55/25
故惡積而不可○ 66/83/8

宴 yàn 2

君子以飲食○樂 5/8/1
君子以嚮晦入○息 17/22/4

厭 yàn 1

《恆》、雜而不○ 66/84/7

燕 yàn 1

有它不○ 61/72/5

殃 yāng 1

積不善之家必有餘○ 2/5/2

羊 yáng 8

羝○觸藩 34/41/20,34/42/3
喪○于易 34/41/28
「喪○于易」、位不當也 34/42/1
牽○悔亡 43/51/27
士刲○ 54/64/23
兌爲○ 67/86/11
爲○ 67/87/15

陽 yáng 19

「潛龍勿用」、○在下也 1/1/23
○氣潛藏 1/2/31
陰疑於○必「戰」 2/5/10
爲其嫌於无○也 2/5/10
內○而外陰 11/14/27
內陰而外○ 12/16/6
一陰一○之謂道 65/77/17
陰○不測之謂神 65/78/1
陰○之義配日月 65/78/3
○卦多陰 66/82/15
陰卦多○ 66/82/15
○卦奇 66/82/15
○、一君而二民 66/82/16

乾、○物也 66/83/23
陰○合德 66/83/23
觀變於陰○而立卦 67/85/11
是以立天之道曰陰與○ 67/85/14
分陰分○ 67/85/15
言陰○相薄也 67/85/26

揚 yáng 3

君子以遏惡○善 14/18/18
《夬》○于王庭 43/51/7
「○于王庭」、柔乘五剛也 43/51/9

楊 yáng 3

枯○生稊 28/34/18
枯○生華 28/35/1
「枯○生華」、何可久也 28/35/3

仰 yǎng 2

○以觀於天文 65/77/11
○則觀象於天 66/81/19

養 yǎng 15

蒙以○正 4/6/26
「不家食吉」、○賢也 26/32/1
○正則吉也 27/33/5
「觀頤」、觀其所○也 27/33/5
「自求口實」、觀其自○也 27/33/5
天地○萬物 27/33/6
聖人○賢以及萬民 27/33/6
井○而不窮也 48/57/1
而大亨以○聖賢 50/59/11
萬物皆致○焉 67/85/25
物穉不可不○也 68/87/22
物畜然後可○ 68/88/8
《頤》者、○也 68/88/9
不○則不可動 68/88/9
《頤》、○正也 69/89/19

要 yāo 5

不可爲典○ 66/84/13
原始○終 66/84/15
噫亦○存亡吉凶 66/84/16
其○无咎 66/84/19,66/84/25

爻 yáo 17

六○發揮 1/3/7
六○之動、三極之道也 65/77/3
所樂而玩者、○之辭也 65/77/3
○者、言乎變者也 65/77/7
是故謂之○ 65/78/9,65/81/5
六○之義易以貢 65/80/3
○在其中矣 66/81/11
○也者、效此者也 66/81/15
○象動乎內 66/81/15
○也者、效天下之動者也 66/82/14
六○相雜 66/84/15
則非其中○不備 66/84/16
故曰○ 66/84/22
○有等 66/84/22
○象以情言 66/85/4
發揮於剛柔而生○ 67/85/12

堯 yáo 2

黃帝、○、舜氏作 66/82/3
黃帝、○、舜垂衣裳而天下治 66/82/5

藥 yào 2

勿○有喜 25/31/19
「无妄」之「○」、不可試也 25/31/21

耶 yé 1

妻其可得見○ 66/83/2

也 yě 961

「潛龍勿用」、陽在下○ 1/1/23
「見龍在田」、德施普○ 1/1/23
「終日乾乾」、反復道○ 1/1/24
「或躍在淵」、進「无咎」○ 1/1/24
「飛龍在天」、「大人」造○ 1/1/24
「亢龍有悔」、盈不可久○ 1/1/25
「用九」、天德不可爲首○ 1/1/25
「元」者、善之長○ 1/1/28
「亨」者、嘉之會○ 1/1/28
《利》者、義之和○ 1/1/28
貞」者、事之幹○ 1/2/1
何謂○ 1/2/4,1/2/8,1/2/12,1/2/17,1/2/20,1/2/24
龍、德而隱者○ 1/2/4
潛龍○ 1/2/5
龍德而正中者○ 1/2/8
君德○ 1/2/10,1/3/11
所以進德○ 1/2/13
所以居業○ 1/2/13
可與幾○ 1/2/13
可與存義○ 1/2/14
非爲邪○ 1/2/17
非離群○ 1/2/18
君子進德脩業、欲及時○ 1/2/18
則各從其類○ 1/2/21
是以動而有悔○ 1/2/25,65/79/2
「潛龍勿用」、下○ 1/2/27
「見龍在田」、時舍○ 1/2/27
「終日乾乾」、行事○ 1/2/27
「或躍在淵」、自試○ 1/2/27
「飛龍在天」、上治○ 1/2/28
「亢龍有悔」、窮之災○ 1/2/28
乾元「用九」、天下治○ 1/2/28
《乾》「元」〔「亨」〕者、始而亨者○ 1/3/4
「利貞」者、性情○ 1/3/4
純粹精○ 1/3/7
旁通情○ 1/3/7
「時乘六龍」、以「御天」○ 1/3/7
「雲行雨施」、天下平○ 1/3/8
日可見之行○ 1/3/8
「潛」之爲言○ 1/3/10
是以君子「弗用」○ 1/3/10
「或」之者、疑之○ 1/3/13
「亢」之爲言○ 1/3/15
「履霜堅冰」、陰始凝○ 2/4/5
至「堅冰」○ 2/4/5

六二之動、「直」以「方」○ 2/4/9
「不習无不利」、地道光○ 2/4/9
「含章可貞」、以時發○ 2/4/13
「或從王事」、知光大○ 2/4/13
「括囊无咎」、愼不害○ 2/4/17
「黃裳元吉」、文在中○ 2/4/21
其道窮○ 2/4/25,63/74/16
以大終○ 2/4/29
《坤》至柔而動○剛 2/5/1
由辯之不早辯○ 2/5/3
蓋言順○ 2/5/5
「直」其正○ 2/5/5
「方」其義○ 2/5/5
則不疑其所行○ 2/5/6
弗敢成○ 2/5/7
地道○ 2/5/7
妻道○ 2/5/7
臣道○ 2/5/7
地道「無成」而代「有終」○ 2/5/7
蓋言謹○ 2/5/9
美之至○ 2/5/10
爲其嫌於无陽○ 2/5/10
猶未離其類○ 2/5/10
夫「玄黃」者、天地之雜○ 2/5/11
志行正○ 3/5/24
大得民○ 3/5/24
六二之難、乘剛○ 3/6/1
「十年乃字」、反常○ 3/6/1
「即鹿无虞」以從禽○ 3/6/5
「往吝」窮○ 3/6/5
「求」而「往」、明○ 3/6/9
「屯其膏」、施未光○ 3/6/13
何可長○ 3/6/17
時中○ 4/6/24
志應○ 4/6/25
「初筮告」、以剛中○ 4/6/25
瀆蒙○ 4/6/26
聖功○ 4/6/26
「利用刑人」、以正法○ 4/7/3
「子克家」、剛柔（節）〔接〕○ 4/7/7
「勿用取女」、行不順○ 4/7/11
「困蒙」之「吝」、獨遠實○ 4/7/15
「童蒙」之吉、順以巽○ 4/7/19
上下順○ 4/7/23
《需》、須○ 5/7/29
險在前○ 5/7/29,39/46/24
位乎天位以正中○ 5/7/30
「利涉大川」、往有功○ 5/7/30
「需于郊」、不犯難行○ 5/8/5
「利用恆无咎」、未失常○ 5/8/5
「需于沙」、（衍）〔行〕在中○ 5/8/9
雖「小有言」、以（「終吉」）〔「吉」「終」〕○ 5/8/9
「需于泥」、災在外○ 5/8/14
自我「致寇」、敬愼不敗○ 5/8/14
「需于血」、順以聽○ 5/8/18
「酒食貞吉」、以中正○ 5/8/22
「不速之客來、敬之終吉」〔○〕 5/8/26
未大失○ 5/8/26
剛來而得中○ 6/9/6
「終凶」、訟不可成○ 6/9/6
「利見大人」、尙中正○ 6/9/6
「不利涉大川」、入于淵○ 6/9/6
「不永所事」、訟不可長○ 6/9/13
雖「小有言」、其辯明○ 6/9/13
「不克訟」、「歸逋」竄○ 6/9/17
患至掇○ 6/9/17
「食舊德」、從上「吉」○ 6/9/21
「復即命、渝」、「安貞」不失○ 6/9/25
「訟元吉」、以中正○ 6/9/29
以訟受服、亦不足敬○ 6/10/3
「師」、眾○ 7/10/9
「貞」、正○ 7/10/9
失律「凶」○ 7/10/16
「在師中吉」、承天寵○ 7/10/20
「王三錫命」、懷萬邦○ 7/10/20
「師或輿尸」、大无功○ 7/10/24
「左次无咎」、未失常○ 7/10/28
「長子帥師」、以中行○ 7/11/1
「弟子輿尸」、使不當○ 7/11/1
「大君有命」、以正功○ 7/11/5
「小人勿用」、必亂邦○ 7/11/5
（《比》、「吉」○） 8/11/11
《比》、輔○ 8/11/11
下順從○ 8/11/11
以剛中○ 8/11/12
「不寧方來」、上下應○ 8/11/12
「後夫凶」、其道窮○ 8/11/12
《比》之初六、「有它吉」○ 8/11/19
「比之自內」、不自失○ 8/11/23
「外比」於賢、以從上○ 8/12/3
「顯比」之「吉」、位正中○ 8/12/7
舍逆取順、「失前禽」○ 8/12/7
「邑人不誡」、上使中○ 8/12/7
「比之无首」、无所終○ 8/12/12
「密雲不雨」、尙往○ 9/12/19
「自我西郊」、施未行○ 9/12/19
「復自道」、其義「吉」○ 9/12/25
「牽復」在中、亦不自失○ 9/12/29
「夫妻反目」、不能正室○ 9/13/3
「有孚惕出」、上合志○ 9/13/7
「有孚攣如」、不獨富○ 9/13/11
「既雨既處」、「德」積「載」○ 9/13/15
「君子征凶」、有所疑○ 9/13/15
《履》、柔履剛○ 10/13/21
光明○ 10/13/22
「素履」之「往」、獨行願○ 10/13/28
「幽人貞吉」、中不自亂○ 10/14/3
「眇能視」、不足以有明○ 10/14/7
「跛能履」、不足以與行○ 10/14/7
「咥人」之「凶」、位不當○ 10/14/7
「武人爲于大君」、志剛○ 10/14/8
「愬愬終吉」、志行○ 10/14/12
「夬履貞厲」、位正當○ 10/14/16
「元吉」在上、大有慶

○ 10/14/20
則是天地交而萬物通○ 11/14/26
上下交而其志同○ 11/14/26
小人道消○ 11/14/27
「拔茅征吉」、志在外○ 11/15/3
以光大○ 11/15/7
「无往不復」、天地際○ 11/15/11
「翩翩不富」、皆失實○ 11/15/15
「不戒以孚」、中心願○ 11/15/15
「以祉元吉」、中以行願○ 11/15/19
「城復于隍」、其命亂○ 11/15/23
則是天地不交而萬物不通○ 12/16/5
上下不交而天下无邦○ 12/16/6
君子道消○ 12/16/6
「拔茅貞吉」、志在君○ 12/16/13
「大人否亨」、不亂群○ 12/16/17
「（包）〔苞〕羞」、位不當○ 12/16/21
「有命无咎」、志行○ 12/16/25
「大人」之「吉」、位正當○ 12/17/1
「否」終則「傾」、何可長○ 12/17/5
乾行○ 13/17/12
「君子」正○ 13/17/12
又誰「咎」○ 13/17/19
「同人于宗」、「吝」道○ 13/17/23
「伏戎于莽」、敵剛○ 13/17/27
「三歲不興」、安行○ 13/17/27
「乘其墉」、義「弗克」○ 13/18/1
其「吉」、則困而反則○ 13/18/1
「同人」之「先」以中直○ 13/18/5
「大師相遇」、言相「克」○ 13/18/5
「同人于郊」、志未得○ 13/18/9
无交害○ 14/18/22
「大車以載」、積中不敗○ 14/18/26
「公用亨于天子」、「小人」害○ 14/19/3
「匪其彭、无咎」、明辯晳○ 14/19/7
「厥孚交如」、信以發志○ 14/19/11
「威如」之「吉」、易而无備○ 14/19/11
《大有》上「吉」、「自天祐」○ 14/19/15
「君子」之「終」○ 15/19/23
「謙謙君子」、卑以自牧○ 15/19/29
「鳴謙貞吉」、中心得○ 15/20/3
「勞謙君子」、萬民服○ 15/20/7
「无不利、撝謙」、不違則○ 15/20/11
「利用侵伐」、征不服○ 15/20/15
「鳴謙」、志未得○ 15/20/19
可「用行師」、征邑國○ 15/20/19
「初六鳴豫」、志窮「凶」○ 16/21/3
「不終日貞吉」、以中正○ 16/21/7
「盱豫有悔」、位不當○ 16/21/11
「由豫大有得」、志大行○ 16/21/15
「六五貞疾」、乘剛○ 16/21/19
「恆不死」、中未亡○ 16/21/19
「冥豫」在「上」、何可長○ 16/21/23
「官有渝」、從正「吉」○ 17/22/8
「出門交有功」、不失○ 17/22/8
「係小子」、弗兼與○ 17/22/12
「係丈夫」、志舍下○ 17/22/16
「隨有獲」、其義「凶」○ 17/22/20
「有孚在道」、「明」功○ 17/22/20
「孚于嘉吉」、位正中○ 17/22/24
「拘係之」、上窮○ 17/22/28
而天下治○ 18/23/5
「利涉大川」、往有事○ 18/23/6
天行○ 18/23/6,23/28/20,24/29/24
「幹父之蠱」、意承「考」○ 18/23/12
「幹母之蠱」、得中道○ 18/23/16
「幹父之蠱」、終「无咎」○ 18/23/20
「裕父之蠱」、往未得○ 18/23/24
「幹父用譽」、承以德○ 18/23/28
「不事王侯」、志可則○ 18/24/3
大「亨」以正、天之道○ 19/24/9
「至于八月有凶」、消不久○ 19/24/10
「咸臨貞吉」、志行正○ 19/24/16
「咸臨吉无不利」、未順命○ 19/24/20
「甘臨」、位不當○ 19/24/24
「既憂之」、「咎」不長○ 19/24/24
「至臨无咎」、位當○ 19/24/28
「大君之宜」、行中之謂○ 19/25/1
「敦臨」之「吉」、志在內○ 19/25/5
「盥而不薦、有孚顒若」、下觀而化○ 20/25/11
「初六童觀」、「小人」道○ 20/25/18
「闚觀女貞」、亦可醜○ 20/25/22
「觀我生進退」、未失道○ 20/25/26
「觀國之光」、尚「賓」○ 20/25/30
「觀我生」、觀民○ 20/26/3
「觀其生」、志未平○ 20/26/7
「利用獄」○ 21/26/14
「屨校滅趾」、不行○ 21/26/20
「噬膚滅鼻」、乘剛○ 21/26/24
「遇毒」、位不當○ 21/26/28

「利艱貞吉」、未光○ 21/27/1
「貞厲无咎」、得當○ 21/27/5
「何校滅耳」、聰不明○ 21/27/9
〔剛柔交錯〕、天文○ 22/27/16
人文○ 22/27/16
「舍車而徒」、義弗乘○ 22/27/23
「賁其須」、與上興○ 22/27/27
「永貞」之「吉」、終莫之陵○ 22/28/1
「六四」、當位疑○ 22/28/5
「匪寇婚媾」、終无尤○ 22/28/5
「六五」之「吉」、有喜○ 22/28/9
「白賁无咎」、上得志○ 22/28/13
《剝》、剝○ 23/28/19
柔變剛○ 23/28/19
「不利有攸往」、小人長○ 23/28/19
觀象○ 23/28/19
「剝床以足」、以滅下○ 23/28/26
「剝床以辨」、未有與○ 23/29/1
「剝之无咎」、失上下○ 23/29/5
「剝床以膚」、切近災○ 23/29/9
「以宮人寵」、終无尤○ 23/29/13
「君子得輿」、民所載○ 23/29/17
「小人剝廬」、終不可用○ 23/29/17
「利有攸往」、剛長○ 24/29/24
「不遠」之「復」、以脩身○ 24/30/1
「休復」之「吉」、以下仁○ 24/30/5
「頻復」之「厲」、義「无咎」○ 24/30/9
「中行獨復」、以從道○ 24/30/13
「敦復无悔」、中以自考○ 24/30/17
「迷復」之「凶」、反君道○ 24/30/22
天之命○ 25/30/29
「无妄」之「往」、得志○ 25/31/5
「不耕穫」、未富○ 25/31/9
「行人得」牛、「邑人災」○ 25/31/13
「可貞无咎」、固有之○ 25/31/17
「无妄」之「藥」、不可試○ 25/31/21
「无妄」之「行」、窮之災○ 25/31/25
大正○ 26/32/1
「不家食吉」、養賢○ 26/32/1
「利涉大川」、應乎天○ 26/32/1
「有厲利己」、不犯災○ 26/32/7
「輿說輹」、中无尤○ 26/32/11
「利有攸往」、上合志○ 26/32/15
「六四元吉」、有喜○ 26/32/19
「六五」之「吉」、有慶○ 26/32/23,55/66/3
「何天之衢」、道大行○ 26/32/27
養正則吉○ 27/33/5
「觀頤」、觀其所養○ 27/33/5
「自求口實」、觀其自養○ 27/33/5
「觀我朵頤」、亦不足貴○ 27/33/12
「六二征凶」、行失類○ 27/33/16
「十年勿用」、道大悖○ 27/33/20
「顛頤」之「吉」、上施光○ 27/33/24
「居貞」之「吉」、順以從上○ 27/33/28
「由頤厲吉」、大有慶○ 27/34/3
《大過》、大者過○ 28/34/9
「棟（撓）〔橈〕」、本末弱○ 28/34/9
「藉用白茅」、柔在下○ 28/34/16
「老夫女妻」、過以相與○ 28/34/20
「棟橈」之「凶」、不可以有輔○ 28/34/24
「棟隆」之「吉」、不橈乎下○ 28/34/28
「枯楊生華」、何可久○ 28/35/3
「老婦士夫」、亦可醜○ 28/35/3
「過涉」之「凶」、不可咎○ 28/35/7
《習坎》、重險○ 29/35/13
「維心亨」、乃以剛中○ 29/35/13
「行有尚」、往有功○ 29/35/14
天險、不可升○ 29/35/14
地險、山川丘陵○ 29/35/14
「習坎入坎」、失道「凶」○ 29/35/21
「求小得」、未出中○ 29/35/25
「來之坎坎」、終无功○ 29/36/1
「樽酒簋貳」、剛柔際○ 29/36/5
「坎不盈」、中未大○ 29/36/9
「上六」失道、「凶」「三歲」○ 29/36/13
《離》、麗○ 30/36/19
是以「畜牝牛吉」○ 30/36/20
「履錯」之「敬」、以辟咎○ 30/36/26
「黃離元吉」、得中道○ 30/37/1
「日昃之離」、何可久○ 30/37/5
「突如其來如」、无所容○ 30/37/9
「六五」之「吉」、離王公○ 30/37/13
「王用出征」、以正邦○ 30/37/17
《咸》、感○ 31/37/23
是以「亨利貞、取女吉」○ 31/37/23
「咸其拇」、志在外○ 31/38/3
雖「凶居吉」、順不害○ 31/38/7
「咸其股」、亦不處○ 31/38/11
志在「隨」人、所「執」下○ 31/38/11
「貞吉悔亡」、未感害○ 31/38/15
「憧憧往來」、未光大○ 31/38/15
「咸其脢」、志末○ 31/38/19
「咸其輔頰舌」、滕口說○ 31/38/23
《恆》、久○ 32/38/29,69/89/13

恆亨无咎利貞」、久於其道〇 32/39/1
天地之道恆久而不已〇 32/39/1
「利有攸往」、終則有始〇 32/39/1
「浚恆」之「凶」、始求深〇 32/39/9
「九二悔亡」、能久中〇 32/39/13
「不恆其德」、无所容〇 32/39/17
安得「禽」〇 32/39/21
「婦人貞吉」、從一而終〇 32/39/25
「夫子」制義、從婦「凶」〇 32/39/25
「振恆」在上、大无功〇 32/39/29
遯而亨〇 33/40/5
與時行〇 33/40/5
「小利貞」、浸而長〇 33/40/5
「遯尾」之「厲」、不往何災〇 33/40/12
「執用黃牛」、固志〇 33/40/16
「係遯」之「厲」、有疾憊〇 33/40/20
「畜臣妾吉」、不可大事〇 33/40/20
「君子好遯、小人否」〇 33/40/24
「嘉遯貞吉」、以正志〇 33/40/28
「肥遯无不利」、无所疑〇 33/41/1
《大壯》、大者壯〇 34/41/7
大者、正〇 34/41/7
「壯于趾」、其「孚」窮〇 34/41/14
「九二貞吉」、以中〇 34/41/18
「小人用壯、君子〔用〕罔」〇 34/41/22
「藩決不羸」、尙往〇 34/41/26
「喪羊于易」、位不當〇 34/42/1
「不能退、不能遂」、不詳〇 34/42/5
「艱則吉」、咎不長〇 34/42/5
《晉》、進〇 35/42/11
是以「康侯」用「錫馬蕃庶晝日三接」〇 35/42/11
「晉如摧如」、獨行正〇 35/42/18
「裕无咎」、未受命〇 35/42/18
「受茲介福」、以中正〇 35/42/22
「眾允」之、志上行〇 35/42/26
「鼫鼠貞厲」、位不當〇 35/43/1
「失得勿恤」、往有慶〇 35/43/5
「維用伐邑」、道未光〇 35/43/9
「利艱貞」、晦其明〇 36/43/15
「君子于行」、義「不食」〇 36/43/22
「六二」之「吉」、順以則〇 36/43/26
「南狩」之志、乃（得大）〔大得〕〇 36/44/1
「入于左腹」、獲心意〇 36/44/5
「箕子」之「貞」、「明」不可息〇 36/44/9
「初登于天」、照四國〇 36/44/13
「後入于地」、失則〇 36/44/13
天地之大義〇 37/44/19
父母之謂〇 37/44/20
「閑有家」、志未變〇 37/44/27
「六二」之「吉」、順以巽〇 37/44/31
「家人嗃嗃」、未失〇 37/45/3
「婦子嘻嘻」、失家節〇 37/45/3
「富家大吉」、順在位〇 37/45/7
「王假有家」、交相愛〇 37/45/11
「威如」之「吉」、反身之謂〇 37/45/15
天地睽而其事同〇 38/45/22
男女睽而其志通〇 38/45/22
萬物睽而其事類〇 38/45/23
「見惡人」、以辟「咎」〇 38/45/29
「遇主于巷」、未失道〇 38/46/1
「見輿曳」、位不當〇 38/46/5
「无初有終」、遇剛〇 38/46/5
「交孚无咎」、志行〇 38/46/9
「厥宗噬膚」、「往」有慶〇 38/46/13
「遇雨」之「吉」、群疑亡〇 38/46/18
《蹇》、難〇 39/46/24,69/89/14
往得中〇 39/46/25
「不利東北」、其道窮〇 39/46/25
「利見大人」、往有功〇 39/46/25
當位「貞吉」、以正邦〇 39/46/25
「往蹇來譽」、宜待〇 39/47/1
「王臣蹇蹇」、終无尤〇 39/47/5
「往蹇來反」、內喜之〇 39/47/9
「往蹇來連」、當位實〇 39/47/13
「大蹇朋來」、以中節〇 39/47/17
「往蹇來碩」、志在內〇 39/47/21
「利見大人」、以從貴〇 39/47/21
《解》「利西南」、往得眾〇 40/47/27
「其來復吉」、乃得中〇 40/47/28
「有攸往夙吉」、往有功〇 40/47/28
義「无咎」〇 40/48/5
「九二」「貞吉」、得中道〇 40/48/9
「負且乘」、亦可醜〇 40/48/13
又誰咎〇 40/48/13
「解而拇」、未當位〇 40/48/17
「君子有解」、「小人」退〇 40/48/21
「公用射隼」、以解悖〇 40/48/25
尙合志〇 41/49/9
中以爲志〇 41/49/13
「三」則疑〇 41/49/17
亦可「喜」〇 41/49/21
自上祐〇 41/49/25
大得志〇 41/49/29
「元吉无咎」、下不厚事〇 42/50/13
「或益之」、自外來〇 42/50/17
「益用凶事」、固有之

○ 42/50/21
「告公從」、以益志○ 42/50/25
「惠我德」、大得志○ 42/50/29
「莫益之」、偏辭○ 42/51/3
「或擊之」、自外來○ 42/51/3
《夬》、決○ 43/51/9,69/89/20
剛決柔○ 43/51/9,69/89/20
「揚于王庭」、柔乘五剛○ 43/51/9
「孚號有厲」、其危乃光○ 43/51/10
「告自邑不利即戎」、所尙乃窮○ 43/51/10
「利有攸往」、剛長乃終○ 43/51/10
「不勝」而「往」、「咎」○ 43/51/17
「有戎勿恤」、得中道○ 43/51/21
「君子夬夬」、終「无咎」○ 43/51/25
「其行次且」、位不當○ 43/51/29
「聞言不信」、聰不明○ 43/51/29
「中行无咎」、中未光○ 43/52/3
「无號」之「凶」、終不可長○ 43/52/7
《姤》、遇○ 44/52/13,69/89/19
柔遇剛○ 44/52/13,69/89/19
「勿用取女」、不可與長○ 44/52/13
品物咸章○ 44/52/13
天下大行○ 44/52/14
「繫于金柅」、柔道牽○ 44/52/20
「包有魚」、義不及「賓」○ 44/52/24
「其行次且」、行未牽○ 44/52/28
「无魚」之「凶」、遠民○ 44/53/3
「九五」「含章」、中正○ 44/53/7
「有隕自天」、志不舍命○ 44/53/7
「姤其角」、上窮「吝」○ 44/53/11
《萃》、聚○ 45/53/17
故聚○ 45/53/17
「王假有廟」、致孝享○ 45/53/17
「利見大人亨」、聚以正○ 45/53/18
「用大牲吉、利有攸往」、順天命○ 45/53/18
「乃亂乃萃」、其志亂○ 45/53/25
「引吉无咎」、中未變○ 45/53/29
「往无咎」、上巽○ 45/54/3
「大吉无咎」、位不當○ 45/54/7
「萃有位」、志未光○ 45/54/11
「齎咨涕洟」、未安上○ 45/54/15
「用見大人勿恤」、有慶○ 46/54/21
「南征吉」、志行○ 46/54/22
「允升大吉」、上合志○ 46/54/28
「九二」之「孚」、有喜○ 46/55/3
「升虛邑」、无所疑○ 46/55/7
「王用亨于岐山」、順事○ 46/55/11
「貞吉升階」、大得志○ 46/55/15
「冥升」在上、消不富○ 46/55/19
《困》、剛揜○ 47/55/25
「貞大人吉」、以剛中○ 47/55/26
「有言不信」、尙口乃窮○ 47/55/26
幽、不明○ 47/56/1
「困于酒食」、中有慶○ 47/56/5
「據于蒺藜」、乘剛○ 47/56/9
「入于其宮不見其妻」、不祥○ 47/56/9
「來徐徐」、志在下○ 47/56/13
有與○ 47/56/13
「劓刖」、志未得○ 47/56/17
「乃徐有說」、以中直○ 47/56/17
「利用祭祀」、受福○ 47/56/17
「困于葛藟」、未當○ 47/56/22
「動悔有悔」、「吉」行○ 47/56/22
井養而不窮○ 48/57/1
「改邑不改井」、乃以剛中○ 48/57/1
〔井〕汔至、亦未繘井」、未有功○ 48/57/2
「羸其瓶」、是以凶○ 48/57/2
「井泥不食」、下○ 48/57/8
「舊井无禽」、時舍○ 48/57/8
「井谷射鮒」、无與○ 48/57/12
「井渫不食」、行「惻」○ 48/57/16
求「王明」、「受福」○ 48/57/16
「井甃无咎」、脩井○ 48/57/20
「寒泉」之「食」、中正○ 48/57/24
「元吉」在「上」、大成○ 48/58/1
「鞏用黃牛」、不可以有爲○ 49/58/15
「巳日革之」、行有嘉○ 49/58/19
「改命」之「吉」、信志○ 49/58/27
「大人虎變」、其文炳○ 49/59/1
「君子豹變」、其文蔚○ 49/59/5
「小人革面」、順以從君○ 49/59/5
《鼎》象○、以木巽火亨飪○ 50/59/11
亨飪○ 50/59/11
「鼎顚趾」、未悖○ 50/59/18
「利出否」、以從貴○ 50/59/18
「鼎有實」、愼所之○ 50/59/22
「我仇有疾」、終无尤○ 50/59/22
「鼎耳革」、失其義○ 50/59/26
「覆公餗」、信如何○ 50/60/1
「鼎黃耳」、中以爲實○ 50/60/5
「玉鉉」在「上」、剛柔節○ 50/60/9
「震來虩虩」、恐致福○ 51/60/15,51/60/23
「笑言啞啞」、後有則

〇 51/60/15
「震驚百里」、驚遠而懼邇〇 51/60/16
以爲祭主〇 51/60/16
「笑言啞啞」、「後」有則〇 51/60/23
「震來厲」、乘剛〇 51/60/27
「震蘇蘇」、位不當〇 51/61/3
「震遂泥」、未光〇 51/61/7
「震往來厲」、危行〇 51/61/11
其事在中、大「无喪」〇 51/61/11
「震索索」、中未得〇 51/61/16
雖「凶」「无咎」、畏鄰戒〇 51/61/16
《艮》、止〇 52/61/22,69/89/9
止其所〇 52/61/23
不相與〇 52/61/23
无咎〇 52/61/23
「艮其趾」、未失正〇 52/61/29
「不拯其隨」、未退聽〇 52/62/3
「艮其限」、危「薰心」〇 52/62/7
「艮其身」、止諸躬〇 52/62/11
「艮其輔」、以中正〇 52/62/15
「敦艮」之「吉」、以厚終〇 52/62/19
《漸》之進〇 53/62/25
「女歸吉」〇 53/62/25
往有功〇 53/62/25
可以正邦〇 53/62/25
其位、剛得中〇 53/62/26
動不窮〇 53/62/26
「小子」之「厲」、義「无咎」〇 53/63/1
「飲食衎衎」、不素飽〇 53/63/5
「夫征不復」、離群醜〇 53/63/9
「婦孕不育」、失其道〇 53/63/9
「利用禦寇」、順相保〇 53/63/9
「或得其桷」、順以巽〇 53/63/14
「終莫之勝吉」、得所願〇 53/63/18
「其羽可用爲儀吉」、不可亂〇 53/63/22
《歸妹》、天地之大義〇 54/63/28
《歸妹》、人之終始〇 54/63/28
所歸妹〇 54/63/29
「征凶」、位不當〇 54/63/29
「无攸利」、柔乘剛〇 54/63/29
「歸妹以娣」、以恆〇 54/64/5
「跛能履」、「吉」相承〇 54/64/5
「利幽人之貞」、未變常〇 54/64/9
「歸妹以須」、未當〇 54/64/13
「愆期」之志、有待而行〇 54/64/17
「帝乙歸妹」、「不如其娣之袂良」〇 54/64/21
以貴行〇 54/64/21
「上六」「无實」、「承」虛「筐」〇 54/64/25
《豐》、大〇 55/65/5
「王假之」、尙大〇 55/65/5
「勿憂宜日中」、宜照天下〇 55/65/5
「雖旬无咎」、過旬災〇 55/65/13
「有孚發若」、信以發志〇 55/65/17
「豐其沛」、不可大事〇 55/65/21
「折其右肱」、終不可用〇 55/65/21
「豐其蔀」、位不當〇 55/65/25
「日中見斗」、幽不明〇 55/65/25
「遇其夷主」、「吉」行〇 55/65/25
「豐其屋」、天際翔〇 55/66/7
「闚其戶、闃其无人」、自藏〇 55/66/7
是以「小亨旅貞吉」〇 56/66/13
「旅瑣瑣」、志窮「災」〇 56/66/20
終无尤〇 56/66/24
其義「喪」〇 56/66/28
「旅于處」、未得位〇 56/67/1
「得其資斧」、「心」未「快」〇 56/67/1
「終以譽命」、上逮〇 56/67/5
以「旅」在「上」、其義「焚」〇 56/67/9
「喪牛于易」、終莫之聞〇 56/67/9
「進退」、志疑〇 57/67/23
「利武人之貞」、志治〇 57/67/23
「紛若」之「吉」、得中〇 57/67/27
「頻巽」之「吝」、志窮〇 57/68/3
「田獲三品」、有功〇 57/68/7
「九五」之「吉」、位正中〇 57/68/11
「巽在床下」、「上」窮〇 57/68/15
「喪其資斧」、正乎「凶」〇 57/68/15
《兌》、說〇 58/68/21
「和兌」之「吉」、行未疑〇 58/68/28
「孚兌」之「吉」、信志〇 58/69/3
「來兌」之「凶」、位不當〇 58/69/7
「九四」之「喜」、有慶〇 58/69/11
「孚于剝」、位正當〇 58/69/15
「上六、引兌」、未光〇 58/69/19
「王假有廟」、王乃在中〇 59/69/25
「利涉大川」、乘木有功〇 59/69/26
「初六」之「吉」、順〇 59/70/1
「渙奔其机」、得願〇 59/70/5
「渙其躬」、志在外〇 59/70/9
「渙其群元吉」、光大〇 59/70/13
「王居无咎」、正位〇 59/70/17
「渙其血」、遠害〇 59/70/21
「苦節不可貞」、其道窮〇 60/70/27
「不出戶庭」、知通塞〇 60/71/3
「不出門庭凶」、失時極〇 60/71/7
「不節」之「嗟」、又誰「咎」〇 60/71/11

「安節」之「亨」、承上道○ 60/71/15
「甘節」之「吉」、居位中○ 60/71/19
「苦節貞凶」、其道窮○ 60/71/23
乃化邦○ 61/71/29
「豚魚吉」、信及豚魚○ 61/71/29
「利涉大川」、乘木舟虛○ 61/72/1
中孚以「利貞」、乃應乎天○ 61/72/1
「初九、虞吉」、志未變○ 61/72/7
「其子和之」、中心願○ 61/72/11
「或鼓或罷」、位不當○ 61/72/15
「馬匹亡」、絕類上○ 61/72/19
「有孚攣如」、位正當○ 61/72/23
「翰音登于天」、何可長○ 61/72/27
《小過》〔「亨」〕、小者過而亨○ 62/73/5
過以「利貞」、與時行○ 62/73/5
是以「小事吉」○ 62/73/6
是以「不可大事」○ 62/73/6
「飛鳥遺之音、不宜上、宜下、大吉」、上逆而下順○ 62/73/7
「飛鳥以凶」、不可如何○ 62/73/13
「不及其君」、臣不可過○ 62/73/17
「從或戕之」、「凶」如何○ 62/73/21
「弗過遇之」、位不當○ 62/74/1
「往厲必戒」、終不可長○ 62/74/1
「密雲不雨」、已上○ 62/74/5
「弗遇過之」、已亢○ 62/74/9
小者亨○ 63/74/15
剛柔正而位當○ 63/74/15
「初吉」、柔得中○ 63/74/15
「曳其輪」、義「无咎」○ 63/74/22
「七日得」、以中道○ 63/74/26
「三年克之」、憊○ 63/75/1
「終日戒」、有所疑○ 63/75/5
「東鄰殺牛」、「不如西鄰」之時○ 63/75/9
「實受其福」、吉大來○ 63/75/9
「濡其首、厲」、何可久○ 63/75/13
《未濟》「亨」、柔得中○ 64/75/19
「小狐汔濟」、未出中○ 64/75/19
「濡其尾、无攸利」、不續終○ 64/75/19
雖不當位、剛柔應○ 64/75/20
「濡其尾」、亦不知極○ 64/75/26
「九二」「貞吉」、中以行（正）〔直〕○ 64/76/1
「未濟征凶」、位不當○ 64/76/5
「貞吉悔亡」、志行○ 64/76/9
「君子之光」、其暉「吉」○ 64/76/13
「飲酒濡首」、亦不知節○ 64/76/17
是故吉凶者、失得之象○ 65/77/1
悔吝者、憂虞之象○ 65/77/2
變化者、進退之象○ 65/77/2
剛柔者、晝夜之象○ 65/77/2
六爻之動、三極之道○ 65/77/3
是故君子所居而安者、《易》之序○ 65/77/3
所樂而玩者、爻之辭○ 65/77/3
彖者、言乎象者○ 65/77/7
爻者、言乎變者○ 65/77/7
吉凶者、言乎其失得○ 65/77/7
悔吝者、言乎其小疵○ 65/77/8
无咎者、善補過○ 65/77/8
辭○者、各指其所之 65/77/10
繼之者善○ 65/77/17
成之者性○ 65/77/17
其靜○專 65/78/2
其動○直 65/78/2
其靜○翕 65/78/3
其動○闢 65/78/3
夫《易》、聖人所以崇德而廣業○ 65/78/4
言天下之至賾而不可惡○ 65/78/10
言天下之至動而不可亂○ 65/78/10
樞機之發、榮辱之主○ 65/78/14
言行、君子之所以動天地○ 65/78/14
愼之至○ 65/78/19
而用可重○ 65/78/19
愼斯術○以往 65/78/19
厚之至○ 65/78/20
語以其功下人者○ 65/78/20
謙○者、致恭以存其位者○ 65/79/1
亂之所生○ 65/79/3
是以君子愼密而不出○ 65/79/4
負○者、小人之事○ 65/79/5
乘○者、君子之器○ 65/79/5
盜之招○ 65/79/7
此所以成變化而行鬼神○ 65/79/11
當萬物之數○ 65/79/13
是以君子將有爲○ 65/79/18
將有行○ 65/79/19
其受命○如響 65/79/19
《易》无思○ 65/79/21
无爲○ 65/79/21
夫《易》、聖人之所以極深而研幾○ 65/79/22
唯深○ 65/79/23
唯幾○ 65/79/23
唯神○ 65/79/23
此之謂○ 65/79/24,66/83/7
夫《易》、何爲者○ 65/79/26
如斯而已者○ 65/80/1
所以示○ 65/80/14
所以告○ 65/80/14
所以斷○ 65/80/15
祐者、助○ 65/80/15
天之所助者、順○ 65/80/16
人之所助者、信○ 65/80/16
又以尙賢○ 65/80/16
吉无不利○ 65/80/17
吉凶悔吝者、生乎動者○ 66/81/12
剛柔者、立本者○ 66/81/12

變通者、趣時者○ 66/81/13
吉凶者、貞勝者○ 66/81/13
貞觀者○ 66/81/13
日月之道、貞明者○ 66/81/13
天下之動、貞夫一者○ 66/81/14
爻○者、效此者○ 66/81/15
象○者、像此者○ 66/81/15
古者包犧氏之王天下○ 66/81/19
是故《易》者、象○ 66/82/14
象○者、像○ 66/82/14
彖者、材○ 66/82/14
爻○者、效天下之動者
○ 66/82/14
是故吉凶生而悔吝著○ 66/82/15
其故何○ 66/82/15
其德行何○ 66/82/16
君子之道○ 66/82/16
小人之道○ 66/82/16
往者屈○ 66/82/19
來者信○ 66/82/19
以求信○ 66/82/20
以存身○ 66/82/20
以致用○ 66/82/20
以崇德○ 66/82/21
未之或知○ 66/82/21
德之盛○ 66/82/21
隼者、禽○ 66/83/3
弓矢者、器○ 66/83/3
射之者、人○ 66/83/4
語成器而動者○ 66/83/5
此小人之福○ 66/83/6
小人以小善爲无益而弗
爲○ 66/83/7
以小惡爲无傷而弗去○ 66/83/8
危者、安其位者○ 66/83/9
亡者、保其存者○ 66/83/9
亂者、有其治者○ 66/83/10
是以身安而國家可保○ 66/83/10
言不勝其任○ 66/83/13
幾者、動之微、吉之先
見者○ 66/83/14
知之未嘗復行○ 66/83/16
言致一○ 66/83/18
故全○ 66/83/19
則民不與○ 66/83/20,66/83/20
則民不應○ 66/83/20
乾、陽物○ 66/83/23
坤、陰物○ 66/83/23
其稱名○ 66/83/24
其稱名○小 66/84/1
其取類○大 66/84/1
《易》之興○ 66/84/4,66/84/23
是故《履》、德之基○ 66/84/4
《謙》、德之柄○ 66/84/5
《復》、德之本○ 66/84/5
《恆》、德之固○ 66/84/5
《損》、德之脩○ 66/84/5
《益》、德之裕○ 66/84/6
《困》、德之（辨）
〔辯〕○ 66/84/6
《井》、德之地○ 66/84/6
《巽》、德之制○ 66/84/6
《易》之爲書○不可遠 66/84/12
爲道○屢遷 66/84/12
《易》之爲書○ 66/84/14
66/84/21
以爲質○ 66/84/15
唯其時物○ 66/84/15
本末○ 66/84/15
近○ 66/84/19
其用柔中○ 66/84/20
貴賤之等○ 66/84/20
六者非它○ 66/84/22
三材之道○ 66/84/22
此之謂《易》之道○ 66/84/25
夫乾、天下之至健○ 66/85/1
夫坤、天下之至順○ 66/85/1
昔者聖人之作《易》○ 67/85/11
67/85/14
是故《易》逆數○ 67/85/19
震東方○ 67/85/23
巽東南○ 67/85/23
齊○者、言萬物之絜齊
○ 67/85/23
離○者、明○ 67/85/24
南方之卦○ 67/85/24
蓋取諸此○ 67/85/24
坤○者、地○ 67/85/25
兌、正秋○ 67/85/25
萬物之所說○ 67/85/25
乾、西北之卦○ 67/85/26
言陰陽相薄○ 67/85/26
坎者、水○ 67/85/26
正北方之卦○ 67/86/1
勞卦○ 67/86/1
萬物之所歸○ 67/86/1
艮、東北之卦○ 67/86/1
萬物之所成終而所成始○ 67/86/1
神○者、妙萬物而爲言
者○ 67/86/4
既成萬物○ 67/86/6
乾、健○ 67/86/8
坤、順○ 67/86/8
震、動○ 67/86/8
巽、入○ 67/86/8
坎、陷○ 67/86/8
離、麗○ 67/86/8
艮、止○ 67/86/8
兌、說○ 67/86/9
乾、天○ 67/86/15
坤、地○ 67/86/15
其於地○爲黑 67/86/23
其於馬○ 67/86/26,67/87/6
其於稼○ 67/86/26
其於人○ 67/87/2,67/87/5
67/87/9
其於輿○ 67/87/6
其於木○ 67/87/7,67/87/10
67/87/13
其於地○ 67/87/15
《屯》者、盈○ 68/87/20
屯者、物之始生○ 68/87/21
《蒙》者、蒙○ 68/87/21
物之穉○ 68/87/21
物穉不可不養○ 68/87/22
《需》者、飲食之道○ 68/87/22
《師》者、眾○ 68/87/23
《比》者、比○ 68/87/24
〔《履》者、禮○〕 68/87/25
《泰》者、通○ 68/87/25
《蠱》者、事○ 68/88/4
《臨》者、大○ 68/88/4
嗑者、合○ 68/88/5
《賁》者、飾○ 68/88/6
《剝》者、剝○ 68/88/7
《頤》者、養○ 68/88/9
《坎》者、陷○ 68/88/10
《離》者、麗○ 68/88/11
夫婦之道不可以不久○ 68/88/14
《恆》者、久○ 68/88/15
《遯》者、退○ 68/88/16

《晉》者、進○ 68/88/17
夷者、傷○ 68/88/17
《睽》者、乖○ 68/88/18
《蹇》者、難○ 68/88/19
《解》者、緩○ 68/88/20
《夬》者、決○ 68/88/21
《姤》者、遇○ 68/88/21
《萃》者、聚○ 68/88/22
《震》者、動○ 68/88/25
《艮》者、止○ 68/88/26
漸者、進○ 68/88/26
《豐》者、大○ 68/88/27
《巽》者、入○ 68/88/28
《兌》者、說○ 68/89/1
《渙》者、離○ 68/89/1
物不可窮○ 68/89/3
《震》、起○ 69/89/9
《損》《益》、盛衰之始○ 69/89/9
《大畜》、時○ 69/89/10
《无妄》、災○ 69/89/10
《萃》聚而《升》不來○ 69/89/10
《謙》輕而《豫》怠○ 69/89/10
《噬嗑》、食○ 69/89/11
《賁》、无色○ 69/89/11
《兌》見而《巽》伏○ 69/89/11
《隨》、无故○ 69/89/12
《蠱》則飭○ 69/89/12
《剝》、爛○ 69/89/12
《復》、反○ 69/89/12
《晉》、晝○ 69/89/12
《明夷》、誅○ 69/89/13
《井》通而《困》相遇○ 69/89/13
《咸》、速○ 69/89/13
《渙》、離○ 69/89/14
《節》、止○ 69/89/14
《解》、緩○ 69/89/14
《睽》、外○ 69/89/14
《家人》、內○ 69/89/14
《否》《泰》、反其類○ 69/89/15
《遯》則退○ 69/89/15
《大有》、衆○ 69/89/15
《同人》、親○ 69/89/16
《革》、去故○ 69/89/16
《鼎》、取新○ 69/89/16
《小過》、過○ 69/89/16
《中孚》、信○ 69/89/16
《豐》、多故○ 69/89/17
親寡《旅》○ 69/89/17
《離》上而《坎》下○ 69/89/17
《小畜》、寡○ 69/89/17
《履》、不處○ 69/89/18
《需》、不進○ 69/89/18
《訟》、不親○ 69/89/18
《大過》、顛○ 69/89/18
《漸》、女歸待男行○ 69/89/19
《頤》、養正○ 69/89/19
《既濟》、定○ 69/89/19
《歸妹》、女之終○ 69/89/20
《未濟》、男之窮○ 69/89/20
小人道憂○ 69/89/21

冶 yě 1

○容誨淫 65/79/6

野 yě 6

龍戰于○ 2/4/23,2/4/25
〔《同人》〕同人于○ 13/17/9
《同人》曰、「同人于○、亨、利涉大川」 13/17/11
上古穴居而○處 66/82/9
葬之中○ 66/82/10

曳 yè 6

見輿○ 38/46/3
「見輿○」、位不當也 38/46/5
○其輪 63/74/20,64/75/28
「○其輪」、義「无咎」也 63/74/22
爲○ 67/87/6

夜 yè 3

莫○有戎 43/51/19
剛柔者、晝○之象也 65/77/2
通乎晝○之道而知 65/77/16

業 yè 12

君子進德脩○ 1/2/12
所以居○也 1/2/13
君子進德脩○、欲及時也 1/2/18
發於事○ 2/5/9
可大則賢人之○ 65/76/25
盛德大○至矣哉 65/77/20
富有之謂大○ 65/77/20
夫《易》、聖人所以崇德而廣○也 65/78/4
以定天下之○ 65/80/2
吉凶生大○ 65/80/9
舉而錯之天下之民謂之事○ 65/81/3
功○見乎變 66/81/16

一 yī 29

非○朝○夕之故 2/5/3
「婦人貞吉」、從○而終也 32/39/25
載鬼○車 38/46/15
三人行則損○人 41/49/15
 66/83/18
○人行則得其友 41/49/15
 66/83/18
○人行 41/49/17
若號○握爲笑 45/53/23
射雉○矢亡 56/67/3
○寒○暑 65/76/23
○陰○陽之謂道 65/77/17
掛○以象三 65/79/9
《乾》之策二百○十有六 65/79/12
二篇之策萬有○千五百二十 65/79/12
天○ 65/79/26
○闔○闢謂之變 65/80/6
天下之動、貞夫○者也 66/81/14
陽、○君而二民 66/82/16
陰、二君而○民 66/82/16
○致而百慮 66/82/18
言致○也 66/83/18
《恆》以○德 66/84/9
震○索而得男 67/86/15
巽○索而得女 67/86/15

衣 yī 3

繻有○袽 63/75/3
黃帝、堯、舜垂○裳而天下治 66/82/5
厚○之以薪 66/82/10

依 yī 1

利用爲○遷國 42/50/23

噫 yī 1

○亦要存亡吉凶 66/84/16

夷 yí 15

《明○》利艱貞 36/43/13
《明○》 36/43/15,36/43/18
明○于飛 36/43/20
明○、○于左股 36/43/24
明○于南狩 36/43/28
獲明○之心于出門庭 36/44/3
箕子之明○ 36/44/7
遇其○主 55/65/23
「遇其○主」、「吉」行也 55/65/25
匪○所思 59/70/11
故受之以《明○》 68/88/17
○者、傷也 68/88/17
《明○》、誅也 69/89/13

宜 yí 16

○「建侯」而不寧 3/5/18
輔相天地之○ 11/14/29
大君之○ 19/24/30
「大君之○」、行中之謂也 19/25/1
「往蹇來譽」、○待也 39/47/1
○日中 55/65/3
「勿憂○日中」、○照天下也 55/65/5
不○上 62/73/3
○下 62/73/3
「飛鳥遺之音、不○上、○下、大吉」、上逆而下順也 62/73/7
象其物○ 65/78/8,65/81/4
觀鳥獸之文與地之○ 66/81/19
使民○之 66/82/4

洟 yí 2

齎咨涕○ 45/54/13
「齎咨涕○」、未安上也 45/54/15

疑 yí 16

「或」之者、○之也 1/3/13
則不○其所行也 2/5/6
陰○於陽必「戰」 2/5/10
「君子征凶」、有所○也 9/13/15
勿○ 16/21/13
「六四」、當位○也 22/28/5
「肥遯无不利」、无所○也 33/41/1
「遇雨」之「吉」、群○亡也 38/46/18
「三」則○也 41/49/17
「升虛邑」、无所○也 46/55/7
往得○疾 55/65/15
「進退」、志○也 57/67/23
「和兌」之「吉」、行未○也 58/68/28
「終日戒」、有所○也 63/75/5
以斷天下之○ 65/80/2
中心○者其辭枝 66/85/6

儀 yí 4

其羽可用爲○ 53/63/20
「其羽可用爲○吉」、不可亂也 53/63/22
是生兩○ 65/80/9
兩○生四象 65/80/9

頤 yí 19

○中有物曰《噬嗑》 21/26/13
《○》貞吉 27/33/3
觀○ 27/33/3
《○》「貞吉」 27/33/5
「觀○」、觀其所養也 27/33/5
《○》之時大矣哉 27/33/6
《○》 27/33/8
觀我朵○ 27/33/10
「觀我朵○」、亦不足貴也 27/33/12
顚○ 27/33/14,27/33/22
○、征凶 27/33/14
拂○貞、凶 27/33/18
「顚○」之「吉」、上施光也 27/33/24
由○ 27/34/1
「由○厲吉」、大有慶也 27/34/3
故受之以《○》 68/88/9
《○》者、養也 68/88/9
《○》、養正也 69/89/19

遺 yí 4

不遐○ 11/15/5
飛鳥○之音 62/73/3
「飛鳥○之音、不宜上、宜下、大吉」、上逆而下順也 62/73/7
曲成萬物而不○ 65/77/16

乙 yǐ 3

帝○歸妹 11/15/17,54/64/19
「帝○歸妹」、「不如其娣之袂良」也 54/64/21

已 yǐ 10

天地之道恆久而不○也 32/39/1
○事遄往 41/49/7,41/49/9
「密雲不雨」、○上也 62/74/5
「弗遇過之」、○亢也 62/74/9
如斯而○者也 65/80/1
物不可以苟合而○ 68/88/5
損而不○必益 68/88/20
益而不○必決 68/88/20
升而不○必困 68/88/23

以 yǐ 474

時乘六龍○御天 1/1/20

君子○自强不息 1/1/23
君子體仁足○長人 1/2/1
嘉會足○合禮 1/2/1
利物足○和義 1/2/1
貞固足○幹事 1/2/1
所○進德也 1/2/13
所○居業也 1/2/13
是○動而有悔也 1/2/25,65/79/2
乾始能○美利利天下 1/3/4
「時乘六龍」、○「御天」也 1/3/7
君子○成德爲行 1/3/8
是○君子「弗用」也 1/3/10
君子學○聚之 1/3/10
問○辯之 1/3/10
寬○居之 1/3/11
仁○行之 1/3/11
君子○厚德載物 2/4/1
六二之動、「直」○「方」也 2/4/9
「含章可貞」、○時發也 2/4/13
○大終也 2/4/29
君子敬○直內 2/5/5
義○方外 2/5/6
陰雖有美「含」之○從王事 2/5/7
君子○經綸 3/5/20
○貴下賤 3/5/24
「即鹿无虞」○從禽也 3/6/5
○亨行 4/6/24
「初筮告」、○剛中也 4/6/25
蒙○養正 4/6/26
君子○果行育德 4/6/28
○往吝 4/7/1
「利用刑人」、○正法也 4/7/3
「童蒙」之吉、順○巽也 4/7/19
位乎天位○正中也 5/7/30
君子○飲食宴樂 5/8/1
雖「小有言」、○（「終吉」）〔「吉」「終」〕也 5/8/9
「需于血」、順○聽也 5/8/18
「酒食貞吉」、○中正也 5/8/22
君子○作事謀始 6/9/9
「訟元吉」、○中正也 6/9/29
○訟受服、亦不足敬也 6/10/3
能○衆正 7/10/9
可○王矣 7/10/9
○此毒天下而民從之 7/10/10
君子○容民畜衆 7/10/12
師出○律 7/10/14,7/10/16
「長子帥師」、○中行也 7/11/1
「大君有命」、○正功也 7/11/5
○剛中也 8/11/12
先王○建萬國 8/11/15
「外比」於賢、○從上也 8/12/3
君子○懿文德 9/12/21
富○其鄰 9/13/9
是○「履虎尾、不咥人、亨」 10/13/21
君子○辯上下 10/13/24
「眇能視」、不足○有明也 10/14/7
「跛能履」、不足○與行也 10/14/7
后○財成天地之道 11/14/29
○左右民 11/14/29
拔茅茹○其彙 11/15/1
○光大也 11/15/7
不富○其鄰 11/15/13,15/20/13
不戒○孚 11/15/13
「不戒○孚」、中心願也 11/15/15
○祉 11/15/17
「○祉元吉」、中○行願也 11/15/19
君子○儉德辟難 12/16/9
不可榮○祿 12/16/9
○其彙 12/16/11
文明○健 13/17/12
君子○類族辨物 13/17/15
「同人」之「先」○中直也 13/18/5
是○「元亨」 14/18/16,50/59/12
君子○遏惡揚善 14/18/18
大車○載 14/18/24
「大車○載」、積中不敗也 14/18/26
「厥孚交如」、信○發志也 14/19/11
君子○裒多益寡 15/19/25
「謙謙君子」、卑○自牧也 15/19/29
順○動 16/20/25
《豫》順○動 16/20/25
天地○順動 16/20/26
聖人○順動 16/20/26
先王○作樂崇德 16/20/29
殷薦之上帝○配祖考 16/20/29
「不終日貞吉」、○中正也 16/21/7
君子○嚮晦入宴息 17/22/4
○明 17/22/18
君子○振民育德 18/23/8
「幹父用譽」、承○德也 18/23/28
大「亨」○正、天之道也 19/24/9
君子○教思无窮 19/24/12
中正○觀天下 20/25/11
聖人○神道設教而天下服矣 20/25/12
先王○省方觀民設教 20/25/14
先王○明罰勑法 21/26/16
文明○止 22/27/16
觀乎天文○察時變 22/27/16
觀乎人文○化成天下 22/27/16
君子○明庶政 22/27/19
上○厚下安宅 23/28/22
剝床○足 23/28/24
「剝床○足」、○滅下也 23/28/26
剝床○辨 23/28/28
「剝床○辨」、未有與也 23/29/1
剝床○膚 23/29/7
「剝床○膚」、切近災也 23/29/9
貫魚○宮人寵 23/29/11
「○宮人寵」、終无尤也 23/29/13
剛反動而○順行 24/29/23
是○「出入无疾、朋來无咎」 24/29/23
先王○至日閉關 24/29/27
「不遠」之「復」、○脩身也 24/30/1
「休復」之「吉」、○下仁也 24/30/5
「中行獨復」、○從道也 24/30/13
「敦復无悔」、中○自考也 24/30/17
○其國君凶 24/30/19
大「亨」○正 25/30/28,49/58/8

先王○茂對時育萬物 25/31/1
君子○多識前言往行○畜其德 26/32/3
聖人養賢○及萬民 27/33/6
君子○愼言語、節飲食 27/33/8
「居貞」之「吉」、順○從上也 27/33/28
君子○獨立不懼 28/34/12
「老夫女妻」、過○相與也 28/34/20
「棟橈」之「凶」、不可○有輔也 28/34/24
「維心亨」、乃○剛中也 29/35/13
王公設險○守其國 29/35/14
君子○常德行、習教事 29/35/17
重明○麗乎正 30/36/19
是○「畜牝牛吉」也 30/36/20
大人○繼明照于四方 30/36/22
「履錯」之「敬」、○辟咎也 30/36/26
「王用出征」、○正邦也 30/37/17
二氣感應○相與 31/37/23
是○「亨利貞、取女吉」也 31/37/23
君子○虛受人 31/37/29
君子○立不易方 32/39/5
君子○遠小人 33/40/8
「嘉遯貞吉」、○正志也 33/40/28
剛○動 34/41/7
君子○非禮弗履 34/41/10
「九二貞吉」、○中也 34/41/18
是○「康侯」用「錫馬蕃庶晝日三接」也 35/42/11
君子○自昭明德 35/42/14
「受茲介福」、○中正也 35/42/22
○蒙大難 36/43/15
文王○之 36/43/15
箕子○之 36/43/16
君子○莅衆用晦而明 36/43/18
「六二」之「吉」、順○則也 36/43/26
君子○言有物而行有恆 37/44/23
「六二」之「吉」、順○巽也 37/44/31
是○「小事吉」 38/45/22
君子○同而異 38/45/25
「見惡人」、○辟「咎」也 38/45/29
當位「貞吉」、○正邦也 39/46/25
君子○反身修德 39/46/28
「大蹇朋來」、○中節也 39/47/17
「利見大人」、○從貴也 39/47/21
《解》、險○動 40/47/27
君子○赦過宥罪 40/48/1
「公用射隼」、○解悖也 40/48/25
君子○懲忿窒欲 41/49/5
中○爲志也 41/49/13
君子○見善則遷 42/50/9
「告公從」、○益志也 42/50/25
君子○施祿及下 43/51/13
后○施命誥四方 44/52/16
○杞包瓜 44/53/5
順○說 45/53/17
「利見大人亨」、聚○正也 45/53/18
君子○除戎器 45/53/21
柔○時升 46/54/21
是○大「亨」 46/54/21
君子○順德 46/54/24
積小○高大 46/54/24
險○說 47/55/25
「貞大人吉」、○剛中也 47/55/26
君子○致命遂志 47/55/28
「乃徐有說」、○中直也 47/56/17
「改邑不改井」、乃○剛中也 48/57/1
「羸其瓶」、是○凶也 48/57/2
君子○勞民勸相 48/57/4
文明○說 49/58/8
君子○治厤明時 49/58/11
「鞏用黃牛」、不可○有爲也 49/58/15
「小人革面」、順○從君也 49/59/5
《鼎》象也、○木巽火 50/59/11
聖人亨○享上帝 50/59/11
而大亨○養聖賢 50/59/11
君子○正位凝命 50/59/14
得妾○其子 50/59/16
「利出否」、○從貴也 50/59/18
「鼎黃耳」、中○爲實也 50/60/5
〔不喪匕鬯〕、出可○守宗廟社稷 51/60/16
○爲祭主也 51/60/16
君子○恐懼脩省 51/60/19
是○不獲其身、行其庭不見其人 52/61/23
君子○思不出其位 52/61/25
「艮其輔」、○中正也 52/62/15
「敦艮」之「吉」、○厚終也 52/62/19
進○正 53/62/25
可○正邦也 53/62/25
君子○居賢德善俗 53/62/28
「或得其桷」、順○巽也 53/63/14
說○動 54/63/29
君子○永終知敝 54/64/1
歸妹○娣 54/64/3
「歸妹○娣」、○恆也 54/64/5
歸妹○須 54/64/11
反歸○娣 54/64/11
「歸妹○須」、未當也 54/64/13
○貴行也 54/64/21
明○動 55/65/5
君子○折獄致刑 55/65/9
「有孚發若」、信○發志也 55/65/17
是○「小亨旅貞吉」也 56/66/13
君子○明愼用刑而不留獄 56/66/16
亦○傷矣 56/66/28
○旅與下 56/66/28
終○譽命 56/67/3
「終○譽命」、上逮也 56/67/5
○「旅」在「上」、其義「焚」也 56/67/9
重巽○申命 57/67/16
是○「小亨、利有攸往、利見大人」 57/67/16
君子○申命行事 57/67/19

說〇「利貞」 58/68/21
是〇順乎天而應乎人 58/68/21
說〇先民 58/68/21
說〇犯難 58/68/22
君子〇朋友講習 58/68/24
先王〇享于帝 59/69/28
說〇行險 60/70/27
當位〇節 60/70/28
中正〇通 60/70/28
節〇制度 60/70/28
君子〇制數度 60/70/30
中孚〇「利貞」、乃應乎天也 61/72/1
君子〇議獄緩死 61/72/3
過〇「利貞」、與時行也 62/73/5
是〇「小事吉」也 62/73/6
是〇「不可大事」也 62/73/6
君子〇行過乎恭 62/73/9
飛鳥〇凶 62/73/11
「飛鳥〇凶」、不可如何也 62/73/13
君子〇思患而豫防之 63/74/18
「七日得」、〇中道也 63/74/26
君子〇愼辨物居方 64/75/22
「九二」「貞吉」、中〇行（正）〔直〕也 64/76/1
卑高〇陳 65/76/21
方〇類聚 65/76/21
物〇群分 65/76/22
鼓之〇雷霆 65/76/23
潤之〇風雨 65/76/23
乾〇易知 65/76/24
坤〇簡能 65/76/24
是〇自天祐之 65/77/4,65/80/16,66/82/4
仰〇觀於天文 65/77/11
俯〇察於地理 65/77/11
〇言乎遠則不禦 65/78/1
〇言乎邇則靜而正 65/78/1
〇言乎天地之間則備矣 65/78/2
是〇大生焉 65/78/2
是〇廣生焉 65/78/3
夫《易》、聖人所〇崇德而廣業也 65/78/4
聖人有〇見天下之賾 65/78/8
聖人有〇見天下之動 65/78/8,65/81/4
〇行其典禮 65/78/9,65/81/5
繫辭焉〇斷其吉凶 65/78/9,65/81/5
擬議〇成其變化 65/78/11
言行、君子之所〇動天地也 65/78/14
愼斯術也〇往 65/78/19
語〇其功下人者也 65/78/20
謙也者、致恭〇存其位者也 65/79/1
則言語〇爲階 65/79/3
是〇君子愼密而不出也 65/79/4
分而爲二〇象兩 65/79/9
掛一〇象三 65/79/9
揲之〇四〇象四時 65/79/9
歸奇於扐〇象閏 65/79/10
此所〇成變化而行鬼神也 65/79/11
〇言者尚其辭 65/79/17
〇動者尚其變 65/79/18
〇制器者尚其象 65/79/18
〇卜筮者尚其占 65/79/18
是〇君子將有爲也 65/79/18
問焉而〇言 65/79/19
參伍〇變 65/79/20
夫《易》、聖人之所〇極深而研幾也 65/79/22
是故聖人〇通天下之志 65/80/1
〇定天下之業 65/80/2
〇斷天下之疑 65/80/2
卦之德方〇知 65/80/2
六爻之義易〇貢 65/80/3
聖人〇此洗心 65/80/3
神〇知來 65/80/3
知〇藏往 65/80/4
是〇明於天之道 65/80/4
是興神物〇前民用 65/80/5
聖人〇此齊戒 65/80/5
〇神明其德夫 65/80/5
〇爲天下利 65/80/11
〇定天下之吉凶 65/80/12
所〇示也 65/80/14
所〇告也 65/80/14
定之〇吉凶 65/80/14
所〇斷也 65/80/15
又〇尚賢也 65/80/16
聖人立象〇盡意 65/80/19
設卦〇盡情僞 65/80/20
繫辭焉〇盡其言 65/80/20
變而通之〇盡利 65/80/20
鼓之舞之〇盡神 65/80/20
則无〇見《易》 65/81/1
是故夫象、聖人有〇見天下之賾 65/81/3
何〇守位曰仁 66/81/16
何〇聚人曰財 66/81/17
〇通神明之德 66/81/20,66/83/24
〇類萬物之情 66/81/20
〇佃〇漁 66/82/1
〇教天下 66/82/2
〇濟不通 66/82/6
致遠〇利天下 66/82/6
〇利天下 66/82/7
〇待暴客 66/82/7
萬民〇濟 66/82/8
〇威天下 66/82/9
後世聖人易之〇宮室 66/82/9
〇待風雨 66/82/10
厚衣之〇薪 66/82/10
後世聖人易之〇棺椁 66/82/11
後世聖人易之〇書契 66/82/12
百官〇治 66/82/12
萬民〇察 66/82/12
〇求信也 66/82/20
〇存身也 66/82/20
〇致用也 66/82/20
〇崇德也 66/82/21
過此〇往 66/82/21
是〇出而有獲 66/83/4
善不積不足〇成名 66/83/7
惡不積不足〇滅身 66/83/7
小人〇小善爲无益而弗爲也 66/83/7
〇小惡爲无傷而弗去也 66/83/8
是〇身安而國家可保也 66/83/10
危〇動 66/83/20
懼〇語 66/83/20
〇體天地之撰 66/83/24
因貳〇濟民行 66/84/2
〇明失得之報 66/84/2
《履》〇和行 66/84/9
《謙》〇制禮 66/84/9
《復》〇自知 66/84/9
《恆》〇一德 66/84/9

《損》○遠害	66/84/10
《益》○興利	66/84/10
《困》○寡怨	66/84/10
《井》○辯義	66/84/10
《巽》○行權	66/84/10
其出入○度外內	66/84/13
○爲質也	66/84/15
懼○終始	66/84/25
德行恆易○知險	66/85/1
德行恆簡○知阻	66/85/1
八卦○象告	66/85/3
爻彖○情言	66/85/4
變動○利言	66/85/4
吉凶○情遷	66/85/4
窮理盡性○至於命	67/85/12
將○順性命之理	67/85/14
是○立天之道曰陰與陽	67/85/14
雷○動之	67/85/21
風○散之	67/85/21
雨○潤之	67/85/21
日○烜之	67/85/21
艮○止之	67/85/21
兌○說之	67/85/21
乾○君之	67/85/21
坤○藏之	67/85/22
故受之○《屯》	68/87/20
故受之○《蒙》	68/87/21
故受之○《需》	68/87/22
故受之○《訟》	68/87/22
故受之○《師》	68/87/23
故受之○《比》	68/87/23
故受之○《小畜》	68/87/24
故受之○《履》	68/87/24
故受之○《泰》	68/87/25
物不可○終通	68/88/1
故受之○《否》	68/88/1
物不可○終否	68/88/1
故受之○《同人》	68/88/1
故受之○《大有》	68/88/2
有大者不可○盈	68/88/2
故受之○《謙》	68/88/2
故受之○《豫》	68/88/3
故受之○《隨》	68/88/3
○喜隨人者必有事	68/88/3
故受之○《蠱》	68/88/3
故受之○《臨》	68/88/4
故受之○《觀》	68/88/5
故受之○《噬嗑》	68/88/5
物不可○苟合而已	68/88/5
故受之○《賁》	68/88/6
故受之○《剝》	68/88/6
物不可○終盡剝	68/88/7
故受之○《復》	68/88/7
故受之○《无妄》	68/88/7
故受之○《大畜》	68/88/8
故受之○《頤》	68/88/9
故受之○《大過》	68/88/9
物不可○終過	68/88/9
故受之○《坎》	68/88/10
故受之○《離》	68/88/10
夫婦之道不可○不久也	68/88/14
故受之○《恆》	68/88/15
物不可○久居其所	68/88/15
故受之○《遯》	68/88/15
物不可○終遯	68/88/16
故受之○《大壯》	68/88/16
物不可○終壯	68/88/16
故受之○《晉》	68/88/16
故受之○《明夷》	68/88/17
故受之○《家人》	68/88/18
故受之○《睽》	68/88/18
故受之○《蹇》	68/88/19
物不可○終難	68/88/19
故受之○《解》	68/88/19
故受之○《損》	68/88/20
故受之○《益》	68/88/20
故受之○《夬》	68/88/21
故受之○《姤》	68/88/21
故受之○《萃》	68/88/22
故受之○《升》	68/88/22
故受之○《困》	68/88/23
故受之○《井》	68/88/23
故受之○《革》	68/88/24
故受之○《鼎》	68/88/24
故受之○《震》	68/88/25
物不可○終動	68/88/25
故受之○《艮》	68/88/25
物不可○終止	68/88/26
故受之○《漸》	68/88/26
故受之○《歸妹》	68/88/26
故受之○《豐》	68/88/27
故受之○《旅》	68/88/28
故受之○《巽》	68/88/28
故受之○《兌》	68/89/1
故受之○《渙》	68/89/1
物不可○終離	68/89/2
故受之○《節》	68/89/2
故受之○《中孚》	68/89/2
故受之○《小過》	68/89/3
故受之○《既濟》	68/89/3
故受之○《未濟》	68/89/3

矣 yǐ 69

雖危无咎○	1/2/15
大○哉	1/3/5
雖危「无咎」○	1/3/12
其所由來者漸○	2/5/3
其義不困窮○	5/7/29
可以王○	7/10/9
「吉」、又何咎○	7/10/10
《豫》之時義大○哉	16/20/27
隨（時之）〔之時〕義大○哉	17/22/2
聖人以神道設教而天下服○	20/25/12
无妄之往何之○	25/30/29
行○哉	25/30/29
《頤》之時大○哉	27/33/6
《大過》之時大○哉	28/34/10
險之時用大○哉	29/35/15
觀其所感而天地萬物之情可見○	31/37/24
觀其所恆而天地萬物之情可見○	32/39/2
《遯》之時義大○哉	33/40/6
正大而天地之情可見○	34/41/8
正家而天下定○	37/44/20
睽之時用大○哉	38/45/23
知○哉	39/46/24
《蹇》之時用大○哉	39/46/26
《解》之時大○哉	40/47/29
「有孚惠心」、「勿問」之○	42/50/29
《姤》之時義大○哉	44/52/14
觀其所聚而天地萬物之情可見○	45/53/18
《革》之時大○哉	49/58/9
「革言三就」、又何之○	49/58/23
旅之時義大○哉	56/66/14

亦以傷○ 56/66/28
民勸○哉 58/68/22
乾坤定○ 65/76/21
貴賤位○ 65/76/21
剛柔斷○ 65/76/21
吉凶生○ 65/76/22
變化見○ 65/76/22
易簡而天下之理得○ 65/76/26
而成位乎其中○ 65/76/26
故君子之道鮮○ 65/77/18
盛德大業至○哉 65/77/20
夫《易》、廣○大○ 65/78/1
以言乎天地之間則備○ 65/78/2
《易》、其至○乎 65/78/4
而《易》行乎其中○ 65/78/5
苟錯諸地而可○ 65/78/18
其无所失○ 65/78/19
盜思奪之○ 65/79/6
盜思伐之○ 65/79/6
天下之能事畢○ 65/79/14
可與祐神○ 65/79/15
而《易》立乎其中○ 65/81/1
則乾坤或幾乎息○ 65/81/2
象在其中○ 66/81/11
爻在其中○ 66/81/11
變在其中○ 66/81/11
動在其中○ 66/81/12
夫乾、確然示人易○ 66/81/14
夫坤、隤然示人簡○ 66/81/14
鮮不及○ 66/83/12
斷可識○ 66/83/15
則傷之者至○ 66/83/21
斷辭則備○ 66/84/1
則居可知○ 66/84/17
則思過半○ 66/84/17
而吉凶可見○ 66/85/4
致飾然後亨則盡○ 68/88/6
復則不妄○ 68/88/7

倚 yǐ 1

參天兩地而○數 67/85/11

弋 yì 1

公○取彼在穴 62/74/3

亦 yì 15

以訟受服、○不足敬也 6/10/3
「比之匪人」、不○傷乎 8/11/27
「牽復」在中、○不自失也 9/12/29
「闚觀女貞」、○可醜也 20/25/22
「觀我朵頤」、○不足貴也 27/33/12
「老婦士夫」、○可醜也 28/35/3
「咸其股」、○不處也 31/38/11
「負且乘」、○可醜也 40/48/13
○可「喜」也 41/49/21
○未繘井 48/56/26
〔井〕汔至、○未繘井」、未有功也 48/57/2
○以傷矣 56/66/28
「濡其尾」、○不知極也 64/75/26
「飲酒濡首」、○不知節也 64/76/17
噫○要存亡吉凶 66/84/16

役 yì 2

致○乎坤 67/85/22,67/85/25

邑 yì 16

歸而逋其○ 6/9/15
○人不誡 8/12/5
「○人不誡」、上使中也 8/12/7
自○告命、貞吝 11/15/21
利用行師征○國 15/20/17
可「用行師」、征○國也 15/20/19
○人之災 25/31/11
「行人得」牛、「○人災」也 25/31/13
維用伐○ 35/43/7
「維用伐○」、道未光也 35/43/9
告自○ 43/51/7
「告自○不利即戎」、所尙乃窮也 43/51/10
升虛○ 46/55/5
「升虛○」、无所疑也 46/55/7
《井》改○不改井 48/56/26
「改○不改井」、乃以剛中也 48/57/1

易 yì 85

不○乎世 1/2/4
《○》曰、『見龍在田、利見大人』 1/2/9
《○》曰、「見龍在田、利見大人」 1/3/11
《○》曰、「履霜、堅冰至」 2/5/5
《○》曰、「括囊、无咎无譽」 2/5/8
「威如」之「吉」、○而无備也 14/19/11
君子以立不○方 32/39/5
喪羊于○ 34/41/28
「喪羊于○」、位不當也 34/42/1
喪牛于○ 56/67/7
「喪牛于○」、終莫之聞也 56/67/9
乾以○知 65/76/24
○則○知 65/76/24
簡則○從 65/76/24
○知則有親 65/76/24
○從則有功 65/76/25
○簡而天下之理得矣 65/76/26
是故君子所居而安者、《○》之序也 65/77/3
辭有險○ 65/77/10
《○》與天地準 65/77/10
故神无方而○无體 65/77/16
生生之謂○ 65/77/21
夫《○》、廣矣大矣 65/78/1
○簡之善配至德 65/78/4
《○》、其至矣乎 65/78/4
夫《○》、聖人所以崇德而廣業也 65/78/4
而《○》行乎其中矣 65/78/5
作《○》者、其知盜乎 65/79/4
《○》曰 65/79/5,65/79/6,65/80/15,66/82/17,66/83/1,66/83/3,66/83/6,66/83/9,66/83/11,66/83/12,66/83/14,66/83/17,66/83/18,66/83/21

是故四營而成《〇》 65/79/13
《〇》有聖人之道四焉 65/79/17
《〇》无思也 65/79/21
夫《〇》、聖人之所以極深而研幾也 65/79/22
「《〇》有聖人之道四焉」者 65/79/24
夫《〇》、何爲者也 65/79/26
夫《〇》、開物成務 65/80/1
六爻之義〇以貢 65/80/3
是故《〇》有太極 65/80/9
《〇》有四象 65/80/14
乾坤、其《〇》之縕邪 65/81/1
而《〇》立乎其中矣 65/81/1
則无以見《〇》 65/81/1
《〇》不可見 65/81/2
夫乾、確然示人〇矣 66/81/14
交〇而退 66/82/3
《〇》 66/82/4
後世聖人〇之以宮室 66/82/9
後世聖人〇之以棺椁 66/82/11
後世聖人〇之以書契 66/82/12
是故《〇》者、象也 66/82/14
〇其心而後語 66/83/19
其《〇》之門邪 66/83/23
夫《〇》、彰往而察來 66/83/25
《〇》之興也 66/84/4,66/84/23
作《〇》者、其有憂患乎 66/84/4
《損》、先難而後〇 66/84/8
《〇》之爲書也不可遠 66/84/12
剛柔相〇 66/84/12
《〇》之爲書也 66/84/14, 66/84/21
其上〇知 66/84/15
〇者使傾 66/84/24
此之謂《〇》之道也 66/84/25
德行恆〇以知險 66/85/1
凡《〇》之情 66/85/5
昔者聖人之作《〇》也 67/85/11, 67/85/14
故《〇》六畫而成卦 67/85/15
故《〇》六位而成章 67/85/16
是故《〇》逆數也 67/85/19

益 yì 33

天道虧盈而〇謙 15/19/21
君子以裒多〇寡 15/19/25
《損》、損下〇上 41/49/1
損剛〇柔有時 41/49/2
損〇盈虛 41/49/2
〇之 41/49/11,41/49/27, 42/50/19
或〇之十朋之龜 41/49/23
弗損、〇之 41/49/29
《〇》利有攸往 42/50/3
《〇》、損上〇下 42/50/5
《〇》動而巽 42/50/6
其〇无方 42/50/6
凡〇之道 42/50/7
風雷《〇》 42/50/9
或〇之 42/50/15
「或〇之」、自外來也 42/50/17
「〇用凶事」、固有之也 42/50/21
「告公從」、以〇志也 42/50/25
莫〇之 42/51/1,66/83/21
「莫〇之」、偏辭也 42/51/3
蓋取諸《〇》 66/82/2
小人以小善爲无〇而弗爲也 66/83/7
《〇》、德之裕也 66/84/6
《〇》、長裕而不設 66/84/8
《〇》以興利 66/84/10
損而不已必〇 68/88/20
故受之以《〇》 68/88/20
〇而不已必決 68/88/20
《損》《〇》、盛衰之始也 69/89/9

異 yì 3

君子以同而〇 38/45/25
二與四同功而〇位 66/84/19
三與五同功而〇位 66/84/20

義 yì 39

《利》者、〇之和也 1/1/28
利物足以和〇 1/2/1
可與存〇也 1/2/14
「方」其〇也 2/5/5
〇以方外 2/5/6
敬〇立而德不孤 2/5/6
其〇不困窮矣 5/7/29
「復自道」、其〇「吉」也 9/12/25
「乘其墉」、〇「弗克」也 13/18/1
《豫》之時〇大矣哉 16/20/27
隨(時之)〔之時〕〇大矣哉 17/22/2
「隨有獲」、其〇「凶」也 17/22/20
「舍車而徒」、〇弗乘也 22/27/23
「頻復」之「厲」、〇「无咎」也 24/30/9
「夫子」制〇、從婦「凶」也 32/39/25
《遯》之時〇大矣哉 33/40/6
「君子于行」、〇「不食」也 36/43/22
天地之大〇也 37/44/19
〇「无咎」也 40/48/5
《姤》之時〇大矣哉 44/52/14
「包有魚」、〇不及「賓」也 44/52/24
「鼎耳革」、失其〇也 50/59/26
「小子」之「厲」、〇「无咎」也 53/63/1
《歸妹》、天地之大〇也 54/63/28
旅之時〇大矣哉 56/66/14
其〇「喪」也 56/66/28
以「旅」在「上」、其〇「焚」也 56/67/9
「曳其輪」、〇「无咎」也 63/74/22
陰陽之〇配日月 65/78/3
道〇之門 65/78/6
六爻之〇易以貢 65/80/3
理財正辭、禁民爲非曰〇 66/81/17
精〇入神 66/82/20
不畏不〇 66/83/5
《井》以辯〇 66/84/10
和順於道德而理於〇 67/85/12
立人之道曰仁與〇 67/85/15
有上下然後禮〇有所錯 68/88/14
《臨》《觀》之〇 69/89/8

意 yì 7

「幹父之蠱」、○承「考」也 18/23/12
「入于左腹」、獲心○也 36/44/5
○无喪有事 51/61/9
言不盡○ 65/80/19
然則聖人之○ 65/80/19
聖人立象以盡○ 65/80/19
其衰世之○邪 66/83/24

億 yì 1

○喪貝 51/60/25

劓 yì 3

其人天且○ 38/46/3
○刖 47/56/15
「○刖」、志未得也 47/56/17

翼 yì 1

垂其○ 36/43/20

議 yì 4

○德行 60/70/30
君子以○獄緩死 61/72/3
○之而後動 65/78/10
擬○以成其變化 65/78/11

懿 yì 1

君子以○文德 9/12/21

因 yīn 4

故乾乾○其時而惕 1/2/14
故「乾乾」○其時而「惕」 1/3/12
○而重之 66/81/11
○貳以濟民行 66/84/2

音 yīn 4

翰○登于天 61/72/25
「翰○登于天」、何可長也 61/72/27
飛鳥遺之○ 62/73/3
「飛鳥遺之○、不宜上、宜下、大吉」、上逆而下順也 62/73/7

殷 yīn 2

○薦之上帝以配祖考 16/20/29
其當○之末世 66/84/23

陰 yīn 20

「履霜堅冰」、○始凝也 2/4/5
○雖有美「含」之以從王事 2/5/7
○疑於陽必「戰」 2/5/10
內陽而外○ 11/14/27
內○而外陽 12/16/6
（鶴鳴）〔鳴鶴〕在○ 61/72/9
一○一陽之謂道 65/77/17
○陽不測之謂神 65/78/1
○陽之義配日月 65/78/3
鳴鶴在○ 65/78/11
陽卦多○ 66/82/15
○卦多陽 66/82/15
○卦耦 66/82/15
○、二君而一民 66/82/16
坤、○物也 66/83/23
○陽合德 66/83/23
觀變於○陽而立卦 67/85/11
是以立天之道曰○與陽 67/85/14
分○分陽 67/85/15
言○陽相薄也 67/85/26

絪 yīn 1

天地○縕 66/83/17

淫 yín 1

冶容誨○ 65/79/6

夤 yín 1

列其○ 52/62/5

引 yǐn 6

○吉 45/53/27
「○吉无咎」、中未變也 45/53/29
○兌 58/69/17
「上六、○兌」、未光也 58/69/19
○而伸之 65/79/14
○重致遠 66/82/7

飲 yǐn 8

君子以○食宴樂 5/8/1
君子以慎言語、節○食 27/33/8
○食衎衎 53/63/3
「○食衎衎」、不素飽也 53/63/5
有孚于○酒 64/76/15
「○酒濡首」、亦不知節也 64/76/17
《需》者、○食之道也 68/87/22
○食必有訟 68/87/22

隱 yǐn 7

龍、德而○者也 1/2/4
○而未見 1/3/10
賢人○ 2/5/8
探賾索○ 65/80/11
其事肆而○ 66/84/1
《巽》、稱而○ 66/84/9
爲○伏 67/87/5

應 yīng 30

同聲相○ 1/2/20
○地无疆 2/3/27
志○也 4/6/25
剛中而○ 7/10/9,19/24/9,25/30/28,45/53/17,46/54/21
「不寧方來」、上下○也 8/11/12
柔得位而上下○之 9/12/18
說而○乎乾 10/13/21
柔得位得中而○乎乾曰《同人》 13/17/11
中正而○ 13/17/12
柔得尊位大中而上下○

之曰《大有》 14/18/15
○乎天而時行 14/18/15
剛○而志行 16/20/25
「利涉大川」、○乎天也 26/32/1
二氣感○以相與 31/37/23
剛柔皆○ 32/38/29
剛當位而○ 33/40/5
得中而○乎剛 38/45/22,50/59/12
二簋○有時 41/49/2
順乎天而○乎人 49/58/9
上下敵○ 52/61/23
是以順乎天而○乎人 58/68/21
中孚以「利貞」、乃○乎天也 61/72/1
雖不當位、剛柔○也 64/75/20
則千里之外○之 65/78/12
則民不○也 66/83/20

盈 yíng 17

「亢龍有悔」、○不可久也 1/1/25
雷雨之動滿○ 3/5/17
有孚○缶 8/11/17
天道虧○而益謙 15/19/21
地道變○而流謙 15/19/22
鬼神害○而福謙 15/19/22
人道惡○而好謙 15/19/22
君子尙消息○虛 23/28/20
水流而不○ 29/35/13
坎不○ 29/36/7
「坎不○」、中未大也 29/36/9
損益○虛 41/49/2
月○則食 55/65/6
天地○虛 55/65/6
○天地之間者唯萬物 68/87/20
《屯》者、○也 68/87/20
有大者不可以○ 68/88/2

營 yíng 1

是故四○而成《易》 65/79/13

庸 yōng 2

○言之信 1/2/8
○行之謹 1/2/9

墉 yōng 4

乘其○ 13/17/29
「乘其○」、義「弗克」也 13/18/1
公用射隼于高○之上 40/48/23
66/83/3

顒 yóng 2

有孚○若 20/25/9
「盥而不薦、有孚○若」、下觀而化也 20/25/11

永 yǒng 13

利○貞 2/4/27,52/61/27
用六○貞 2/4/29
不○所事 6/9/11
「不○所事」、訟不可長也 6/9/13
○貞无咎 8/11/9
〔「《比》、「吉」〕、原筮元、○貞无咎」 8/11/11
○貞吉 22/27/29,42/50/15
「○貞」之「吉」、終莫之陵也 22/28/1
元、○貞悔亡 45/54/9
君子以○終知敝 54/64/1
勿用○貞 62/73/23

用 yòng 122

初九、潛龍勿○ 1/1/5
○九 1/1/17
「潛龍勿○」、陽在下也 1/1/23
「○九」、天德不可爲首也 1/1/25
初九曰、「潛龍勿○」 1/2/4
「潛龍勿○」、下也 1/2/27
乾元「○九」、天下治也 1/2/28
潛龍勿○ 1/2/31
乾元「○九」 1/3/1
是以君子「弗○」也 1/3/10
○六 2/4/27
○六永貞 2/4/29
勿○有攸往 3/5/15,33/40/10
利○刑人 4/7/1
○說桎梏 4/7/1
「利○刑人」、以正法也 4/7/3
勿○取女 4/7/9,44/52/11
「勿○取女」、行不順也 4/7/11
「利」○「禦寇」 4/7/23
利○恆 5/8/3
「利○恆无咎」、未失常也 5/8/5
小人勿○ 7/11/3,63/74/28
「小人勿○」、必亂邦也 7/11/5
（玉）〔王〕○三驅 8/12/5
○馮河 11/15/5
勿○師 11/15/21
公○亨于天子 14/19/1
「公○亨于天子」、「小人」害也 14/19/3
○涉大川 15/19/27
利○侵伐 15/20/13
「利○侵伐」、征不服也 15/20/15
利○行師征邑國 15/20/17
可「○行師」、征邑國也 15/20/19
王○亨于西山 17/22/26
○譽 18/23/26
「幹父○譽」、承以德也 18/23/28
利○賓于王 20/25/28
利○獄 21/26/11
「利○獄」也 21/26/14
「小人剝廬」、終不可○也 23/29/17
○行師 24/30/19
十年勿○ 27/33/18
「十年勿○」、道大悖也 27/33/20
藉○白茅 28/34/14,65/78/18
「藉○白茅」、柔在下也 28/34/16
險之時○大矣哉 29/35/15
勿○ 29/35/27
樽酒、簋貳、○缶 29/36/3
係○徽纆 29/36/11
王○出征 30/37/15
「王○出征」、以正邦也 30/37/17

執之○黃牛之革 33/40/14
「執○黃牛」、固志也 33/40/16
小人○壯 34/41/20
君子○罔 34/41/20
「小人○壯、君子〔○〕罔」也 34/41/22
《晉》康侯○錫馬蕃庶 35/42/9
是以「康侯」○「錫馬蕃庶晝日三接」也 35/42/11
維○伐邑 35/43/7
「維○伐邑」、道未光也 35/43/9
君子以莅衆○晦而明 36/43/18
○拯馬、壯吉 36/43/24
睽之時○大矣哉 38/45/23
《蹇》之時○大矣哉 39/46/26
公○射隼于高墉之上 40/48/23, 66/83/3
「公○射隼」、以解悖也 40/48/25
曷之○ 41/48/29
二簋可○享 41/48/29
元吉、无咎、可貞、利有攸往、曷之○二簋、可○享 41/49/1
利○爲大作 42/50/11
王○享于帝 42/50/15
○凶事无咎 42/50/19
告公○圭 42/50/19
「益○凶事」、固有之也 42/50/21
利○爲依遷國 42/50/23
「勿○取女」、不可與長也 44/52/13
○大牲吉 45/53/15
「○大牲吉、利有攸往」、順天命也 45/53/18
孚乃利○禴 45/53/27,46/55/1
○見大人 46/54/19
「○見大人勿恤」、有慶也 46/54/21
王○亨于岐山 46/55/9
「王○亨于岐山」、順事也 46/55/11
利○享祀 47/56/3
利○祭祀 47/56/15
「利○祭祀」、受福也 47/56/17
可○汲 48/57/14
鞏○黃牛之革 49/58/13
「鞏○黃牛」、不可以有爲也 49/58/15
「利○禦寇」、順相保也 53/63/9
其羽可○爲儀 53/63/20
「其羽可○爲儀吉」、不可亂也 53/63/22
「折其右肱」、終不可○也 55/65/21
君子以明愼○刑而不留獄 56/66/16
○史巫、紛若吉、无咎 57/67/25
○拯馬壯 59/69/30
○過乎儉 62/73/9
勿○永貞 62/73/23
震○伐鬼方 64/76/7
百姓日○而不知 65/77/18
藏諸○ 65/77/20
藉之○茅 65/78/18
而○可重也 65/78/19
其○四十有九 65/79/9
是興神物以前民○ 65/80/5
制而○之謂之法 65/80/7
利○出入 65/80/7
民咸○之謂之神 65/80/7
備物致○ 65/80/11
以致○也 66/82/20
利○安身 66/82/20
寧○終日 66/83/15
其○柔中也 66/84/20
迭○柔剛 67/85/15

攸 yōu 48

君子有○往 2/3/21
「君子」○行 2/3/25
勿用有○往 3/5/15,33/40/10
无○利 4/7/9, 19/24/22,25/31/23,27/33/18, 32/39/7,34/42/3,45/54/1, 54/63/26,54/64/23,64/75/17
有○往 14/18/24, 36/43/20,40/47/25,44/52/18
小利有○往 22/27/13
故「小利有○往」 22/27/15
《剝》不利有○往 23/28/17
「不利有○往」、小人長也 23/28/19
利有○往 24/29/21,26/32/13, 28/34/7,32/38/27,41/48/29, 41/49/27,43/51/7,45/53/15, 57/67/14
「利有○往」、剛長也 24/29/24
不利有○往 25/30/26
其匪正有眚、不利有○往 25/30/29
則利有○往 25/31/7
「利有○往」、上合志也 26/32/15
「利有○往」乃「亨」 28/34/10
「利有○往」、終則有始也 32/39/1
无○遂 37/44/29
「有○往夙吉」、往有功也 40/47/28
元吉、无咎、可貞、利有○往、曷之用二簋、可用享 41/49/1
《益》利有○往 42/50/3
「利有○往」、中正有慶 42/50/5
「利有○往」、剛長乃終也 43/51/10
「用大牲吉、利有○往」、順天命也 45/53/18
「无○利」、柔乘剛也 54/63/29
是以「小亨、利有○往、利見大人」 57/67/16
「濡其尾、无○利」、不續終也 64/75/19

幽 yōu 12

○人貞吉 10/14/1
「○人貞吉」、中不自亂也 10/14/3
入于○谷 47/55/30,47/56/1
○、不明也 47/56/1
利○人之貞 54/64/7
「利○人之貞」、未變常也 54/64/9
「日中見斗」、○不明也 55/65/25
是故知○明之故 65/77/11
无有遠近○深 65/79/19

而微顯、闡○ 66/83/25
○贊於神明而生蓍 67/85/11

憂 yōu 15

○則違之 1/2/5
在下位而不○ 1/2/14
既○之 19/24/22
「既○之」、「咎」不長也 19/24/24
勿○ 55/65/3
「勿○宜日中」、宜照天下也 55/65/5
悔吝者、○虞之象也 65/77/2
○悔吝者存乎介 65/77/9
故不○ 65/77/15
鼓萬物而不與聖人同○ 65/77/20
作《易》者、其有○患乎 66/84/4
又明於○患與故 66/84/13
爲加○ 67/87/5
《比》樂《師》○ 69/89/8
小人道○也 69/89/21

尤 yóu 6

「匪寇婚媾」、終无○也 22/28/5
「以宮人寵」、終无○也 23/29/13
「輿說輹」、中无○也 26/32/11
「王臣蹇蹇」、終无○也 39/47/5
「我仇有疾」、終无○也 50/59/22
終无○也 56/66/24

由 yóu 6

其所○來者漸矣 2/5/3
○辯之不早辯也 2/5/3
○豫 16/21/13
「○豫大有得」、志大行也 16/21/15
○頤 27/34/1
「○頤厲吉」、大有慶也 27/34/3

猶 yóu 1

○未離其類也 2/5/10

游 yóu 1

誣善之人其辭○ 66/85/7

遊 yóu 1

○魂爲變 65/77/14

友 yǒu 3

一人行則得其○ 41/49/15, 66/83/18
君子以朋○講習 58/68/24

有 yǒu 343

○悔 1/1/15
「亢龍○悔」、盈不可久也 1/1/25
上九曰、「亢龍○悔」 1/2/24
是以動而○悔也 1/2/25,65/79/2
「亢龍○悔」、窮之災也 1/2/28
亢龍○悔 1/3/1,65/79/1
君子○攸往 2/3/21
乃終○慶 2/3/26
无成○終 2/4/11
後得主而○常 2/5/1
積善之家必○餘慶 2/5/2
積不善之家必○餘殃 2/5/2
陰雖○美「含」之以從王事 2/5/7
地道「無成」而代「○終」也 2/5/7
勿用○攸往 3/5/15,33/40/10
山下○險 4/6/24
不○躬 4/7/9
《需》○孚 5/7/27
《需》、「○孚、光亨、貞吉」 5/7/29
「利涉大川」、往○功也 5/7/30
小○言 5/8/7,6/9/11
雖「小○言」、以（「終吉」）〔「吉」「終」〕也 5/8/9
○不速之客三人來 5/8/24
《訟》○孚窒 6/9/3
《訟》、「○孚、窒、惕、中吉」 6/9/5
雖「小○言」、其辯明也 6/9/13
地中○水 7/10/12
田○禽 7/10/30
大君○命 7/11/3
「大君○命」、以正功也 7/11/5
地上○水 8/11/15
○孚比之 8/11/17
○孚盈缶 8/11/17
○它吉 8/11/17
《比》之初六、「○它吉」也 8/11/19
○孚血去惕出 9/13/5
「○孚惕出」、上合志也 9/13/7
○孚攣如 9/13/9,61/72/21
「○孚攣如」、不獨富也 9/13/11
「君子征凶」、○所疑也 9/13/15
「眇能視」、不足以○明也 10/14/7
「元吉」在上、大○慶也 10/14/20
于食○福 11/15/9
○命 12/16/23
「○命无咎」、志行也 12/16/25
《大○》元亨 14/18/13
《大○》 14/18/15,14/18/18
柔得尊位大中而上下應之曰《大○》 14/18/15
《大○》初九 14/18/22
○攸往 14/18/24, 36/43/20,40/47/25,44/52/18
《大○》上「吉」、「自天祐」也 14/19/15
君子○終 15/19/19,65/78/20
地中○山 15/19/25
君子○終、吉 15/20/5
遲○悔 16/21/9
「盱豫○悔」、位不當也 16/21/11
大○得 16/21/13
「由豫大○得」、志大行也 16/21/15
○渝、无咎 16/21/21
澤中○雷 17/22/4
官○渝 17/22/6
出門交○功 17/22/6
「官○渝」、從正「吉」也 17/22/8

「出門交○功」、不失也 17/22/8
隨○求、得 17/22/14
隨○獲 17/22/18
○孚在道 17/22/18
「隨○獲」、其義「凶」也 17/22/20
「○孚在道」、「明」功也 17/22/20
「利涉大川」、往○事也 18/23/6
終則○始 18/23/6
山下○風 18/23/8
○子 18/23/10
小○悔 18/23/18
至于八月○凶 19/24/7
「至于八月○凶」、消不久也 19/24/10
澤上○地 19/24/12
○孚顒若 20/25/9
「盥而不薦、○孚顒若」、下觀而化也 20/25/11
頤中○物曰《噬嗑》 21/26/13
小利○攸往 22/27/13
故「小利○攸往」 22/27/15
山下○火 22/27/19
「六五」之「吉」、○喜也 22/28/9
《剝》不利○攸往 23/28/17
「不利○攸往」、小人長也 23/28/19
「剝床以辨」、未○與也 23/29/1
利○攸往 24/29/21,26/32/13,28/34/7,32/38/27,41/48/29,41/49/27,43/51/7,45/53/15,57/67/14
「利○攸往」、剛長也 24/29/24
○災眚 24/30/19
終○大敗 24/30/19
其匪正○眚 25/30/26
不利○攸往 25/30/26
其匪正○眚、不利○攸往 25/30/29
則利○攸往 25/31/7
「可貞无咎」、固○之也 25/31/17
勿藥○喜 25/31/19
行○眚 25/31/23
○厲 26/32/5,58/69/13
「○厲利已」、不犯災也 26/32/7
「利○攸往」、上合志也 26/32/15
「六四元吉」、○喜也 26/32/19
「六五」之「吉」、○慶也 26/32/23,55/66/3
山下○雷 27/33/8
「由頤厲吉」、大○慶也 27/34/3
「利○攸往」乃「亨」 28/34/10
「棟橈」之「凶」、不可以○輔也 28/34/24
○它、吝 28/34/26
《習坎》○孚 29/35/11
行○尚 29/35/11
「行○尚」、往○功也 29/35/14
坎○險 29/35/23
○嘉折首 30/37/15
山上○澤 31/37/27
「利○攸往」、終則○始也 32/39/1
天下○山 33/40/8
○疾厲 33/40/18
「係遯」之「厲」、○疾憊也 33/40/20
征凶○孚 34/41/12
「失得勿恤」、往○慶也 35/43/5
主人○言 36/43/20
家人○嚴君焉 37/44/19
君子以言○物而行○恆 37/44/23
閑○家 37/44/25
「閑○家」、志未變也 37/44/27
王假○家 37/45/9
「王假○家」、交相愛也 37/45/11
○孚威如 37/45/13
无初○終 38/46/3,57/68/9
「无初○終」、遇剛也 38/46/5
「厥宗噬膚」、「往」○慶也 38/46/13
「利見大人」、往○功也 39/46/25
山上○水 39/46/28
「○攸往夙吉」、往○功也 40/47/28
君子維○解 40/48/19
○孚于小人 40/48/19
「君子○解」、「小人」退也 40/48/21
《損》○孚 41/48/29
損而「○孚」 41/49/1
元吉、无咎、可貞、利○攸往、曷之用二簋、可用享 41/49/1
二簋應○時 41/49/2
損剛益柔○時 41/49/2
山下○澤 41/49/5
使遄○喜 41/49/19
《益》利○攸往 42/50/3
「利○攸往」、中正○慶 42/50/5
○過則改 42/50/9
○孚 42/50/19,55/65/15
「益用凶事」、固○之也 42/50/21
○孚惠心 42/50/27
○孚惠我德 42/50/27
「○孚惠心」、「勿問」之矣 42/50/29
孚號○厲 43/51/7
「孚號○厲」、其危乃光也 43/51/10
「利○攸往」、剛長乃終也 43/51/10
莫夜○戎 43/51/19
「○戎勿恤」、得中道也 43/51/21
○凶 43/51/23
○慍无咎 43/51/23
終○凶 43/52/5
天下○風 44/52/16
包○魚 44/52/22
「包○魚」、義不及「賓」也 44/52/24
○隕自天 44/53/5
「○隕自天」、志不舍命也 44/53/7
王假○廟 45/53/15,59/69/23
「王假○廟」、致孝享也 45/53/17
「用大牲吉、利○攸往」、順天命也 45/53/18
○孚不終 45/53/23
萃○位 45/54/9
「萃○位」、志未光也 45/54/11
「用見大人勿恤」、○

慶也 46/54/21

「九二」之「孚」、〇喜也 46/55/3

〇言不信 47/55/23

「〇言不信」、尙口乃窮也 47/55/26

「困于酒食」、中〇慶也 47/56/5

〇終 47/56/11

〇與也 47/56/13

乃徐〇說 47/56/15

「乃徐〇說」、以中直也 47/56/17

曰動悔〇悔 47/56/20

「動悔〇悔」、「吉」行也 47/56/22

〔井〕汔至、亦未繘井」、未〇功也 48/57/2

木上〇水 48/57/4

〇孚元吉 48/57/26

澤中〇火 49/58/11

「鞏用黃牛」、不可以〇爲也 49/58/15

「巳日革之」、行〇嘉也 49/58/19

革言三就〇孚 49/58/21

〇孚改命吉 49/58/25

未占〇孚 49/58/29

木上〇火 50/59/14

鼎〇實 50/59/20

我仇〇疾 50/59/20

「鼎〇實」、愼所之也 50/59/22

「我仇〇疾」、終无尤也 50/59/22

「笑言啞啞」、後〇則也 51/60/15

「笑言啞啞」、「後」〇則也 51/60/23

意无喪〇事 51/61/9

婚媾〇言 51/61/13

言〇序 52/62/13

往〇功也 53/62/25

山上〇木 53/62/28

小子厲〇言 53/62/30

澤上〇雷 54/64/1

遲歸〇時 54/64/15

「愆期」之志、〇待而行也 54/64/17

往〇尙 55/65/11,60/71/17

「〇孚發若」、信以發志也 55/65/17

〇慶譽 55/66/1

山上〇火 56/66/16

是以「小亨、利〇攸往、利見大人」 57/67/16

「田獲三品」、〇功也 57/68/7

介疾〇喜 58/69/9

「九四」之「喜」、〇慶也 58/69/11

「王假〇廟」、王乃在中也 59/69/25

「利涉大川」、乘木〇功也 59/69/26

渙〇丘 59/70/11

澤上〇水 60/70/30

澤上〇風 61/72/3

〇它不燕 61/72/5

我〇好爵 61/72/9,65/78/11

「〇孚攣如」、位正當也 61/72/23

〇「飛鳥」之象焉 62/73/6

山上〇雷 62/73/9

繻〇衣袽 63/75/3

「終日戒」、〇所疑也 63/75/5

〇賞于大國 64/76/7

〇孚、吉 64/76/11

〇孚于飲酒 64/76/15

〇孚失是 64/76/15

動靜〇常 65/76/21

易知則〇親 65/76/24

易從則〇功 65/76/25

〇親則可久 65/76/25

〇功則可大 65/76/25

是故卦〇小大 65/77/9

辭〇險易 65/77/10

富〇之謂大業 65/77/20

聖人〇以見天下之賾 65/78/8

聖人〇以見天下之動 65/78/8
65/81/4

何咎之〇 65/78/18

〇功而不德 65/78/20

其用四十〇九 65/79/9

五位相得而各〇合 65/79/10

天數二十〇五 65/79/11

凡天地之數五十〇五 65/79/11

《乾》之策二百一十〇六 65/79/12

《坤》之策百四十〇四 65/79/12

凡三百〇六十 65/79/12

二篇之策萬〇一千五百二十 65/79/12

十〇八變而成卦 65/79/13

《易》〇聖人之道四焉 65/79/17

是以君子將〇爲也 65/79/18

將〇行也 65/79/19

无〇遠近幽深 65/79/19

「《易》〇聖人之道四焉」者 65/79/24

是故《易》〇太極 65/80/9

《易》〇四象 65/80/14

是故夫象、聖人〇以見天下之賾 65/81/3

何不利之〇 66/83/4

是以出而〇獲 66/83/4

亂者、〇其治者也 66/83/10

〇不善未嘗不知 66/83/16

而剛柔〇體 66/83/23

作《易》者、其〇憂患乎 66/84/4

无〇師保 66/84/13

既〇典常 66/84/14

〇天道焉 66/84/21

〇人道焉 66/84/21

〇地道焉 66/84/21

道〇變動 66/84/22

爻〇等 66/84/22

吉事〇祥 66/85/3

〇天地 68/87/20

飲食必〇訟 68/87/22

訟必〇衆起 68/87/23

衆必〇所比 68/87/23

比必〇所畜 68/87/24

物畜然後〇禮 68/87/24

故受之以《大〇》 68/88/2

〇大者不可以盈 68/88/2

〇大而能謙必豫 68/88/2

豫必〇隨 68/88/3

以喜隨人者必〇事 68/88/3

〇事而後可大 68/88/4

可觀而後〇所合 68/88/5

〇无妄 68/88/8

陷必〇所麗 68/88/10

〇天地然後〇萬物 68/88/13

〇萬物然後〇男女　68/88/13
〇男女然後〇夫婦　68/88/13
〇夫婦然後〇父子　68/88/13
〇父子然後〇君臣　68/88/14
〇君臣然後〇上下　68/88/14
〇上下然後禮義〇所錯　68/88/14
進必〇所傷　68/88/17
乖必〇難　68/88/18
緩必〇所失　68/88/20
決必〇遇　68/88/21
進必〇所歸　68/88/26
〇其信者必行之　68/89/2
〇過物者必濟　68/89/3
《大〇》、衆也　69/89/15

牖 yǒu　1

納約自〇　29/36/3

又 yòu　7

「吉」、〇何咎矣　7/10/10
〇誰「咎」也　13/17/19
〇誰咎也　40/48/13
「革言三就」、〇何之矣　49/58/23
「不節」之「嗟」、〇誰「咎」也　60/71/11
〇以尙賢也　65/80/16
〇明於憂患與故　66/84/13

右 yòu　3

以左〇民　11/14/29
折其〇肱　55/65/19
「折其〇肱」、終不可用也　55/65/21

宥 yòu　1

君子以赦過〇罪　40/48/1

祐 yòu　10

自天〇之　14/19/13,65/80/15
《大有》上「吉」、「自天〇」也　14/19/15
天命不〇　25/30/29
自上〇也　41/49/25
是以自天〇之　65/77/4,65/80/16,66/82/4
可與〇神矣　65/79/15
〇者、助也　65/80/15

于 yú　120

龍戰〇野　2/4/23,2/4/25
惟入〇林中　3/6/3
需〇郊　5/8/3
「需〇郊」、不犯難行也　5/8/5
需〇沙　5/8/7
「需〇沙」、（衍）〔行〕在中也　5/8/9
需〇泥　5/8/12
「需〇泥」、災在外也　5/8/14
需〇血　5/8/16
「需〇血」、順以聽也　5/8/18
需〇酒食　5/8/20
入〇穴　5/8/24
「不利涉大川」、入〇淵也　6/9/6
武人爲〇大君　10/14/5
「武人爲〇大君」、志剛也　10/14/8
得尙〇中行　11/15/5
（包）〔苞〕荒、得尙〇中行　11/15/7
〇食有福　11/15/9
城復〇隍　11/15/21
「城復〇隍」、其命亂也　11/15/23
繫〇苞桑　12/16/27,66/83/11
〔《同人》〕同人〇野　13/17/9
《同人》曰、「同人〇野、亨、利涉大川」　13/17/11
同人〇門　13/17/17
同人〇宗　13/17/21
「同人〇宗」、「吝」道也　13/17/23
伏戎〇莽　13/17/25
「伏戎〇莽」、敵剛也　13/17/27
同人〇郊　13/18/7
「同人〇郊」、志未得也　13/18/9
公用亨〇天子　14/19/1
「公用亨〇天子」、「小人」害也　14/19/3
介〇石　16/21/5,66/83/14
孚〇嘉、吉　17/22/22
「孚〇嘉吉」、位正中也　17/22/24
王用亨〇西山　17/22/26
至〇八月有凶　19/24/7
「至〇八月有凶」、消不久也　19/24/10
利用賓〇王　20/25/28
賁〇丘園　22/28/7
至〇十年不克征　24/30/19
拂經〇丘　27/33/14
入〇坎窞　29/35/19,29/35/27
寘〇叢棘　29/36/11
大人以繼明照〇四方　30/36/22
壯〇趾　34/41/12
「壯〇趾」、其「孚」窮也　34/41/14
壯〇大輿之輹　34/41/24
喪羊〇易　34/41/28
「喪羊〇易」、位不當也　34/42/1
受茲介福〇其王母　35/42/20
明夷〇飛　36/43/20
君子〇行　36/43/20
「君子〇行」、義「不食」也　36/43/22
明夷、夷〇左股　36/43/24
明夷〇南狩　36/43/28
入〇左腹　36/44/3
獲明夷之心〇出門庭　36/44/3
「入〇左腹」、獲心意也　36/44/5
初登〇天　36/44/11
後入〇地　36/44/11
「初登〇天」、照四國也　36/44/13
「後入〇地」、失則也　36/44/13
遇主〇巷　38/45/31
「遇主〇巷」、未失道也　38/46/1
有孚〇小人　40/48/19
公用射隼〇高墉之上　40/48/23,66/83/3
王用享〇帝　42/50/15
《夬》揚〇王庭　43/51/7
「揚〇王庭」、柔乘五剛也　43/51/9
壯〇前趾　43/51/15

壯○頄 43/51/23
繫○金柅 44/52/18
「繫○金柅」、柔道牽也 44/52/20
王用亨○岐山 46/55/9
「王用亨○岐山」、順事也 46/55/11
利○不息之貞 46/55/17
臀困○株木 47/55/30
入○幽谷 47/55/30,47/56/1
困○酒食 47/56/3
「困○酒食」、中有慶也 47/56/5
困○石 47/56/7,66/83/1
據○蒺蔾 47/56/7,66/83/1
入○其宮 47/56/7,66/83/1
「據○蒺蔾」、乘剛也 47/56/9
「入○其宮不見其妻」、不祥也 47/56/9
困○金車 47/56/11
困○赤紱 47/56/15
困○葛藟 47/56/20
○臲卼 47/56/20
「困○葛藟」、未當也 47/56/22
躋○九陵 51/60/25
震不○其躬、○其鄰、无咎 51/61/13
鴻漸○干 53/62/30
鴻漸○磐 53/63/3
鴻漸○陸 53/63/7,53/63/20
鴻漸○木 53/63/12
鴻漸○陵 53/63/16
旅○處 56/66/30
「旅○處」、未得位也 56/67/1
喪牛○易 56/67/7
「喪牛○易」、終莫之聞也 56/67/9
孚○剝 58/69/13
「孚○剝」、位正當也 58/69/15
先王以享○帝 59/69/28
翰音登○天 61/72/25
「翰音登○天」、何可長也 61/72/27
有賞○大國 64/76/7
有孚○飲酒 64/76/15

於 yú 53

而況○人乎 1/3/15,55/65/6
況○鬼神乎 1/3/15,55/65/6
美在其中而暢○四支 2/5/9
發○事業 2/5/9
陰疑○陽必「戰」 2/5/10
為其嫌○无陽也 2/5/10
雲上○天 5/8/1
「外比」○賢、以從上也 8/12/3
山附○地 23/28/22
剛自外來而為主○內 25/30/28
恆亨无咎利貞」、久○其道也 32/39/1
聖人久○其道而天下化成 32/39/2
澤上○天 43/51/13
澤上○地 45/53/21
仰以觀○天文 65/77/11
俯以察○地理 65/77/11
歸奇○扐以象閏 65/79/10
其孰能與○此 65/79/20,65/79/21,65/79/22
退藏○密 65/80/3
是以明○天之道 65/80/4
而察○民之故 65/80/5
仰則觀象○天 66/81/19
俯則觀法○地 66/81/19
○是始作八卦 66/81/20
君子藏器○身 66/83/4
○稽其類 66/83/24
其○中古乎 66/84/4
《復》、小而辨○物 66/84/7
又明○憂患與故 66/84/13
幽贊○神明而生蓍 67/85/11
觀變○陰陽而立卦 67/85/11
發揮○剛柔而生爻 67/85/12
和順○道德而理○義 67/85/12
窮理盡性以至○命 67/85/12
其○地也為黑 67/86/23
其○馬也 67/86/26,67/87/6
其○稼也 67/86/26
其○人也 67/87/2,67/87/5,67/87/9
其○輿也 67/87/6
其○木也 67/87/7,67/87/10,67/87/13
其○地也 67/87/15
傷○外者必反○家 68/88/17

魚 yú 8

貫○以宮人寵 23/29/11
包有○ 44/52/22
「包有○」、義不及「賓」也 44/52/24
包无○ 44/53/1
「无○」之「凶」、遠民也 44/53/3
《中孚》豚○ 61/71/27
「豚○吉」、信及豚○也 61/71/29

渝 yú 5

○ 6/9/23
「復即命、○」、「安貞」不失也 6/9/25
有○、无咎 16/21/21
官有○ 17/22/6
「官有○」、從正「吉」也 17/22/8

畬 yú 1

不菑○ 25/31/7

虞 yú 6

即鹿無○ 3/6/3
「即鹿无○」以從禽也 3/6/5
戒不○ 45/53/21
○吉 61/72/5
「初九、○吉」、志未變也 61/72/7
悔吝者、憂○之象也 65/77/2

漁 yú 1

以佃以○ 66/82/1

餘 yú 2

積善之家必有○慶 2/5/2
積不善之家必有○殃 2/5/2

踰 yú 1

卑而不可○ 15/19/22

輿 yú 15

師或○尸 7/10/22
「師或○尸」、大无功也 7/10/24
弟子○尸 7/10/30
「弟子○尸」、使不當也 7/11/1
○說輻 9/13/1
君子得○ 23/29/15
「君子得○」、民所載也 23/29/17
○說輹 26/32/9
「○說輹」、中无尤也 26/32/11
曰閑○衛 26/32/13
壯于大○之輹 34/41/24
見○曳 38/46/3
「見○曳」、位不當也 38/46/5
為大○ 67/86/22
其於○也 67/87/6

羽 yǔ 2

其○可用為儀 53/63/20
「其○可用為儀吉」、不可亂也 53/63/22

宇 yǔ 1

上棟下○ 66/82/10

雨 yǔ 19

雲行○施 1/1/19
「雲行○施」、天下平也 1/3/8
雷○之動滿盈 3/5/17
密雲不○ 9/12/16,62/74/3
「密雲不○」、尚往也 9/12/19
既○既處 9/13/13
「既○既處」、「德」積「載」也 9/13/15
往遇○ 38/46/16
「遇○」之「吉」、群疑亡也 38/46/18
天地解而雷○作 40/47/28
雷○作而百果草木皆甲（圻）〔坼〕 40/47/28
雷○作 40/48/1
獨行遇○、若濡 43/51/23
方○ 50/59/24
「密雲不○」、已上也 62/74/5
潤之以風○ 65/76/23
以待風○ 66/82/10
○以潤之 67/85/21

語 yǔ 7

君子以慎言○、節飲食 27/33/8
或默或○ 65/78/15
○以其功下人者也 65/78/20
則言○以為階 65/79/3
○成器而動者也 66/83/5
易其心而後○ 66/83/19
懼以○ 66/83/20

與 yǔ 56

可○幾也 1/2/13
可○存義也 1/2/14
○時偕行 1/2/31,41/49/2,42/50/7
○時偕極 1/3/1
夫「大人」者、○天地合其德 1/3/14
○日月合其明 1/3/14
○四時合其序 1/3/14
○鬼神合其吉凶 1/3/14
乃○類行 2/3/26
天○水違行 6/9/9
「跛能履」、不足以○行也 10/14/7
天○火、《同人》 13/17/15
「係小子」、弗兼○也 17/22/12
「賁其須」、○上興也 22/27/27
「剝床以辨」、未有○也 23/29/1
物○《无妄》 25/31/1
「老夫女妻」、過以相○也 28/34/20
二氣感應以相○ 31/37/23
雷風相○ 32/38/29
○時行也 33/40/5
「勿用取女」、不可○長也 44/52/13
有○也 47/56/13
「井谷射鮒」、无○也 48/57/12
不相○也 52/61/23
○時消息 55/65/6
以旅○下 56/66/28
吾○爾靡之 61/72/9,65/78/11
過以「利貞」、○時行也 62/73/5
《易》○天地準 65/77/10
○天地相似 65/77/14
鼓萬物而不○聖人同憂 65/77/20
是故可○酬酢 65/79/14
可○祐神矣 65/79/15
其孰能○於此 65/79/20,65/79/21,65/79/22
吉凶○民同患 65/80/3
其孰能○此哉 65/80/4
觀鳥獸之文○地之宜 66/81/19
則民不○也 66/83/20,66/83/20
莫之○ 66/83/20
又明於憂患○故 66/84/13
辯是○非 66/84/16
二○四同功而異位 66/84/19
三○五同功而異位 66/84/20
當文王○紂之事邪 66/84/24
百姓○能 66/85/3
是以立天之道曰陰○陽 67/85/14
立地之道曰柔○剛 67/85/14
立人之道曰仁○義 67/85/15
○人同者 68/88/1
或○或求 69/89/8

玉 yù 4

（○）〔王〕用三驅 8/12/5
鼎○鉉 50/60/7
「○鉉」在「上」、剛柔節也 50/60/9
為○ 67/86/19

育 yù 5

君子以果行○德 4/6/28
君子以振民○德 18/23/8
先王以茂對時○萬物 25/31/1
婦孕不○ 53/63/7
「婦孕不○」、失其道也 53/63/9

御 yù 2

時乘六龍以〇天 1/1/20
「時乘六龍」、以「〇天」也 1/3/7

欲 yù 3

君子進德脩業、〇及時也 1/2/18
其〇逐逐 27/33/22
君子以懲忿窒〇 41/49/5

裕 yù 6

〇父之蠱 18/23/22
「〇父之蠱」、往未得也 18/23/24
〇无咎 35/42/16
「〇无咎」、未受命也 35/42/18
《益》、德之〇也 66/84/6
《益》、長〇而不設 66/84/8

遇 yù 30

相〇 13/18/3
「大師相〇」、言相「克」也 13/18/5
噬腊肉〇毒 21/26/26
「〇毒」、位不當也 21/26/28
〇主于巷 38/45/31
「〇主于巷」、未失道也 38/46/1
「无初有終」、〇剛也 38/46/5
〇元夫 38/46/7
往〇雨 38/46/16
「〇雨」之「吉」、群疑亡也 38/46/18
獨行〇雨、若濡 43/51/23
《姤》、〇也 44/52/13,69/89/19
柔〇剛也 44/52/13,69/89/19
天地相〇 44/52/13
剛〇中正 44/52/14
〇其配主 55/65/11
〇其夷主 55/65/23
「〇其夷主」、「吉」行也 55/65/25
〇其妣 62/73/15
〇其臣 62/73/15
弗過、〇之 62/73/23
「弗過〇之」、位不當也 62/74/1
弗〇、過之 62/74/7
「弗〇過之」、已亢也 62/74/9
決必有〇 68/88/21
《姤》者、〇也 68/88/21
物相〇而後聚 68/88/22
《井》通而《困》相〇也 69/89/13

獄 yù 6

利用〇 21/26/11
「利用〇」也 21/26/14
无敢折〇 22/27/19
君子以折〇致刑 55/65/9
君子以明愼用刑而不留〇 56/66/16
君子以議〇緩死 61/72/3

豫 yù 20

《〇》利建侯行師 16/20/23
《〇》 16/20/25,16/20/25,16/20/29
《〇》順以動 16/20/25
《〇》之時義大矣哉 16/20/27
鳴〇 16/21/1
「初六鳴〇」、志窮「凶」也 16/21/3
盱〇 16/21/9
「盱〇有悔」、位不當也 16/21/11
由〇 16/21/13
「由〇大有得」、志大行也 16/21/15
冥〇成 16/21/21
「冥〇」在「上」、何可長也 16/21/23
君子以思患而〇防之 63/74/18
蓋取諸《〇》 66/82/7
有大而能謙必〇 68/88/2
故受之以《〇》 68/88/3
〇必有隨 68/88/3
《謙》輕而《〇》怠也 69/89/10

禦 yù 5

利〇寇 4/7/21,53/63/7
「利」用「〇寇」 4/7/23
「利用〇寇」、順相保也 53/63/9
以言乎遠則不〇 65/78/1

譽 yù 11

无咎无〇 2/4/15,28/35/1
《易》曰、「括囊、无咎无〇」 2/5/8
用〇 18/23/26
「幹父用〇」、承以德也 18/23/28
往蹇來〇 39/46/30
「往蹇來〇」、宜待也 39/47/1
有慶〇 55/66/1
終以〇命 56/67/3
「終以〇命」、上逮也 56/67/5
二多〇 66/84/19

淵 yuān 6

或躍在〇 1/1/11,1/3/1
「或躍在〇」、進「无咎」也 1/1/24
九四曰、「或躍在〇、无咎 1/2/17
「或躍在〇」、自試也 1/2/27
「不利涉大川」、入于〇也 6/9/6

元 yuán 50

《乾》〇亨 1/1/3
大哉「乾〇」 1/1/19
「〇」者、善之長也 1/1/28
故曰「乾、〇、亨、利、貞」 1/2/2
乾〇「用九」、天下治也 1/2/28
乾〇「用九」 1/3/1
《乾》「〇」〔「亨」〕者、始而亨者也 1/3/4
《坤》〇亨 2/3/21
至哉「坤〇」 2/3/24
黄裳〇吉 2/4/19
「黄裳〇吉」、文在中也 2/4/21

《屯》○亨　3/5/15
訟○吉　6/9/27
「訟○吉」、以中正也　6/9/29
原筮○　8/11/9
〔「《比》、「吉」〕、原筮○、永貞无咎」　8/11/11
○吉　10/14/18,11/15/17,24/29/29,26/32/17,30/36/28,41/48/29,41/49/23,42/50/11,42/50/27,59/70/11,66/83/17
「○吉」在上、大有慶也　10/14/20
「以祉○吉」、中以行願也　11/15/19
《大有》○亨　14/18/13
是以「○亨」　14/18/16,50/59/12
《隨》○亨　17/21/27
《蠱》○亨　18/23/3
《蠱》「○亨」　18/23/5
《臨》○亨　19/24/7
《无妄》○亨　25/30/26
「六四○吉」、有喜也　26/32/19
「黃離○吉」、得中道也　30/37/1
遇○夫　38/46/7
○吉、无咎、可貞、利有攸往、曷之用二簋、可用享　41/49/1
「六五」「○吉」　41/49/25
「○吉无咎」、下不厚事也　42/50/13
○、永貞悔亡　45/54/9
《升》○亨　46/54/19
有孚○吉　48/57/26
「○吉」在「上」、大成也　48/58/1
○亨　49/58/5
《鼎》○吉　50/59/9
「渙其群○吉」、光大也　59/70/13

原 yuán　4

○筮元　8/11/9
〔「《比》、「吉」〕、○筮元、永貞无咎」　8/11/11
○始反終　65/77/11
○始要終　66/84/15

圓 yuán　1

是故蓍之德○而神　65/80/2

園 yuán　1

賁于丘○　22/28/7

圜 yuán　1

爲○　67/86/19

遠 yuǎn　20

「困蒙」之「吝」、獨○實也　4/7/15
不○復　24/29/29,66/83/17
「不○」之「復」、以脩身也　24/30/1
君子以○小人　33/40/8
「无魚」之「凶」、○民也　44/53/3
「震驚百里」、驚○而懼邇也　51/60/16
「渙其血」、○害也　59/70/21
以言乎○則不禦　65/78/1
見乎○　65/78/14
无有○近幽深　65/79/19
鉤深致○　65/80/11
○取諸物　66/81/20
致○以利天下　66/82/6
引重致○　66/82/7
其旨○　66/84/1
《損》以○害　66/84/10
《易》之爲書也不可○　66/84/12
柔之爲道不利○者　66/84/19
○近相取而悔吝生　66/85/5

怨 yuàn　1

《困》以寡○　66/84/10

願 yuàn　6

「素履」之「往」、獨行○也　10/13/28
「不戒以孚」、中心○也　11/15/15
「以祉元吉」、中以行○也　11/15/19
「終莫之勝吉」、得所○也　53/63/18
「渙奔其机」、得○也　59/70/5
「其子和之」、中心○也　61/72/11

曰 yuē　587

《彖》○　1/1/19,2/3/24,3/5/17,4/6/24,5/7/29,6/9/5,7/10/9,8/11/11,9/12/18,10/13/21,11/14/26,12/16/5,13/17/11,14/18/15,15/19/21,16/20/25,17/22/1,18/23/5,19/24/9,20/25/11,21/26/13,22/27/15,23/28/19,24/29/23,25/30/28,26/31/31,27/33/5,28/34/9,29/35/13,30/36/19,31/37/23,32/38/29,33/40/5,34/41/7,35/42/11,36/43/15,37/44/19,38/45/21,39/46/24,40/47/27,41/49/1,42/50/5,43/51/9,44/52/13,45/53/17,47/55/25,48/57/1,49/58/7,50/59/11,51/60/15,52/61/22,53/62/25,54/63/28,55/65/5,56/66/13,57/67/16,58/68/21,59/69/25,60/70/27,61/71/29,62/73/5,63/74/15,64/75/19
《象》○　1/1/23,2/4/1,2/4/5,2/4/9,2/4/13,2/4/17,2/4/21,2/4/25,2/4/29,3/5/20,3/5/24,3/6/1,3/6/5,3/6/9,3/6/13,3/6/17,4/7/3,4/7/7,4/7/11,4/7/15,4/7/19,4/7/23,5/8/1,5/8/5,5/8/9,5/8/14,5/8/18,5/8/22,5/8/26,6/9/9,6/9/13,6/9/17,6/9/21,6/9/25,6/9/29

6/10/3,7/10/12,7/10/16	27/33/8,27/33/12,27/33/16	47/56/1,47/56/5,47/56/9
7/10/20,7/10/24,7/10/28	27/33/20,27/33/24,27/33/28	47/56/13,47/56/17,47/56/22
7/11/1,7/11/5,8/11/15	27/34/3,28/34/12,28/34/16	48/57/4,48/57/8,48/57/12
8/11/19,8/11/23,8/11/27	28/34/20,28/34/24,28/34/28	48/57/16,48/57/20,48/57/24
8/12/3,8/12/7,8/12/12	28/35/3,28/35/7,29/35/17	48/58/1,49/58/11,49/58/15
9/12/21,9/12/25,9/12/29	29/35/21,29/35/25,29/36/1	49/58/19,49/58/23,49/58/27
9/13/3,9/13/7,9/13/11	29/36/5,29/36/9,29/36/13	49/59/1,49/59/5,50/59/14
9/13/15,10/13/24,10/13/28	30/36/22,30/36/26,30/37/1	50/59/18,50/59/22,50/59/26
10/14/3,10/14/7,10/14/12	30/37/5,30/37/9,30/37/13	50/60/1,50/60/5,50/60/9
10/14/16,10/14/20,11/14/29	30/37/17,31/37/27,31/38/3	51/60/19,51/60/23,51/60/27
11/15/3,11/15/7,11/15/11	31/38/7,31/38/11,31/38/15	51/61/3,51/61/7,51/61/11
11/15/15,11/15/19,11/15/23	31/38/19,31/38/23,32/39/5	51/61/16,52/61/25,52/61/29
12/16/9,12/16/13,12/16/17	32/39/9,32/39/13,32/39/17	52/62/3,52/62/7,52/62/11
12/16/21,12/16/25,12/17/1	32/39/21,32/39/25,32/39/29	52/62/15,52/62/19,53/62/28
12/17/5,13/17/15,13/17/19	33/40/8,33/40/12,33/40/16	53/63/1,53/63/5,53/63/9
13/17/23,13/17/27,13/18/1	33/40/20,33/40/24,33/40/28	53/63/14,53/63/18,53/63/22
13/18/5,13/18/9,14/18/18	33/41/1,34/41/10,34/41/14	54/64/1,54/64/5,54/64/9
14/18/22,14/18/26,14/19/3	34/41/18,34/41/22,34/41/26	54/64/13,54/64/17,54/64/21
14/19/7,14/19/11,14/19/15	34/42/1,34/42/5,35/42/14	54/64/25,55/65/9,55/65/13
15/19/25,15/19/29,15/20/3	35/42/18,35/42/22,35/42/26	55/65/17,55/65/21,55/65/25
15/20/7,15/20/11,15/20/15	35/43/1,35/43/5,35/43/9	55/66/3,55/66/7,56/66/16
15/20/19,16/20/29,16/21/3	36/43/18,36/43/22,36/43/26	56/66/20,56/66/24,56/66/28
16/21/7,16/21/11,16/21/15	36/44/1,36/44/5,36/44/9	56/67/1,56/67/5,56/67/9
16/21/19,16/21/23,17/22/4	36/44/13,37/44/23,37/44/27	57/67/19,57/67/23,57/67/27
17/22/8,17/22/12,17/22/16	37/44/31,37/45/3,37/45/7	57/68/3,57/68/7,57/68/11
17/22/20,17/22/24,17/22/28	37/45/11,37/45/15,38/45/25	57/68/15,58/68/24,58/68/28
18/23/8,18/23/12,18/23/16	38/45/29,38/46/1,38/46/5	58/69/3,58/69/7,58/69/11
18/23/20,18/23/24,18/23/28	38/46/9,38/46/13,38/46/18	58/69/15,58/69/19,59/69/28
18/24/3,19/24/12,19/24/16	39/46/28,39/47/1,39/47/5	59/70/1,59/70/5,59/70/9
19/24/20,19/24/24,19/24/28	39/47/9,39/47/13,39/47/17	59/70/13,59/70/17,59/70/21
19/25/1,19/25/5,20/25/14	39/47/21,40/48/1,40/48/5	60/70/30,60/71/3,60/71/7
20/25/18,20/25/22,20/25/26	40/48/9,40/48/13,40/48/17	60/71/11,60/71/15,60/71/19
20/25/30,20/26/3,20/26/7	40/48/21,40/48/25,41/49/5	60/71/23,61/72/3,61/72/7
21/26/16,21/26/20,21/26/24	41/49/9,41/49/13,41/49/17	61/72/11,61/72/15,61/72/19
21/26/28,21/27/1,21/27/5	41/49/21,41/49/25,41/49/29	61/72/23,61/72/27,62/73/9
21/27/9,22/27/19,22/27/23	42/50/9,42/50/13,42/50/17	62/73/13,62/73/17,62/73/21
22/27/27,22/28/1,22/28/5	42/50/21,42/50/25,42/50/29	62/74/1,62/74/5,62/74/9
22/28/9,22/28/13,23/28/22	42/51/3,43/51/13,43/51/17	63/74/18,63/74/22,63/74/26
23/28/26,23/29/1,23/29/5	43/51/21,43/51/25,43/51/29	63/75/1,63/75/5,63/75/9
23/29/9,23/29/13,23/29/17	43/52/3,43/52/7,44/52/16	63/75/13,64/75/22,64/75/26
24/29/27,24/30/1,24/30/5	44/52/20,44/52/24,44/52/28	64/76/1,64/76/5,64/76/9
24/30/9,24/30/13,24/30/17	44/53/3,44/53/7,44/53/11	64/76/13,64/76/17
24/30/22,25/31/1,25/31/5	45/53/21,45/53/25,45/53/29	《文言》○　　　1/1/28,2/5/1
25/31/9,25/31/13,25/31/17	45/54/3,45/54/7,45/54/11	故○「乾、元、亨、利
25/31/21,25/31/25,26/32/3	45/54/15,46/54/24,46/54/28	、貞」　　　　　　1/2/2
26/32/7,26/32/11,26/32/15	46/55/3,46/55/7,46/55/11	初九○、「潛龍勿用」　1/2/4
26/32/19,26/32/23,26/32/27	46/55/15,46/55/19,47/55/28	子○　　　1/2/4,1/2/8,1/2/12

1/2/17,1/2/20,1/2/24
65/78/4,65/78/11,65/78/15
65/78/18,65/78/20,65/79/1
65/79/3,65/79/4,65/79/17
65/79/24,65/79/26,65/80/15
65/80/19,65/80/19,66/82/17
66/83/1,66/83/3,66/83/5
66/83/9,66/83/11,66/83/13
66/83/16,66/83/19,66/83/23

九二〇、「見龍在田、利見大人」 1/2/8
《易》〇、『見龍在田、利見大人』 1/2/9
九三〇、「君子終日乾乾、夕惕若、厲、（无）〔无〕咎」 1/2/12
九四〇、「或躍在淵、无咎 1/2/17
九五〇、「飛龍在天、利見大人」 1/2/20
上九〇、「亢龍有悔」 1/2/24
《易》〇、「見龍在田、利見大人」 1/3/11
《易》〇、「履霜、堅冰至」 2/5/5
《易》〇、「括囊、无咎无譽」 2/5/8
《（彖）〔象〕》〇 4/6/28
〇《小畜》 9/12/18
柔得位得中而應乎乾〇《同人》 13/17/11
《同人》〇、「同人于野、亨、利涉大川」 13/17/11
柔得尊位大中而上下應之〇《大有》 14/18/15
頤中有物〇《噬嗑》 21/26/13
〇閑輿衛 26/32/13
《（象）〔彖〕》〇 46/54/21
〇動悔有悔 47/56/20
其志不相得〇革 49/58/7
《易》〇 65/79/5,65/79/6
65/80/15,66/82/17,66/83/1
66/83/3,66/83/6,66/83/9
66/83/11,66/83/12,66/83/14
66/83/17,66/83/18,66/83/21
天地之大德〇生 66/81/16
聖人之大寶〇位 66/81/16
何以守位〇仁 66/81/16
何以聚人〇財 66/81/17
理財正辭、禁民爲非〇義 66/81/17
故〇爻 66/84/22
故〇物 66/84/22
故〇文 66/84/23
是以立天之道〇陰與陽 67/85/14
立地之道〇柔與剛 67/85/14
立人之道〇仁與義 67/85/15
故〇 67/85/25
67/85/26,67/86/1,67/86/2

約 yuē 1

納〇自牖 29/36/3

月 yuè 18

與日〇合其明 1/3/14
〇幾望 9/13/13,61/72/17
故日〇不過而四時不忒 16/20/26
至于八〇有凶 19/24/7
「至于八〇有凶」、消不久也 19/24/10
日〇麗乎天 30/36/19
日〇得天而能久照 32/39/2
〇幾望、吉 54/64/19
〇盈則食 55/65/6
日〇運行 65/76/23
陰陽之義配日〇 65/78/3
縣象著明莫大乎日〇 65/80/10
日〇之道、貞明者也 66/81/13
日往則〇來 66/82/18
〇往則日來 66/82/18
日〇相推而明生焉 66/82/18
爲〇 67/87/7

刖 yuè 2

劓〇 47/56/15
「劓〇」、志未得也 47/56/17

越 yuè 1

雜而不〇 66/83/24

樂 yuè 6

〇則行之 1/2/5
君子以飲食宴〇 5/8/1
先王以作〇崇德 16/20/29
所〇而玩者、爻之辭也 65/77/3
〇天知命 65/77/15
《比》〇《師》憂 69/89/8

躍 yuè 5

或〇在淵 1/1/11,1/3/1
「或〇在淵」、進「无咎」也 1/1/24
九四曰、「或〇在淵、无咎 1/2/17
「或〇在淵」、自試也 1/2/27

禴 yuè 3

孚乃利用〇 45/53/27,46/55/1
不如西鄰之〇祭實受其福 63/75/7

云 yún 1

是故變化〇爲 66/85/2

雲 yún 9

〇行雨施 1/1/19
〇從龍 1/2/21
「〇行雨施」、天下平也 1/3/8
〇雷、屯 3/5/20
〇上於天 5/8/1
密〇不雨 9/12/16,62/74/3
「密〇不雨」、尚往也 9/12/19
「密〇不雨」、已上也 62/74/5

允 yǔn 4

衆〇 35/42/24
「衆〇」之、志上行也 35/42/26
〇升 46/54/26
「〇升大吉」、上合志也 46/54/28

隕 yǔn 2

有〇自天 44/53/5
「有〇自天」、志不舍命也 44/53/7

孕 yùn 3

婦〇不育 53/63/7
「婦〇不育」、失其道也 53/63/9
婦三歲不〇 53/63/16

運 yùn 1

日月〇行 65/76/23

慍 yùn 1

有〇无咎 43/51/23

緼 yùn 2

乾坤、其《易》之〇邪 65/81/1
天地絪〇 66/83/17

雜 zá 8

夫「玄黃」者、天地之〇也 2/5/11
〇而不越 66/83/24
《恆》、〇而不厭 66/84/7
六爻相〇 66/84/15
若夫〇物撰德 66/84/16
物相〇 66/84/23
剛柔〇居 66/85/4
《蒙》〇而著 69/89/9

災 zāi 15

「亢龍有悔」、窮之〇也 1/2/28
「需于泥」、〇在外也 5/8/14
「剝床以膚」、切近〇也 23/29/9
有〇眚 24/30/19
无妄之〇 25/31/11
邑人之〇 25/31/11
「行人得」牛、「邑人〇」也 25/31/13
「无妄」之「行」、窮之〇也 25/31/25
「有厲利己」、不犯〇也 26/32/7
「遯尾」之「厲」、不往何〇也 33/40/12
「雖旬无咎」、過旬〇也 55/65/13
其所取〇 56/66/18
「旅瑣瑣」、志窮「〇」也 56/66/20
是謂〇眚 62/74/7
《无妄》、〇也 69/89/10

哉 zāi 21

大〇「乾元」 1/1/19
大矣〇 1/3/5
大〇乾乎 1/3/7
至〇「坤元」 2/3/24
《豫》之時義大矣〇 16/20/27
隨（時之）〔之時〕義大矣〇 17/22/2
行矣〇 25/30/29
《頤》之時大矣〇 27/33/6
《大過》之時大矣〇 28/34/10
險之時用大矣〇 29/35/15
《遯》之時義大矣〇 33/40/6
睽之時用大矣〇 38/45/23
知矣〇 39/46/24
《蹇》之時用大矣〇 39/46/26
《解》之時大矣〇 40/47/29
《姤》之時義大矣〇 44/52/14
《革》之時大矣〇 49/58/9
旅之時義大矣〇 56/66/14
民勸矣〇 58/68/22
盛德大業至矣〇 65/77/20
其孰能與此〇 65/80/4

在 zài 78

見龍〇田 1/1/7,1/2/31
或躍〇淵 1/1/11,1/3/1
飛龍〇天 1/1/13,1/3/1
「潛龍勿用」、陽〇下也 1/1/23
「見龍〇田」、德施普也 1/1/23
「或躍〇淵」、進「无咎」也 1/1/24
「飛龍〇天」、「大人」造也 1/1/24
九二曰、「見龍〇田、利見大人」 1/2/8
《易》曰、『見龍〇田、利見大人』 1/2/9
〇下位而不憂 1/2/14
九四曰、「或躍〇淵、无咎」 1/2/17
九五曰、「飛龍〇天、利見大人」 1/2/20
賢人〇下位而无輔 1/2/24, 65/79/2
「見龍〇田」、時舍也 1/2/27
「或躍〇淵」、自試也 1/2/27
「飛龍〇天」、上治也 1/2/28
《易》曰、「見龍〇田、利見大人」 1/3/11
上不〇天 1/3/12,1/3/13
下不〇田 1/3/12,1/3/13
中不〇人 1/3/13
「黃裳元吉」、文〇中也 2/4/21
美〇其中而暢於四支 2/5/9
險〇前也 5/7/29,39/46/24
「需于沙」、（衍）〔行〕〇中也 5/8/9
「需于泥」、災〇外也 5/8/14
〇師中 7/10/18
「〇師中吉」、承天寵也 7/10/20
「牽復」〇中、亦不自失也 9/12/29
「元吉」〇上、大有慶也 10/14/20
「拔茅征吉」、志〇外也 11/15/3
「拔茅貞吉」、志〇君也 12/16/13
火〇天上 14/18/18
「冥豫」〇「上」、何可長也 16/21/23
有孚〇道 17/22/18
「有孚〇道」、「明」功也 17/22/20
「敦臨」之「吉」、志〇內也 19/25/5
大觀〇上 20/25/11
雷〇地中 24/29/27
天〇山中 26/32/3

「藉用白茅」、柔○下也 28/34/16
「咸其拇」、志○外也 31/38/3
志○「隨」人、所「執」下也 31/38/11
「振恒」○上、大无功也 32/39/29
雷○天上 34/41/10
○中饋 37/44/29
「富家大吉」、順○位也 37/45/7
「往蹇來碩」、志○內也 39/47/21
「冥升」○上、消不富也 46/55/19
「來徐徐」、志○下也 47/56/13
「元吉」○「上」、大成也 48/58/1
「玉鉉」○「上」、剛柔節也 50/60/9
其事○中、大「无喪」也 51/61/11
其位○中 54/64/21
以「旅」○「上」、其義「焚」也 56/67/9
巽○床下 57/67/25,57/68/13
「巽○床下」、「上」窮也 57/68/15
「王假有廟」、王乃○中也 59/69/25
「渙其躬」、志○外也 59/70/9
《中孚》、柔○內而剛得中 61/71/29
（鶴鳴）〔鳴鶴〕○陰 61/72/9
公弋取彼○穴 62/74/3
水○火上 63/74/18
火○水上 64/75/22
○天成象 65/76/22
○地成形 65/76/22
鳴鶴○陰 65/78/11
象○其中矣 66/81/11
爻○其中矣 66/81/11
變○其中矣 66/81/11
動○其中矣 66/81/12

再 zài 6

○三瀆 4/6/21
○三瀆、瀆則不告 4/6/25
五歲○閏 65/79/10
故○扐而後掛 65/79/10
坎○索而得男 67/86/16
離○索而得女 67/86/10

載 zài 8

坤厚○物 2/3/24
君子以厚德○物 2/4/1
尙德○ 9/13/13
「既雨既處」、「德」積「○」也 9/13/15
大車以○ 14/18/24
「大車以○」、積中不敗也 14/18/26
「君子得輿」、民所○也 23/29/17
○鬼一車 38/46/15

簪 zān 1

朋盍○ 16/21/13

贊 zàn 1

幽○於神明而生蓍 67/85/11

臧 zāng 1

否○凶 7/10/14

葬 zàng 2

古之○者 66/82/10
○之中野 66/82/10

早 zǎo 1

由辯之不○辯也 2/5/3

造 zào 2

「飛龍在天」、「大人」○也 1/1/24
天○草昧 3/5/17

燥 zào 2

火就○ 1/2/21
○萬物者莫熯乎火 67/86/4

躁 zào 3

○人之辭多 66/85/7
爲決○ 67/86/25
其究爲○卦 67/87/2

則 zé 90

樂○行之 1/2/5
憂○違之 1/2/5
○各從其類也 1/2/21
乃見天○ 1/3/2
○不疑其所行也 2/5/6
瀆○不告 4/6/21
再三瀆、瀆○不告 4/6/25
○是天地交而萬物通也 11/14/26
○是天地不交而萬物不通也 12/16/5
「否」終○「傾」、何可長也 12/17/5
其「吉」、○困而反○也 13/18/1
匪咎、艱○无咎 14/18/20
「无不利、撝謙」、不違○也 15/20/11
○刑罰清而民服 16/20/26
終○有始 18/23/6
「不事王侯」、志可○也 18/24/3
○利有攸往 25/31/7
養正○吉也 27/33/5
○大耋之嗟 30/37/3
「利有攸往」、終○有始也 32/39/1
艱○吉 34/42/3
「艱○吉」、咎不長也 34/42/5
「六二」之「吉」、順以○也 36/43/26
「後入于地」、失○也 36/44/13
○吉 38/46/16
三人行○損一人 41/49/15, 66/83/18
一人行○得其友 41/49/15, 66/83/18

「三」○疑也 41/49/17
君子以見善○遷 42/50/9
有過○改 42/50/9
居德○忌 43/51/13
「笑言啞啞」、後有○也 51/60/15
「笑言啞啞」、「後」有○也 51/60/23
時止○止 52/61/22
時行○行 52/61/22
日中○昃 55/65/6
月盈○食 55/65/6
○嗟若 60/71/9
「終」止○「亂」 63/74/16
易○易知 65/76/24
簡○易從 65/76/24
易知○有親 65/76/24
易從○有功 65/76/25
有親○可久 65/76/25
有功○可大 65/76/25
可久○賢人之德 65/76/25
可大○賢人之業 65/76/25
是故君子居○觀其象而玩其辭 65/77/4
動○觀其變而玩其占 65/77/4
以言乎遠○不禦 65/78/1
以言乎邇○靜而正 65/78/1
以言乎天地之間○備矣 65/78/2
○千里之外應之 65/78/12
○千里之外違之 65/78/13
○言語以爲階 65/79/3
君不密○失臣 65/79/3
臣不密○失身 65/79/3
幾事不密○害成 65/79/3
聖人○之 65/80/13,65/80/14
然○聖人之意 65/80/19
○无以見《易》 65/81/1
○乾坤或幾乎息矣 65/81/2
仰○觀象於天 66/81/19
俯○觀法於地 66/81/19
窮○變 66/82/4
變○通 66/82/4
通○久 66/82/4
日往○月來 66/82/18
月往○日來 66/82/18
寒往○暑來 66/82/18
暑往○寒來 66/82/19
○民不與也 66/83/20,66/83/20
○民不應也 66/83/20
○傷之者至矣 66/83/21
斷辭○備矣 66/84/1
○非其中爻不備 66/84/16
○居可知矣 66/84/17
○思過半矣 66/84/17
近而不相得○凶 66/85/6
致飾然後亨○盡矣 68/88/6
復○不妄矣 68/88/7
不養○不可動 68/88/9
《蠱》○飭也 69/89/12
《大壯》○止 69/89/15
《遯》○退也 69/89/15

澤 zé 20

上天下○ 10/13/24
○中有雷 17/22/4
○上有地 19/24/12
○滅木 28/34/12
山上有○ 31/37/27
○動而下 38/45/21
上火下○ 38/45/25
山下有○ 41/49/5
○上於天 43/51/13
○上於地 45/53/21
○无水 47/55/28
○中有火 49/58/11
○上有雷 54/64/1
麗○ 58/68/24
○上有水 60/70/30
○上有風 61/72/3
山○通氣 67/85/18,67/86/6
說萬物者莫說乎○ 67/86/5
兌爲○ 67/87/15

賾 zé 5

聖人有以見天下之○ 65/78/8
言天下之至○而不可惡也 65/78/10
探○索隱 65/80/11
是故夫象、聖人有以見天下之○ 65/81/3
極天下之○者存乎卦 65/81/5

昃 zè 3

日○之離 30/37/3
「日○之離」、何可久也 30/37/5
日中則○ 55/65/6

宅 zhái 1

上以厚下安○ 23/28/22

占 zhān 5

未○有孚 49/58/29
動則觀其變而玩其○ 65/77/4
極數知來之謂○ 65/77/21
以卜筮者尙其○ 65/79/18
○事知來 66/85/3

邅 zhān 1

屯如○如 3/5/26

戰 zhàn 5

龍○于野 2/4/23,2/4/25
陰疑於陽必「○」 2/5/10
○乎乾 67/85/22,67/85/26

張 zhāng 1

先○之弧 38/46/15

章 zhāng 8

含○可貞 2/4/11
「含○可貞」、以時發也 2/4/13
雷電合而○ 21/26/13
品物咸○也 44/52/13
含○ 44/53/5
「九五」「含○」、中正也 44/53/7
來○ 55/66/1
故《易》六位而成○ 67/85/16

彰 zhāng 2

君子知微知○ 66/83/15

夫《易》、○往而察來 66/83/25

丈 zhàng 4

《師》貞○人吉 7/10/7
失○夫 17/22/10
係○夫 17/22/14
「係○夫」、志舍下也 17/22/16

招 zhāo 1

盜之○也 65/79/7

昭 zhāo 1

君子以自○明德 35/42/14

朝 zhāo 2

非一○一夕之故 2/5/3
終○三褫之 6/10/1

照 zhào 4

大人以繼明○于四方 30/36/22
日月得天而能久○ 32/39/2
「初登于天」、○四國也 36/44/13
「勿憂宜日中」、宜○天下也 55/65/5

折 zhé 8

无敢○獄 22/27/19
有嘉○首 30/37/15
鼎○足 50/59/28,66/83/12
君子以○獄致刑 55/65/9
○其右肱 55/65/19
「○其右肱」、終不可用也 55/65/21
爲毀○ 67/87/15

哲 zhé 1

「匪其彭、无咎」、明辯○也 14/19/7

蟄 zhé 1

龍蛇之○ 66/82/20

者 zhě 100

「元」○、善之長也 1/1/28
「亨」○、嘉之會也 1/1/28
《利》○、義之和也 1/1/28
貞」○、事之幹也 1/2/1
君子行此四德○ 1/2/2
龍、德而隱○也 1/2/4
龍德而正中○也 1/2/8
本乎天○親上 1/2/21
本乎地○親下 1/2/21
《乾》「元」〔「亨」〕○、始而亨○也 1/3/4
「利貞」○、性情也 1/3/4
「或」之○、疑之也 1/3/13
夫「大人」○、與天地合其德 1/3/14
知進退存亡而不失其正○ 1/3/16
其所由來○漸矣 2/5/3
夫「玄黃」○、天地之雜也 2/5/11
《大過》、大○過也 28/34/9
《大壯》、大○壯也 34/41/7
大○、正也 34/41/7
《小過》〔「亨」〕、小○過而亨也 62/73/5
小○亨也 63/74/15
是故吉凶○、失得之象也 65/77/1
悔吝○、憂虞之象也 65/77/2
變化○、進退之象也 65/77/2
剛柔○、晝夜之象也 65/77/2
是故君子所居而安○、《易》之序也 65/77/3
所樂而玩○、爻之辭也 65/77/3
彖○、言乎象○也 65/77/7
爻○、言乎變○也 65/77/7
吉凶○、言乎其失得也 65/77/7
悔吝○、言乎其小疵也 65/77/8
无咎○、善補過也 65/77/8
是故列貴賤○存乎位 65/77/8
齊小大○存乎卦 65/77/9
辯吉凶○存乎辭 65/77/9
憂悔吝○存乎介 65/77/9
震无咎○存乎悔 65/77/9
辭也○、各指其所之 65/77/10
繼之○善也 65/77/17
成之○性也 65/77/17
仁○見之謂之仁 65/77/17
知○見之謂之知 65/77/17
況其邇○乎 65/78/12,65/78/13
語以其功下人○也 65/78/20
謙也○、致恭以存其位○也 65/79/1
作《易》○、其知盜乎 65/79/4
負也○、小人之事也 65/79/5
乘也○、君子之器也 65/79/5
知變化之道○ 65/79/17
以言○尚其辭 65/79/17
以動○尚其變 65/79/18
以制器○尚其象 65/79/18
以卜筮○尚其占 65/79/18
「《易》有聖人之道四焉」○ 65/79/24
夫《易》、何爲○也 65/79/26
如斯而已○也 65/80/1
古之聰明叡知神武而不殺○夫 65/80/4
成天下之亹亹○ 65/80/12
66/85/2
祐○、助也 65/80/15
天之所助○、順也 65/80/16
人之所助○、信也 65/80/16
是故形而上○謂之道 65/81/2
形而下○謂之器 65/81/2
極天下之賾○存乎卦 65/81/5
鼓天下之動○存乎辭 65/81/6
吉凶悔吝○、生乎動○也 66/81/12
剛柔○、立本○也 66/81/12
變通○、趣時○也 66/81/13
吉凶○、貞勝○也 66/81/13
貞觀○也 66/81/13
日月之道、貞明○也 66/81/13
天下之動、貞夫一○也 66/81/14
爻也○、效此○也 66/81/15
象也○、像此○也 66/81/15
古○包犧氏之王天下也 66/81/19
古之葬○ 66/82/10
是故《易》○、象也 66/82/14
象也○、像也 66/82/14

象〇、材也 66/82/14
爻也〇、效天下之動〇也 66/82/14
往〇屈也 66/82/19
來〇信也 66/82/19
隼〇、禽也 66/83/3
弓矢〇、器也 66/83/3
射之〇、人也 66/83/4
語成器而動〇也 66/83/5
危〇、安其位〇也 66/83/9
亡〇、保其存〇也 66/83/9
亂〇、有其治〇也 66/83/10
幾〇、動之微、吉之先見〇也 66/83/14
君子脩此三〇 66/83/19
則傷之〇至矣 66/83/21
作《易》〇、其有憂患乎 66/84/4
知〇觀其彖辭 66/84/17
柔之爲道不利遠〇 66/84/19
六〇非它也 66/84/22
危〇使平 66/84/24
易〇使傾 66/84/24
將叛〇其辭慚 66/85/6
中心疑〇其辭枝 66/85/6
失其守〇其辭屈 66/85/7
昔〇聖人之作《易》也 67/85/11
67/85/14
數往〇順 67/85/18
知來〇逆 67/85/18
齊也〇、言萬物之絜齊也 67/85/23
離也〇、明也 67/85/24
坤也〇、地也 67/85/25
坎〇、水也 67/85/26
神也〇、妙萬物而爲言〇也 67/86/4
動萬物〇莫疾乎雷 67/86/4
橈萬物〇莫疾乎風 67/86/4
燥萬物〇莫熯乎火 67/86/4
說萬物〇莫說乎澤 67/86/5
潤萬物〇莫潤乎水 67/86/5
終萬物、始萬物〇、莫盛乎艮 67/86/5
盈天地之間〇唯萬物 68/87/20
《屯》〇、盈也 68/87/20
屯〇、物之始生也 68/87/21
《蒙》〇、蒙也 68/87/21
《需》〇、飲食之道也 68/87/22
《師》〇、眾也 68/87/23
《比》〇、比也 68/87/24
〔《履》〇、禮也〕 68/87/25
《泰》〇、通也 68/87/25
與人同〇 68/88/1
有大〇不可以盈 68/88/2
以喜隨人〇必有事 68/88/3
《蠱》〇、事也 68/88/4
《臨》〇、大也 68/88/4
嗑〇、合也 68/88/5
《賁》〇、飾也 68/88/6
《剝》〇、剝也 68/88/7
《頤》〇、養也 68/88/9
《坎》〇、陷也 68/88/10
《離》〇、麗也 68/88/11
《恆》〇、久也 68/88/15
《遯》〇、退也 68/88/16
《晉》〇、進也 68/88/17
夷〇、傷也 68/88/17
傷於外〇必反於家 68/88/17
《睽》〇、乖也 68/88/18
《蹇》〇、難也 68/88/19
《解》〇、緩也 68/88/20
《夬》〇、決也 68/88/21
《姤》〇、遇也 68/88/21
《萃》〇、聚也 68/88/22
聚而上〇謂之升 68/88/22
困乎上〇必反下 68/88/23
革物〇莫若鼎 68/88/24
主器〇莫若長子 68/88/24
《震》〇、動也 68/88/25
《艮》〇、止也 68/88/26
漸〇、進也 68/88/26
得其所歸〇必大 68/88/27
《豐》〇、大也 68/88/27
窮大〇必失其居 68/88/27
《巽》〇、入也 68/88/28
《兌》〇、說也 68/89/1
《渙》〇、離也 68/89/1
有其信〇必行之 68/89/2
有過物〇必濟 68/89/3

貞 zhēn 176

利〇 1/1/3
3/5/15,4/6/21,17/21/27
19/24/7,25/30/26,31/37/21
32/38/27,36/44/7,41/49/11
45/53/15,49/58/5,50/60/3
53/62/23,58/68/19,59/69/23
61/71/27,62/73/3,63/74/15
乃「利〇」 1/1/20
〇」者、事之幹也 1/2/1
〇固足以幹事 1/2/1
故曰「乾、元、亨、利、〇」 1/2/2
「利〇」者、性情也 1/3/4
利牝馬之〇 2/3/21
安〇吉 2/3/22,6/9/23
柔順「利〇」 2/3/25
「安〇」之「吉」 2/3/27
含章可〇 2/4/11
「含章可〇」、以時發也 2/4/13
利永〇 2/4/27,52/61/27
用六永〇 2/4/29
大「亨〇」 3/5/17
利居〇 3/5/22,17/22/14
女子〇不字 3/5/26
小〇吉 3/6/11
大〇凶 3/6/11
〇吉 5/7/27
5/8/20,8/11/21,8/12/1
15/20/1,16/21/5,17/22/6
19/24/14,31/38/13,33/40/26
34/41/16,34/41/24,35/42/16
35/42/20,37/44/29,39/46/22
40/48/7,41/49/27,44/52/18
46/55/13,57/68/9,64/75/28
64/76/7,64/76/11,66/83/15
《需》、「有孚、光亨、〇吉」 5/7/29
「酒食〇吉」、以中正也 5/8/22
〇厲 6/9/19
34/41/20,35/42/28,49/58/21
「復即命、渝」、「安〇」不失也 6/9/25
《師》〇丈人吉 7/10/7
「〇」、正也 7/10/9
〇凶 7/10/30,17/22/18,32/39/7
57/68/13,60/71/21,61/72/25
永〇无咎 8/11/9
〔「《比》、「吉」〕、原筮元、永〇无咎」

8/11/11
婦○厲 9/13/13
幽人○吉 10/14/1
「幽人○吉」、中不自亂也 10/14/3
夬履○厲 10/14/14
「夬履○厲」、位正當也 10/14/16
艱○ 11/15/9
自邑告命、○吝 11/15/21
不利君子○ 12/16/3
否之匪人、不利君子○、大往小來 12/16/5
○吉亨 12/16/11
「拔茅○吉」、志在君也 12/16/13
利君子○ 13/17/9
「鳴謙○吉」、中心得也 15/20/3
「不終日○吉」、以中正也 16/21/7
○疾 16/21/17
「六五○疾」、乘剛也 16/21/19
大「亨、○、无咎」而天下隨（時）〔之〕 17/22/1
不可○ 18/23/14,60/70/25
「咸臨○吉」、志行正也 19/24/16
利女○ 20/25/20
「闚觀女○」、亦可醜也 20/25/22
利艱○、吉 21/26/30
「利艱○吉」、未光也 21/27/1
○厲无咎 21/27/3
「○厲无咎」、得當也 21/27/5
永○吉 22/27/29,42/50/15
「永○」之「吉」、終莫之陵也 22/28/1
蔑○凶 23/28/24,23/28/28
可○ 25/31/15
「可○无咎」、固有之也 25/31/17
《大畜》利○ 26/31/29
利艱○ 26/32/13
《頤》○吉 27/33/3
《頤》「○吉」 27/33/5
拂頤○、凶 27/33/18
居○、吉 27/33/26
「居○」之「吉」、順以從上也 27/33/28
《離》利○ 30/36/17
是以「亨利○、取女吉」也 31/37/23
「○吉悔亡」、未感害也 31/38/15
恆亨无咎利○」、久於其道也 32/39/1
○吝 32/39/15,35/43/7,40/48/11
恆其德、○ 32/39/23
「婦人○吉」、從一而終也 32/39/25
小利○ 33/40/3,63/74/13
「小利○」、浸而長也 33/40/5
「嘉遯○吉」、以正志也 33/40/28
《大壯》利○ 34/41/5
《大壯》「利○」 34/41/7
「九二○吉」、以中也 34/41/18
「鼫鼠○厲」、位不當也 35/43/1
《明夷》利艱○ 36/43/13
「利艱○」、晦其明也 36/43/15
不可疾○ 36/43/28
「箕子」之「○」、「明」不可息也 36/44/9
《家人》利女○ 37/44/17
當位「○吉」、以正邦也 39/46/25
「九二」「○吉」、得中道也 40/48/9
无咎可○ 41/48/29
元吉、无咎、可○、利有攸往、曷之用二簋、可用享 41/49/1
九二利○ 41/49/13
元、永○悔亡 45/54/9
「○吉升階」、大得志也 46/55/15
利于不息之○ 46/55/17
○大人吉 47/55/23
「○大人吉」、以剛中也 47/55/26
居○吉 49/59/3
利幽人之○ 54/64/7
「利幽人之○」、未變常也 54/64/9
旅○吉 56/66/11
是以「小亨旅○吉」也 56/66/13
得童僕○ 56/66/22,56/66/24
喪其童僕○ 56/66/26
利武人之○ 57/67/21
「利武人之○」、志治也 57/67/23
說以「利○」 58/68/21
「苦節不可○」、其道窮也 60/70/27
「苦節○凶」、其道窮也 60/71/23
中孚以「利○」、乃應乎天也 61/72/1
過以「利○」、與時行也 62/73/5
勿用永○ 62/73/23
「九二」「○吉」、中以行（正）〔直〕也 64/76/1
「○吉悔亡」、志行也 64/76/9
吉凶者、○勝者也 66/81/13
○觀者也 66/81/13
日月之道、○明者也 66/81/13
天下之動、○夫一者也 66/81/14

枕 zhěn 1

險且○ 29/35/27

振 zhèn 3

君子以○民育德 18/23/8
○恆 32/39/27
「○恆」在上、大无功也 32/39/29

震 zhèn 34

《○》亨 51/60/13
○來虩虩 51/60/13,51/60/21
○驚百里 51/60/13
《○》「亨」 51/60/15
「○來虩虩」、恐致福也 51/60/15,51/60/23
「○驚百里」、驚遠而懼邇也 51/60/16
洊雷、《○》 51/60/19
○來厲 51/60/25

「○來厲」、乘剛也 51/60/27
○蘇蘇 51/61/1
○行无眚 51/61/1
「○蘇蘇」、位不當也 51/61/3
○遂泥 51/61/5
「○遂泥」、未光也 51/61/7
○往來厲 51/61/9
「○往來厲」、危行也 51/61/11
○索索 51/61/13
○不于其躬、于其鄰、
无咎 51/61/13
「○索索」、中未得也 51/61/16
○用伐鬼方 64/76/7
○无咎者存乎悔 65/77/9
帝出乎○ 67/85/22
萬物出乎○ 67/85/23
○東方也 67/85/23
○、動也 67/86/8
○爲龍 67/86/11
○爲足 67/86/13
○一索而得男 67/86/15
○爲雷 67/86/25
故受之以《○》 68/88/25
《○》者、動也 68/88/25
《○》、起也 69/89/9

征 zhēng 29

君子○凶 9/13/13
「君子○凶」、有所疑也 9/13/15
○吉 11/15/1
47/56/20,49/58/17,54/64/3
「拔茅○吉」、志在外也 11/15/3
「利用侵伐」、○不服
也 15/20/15
利用行師○邑國 15/20/17
可「用行師」、○邑國
也 15/20/19
至于十年不克○ 24/30/19
頤、○凶 27/33/14
「六二○凶」、行失類
也 27/33/16
王用出○ 30/37/15
「王用出○」、以正邦
也 30/37/17
○凶有孚 34/41/12
○凶 41/49/11,49/58/21
49/59/3,51/61/13,64/76/3
南○吉 46/54/19
「南○吉」、志行也 46/54/22
○凶无咎 47/56/3
夫○不復 53/63/7
「夫○不復」、離群醜也 53/63/9
《歸妹》○凶 54/63/26
「○凶」、位不當也 54/63/29
「未濟○凶」、位不當也 64/76/5

拯 zhěng 4

用○馬、壯吉 36/43/24
不○其隨 52/62/1
「不○其隨」、未退聽也 52/62/3
用○馬壯 59/69/30

正 zhèng 75

各○性命 1/1/20
龍德而○中者也 1/2/8
剛健中○ 1/3/7
知進退存亡而不失其○者 1/3/16
「直」其○也 2/5/5
○位居體 2/5/9
志行○也 3/5/24
蒙以養○ 4/6/26
「利用刑人」、以○法也 4/7/3
位乎天位以○中也 5/7/30
「酒食貞吉」、以中○也 5/8/22
「利見大人」、尙中○也 6/9/6
「訟元吉」、以中○也 6/9/29
「貞」、○也 7/10/9
能以衆○ 7/10/9
「大君有命」、以○功也 7/11/5
「顯比」之「吉」、位
○中也 8/12/7
「夫妻反目」、不能○
室也 9/13/3
剛中○、履帝位而不疚 10/13/21
「夬履貞厲」、位○當
也 10/14/16
「大人」之「吉」、位
○當也 12/17/1
中○而應 13/17/12
「君子」○也 13/17/12
「不終日貞吉」、以中
○也 16/21/7
「官有渝」、從○「吉」
也 17/22/8
「孚于嘉吉」、位○中
也 17/22/24
大「亨」以○、天之道也 19/24/9
「咸臨貞吉」、志行○
也 19/24/16
中○以觀天下 20/25/11
其匪○有眚 25/30/26
大「亨」以○ 25/30/28,49/58/8
其匪○有眚、不利有攸
往 25/30/29
大○也 26/32/1
養○則吉也 27/33/5
重明以麗乎○ 30/36/19
柔麗乎中○ 30/36/20
「王用出征」、以○邦
也 30/37/17
「嘉遯貞吉」、以○志
也 33/40/28
大者、○也 34/41/7
○大而天地之情可見矣 34/41/8
「晉如摧如」、獨行○
也 35/42/18
「受茲介福」、以中○
也 35/42/22
內難而能○其志 36/43/16
女○位乎內 37/44/19
男○位乎外 37/44/19
男女○ 37/44/19
父父、子子、兄兄、弟
弟、夫夫、婦婦而家
道○ 37/44/20
○家而天下定矣 37/44/20
當位「貞吉」、以○邦
也 39/46/25
「利有攸往」、中○有慶 42/50/5
剛遇中○ 44/52/14
「九五」「含章」、中
○也 44/53/7
「利見大人亨」、聚以
○也 45/53/18
「寒泉」之「食」、中
○也 48/57/24
君子以○位凝命 50/59/14
「艮其趾」、未失○也 52/61/29

「艮其輔」、以中○也 52/62/15
進以○ 53/62/25
可以○邦也 53/62/25
剛巽乎中○而志行 57/67/16
「九五」之「吉」、位○中也 57/68/11
「喪其資斧」、○乎「凶」也 57/68/15
「孚于剝」、位○當也 58/69/15
「王居无咎」、○位也 59/70/17
中○以通 60/70/28
「有孚攣如」、位○當也 61/72/23
剛柔○而位當也 63/74/15
「九二」「貞吉」、中以行（○）〔直〕也 64/76/1
以言乎邇則靜而○ 65/78/1
理財○辭、禁民爲非曰義 66/81/17
（辨）〔辯〕物○言 66/83/25
兌、○秋也 67/85/25
○北方之卦也 67/86/1
《頤》、養○也 69/89/19

政 zhèng 1

君子以明庶○ 22/27/19

之 zhī 614

「元」者、善○長也 1/1/28
「亨」者、嘉○會也 1/1/28
《利》者、義○和也 1/1/28
貞」者、事○幹也 1/2/1
樂則行○ 1/2/5
憂則違○ 1/2/5
庸言○信 1/2/8
庸行○謹 1/2/9
知至至○ 1/2/13
知終終○ 1/2/14
「亢龍有悔」、窮○災也 1/2/28
日可見○行也 1/3/8
「潛」○爲言也 1/3/10
君子學以聚○ 1/3/10
問以辯○ 1/3/10
寬以居○ 1/3/11
仁以行○ 1/3/11
故「或」○ 1/3/13
「或」○者、疑○也 1/3/13
「亢」○爲言也 1/3/15
利牝馬○貞 2/3/21
「安貞」○「吉」 2/3/27
六二○動、「直」以「方」也 2/4/9
積善○家必有餘慶 2/5/2
積不善○家必有餘殃 2/5/2
非一朝一夕○故 2/5/3
由辯○不早辯也 2/5/3
陰雖有美「含」○以從王事 2/5/7
美○至也 2/5/10
夫「玄黃」者、天地○雜也 2/5/11
雷雨○動滿盈 3/5/17
六二○難、乘剛也 3/6/1
「君子舍」○ 3/6/5
「困蒙」○「吝」、獨遠實也 4/7/15
「童蒙」○吉、順以巽也 4/7/19
有不速○客三人來 5/8/24
敬○終吉 5/8/24
「不速○客來、敬○終吉」〔也〕 5/8/26
或錫○鞶、帶 6/10/1
終朝三褫○ 6/10/1
以此毒天下而民從○ 7/10/10
有孚比○ 8/11/17
《比》○初六、「有它吉」也 8/11/19
比○自內 8/11/21
「比○自內」、不自失也 8/11/23
比○匪人 8/11/25
「比○匪人」、不亦傷乎 8/11/27
外比○ 8/12/1
「顯比」○「吉」、位正中也 8/12/7
比○无首 8/12/10
「比○无首」、无所終也 8/12/12
柔得位而上下應○ 9/12/18
「素履」○「往」、獨行願也 10/13/28
「咥人」○「凶」、位不當也 10/14/7
后以財成天地○道 11/14/29
輔相天地○宜 11/14/29
〔《否》〕否○匪人 12/16/3
否○匪人、不利君子貞、大往小來 12/16/5
「大人」○「吉」、位正當也 12/17/1
唯君子爲能通天下○志 13/17/12
「同人」○「先」、以中直也 13/18/5
柔得尊位大中而上下應○曰《大有》 14/18/15
「威如」○「吉」、易而无備也 14/19/11
自天祐○ 14/19/13,65/80/15
「君子」○「終」也 15/19/23
故天地如○ 16/20/25
《豫》○時義大矣哉 16/20/27
殷薦○上帝以配祖考 16/20/29
大「亨、貞、无咎」而天下隨（時）〔○〕 17/22/1
隨（時○）〔○時〕義大矣哉 17/22/2
拘係○乃從 17/22/26
維○ 17/22/26
「拘係○」、上窮也 17/22/28
幹父○蠱 18/23/10,18/23/18,18/23/26
「幹父○蠱」、意承「考」也 18/23/12
幹母○蠱 18/23/14
「幹母○蠱」、得中道也 18/23/16
「幹父○蠱」、終「无咎」也 18/23/20
裕父○蠱 18/23/22
「裕父○蠱」、往未得也 18/23/24
大「亨」以正、天○道也 19/24/9
既憂○ 19/24/22
「既憂○」、「咎」不長也 19/24/24
大君○宜 19/24/30
「大君○宜」、行中○謂也 19/25/1
「敦臨」○「吉」、志在內也 19/25/5
觀天○神道而四時不忒 20/25/12
觀國○光 20/25/28

「觀國〇光」、尙「賓」也 20/25/30
「永貞」〇「吉」、終莫〇陵也 22/28/1
「六五」〇「吉」、有喜也 22/28/9
順而止〇 23/28/19
剝〇无咎 23/29/3
「剝〇无咎」、失上下也 23/29/5
《復》、其見天地〇心乎 24/29/24
「不遠」〇「復」、以脩身也 24/30/1
「休復」〇「吉」、以下仁也 24/30/5
「頻復」〇「厲」、義「无咎」也 24/30/9
「迷復」〇「凶」、反君道也 24/30/22
天〇命也 25/30/29
无妄〇往何〇矣 25/30/29
「无妄」〇「往」、得志也 25/31/5
无妄〇災 25/31/11
或繫〇牛 25/31/11
行人〇得 25/31/11
邑人〇災 25/31/11
「可貞无咎」、固有〇也 25/31/17
无妄〇疾 25/31/19
「无妄」〇「藥」、不可試也 25/31/21
「无妄」〇「行」、窮〇災也 25/31/25
童牛〇牿 26/32/17
豶豕〇牙 26/32/21
「六五」〇「吉」、有慶也 26/32/23,55/66/3
何天〇衢 26/32/25
「何天〇衢」、道大行也 26/32/27
《頤》〇時大矣哉 27/33/6
「顛頤」〇「吉」、上施光也 27/33/24
「居貞」〇「吉」、順以從上也 27/33/28
《大過》〇時大矣哉 28/34/10
「棟橈」〇「凶」、不可以有輔也 28/34/24
「棟隆」〇「吉」、不橈乎下也 28/34/28
「過涉」〇「凶」、不可咎也 28/35/7
險〇時用大矣哉 29/35/15
來〇坎坎 29/35/27
「來〇坎坎」、終无功也 29/36/1
履錯然敬〇 30/36/24
「履錯」〇「敬」、以辟咎也 30/36/26
日昃〇離 30/37/3
則大耋〇嗟 30/37/3
「日昃〇離」、何可久也 30/37/5
「六五」〇「吉」、離王公也 30/37/13
觀其所感而天地萬物〇情可見矣 31/37/24
天地〇道恆久而不已也 32/39/1
觀其所恆而天地萬物〇情可見矣 32/39/2
「浚恆」〇「凶」、始求深也 32/39/9
或承〇羞 32/39/15
《遯》〇時義大矣哉 33/40/6
「遯尾」〇「厲」、不往何災也 33/40/12
執〇用黃牛〇革 33/40/14
莫〇勝、說 33/40/14
「係遯」〇「厲」、有疾憊也 33/40/20
正大而天地〇情可見矣 34/41/8
壯于大輿〇輹 34/41/24
「衆允」〇、志上行也 35/42/26
文王以〇 36/43/15
箕子以〇 36/43/16
「六二」〇「吉」、順以則也 36/43/26
「南狩」〇志、乃(得大)〔大得〕也 36/44/1
獲明夷〇心于出門庭 36/44/3
箕子〇明夷 36/44/7
「箕子」〇「貞」、「明」不可息也 36/44/9
天地〇大義也 37/44/19
父母〇謂也 37/44/20
「六二」〇「吉」、順以巽也 37/44/31
「威如」〇「吉」、反身〇謂也 37/45/15
睽〇時用大矣哉 38/45/23
先張〇弧 38/46/15
後說〇弧 38/46/15
「遇雨」〇「吉」、群疑亡也 38/46/18
《蹇》〇時用大矣哉 39/46/26
匪躬〇故 39/47/3
「往蹇來反」、內喜〇也 39/47/9
《解》〇時大矣哉 40/47/29
剛柔〇際 40/48/5
公用射隼于高墉〇上 40/48/23,66/83/3
獲〇 40/48/23,66/83/3
曷〇用 41/48/29
元吉、无咎、可貞、利有攸往、曷〇用二簋、可用享 41/49/1
酌損〇 41/49/7
益〇 41/49/11,41/49/27,42/50/19
或益〇十朋〇龜 41/49/23
弗損、益〇 41/49/29
凡益〇道 42/50/7
或益〇 42/50/15
十朋〇龜弗克違 42/50/15
「或益〇」、自外來也 42/50/17
「益用凶事」、固有〇也 42/50/21
「有孚惠心」、「勿問」〇矣 42/50/29
莫益〇 42/51/1,66/83/21
或擊〇 42/51/1,66/83/21
「莫益〇」、偏辭也 42/51/3
「或擊〇」、自外來也 42/51/3
「无號」〇「凶」、終不可長也 43/52/7
《姤》〇時義大矣哉 44/52/14
「无魚」〇「凶」、遠民也 44/53/3
觀其所聚而天地萬物〇情可見矣 45/53/18
「九二」〇「孚」、有喜也 46/55/3

利于不息○貞 46/55/17
「寒泉」○「食」、中正也 48/57/24
革而信○ 49/58/7
《革》○時大矣哉 49/58/9
鞏用黃牛○革 49/58/13
巳日乃革○ 49/58/17
「巳日革○」、行有嘉也 49/58/19
「革言三就」、又何○矣 49/58/23
「改命」○「吉」、信志也 49/58/27
「鼎有實」、愼所○也 50/59/22
「敦艮」○「吉」、以厚終也 52/62/19
《漸》○進也 53/62/25
「小子」○「厲」、義「无咎」也 53/63/1
終莫○勝 53/63/16
「終莫○勝吉」、得所願也 53/63/18
《歸妹》、天地○大義也 54/63/28
《歸妹》、人○終始也 54/63/28
利幽人○貞 54/64/7
「利幽人○貞」、未變常也 54/64/9
「愆期」○志、有待而行也 54/64/17
其君○袂不如其娣○袂良 54/64/19
「帝乙歸妹」、「不如其娣○袂良」也 54/64/21
王假○ 55/65/3
「王假○」、尙大也 55/65/5
旅○時義大矣哉 56/66/14
「喪牛于易」、終莫○聞也 56/67/9
利武人○貞 57/67/21
「利武人○貞」、志治也 57/67/23
「紛若」○「吉」、得中也 57/67/27
「頻巽」○「吝」、志窮也 57/68/3
「九五」○「吉」、位正中也 57/68/11
說○大 58/68/22
「和兌」○「吉」、行未疑也 58/68/28
「孚兌」○「吉」、信志也 58/69/3
「來兌」○「凶」、位不當也 58/69/7
「九四」○「喜」、有慶也 58/69/11
「初六」○「吉」、順也 59/70/1
「不節」○「嗟」、又誰「咎」也 60/71/11
「安節」○「亨」、承上道也 60/71/15
「甘節」○「吉」、居位中也 60/71/19
其子和○ 61/72/9,65/78/11
吾與爾靡○ 61/72/9,65/78/11
「其子和○」、中心願也 61/72/11
飛鳥遺○音 62/73/3
有「飛鳥」○象焉 62/73/6
「飛鳥遺○音、不宜上、宜下、大吉」、上逆而下順也 62/73/7
弗過、防○ 62/73/19
從或戕○ 62/73/19
「從或戕○」、「凶」如何也 62/73/21
弗過、遇○ 62/73/23
「弗過遇○」、位不當也 62/74/1
弗遇、過○ 62/74/7
飛鳥離○ 62/74/7
「弗遇過○」、已亢也 62/74/9
君子以思患而豫防○ 63/74/18
三年克○ 63/74/28
「三年克○」、憊也 63/75/1
不如西鄰○禴祭實受其福 63/75/7
「東鄰殺牛」、「不如西鄰」○時也 63/75/9
君子○光 64/76/11
「君子○光」、其暉「吉」也 64/76/13
鼓○以雷霆 65/76/23
潤○以風雨 65/76/23
可久則賢人○德 65/76/25
可大則賢人○業 65/76/25
易簡而天下○理得矣 65/76/26
天下○理得 65/76/26
是故吉凶者、失得○象也 65/77/1
悔吝者、憂虞○象也 65/77/2
變化者、進退○象也 65/77/2
剛柔者、晝夜○象也 65/77/2
六爻○動、三極○道也 65/77/3
是故君子所居而安者、《易》○序也 65/77/3
所樂而玩者、爻○辭也 65/77/3
是以自天祐○ 65/77/4,65/80/16,66/82/4
辭也者、各指其所○ 65/77/10
故能彌綸天地○道 65/77/10
是故知幽明○故 65/77/11
故知死生○說 65/77/12
是故知鬼神○情狀 65/77/14
範圍天地○化而不過 65/77/16
通乎晝夜○道而知 65/77/16
一陰一陽○謂道 65/77/17
繼○者善也 65/77/17
成○者性也 65/77/17
仁者見○謂○仁 65/77/17
知者見○謂○知 65/77/17
故君子○道鮮矣 65/77/18
富有○謂大業 65/77/20
日新○謂盛德 65/77/20
生生○謂易 65/77/21
成象○謂乾 65/77/21
效法○謂坤 65/77/21
極數知來○謂占 65/77/21
通變○謂事 65/78/1
陰陽不測○謂神 65/78/1
以言乎天地○間則備矣 65/78/2
陰陽○義配日月 65/78/3
易簡○善配至德 65/78/4
道義○門 65/78/6
聖人有以見天下○賾 65/78/8
是故謂○象 65/78/8,65/81/4
聖人有以見天下○動 65/78/8,65/81/4
是故謂○爻 65/78/9,65/81/5
言天下○至賾而不可惡也 65/78/10
言天下○至動而不可亂也 65/78/10

擬○而後言 65/78/10
議○而後動 65/78/10
則千里○外應○ 65/78/12
則千里○外違○ 65/78/13
言行、君子○樞機 65/78/14
樞機○發、榮辱○主也 65/78/14
言行、君子○所以動天地也 65/78/14
君子○道 65/78/15
同心○言 65/78/16
藉○用茅 65/78/18
何咎○有 65/78/18
愼○至也 65/78/19
夫茅○爲物薄 65/78/19
厚○至也 65/78/20
亂○所生也 65/79/3
負也者、小人○事也 65/79/5
乘也者、君子○器也 65/79/5
小人而乘君子○器 65/79/5
盜思奪○矣 65/79/6
盜思伐○矣 65/79/6
盜○招也 65/79/7
大衍○數五十 65/79/9
揲○以四以象四時 65/79/9
凡天地○數五十有五 65/79/11
《乾》○策二百一十有六 65/79/12
《坤》○策百四十有四 65/79/12
當期○日 65/79/12
二篇○策萬有一千五百二十 65/79/12
當萬物○數也 65/79/13
引而伸○ 65/79/14
觸類而長○ 65/79/14
天下○能事畢矣 65/79/14
知變化○道者 65/79/17
其知神○所爲乎 65/79/17
《易》有聖人○道四焉 65/79/17
非天下○至精 65/79/19
遂成天下○文 65/79/20
遂定天下○象 65/79/21
非天下○至變 65/79/21
感而遂通天下○故 65/79/22
非天下○至神 65/79/22
夫《易》、聖人○所以極深而研幾也 65/79/22
故能通天下○志 65/79/23
故能成天下○務 65/79/23
「《易》有聖人○道四焉」者 65/79/24
此○謂也 65/79/24,66/83/7
冒天下○道 65/80/1
是故聖人以通天下○志 65/80/1
以定天下○業 65/80/2
以斷天下○疑 65/80/2
是故蓍○德圓而神 65/80/2
卦○德方以知 65/80/2
六爻○義易以貢 65/80/3
古○聰明叡知神武而不殺者夫 65/80/4
是以明於天○道 65/80/4
而察於民○故 65/80/5
是故闔戶謂○坤 65/80/5
闢戶謂○乾 65/80/6
一闔一闢謂○變 65/80/6
往來不窮謂○通 65/80/6
見乃謂○象 65/80/6
形乃謂○器 65/80/6
制而用○謂○法 65/80/7
民咸用○謂○神 65/80/7
以定天下○吉凶 65/80/12
成天下○亹亹者 65/80/12, 66/85/2
聖人則○ 65/80/13,65/80/14
聖人效○ 65/80/13
聖人象○ 65/80/13
定○以吉凶 65/80/14
天○所助者、順也 65/80/16
人○所助者、信也 65/80/16
然則聖人○意 65/80/19
變而通○以盡利 65/80/20
鼓○舞○以盡神 65/80/20
乾坤、其《易》○縕邪 65/81/1
是故形而上者謂○道 65/81/2
形而下者謂○器 65/81/2
化而裁○謂○變 65/81/3
推而行○謂○通 65/81/3
舉而錯○天下○民謂○事業 65/81/3
是故夫象、聖人有以見天下○賾 65/81/3
極天下○賾者存乎卦 65/81/5
鼓天下○動者存乎辭 65/81/6
化而裁○存乎變 65/81/6
推而行○存乎通 65/81/6
神而明○存乎其人 65/81/6
默而成○ 65/81/7
因而重○ 66/81/11
繫辭焉而命○ 66/81/11
天地○道 66/81/13
日月○道、貞明者也 66/81/13
天下○動、貞夫一者也 66/81/14
聖人○情見乎辭 66/81/16
天地○大德曰生 66/81/16
聖人○大寶曰位 66/81/16
古者包犧氏○王天下也 66/81/19
觀鳥獸○文與地○宜 66/81/19
以通神明○德 66/81/20,66/83/24
以類萬物○情 66/81/20
耒耨○利 66/82/2
致天下○民 66/82/2
聚天下○貨 66/82/2
神而化○ 66/82/4
使民宜○ 66/82/4
舟楫○利 66/82/6
臼、杵○利 66/82/8
弧、矢○利 66/82/9
後世聖人易○以宮室 66/82/9
古○葬者 66/82/10
厚衣○以薪 66/82/10
葬○中野 66/82/10
後世聖人易○以棺槨 66/82/11
後世聖人易○以書契 66/82/12
爻也者、效天下○動者也 66/82/14
君子○道也 66/82/16
小人○道也 66/82/16
尺蠖○屈 66/82/20
龍蛇○蟄 66/82/20
未○或知也 66/82/21
德○盛也 66/82/21
射○者、人也 66/83/4
何不利○有 66/83/4
此小人○福也 66/83/6
幾者、動○微、吉○先見者也 66/83/14
萬夫○望 66/83/16
顏氏○子 66/83/16
知○未嘗復行也 66/83/16
莫○與 66/83/20
則傷○者至矣 66/83/21

其《易》○門邪 66/83/23
以體天地○撰 66/83/24
其衰世○意邪 66/83/24
以明失得○報 66/84/2
《易》○興也 66/84/4,66/84/23
是故《履》、德○基也 66/84/4
《謙》、德○柄也 66/84/5
《復》、德○本也 66/84/5
《恆》、德○固也 66/84/5
《損》、德○脩也 66/84/5
《益》、德○裕也 66/84/6
《困》、德○（辨）〔辯〕也 66/84/6
《井》、德○地也 66/84/6
《巽》、德○制也 66/84/6
《易》○為書也不可遠 66/84/12
《易》○為書也 66/84/14
66/84/21
初辭擬○ 66/84/15
卒成○終 66/84/16
柔○為道不利遠者 66/84/19
貴賤○等也 66/84/20
兼三材而兩○ 66/84/21
三材○道也 66/84/22
其當殷○末世 66/84/23
周○盛德邪 66/84/23
當文王與紂○事邪 66/84/24
此○謂《易》○道也 66/84/25
夫乾、天下○至健也 66/85/1
夫坤、天下○至順也 66/85/1
能研諸侯○慮 66/85/2
定天下○吉凶 66/85/2
凡《易》○情 66/85/5
或害○ 66/85/6
吉人○辭寡 66/85/7
躁人○辭多 66/85/7
誣善○人其辭游 66/85/7
昔者聖人○作《易》也 67/85/11
67/85/14
將以順性命○理 67/85/14
是以立天○道曰陰與陽 67/85/14
立地○道曰柔與剛 67/85/14
立人○道曰仁與義 67/85/15
兼三才而兩○ 67/85/15
雷以動○ 67/85/21
風以散○ 67/85/21
雨以潤○ 67/85/21
日以烜○ 67/85/21
艮以止○ 67/85/21
兌以說○ 67/85/21
乾以君○ 67/85/21
坤以藏○ 67/85/22
齊也者、言萬物○絜齊也 67/85/23
南方○卦也 67/85/24
萬物○所說也 67/85/25
乾、西北○卦也 67/85/26
正北方○卦也 67/86/1
萬物○所歸也 67/86/1
艮、東北○卦也 67/86/1
萬物○所成終而所成始也 67/86/1
故謂○長男 67/86/15
故謂○長女 67/86/16
故謂○中男 67/86/16
故謂○中女 67/86/16
故謂○少男 67/86/17
故謂○少女 67/86/17
為黔喙○屬 67/87/12
盈天地○間者唯萬物 68/87/20
故受○以《屯》 68/87/20
屯者、物○始生也 68/87/21
故受○以《蒙》 68/87/21
物○稺也 68/87/21
故受○以《需》 68/87/22
《需》者、飲食○道也 68/87/22
故受○以《訟》 68/87/22
故受○以《師》 68/87/23
故受○以《比》 68/87/23
故受○以《小畜》 68/87/24
故受○以《履》 68/87/24
故受○以《泰》 68/87/25
故受○以《否》 68/88/1
故受○以《同人》 68/88/1
故受○以《大有》 68/88/2
故受○以《謙》 68/88/2
故受○以《豫》 68/88/3
故受○以《隨》 68/88/3
故受○以《蠱》 68/88/3
故受○以《臨》 68/88/4
故受○以《觀》 68/88/5
故受○以《噬嗑》 68/88/5
故受○以《賁》 68/88/6
故受○以《剝》 68/88/6
故受○以《復》 68/88/7
故受○以《无妄》 68/88/7
故受○以《大畜》 68/88/8
故受○以《頤》 68/88/9
故受○以《大過》 68/88/9
故受○以《坎》 68/88/10
故受○以《離》 68/88/10
夫婦○道不可以不久也 68/88/14
故受○以《恆》 68/88/15
故受○以《遯》 68/88/15
故受○以《大壯》 68/88/16
故受○以《晉》 68/88/16
故受○以《明夷》 68/88/17
故受○以《家人》 68/88/18
故受○以《睽》 68/88/18
故受○以《蹇》 68/88/19
故受○以《解》 68/88/19
故受○以《損》 68/88/20
故受○以《益》 68/88/20
故受○以《夬》 68/88/21
故受○以《姤》 68/88/21
故受○以《萃》 68/88/22
聚而上者謂○升 68/88/22
故受○以《升》 68/88/22
故受○以《困》 68/88/23
故受○以《井》 68/88/23
故受○以《革》 68/88/24
故受○以《鼎》 68/88/24
故受○以《震》 68/88/25
止○ 68/88/25
故受○以《艮》 68/88/25
故受○以《漸》 68/88/26
故受○以《歸妹》 68/88/26
故受○以《豐》 68/88/27
故受○以《旅》 68/88/28
故受○以《巽》 68/88/28
入而後說○ 68/88/28
故受○以《兌》 68/89/1
說而後散○ 68/89/1
故受○以《渙》 68/89/1
故受○以《節》 68/89/2
節而信○ 68/89/2
故受○以《中孚》 68/89/2
有其信者必行○ 68/89/2
故受○以《小過》 68/89/3
故受○以《既濟》 68/89/3
故受○以《未濟》 68/89/3
《臨》《觀》○義 69/89/8

《損》《益》、盛衰〇始也 69/89/9
《歸妹》、女〇終也 69/89/20
《未濟》、男〇窮也 69/89/20

支 zhī 1

美在其中而暢於四〇 2/5/9

知 zhī 61

〇至至之 1/2/13
〇終終之 1/2/14
〇進而不〇退 1/3/16
〇存而不〇亡 1/3/16
〇得而不〇喪 1/3/16
〇進退存亡而不失其正者 1/3/16
「或從王事」、〇光大也 2/4/13
〇臨 19/24/30
〇矣哉 39/46/24
君子以永終〇敝 54/64/1
「不出戶庭」、〇通塞也 60/71/3
「濡其尾」、亦不〇極也 64/75/26
「飲酒濡首」、亦不〇節也 64/76/17
乾〇大始 65/76/23
乾以易〇 65/76/24
易則易〇 65/76/24
易〇則有親 65/76/24
是故〇幽明之故 65/77/11
故〇死生之說 65/77/12
是故〇鬼神之情狀 65/77/14
〇周乎萬物 65/77/14
樂天〇命 65/77/15
通乎晝夜之道而〇 65/77/16
〇者見之謂之〇 65/77/17
百姓日用而不〇 65/77/18
極數〇來之謂占 65/77/21
〇崇禮卑 65/78/5
作《易》者、其〇盜乎 65/79/4
〇變化之道者 65/79/17
其〇神之所爲乎 65/79/17
遂〇來物 65/79/19
卦之德方以〇 65/80/2
神以〇來 65/80/3
〇以藏往 65/80/4
古之聰明叡〇神武而不殺者夫 65/80/4
未之或〇也 66/82/21
窮神〇化 66/82/21
〇小而謀大 66/83/11
〇幾其神乎 66/83/13
其〇幾乎 66/83/13
君子〇微〇彰 66/83/15
〇柔〇剛 66/83/15
有不善未嘗不〇 66/83/16
〇之未嘗復行也 66/83/16
《復》以自〇 66/84/9
使〇懼 66/84/13
其初難〇 66/84/15
其上易〇 66/84/15
則居可〇矣 66/84/17
〇者觀其象辭 66/84/17
德行恆易以〇險 66/85/1
德行恆簡以〇阻 66/85/1
象事〇器 66/85/3
占事〇來 66/85/3
〇來者逆 67/85/18

枝 zhī 1

中心疑者其辭〇 66/85/6

祇 zhī 2

（祗）〔〇〕既平 29/36/7
无（祗）〔〇〕悔 66/83/17

祗 zhī 2

无〇悔 24/29/29
（〇）〔祇〕既平 29/36/7

直 zhí 10

〇、方、大 2/4/7
六二之動、「〇」以「方」也 2/4/9
「〇」其正也 2/5/5
君子敬以〇內 2/5/5
〇、方、大、不習无不利 2/5/6
「同人」之「先」以中〇也 13/18/5
「乃徐有說」、以中〇也 47/56/17
「九二」「貞吉」、中以行（正）〔〇〕也 64/76/1
其動也〇 65/78/2
爲繩〇 67/87/1

執 zhí 5

利〇言 7/10/30
〇其隨 31/38/9
志在「隨」人、所「〇」下也 31/38/11
〇之用黃牛之革 33/40/14
「〇用黃牛」、固志也 33/40/16

蹢 zhí 1

羸豕孚〇躅 44/52/18

止 zhǐ 24

險而〇 4/6/24
巽而〇 18/23/5
文明以〇 22/27/16
順而〇之 23/28/19
能〇健 26/31/31
〇而說 31/37/23
見險而能〇 39/46/24
《艮》、〇也 52/61/22,69/89/9
時〇則〇 52/61/22
艮其〇 52/61/22
〇其所也 52/61/23
「艮其身」、〇諸躬也 52/62/11
〇而巽 53/62/26
〇而麗乎明 56/66/13
「終」〇則「亂」 63/74/16
艮以〇之 67/85/21
艮、〇也 67/86/8
〇之 68/88/25
《艮》者、〇也 68/88/26
物不可以終〇 68/88/26
《節》、〇也 69/89/14
《大壯》則〇 69/89/15

旨 zhǐ 1

其〇遠 66/84/1

指 zhǐ 2

辭也者、各〇其所之 65/77/10
爲〇 67/87/12

祉 zhǐ 3

以〇 11/15/17
「以〇元吉」、中以行願也 11/15/19
疇離〇 12/16/23

趾 zhǐ 11

屨校滅〇 21/26/18
「屨校滅〇」、不行也 21/26/20
賁其〇 22/27/21
壯于〇 34/41/12
「壯于〇」、其「孚」窮也 34/41/14
壯于前〇 43/51/15
鼎顛〇 50/59/16
「鼎顛〇」、未悖也 50/59/18
艮其〇 52/61/27
「艮其〇」、未失正也 52/61/29
（履）〔屨〕校滅〇 66/83/6

至 zhì 42

知〇〇之 1/2/13
〇哉「坤元」 2/3/24
履霜、堅冰〇 2/4/3
〇「堅冰」也 2/4/5
《坤》〇柔而動也剛 2/5/1
〇靜而德方 2/5/1
《易》曰、「履霜、堅冰〇」 2/5/5
美之〇也 2/5/10
致寇〇 5/8/12
40/48/11,65/79/5,65/79/7
患〇掇也 6/9/17
〇于八月有凶 19/24/7
「〇于八月有凶」、消不久也 19/24/10
〇臨 19/24/26
「〇臨无咎」、位當也 19/24/28
先王以〇日閉關 24/29/27
〇于十年不克征 24/30/19
水洊〇 29/35/17
朋〇斯孚 40/48/15
汔〇 48/56/26
〔井〕汔〇、亦未繘井」、未有功也 48/57/2
雷電皆〇 55/65/9
盛德大業〇矣哉 65/77/20
易簡之善配〇德 65/78/4
《易》、其〇矣乎 65/78/4
言天下之〇賾而不可惡也 65/78/10
言天下之〇動而不可亂也 65/78/10
愼之〇也 65/78/19
厚之〇也 65/78/20
非天下之〇精 65/79/19
非天下之〇變 65/79/21
非天下之〇神 65/79/22
不行而〇 65/79/24
死期將〇 66/83/2
則傷之者〇矣 66/83/21
《履》、和而〇 66/84/7
夫乾、天下之〇健也 66/85/1
夫坤、天下之〇順也 66/85/1
窮理盡性以〇於命 67/85/12

志 zhì 68

〇行正也 3/5/24
〇應也 4/6/25
剛中而〇行 9/12/18
「有孚惕出」、上合〇也 9/13/7
定民〇 10/13/24
「武人爲于大君」、〇剛也 10/14/8
「愬愬終吉」、〇行也 10/14/12
上下交而其〇同也 11/14/26
「拔茅征吉」、〇在外也 11/15/3
「拔茅貞吉」、〇在君也 12/16/13
「有命无咎」、〇行也 12/16/25
唯君子爲能通天下之〇 13/17/12
「同人于郊」、〇未得也 13/18/9
「厥孚交如」、信以發〇也 14/19/11
「鳴謙」、〇未得也 15/20/19
剛應而〇行 16/20/25
「初六鳴豫」、〇窮「凶」也 16/21/3
「由豫大有得」、〇大行也 16/21/15
「係丈夫」、〇舍下也 17/22/16
「不事王侯」、〇可則也 18/24/3
「咸臨貞吉」、〇行正也 19/24/16
「敦臨」之「吉」、〇在內也 19/25/5
「觀其生」、〇未平也 20/26/7
「白賁无咎」、上得〇也 22/28/13
「无妄」之「往」、得〇也 25/31/5
「利有攸往」、上合〇也 26/32/15
「咸其拇」、〇在外也 31/38/3
〇在「隨」人、所「執」下也 31/38/11
「咸其脢」、〇末也 31/38/19
「執用黃牛」、固〇也 33/40/16
「嘉遯貞吉」、以正〇也 33/40/28
「衆允」之、〇上行也 35/42/26
內難而能正其〇 36/43/16
「南狩」之〇、乃（得大）〔大得〕也 36/44/1
「閑有家」、〇未變也 37/44/27
其〇不同行 38/45/21
男女睽而其〇通也 38/45/22
「交孚无咎」、〇行也 38/46/9
「往蹇來碩」、〇在內也 39/47/21
尙合〇也 41/49/9
中以爲〇也 41/49/13
大得〇也 41/49/29
「告公從」、以益〇也 42/50/25
「惠我德」、大得〇也 42/50/29
「有隕自天」、〇不舍命也 44/53/7
「乃亂乃萃」、其〇亂

也 45/53/25
「萃有位」、○未光也 45/54/11
「南征吉」、○行也 46/54/22
「允升大吉」、上合○也 46/54/28
「貞吉升階」、大得○也 46/55/15
君子以致命遂○ 47/55/28
「來徐徐」、○在下也 47/56/13
「劓刖」、○未得也 47/56/17
其○不相得曰革 49/58/7
「改命」之「吉」、信○也 49/58/27
「愆期」之○、有待而行也 54/64/17
「有孚發若」、信以發○也 55/65/17
「旅瑣瑣」、○窮「災」也 56/66/20
剛巽乎中正而○行 57/67/16
「進退」、○疑也 57/67/23
「利武人之貞」、○治也 57/67/23
「頻巽」之「吝」、○窮也 57/68/3
「孚兌」之「吉」、信○也 58/69/3
「渙其躬」、○在外也 59/70/9
「初九、虞吉」、○未變也 61/72/7
「貞吉悔亡」、○行也 64/76/9
故能通天下之○ 65/79/23
是故聖人以通天下之○ 65/80/1

治 zhì 11

「飛龍在天」、上○也 1/2/28
乾元「用九」、天下○也 1/2/28
而天下○也 18/23/5
君子以○厤明時 49/58/11
「利武人之貞」、志○也 57/67/23
黃帝、堯、舜垂衣裳而天下○ 66/82/5
上古結繩而○ 66/82/11
百官以○ 66/82/12
亂者、有其○者也 66/83/10
○而不忘亂 66/83/10
嚮明而○ 67/85/24

制 zhì 7

「夫子」○義、從婦「凶」也 32/39/25
節以○度 60/70/28
君子以○數度 60/70/30
以○器者尙其象 65/79/18
○而用之謂之法 65/80/7
《巽》、德之○也 66/84/6
《謙》以○禮 66/84/9

致 zhì 25

馴○其道 2/4/5
○寇至 5/8/12
40/48/11,65/79/5,65/79/7
自我「○寇」、敬愼不敗也 5/8/14
自我○戎 40/48/13
「王假有廟」、○孝享也 45/53/17
君子以○命遂志 47/55/28
「震來虩虩」、恐○福也 51/60/15,51/60/23
君子以折獄○刑 55/65/9
謙也者、○恭以存其位者也 65/79/1
備物○用 65/80/11
鉤深○遠 65/80/11
○天下之民 66/82/2
○遠以利天下 66/82/6
引重○遠 66/82/7
一○而百慮 66/82/18
以○用也 66/82/20
言○一也 66/83/18
○役乎坤 67/85/22,67/85/25
萬物皆○養焉 67/85/25
○飾然後亨則盡矣 68/88/6

桎 zhì 1

用說○梏 4/7/1

窒 zhì 3

《訟》有孚○ 6/9/3
《訟》、「有孚、○、惕、中吉」 6/9/5
君子以懲忿○欲 41/49/5

窴 zhì 1

○于叢棘 29/36/11

雉 zhì 3

○膏不食 50/59/24
射○一矢亡 56/67/3
離爲○ 67/86/11

質 zhì 1

以爲○也 66/84/15

稺 zhì 2

物之○也 68/87/21
物○不可不養也 68/87/22

中 zhōng 152

龍德而正○者也 1/2/8
剛健○正 1/3/7
九三重剛而不○ 1/3/11
九四重剛而不○ 1/3/12
○不在人 1/3/13
「黃裳元吉」、文在○也 2/4/21
君子「黃」○通理 2/5/9
美在其○而暢於四支 2/5/9
動乎險○ 3/5/17
惟入于林○ 3/6/3
時○也 4/6/24
「初筮告」、以剛○也 4/6/25
位乎天位以正○也 5/7/30
「需于沙」、(衍)〔行〕在○也 5/8/9
「酒食貞吉」、以○正也 5/8/22
○吉 6/9/3
《訟》、「有孚、窒、惕、○吉」 6/9/5

剛來而得○也 6/9/6
「利見大人」、尙○正也 6/9/6
「訟元吉」、以○正也 6/9/29
剛○而應 7/10/9,19/24/9,25/30/28,45/53/17,46/54/21
地○有水 7/10/12
在師○ 7/10/18
「在師○吉」、承天寵也 7/10/20
「長子帥師」、以○行也 7/11/1
以剛○也 8/11/12
「顯比」之「吉」、位正○也 8/12/7
「邑人不誡」、上使○也 8/12/7
剛○而志行 9/12/18
「牽復」在○、亦不自失也 9/12/29
剛○正、履帝位而不疚 10/13/21
「幽人貞吉」、○不自亂也 10/14/3
得尙于○行 11/15/5
（包）〔苞〕荒、得尙于○行 11/15/7
「不戒以孚」、○心願也 11/15/15
「以祉元吉」、○以行願也 11/15/19
柔得位得○而應乎乾曰《同人》 13/17/11
○正而應 13/17/12
「同人」之「先」以○直也 13/18/5
柔得尊位大○而上下應之曰《大有》 14/18/15
「大車以載」、積○不敗也 14/18/26
地○有山 15/19/25
「鳴謙貞吉」、○心得也 15/20/3
「不終日貞吉」、以○正也 16/21/7
「恆不死」、○未亡也 16/21/19
澤○有雷 17/22/4
「孚于嘉吉」、位正○也 17/22/24
「幹母之蠱」、得○道也 18/23/16
「大君之宜」、行○之謂也 19/25/1
○正以觀天下 20/25/11
頤○有物曰《噬嗑》 21/26/13
柔得○而上行 21/26/14
雷在地○ 24/29/27
○行獨復 24/30/11
「○行獨復」、以從道也 24/30/13
「敦復无悔」、○以自考也 24/30/17
天在山○ 26/32/3
「輿說輹」、○无尤也 26/32/11
剛過而○ 28/34/9
「維心亨」、乃以剛○也 29/35/13
「求小得」、未出○也 29/35/25
「坎不盈」、○未大也 29/36/9
柔麗乎○正 30/36/20
「黃離元吉」、得○道也 30/37/1
「九二悔亡」、能久○也 32/39/13
「九二貞吉」、以○也 34/41/18
「受茲介福」、以○正也 35/42/22
明入地○ 36/43/15,36/43/18
在○饋 37/44/29
得○而應乎剛 38/45/22,50/59/12
往得○也 39/46/25
「大蹇朋來」、以○節也 39/47/17
「其來復吉」、乃得○也 40/47/28
「九二」「貞吉」、得○道也 40/48/9
○以爲志也 41/49/13
「利有攸往」、○正有慶 42/50/5
○行 42/50/19
○行告公 42/50/23
「有戎勿恤」、得○道也 43/51/21
○行无咎 43/52/1
「○行无咎」、○未光也 43/52/3
剛遇○正 44/52/14
「九五」「含章」、○正也 44/53/7
「引吉无咎」、○未變也 45/53/29
地○生木 46/54/24
「貞大人吉」、以剛○也 47/55/26
「困于酒食」、○有慶也 47/56/5
「乃徐有說」、以○直也 47/56/17
「改邑不改井」、乃以剛○也 48/57/1
「寒泉」之「食」、○正也 48/57/24
澤○有火 49/58/11
「鼎黃耳」、○以爲實也 50/60/5
其事在○、大「无喪」也 51/61/11
「震索索」、○未得也 51/61/16
「艮其輔」、以○正也 52/62/15
其位、剛得○也 53/62/26
其位在○ 54/64/21
宜日○ 55/65/3
「勿憂宜日○」、宜照天下也 55/65/5
日○則昃 55/65/6
日○見斗 55/65/15,55/65/23
日○見沬 55/65/19
「日○見斗」、幽不明也 55/65/25
柔得○乎外而順乎剛 56/66/13
剛巽乎○正而志行 57/67/16
「紛若」之「吉」、得○也 57/67/27
「九五」之「吉」、位正○也 57/68/11
剛○而柔外 58/68/21
「王假有廟」、王乃在○也 59/69/25
剛柔分而剛得○ 60/70/27
○正以通 60/70/28
「甘節」之「吉」、居位○也 60/71/19
《○孚》豚魚 61/71/27
《○孚》、柔在內而剛得○ 61/71/29
○孚以「利貞」、乃應乎天也 61/72/1
《○孚》 61/72/3
「其子和之」、○心願也 61/72/11
柔得○ 62/73/5

剛失位而不○ 62/73/6
「初吉」、柔得○也 63/74/15
「七日得」、以○道也 63/74/26
《未濟》「亨」、柔得○也 64/75/19
「小狐汔濟」、未出○也 64/75/19
「九二」「貞吉」、○以行（正）〔直〕也 64/76/1
而成位乎其○矣 65/76/26
而《易》行乎其○矣 65/78/5
而《易》立乎其○矣 65/81/1
象在其○矣 66/81/11
爻在其○矣 66/81/11
變在其○矣 66/81/11
動在其○矣 66/81/12
日○爲市 66/82/2
葬之○野 66/82/10
其言曲而○ 66/84/1
其於○古乎 66/84/4
則非其○爻不備 66/84/16
其用柔○也 66/84/20
○心疑者其辭枝 66/85/6
故謂之○男 67/86/16
故謂之○女 67/86/16
爲○女 67/87/9
故受之以《○孚》 68/89/2
《○孚》、信也 69/89/16

忠 zhōng 1

○信 1/2/13

終 zhōng 97

君子○日乾乾 1/1/9
大明○始 1/1/19
「○日乾乾」、反復道也 1/1/24
九三曰、「君子○日乾乾、夕惕若、厲、（无）〔无〕咎」 1/2/12
知○○之 1/2/14
「○日乾乾」、行事也 1/2/27
○日乾乾 1/2/31
乃○有慶 2/3/26
无成有○ 2/4/11
以大○也 2/4/29
地道「無成」而代「有○」也 2/5/7
○吉 5/8/7,6/9/11,6/9/19,10/14/10,37/45/13,50/59/24
雖「小有言」、以（「○吉」）〔「吉」「○」〕也 5/8/9
敬之○吉 5/8/24
「不速之客來、敬之○吉」〔也〕 5/8/26
○凶 6/9/3
「○凶」、訟不可成也 6/9/6
○朝三褫之 6/10/1
○來 8/11/17
「比之无首」、无所○也 8/12/12
「愬愬○吉」、志行也 10/14/12
「否」○則「傾」、何可長也 12/17/5
君子有○ 15/19/19,65/78/20
「君子」之「○」也 15/19/23
君子有○、吉 15/20/5
不○日 16/21/5,66/83/15
「不○日貞吉」、以中正也 16/21/7
○則有始 18/23/6
厲○吉 18/23/10
「幹父之蠱」、○「无咎」也 18/23/20
「永貞」之「吉」、○莫之陵也 22/28/1
「匪寇婚媾」、○无尤也 22/28/5
吝○吉 22/28/7
「以宮人寵」、○无尤也 23/29/13
「小人剝廬」、○不可用也 23/29/17
○有大敗 24/30/19
「來之坎坎」、○无功也 29/36/1
○无咎 29/36/3
「利有攸往」、○則有始也 32/39/1
「婦人貞吉」、從一而○也 32/39/25
○吝 37/45/1
无初有○ 38/46/3,57/68/9
「无初有○」、遇剛也 38/46/5
「王臣蹇蹇」、○无尤也 39/47/5
「利有攸往」、剛長乃○也 43/51/10
「君子夬夬」、○「无咎」也 43/51/25
○有凶 43/52/5
「无號」之「凶」、○不可長也 43/52/7
有孚不○ 45/53/23
有○ 47/56/11
「我仇有疾」、○无尤也 50/59/22
「敦艮」之「吉」、以厚○也 52/62/19
○莫之勝 53/63/16
「○莫之勝吉」、得所願也 53/63/18
《歸妹》、人之○始也 54/63/28
君子以永○知敝 54/64/1
「折其右肱」、○不可用也 55/65/21
○无尤也 56/66/24
○以譽命 56/67/3
「○以譽命」、上逮也 56/67/5
「喪牛于易」、○莫之聞也 56/67/9
「往厲必戒」、○不可長也 62/74/1
初吉○亂 63/74/13
「○」止則「亂」 63/74/16
○日戒 63/75/3
「○日戒」、有所疑也 63/75/5
「濡其尾、无攸利」、不續○也 64/75/19
原始反○ 65/77/11
不俟○日 66/83/14
寧用○日 66/83/15
原始要○ 66/84/15
卒成之○ 66/84/16
懼以○始 66/84/25
萬物之所成○而所成始也 67/86/1
○萬物、始萬物者、莫盛乎艮 67/86/5
物不可以○通 68/88/1
物不可以○否 68/88/1
物不可以○盡剝 68/88/7
物不可以○過 68/88/9
物不可以○遯 68/88/16

物不可以〇壯　68/88/16
物不可以〇難　68/88/19
物不可以〇動　68/88/25
物不可以〇止　68/88/26
物不可以〇離　68/89/2
〇焉　68/89/4
《歸妹》、女之〇也　69/89/20

重 zhòng　10

九三〇剛而不中　1/3/11
九四〇剛而不中　1/3/12
《習坎》、〇險也　29/35/13
〇明以麗乎正　30/36/19
〇巽以申命　57/67/16
而用可〇也　65/78/19
因而〇之　66/81/11
引〇致遠　66/82/7
〇門擊柝　66/82/7
力（小）〔少〕而任〇　66/83/12

衆 zhòng　12

「師」、〇也　7/10/9
能以〇正　7/10/9
君子以容民畜〇　7/10/12
〇允　35/42/24
「〇允」之、志上行也　35/42/26
君子以莅〇用晦而明　36/43/18
《解》「利西南」、往
　得〇也　40/47/27
爲〇　67/86/22
訟必有〇起　68/87/23
《師》者、〇也　68/87/23
〇必有所比　68/87/23
《大有》、〇也　69/89/15

舟 zhōu　3

「利涉大川」、乘木〇
　虛也　61/72/1
刳木爲〇　66/82/5
〇楫之利　66/82/6

周 zhōu　3

知〇乎萬物　65/77/14
〇流六虛　66/84/12
〇之盛德邪　66/84/23

冑 zhòu　1

爲甲（胄）〔〇〕　67/87/9

紂 zhòu　1

當文王與〇之事邪　66/84/24

晝 zhòu　5

〇日三接　35/42/9
是以「康侯」用「錫馬
　蕃庶〇日三接」也　35/42/11
剛柔者、〇夜之象也　65/77/2
通乎〇夜之道而知　65/77/16
《晉》、〇也　69/89/12

甃 zhòu　2

井〇　48/57/18
「井〇无咎」、脩井也　48/57/20

朱 zhū　1

〇紱方來　47/56/3

株 zhū　1

臀困于〇木　47/55/30

誅 zhū　1

《明夷》、〇也　69/89/13

諸 zhū　24

親〇侯　8/11/15
「艮其身」、止〇躬也　52/62/11
顯〇仁　65/77/20
藏〇用　65/77/20
而擬〇其形容　65/78/8,65/81/4
苟錯〇地而可矣　65/78/18
近取〇身　66/81/20
遠取〇物　66/81/20
蓋取〇《離》　66/82/1
蓋取〇《益》　66/82/2
蓋取〇《噬嗑》　66/82/3
蓋取〇《乾》《坤》　66/82/5
蓋取〇《渙》　66/82/6
蓋取〇《隨》　66/82/7
蓋取〇《豫》　66/82/7
蓋取〇《小過》　66/82/8
蓋取〇《睽》　66/82/9
蓋取〇《大壯》　66/82/10
蓋取〇《大過》　66/82/11
蓋取〇《夬》　66/82/12
能說〇心　66/85/2
能研〇侯之慮　66/85/2
蓋取〇此也　67/85/24

竹 zhú　1

爲蒼筤〇　67/86/25

逐 zhú　6

良馬〇　26/32/13
其欲〇〇　27/33/22
勿〇自復　38/45/27
勿〇　51/60/25,63/74/24

躅 zhú　1

羸豕孚蹢〇　44/52/18

主 zhǔ　12

先迷後得〇　2/3/21
後得〇而有常　2/5/1
剛自外來而爲〇於內　25/30/28
〇人有言　36/43/20
遇〇于巷　38/45/31
「遇〇于巷」、未失道也　38/46/1
以爲祭〇也　51/60/16
遇其配〇　55/65/11
遇其夷〇　55/65/23
「遇其夷〇」、「吉」
　行也　55/65/25
樞機之發、榮辱之〇也　65/78/14
〇器者莫若長子　68/88/24

助 zhù 3

祐者、○也 65/80/15
天之所○者、順也 65/80/16
人之所○者、信也 65/80/16

著 zhù 3

縣象○明莫大乎日月 65/80/10
是故吉凶生而悔吝○也 66/82/15
《蒙》雜而○ 69/89/9

馵 zhù 1

爲○足 67/86/26

專 zhuān 1

其靜也○ 65/78/2

撰 zhuàn 2

以體天地之○ 66/83/24
若夫雜物○德 66/84/16

壯 zhuàng 20

《大○》利貞 34/41/5
《大○》、大者○也 34/41/7
故○ 34/41/7
《大○》「利貞」 34/41/7
《大○》 34/41/10
○于趾 34/41/12
「○于趾」、其「孚」窮也 34/41/14
小人用○ 34/41/20
「小人用○、君子〔用〕罔」也 34/41/22
○于大輿之輹 34/41/24
用拯馬、○吉 36/43/24
○于前趾 43/51/15
○于頄 43/51/23
《姤》女○ 44/52/11
用拯馬○ 59/69/30
蓋取諸《大○》 66/82/10
故受之以《大○》 68/88/16
物不可以終○ 68/88/16
《大○》則止 69/89/15

狀 zhuàng 1

是故知鬼神之情○ 65/77/14

萑 zhuī 1

爲○葦 67/86/25

屯 zhūn 10

《○》元亨 3/5/15
《○》 3/5/17
雲雷、○ 3/5/20
○如邅如 3/5/26
○其膏 3/6/11
「○其膏」、施未光也 3/6/13
故受之以《○》 68/87/20
《○》者、盈也 68/87/20
○者、物之始生也 68/87/21
《○》見而不失其居 69/89/8

準 zhǔn 1

《易》與天地○ 65/77/10

酌 zhuó 1

○損之 41/49/7

斲 zhuó 1

○木爲耜 66/82/1

咨 zī 2

齎○涕洟 45/54/13
「齎○涕洟」、未安上也 45/54/15

茲 zī 2

受○介福于其王母 35/42/20
「受○介福」、以中正也 35/42/22

菑 zī 1

不○畬 25/31/7

資 zī 7

萬物○始 1/1/19
萬物○生 2/3/24
懷其○ 56/66/22
得其○斧 56/66/30
「得其○斧」、「心」未「快」也 56/67/1
喪其○斧 57/68/13
「喪其○斧」、正乎「凶」也 57/68/15

子 zǐ 192

君○終日乾乾 1/1/9
君○以自強不息 1/1/23
君○體仁足以長人 1/2/1
君○行此四德者 1/2/2
○曰 1/2/4,1/2/8,1/2/12,1/2/17,1/2/20,1/2/24,65/78/4,65/78/11,65/78/15,65/78/18,65/78/20,65/79/1,65/79/3,65/79/4,65/79/17,65/79/24,65/79/26,65/80/15,65/80/19,65/80/19,66/82/17,66/83/1,66/83/3,66/83/5,66/83/9,66/83/11,66/83/13,66/83/16,66/83/19,66/83/23
九三曰、「君○終日乾乾、夕惕若、厲、（无）〔无〕咎」 1/2/12
君○進德脩業 1/2/12
君○進德脩業、欲及時也 1/2/18
君○以成德爲行 1/3/8
是以君○「弗用」也 1/3/10
君○學以聚之 1/3/10
君○有攸往 2/3/21
「君○」攸行 2/3/25
君○以厚德載物 2/4/1
○弒其父 2/5/3
君○敬以直內 2/5/5
君○「黃」中通理 2/5/9
君○以經綸 3/5/20

女〇貞不字 3/5/26
君〇幾不如舍 3/6/3
「君〇舍」之 3/6/5
君〇以果行育德 4/6/28
〇克家 4/7/5
「〇克家」、剛柔（節）〔接〕也 4/7/7
君〇以飲食宴樂 5/8/1
君〇以作事謀始 6/9/9
君〇以容民畜眾 7/10/12
長〇帥師 7/10/30
弟〇輿尸 7/10/30
「長〇帥師」、以中行也 7/11/1
「弟〇輿尸」、使不當也 7/11/1
君〇以懿文德 9/12/21
君〇征凶 9/13/13
「君〇征凶」、有所疑也 9/13/15
君〇以辯上下 10/13/24
內君〇而外小人 11/14/27
君〇道長 11/14/27,69/89/21
不利君〇貞 12/16/3
否之匪人、不利君〇貞、大往小來 12/16/5
內小人而外君〇 12/16/6
君〇道消也 12/16/6
君〇以儉德辟難 12/16/9
利君〇貞 13/17/9
「君〇」正也 13/17/12
唯君〇為能通天下之志 13/17/12
君〇以類族辨物 13/17/15
君〇以遏惡揚善 14/18/18
公用亨于天〇 14/19/1
「公用亨于天〇」、「小人」害也 14/19/3
君〇有終 15/19/19,65/78/20
「君〇」之「終」也 15/19/23
君〇以裒多益寡 15/19/25
謙謙君〇 15/19/27
「謙謙君〇」、卑以自牧也 15/19/29
君〇有終、吉 15/20/5
「勞謙君〇」、萬民服也 15/20/7
君〇以嚮晦入宴息 17/22/4
係小〇 17/22/10
「係小〇」、弗兼與也 17/22/12
失小〇 17/22/14
君〇以振民育德 18/23/8
有〇 18/23/10
君〇以教思无窮 19/24/12
君〇吝 20/25/16
君〇无咎 20/26/1,20/26/5
君〇以明庶政 22/27/19
君〇尚消息盈虛 23/28/20
君〇得輿 23/29/15
「君〇得輿」、民所載也 23/29/17
君〇以多識前言往行以畜其德 26/32/3
君〇以慎言語、節飲食 27/33/8
君〇以獨立不懼 28/34/12
君〇以常德行、習教事 29/35/17
君〇以虛受人 31/37/29
君〇以立不易方 32/39/5
夫〇凶 32/39/23
「夫〇」制義、從婦「凶」也 32/39/25
君〇以遠小人 33/40/8
君〇吉 33/40/22
「君〇好遯、小人否」也 33/40/24
君〇以非禮弗履 34/41/10
君〇用罔 34/41/20
「小人用壯、君〇〔用〕罔」也 34/41/22
君〇以自昭明德 35/42/14
箕〇以之 36/43/16
君〇以蒞眾用晦而明 36/43/18
君〇于行 36/43/20
「君〇于行」、義「不食」也 36/43/22
箕〇之明夷 36/44/7
「箕〇」之「貞」、「明」不可息也 36/44/9
父父、〇〇、兄兄、弟弟、夫夫、婦婦而家道正 37/44/20
君〇以言有物而行有恆 37/44/23
婦〇嘻嘻 37/45/1
「婦〇嘻嘻」、失家節也 37/45/3
君〇以同而異 38/45/25
君〇以反身修德 39/46/28
君〇以赦過宥罪 40/48/1
君〇維有解 40/48/19
「君〇有解」、「小人」退也 40/48/21
君〇以懲忿窒欲 41/49/5
君〇以見善則遷 42/50/9
君〇以施祿及下 43/51/13
君〇夬夬 43/51/23
「君〇夬夬」、終「无咎」也 43/51/25
君〇以除戎器 45/53/21
君〇以順德 46/54/24
其唯君〇乎 47/55/25
君〇以致命遂志 47/55/28
君〇以勞民勸相 48/57/4
君〇以治厤明時 49/58/11
君〇豹變 49/59/3
「君〇豹變」、其文蔚也 49/59/5
君〇以正位凝命 50/59/14
得妾以其〇 50/59/16
君〇以恐懼脩省 51/60/19
君〇以思不出其位 52/61/25
君〇以居賢德善俗 53/62/28
小〇厲有言 53/62/30
「小〇」之「厲」、義「无咎」也 53/63/1
君〇以永終知敝 54/64/1
君〇以折獄致刑 55/65/9
君〇以明慎用刑而不留獄 56/66/16
君〇以申命行事 57/67/19
君〇以朋友講習 58/68/24
君〇以制數度 60/70/30
君〇以議獄緩死 61/72/3
其〇和之 61/72/9,65/78/11
「其〇和之」、中心願也 61/72/11
君〇以行過乎恭 62/73/9
君〇以思患而豫防之 63/74/18
君〇以慎辨物居方 64/75/22
君〇之光 64/76/11
「君〇之光」、其暉「吉」也 64/76/13
是故君〇所居而安者、《易》之序也 65/77/3
是故君〇居則觀其象而玩其辭 65/77/4
故君〇之道鮮矣 65/77/18
君〇居其室 65/78/12
言行、君〇之樞機 65/78/14

言行、君〇之所以動天地也 65/78/14
君〇之道 65/78/15
是以君〇愼密而不出也 65/79/4
乘也者、君〇之器也 65/79/5
小人而乘君〇之器 65/79/5
是以君〇將有爲也 65/79/18
君〇之道也 66/82/16
君〇藏器於身 66/83/4
是故君〇安而不忘危 66/83/10
君〇上交不諂 66/83/13
君〇見幾而作 66/83/14
君〇知微知彰 66/83/15
顏氏之〇 66/83/16
君〇安其身而後動 66/83/19
君〇脩此三者 66/83/19
爲〇母牛 67/86/22
爲長〇 67/86/25
有夫婦然後有父〇 68/88/13
有父〇然後有君臣 68/88/14
主器者莫若長〇 68/88/24

胏 zǐ 1

噬乾〇 21/26/30

字 zì 3

女子貞不〇 3/5/26
十年乃〇 3/5/26
「十年乃〇」、反常也 3/6/1

自 zì 43

君子以〇强不息 1/1/23
「或躍在淵」、〇試也 1/2/27
〇我「致寇」、敬愼不敗也 5/8/14
出〇穴 5/8/16
〇下訟上 6/9/17
比之〇內 8/11/21
「比之〇內」、不〇失也 8/11/23
〇我西郊 9/12/16,62/74/3
「〇我西郊」、施未行也 9/12/19
復〇道 9/12/23
「復〇道」、其義「吉」也 9/12/25
「牽復」在中、亦不〇失也 9/12/29
「幽人貞吉」、中不〇亂也 10/14/3
〇邑告命、貞吝 11/15/21
〇天祐之 14/19/13,65/80/15
《大有》上「吉」、「〇天祐」也 14/19/15
「謙謙君子」、卑以〇牧也 15/19/29
「敦復无悔」、中以〇考也 24/30/17
剛〇外來而爲主於內 25/30/28
〇求口實 27/33/3
「〇求口實」、觀其〇養也 27/33/5
納約〇牖 29/36/3
君子以〇昭明德 35/42/14
風〇火出 37/44/23
勿逐〇復 38/45/27
〇我致戎 40/48/13
〇上祐也 41/49/25
〇上下下 42/50/5
「或益之」、〇外來也 42/50/17
「或擊之」、〇外來也 42/51/3
告〇邑 43/51/7
「告〇邑不利即戎」、所尙乃窮也 43/51/10
有隕〇天 44/53/5
「有隕〇天」、志不舍命也 44/53/7
「闚其戶、闃其无人」、〇藏也 55/66/7
是以〇天祐之 65/77/4,65/80/16,66/82/4
《復》以〇知 66/84/9

宗 zōng 6

同人于〇 13/17/21
「同人于〇」、「吝」道也 13/17/23
厥〇噬膚 38/46/11
「厥〇噬膚」、「往」有慶也 38/46/13
〔不喪匕鬯〕、出可以守〇廟社稷 51/60/16
高〇伐鬼方 63/74/28

綜 zōng 1

錯〇其數 65/79/20

足 zú 17

君子體仁〇以長人 1/2/1
嘉會〇以合禮 1/2/1
利物〇以和義 1/2/1
貞固〇以幹事 1/2/1
以訟受服、亦不〇敬也 6/10/3
「眇能視」、不〇以有明也 10/14/7
「跛能履」、不〇以與行也 10/14/7
剝床以〇 23/28/24
「剝床以〇」、以滅下也 23/28/26
「觀我朵頤」、亦不〇貴也 27/33/12
鼎折〇 50/59/28,66/83/12
善不積不〇以成名 66/83/7
惡不積不〇以滅身 66/83/7
震爲〇 67/86/13
爲馵〇 67/86/26
爲作〇 67/86/26

卒 zú 1

〇成之終 66/84/16

族 zú 1

君子以類〇辨物 13/17/15

阻 zǔ 1

德行恆簡以知〇 66/85/1

祖 zǔ 2

殷薦之上帝以配〇考 16/20/29
過其〇 62/73/15

罪 zuì 2

君子以赦過宥○ 40/48/1
○大而不可解 66/83/8

尊 zūn 5

柔得○位大中而上下應
　之曰《大有》 14/18/15
《謙》、○而光 15/19/22
　66/84/7
天○地卑 65/76/21
德薄而位○ 66/83/11

樽 zūn 2

○酒、簋貳、用缶 29/36/3
「○酒簋貳」、剛柔際也 29/36/5

左 zuǒ 6

師○次 7/10/26
「○次无咎」、未失常也 7/10/28
以○右民 11/14/29
明夷、夷于○股 36/43/24
入于○腹 36/44/3
「入于○腹」、獲心意也 36/44/5

作 zuò 19

聖人○而萬物覩 1/2/21
君子以○事謀始 6/9/9
先王以○樂崇德 16/20/29
明兩、○《離》 30/36/22
天地解而雷雨○ 40/47/28
雷雨○而百果草木皆甲
　（坼）〔坼〕 40/47/28
雷雨○ 40/48/1
利用爲大○ 42/50/11
坤○成物 65/76/24
○《易》者、其知盜乎 65/79/4
於是始○八卦 66/81/20
○結繩而爲罔罟 66/81/20
神農氏○ 66/82/1
黃帝、堯、舜氏○ 66/82/3
君子見幾而○ 66/83/14
○《易》者、其有憂患乎 66/84/4
昔者聖人之○《易》也 67/85/11
　67/85/14
爲○足 67/86/26

酢 zuò 1

是故可與酬○ 65/79/14

附錄

全書用字頻數表

全書總字數 = 21,055
單字字數 = 1,363

也	961	終	97	變	49	窮	33	師	24	匪	19	妄	15	睽	13
之	614	四	96	觀	49	井	31	莫	24	善	19	克	15	慶	13
曰	587	剛	95	攸	48	居	31	蒙	24	陽	19	災	15	獲	13
象	484	二	93	事	48	恆	31	諸	24	黃	19	妹	15	八	12
以	474	小	93	謂	48	長	30	山	23	隨	19	非	15	主	12
不	424	則	90	王	47	遇	30	比	23	頤	19	既	15	包	12
其	386	五	86	失	45	應	30	交	23	十	18	健	15	告	12
而	370	易	85	出	44	一	29	尙	23	月	18	蓋	15	決	12
有	343	初	84	復	44	光	29	信	23	火	18	憂	15	定	12
无	298	位	82	當	44	征	29	險	23	安	18	數	15	承	12
吉	288	見	79	夫	43	家	29	弗	22	此	18	養	15	幽	12
六	230	在	78	生	43	從	29	先	22	否	18	輿	15	飛	12
大	224	德	78	自	43	焉	29	存	22	求	18	夬	15	衆	12
九	219	正	75	相	43	辭	29	涉	22	婦	18	公	14	童	12
利	215	來	72	至	42	心	28	馬	22	訟	18	田	14	業	12
天	214	受	72	過	42	艮	28	損	22	渙	18	多	14	滅	12
人	209	明	71	厲	42	卦	28	蹇	22	臨	18	百	14	福	12
子	192	是	70	民	41	謙	28	川	21	升	17	寇	14	聚	12
爲	183	矣	69	乃	40	歸	28	反	21	父	17	情	14	賢	12
上	181	言	69	勿	40	化	27	水	21	爻	17	幾	14	器	12
者	180	彖	69	或	40	文	27	哉	21	牛	17	賁	14	麗	12
貞	176	孚	68	聖	40	外	27	咸	21	合	17	亂	14	血	11
咎	159	志	68	說	40	取	27	剝	21	足	17	噬	14	尾	11
行	153	柔	66	何	39	食	27	畜	21	身	17	雖	14	治	11
中	152	所	64	巽	39	離	27	喪	21	盈	17	豐	14	門	11
故	152	未	63	義	39	入	26	遯	21	若	17	難	14	侯	11
君	151	知	61	亡	38	方	26	久	20	疾	17	類	14	帝	11
下	139	日	60	能	38	木	26	內	20	退	17	且	13	晉	11
乎	131	動	60	女	37	困	26	壯	20	鼎	17	永	13	索	11
用	122	時	59	同	36	坎	26	始	20	蠱	17	危	13	高	11
于	120	悔	58	通	36	進	26	旅	20	男	16	臣	13	常	11
凶	118	乾	57	龍	36	節	26	陰	20	邑	16	西	13	趾	11
三	115	與	56	神	34	雷	26	然	20	宜	16	和	13	喜	11
可	110	成	55	履	34	功	25	遠	20	朋	16	南	13	富	11
往	109	於	53	震	34	致	25	澤	20	解	16	思	13	發	11
道	106	如	52	必	33	止	24	豫	20	疑	16	首	13	萃	11
得	104	順	51	吝	33	兌	24	濟	20	需	16	害	13	貴	11
地	103	元	50	命	33	我	24	作	19	立	15	國	13	濡	11
亨	101	萬	50	坤	33	革	24	雨	19	亦	15	實	13	繫	11
物	100	後	49	益	33	乘	24	風	19	夷	15	漸	13	譽	11

辯	11	斷	9	雜	8	石	6	橈	6	禦	5	窒	4	聰	4
已	10	姤	9	眚	8	再	6	靜	6	錫	5	拯	4	舊	4
仁	10	亢	8	虩	8	名	6	鴻	6	龜	5	括	4	藉	4
屯	10	及	8	又	7	曳	6	簡	6	擊	5	苦	4	藩	4
耳	10	戶	8	介	7	車	6	疆	6	擬	5	音	4	蘇	4
直	10	母	8	分	7	宗	6	羸	6	薄	5	兼	4	議	4
舍	10	白	8	北	7	性	6	願	6	醜	5	冥	4	攣	4
施	10	年	8	平	7	服	6	顚	6	邇	5	原	4	汔	4
重	10	戎	8	死	7	果	6	占	5	躍	5	悖	4	咥	4
庭	10	羊	8	含	7	武	6	它	5	顯	5	草	4	衎	4
祐	10	即	8	改	7	泥	6	冰	5	體	5	財	4	隼	4
鬼	10	折	8	邦	7	保	6	刑	5	蠱	5	逆	4	嗃	4
唯	10	邪	8	享	7	威	6	各	5	賾	5	迷	4	墉	4
習	10	使	8	兩	7	建	6	好	5	丈	4	偕	4	愬	4
惡	10	虎	8	制	7	待	6	老	5	凡	4	問	4	蔀	4
虛	10	苞	8	卑	7	流	6	考	5	尸	4	孰	4	闃	4
幹	10	容	8	法	7	負	6	忘	5	巳	4	晦	4	亹	4
愼	10	射	8	況	7	宮	6	育	5	允	4	望	4	乙	3
號	10	息	8	近	7	徐	6	固	5	少	4	祭	4	千	3
遂	10	笑	8	前	7	書	6	拔	5	丘	4	速	4	士	3
盡	10	酒	8	厚	7	校	6	品	5	去	4	陷	4	夕	3
鳴	10	假	8	皆	7	氣	6	美	5	末	4	厥	4	友	3
禮	10	啞	8	郊	7	消	6	要	5	玄	4	惠	4	斗	3
世	9	理	8	泰	7	躬	6	娣	5	玉	4	斯	4	右	3
伐	9	脩	8	盛	7	配	6	效	5	甘	4	暑	4	孕	3
次	9	處	8	寒	7	堅	6	執	5	目	4	登	4	犯	3
床	9	設	8	敦	7	婚	6	將	5	穴	4	跛	4	示	3
形	9	章	8	棟	7	崇	6	庶	5	休	4	閑	4	后	3
戒	9	魚	8	意	7	推	6	患	5	伏	4	會	4	字	3
妻	9	鳥	8	資	7	淵	6	教	5	列	4	照	4	旬	3
東	9	勝	8	鼓	7	逐	6	晝	5	因	4	腹	4	缶	3
金	9	飲	8	語	7	野	6	深	5	守	4	電	4	舌	3
係	9	傷	8	辨	7	備	6	牽	5	牝	4	瑣	4	舟	3
恤	9	嗑	8	隱	7	盜	6	陵	5	弟	4	賓	4	衣	3
茅	9	敬	8	瀆	7	視	6	尊	5	良	4	際	4	助	3
密	9	群	8	懼	7	媾	6	期	5	角	4	儀	4	序	3
惕	9	載	8	七	6	虞	6	渝	5	谷	4	嘻	4	快	3
勞	9	嘉	8	口	6	裕	6	焚	5	豕	4	慮	4	材	3
雲	9	稱	8	尤	6	寧	6	須	5	里	4	潤	4	赤	3
感	9	潛	8	引	6	寡	6	嗟	5	典	4	緩	4	乖	3
極	9	膚	8	氏	6	獄	6	筮	5	妾	4	翩	4	周	3
歲	9	獨	8	古	6	維	6	察	5	屈	4	賤	4	夜	3
禽	9	積	8	左	6	齊	6	爾	5	弧	4	輪	4	孤	3
違	9	興	8	本	6	廟	6	精	5	拇	4	蕃	4	官	3
輔	9	親	8	由	6	廣	6	遷	5	斧	4	謀	4	拂	3
鄰	9	錯	8	甲	6	憧	6	戰	5	罔	4	遺	4	泣	3
艱	9	藏	8	矢	6	樂	6	據	5	股	4	頻	4	狐	3

玩	3	經	3	仇	2	指	2	堯	2	鼻	2	桷	2	收	1
祀	3	辟	3	匹	2	曷	2	彭	2	儉	2	羝	2	早	1
垂	3	鉉	3	兄	2	柄	2	惻	2	撰	2	脢	2	旨	1
客	3	雉	3	加	2	牲	2	揮	2	撓	2	逋	2	朱	1
度	3	鼠	3	市	2	狩	2	敢	2	暴	2	撝	2	汗	1
律	3	僕	3	中	2	畏	2	散	2	樞	2	揜	2	竹	1
枯	3	碩	3	任	2	研	2	朝	2	確	2	渫	2	色	1
毒	3	箕	3	仰	2	突	2	渥	2	罷	2	窞	2	伸	1
泉	3	聞	3	刖	2	衍	2	無	2	蔑	2	甃	2	佃	1
省	3	膏	3	夙	2	限	2	等	2	鞏	2	縕	2	似	1
眇	3	裳	3	曲	2	俯	2	筐	2	餘	2	鮒	2	免	1
祉	3	誡	3	朵	2	宴	2	結	2	凝	2	闃	2	兵	1
苟	3	敵	3	羽	2	徒	2	腓	2	憊	2	繘	2	冶	1
面	3	磬	3	耒	2	旁	2	舜	2	樽	2	顛	2	均	1
恐	3	誰	3	肉	2	桓	2	華	2	機	2	鼫	2	圻	1
恭	3	劓	3	臼	2	桑	2	裁	2	盥	2	藟	2	妣	1
振	3	翰	3	吾	2	般	2	逮	2	遲	2	頯	2	妙	1
涕	3	屨	3	岐	2	浸	2	閏	2	頻	2	矍	2	孝	1
班	3	臀	3	巫	2	浚	2	間	2	默	2	齎	2	忌	1
素	3	霜	3	役	2	祖	2	隆	2	燥	2	覿	2	束	1
袂	3	鮮	3	攻	2	祗	2	隍	2	爵	2	稺	2	杞	1
起	3	薦	3	沙	2	納	2	塞	2	虧	2	力	1	汲	1
辱	3	覆	3	沛	2	紛	2	弒	2	嚮	2	卜	1	貝	1
接	3	寵	3	沒	2	耕	2	彙	2	薰	2	工	1	並	1
敗	3	懲	3	究	2	臭	2	愆	2	謹	2	干	1	依	1
欲	3	繩	3	防	2	荒	2	楫	2	闔	2	弋	1	卒	1
殺	3	勸	3	坦	2	茲	2	毀	2	廬	2	才	1	坼	1
異	3	觸	3	奇	2	茹	2	祿	2	懷	2	云	1	奉	1
祥	3	躁	3	奔	2	衰	2	罪	2	穫	2	切	1	帛	1
窒	3	闢	3	姓	2	衹	2	葬	2	藥	2	太	1	弦	1
羞	3	鶴	3	庚	2	豹	2	葛	2	識	2	尺	1	彼	1
豚	3	囊	3	戕	2	僞	2	試	2	靡	2	戈	1	忠	1
陸	3	聽	3	拘	2	務	2	誠	2	嚴	2	手	1	忿	1
就	3	驚	3	昔	2	參	2	農	2	繼	2	支	1	招	1
悶	3	昃	3	杵	2	商	2	隕	2	犧	2	牙	1	枕	1
揚	3	咷	3	河	2	康	2	飾	2	衢	2	代	1	枝	1
策	3	遄	3	狗	2	庸	2	像	2	扐	2	半	1	林	1
著	3	蒺	3	肥	2	御	2	嘗	2	机	2	史	1	沱	1
貳	3	蓍	3	肱	2	掛	2	彰	2	忒	2	布	1	沫	1
開	3	餗	3	附	2	敝	2	慢	2	戔	2	弘	1	牧	1
階	3	蘂	3	侵	2	瓶	2	摧	2	旴	2	瓜	1	狀	1
傾	3	輹	3	否	2	紱	2	榮	2	柅	2	伍	1	疚	1
塗	3	禴	3	城	2	莽	2	歌	2	洟	2	全	1	的	1
微	3	匕	2	封	2	連	2	漣	2	洊	2	圭	1	社	1
愛	3	土	2	屋	2	造	2	綸	2	眈	2	宇	1	阻	1
新	3	己	2	巷	2	閉	2	罰	2	剡	2	宅	1	陂	1
楊	3	弓	2	帥	2	鹿	2	誨	2	邑	2	寺	1	亟	1

俟	1	蚌	1	普	1	奪	1	奮	1	鱉	1	繻	1
俗	1	貢	1	棺	1	對	1	學	1	靈	1	蠖	1
冒	1	酌	1	棘	1	屢	1	樹	1	无	1	饋	1
冑	1	釜	1	游	1	幕	1	燕	1	刲	1	纆	1
叛	1	除	1	湯	1	慚	1	篤	1	刳	1	椁	1
哀	1	偏	1	測	1	暢	1	縣	1	卼	1	勑	1
契	1	基	1	猶	1	槁	1	耨	1	胏	1	覿	1
宣	1	寂	1	畫	1	構	1	褫	1	茀	1	莅	1
宥	1	專	1	痛	1	漏	1	蹄	1	桎	1	甹	1
怠	1	巢	1	絕	1	滿	1	輻	1	烜	1		
怨	1	帶	1	翔	1	漁	1	黔	1	掇	1		
政	1	張	1	翕	1	粹	1	彌	1	晢	1		
昭	1	强	1	臺	1	綜	1	徽	1	梏	1		
昧	1	悉	1	越	1	臧	1	濕	1	牿	1		
柝	1	惟	1	飪	1	舞	1	營	1	頄	1		
殃	1	戚	1	飭	1	蒼	1	盪	1	麻	1		
殆	1	探	1	馮	1	誣	1	矯	1	揲	1		
洌	1	掘	1	黑	1	誥	1	翼	1	畬	1		
洗	1	族	1	勢	1	輕	1	聲	1	稊	1		
洛	1	旋	1	嗇	1	駁	1	舉	1	絪	1		
炳	1	棄	1	園	1	魂	1	薪	1	絜	1		
甚	1	清	1	圓	1	億	1	講	1	腊	1		
祇	1	淫	1	嫌	1	寬	1	叢	1	萑	1		
科	1	率	1	愁	1	廢	1	甕	1	菑	1		
秋	1	畢	1	慍	1	摩	1	竄	1	袽	1		
紂	1	疵	1	暉	1	滕	1	簪	1	酢	1		
約	1	眼	1	溝	1	牖	1	闕	1	寘	1		
耶	1	統	1	準	1	瘠	1	雞	1	煇	1		
胃	1	粗	1	禁	1	稼	1	顏	1	簋	1		
背	1	莧	1	肆	1	穀	1	獸	1	畀	1		
茂	1	蛇	1	葺	1	稽	1	疇	1	蓏	1		
迭	1	術	1	補	1	稷	1	蟹	1	斲	1		
倍	1	貫	1	裒	1	範	1	贊	1	熯	1		
倦	1	貨	1	詳	1	篇	1	關	1	隤	1		
倚	1	赦	1	誅	1	耦	1	寶	1	叡	1		
修	1	逖	1	路	1	蔚	1	躅	1	圜	1		
弱	1	陳	1	運	1	衛	1	闡	1	[illegible]	1		
徑	1	頂	1	遊	1	諂	1	屬	1	踰	1		
恥	1	鹵	1	遐	1	賞	1	爛	1	輮	1		
株	1	博	1	遏	1	質	1	續	1	闇	1		
殊	1	喙	1	酬	1	趣	1	蘭	1	皤	1		
留	1	圍	1	鉤	1	輝	1	躋	1	蟄	1		
病	1	報	1	飽	1	適	1	響	1	邅	1		
盍	1	掣	1	馴	1	醇	1	驅	1	蹢	1		
純	1	揉	1	厭	1	霆	1	懿	1	羸	1		
罟	1	揆	1	圖	1	髮	1	權	1	獖	1		
脊	1	握	1	賁	1	噫	1	驕	1	鞶	1		

ISBN 962-07-4281-8
9 789620 742811

代理商 聯合出版
電話 02-25868596
NT: 1260.